Heinrich Brüning
Briefe und Gespräche 1934–1945

Heinrich Brüning
Briefe und Gespräche
1934–1945

Herausgegeben von Claire Nix
unter Mitarbeit
von Reginald Phelps
und George Pettee

Deutsche Verlags-Anstalt
Stuttgart

Übersetzung der mit einem * gekennzeichneten, ursprünglich englischen und französischen Texte von
BRIGITTE WEITBRECHT

Gesamtherstellung: Deutsche Verlags-Anstalt GmbH, Stuttgart
Printed in Germany
ISBN 3 421 **01612** 7

Es gehört Erfahrung und Kenntnis der Gesamtheit der Ereignisse dazu, um ein für das ganze Volk klärendes und helfendes Urteil zu bilden; nur dann lernt man, das, was man selbst gesehen und erlebt hat, als einen Ausschnitt eines großen, äußerst verwickelten Vorganges zu begreifen und richtig zu bewerten. Es gehört eine bestimmte Gemütslage und umfassende Erziehung dazu, um die eigenen Eindrücke und Erlebnisse zu dem zu machen, was sie eben nur sein können: ein Stein in einem großen Mosaik.

H. B. an Hans Bernd Gisevius
August 1946

Inhalt

Vorwort

Brünings *Memoiren,* die 1970 erschienen sind, umfassen die Zeit von 1918 bis Juni 1934. Seine Korrespondenz vom Juni 1934 bis zu seinem Tode im Jahr 1970 beansprucht, obwohl sie sehr platzsparend geordnet ist, über fünf Meter Regalbreite. Ich habe mich bemüht, aus seiner Korrespondenz und seinen Notizen eine Aussage in seinen eigenen Worten über seine durchgängigen Hauptanliegen zusammenzustellen und einen „genauen Eindruck" von seinen Erlebnissen nach dem Juni 1934 zu vermitteln. Kürzlich fragte mich ein Nachbar arglos, ob ich „Dr. Brünings Autobiographie" schriebe, und tatsächlich habe ich versucht, eine Art Selbstbildnis aufzubauen. Bei der Auswahl aus den Dokumenten dachte ich in erster Linie an die Zeitgenossen, die Brünings Sorgen teilten, und an ihre Enkel, für die die Verhältnisse und die Stimmung der dreißiger, vierziger und frühen fünfziger Jahre unseres Jahrhunderts so fremd sind wie die des Dreißigjährigen Krieges. Ich ließ mich von dem leiten, was Brüning selbst am wichtigsten zu sein schien.

Es erwies sich als notwendig, die Dokumente in zwei Bände aufzuteilen. Der erste, hier vorliegende, umfaßt die Jahre 1934–1945; der zweite, bereits zusammengestellte, beginnt 1945 und endet 1960; aus der Zeit nach 1960 liegen nur wenige Briefe von allgemeinem Interesse vor.

Brüning hätte diese Veröffentlichung wohl kaum erwartet. Sein Vertrag mit der Deutschen Verlags-Anstalt von 1955 über die Veröffentlichung seiner *Memoiren* enthielt eine Option auf „Memoiren nach 1934", und in späteren Unterredungen mit dem Verlagsleiter deutete Brüning einiges an, was er aus den Jahren nach 1934 zu veröffentlichen hoffte, aber schließlich schrieb er doch keine „Memoiren nach 1934". Das vorliegende Buch ist der beste Ersatz, den ich anbieten kann. Nach dem Wortlaut von Brünings Testament vom August 1955 erbte ich sein „Eigentum außerhalb Deutschlands". Seine Korrespondenz dachte er den Archiven von Harvard zu: „20 Jahre nach meinem Tode soll diese Korrespondenz Eigentum der Harvard College Library werden. Bis zu diesem Zeitpunkt ist der Zugang zu dieser Korrespondenz und ihre Verwendung zu geschichtskundlichen Zwecken ausschließliches Recht von Claire Nix allein und sonst im Einverständnis mit Claire Nix von

Reginald Phelps und George Pettee." Ich hoffe, daß die jetzige Publikation die Schwierigkeiten dieser Einschränkung einigermaßen überbrückt und mehr Fragen hinsichtlich Brünings Einstellung beantwortet als aufwirft. Einige Briefe Brünings sind von den Empfängern bereits für Studenten zugänglich gemacht worden, und zwar im Bundesarchiv in Koblenz, im Institut für Zeitgeschichte in München, in der Messersmith Collection der University of Delaware, in den Stimson Papers der Yale University, in der Hoover Library in Stanford, Kalifornien, und in der Peace Collection des Swarthmore College in Pennsylvanien. Manche Briefe wurden gelegentlich zu Brünings Ärger, gleich nachdem sie geschrieben waren, in Umlauf gesetzt oder inzwischen mit und ohne Genehmigung veröffentlicht. Jeder, dessen Name Öffentlichkeitswert gehabt hat, ist einer gewissen unschuldigen Entstellung ausgesetzt, die sich ergibt, wenn Freunde von Freunden Zeiten und Personen verwechseln oder beiläufige Bemerkungen aufbauschen, und im Laufe der Zeit, wenn ein Journalist vom andern abschreibt, steigern sich die Verfälschungen. Die hier gebotene Auswahl sollte zusammenhängend genug sein, um als Korrektiv zu dienen.

Sowohl von Reginald Phelps als auch von George Pettee erhielt ich viele wohlüberlegte Ratschläge, die ich so gut wie möglich befolgte. Reginald Phelps las das ganze Manuskript, und George Pettee machte so viele Vorschläge, daß es bei einigen herausgeberischen Entscheidungen unmöglich ist, im Rückblick festzustellen, ob sie von ihm oder von mir stammten. Ich bin allein verantwortlich für alle Erläuterungen einschließlich der Anmerkungen, die älteren Lesern teilweise vielleicht überflüssig erscheinen werden. In den letzten Jahren, seitdem die offiziellen englischen Dokumente zugänglich sind und seit dem Erscheinen wichtiger englischer Tagebücher und Memoiren, kann man sich ein vollständigeres Bild von den internationalen Beziehungen vor dem Krieg machen. Viele wichtige Dokumente sind den deutschen Lesern nun leicht zugänglich in dem Buch von Bernd Jürgen Wendt, *Economic Appeasement. Handel und Finanz in der britischen Deutschlandpolitik von 1933–1939*, Düsseldorf 1971 und in Oswald Hauser, *England und das Dritte Reich*, Bd. I, Stuttgart 1972. Ich habe eine Anzahl englischer Veröffentlichungen zitiert, um die Situation, in der Brüning lebte, und die „Komplexität und nervöse Spannung", die seiner Ansicht nach für die Epoche charakteristisch waren, zu verdeutlichen.

Die vielen Freunde Brünings, an die ich mich wandte, waren alle sehr hilfsbereit. Ohne die großzügige Unterstützung von Mrs. Anderson,

Msgr. Barry, Professor Theoderich Kampmann, Frau Vollmar und des 1973 verstorbenen Dr. Erwin Brettauer wäre die vorliegende Auswahl längst nicht so reichhaltig geworden. A. H. Berning erwies sich als nie versiegende Quelle detaillierter Auskünfte. Ich bin auch all denen zu Dank verpflichtet, die Zitate aus Briefen an Brüning genehmigten.

Da Brüning natürlich an seine Freunde viel ungezwungener schrieb als an Persönlichkeiten des öffentlichen Lebens, ist dieser Band vielleicht persönlicher, als ihm lieb wäre. Wo er seine spontanen Gefühle frei zum Ausdruck brachte, ist sein Pessimismus manchmal übertrieben, im Gegensatz zu dem gemäßigten Optimismus seiner gut überlegten Äußerungen. Formelle Memoranden und Interviews sind als Anhang beigefügt, aber auch sie waren für ganz bestimmte Menschen gedacht.

Es ist mir unmöglich, wie ein Archäologe an Brünings Briefe heranzugehen, oder sie zu lesen, ohne mich bei einigen von ihnen lebhaft an die Umstände, unter denen sie diktiert wurden, zu erinnern. Jedoch habe ich mich bei der Lektüre der gesammelten Dokumente bemüht, mein Gedächtnis auszuschalten und die Beschaffenheit und das Gewicht von Brünings Interessen selbständig hervortreten zu lassen. Für Brüning war bezeichnend, daß er über das, was ihm am meisten am Herzen lag, am wenigsten redete; das Ergebnis ist deshalb in mancher Hinsicht aufschlußreicher, als ich erwartet hatte. Hierbei denke ich an die bleibenden Spuren seiner Erlebnisse in den Jahren 1919–1923, die Tiefe der Verbundenheit mit seiner Schwester, das Ausmaß seiner Identifizierung mit dem deutschen Widerstand, seine beharrliche Hoffnung im Blick auf den Auftrag der christlichen Kirchen, seine Bewunderung für ein „echtes Amerika" entsprechend einem „wahren Deutschland". Seine Betonung der „Erbfehler" der deutschen Politik wird englische und amerikanische Bekannte erstaunen, die ihn ständig die deutschen Institutionen und die deutschen Errungenschaften auf sozialem Gebiet rühmen hörten. Andererseits sind gewisse typische Merkmale seiner Gespräche in seinen Schriften weniger deutlich, so seine Unduldsamkeit gegenüber abgegriffenen und klischeehaften Ausdrücken, seine klare Unterscheidung zwischen dem Drohenden, dem Gegebenen, dem möglicherweise Erreichbaren, dem letztlich Wünschenswerten und dem bloß Erträumten als Elementen in ununterbrochener Wechselwirkung, sein Bewußtsein der Tatsache, daß es „viele Bekehrungen im Leben gibt", und seine Zustimmung zu Bismarcks Wort von der „Geschichte, die genauer ist als der preußische Oberrechnungshof". Je älter Brüning wurde, um so geschlossener wurde seine Sicht der Ereignisse aus der Zeit seines Lebens, und junge Leute waren manchmal verblüfft, wenn er ihnen Verhältnisse, die im fünften oder sechsten Jahrzehnt unseres Jahrhunderts herrschten, mit Geschehnissen aus dem ersten Jahrzehnt erklärte. Scheinbare Widersprüche, die sich daraus ergaben, daß er unter keinen Umständen zu einer Verschlechterung der Verhältnisse in Deutschland beitragen wollte, sollten sich von selbst erläutern.

Es gibt vieles, was dieses Buch nicht ist.

Es ist nicht der Kommentar zu den *Memoiren*, den Professor Kampmann und ich im Nachwort zu den *Memoiren* ankündigten. Was Brüning in Vorlesungen und Briefen über seine politischen Erfahrungen bis 1934 gesagt hat, soll in einem späteren Buch veröffentlicht werden; Erwähnungen von Ereignissen aus dieser Zeit sind nur dann in das vorliegende Werk aufgenommen, wenn sie sich direkt auf spätere Ereignisse auswirkten oder zum Verständnis seiner späteren Aussagen wesentlich erschienen.

Das Buch ist keine vollständige Abrundung von Brünings Biographie, weil es die umfangreiche Korrespondenz des jungen Brüning, die Fräulein Brüning retten konnte, nicht enthält. Auch diese müßte in einem gesonderten Band publiziert werden.

Es ist keine echte Korrespondenz, da es sich hier um ein Selbstzeugnis handeln soll, deshalb sind nur wenige der bemerkenswerten Briefe, die Brüning von anderen erhielt, darin zu finden.

Es ist keine vollständige Dokumentation, denn es besteht aus Auszügen. Die Grundsätze, nach denen ausgewählt wurde, habe ich zu Beginn dieses Vorworts festgehalten und gehe weiter unten nochmals darauf ein.

Es ist keine Geschichte der Ereignisse jener Jahre, denn was an Ereignissen in Erscheinung tritt, ist auf Brüning bezogen und mit seinen Augen gesehen.

Es ist kein Plädoyer für die Richtigkeit von Beurteilungen, die heute noch umstritten sind. Ich habe mich bemüht, die Auswahl nicht nach meinen Wertvorstellungen zu treffen und nicht Maßstäbe unserer Zeit anzulegen.

Ich habe mich bemüht, Brünings Einstellung voll und ganz zur Geltung zu bringen und alles aufzunehmen, was möglicherweise von allgemeinem Interesse ist, dabei aber das Nebensächliche, Zufällige, Wiederholende und rein Persönliche wegzulassen.

Alle Auslassungen, auch Anrede und Briefschluß, sind mit „. . .“ bezeichnet. Herausgeberische Beifügungen wie Daten, Ergänzungen von

Namen und Titeln, Ausschreibungen von Abkürzungen sind mit eckigen Klammern gekennzeichnet. Verbesserungen von Schreibfehlern sind nicht angegeben.

Brüning schrieb von Oktober 1934 bis September 1935 mehr oder weniger regelmäßig Tagebuch; danach machte er nur noch gelegentlich Einträge, meist auf Reisen. Es erschien gerechtfertigt, sein Tagebuch zusammen mit seinen Briefen zu verwenden, denn auf der ersten Tagebuchseite steht: „Dieses Buch ist eine Unterhaltung mit meinen engsten Freunden in Deutschland, an die ich nicht mehr schreiben kann, ohne sie zu gefährden." Die Tagebuchauszüge sind mit „T" bezeichnet.

In der Regel machte sich Brüning in Kurzschrift Notizen von Treffen, die er für wichtig hielt. Nur selten diktierte er – wie er es im Falle einer langen Unterredung mit Winston Churchill im Jahre 1934 tat – innerhalb weniger Tage an Hand dieser kurzschriftlichen Notizen. Die noch nicht abgeschriebenen Vorkriegsgespräche diktierte er mir Anfang 1941, als er einen Teil seiner Schriftlichkeiten vernichtete, weil er damit rechnete, bald als feindlicher Ausländer eingestuft und möglicherweise interniert zu werden. Im Jahre 1948, ehe er von Harvard nach Europa reiste, ging er wiederum die ihm am wichtigsten erscheinende Korrespondenz durch. Dabei versah er manche Briefe mit kurzen handschriftlichen Bemerkungen und schrieb mit der Maschine längere Erläuterungen. Diese Aktennotizen sind mit „N" gekennzeichnet und in chronologischer Folge entsprechend den Gesprächen, auf die sie sich beziehen, aufgenommen. Die Daten habe ich an Hand von Brünings Terminkalender und Einladungen nachgeprüft.

Brüning schrieb nicht gern Briefe. Die meisten Briefe entstanden in großer Eile; entweder diktierte er sie direkt in die Maschine, oder er tippte sie selbst mit vielen Fehlern, die er – wenn überhaupt – hastig verbesserte. Die Briefe unterlagen in den meisten hier behandelten Jahren der Zensur.

Ein großer Teil seiner Korrespondenz ist natürlich englisch abgefaßt, ein kleiner Teil französisch, und auch seine privaten Notizen schrieb oder diktierte er manchmal auf englisch. Im vorliegenden Buch sind alle Übersetzungen mit „*" gekennzeichnet.

Bei den Anmerkungen wurde so vorgegangen, daß eine Person dort, wo sie zum erstenmal im Buch genannt ist, vorgestellt wird. Dementsprechend beschränkt sich das Personenregister auf die Namensangabe. Das Personenregister ist gleichzeitig auch das Verzeichnis der Briefempfänger: Die Seiten, auf denen Briefe an (und gelegentlich auch von) den

Genannten zu finden sind, werden durch Kursivschrift hervorgehoben. Im übrigen sollen die Anmerkungen die Texte den heutigen Lesern so gut wie möglich erschließen.
Gelegentlich habe ich mich in den Anmerkungen auf englischsprachige Titel bezogen oder daraus zitiert, die inzwischen auch deutsch erschienen sind, da mir die englischen Ausgaben leichter zugänglich waren. Die entsprechenden deutschen Ausgaben werden jedoch, soweit sie bis zur Drucklegung festzustellen waren, am Ende des Buches angegeben.

Norwich, Vermont *Claire Nix*
Februar 1974

Einführung

Das vorliegende Buch geben Amerikaner heraus. Dies mag ungewöhnlich erscheinen; aber nachdem Brüning im Jahr 1934 aus Deutschland weggegangen war, lebte er insgesamt mehr als 28 Jahre in den Vereinigten Staaten. Hauptsächlich in den Vereinigten Staaten betätigte er sich als der verständnisvolle Lehrer, den sich viele Studenten wünschen, wie er als junger Mann solche Lehrer gesucht hatte. 1935 stattete er den Vereinigten Staaten seinen ersten Besuch ab, 1936 hielt er erstmals Vorlesungen in Boston und Harvard. Ich war damals Dozent und erhielt den Auftrag, Brüning bei allen Vorbereitungen für seine Vorlesungen zu helfen. Unsere freundschaftlichen Beziehungen hielten an, solange Brüning lebte; sie wurden lediglich unterbrochen in der Zeit, als wir uns selten sehen konnten.

Reginald Phelps, der 1931 und 1933 als Graduierter in Deutschland war und sich eingehend mit Brünings Laufbahn befaßt hatte, war damals Dozent in Harvard, wo er bis heute geblieben ist. Von Brünings erster Zeit in Harvard bis zu seinem Tode blieb Phelps ihm freundschaftlich verbunden.

Claire Nix, die als Graduierte an Brünings Seminar in Harvard teilgenommen hatte, wurde 1940 seine Seminarassistentin und arbeitete danach als seine Sekretärin ständig mit ihm zusammen.

Bis zum Ausbruch des Krieges fuhr Brüning jedes Jahr nach England, Holland und in die Schweiz. Dort traf er sich, immer mit der gebotenen Vorsicht, häufig mit Freunden aus Deutschland. Nach Kriegsausbruch, als alle kriegführenden Mächte feindlichen Ausländern rechtliche Beschränkungen auferlegten, mußte er in den Vereinigten Staaten bleiben, und nach dem Eintritt der Vereinigten Staaten in den Krieg mußte er sich innerhalb ziemlich enger Grenzen aufhalten, was seine Kollegen von Lowell House im Scherz als „Ehrenhaft" bezeichneten.

In vieler Beziehung war Brünings Leben in Harvard sehr erfreulich. Selbstverständlich ist diese Universität kein Ort, an dem es still und ordentlich zugeht; es fehlte nicht an den Aspekten des Universitätslebens, die C. P. Snow in England beschrieben hat: Eifersüchteleien, Ehrgeiz, Spannungen der einzelnen Abteilungen untereinander, das

Streben nach Popularität. Unter den Fakultätsmitgliedern befanden sich aber auch sehr angesehene Gelehrte und charaktervolle Männer, und die Studenten insgesamt waren vor und nach dem Krieg eifrig bestrebt, Kenntnisse zu erwerben. Unter anderen von gleichem Format seien hier nur genannt Edwin F. Gay (Wirtschaftsgeschichte), Charles Howard McIlwain (Verfassungsgeschichte), John Henry Williams (Nationalökonomie), Alfred North Whitehead, William Ernest Hocking und John Wild (Philosophie), Oliver Sprague und William B. Donham (Finanzen und Handel). Hervorragende Männer aus Mitteleuropa wie Joseph Schumpeter und Werner Jäger bemühten sich, ihre Arbeit im Exil fortzuführen. Zur Verdeutlichung der kollegialen Atmosphäre von Harvard möchte ich erwähnen, daß ich zu meiner Belustigung sowohl von Brüning als auch von Schumpeter erfuhr, jeder von ihnen befürchte, der andere trage ihm etwas nach. Da das nicht der Fall war, wurde eine Zusammenkunft vereinbart, und es entstand eine Herzlichkeit zwischen den beiden Professoren, die bis zu Schumpeters Tod anhielt.

In Harvard wohnte Brüning in Lowell House, das damals eines der neuesten Wohngebäude der Universität war und in dem mehrere hundert Studenten und ein Dutzend Fakultätsmitglieder einen eigenen Speisesaal und eine Bibliothek hatten. Sein aus Wohnzimmer, Schlafzimmer, Studierzimmer und Badezimmer bestehendes Appartement war zwar klein, aber nicht unbehaglich. Die Fenster gingen auf einen ruhigen, von Gebäuden umschlossenen, viereckigen Hof hinaus, der mit Gras eingesät und mit Bäumen bestanden war und von dem der Klang von Schritten und Glocken hereindrang. Harvard besaß damals vorwiegend rote, mit Kalkstein abgesetzte Backsteinbauten in georgianischem oder neugeorgianischem Stil, die an die Niederlande erinnerten.

Zu Brünings Zeit wurde das Interesse der Harvardstudenten von den Weltereignissen stark beeinflußt. Nicht alle seine Studenten waren Amerikaner. Die Themen, auf die sich seine Lehrtätigkeit erstreckte, zogen insbesondere Europäer, Araber und Chinesen, aber auch andere ausländische Studenten an. Während des Krieges studierten natürlich sehr wenige Zivilisten in Harvard, aber auch das brachte Vorteile. Es war einfacher, abteilungsübergreifende Kurse zu veranstalten. So hielten Brüning und Sidney Fay von der Abteilung für Geschichte einmal ein gemeinsames Seminar über die Wiener Kongreß. Die große juristische Bibliothek wurde kaum benützt, behielt aber ihr Personal, so daß Brüning die reiche Sammlung von rechtsgeschichtlichen Werken zugänglich

wenn sie keine zuverlässigen Sicherungen gegen weitergehende deutsche Ansprüche erhielten. Zusagen zwischen ihnen und den deutschen Generälen mußten vollständig geheimgehalten werden und doch so fest sein, daß ihre Einhaltung sicher war.

Es war nicht leicht, all diese Faktoren zu berücksichtigen; die unerläßlichen Voraussetzungen dafür waren ein klares Verständnis und gegenseitiges Vertrauen. Bis zum Kriegsausbruch war Brüning überzeugt, eine konsequente Haltung des Auslandes sei die einzige konstruktive Alternative zum Krieg, und danach zielten alle seine Bemühungen darauf hin, den Krieg zu beenden, ehe er alles zerstörte. Die Schwierigkeiten waren aus vielen Gründen unüberwindlich, vor allem deshalb, weil die britischen und amerikanischen Führungspersönlichkeiten unfähig waren, im richtigen Augenblick zu handeln. 1938 und sogar noch 1944 ließ man Möglichkeiten ungenutzt verstreichen. Über diese Vorgänge gibt es – wie sich von selbst erklärt – nur wenige Dokumente.

In unserem Jahrhundert traten mehr Historiker auf und wurden mehr Geschichtsbücher veröffentlicht als je zuvor, und doch kam es nur vereinzelt zum Aufblitzen eines überlegenen Verständnisses. Daß „diejenigen, die die Lektionen der Geschichte vergessen, dazu verurteilt sind, sie zu wiederholen", ist eines der überstrapazierten Klischees unserer Zeit geworden. Ehe man eine geschichtliche Lektion beherzigen oder vergessen kann, muß man sie lernen. Doch hier ergeben sich Schwierigkeiten, denn geschichtliche Lektionen gibt es nicht wie Euklids Sätze in begrenzter Anzahl, sondern in grenzenloser Vielfalt auf verschiedenen Ebenen, und sie sind ineinander verflochten.

Briefe, Tagebücher und andere Schriften von Männern, die in öffentlichen Ämtern eine wichtige Rolle spielten, tragen als historische Quellen dazu bei, Geschichte verständlich zu machen. Gelegentlich besitzt ein solches Buch besondere Qualitäten, weil sein Verfasser geistig besonders aufgeschlossen und deshalb ein außergewöhnlich empfindliches Instrument zum Festhalten der Ereignisse war.

Was uns an Brüning am meisten fesselte, war der außergewöhnliche Einblick in geschichtliche Vorgänge, den er denen vermittelte, die das Glück hatten, ihn näher zu kennen. Die breiten Kenntnisse in Politik und Verwaltung, Ökonomie und Kriegführung, Geschichte, Philosophie und Religion, die sich in seinen Schriften niederschlagen, zeigten sich natürlich auch in seiner Tätigkeit als Lehrer.

Manche seiner Studenten lernten zu seinen Lebzeiten sehr viel von ihm, und zwar nicht nur Kenntnisse, sondern auch Grundsätze, nach denen

war. Das Vergnügen, das er bei dieser Arbeit empfand, kommt in späte ren Briefen deutlich zum Ausdruck. In manchen Jahren hielt er Abend seminare für Interessenten, die das normale Studentenalter überschritter hatten. An solchen Seminaren nahmen unter anderen die portugiesi schen und brasilianischen Konsuln von Boston und der Bürgermeiste von Cambridge teil.

Als Emigrant, der sein Vaterland liebte und die Völker vor großer Opfern zu bewahren wünschte, übte Brüning nach 1934 die schwierig Kunst aus, den Behörden anderer Länder sein Wissen nahezubringen Seine Rolle war etwa die eines Gasttrainers bei einer Fußballmannschaf mit eigenem Trainer und Manager. Diese fühlen sich natürlich kompe tent; sie sind durch einen taktlosen Ratschlag schnell beleidigt un lehnen ebenso leicht überhaupt jeden Rat ab. Für eine solche Tätigke gibt es taktische Regeln. Der Ratgeber muß sehr geduldig sein, wen die, denen er seinen Rat unterbreitet, taub zu sein scheinen. Er mu sich aus allen Parteien heraushalten, darf aber die Lage derer nicl verkennen, die einer Partei angehören müssen. Vor allem darf er n unmittelbar ins Spiel eingreifen.

Je umfassender und unübersichtlicher der Krieg wurde, um so verworr ner wurde auch das Kriegsdenken, und zwar in jeder Hinsicht auße dem Siegeswillen. Bei Männern in allen möglichen offiziellen Stellunge zeigte sich eine überwältigende Unkenntnis sachdienlicher Tatsach und bei einigen ein ebensolcher Mangel an Prinzipien; Denkmoden u kurzlebige Ersatzideologien schossen wie Pilze aus dem Boden. Es wä der politischen Welt von Nutzen gewesen, auf Brüning zu hören, de das war immer weniger der Fall. Während Brüning beharrlich se Bemühungen fortsetzte, Möglichkeiten zu finden, um unmißverständl zu verwirrten und verwirrenden Zuhörern zu reden, übertrugen selbstverständlich viele Spannungen und Widersprüche der Zeit auf Es sei daran erinnert, daß schon 1950 fast alle während des Krieges verbreiteten Vorstellungen von der Nachkriegslage verschwunden vergessen waren – außer denen, die in bereits nicht wieder gutz chenden Fehlern beschlossen lagen.

Die Männer in Deutschland, die imstande waren, einen Staatsst gegen Hitler praktisch und politisch zu inszenieren, konnten unternehmen ohne eine gewisse Garantie eines wirklichen Nutze das deutsche Volk und einer politischen Unterstützung sofort nac Tat. Fremde Regierungen konnten aus Rücksicht auf die öffe Meinung im eigenen Lande Deutschland keine Angebote unterb

man Kenntnisse erwerben und anwenden kann. Nun, da sein Bericht veröffentlicht wird, kann sich die Zahl seiner Studenten um alle diejenigen erhöhen, die willens sind, aufmerksam zu lesen, nachzudenken und zu lernen.

Bethesda, Maryland *George Pettee*
Februar 1974

1934

Was Heinrich Brüning (im folgenden H. B. genannt) nach seiner Flucht aus Deutschland am 21. Mai 1934 mit einem Ausdruck aus dem Kartenspiel die „neue Mischung“ seines Lebens nannte, brachte ihm drei dauerhafte Freundschaften – mit Monsignore Heinricus Poels in Holland, mit Mona und Ian Anderson in England und mit Erwin Brettauer in der Schweiz. Als H. B. bei Poels in Heerlen angekommen war, telefonierte er mit Archibald Church, einem englischen Freund, der ihm eine Aufenthaltserlaubnis für 30 Tage in Großbritannien verschaffte. Früh am 28. Mai brachte Major Church H. B. in die Londoner Wohnung der Andersons. Am 27. Juni reiste er mit Church nach Boulogne, wo er sich mit Erwin Brettauer traf. Den Juli verbrachte er als Brettauers Gast in der Villa Magnolia (Melide bei Lugano). Im August kehrte H. B. nach London zurück; den größten Teil des September war er Gast von Sir Will Spens in Cambridge; den Oktober verbrachte er in Melide. Heerlen war der für ein Treffen mit politischen Freunden aus Deutschland am besten geeignete Ort; H. B. hielt sich dort während der ersten Novemberwoche auf. Mitte November bis Mitte Dezember begleitete er Brettauer auf einer Reise durch Südfrankreich und Spanien. Zusammenkünfte mit deutschen Freunden folgten: in London, Heerlen, Como. Mgr. Poels war eine treibende Kraft in der internationalen katholischen Sozialbewegung. Er bot den deutschen katholischen Gegnern der Naziregierung nicht nur herzliche Gastfreundschaft, sondern auch begeisterte Unterstützung, so Friedrich Muckermann und Johannes Maier. H. B.s Freundschaft zu den Andersons beruhte in erster Linie auf persönlicher Hochachtung und Sympathie. Erwin Brettauer setzte sich leidenschaftlich für die Freiheit Österreichs und Deutschlands ein. Mit Ausnahme von Kommunisten unterstützte er Emigranten jeglicher antinazistischen Überzeugung mit großzügiger Gastfreundschaft und finanzieller Hilfe.

Im Jahr 1934 wechselten die internationalen Perspektiven. Da die Streitkräfte der Nachbarmächte viel stärker waren als die deutschen, ließ man jeden Gedanken an ein direktes Vorgehen, um die deutsche Aufrüstung zu verhindern, gegen Ende 1933 fallen. Polen und Deutschland schlossen im Januar 1934 einen Nichtangriffspakt. Die britische Regierung erhoffte ein Abkommen zur Beschränkung der Luftstreitkräfte in Westeuropa; aber die Themen Abrüstung und internationale Schulden hatten inzwischen ihre Anziehungskraft verloren. Die diplomatische Tätigkeit im Sommer 1934 konzentrierte sich auf einen illusionären Ostpakt. Die Folge war der Beitritt der Sowjetunion zum Völkerbund.

Die britische Regierung, die ihre „gehäuften Mängel" auf dem Gebiet der Verteidigung erkannte, gelangte zu der Auffassung, daß letztlich nicht Japan, sondern Deutschland als „potentieller Feind" gelten müsse. Baldwins berühmte Rede über Englands „Rheingrenze" folgte auf den mißlungenen Coup der Nazis in Österreich vom Juli 1934. Weit davon entfernt, ihre früheren Verbündeten zu unterstützen, erließen die Vereinigten Staaten im April 1934 ein Gesetz, das Regierungen, die mit ihren Zahlungsverpflichtungen gegenüber den USA im Rückstand waren, Kreditmöglichkeiten verweigerte. Im August 1935 und im Februar 1936 folgten Gesetze, die den Waffenexport und die Kreditausweitung an kriegführende Mächte verboten. Alle Großmächte hielten sich im internationalen Handel an eine restriktive Handels- und Finanzpolitik. Im effektiven Umfang kam der Welthandel im Jahr 1934 dem von 1913 gleich, blieb aber weit unter dem von 1929. Die industrielle Produktion in Großbritannien erholte sich bis auf den Stand von 1929, und auch andere Wirtschaftsindikatoren waren im Steigen begriffen; in Frankreich erreichte die industrielle Produktion 75 Prozent des Standes von 1929, während die Indikatoren im Fallen begriffen waren und bis 1936 weiterhin fielen. Die Weltwarenpreise hielten sich auf 36 Prozent des Standes zwischen 1925 und 1929.

In England blieb die 1931 gebildete „Nationalregierung", eine Allparteienregierung, die jedoch stark konservativ war, mit der größten parlamentarischen Mehrheit seit über 100 Jahren weiterhin am Ruder. Die USA standen am Beginn der zwölfjährigen Präsidentschaft Roosevelts. In Deutschland lag nach der Ausschaltung aller innenpolitischen Gegner und nach Hindenburgs Tod im August 1934 die Exekutivgewalt ausschließlich in Hitlers Hand. Frankreich wurde von unbeständigen Koalitionen unter konservativen Ministerpräsidenten regiert. Die Unterhandlungen wegen eines französischen Bündnisses mit der Sowjetunion verstärkten die Unzufriedenheit der Rechten und erweckten Argwohn in England, obwohl das französische Militär „surtout et avant tout" ein deutsch-sowjetisches Bündnis verhindern wollte.

* *N 14. Juni, Essen mit dem Premierminister*[1] *und Vansittart*[2]

Vansittart hatte mich unmittelbar nach meiner Ankunft in London besucht, und als er mich zu einem Treffen mit dem Premierminister in Denham einlud, nahm ich sofort an und gab meiner Freude Ausdruck, Mr. MacDonald wiederzusehen. Major Church[3] war dabei.
MacDonald und Vansittart fragten wiederholt, welche Entwicklung in Deutschland wahrscheinlich sei. Ich entgegnete, eine Rückkehr zum Weimarer System komme bereits nicht mehr in Frage; ich hielte die Naziposition in Deutschland für gefestigt. Hinsichtlich der Zukunft könne ich einen besänftigenden Einfluß auf die äußerst aggressiven Tendenzen der Nazis in der Reichswehr sehen. Der einzige offene Kurs sei, die gemäßigten Befehlshaber im deutschen Heer zu unterstützen, die gewiß die Wiederaufrüstung wünschten, aber das Risiko des Krieges nicht eingehen würden; sie seien der Ansicht, die vergangenen Jahre hätten gezeigt, daß Deutschland ohne starkes Heer keinen diplomatischen Erfolg haben könne. Es sei für die britische Regierung immer noch möglich, diese Gruppe zu unterstützen. Ich persönlich sei vielen von ihnen nicht besonders gewogen, und sie hätten mich nicht gerade freundlich behandelt. Aber sie dächten in strategischen Kategorien, und sie hingen Groeners[4] Auffassung an, daß nämlich Deutschland im Falle eines Krieges zwangsläufig eine belagerte Festung würde und früher oder später zur Kapitulation gezwungen werde. Auf ihre Frage nannte ich Bock[5] und Rundstedt[6]. Ich warnte vor Blomberg[7], der seiner selbst nicht mehr mächtig war und der schon auf die Demissionsliste gesetzt worden war, als ich noch im Amt war. Soweit ich es beurteilen könne, sei die derzeit betriebene Aufrüstung defensiver Natur und würden die genannten Männer nicht über eine defensive Aufrüstung hinausgehen wollen. Ich glaubte nicht, daß der Einfluß der Reichswehr groß genug wäre, um über einen längeren Zeitraum hinweg extremistische Tendenzen der Nazis in außenpolitischen Dingen zu hemmen, und ich sprach meine Ansicht aus, daß die Wehrmachtsführer ihren Einfluß nicht länger als zwei oder drei Jahre beibehalten könnten.

Deshalb konnte ich nur folgenden Rat geben: Das britische Kabinett solle sich entschließen, einen Plan aufzustellen, der Deutschlands legitime Forderung nach Revision der Friedensverträge befriedigen würde. Zu den Punkten, die in ein solches Programm aufgenommen werden sollten, gehörten: eine Lösung der Korridorfrage; Deutschlands Recht, mit Österreich, der Tschechoslowakei und Ungarn eine Zollunion zu gründen; eine internationale Anleihe, wie sie im April 1932 gefordert worden war. Diese drei Punkte sollten zu folgenden Bedingungen vereinbart werden: daß Deutschland bereit wäre, einer Begrenzung der Rüstung nach den von mir im April 1932 entwickelten Richtlinien zuzustimmen; daß nach einer großen internationalen Anleihe die Devisenkontrolle abgeschafft und Deutschland zu einem freieren Handelssystem zurückkehren würde; daß Deutschland bereit wäre, nach Revision gewisser Vertragsbestimmungen dem Völkerbund beizutreten.

(1) James Ramsay MacDonald (1866–1937), vorübergehend Premierminister (Labour Party) 1924, dann wieder 1929–1931 und (National Labour) 1931–1935. Im Sommer 1934 bei schlechter Gesundheit. (2) Sir Robert (später Baron) Vansittart (1881–1957), trat 1902 in den auswärtigen Dienst ein, Anhänger des „allgemeinen Prinzips von der Erhaltung eines Gleichgewichts der Mächte" nach Eyre Crowes Definition von 1907. Persönlicher Referent des Premierministers 1928–1930, wurde auf MacDonalds besonderen Wunsch ständiger Staatssekretär im Foreign Office 1930–1937. Er war so franzosenfreundlich und so deutschfeindlich eingestellt, daß einige Kollegen ihn verdächtigten, „französischer Agent" zu sein; im Jahr 1930 jedoch betonte er nachdrücklich die Notwendigkeit der Revision des Versailler Vertrags, und 1934 fand er Mussolini „deutschfeindlicher, als es taktisch lohnend ist". Von Anfang 1933 an drängte er auf gesteigerte britische Rüstung gegen die Gefahr der deutschen Militärexpansion. Sein gewundener Stil, sein Vertrauen zu geheimen Informationsquellen und seine „Reizbarkeit" begrenzten seinen Einfluß in zunehmendem Maß (vgl. Vansittart, *The Mist Procession,* London 1958; Martin Gilbert, *The Roots of Appeasement,* London 1966; Ian Colvin, *Vansittart in Office,* London 1965; *The Diaries of Sir Alexander Cadogan,* London 1971). Über seine Gespräche mit H. B. schrieb Vansittart: „Er sprach die Überzeugung aus, daß der deutsche Generalstab den Krieg nicht wollte. Ich war gleichermaßen sicher, daß er ihn nicht wollte, bis er dafür bereit war." (*The Mist Procession,* S. 478). (3) Archibald George Church (1886–1954), Dozent, Politiker, Journalist, Veteran des Royal Flying Corps und der Interventionstruppen in Nordrußland. Parlamentsmitglied (Labour Party) 1924 und 1929–1931, Parliamentary Secretary am Handels- und Kriegsministerium. Besuchte häufig Berlin. Seit 1931 mit Ian Anderson Aufsichtsratsmitglied der Baird Television Co. (4) Generalleutnant Wilhelm Groener (1867–1939), Erster Generalquartiermeister 1918, Reichsverkehrsminister 1920–1923, Reichswehrminister 1928–1932, gleichzeitig Reichsinnenminister 1931–1932. (5) Generalfeldmarschall Fedor von Bock (1880–1945). H. B. schrieb am 23. 12. 1949 an die Witwe von Dr. Alexander von Viebahn, des früheren Direktors der Evangelischen Sozialen Schule in Spandau: „Das letzte Mal sah ich Ihren lieben Gatten in meinem Versteck im Grunewald. Er kam damals als Abgesandter des späteren Feldmarschalls von Bock, der mich befragen wollte, ob er die Order Hitlers, in seiner Division mit der offenen Aufrüstung anzufangen, ausführen solle." (6) Generalfeldmarschall Gert von Rundstedt

(1875–1953). Kommandeur der Heeresgruppe 1 (Berlin) 1932–1938, repräsentierte das Heer in der internationalen Gesellschaft Berlins. (7) Generalfeldmarschall Werner von Blomberg (1878–1948), Reichswehr- und Kriegsminister 1933–1938.

* *9. Juli, Melide bei Lugano, H. B. an Sir Horace Rumbold*[1]

... Samstag vor einer Woche[2] kam ich hier an, gerade recht, um aus Zürich Nachrichten über die politische Situation in Deutschland zu erhalten. Da ich in der letzten Woche versuchte, Informationen zu bekommen, hatte ich keine Zeit, Briefe zu schreiben. Ich hoffe, Sie verstehen, warum ich Ihnen und Lady Rumbold erst heute für Ihre freundliche Aufnahme danke. Es war mir eine sehr große Freude, Sie wiederzusehen und mich mit Ihnen zu unterhalten.

Die genaue derzeitige Situation in Deutschland ist mir nicht bekannt. Bei meiner Ankunft hier fand ich Informationen vor, aus denen hervorging, daß Schleicher[3] wegen der Papen-Rede[4] und der alten Feindschaft zwischen ihm und Papen wie gewöhnlich vielen Leuten gegenüber recht unvorsichtige Bemerkungen fallenließ. Als ich Deutschland verließ, bat ich ihn über einen gemeinsamen Freund, sich sehr schweigsam zu verhalten und sich in den nächsten vier Monaten nicht zu regen[5]. Er und seine Frau tun mir sehr leid. Schon im Mai 1932 hatte Frau von Schleicher ein bemerkenswert richtiges Gefühl für die Zukunft und versuchte vergeblich, ihren Gatten zu überreden, daß er mein Kabinett loyal unterstützte; das sagte er mir selbst bei unserem letzten Zusammentreffen. Es tut mir leid um so viele höchst wertvolle Männer, die erschossen wurden, besonders um von Müldner[6], der wie viele der anderen sicher gegen Schleicher, Papen und Röhm[7] war. Ich bin ohne Nachricht von vielen persönlichen Freunden, die wie ich keine Verbindung zu Schleicher, Röhm oder Papen hatten.

Das ganze entsetzliche Ereignis ist ein weiterer Beweis dafür, daß von Papen niemals imstande ist, den richtigen Augenblick abzuwarten. Ich wurde über die Marburger Rede informiert, ehe ich Deutschland verließ, aber ich hoffte, die jüngeren Leute um Papen würden ihn auf Warnungen hin veranlassen, die Rede zu verschieben. Eine solche Rede ohne unmittelbar darauf folgendes gemeinsames Handeln des Reichspräsidenten[8] und des Heeres war ein riesiger Fehler. Ich wurde aus bester Quelle informiert, daß Papen die Rede zwei Stunden vor der Versammlung in Marburg zum ersten Mal las. Das zeigt wiederum, wie recht Sie und Lord Tyrrell[9] mit Ihrem Urteil über ihn haben. Ich fürchte, es wird ihm gelingen, den gealterten Reichspräsidenten zu einem weiteren falschen oder unzeitigen Zug zu überreden. In diesem Fall wird jede neue Regierung selbst bei anfänglichem Erfolg in eine mehr oder weniger hoffnungslose Position geraten.

Es ist sehr schmerzlich, außerhalb Deutschlands auf Nachrichten warten zu müssen und keine Möglichkeit zu haben, auch nur einen Rat zu geben. Seit letzter Woche ist mir der Sinn der dringenden Warnungen, die ich von Fremden erhielt, klargeworden; mein eigener Eindruck, in den letzten zwei Wochen zu Hause täglich genauer beobachtet worden zu sein, hat sich bestätigt. Ich habe Ihnen diesen – wohl etwas lang geratenen – Brief geschrieben, weil ich weiß, daß Sie stets ein aufrichtiger, hilfsbereiter Freund des wahren Deutschland gewesen sind[10] . . .

(1) (1869–1941), Diplomat, Britischer Botschafter in Berlin 1928–1933, pensioniert 1. 8. 1933. (2) 30. Juni, „Röhmputsch". (3) General Kurt von Schleicher (1882–1934), Reichswehrminister 1932, Reichskanzler 1932–1933. (4) Franz von Papen (1879–1969), Reichskanzler 1932, Vizekanzler 1933–1934, hielt am 17. Juni 1934 in Marburg eine kritische Rede mit konservativer Tendenz. Siehe dazu Fritz Günther von Tschirschky, *Erinnerungen eines Hochverräters*, Stuttgart 1972, bes. S. 164, 172. (5) Ausführlicher dargestellt auch bei Heinrich Brüning, *Memoiren 1918–1934*, Stuttgart 1970, S. 679. (6) Major Louis Müldner von Mülnheim, Adjutant des Kronprinzen Wilhelm, überlebte den 30. Juni und kam bei der Besetzung Berlins 1945 ums Leben. (7) Ernst Röhm, Stabschef der SA und Reichsminister, am 30. Juni ermordet. (8) Generalfeldmarschall Paul von Hindenburg (1847–1934), Reichspräsident seit 1925. (9) William G. Baron Tyrrell (1866–1947), Diplomat, persönlicher Referent des Außenministers 1907–1915, Staatssekretär im Außenministerium 1925–1928. (10) Rumbolds Nachfolger in Berlin berichtete am 5. Juli von „starken Beweisen dafür, daß Hitlers Maßnahmen gerechtfertigt waren", und von „echter Erleichterung bei der Bevölkerung", während der Geheimdienst meldete, es sei General von Fritsch gewesen, „der in Wirklichkeit einen Staatsstreich plante". Vansittart, der annahm, daß „das Ergebnis der ganzen Sache zweifellos das Auftauchen der Reichswehr als vorherrschender Macht in Deutschland heute" sei, kommentierte: „Möglicherweise werden wir es erleben, daß wir dem Naziregime trotz seiner offenkundigen Fehler und Untugenden als dem kleineren von zwei Übeln nachtrauern." (vgl. *Documents on British Foreign Policy 1919–1939*, 2. Serie, Bd. 6, Anhang II, London 1957). Im November 1947 schrieb H. B. an den amerikanischen Journalisten Theodore Draper: *„In Beantwortung Ihrer Fragen wegen des Putsches von 1934 kann ich nur einige allgemeine Angaben machen. Die Fühlungnahme zwischen einzelnen Führern begann im Mai 1933. Ich traf mich mehrmals mit [Wilhelm] Leuschner und brachte ihn in Verbindung mit [Carl] Goerdeler und über Goerdeler mit gewissen Offizieren der Schleicher-Gruppe im Reichswehrministerium und mit Gregor Strasser, der noch mit Schleicher in Verbindung stand. Ich hatte Schleicher geraten, sich im Hintergrund zu halten wie ich und mich nicht zu treffen, sondern vielmehr möglichst wieder einigen Einfluß auf Oscar Hindenburg zu gewinnen und sich vor Papen zu hüten. Andere Gruppen bildeten sich unabhängig. Zwischen ihnen bestand loser Kontakt, und Goerdeler ging von einer Gruppe zur andern, um die Ziele und die Form einer neuen Regierung zu besprechen. Im April 1934 hörte ich, daß Hindenburg wohl nicht länger als bis August leben würde. Drei Wochen später erfuhr ich, daß Hitler einen Coup vor Hindenburgs Tod plante, um seine eigene Präsi-

dentschaftsnachfolge zu sichern. In der gleichen Woche, glaube ich, erhielt ich Informationen über Proskriptionslisten, die Himmler und Göring aufgestellt hatten. Ich bekam eine Notiz, auf der die Namen von Schleicher, Papen, mein Name, Strasser und einiger anderer standen, die am 30. Juni umgebracht wurden ... Einen Monat vorher hatte ich gehört, daß Röhm Pläne gegen die SS und die korrupten Nazibosse gemacht hatte. Es hieß, Röhm stehe in Verbindung mit ausländischen Agenten, und er stand in direkter oder indirekter Verbindung mit Schleicher. Röhm war kein guter Pläneschmied. Er redete zuviel und sprach öffentlich zu SA-Einheiten über die Notwendigkeit, ihre frühere Rolle wiederzugewinnen. Zwei Gruppen bildeten sich im Reichswehrministerium; die eine erwog einen Putsch mit Röhm, die andere wollte zuerst Röhm und die SA beseitigen. Dies führte zu Uneinigkeit am 30. Juni und 1. Juli 1934 über die Schritte, die das Reichswehrministerium unternehmen sollte ... Papen bereitete seinen eigenen „Putsch" im Herrenklub vor, wohin er Leute zum Essen einlud, um über künftige Kabinette zu diskutieren, und wo ein SS-Mann am nächsten Tisch saß und alles hörte, was er sagte. Dort traf er sich mehrmals mit [Erich] Klausener, einem sehr guten Mann, aber völlig ungeeignet für die Situation. Papen forderte ihn auf, Reichsinnenminister zu werden, und das wurde der Gestapo bekannt, ehe ich Deutschland verließ, mit der Folge, daß Klauseners Name ebenfalls auf die Proskriptionsliste gesetzt wurde. Ende April oder im Mai übersandte mir Edgar Jung den Text von Papens späterer Rede in Marburg. Er war sich noch nicht sicher, in wessen Hände er die Rede legen sollte, und ich warnte ihn davor, sie Papen oder sonst jemandem zu übergeben, ehe die Vorbereitungen für einen Putsch auch wirklich ganz beendet wären. Ich sagte ihm, das sei Dynamit und könne möglicherweise eine Explosion verursachen, die nur die Position der Nazis stärken würde. Ungestüm, wie er war, händigte Jung tatsächlich die Rede Papen aus, und Papen las sie zum ersten Mal im Zug nach Marburg. Er übersah nicht, was er da in Gang setzte, und er war völlig unvorbereitet darauf, die von der Rede hervorgerufene Erregung mit einer spezifischen Aktion in Verbindung zu setzen ... Ich nehme an, daß sich Hitler schließlich unter Görings Einfluß entschloß, gegen Röhm vorzugehen, wobei er damit rechnete, daß die Beseitigung Röhms und die Einschränkung der SA Hindenburg – falls er die Ereignisse noch verfolgen konnte – und einflußreichen Heeresführern zeigen würde, daß er – Hitler – gegen den nationalen Bolschewismus eingestellt war und eine realistische Politik vorzog ... Über Röhms Verbindung mit ausländischen Agenten [im Jahr 1932] und über das Geld, das er von dort erhielt, gibt es keinen Zweifel. Es ist sehr schwierig für mich, ohne Dokumente weitere Einzelheiten mitzuteilen. Als ich in Holland war, erhielt ich nur indirekte Informationen, allerdings gewöhnlich von sehr zuverlässigen Leuten. Einer, der sicher mit Röhm in Verbindung stand, war General von Bredow, von dem Schleicher nach seiner Abdankung die Geheimberichte des Reichswehrministeriums erhielt. Bredow war mutig und zweifellos stark antinazistisch eingestellt, aber leider besaß er nichts von Hitlers Gerissenheit. Er war ein sehr aufrichtiger Mann, aber ich fürchte, er war nicht fähig, die Intrigen ausländischer Geheimdienstagenten nüchtern zu beurteilen. Berlin war eine Art internationales Schlachtfeld geworden, genau wie 1923 und dann wieder 1930. Große, international gesammelte Geldsummen waren verfügbar für Leute, die alle möglichen Pläne zum Sturz der Nazis beibrachten. Oft wußten die Botschafter der betreffenden Länder davon nichts. Es war eine Glückszeit für Abenteurer, die vorgaben, Einfluß und Informationen zu besitzen. Ich weiß von Summen, die jedem angeboten wurden, der eine Aktion gegen Hitler organisieren wollte, und von Geld, das tatsächlich an Leute ausgezahlt wurde, die es verschwendeten, ohne irgend etwas zu organisieren. Ich fürchte, ich kann dieses ganze Gewirr nicht entflechten." Am 5. August 1949 schrieb H. B. an Franz Josef Schöningh: „In Wirklichkeit drängte das Heer Hitler, gegen die SA vorzugehen, da weitsichtige Leute erkannten, daß Schleichers Hoffnung, Hitler mit Röhms Hilfe zu stürzen, gescheitert war. Schleicher selbst begriff dies, wie ich fürchte, im Frühjahr 1934 keineswegs. Ehe ich Deutschland verließ, erhielt ich mindestens zwei Berichte, daß er immer noch hoffte, Röhm würde möglicherweise so große Schwierigkeiten machen, daß die NSDAP zusammenbrechen würde."

* *9. Juli, Melide, H. B. an Mona Anderson*[1]

... Ich bin sehr froh, daß ich Nachricht von Church bekommen habe. Ich weiß, daß er das Menschenmögliche tun wird, um unseren Freund T[reviranus][2] zu retten. Bis spätnachts warte ich auf Nachricht über ihn und andere persönliche Freunde. Die hiesigen Zeitungen sind nicht sehr zuverlässig und genau, aber ich kann mit einem alten Freund in Basel [Max Jordan][3] telefonieren. In Deutschland wird noch lange keine Ordnung einkehren ...

(1) Geb. Mona Daintry, Nachfahrin von Oberstleutnant John Grant, der 1808–1809 in Portugal und Spanien für Wellington Spionage- und Guerilla-Aktivitäten organisierte. 1917 Heirat mit Ian Anderson, drei Kinder: John, Colin und Fiona (im Jahr 1934 16, 15 und 10 Jahre alt). (2) Gottfried Reinhold Treviranus (1891–1971), Reichsminister und Osthilfekommissar 1930–1931, Reichsverkehrsminister 1931–1932. Seine Flucht im Juli 1934 wird in seinen Erinnerungen *Für Deutschland im Exil*, Düsseldorf 1973, und in einem Artikel von Hermann Muckermann, „Wie Heinrich Brüning 1934 Deutschland verließ", in der *Deutschen Rundschau* vom August 1948 beschrieben. (3) Später Dom Placidus Jordan O. S. B., gebürtiger Deutscher, amerikanischer Staatsbürger, europäischer Vertreter der National Broadcasting Co. Sein Buch *Beyond All Fronts*, Minneapolis 1944, enthält Gespräche nicht nur mit H. B., sondern auch mit Albert Hackelsberger und Carl Goerdeler.

* *N 17. September, Essen mit Winston Churchill*[1]

Mit Major Church zusammen ging ich zu Brenden Bracken[2] in das Haus, das er restauriert und mit großem Geschmack möbliert hat. Es liegt in einer der reizenden, verträumten alten Gassen um die Westminster Abbey. Wir fuhren zusammen nach Chartwell, wo wir Churchill mit Professor Lindemann[3] und General Spears[4] antrafen. Mrs. Churchill ließ sich entschuldigen, sie komme nicht zum Essen herunter.

Churchill und Eden[5] waren die einzigen prominenten britischen Staatsmänner, die ich noch nicht persönlich kennengelernt hatte. Im Juni 1931 war Churchill nicht zu dem Empfang des britischen Kabinetts für Curtius[6] und mich gekommen, auch nicht zu dem Empfang in der deutschen Botschaft, bei dem doch „alle Welt" anwesend war. Ich merkte, daß Neurath[7] damals meinte, Churchill liege nicht im Rennen. Nachdem wir einige wenige konventionelle Phrasen hinter uns hatten, belebte sich das Gespräch. Die üblichen Fragen wurden gestellt: nach den Gründen für den Aufstieg der Nationalsozialisten, nach Hindenburgs Rolle, nach der wahrscheinlichen politischen Entwicklung Deutschlands und Europas. Jeder, der wie ich scharfes, schlagfertiges Reden und einen direkten, natürlichen Gesprächsstil liebt, wird von Churchills Charme gefesselt. Ich war sehr deprimiert von den eben durchlebten schrecklichen Monaten und davon, daß ich von der Gastfreundschaft von Menschen abhängig war, die ich zuvor nur dem Namen nach kannte und die mich nun so warmherzig und großzügig aufnahmen, wie ich es kaum je erlebt hatte. Churchills Streitbarkeit und seine ganze unenglische Leidenschaftlichkeit und Spontaneität wirkten anregend und ermunternd auf mich.

Wir saßen unten in einer Art Bar und tranken Whisky, an den ich nicht gewöhnt war. Churchill geriet bald in eine deutschfeindliche Stimmung. Er sprach bewundernd von Hindenburg und Ludendorff[8], die für ihn die einzigen deutschen Strategen waren. Ich sagte, die Serie von Offensiven im Frühjahr 1918 ohne die Absicht, einen endgültigen, großen Schlag zu wagen, hätte die angreifenden Streitkräfte nur erschöpfen können. Möglicherweise provozierte ihn meine Skepsis; erregt verurteilte er das Preußentum und die Junker in Bausch und Bogen. Ich sprach viel von Groener und seinem Plan vor 1914, den Angriff auf Rußland zu konzentrieren und an der holländischen und belgischen Grenze in der Defensive zu bleiben. Noch im letzten Moment hätte im August 1914 die Verletzung der belgischen Neutralität vermieden werden können, wenn nicht die Information eingegangen wäre, daß das britische Kabinett einen deutschen Vormarsch durch das Maastal nicht als casus belli ansehen würde, falls Ypern und die Kanalhäfen nicht besetzt würden. Moltke[9] war ein echter Fachmann, aber er war in einer einzigen Denkschule erzogen worden, und er war an seinen eigenen Mobilisierungsplan gebunden. Das war die Tragödie fast aller Generalstäbe jener Zeit.

Churchill sagte, die britische Diplomatie hätte 300 Jahre lang um den Begriff der Aufrechterhaltung des europäischen Gleichgewichts gegen Frankreich gekreist; die Agadir-Krise[10] hätte bewiesen, daß dieses Gleichgewicht nun aufrechterhalten werden mußte gegenüber der wachsenden, vereinigten und energischen Masse des deutschen Volkes. Aber die britische Nation weigerte sich, an die Möglichkeit eines Krieges zwischen Deutschland und England zu glauben, ja, sogar an die Möglichkeit eines Krieges überhaupt. Sogar das Kabinett lehnte es ab, die Möglichkeit eines Krieges in Erwägung zu ziehen. Jedoch traf Churchill drei Wochen vor Ausbruch des Krieges Vorsichtsmaßregeln und zog die Flotte aus dem Mittelmeer zurück, um sie mit der Home Fleet zu vereinigen. Das deutsche Ultimatum an Frankreich ließ das Kabinett noch in einem Stadium völligen Zögerns. Grey[11] hatte nicht den Mut, seinen Kollegen zu sagen, daß England an der Seite Frankreichs kämpfen müsse. Wenn er es getan hätte, so würde er die Zustimmung von Churchill und Haldane[12] gehabt haben. Asquith[13] war nicht fest; Lloyd George[14] operierte absolut gegen jeden Krieg, der Rest des Kabinetts war einstimmig für Lloyd George, selbst wenn die Neutralität Belgiens verletzt wurde. Die Gedanken des Kabinetts wurden erst geändert, als die Mitglieder feststellten, daß das britische Volk den Krieg verlangte. Die Nation würde die Entscheidung gebracht haben aufgrund der Presseberichte über die Verletzung der belgischen Neutralität und die Greuel deutscher Truppen.

Lloyd George sagte Churchill, daß die Verteidiger immer die Möglichkeit hatten, zehnmal soviel Menschen zu töten, als sie selbst an Soldaten verlieren würden. Ihre Auffassungen waren nach dieser Richtung hin stark beherrscht von den Eindrücken des südafrikanischen Krieges[15]. Churchill erzählte ausführlich von seinen Erfahrungen im südafrikanischen Kriege, die mir sein ganzes Bild vom Kriege zu beeinflussen schienen. Zur Überraschung des Kabinetts kam das Verlangen nach Krieg mit Deutschland einstimmig von den britischen Kolonien. Auch dies geschah wenigstens zum Teil unter dem Einfluß der gemeinsamen Erlebnisse im südafrikanischen Kriege.

Auf meine Frage über die Möglichkeit eines früheren Friedens antwortete Churchill, daß der günstigste Augenblick dafür im Winter 1917 vor der deutschen März-Offensive gegeben war. Ende 1917 hatten General Smuts[16] und von Kühlmann[17] Friedensbedingungen erörtert, die die Aufteilung Rußlands, entweder gebietsmäßig oder handelspolitisch, in Aussicht nahmen. Churchill dachte an eine gebietsmäßige Entschädigung Deutschlands für Elsaß-Lothringen auf Kosten Rußlands. Die Atmosphäre für den Frieden war günstig bis zur deutschen Offensive[18]. Das änderte sich in dem Augenblick der Offensive, und die Nation ging mit doppelt so großer Energie in den Kampf wie 1914. Selbst wenn die Ludendorff-Offensive (die er vor zwei Stunden bewundert hatte) erfolgreich die britischen und französischen Armeen getrennt hätte, würde das an dem Endresultat nichts geändert haben. Die Engländer bereiteten für diesen Fall eine neue Basis, die auch günstig für Amerika war, in La Rochelle vor.

Churchill habe Hitler begrüßt. Er sei als Engländer erschreckt über die Macht Deutschlands, und Hitler habe die ganze Welt gegen Deutschland aufgebracht[19]. Die Überlegenheit Europas gegen Deutschland sei 11:2. Er sei überzeugt, daß die deutschen Generäle die Aussichtslosigkeit eines Kampfes unter diesen Umständen erkennen würden. Es sei nun spielend leicht, in England die Zustimmung zu erhöhten Militärausgaben[20] zu bekommen. Er würde die Regierung unter allen Umständen unterstützen, wenn sie entschlossen sei, für England die stärkste Luftflotte der Welt zu schaffen. Er sei der Auffassung, daß die Welt ausschließlich von dem Kampf um die Vorherrschaft beherrscht werde; die Welt sei noch immer ein Schlachtfeld. Die Existenz Englands beruhe darauf, daß keine andere Nation zu stark werde. Als ich im Amt gewesen sei, habe mein steigender Einfluß auf die Auffassungen der Staatsmänner der Welt ihn mit Alarm erfüllt; er habe die Entwaffnung Frankreichs und eine auch nur teilweise Aufrüstung Deutschlands ständig bekämpft. Er habe immer die Tatsache vor Augen gehabt, daß es 65 Millionen Deutsche und weniger als 40 Millionen Franzosen gebe. Im Interesse Englands habe er sich geweigert, die Auffassung von der Gleichberechtigung in der Rüstungsfrage, was Deutschland anging, anzuerkennen[21].

Als ich um 2 Uhr nachts ins Haus meines Gastgebers zurückkehrte, haftete eine Bemerkung besonders in meinem Gedächtnis. Nach einer Äußerung Professor Lindemanns hatte Churchill gesagt: „Deutschland muß wieder besiegt werden, und dieses Mal endgültig. Sonst werden Frankreich und England keinen Frieden haben.“

(1) Später Sir Winston (1874–1965), Erster Lord der Admiralität (Liberale Partei) 1911–1915 und (Konservative Partei) 1939–1940, Rüstungsminister (Koalition) 1917–1919, Kriegs- und Luftfahrtminister 1919–1921, Schatzkanzler (Konservative Partei) 1924–1929, Premierminister 1940–1945. Entzweite sich bei dem Versuch, Baldwin abzusetzen, Anfang 1931 mit der Führung der Konservativen wegen der Frage einer repräsentativen Selbstregierung für Indien, der er sich in den folgenden vier Jahren als privates Parlamentsmitglied widersetzte. Erhielt mit Zustimmung der Regierung als Mitglied des Privy Council (Geheimer Rat) offizielle Geheimdienstberichte, besonders aus der Industriespionage. Begann 1934 mit der Abfassung von *Marlborough*, 4 Bde., London 1933–1938 (vgl. Robert Rhodes James, *Churchill, A Study in Failure 1900–1939*, Cleveland 1970). (2) Viscount Bracken (1901–1958), in Australien aufgewachsen, Verleger von *The Financial News* und *The Banker*, als konservatives Parlamentsmitglied Churchills treuester und gelegentlich einziger Anhänger. Informationsminister 1941–1945. (3) F. A. Lindemann,

später Viscount Cherwell (1886–1957), Professor für Physik in Oxford. Heftiger Befürworter der Flugabwehr. Seit 1935 Unterausschußmitglied des Committee of Imperial Defence. Leiter der statistischen Abteilung des Premierministers 1940–1945. Churchills engster Berater, bekannt für seinen Antisemitismus, seine Deutschfeindlichkeit und seinen Farbigenhaß (vgl. Birkenhead, *The Professor and the Prime Minister*, Boston 1962). (4) Brigadegeneral Edward L. Spears, Leiter der britischen Militärmission in Paris 1917–1920. (5) Anthony Eden, später Earl of Avon (* 1897), Lordsiegelbewahrer (Konservative Partei) 1934–1935, Minister für Völkerbundsangelegenheiten 1935, Außenminister 1936–1938 und 1941–1945, Kriegsminister 1940. (6) Dr. Julius Curtius (1877–1948), Reichswirtschaftsminister (DVP) 1926–1929, Reichsaußenminister 1930–1931. (7) Freiherr Konstantin von Neurath (1873–1956), Diplomat, deutscher Botschafter in Rom 1921–1930, in London 1930–1932, Reichsaußenminister 1932–1938, Reichsprotektor Tschechoslowakei 1939–1941. (8) General der Infanterie Erich Ludendorff (1865–1937), Erster Quartiermeister 1916–1918. (9) Generaloberst Helmuth von Moltke, Chef des preußischen Generalstabs 1906–1914. (10) Juli bis November 1911. Die Ankunft des deutschen Kanonenboots „Panther" in Agadir war der Höhepunkt der „zweiten Marokkokrise". (11) Edward Viscount Grey (1862–1933), Außenminister (Liberale Partei) 1905–1916. (12) Richard Viscount Haldane (1856–1928), Kriegsminister (Liberale Partei) 1905–1912, Lordkanzler 1912–1915 und (Labour Party) 1924. (13) Herbert Asquith, Earl of Oxford (1852–1928), Premierminister (Liberale Partei) 1908–1916. (14) David, Earl Lloyd George (1863–1945), Schatzkanzler (Liberale Partei) 1908–1915, Premierminister 1916–1922. (15) 1899–1902 zwischen Großbritannien und der Burenrepublik; Churchill nahm als Kavallerieleutnant und Korrespondent teil. (16) General Jan Christian Smuts (1870–1950), Ministerpräsident der Südafrikanischen Union 1919–1924 und 1939–1948. (17) Richard von Kühlmann, preußischer Sekretär des Auswärtigen Amtes 1917–1918. (18) Offensive an der Westfront 21. März bis 5. April 1918. Lansdowne, der als Außenminister im Jahr 1904 die ursprüngliche britische Entente mit Frankreich geschlossen hatte, forderte das Kabinett im November 1916 dringend auf, den Krieg zu beenden, und erklärte im November 1917 öffentlich: „Die Menschen in den kriegführenden Ländern müssen erkennen, daß der Krieg schon zu lange gedauert hat." Zahlreiche Demonstrationen für den Frieden folgten darauf; aber schließlich beurteilte Lansdowne den Winter 1916/1917 als die günstigste Zeit für einen Verhandlungsfrieden (vgl. Newton, *Lansdowne*, London 1929). (19) Siehe auch Vansittarts Memorandum vom 7. April 1934: „Ich persönlich bezweifle, daß mit einer Schwächung Hitlers sehr viel gewonnen wäre – im Gegenteil . . . Um ein repräsentatives Paar zu nennen: Ich halte Herrn von Bülow, den Leiter des regulären Auswärtigen Amtes, für gefährlicher als Herrn Rosenberg, den Leiter des Auswärtigen Amtes der Nazis." (*Documents on British Foreign Policy*, Serie 2, Bd. VI, S. 988f.). Ähnliche französische Haltungen gegenüber den Nazis beschreibt Elizabeth Cameron in *Prologue to Appeasement*, Washington 1942, Kap. II. (20) Die von Churchill 1921 initiierte „Ten-Year-Rule", die als Grundlage für die britischen Verteidigungspläne die Annahme setzte, innerhalb der nächsten zehn Jahre sei kein Krieg vorherzusehen, wurde 1932 widerrufen, aber die öffentliche Meinung blieb pazifistisch. Im August 1933 erhob die Labour Party unter Arthur Hendersons Führung die „Abrüstung" zu ihrem Hauptziel und errang bei parlamentarischen Nachwahlen im Herbst 1933 und Herbst 1934 sensationelle Siege über Regierungskandidaten. Noch im Jahr 1937 forderten Labour-Politiker, die später dem Kriegskabinett angehörten, die Arbeiter auf, keine Munition herzustellen. (21) Ein langer Brief von Church an Mona Anderson vom 19. September beschreibt diesen Abend und erwähnt auch die Finanzierung von deutschen Rüstungsmaterialien durch englische Kredite und ein Versprechen Churchills, eine strengere Kontrolle beim Schatzamt zu verlangen.

* *N September, Bank of England*

Major Church begleitete mich in Montagu Normans Büro[1]. Das Gespräch dauerte viel länger, als ich erwartet hatte, so daß ich nachher zwei Stunden zu spät zum Essen kam. Nach den üblichen Begrüßungsfloskeln sagte der Gouverneur: „Schacht[2] ist mein Freund. Alles, was ich vom Bankwesen weiß, verdanke ich ihm. Ich weiß, daß Sie sein Gegner sind, und es wäre sinnlos, wenn wir uns über ihn unterhielten." Meine Überraschung malte sich wohl auf meinem Gesicht, denn er setzte hinzu, es sei ein Glück für ihn gewesen, daß er schon früh Schachts Bekanntschaft gemacht habe, und er habe seine Anregungen zu Bank- und internationalen Finanzfragen stets beachtet. Danach forderte er Professor Clay[3], Professor Spragues[4] Nachfolger, zur Teilnahme am Gespräch auf.
Wir verschafften uns einen Überblick über die Weltverhältnisse. Ich verurteilte die Abwertung des Dollars, weil sie früher oder später zur Abwertung der europäischen Währungen führen werde. Die Reichsmark – so sagte ich – sei keine echte Währung mehr. Ich hatte eine Abwertung stark befürwortet, sobald die Reparationsgläubiger einwilligen würden, und ich hatte alle Vorbereitungen für eine 20prozentige Abwertung getroffen, die der Lausanner Konferenz[5] folgen sollte. Jetzt dachte ich, eine 20prozentige Abwertung sei nicht mehr groß genug. Das schien den Gouverneur ungünstig zu beeindrucken.
Ich sagte ihm, ich hätte bei Gesprächen im Jahr 1932 mit Sir John Simon[6] und dem Belgier Hymans[7] vorgeschlagen, daß die Reparationsgläubiger Deutschland eine Anleihe im Gegenwert der endgültigen Zahlung, die es leisten müsse, gewähren sollten. Das hätte die Aufhebung der Devisenkontrolle und die Rückkehr zu einer freieren Wirtschaft ermöglicht, mit einer Abwertung von 20 Prozent. Aus dem Vorschlag sei nichts geworden, aber die Tschechoslowakei habe um 17 Prozent abgewertet[8]. Die tschechische Geldabwertung habe zwangsläufig die Preise in Sachsen, Schlesien, Thüringen und Bayern beeinflußt, und der Abwertungssatz, den ich erwogen hatte, sei nicht mehr ausreichend.
Wir sprachen darüber, daß es keinen echten Goldstandard geben könne, solange Währungen zu Paritäten weit über den natürlichen Sätzen beibehalten wurden. Die ungleiche Goldverteilung würde die Nationen zu größerer Wirtschaftsplanung zwingen, und die Konsequenzen für normale demokratische und parlamentarische Regierungsformen seien offenkundig. Soweit der Gouverneur überhaupt eine Ansicht äußerte,

gab es kaum Meinungsverschiedenheiten zwischen uns. Bezeichnenderweise bevorzugte er epigrammatische Kommentare. Er glich durchweg mehr Montaigne als dem Gouverneur der Bank of England. Unser langes Gespräch zusammenfassend, sagte er: „Dann stimmen wir also darin überein, daß eine lange, chaotische Zeit vor uns liegt und daß die Welt in etwa 50 Jahren vielleicht zu den Verhältnissen von 1914 und den Prinzipien von Adam Smith zurückfinden wird."
Im Anschluß daran zeigte mir der Gouverneur das neue Bankgebäude, insbesondere die Safes, die tief in der Erde liegen. Ich sagte: „Welche Entwicklung die Bombentechnik auch nimmt – diese Safes sind zweifellos bombensicher."

(1) Baron Norman, Gouverneur der Bank of England 1920–1944. (2) Dr. Hjalmar Schacht, Reichsbankpräsident 1924–1930 und 1933–1939, Reichswirtschaftsminister 1934–1937, Reichsminister ohne Geschäftsbereich 1937–1943. Wie Normans Biograph schreibt, „kannte er [Norman] Schacht gut genug und vertraute ihm so sehr, daß er glaubte, Hitlers vorrangiges Ziel sei es, die Selbstachtung der Deutschen damit wiederherzustellen, daß er sein Volk aus dem wirtschaftlichen Chaos herausführte" (Andrew Boyle, *Montagu Norman*, New York 1967, S. 300). (3) Henry Clay, wirtschaftlicher Berater der Bank of England seit 1933. (4) Oliver Sprague, Professor für Bankwesen und Finanzen, Harvard. Wirtschaftlicher Berater der Bank of England 1930–1933 und der deutschen Regierung 1931–1932. (5) 16. Juni bis 9. Juli 1932, Ende der deutschen Reparationen. (6) Viscount Simon (1873–1954), Generalstaatsanwalt mit Sitz im Kabinett (Liberale Partei) 1913–1915, Innenminister 1915–1916 und 1935–1937, Außenminister 1931–1935, Schatzkanzler 1937–1940. (7) Paul Hymans (1865–1941), belgischer Außenminister (Liberale Partei) 1918–1920, 1924–1925, 1927–1935, Justizminister 1926–1927. (8) Im Februar 1934.

* *9. Oktober, Melide, H. B. an Mona Anderson*

. . . Es ist sehr freundlich von Ihnen, zu wünschen, daß sich die Dinge rasch entwickeln. Auch ich wünschte das. Aber ich werde – vielleicht lange Zeit – warten und versuchen müssen, mit jeglicher Bitterkeit, die in meinem Herzen aufsteigen mag, fertigzuwerden und das in die Tat umzusetzen, was ich jahrelang gepredigt habe: daß das Leben für die Ideale meines Landes und der Menschheit geopfert werden muß. Das ist in der Schlacht leichter als in Ketten, wie ich jetzt immer deutlicher empfinde, da ich nur meine Augen habe, die ich gegen die Dunkelheit der Gegenwart und der Zukunft einsetzen kann. Aber ich hoffe, daß ich mit der Hilfe so guter Freunde fähig sein werde, „das Gesetz mit Liebe zu erfüllen". Sie hätten mir kein besseres Wort sagen können. Ich danke

Ihnen und auch Ian sehr herzlich dafür, daß Sie es mir ermöglicht haben, wieder Hoffnung zu schöpfen ...

* *10. Oktober, Melide, H. B. an Mona Anderson*

... Wenn ich nicht die Fiktion aufrechterhalte, ich sei wegen schlechter Gesundheit gezwungen, in einem südlichen Klima zu leben, werden meine Freunde zu Hause große Schwierigkeiten haben, weiterhin mit Erfolg meine Angelegenheiten für mich zu regeln. Deshalb bedrängt mich mein Gastgeber[1], ihn auf einer zwei Monate dauernden Reise nach Argentinien zu begleiten. Ich weiß noch nicht, ob ich seine freundliche Einladung annehmen werde, obgleich ich es in normalen Zeiten nur zu gern getan hätte ...

(1) Dr. Erwin Brettauer (1883–1973), österreichischer Staatsbürger, wohnhaft in der Schweiz, Inhaber der Bank Brettauer und Co., Zürich, hatte H. B. im April 1931 „als Anerkennung seiner Verdienste um die Wiederbelebung der deutschen Wirtschaft durch seine politische Tätigkeit ... für allgemeinnützige Zwecke" anonym 25000 RM geschickt und ihn im Juni 1934 nach Melide eingeladen.

* *18. Oktober, Melide, H. B. an Mona Anderson*

... Ich glaube nicht, daß sich die Lage so bald ändern wird, auch nicht nach dem prachtvollen Widerstand der protestantischen Bischöfe[1]. Das Attentat in Marseille[2] war für Hitler eine große Hilfe. Er fühlt sich nun sehr gefestigt. Der Kampf muß um ewiger Ideen willen weitergeführt werden. Aber wenn er nicht mit einer weltweiten Katastrophe enden soll, wird dieser Kampf viel Arbeit und Geduld erfordern[3] ... Dr. B[rettauer] wird immer pessimistischer hinsichtlich der wirtschaftlichen Zukunft der Welt. Er denkt Tag und Nacht, der Krieg drohe im nächsten Frühjahr ...

(1) Die evangelischen Bischöfe Theophil Wurm in Württemberg und Hans Meiser in Oberbayern wurden 1933 verhaftet, dann wieder freigesetzt, im September 1934 ihres Amts enthoben, im Oktober erneut verhaftet und später im gleichen Monat auf Demonstrationen hin wieder freigelassen. Der Widerstand der evangelischen Kirchen, die Massenentlassungen von Pfarrern im Frühjahr 1934, das Entstehen der Bekennenden Kirche wurden in der britischen und amerikanischen Presse ausführlich behandelt und auf Anzeichen hinsichtlich der Ziele Hitlers untersucht. (2) König Alexander von Jugoslawien

und der französische Außenminister Louis Barthou wurden am 9. Oktober 1934 in Marseille ermordet von kroatischen Terroristen, die unter deutscher Aufsicht in Ungarn ausgebildet worden waren und unter italienischem Schutz lebten – es waren „die ersten Schüsse des Zweiten Weltkriegs". (3) In den darauffolgenden Jahren sprach H. B. in Vorträgen oft vom „Kampf" um die Grundrechte, z. B. in Dartmouth 1937 vom „Kampf, mit dem die Demokratie anfing, um die elementarsten, wesentlichen Bedingungen des menschlichen Lebens, für Freiheit und Gleichheit vor den Gesetzen, gegen Mißbräuche der Gesetze, für Toleranz, gegen Terror".

** 28. Oktober, Melide, H. B. an Mona Anderson*

... Ich finde den Mut, in die dunkle, sehr dunkle Zukunft zu blicken, ohne ständig deprimiert zu sein. Wenn ich nur den Politikern, die in Europa an der Macht sind, meine Augen leihen könnte! Die schreckliche Gabe, etwas von der Zukunft vorherzusehen, hat mich mein ganzes Leben lang bedrückt ... Arch[ibald Church] schrieb mir einen langen Brief. Er bittet mich, vor dem Volksentscheid der Saar[1] eine Erklärung abzugeben. Das werde ich niemals tun; lieber würde ich sterben, als auch dem anderen Deutschland einen solchen Schaden zuzufügen. Ich kann ihm nicht mehr sagen, was ich wirklich tue, außer daß ich über die Politik der letzten vier Jahre diktiere. In den letzten Tagen bekam ich immer mehr Beweise dafür, daß er unfreiwillig die beste Quelle der Geheimen Staatspolizei ist, und meine Freunde müssen dafür leiden. Ich glaube, es ist Zeit, ganz offen mit ihm zu reden ...

(1) Durch Volksentscheid am 13. Januar 1935 sollte beschlossen werden, ob die Saar an Deutschland zurückfallen oder bei Frankreich bleiben sollte.

T 31. Oktober, Straßburg

Spät angekommen. Hoffte noch die Münsterglocke zu hören. Wie beruhigend vor 27 Jahren, wenn ihr Schall in das Hospital drang in die Fieberträume ... Um das Münster herum. Die neue Beleuchtungsart des Platzes hindert den schönen Blick wie früher. Zum Stefansplan. Stand auf Augenblicke gegenüber dem schönen alten Hause, wo ich wohnte[1]. Nur hier noch eine der alten Weinstuben, wo alles früher saß, Volk, Studenten (wenig) und Offiziere in Zivil. Am Staden entlang zum Hospitalplatz. Wilhelmerkirche, dachte an die Sonntagnachm[ittags]-Predigten von Schweitzer[2] – ich einer der nicht mehr als vier Zuhörer –,

Strasburg 21 Okt.
1934.

Jetzt angekommen hoffte noch die Münsterglocke zu hören. Wie ungefähr vor 27 Jahren, wenn ich Abends im das Hospital drang in die Fieberträumen. Durch die Rader-schülgasse. Rings verfallen jetzt Siechhaus. Überall schreckliche Neubauten. Kleberplatz Auch Berliner Neubauten. Hinten nur die Lauben wie früher. Um das Münster herum. Die neue Beleuchtungsart des Platzes findet den schönen Blick wie früher. Zum Stephans-plan. Broad auf Regen. bleibt gegenüber dem schönen Eltern Haus wo ich wohnte. Nur hier noch eine

am früheren Hotel Geist vorbei, Thomaskirche, bog in die Salzmanngasse ein, erkannte plötzlich das Haus wieder, wohin mich jemand am Weihnachtsabend 1910 geholt hatte. Ich kannte ihn kaum. Er zwang mich mitzukommen. Ich folgte ihm schweigend in das mir unbekannte Haus. Ich glaubte zu träumen: nichts hatte sich geändert im Hause und in den Menschen seit 150 Jahren. Ich war froh und unglücklich zugleich. Ich sah noch einmal eine in ihrer Natürlichkeit feinfühlige und glückliche Welt. Fühlte zugleich, daß sie letzter Überrest war . . . Setzte mich einen Augenblick in den „tiefen Keller". Nur drei Gäste. Alles einsam, klein, verstaubte Vergangenheit! Die Kellnerin sprach vom kommenden Krieg.

(1) Als Student, zwischen 1905 und 1911. (2) Albert Schweitzer (1875–1965), 1905 noch Privatdozent für Neues Testament.

T 1. November, Straßburg

. . . Zum Münster. Großes Hochamt [Allerheiligen] mit Umgang. Tiefer Eindruck, feierlicher als früher . . . Auf die Plattform. Wie oft saß ich auf dieser Bank unter dem Dach, erfreute mich der Stadt unter mir, die nun fast in ihrer Geschlossenheit zerstört ist. Sah zu den Bergen, war glücklich des herrlichen Anblicks. Und immer kam ein dumpf ahnendes Gefühl über ein Leben voll Kampf, Krieg und Leiden . . .
Durch Lothringen. Bei Verdun hohe neue Befestigungen. In den Ardennen bitter kalt und Schnee . . .

T 2. November, Heerlen

. . . Morgens in der Kirche [Allerseelen]. Dort, wo ich stand, am letzten Pfeiler nächst der Tür, wie Ludgerusk[irche] in Münster. Genauso wie ich als Kind mit Mutter stand. Bei freundlichen Menschen.

** 2. November, Heerlen, H. B. an Mona Anderson*

. . . Im Münster fiel es mir ein, daß ich am selben Tag vor 30 Jahren zum erstenmal in Straßburg ankam. Nun bin ich wieder fremd dort . . .

Ich erinnere mich an das Jahr 1910, als ich den Krieg erwartete und mich über seinen drohenden Ausbruch überhaupt nicht aufregte. Jetzt herrscht die gleiche Erwartung, aber ich bin davon zutiefst deprimiert. In Straßburg hatte ich den Eindruck, daß die Leute dem Krieg wie einem unvermeidlichen Ereignis entgegensehen ... Die neue Übereinkunft[1] legt mir die Vermutung nahe, daß die City sich der Situation nicht bewußt ist. Ich kann nichts tun: ein Wort der Warnung von mir würde die akute Gefahr noch verschärfen. Es ist ein schreckliches Gefühl ...

(1) Das deutsch-britische Transfer-Abkommen vom 4. Juli 1934 wurde mit Abschluß des deutsch-britischen Zahlungsabkommens in Berlin am 1. November voll wirksam. Als Gegenleistung für eine verhältnismäßig günstige Befriedigung der Ansprüche englischer Gläubiger erhielt Deutschland die Erlaubnis, auf den Weltmärkten frei über einen wesentlichen Teil der Zahlungen für seine Exporte nach England zu verfügen. H. B. schrieb am 11. Juni 1946 an den *Times*-Korrespondenten Norman Ebbutt: *„Zum ersten verbesserte die Dollarabwertung im Januar 1934 die deutsche Zahlungsbilanz um 300–400 Millionen Mark jährlich, ermöglichte den Import von Rohstoffen für die Rüstung und verminderte die langfristige Dollarverschuldung vieler großer Firmen um 40 Prozent. Zum zweiten kam das deutsch-britische Zahlungsabkommen im Herbst 1934. Mitglieder der deutschen Delegation, darunter auch mein früherer Referent [H. Fritz Berger], erklärten den britischen Verhandlungspartnern warnend, daß das Abkommen das Naziregime stabilisieren würde ... Ich möchte einen Leitartikel der *Financial News* vom 21. März 1939 zitieren: ‚Es ist schwierig, sich einen Einzelfaktor vorzustellen, der für die deutsche Wiederaufrüstung so hilfreich war wie das deutsch-britische Handels- und Zahlungsabkommen von 1934.' ... Auch mit der Dollarabwertung und dem Zahlungsabkommen waren die Verluste an Gold und Devisen so schwer, daß sie die Wiederaufrüstung eine Zeitlang verzögerten. Die Rettung kam mit Stalins Beschluß, die Rückzahlung des deutschen Zweimilliardenkredits, der Rußland während meiner Amtszeit gewährt wurde, fortzusetzen; 500 Millionen Mark wurden in Gold zurückgezahlt. Das alles überbrückte die entsetzliche Knappheit, von der ich angenommen hatte, sie würde den Nazis ohne Eingriffe des Auslands ein Ende bereiten."

T 3. November, Heerlen

Sah die ersten Freunde. Immer noch gegens[eitiges] Mißtrauen, wer Verräter sein könnte[1]. Die Erfahrungen zweier Jahre über den Zusammenbruch so vieler Charaktere schaffen fast Furcht vor Freundschaft bei vielen.

(1) Die Gestapo hatte in Emmerich nachgeforscht, wo Dechant Sprünken und Kirchenrendant Johann Heister zusammen mit Hermann Muckermann H. B. über die Grenze geholfen hatten. Amerikanische und englische Freunde in Berlin hielten sich seit Ende März 1934 bereit, H. B. – wenn nötig – außer Landes zu bringen; sie wußten auch von seiner Flucht (vgl. George Messersmith, *Memoirs*, Manuskript, University of Delaware).

T 5. November, Heerlen

Debatte mit den Valkenburger Herren[1], die sehr ängstlich waren, mich zu sehen, über die Verirrungen der kath[olischen] Auffassung über Naturrecht[2].

(1) Deutsche Jesuiten vom Studienkolleg Valkenburg in Limburg, wo H. B. am 21. Mai übernachtet hatte. (2) Das Naturrecht war ein häufig wiederkehrendes Thema in H. B.s akademischen Vorträgen, z. B. Princeton 1937: „Jahrelang herrschte eine strenge Auffassung vom Naturrecht. Darauf folgte eine Epoche, in der das Naturrecht gerade gut genug war, die Grundlage für eine opportunistische Deutung des Verfassungsrechts und des internationalen Rechts abzugeben." Und Dartmouth 1937: „Keine politische Autorität ist legitim, die nicht auf der Autorität des Naturrechts beruht, wie es sich unter christlichem Einfluß entwickelt hat."

T 6. November, Heerlen

Der arme F[riedrich] M[uckermann][1] muß alle Arbeit aufgeben. Der Kampf für Menschentum in Freiheit ist eine Gefahr in den Augen der kirchl[ichen] Oberen. Mit Dr. P[oels][2] an der deutschen Grenze am Abend. Sah in die Heimat in der Dunkelheit . . . Wir schlossen uns auf. Bis tief in die Nacht über das Altwerden der Kirche, das Menschloswerden, ausgesprochen.

(1) Friedrich Muckermann, S. J. (1883–1946), Hauptredakteur des *Grals* bis 1937, der *Katholischen Wochennachrichten* bis 1934, des *Deutschen Wegs* bis 1940. Seine veröffentlichten Erinnerungen gehen nicht auf die erwähnten vorübergehenden Schwierigkeiten ein, beschreiben aber vorhergehende und nachfolgende Schwierigkeiten mit kirchlichen Oberen, die mehr gegen den Bolschewismus als gegen den Nazismus eingestellt waren und auch die Verhaftung von Ordensbrüdern in Deutschland befürchten mußten (vgl. Friedrich Muckermann, *Im Kampf zwischen zwei Epochen*, Mainz 1973, S. 537f. und 626). (2) Monsignore Dr. Heinricus A. Poels (1868–1948), seit 1910 Leiter der Sozialarbeit der Diözese Roermond, hatte H. B. schon 1933 ein Heim bei sich in Heerlen angeboten. H. B. schrieb am 18. April 1952 an Jean Boulanger, S. J.: *„Poels' freundliche und kluge Unterstützung deutscher Katholiken während des Kampfs um den ‚Integralismus' [vor 1914] war nur einigen wenigen Führern bekannt. Poels gehörte zu den sehr wenigen, die sich völlig darüber im klaren waren, was in Rom während dieses Kampfes geschah. Dr. Heinrich Brauns, später Arbeitsminister, erzählte mir, wie dankbar er und seine Freunde, die für interkonfessionelle christliche Gewerkschaften kämpften, für Poels' Informationen waren." *Gedachten, woorden en daden van Mgr. Dr. H. A. Poels* wurde 1948 in Heerlen von J. Jacobs und A. Gerats veröffentlicht.

T 7. November, Heerlen

Diese Unterhaltungen den ganzen Tag fortgesetzt. Was die Kirche sein müßte, um wieder wahren mensch[lichen] Eroberungsgeist zu gewinnen. H[ermann] M[uckermann][1] kam am Abend hinzu.

(1) Professor Hermann Muckermann (1877—1962), säkularisierter Jesuit, Leiter der Abteilung Eugenik am Kaiser-Wilhelm-Institut in Dahlem 1927–1933.

T 8. November, Melide

Wartete noch bis Mittag auf die, die ich besonders gern gesehen. Vergebens! . . . Sah Irmgard von W[illisen][1] in Bern. Abends zurück am See. Herrliche Fahrt im Schnee über Gotthard.

(1) Witwe des H. B. seit 1919 nahestehenden Oberstleutnants a. D. Freiherr Friedrich Wilhelm von Willisen (1876–1933). Frau von Willisen war mit Rundstedt und besonders mit Fritsch befreundet und brachte H. B. gelegentlich Informationen.

T 9. November, Melide

Noch ein Sonnentag. Generoso leuchtend in Schneekappe.

T 10. November, Melide

Regen, müde.

T 11. November, Melide

Das gleiche, Stimmung düster.

T 12. November, Melide

Noch mehr.

** 15. November, Brignoles, H. B. an Mona Anderson*

... Sie und Ian wissen, wie gern ich jede Art Einladung nach Oxford oder Cambridge annehmen würde. Aber zwei Voraussetzungen sind unerläßlich: 1. Ich darf nicht aufgefordert werden, gegen mein Land zu arbeiten; 2. es dürfen keine demütigenden Bemerkungen von Arch[ibald Church] gefallen sein in der Art, wie er sie einem meiner Freunde gegenüber machte ... Ich glaube, er wird nur zufrieden sein, wenn er als mein Impresario durch die Welt geht, ohne Rücksicht auf die Situation meines Landes oder auf meine eigene Lage[1] ... Wenn Sie glauben, daß Spens[2] und Canon Streeter[3] mich einzuladen beschlossen, ohne von Arch beeinflußt worden zu sein, springe ich in einen Zug und komme zurück ...

(1) Church schrieb zur gleichen Zeit an gemeinsame Freunde von seiner Enttäuschung darüber, daß H. B. keinen „Kreuzzug anführte". 1935 traf er sich noch mit H. B.; im Jahr 1936 war die Entfremdung vollzogen (vgl. *Ambassador Dodd's Diary,* New York 1941, S. 306). (2) Sir Will Spens, Rektor des Corpus Christi College, Cambridge. (3) Rev. B. H. Streeter, Rektor des Queen's College, Oxford.

T 17. November, Perpignan

Jetzt ging der Midi mir auf. Die Sonne kam durch. Wir jagten über Platanenwege zwischen rotem Wein nach Perpignan. Das Auge konnte nicht müde werden vom Schauen dieser Farben. Mittags Carcassonne. Avignon-Carcassonne, Cevennen-Pyrenäen. Herrliche Farben. Goldgelbe Pappeln und Platanen und roter Wein. Rom, Goten, Mauren, das im Kampf sich erhebende Frankreich – Albigenser, Papsttum in Avignon. Jetzt verstehe ich Jahrhunderte und, wie ich die Menschen sehe, das antiklerikale radikal-sozialistische Frankreich. Vibrierend und doch kräftig, dem etwas zur Religion geworden ist, was nichts mit ihr gemein hat. Aber nur weil die Kirche hier für immer auf umkämpftem Boden die für diesen notwendige Leidenschaft nicht hat geben können ... Erschütternd ist Aix-en-Provence mit dem imponierenden alten Teil seiner Kathedrale aus dem schlimmsten Jahrhundert der Kirchengeschichte, seinen langsam verfallenden Kurien und Palästen. Das Alter ist grandios wie die ewige Weisheit. Aber muß es verfallen erscheinen? Könnte das nicht alles lebendiger erhalten bleiben? ...

T 18. November, Barcelona

... Es muß kalt sein für die Südländer. Die Menschen, die in den Dörfern stehen, reiben sich die Hände, um sich warm zu machen. Hatte mir die Landschaft viel zerklüfteter vorgestellt. Statt dessen wellige weite Ebene, meistens gehobener früherer Seeboden, durchschnitten von einer Hügelkette ... Sauberkeit der Menschen und Dörfer auffallend ...

T 19. November, Barcelona

... Abends im Hafenviertel in einem kleinen Fischrestaurant. Natürliches Volk mit vornehmem Abstand.

T 20. November, Tarragona

... Zwei Stunden in und um Kathedrale gewandert. Hier ist ununterbrochene Tradition ... Der Altar steht dort, wo die Jupiterstatue einst war. Rundherum der alte römische Bodenbelag. Man fühlt hier den Endkampf des Christentums über die untergehende Antike ... Weshalb ist an diesen alten Stätten eine solche Einsamkeit und schwermütige Leere, während das gewaltige Leben der Großstadt halbe Tagereisen weitab pulsiert? Muß diese Zerreißung sein? ... Die große Landschaft und die Zeichen einer großen Vergangenheit in ihr gaben mir Abstand vom eigenen Schicksal.

T 21. November, Valencia

... Orangenhaine, Fruchtbäume aller Art, die wir zum Teil nicht kannten. Es war berauschend schön ... Man sieht zu schnell und zu viel vom sausenden Wagen aus, und jenes, was ich suche, mit völlig von allem Denken und Grübeln losgelöster Seele die Schönheit der Landschaft und der Bäume betrachten, konnte ich nur für Augenblicke erreichen ...

T 23. November, Granada

. . . Immer schwerer zu bebauender Boden. Immer weniger Besiedlung, bis sie fast ganz verschwand. Düstere, herrische Landschaft. Sehr kühl. Auf den Bergen frischer Schnee. Allmählich verschwindet der Baumwuchs völlig. Löß beherrscht die Landschaft. Um Baza viele Höhlenwohnungen mit aus dem Boden ragenden Schornsteinen. Viele „nordische Gesichter" unter diesen Höhlenbewohnern. Man dachte an deutsche Fanatiker und mußte lächeln. In Baza aßen wir etwas. Ein kleines Mädchen, das in seiner Ruhe aus Westfalen und in den Gesichtszügen aus dem Elsaß hätte sein können, mit einem Säugling auf dem Arm, schaute uns zu durchs Fenster. „Urnordisch", aber mit zehn Jahren schon Gemüt.
Der Wagen sprang selbst bei langsamer Fahrt in den Löchern der Straße; der Schnee kam an einzelnen Stellen bis zur Straße herunter. Hinter Guadix wurde die Landschaft immer grandioser. Wir überfuhren die Wasserscheide, glaubten Granada zu sehen, mußten aber noch auf vielen Serpentinen zwischen jeden Augenblick wechselnden Lößarten weiter steigen. Eine letzte Kurve: eine weite Ebene lag vor uns. In der Ferne blaue Hügel. Links von uns die Alhambra, unten die Stadt. Wir stiegen aus und sahen über der Alhambra ferne Schneeberge in den Wolken. Wir wußten nicht, daß wir nur den unteren Teil sahen . . .
Überall in und um die Alhambra rauschen und sprudeln die frischen Schneewasser der Sierra Nevada. In die Einfassungen der Treppen sind hohle Ziegel eingelegt, in denen das Wasser herunterrauscht. Wo nur ein Springbrunnen künstlerisch möglich ist, wirft er seinen Strahl empor. Als ich spät zu Bett ging, meinte ich, es regnete stark. Am anderen Tag sah ich erst, daß es der ununterbrochene Laut des überall plätschernden Wassers gewesen war . . .

T 24. November, Granada

Der Morgen war kühl. Wir gingen früh herauf zur Alhambra . . . Ich glaube, es gibt wenig Schöneres auf der Welt, wenig Schönes auch, was so vollkommen in seiner Wirkung im einzelnen und insgesamt, in Durchblicken und Steigerung, gleichzeitig so überlegt ist . . .
Ich verstehe, daß Karl V. auf der Hochzeitsreise den Entschluß faßte, nach Einnahme der Reste[1], hier sich einen Palast zu bauen. Nach der

Einnahme erhielt hier Kolumbus das Versprechen der Unterstützung. Hier wurden die Pläne zur Eroberung Nordafrikas gefaßt. Hier war der nächste Weg nach Sizilien und Neapel. Ein Weltreich von unerhörtem Ausmaß [hätte entstehen können]. Hier hätte der Mittelpunkt werden können. Die Sonne Afrikas, regnerischer Atlantischer Ozean und smaragdblaues Mittelmeer, alpine Schneeberge und wenige Meilen davon afrikanische Dürre, rieselnde Wasser und tiefes Grün, der Blick in erhabene Ferne: was gab es selbst im Traume mehr? Der mächtige, nie fertig gewordene Palast mit dem gewaltigen Oval des inneren Hofes zeigt, wie stark die Hoffnung und der Wille war. An der Schwelle neuer Jahrhunderte, neuer Welten stehen die tragischen Figuren, die im Kloster des Escorial[2] enden, weil sie zu weise und dadurch zu müde werden. „Tondus propriae actionis gravat." . . . Natur und Kunst sind hier unsterblich vermählt. Wo auf dieser Erde das Gleichgewicht so erdacht ist, muß es nicht mehr enthusiasmieren. Das vollendet Schöne, das in sich Ausgeglichene muß sterben . . . Verhüllt das Haupt vor dem Ewigen in stummer Ehrfurcht. Nichts anderes bleibt übrig an Erkenntnis als die Klage über das Vergängliche und die Hoffnung auf die ewige Ruhe in der von allem geläuterten Liebe zu den Ebenbildern Gottes und dem unfaßbar gewaltigen, liebenden Vater. Aber in dem Sinne:

„Wen Du nicht verlässest, Genius (Heiliger Geist),
Nicht der Regen, nicht der Sturm
Haucht ihm Schauer übers Herz." . . .

(1) Mit dem Fall Granadas 1492 war die christliche Wiedereroberung Spaniens abgeschlossen. (2) Kloster der Hieronymiten, bei denen Karl V. seine letzten Jahre verbrachte. Mausoleum und Schloß der späteren spanischen Könige.

T 26. November [Geburtstag], Gibraltar

49 Jahre alt. Einsam, geächtet, wie alte Politiker . . .

T 29. November, Gibraltar

. . . Las in *Temps* [24. November 1934] die Rede über Machiavelli von Henri Hauvette[1] und Berthelots letzte Rede[2], die er nur noch niederschreiben konnte. Kann nicht abwarten, wieder tagsüber zu arbeiten und zu gestalten, was ich vor 20 Jahren und mehr ahnte und sich nur durch Erlebnisse jetzt gestaltet[3] . . .

(1) Henri Hauvette (1865–1935), Professor für italienische Literatur an der Sorbonne. Er behauptet in seiner Rede „Das Rätsel Machiavelli": „Machiavelli war nicht so sehr ein wissenschaftlicher Geist als vielmehr ein Mann von großer Leidenschaft und großer Phantasie. Er besaß die Leidenschaft der Aktion, die Leidenschaft der Freiheit für Florenz, die Leidenschaft der Unabhängigkeit für Italien." (2) Philippe Berthelot (1866 bis November 1934), französischer Diplomat, 1920–1922 und 1925–1933 Generalsekretär des Außenministeriums, schrieb in der Rede, die in London für ihn gelesen wurde: „Der Franzose hat volles Vertrauen zu der juristischen Beweisführung. Andererseits bringt er stets seine Empfindsamkeit ins Spiel, denn er möchte gefallen. Diese beiden Strömungen im französischen Denken wurden hervorragend vertreten von zwei großen Staatsmännern, Poincaré und Briand. Mit entgegengesetzten Methoden übten sie beide die gleiche Politik aus." Angesichts der Unmenge von Zeitungen und Zeitschriften, die H. B. täglich las, ohne sich Notizen darüber zu machen, ist die Erwähnung dieser Reden bemerkenswert. (3) H. B. arbeitete an seinen „Memoiren".

T 30. November, Sevilla

Um 12 Uhr konnten wir endlich bei schönem Wetter abfahren über Algeciras nach Tarifa . . . Wurden von einem Auto angehalten. Man bat uns, ein deutsches Mädchen bis Jerez mitzunehmen. Unterwegs erzählte sie, sie wandere mit deutschen jungen Kumpels seit zwei Jahren durch Spanien ohne Geld. Das Notwendige verdiene sie durch Musizieren in Restaurants. Stamme aus Breslau. Die Wandergesellschaft sei aufgeflogen. Der letzte „Kumpel" sei am Morgen nach Málaga gewandert. Ewiges deutsches Schicksal: Wanderlust nach dem Süden, langes Zusammenhalten, dann völliges Auflösen. Hatte trotz des Schicksals reine und fröhliche Augen.

Hinter Jerez in die andalusische Landschaft. Strahlende Sonne. Großgrundbesitz, Landarbeiter primitiv in Strohhütten. Die Schatten wurden länger. Viel mehr Grün der Saaten. Violett verschwamm der Horizont. Vorher waren alle Farben noch einmal in ihrem sattesten Ton. In der Dämmerung Einfahrt in Sevilla. Liebte es gleich.

Fand Brief von H[ermann] M[uckermann] aus R[otterdam]. Fühlt sich in seinem Kampf einsam. Die Warnungen gegen ihn waren, wie ich überzeugt war, unberechtigt. So schwer gegen früher, den Kämpfenden Mut zu machen. Dieses Gefühl das Bedrückendste im Exil . . .

T 1. Dezember, Córdoba

Herrlicher Sonnenschein. Kathedrale und Alcazar. Letzterer Enttäuschend nach Alhambra. Um so gewaltiger die Kathedrale ... Hier ist ein Teil von Spaniens Geschichte. Cervantes. Der Gedenkstein an die ersten großen Prediger des Jesuitenordens. Welche Gardetreppe! Wie muß hier im Hof eine leidenschaftliche Predigt gewirkt haben. Das Innere gleich beim ersten Eintreten überwältigend. Keine lichten Weiten wie bei gotischen Hallenkirchen Hollands und Nordwestdeutschlands, aber schwerer und grandioser. Hier, das einzige Mal, wirkt der Chor inmitten der Kirche harmonisch, selbstverständlich, und erhöht noch den Eindruck des Gewaltigen. Der Blick über die Umfassungsmauern zum Hochaltar, dessen Gold herüberglänzt bis zum Reiterdenkmal des spanischen Königs, ist in sich eine unerhörte Steigerung und wirkt doch wie ein Ganzes ...

Nachmittags noch eine halbe Stunde allein in die Kathedrale kurz vor Beginn des Chorgebetes ... Die Sonne stand schon tief und schien durch die bunten Fenster, rotes und blaues Licht auf das goldene Altargitter werfend ... Alles glühte ... Wir mußten am Abend in Córdoba sein. Schnell waren wir aus der Stadt durch welliges Gelände, dünn besiedelt mit den denkbar elendesten Strohhütten für die Landarbeiter. Herrliche Lichter vor Sonnenuntergang. Meine Gedanken waren noch immer in der Kathedrale. Die herrlichen Farben auf dem Goldgitter klangen hier über einer erhaben einsamen Landschaft ins Unendliche mit den farblos blauen und metallgrünen Farben. Fröhliche Landarbeiterinnen kamen uns entgegen. Dieses ganze Andalusien lebt selbst in Armut von Lust und Freude.

Ferne blinkten die Lichter von Córdoba .. Großer Auftrieb in den Straßen, Militär mit Musik. Ein Minister war anwesend[1]. Ich dachte lächelnd der verwirrenden Fahrten auf der Ostreise durch Zehntausende schauender Menschen und durch Steinhagel ... Dachte an die Heimat, Corduanengasse[2]. Was mag es wohl bedeutet haben? ...

(1) Die von Spannung und Gewalttätigkeit gekennzeichnete Situation eines Generalstreiks. Ein Sezessionsversuch in Katalonien und ein Aufstand von Bergleuten waren der Bildung eines neuen spanischen Kabinetts im Oktober gefolgt. (2) Heute Korduanenstraße, Münster, während des Mittelalters von „Leddermakers" oder Corduanen bewohnt.

T 2. Dezember, Manzanares

... Zur großen Moschee [in Córdoba] durch viele enge und winklige, aber tadellos saubere Gassen ... Überall hatten wir herrliche Blicke durch schöne Eisengitter in alte und neue Innenhöfe. Welch feines Leben, das alle Schönheit nach innen lebt, aber jedem einen Blick hinein erlaubt ... Wieder herrliche Orangen- und Zitronenbäume, dann hinein in die Moschee ... Unwillkürlich steht man in der Tür vor Schauder einen Augenblick still. So ungewohnt ist der Anblick. Langsam bringt der Verstand Sinn in diese Welt von Säulen, fühlt man, daß es Punkte gibt, auf die alle Linien in mir noch nicht klarem Grundriß hinlaufen. Es sind die Korannischen. Die große Kunst war, daß bei jeder Erweiterung der Moschee alte und neue Linien zu neuen Punkten wieder zusammenliefen. In der Mitte steht unvermittelt eine große, schwergotische Kathedrale. Es ist eine Niederlage. Hier hat der Islam gesiegt trotz allen Bemühens. Gut, daß man es einsieht und überall die neueingebauten Kapellen wieder beseitigt ... Es war irgendein Gedenktag einer päpstlichen Bulle für die Kathedrale. Sie wurde in feierlicher Prozession rund um die gotische Kathedrale in der Mitte getragen. Der Bischof und Klerus wandelten in der Einfassung der großen gotischen Stützpfeiler. Weiter wagten sie sich nicht. So schien es fast ...
Klar, rein und schwer ist zu gleicher Zeit diese Stadt. Mittags über die Brücke, in schneller Fahrt über die welligen Ebenen Andalusiens ... Ölbaumfelder, schwere Ochsen, kein Sonntag, aber immer Sonne ... Alles wird herber. Der Ölbaum nicht mehr so häufig, nicht mehr die in gleichen Reihen stehende Kulturpflanze, sondern der an der Grenze steiniger Wüste noch mühsam gedeihende Baum. Nahe an das trennende Gebirge in die herrische Landschaft, Navas de Tolosa[1]. Plötzlich werden Knabenerinnerungen wach. In einer vielbändigen alten Weltgeschichte im Hause der Mutter habe ich mit Verzückung den Bericht der dreitägigen Schlacht gelesen, hoffend als Knabe, so etwas zu erleben, in ungeheurem Ringen für den Glauben als Held zu fallen. Lächelnd erinnere [ich] mich plötzlich an das einzige Bedenken des Knaben, wie ich körperlich drei Tage Kampf aushalten soll ...

(1) Schauplatz des Siegs der christlichen Könige in Spanien über die herrschende Maurendynastie im Jahr 1212.

T 3. Dezember, Madrid

... Auf Seitenstraßen nach Toledo. Eine der wunderbarsten Städte, wenn man ihr naht, aufgetürmt auf hohem Felsen, fast rings umgürtet von tief eingeschnittenem Flußbett. Herrlicher Blick rundherum. Steigen zur Kathedrale, der ganze Eindruck wie auf dem Gemälde von Greco in Madrid. Kathedrale groß und bedeutend. Man fühlt den Geist, der von hier auszog zur Eroberung, aber man darf nicht vorher Sevilla gesehen haben ...
Vorwärts über gleichmäßige Ebene auf schnurgeraden Straßen. Madrid steigt auf... Abends Film: Karl II. von England, Liebesgeschichte. Ich weiß nicht, wie ich drei Tage in dieser sicher modern-schönen Stadt verbringen soll.

T 4. Dezember, Madrid

... Der Prado gibt Madrid das Gesicht. Die schönste Galerie, die ich sah.

T 6. Dezember, Madrid

... Abends auf den neuen Straßen mit Hochbauten und Lichtreklame, für mich tödlich. Ich lebe nur vom Prado. Brauchte zwei Wochen.

T 7. Dezember, Lérida

... Nähern uns Saragossa. Etwas harte Landschaft, aber nur kurz. Selbst großzügig angelegt, aber langweilig, wie eine französische Festung ... Erreichen Lérida in der Dunkelheit.

T 8. Dezember, im Zuge

... Immer schöner [wird] die Landschaft. Alles wieder Garten. Nun tauchen einzigartige Bergformen im Blau auf. Montserrat! Das Wunder. Immer kehrt der Blick dorthin. Die zackigen Formen unvergeßbar. Wir steigen – nähern uns immer mehr . . . Sonne – blauester Himmel – gewaltig und zur inneren Ruhe zwingend. Die Landschaft am Schluß des Faust, die ewige Landschaft deutschen Sehnens.

T 9. Dezember, London

. . . Paris, Regen und Nebel . . . Zunächst Meer nicht so stürmisch wie erwartet, dann immer heftiger. Bleibe allein draußen, mich festhaltend, und genieße den Sturm . . . T[reviranus] und Frau an der Bahn. Die Dame weinte. Dann Portman Court. Der erste Blick zeigt dem wandernden Flüchtling, daß man sich freut, ihn wiederzuhaben. Oh, wenn die Menschen wüßten, was dieser Blick bedeutet für den Wandrer, der auf Gastfreundschaft angewiesen ist und keine Freude und Leben anders als mit äußerster Willenskraft geben kann!

T 13. Dezember, London

Besucher den ganzen Tag . . . Abends bei John [Wheeler-Bennett][1] im Albany mit Andersons, die Tre[viranu]s und Church. Waren alle in Freundschaft und Fröhlichkeit.

(1) Sir John Wheeler-Bennett (*1902), Schriftsteller, Dozent, lange Zeit aktiv im Royal Institute of International Affairs (Chatham House), Gründer und Redakteur des *Bulletin of International News*. Veröffentlichte *Information on the Problem of Security*, London 1927; *The Wreck of Reparations*, London 1933; *The Disarmament Deadlock*, London 1934. Nachdem er noch 1932 H. B.s Politik befürwortet hatte, sagte er am 21. März 1933 in einer Rede in Chatham House, daß „das Naziregime gekommen ist, um zu bleiben"; daß Hitler „als das gemäßigtste Parteimitglied bezeichnet werden kann"; daß „die parlamentarische Regierung im Jahr 1930 von Dr. Brüning den Todesstoß erhielt". Nach einer lebendigen Beschreibung des Naziterrors fügte er hinzu: „Deutschland muß sein Haus auf seine eigene Weise in Ordnung bringen, und was uns eigentlich angeht, ist seine Außenpolitik." Bei der darauffolgenden, im allgemeinen optimistischen Diskussion vertrat das frühere Mitglied der Reparationskommission, Sir Andrew MacFadyean, als einziger die Ansicht, es sei „unmöglich, die Innenpolitik von der Außenpolitik zu trennen" (vgl. *International Affairs*, Bd. XII, Nr. 3, London 1933).

T 16. Dezember, London

... Nachmittags mit M[ona] und I[an][1] in seinem alten College – hörten Xmas Carols. Dann zu meiner Wohnung von 1913 in Hampstead Hill Gardens. Dachte viel an die beiden toten Jugendfreunde[2], die einige Wochen 1911 mit mir dort wohnten. Der Tod von W[esener], der mich viele Jahre tief traf, hat nichts mehr Schmerzliches, nur wenn ich an die Familie denke. Fast gibt das Denken an den Toten dem unruhig Lebenden ein Gefühl des Friedens ...
Nachmittags mit Ian in eine schottische Kirche. Machte tiefen Eindruck. Die extemporierten Gebete geben eine tiefe Konzentration. Jeder einzelne wird erfaßt und vom einzelnen her die Gemeinde, umgekehrt wie meistens in den katholischen Kirchen ...

(1) Ian Anderson (1891–1970), Mitglied des Londoner Stock Exchange, angesehen wegen seiner Rolle bei der Liquidierung der Hatry-Krise 1929 (vgl. *The Economist*, London, 29. März 1930, S. 714). 1942 und 1948 Obersheriff von Surrey. Im Ersten Weltkrieg Seaforth Highlanders; im Zweiten Weltkrieg Home Guard Surrey. 1945 Vorsitzender des Council of Voluntary War Work in Nordwesteuropa. (2) Vermutlich Werner Rhoden und Ferdinand Wesener, beide Mediziner.

T 18. Dezember, London

Abends „Hamlet“ mit John Gielgud[1]. Das erste Mal, daß ich „Hamlet“ in England sah. Man kann ihn nicht übersetzen. Selbst Kainz[2], wie ich heute sehe, konnte diese Schwierigkeit nicht überwinden. Alles wirkt selbstverständlicher im Englischen, nicht so gewaltsam. Natürliche Folgen gegebener Charaktere. Die Zeitdifferenz zwischen viertem und fünftem Akt bewußt hervorgehoben ... Das Nicht-glauben-Können, daß die Mutter ein solches Verbrechen begangen hat, ist das Entscheidende ...

(1) Sir John Gielgud, englischer Shakespeare-Darsteller. (2) Josef Kainz (1858–1910), österreichischer Schauspieler, als Hamlet berühmt.

T 19. Dezember, London

Abends Piatigorsky-Konzert[1]. Sicher einer der größten Cellospieler. Nachher bei einer „kitchen party" mit ihm zusammen. Ich versuchte möglichst schnell fortzukommen. Merkwürdige Gesellschaft.

(1) Gregor Piatigorsky, russischer Emigrant, Cellist.

T 20. Dezember, London

Mittags mit L[ord] Eustace Percy[1] und Frau v. E[inem][2]. Ihre Rolle ist mir plötzlich klargeworden . . . Abends Abfahrt.

(1) Baron Percy (1887–1958), Minister ohne Geschäftsbereich (Konservative Partei) 1935–1936. (2) Gerta-Luise, die sehr schöne Frau des Generalmajors a. D. Ernst von Einem (1871–1944), der im Ersten Weltkrieg den österreichischen Geheimdienst in der Schweiz leitete; Schwester von Irmgard von Willisen. Sie lebte teils in Paris, teils in London und war in eine Spionage-Affäre verwickelt. Im Sommer 1939 wurde sie in Paris zusammen mit den *Temps*- und *Figaro*-Redakteuren Aloys Aubin und Julien Poirier wegen Bestechung im Zusammenhang mit „Akten die Verteidigung Frankreichs betreffend" angeklagt und in Abwesenheit verurteilt.

T 21. Dezember, Heerlen

. . . Diesmal Nachricht, daß alles richtig vorbereitet war.

T 22./23. Dezember, Heerlen

Unterhaltungen bis in die Nächte. Jeder schied . . . mit dem Gefühl, das letzte Mal mich sehen zu können. Alle bestätigten meine alte Erfahrung, daß R[eichs]W[ehr] keine politische Konzeption hat.

T 24. Dezember, Straßburg

. . . Abends 11 Ankunft in Straßburg[er] Hotel. Am Staden entlang. Blauwolkengasse. Café am Broglieplatz. Erinnerte mich der Nacht, als

Spätausgabe der *Frankfurter* eintraf, mit Rede Heydebrands[1] in der Ära Bülow. Was sind die konservativen Kreise verkommen! . . . Überwältigend das Münster im Innern. Die Menge so dicht gedrängt, daß ich, am Hauptportal stehend, mich nicht bewegen konnte . . . Nie wirkten Gloria und Credo so auf mich. Ewiges Menschheitslied. ,,Pax, hominibus bonae voluntatis. Suscipe deprecationem nostram.“ Gibt es eine andere Möglichkeit, letzten Menschheitsglauben auszudrücken, so daß er nach oben führt, als hier? ,,Et incarnatus est de spiritu sancto.“ Und dann die letzten Dinge so einfach und kurz, wie sie jedes Menschenleben beschließen. ,,Crucifixus, passus et sepultus. Resurrexit secundum Scripturas. Et ascendit in caelum. Et vitam venturi saeculi.“ Was muß jene Zeit durch bitterste Erlebnisse einfach gemacht haben. Ich war berauscht und ruhig-heiter zugleich.
Am Schluß ließ die Orgel leise ,,Minuit Chrétien“ anklingen. Aber als sie intonierte, brach es brausend wie eine Explosion durch: ,,Stille Nacht, heilige Nacht.“ . . .

(1) Ernst von Heydebrand (1851–1924), Vorsitzender der Deutschkonservativen Fraktion.

T 25. Dezember, Milano

Hinter Altdorf erster Blick auf die in herrlicher Sonne liegenden Schneegipfel . . . Hinter Bellinzona vergoldete die Sonne die Ebene. Lugano, letzte Sonnenstrahlen auf dem Generoso . . . In Como brannten die bunten Lichter auf den Gräbern. Wie schön, die Toten am Weihnachtsfeste teilnehmen zu lassen. Dann dichter Nebel, Einfahrt im Nebel wie im Kölner Bahnhof so oft an nebligen Morgen. Mein Freund[1] stand am Zuge, unterhielten uns lange, bis er nach Mitternacht abfuhr ohne große Hoffnung, überzeugen zu können.

(1) Ivo Zeiger, S. J. (1898–1952), Professor an der Gregoriana 1932–1936, Rektor des Germanicum 1939–1945, mit Gustav Gundlach, S. J., besonders befreundet. Im April 1935 brachte *Stimmen der Zeit*, Freiburg i. Br., einen Aufsatz Zeigers über die ,,Verrechtlichung der Kirche“.

T 29. Dezember, Melide

Brief[1]. Wie erwartet. Vorschlag abgelehnt. Kein Mut, werden sich immer mehr in Unmöglichkeiten verstricken. Mein Gastfreund [Brettauer] kam.

(1) Von Ivo Zeiger. Der Vorschlag betraf eine sofortige gemeinsame Kundgebung deutscher Katholiken und Protestanten in allen Diözesen. Die Gründe der Ablehnung waren teils organisatorischer, teils taktischer Art, weil man gerade seitens der Regierung beruhigende Zusicherungen erhalten hatte.

T 31. Dezember, Melide

. . . Abends Anruf aus dem Savoy von John [Wheeler-Bennett], Ian und Mona. Das neue Jahr fing zum erstenmal seit drei Jahren mit besserem Omen an.

1935

Letterhaus nannte H. B. zu jener Zeit „den einsamen Wanderer". Am 26. Januar reiste H. B. aus Melide ab, um eine Woche in London zu sein. Darauf folgten vier Tage in Brüssel, vier Tage in Heerlen und kurze Besuche in Brüssel und Haarlem. Vom 21. Februar bis zum 9. März blieb er in London und reiste dann über Brüssel nach Melide. Ende März machten H. B. und Brettauer eine kurze, aber denkwürdige Reise durch die Lombardei und Venetien. Am 21. April kehrte H. B. für zwei Tage nach Heerlen zurück und für drei Tage nach Haarlem, dann wieder nach Heerlen und Brüssel, ehe er am 10. April in London anlangte. Nach einem kurzen Besuch bei den Andersons in Schottland verbrachte er Ostern mit der Familie Treviranus in Ottershaw. Anfang Mai war er wieder in der Schweiz, aber den größten Teil des Monats verbrachte er in Holland. Die erste und die letzte Woche im Juni war er in England, dazwischen zehn Tage in Nijmegen. Mit Brettauer fuhr H. B. in der zweiten Juliwoche durchs Elsaß und die Schweiz nach Melide und kehrte für die letzte Woche im Juli nach England zurück. Anfang August fuhr er mit den Andersons und Treviranus über die nordfranzösischen Schlachtfelder nach Brüssel. Maria Brüning und Tennstedts verbrachten die zweite Augustwoche mit H. B. in Melide; am 14. und 15. August war er in Nijmegen und vom 16. August an in London.
Auf Grund einer großzügigen Einladung der Carl-Schurz-Stiftung in Philadelphia, die USA zu besuchen, um private Unterredungen mit Wohlfahrtsorganisationen über die Einwanderung deutscher Flüchtlinge zu führen, reiste H. B. am 23. August nach Montreal ab. Am 31. August sah er zum erstenmal das nördliche Neuengland, wo er später lebte, und am 11. September begann der erste von vielen langen Besuchen im Brooklyn-Diözesanseminar in Huntington, Long Island. Dort fand er einen weiteren Freund, der ihm sein Leben lang die Treue hielt, in dem Philosophen und Historiker Patrick Barry, einem Priester, der die klassischen Tugenden der Mäßigung und Objektivität in hohem Maß besaß. Auf Long Island und in New York traf sich H. B. mit vielen der Amerikaner, die er in Deutschland in offizieller Eigenschaft kennengelernt

hatte. Am 12. November landete er wieder in England, Ende November war er in Nijmegen, am 3. Dezember kehrte er nach England zurück.

Das Jahr 1935 war ein Jahr der Neuausrichtungsversuche, und es endete mit einem allgemeinen Zusammenbruch der diplomatischen Fronten. Am 7. Januar erzielten Frankreich und Italien ein Abkommen, das auch Generalstabsgespräche über die Verteidigung Österreichs vorsah. Im März führte Hitler die allgemeine Wehrpflicht ein, wie er es im Februar 1933 angekündigt hatte, und gab bekannt, er werde 36 Heeresdivisionen aufstellen. Zu Unrecht behauptete er, mit Großbritannien „Gleichheit" in der Luft erreicht zu haben. Nachdem Großbritannien, Frankreich und Italien bei der Konferenz von Stresa ihre Solidarität zur Schau gestellt hatten, unterstützten sie am 17. April eine Resolution des Völkerbunds, die Deutschlands Verletzung der Rüstungsbestimmungen des Versailler Vertrags verurteilte. Das deutsch-britische Flottenabkommen vom 18. Juni über umfangreicheren deutschen Flottenbau verletzte jedoch ebenfalls den Versailler Vertrag. Im April schloß die Sowjetunion einen neuen Handelsvertrag mit Deutschland ab, und im Mai wurde der gegenseitige Beistandspakt zwischen Frankreich und der Sowjetunion unterzeichnet, aber erst fast ein Jahr später ratifiziert.

Großbritannien bekam im Juni einen tatkräftigen Luftfahrtminister, unter dessen Führung die Entwicklung der Royal Air Force zunächst zögernd „vom Reißbrett" aus ihren Anfang nahm. Ermutigt durch Gewinne bei französischen Gemeindewahlen rückte die Komintern im Juli von ihrer früheren Opposition gegen sozialdemokratische Parteien ab und schlug die neue „Volksfrontpolitik" ein.

Nachdem Italien die britischen und französischen Vermittlungsangebote ausgeschlagen hatte, begann es am 3. Oktober mit der längst erwarteten Invasion in Abessinien. Wiederum verurteilte der Völkerbund feierlich eine offene Verletzung seiner Satzung. Gewisse wirtschaftliche Sanktionen wurden gegen Italien verhängt – zum Teil, wie man munkelte, als Warnung für Deutschland. Die „kollektive Sicherheit" wurde zum Wahlprogramm der britischen Nationalregierung, die im November bei den letzten Parlamentswahlen in Großbritannien vor 1945 erneut eine sehr große Mehrheit errang. Sechs Wochen nach der Wahl wurden übereilt französisch-britische Vorschläge für eine Teilherrschaft Italiens in Abessinien bekanntgegeben. Die allgemeine Reaktion war so ablehnend, daß sie zurückgenommen werden mußten, und Ende Dezember löste Mussolini das Abkommen mit Frankreich, das er im Januar begrüßt hatte.

T 1. Januar, Melide

Wanderten [nach] Morcote im warmen Sonnenschein. Hörten vieles aus der Heimat, das andere Nachrichten bestätigte.

T 3. Januar, Melide

Angefangen mit Diktat[1].

(1) Wie schon im Oktober diktierte H. B. mehrere Stunden täglich seine politischen Erinnerungen 1930–1934.

T 6. Januar, Melide

Nachmittags Torricella [Lugano] bei [Familie] Alvensleben[1]. Sehr natürlich, Freude an den Kindern. Die erwarteten katastrophalen Nachrichten am Rundfunk aus Rom[2].

(1) Werner Alvo von Alvensleben von Bothmer, Künstler, und seine Frau Gisela, die H. B.s Diktat schrieb. (2) Ankündigung eines Abkommens zwischen Mussolini und dem französischen Außenminister Laval über gemeinsame Interessen im Donauraum und in Nordost-Afrika. Nach Mussolinis Worten „der erste Übereinstimmungspunkt in der Politik zweier großer Länder".

T 26. Januar, Melide

Nun sind die schönen Tage der Arbeit und des lieben Besuches vorüber. Arbeit ging noch schneller als früher, unterbrochen durch viele Besuche alter Bekannter. Sie waren, als ob ich sie gestern verlassen hätte. Das Wetter kalt und schön . . .

T 28. Januar, London

... T[reviranus] kam ... Abends McK[enna][1]. Lange, interessante Unterhaltung. Einigung über das Sachliche.

(1) Reginald McKenna (1863–1943), Vorsitzender der Midland Bank, Erster Lord der Admiralität (Liberale Partei) 1908–1911, Innenminister 1911–1915, Schatzkanzler 1915–1916.

T 5. Februar, Brüssel

Fr[itz] B[erger][1] aus Berlin. Herzlich. Lange Unterhaltungen. Meine Schätzungen der Finanzlage bestätigt ...

(1) Ministerialrat Dr. H. Fritz Berger, Abteilungsleiter für zwischenstaatliche Finanzfragen im Reichsfinanzministerium, hatte H. B. in der Reparationspolitik nähergestanden als irgendein anderer Beamter. Leitete seit November 1934 Verhandlungen über die finanziellen Bedingungen der Rückgabe des Saargebiets, wurde anschließend wegen guter Beziehungen zu seinem französischen Verhandlungspartner J. Rueff von der Gestapo überwacht.

T 6. Februar, Brüssel

Unterhaltungen mit van de Vyvere[1]. Völliger Pessimismus. Abends mit dem Vizegouverneur der Bank von Belgien [van Zeeland][2]. [Er] meinte, Preise seien jetzt stabil und daher auch der Sterling. Zeigte ihm in der *Times* sinkende Tendenz[3] ... Riet zwingend zu devalvieren. Belgien konnte nach ausreichender Devalvierung leichter aus den Schwierigkeiten herauskommen als ein anderes Land. Sagte ihm meine alte Ansicht, daß in einem gewissen Augenblick der Schweizer F[ranken] am meisten gefährdet sei, dann franz[ösische] fr., dann erst Gulden, der zum Schluß nur aus psychologischen Gründen nicht zu halten sei; van Zeeland stimmte dem zu.

(1) Alois Burggraf van de Vyvere (* 1871), belgischer Finanzminister (katholisch) 1914 bis 1918, Minister für Wissenschaft und Unterricht 1920–1921, 1925 Ministerpräsident und Finanzminister. (2) Paul van Zeeland (* 1893), belgischer Ministerpräsident und Außenminister (katholisch) 1935–1936, Ministerpräsident 1936–1937; Deputy Director der BIZ; ab 1922 Tätigkeit an der belgischen Nationalbank, ab 1926 deren Vizegouverneur. Veröffentlichte *Regards sur l'Europe*, Brüssel und Princeton 1932. (3) Das Fallen des Pfundes im Februar setzte die Goldwährungen unter Druck und führte zu einer 28prozentigen Abwertung der belgischen Währung am 29. März.

* *N Februar, Paul van Zeeland*

Ehe das belgische Kabinett fiel[1], verbrachte ich einige Tage im Hause von Dannie Heineman[2] in Brüssel. Ich kam mit verschiedenen Kabinettsmitgliedern zusammen, und Dannie Heineman schlug vor, ich solle mit van Zeeland sprechen. Selbstverständlich übte ich Kritik an der Abwertung des Pfundes sowie an der ersten, in Panik und planlos durchgeführten Dollarabwertung und an der zweiten Dollarabwertung, die aufgrund rein theoretischer Abschätzung inländischer Faktoren ohne Rücksicht auf die unvermeidlichen Folgen in der übrigen Welt[3] vorgenommen wurde. Hinsichtlich der Reichsmark hoffte ich, der Einfluß zugunsten einer Abwertung sei groß genug. Ich war der Ansicht, daß die Verträge, die die Abwertung verhindert hatten[4], kein Hindernis mehr waren. Gewiß vermochte eine strenge Devisen- und Außenhandelskontrolle die Reichsmark als Zahlungsmittel zu stabilisieren, aber sie wäre dann keine echte Währung im normalen Sinn.

Ich bewunderte van Zeelands klares Verständnis der technischen Aspekte einer möglichen Devalvierung. Gleichzeitig dachte ich, die einzige Möglichkeit, der notleidenden Bevölkerung von Mons-Charleroi zu helfen, bestehe darin, daß man Darlehen für den Wiederaufbau der belgischen Eisenbahnen flüssig machte und den Kohlenbergbau von den minderwertigen Zechen zu den neuen Bergwerken in Südbrabant verlagerte.

(1) Die katholisch-liberale Koalition unter Georges Theunis wurde am 26. März durch eine breitere Koalition aus Katholiken, Liberalen und Sozialisten unter van Zeeland abgelöst. (2) Amerikanischer Staatsbürger, wohnhaft in Brüssel, Ingenieur, Präsident des Elektrokonzerns Société Financière de Transports et d'Entreprises Industrielles (SOFINA), Brüssel, deren Vorstand zahlreiche prominente Namen aus der belgischen, spanischen, italienischen, französischen, holländischen, deutschen, englischen und amerikanischen Politik, Industrie und Finanz umfaßte; bildete 1928 zusammen mit Coudenhove-Kalergi, Bücher, Loucheur und Mayrisch den Ausschuß für den paneuropäischen Kongreß. (3) Die USA gingen am 19. April 1933 formell vom Goldstandard ab. Im Oktober 1933 begann das Finanzministerium mit Golderwerben, um den Dollarwert zu reduzieren. Dieser wurde am 31. Januar 1935 auf 60 Prozent seiner früheren Parität festgesetzt. (4) Zum Zweck der Währungsstabilisierung war das britische Pfund seit 1931 von einem Devisenausgleichsfonds verwaltet worden. Frankreich, Belgien, Italien, die Niederlande, Luxemburg und die Schweiz hatten am 6. Juli 1933 vereinbart, ihre bestehenden Goldparitäten aufrechtzuerhalten. Das Reichsbankgesetz, das Teil der Dawes- und Young-Verträge war, wurde im Oktober 1933 mit Zustimmung der BIZ in Basel revidiert, um der Reichsbank zu gestatten, eine offene Marktpolitik zu betreiben, Notenpapiere und Lombardforderungen als Notendeckung zu verwenden und unter Umständen die vorgeschriebene Deckungsgrenze von 40 Prozent zu unterschreiten.

T 8. Februar, Heerlen

... Sah die ersten Freunde[1]. Auf ihnen lag die innere Zerrissenheit wegen der Saar[2].

(1) Die Zentrumspolitiker in Deutschland, mit denen H. B. in Verbindung blieb, nannte er aus Sicherheitsgründen gewöhnlich „die Freunde", ohne Namen zu nennen; dazu gehörten Letterhaus, Joos, Ruffini, Wegmann, Hermann Josef Schmitt. (2) Beim Volksentscheid hatten die meisten christlichen Gewerkschaftler die Gewerkschaftsfront unterstützt, die für die Vereinigung mit Deutschland war, während einige der Emigrantengewerkschaftler wie auch die meisten SPD-Emigranten für den Status quo waren.

T 10. Februar, Heerlen

Noch mehr Überlegungen, wann der nächste Schlag gegen die Kirchen kommt, ob sofort oder zwei Monate später. Erste Nachricht über die Devisenverfehlungen der Orden[1].

(1) Vom 14. März an wurden insgesamt 120 Ordensmitglieder und andere Kleriker verhaftet und des Verstoßes gegen Devisenbestimmungen angeklagt, und im Lauf des nächsten Jahres wurden 40 Schauprozesse abgehalten. Bei der Berufung im Mai 1936 entschied das Kammergericht gegen das Hauptargument der Anklage, was später vom Reichsgericht bestätigt wurde. Daraufhin wurde eine Anzahl von Häftlingen ohne Aufsehen aus dem Gefängnis entlassen (vgl. E. Hoffmann und H. Janssen, *Die Wahrheit über die Ordensdevisenprozesse*, Bielefeld 1967).

T 12. Februar, Brüssel

... Hörte zufällig Rundfunkrede Goebbels' an die Jugend[1]. Das Bolschewistischste, was ich je vernommen ...

(1) Reichspropagandaminister Goebbels sprach in Berlin vor dem Bund deutscher Mädchen; die Rede wurde nicht archiviert.

T 16. Februar, Haarlem

Im Auto über Antwerpen. Dann Straße durch Wald und Rhododendronhecken. Unerwartete Landschaft. Breda mit mächtigem, beherrschendem Turm in der Landschaft. Dordrecht, Rotterdam, Haag.

Wimmelndes Leben. Abends Haarlem. Paul S[imon][1] kam eine Stunde später. Freude, ihn nach langer Zeit zu sehen mit frischen Nachrichten von den persönlich Nächststehenden.

(1) Dompropst Dr. Paul Simon (1882–1946), Professor für Philosophie und Apologetik in Tübingen 1925–1933, ab 1933 Dompropst in Paderborn. Mit H. B. seit der Straßburger Studienzeit eng befreundet. Sein Buch *Das Menschliche in der Kirche,* Freiburg i. Br. 1936, („Die Kirche hienieden hat nicht den geringsten Grund, die Menschlichkeiten in der Kirche zu leugnen, zu vertuschen oder zu bemänteln ... Sie dienen doch dazu, die Wahrheit herauszustellen, daß das Reich Gottes nicht von den Menschen gegründet wurde.") wurde 1936 von Nuntius Orsenigo gerügt und vom Reichspropagandaministerium verboten. Unter vielen Veröffentlichungen zeigte *Wiedervereinigung im Glauben,* Paderborn 1925, wie seine Artikel in *Hochland* 1937/38 sein starkes Interesse an interkonfessionellen Beziehungen und *Der Kreuzweg unseres Herrn,* Paderborn 1940, das Wesentliche an seinem Denken (siehe Würdigungen von seinen Freunden und Schülern: T. Kampmann, *Gelebter Glaube,* Warendorf 1957, und J. Höfer, *Paderbornensis Ecclesia,* Paderborn 1972).

T 17. Februar, Haarlem

Wanderung in den Dünen. Wie weit ist hier schon die Natur! Bäume und Sträucher schon viel grüner als in Lugano. Ich liebe und bewundere diese holländischen Bäume. So mächtig und von grüner Frische wie in Holstein. Hier ist es noch der einzelne Baum, der für sich steht und wirkt, nicht wie in der Heimat, wo das dunkle Geheimnis der Buchen- und Tannenwälder kaum noch standhält gegenüber dem Kalkül in den Büchern der Forstverwaltungen.
Dachte am Abend an die Argonnen, wenn ich alle 14 Tage einmal zum Baumfällen zurück durfte, das heißt zweieinhalb Kilometer hinter vordersten Graben. Wie wilden Jungens machte es uns Spaß, die ältesten Bäume umzulegen und dabei die vom Wachestehen und Im-Unterstande-Liegen steifen Glieder zu üben. Es kam das letzte Stöhnen, dann das Krachen, und ein Riese stürzte um. Dann wich die Spannung des Übermutes. Wir saßen auf dem liegenden Stamm – schwiegen. Die Vögel kamen neugierig und zutraulich heran und sahen uns zu. Die Augen ruhten auf den für uns ungewohnten Formen der Buchen und Eichen – wunderbar abgerundet. Auf den Blättern lag Sonnenglanz. Leise schwirrten sie in der heißen Luft wie Libellenflügel.
In dem Meer der Bäume klang von ferne die Regimentsmusik bei der Brigade. Wir sahen ab und zu die Hörner blinken. Einmal hörte ich: „Wer hat dich, o schöner Wald." Ich sah, wie es meine Kameraden angriff. Wir fühlten plötzlich, daß zwischen denen da und uns eine

Kluft lag wie der Tod zwischen dem Hier und dem Jenseits. Plötzlich hörten wir die „Argonnenvögelchen“[1] ... Jeder nahm seinen Stamm auf die Schulter. Der Halbzigeuner Reinhardt sah mich an: „Kamerad! Du kannst keinen tragen. Ich trag deinen mit.“ Fort durch den Wald in den Zugangsgraben. Schon klatschten die Schrapnellkugeln. Die Leute konnten sich nicht ducken. Ich schämte mich, es zu tun. Wir warfen das Holz in der Reservestellung hin. Es waren zwei gefallen.
Mußte auf Posten. Die sichtbare Lebensgefahr klärte die Seele. Der Ausflug in die Welt des Lebens hatte vieles aufgerührt. Jetzt wieder ruhig. Hier war die Heimat. Hier, wo die Hoffnung auf Leben vergessen war, war heitere Ruhe. Weshalb kann man dann anfangen zu versuchen, den Unbekannten gegenüber durch den Schlitz des Schutzschildes zu treffen? Der wirft Handgranaten. Nun wird alles lebendig. Es knallt und kracht. Niemand bei uns kommt zu Schaden. Aber wozu? Wozu? Aber diese Fragen sind damals nie gekommen. Wenn man in Aktion ist, ist man anders als in der Reflexion.
Der heftige Sturm am Strand vertrieb die Gedanken. Wanderten durch die angepflanzten Dünen. Besondere Kiefernart, die sich gut eignet. Nach 20 Jahren wird alles sehr schön sein. Nachmittags über die großen Plätze mit den schönen alten Bäumen. Der zeitlose Stil mancher Häuser paßt zu dem Alter der Bäume. Alles abseits der Hast dieser Tage ... Hier könnte man still arbeiten und einem vom Religiösen her selbstverständlich[en] und unkritischen, gleichmäßigen Dasein leben. Wie fern sind diese Zeiten!

(1) Blinde Kugeln.

T 20. Februar, London

... Auch hier Natur schon fast weiter als in Lugano. Die Stimmung weiter zugunsten des Regimes[1].

(1) Es bestand die optimistische Erwartung eines internationalen Abkommens zur Begrenzung der Luftstreitkräfte der europäischen Mächte.

T 11. März, Melide

V[ietinghoff][1] wartet auf mich. Sehe Lage klar bei Reichswehr. Durcheinander, weil zu schnell vergrößert. Endgültig bestätigt, was ich befürchtet. Keinerlei politische Konzeption, weder nach innen noch außen. Keinerlei strategische Idee. Rüstungswut à outrance ohne Rücksicht, ob man schlagfertig ist. Heeresvermehrung, aber Verdummung. H[itler] will noch höher treiben, um sich sichere Stütze zu schaffen.

(1) Erwin Brettauer stellte 1971 fest, daß es sich um Generaloberst Heinrich-Gottfried von Vietinghoff-Scheel handelt, ein früherer Mitarbeiter Schleichers, vorübergehend Chef der Wehrmachtsabteilung im Reichswehrministerium 1933, stand Fritsch persönlich nahe.

T 12. März, Melide

Auf Spaziergang Unterhaltung fortgesetzt. Klargemacht, wenn nicht bald die Dinge gewendet werden, man in den finanziellen Bankerott hineinsteuert mit nachfolgender Finanzkontrolle . . . Er soll aber hinweisen, daß an sich Vermehrung nicht die Welt aufregt. Aber als Vorwand für neue Rüstungen und fortschreitende geheime Militärpakte gegen uns gefährlich für die Zukunft, falls nicht über irgendeinem Abenteuer eines einzelnen Landes das bisherige Gleichgewichtssystem in Europa sowieso zusammenbricht. Wenn man anfängt zu sanieren zur Vorbereitung einer auf die Dauer unentbehrlichen großen internationalen Anleihe, doppelte Gefahr: Die Spannungen im Innern werden drohender und Gewöhnung der Welt an eine internationale Finanz- und damit Rüstungskontrolle . . . Sprachen viel über Vergangenheit. Ein mutiger und feiner Mann.

T 15. März, Melide

Erfreue mich weiter der Landschaft und Arbeit.

T 16. März, Melide

John W[heeler]-B[ennett] kommt. Erzählt von Unterhaltung mit dem

Chef d[es] britischen Generalstabes[1], den er in Ägypten traf und [der] sorgenvoll über die Vorbereitungen Italiens in Abessinien Andeutungen machte. Abends am Rundfunk Verkündung der neuen Wehrmachtvermehrungen[2]. Saßen lange und besprachen mögliche Folgen. Nicht Krieg, aber für die Zukunft verwirrend.

(1) Feldmarschall Sir Archibald Montgomery-Massingberd, Chef des britischen Generalstabs 1933–1936. (2) Auf 36 Divisionen mit Einführung der Wehrdienstpflicht. Der französische Geheimdienstchef Gauché hielt dies später für die letzte Gelegenheit zu einem erfolgreichen vorbeugenden Angriff seitens der Westmächte, ehe neue Einheiten aufgestellt werden konnten (vgl. Kenneth Strong, *Men of Intelligence*, London 1970, S. 42, und Gauché, *Le deuxième Bureau au travail*, Paris 1954.

T 17. März, Melide

Morgens mit W[heeler]-B[ennett] über seine Unterhaltung mit Mussolini . . . Pet[ers][1] und Fr[au] melden sich an. Verbrachten angenehmen Abend. Er ist immer frisch und mutig.

(1) Hans Peters (1896–1966), außerordentlicher Professor für Staats- und Verwaltungsrecht an der Universität Berlin 1928–1945.

T 18. März, Melide

Diktat beendigt[1].

(1) Die hiermit „beendigte" Niederschrift seiner politischen Erinnerungen von Ende 1929 bis Juni 1934 hatte H. B. im August 1934 in London begonnen. Das in die Maschine diktierte Manuskript ist eng beschrieben und mit vielen handschriftlichen Randbemerkungen H. B.s versehen. Es wird seit seinem Tode zusammen mit anderen Papieren aus seinem Nachlaß von der Harvard University Library aufbewahrt. In den folgenden Monaten, bis in das Jahr 1936 hinein, ließ er das Manuskript bei Besuchen in Melide abschreiben, wobei er einzelne Stellen stilistisch noch einmal neu formulierte. Abschrift und Durchschlag gingen an die Brettauer Bank in Zürich und von dort an Mona Anderson in England. Erhebliche Teile des ursprünglichen Diktats ließ H. B. aus Sicherheitsgründen offensichtlich überhaupt nicht abschreiben. Vor dem Krieg brachte er alle Exemplare in die Vereinigten Staaten, wo sie während des Krieges an verschiedenen Orten aufbewahrt wurden. Mehrmals, besonders 1940, 1952, 1955/56, dachte H. B. an eine Veröffentlichung, entschied sich jedoch schließlich dagegen, da ihm der Zeitpunkt jeweils nicht geeignet erschien. Er hatte das Empfinden, daß die Veröffentlichung, 20 Jahre nach dem Diktat, Auslassungen und Redewendungen erfordern würde, die kaum zu einem Erlebnisbericht paßten, und zog es deshalb vor, das Manuskript erst nach seinem Tode veröffentlichen zu lassen.

T 20. März, Melide

Wanderte morgens in strahlender Sonne den steilen Weg nach Carona. Freue mich, wie gesund und kräftig im Vergleich zum Juli 1934. Hören von Vorbereitungen für Stresakonferenz[1].

(1) 11.–13. April. MacDonald, Flandin und Mussolini vereinbarten dabei ihre Zusammenarbeit im Widerstand gegen „jede einseitige Nichtanerkennung von Verträgen, die den Frieden in Europa gefährden könnte". Die Stresa-Front war nach Vansittart „eine Show, die zur Rettung Österreichs aufgezogen wurde", nach Gamelin ein „Höhepunkt der Versuche, die große französische Politik von vor 1914 wiederaufleben zu lassen", und nach Gladwyn (*Memoirs,* London 1972, S. 54) ein stillschweigendes Einverständnis, daß eine deutsche Aktion im Rheinland und in Österreich sowie die Expansion in Südosteuropa unvermeidlich waren und Deutschland wahrscheinlich in Konflikt mit Rußland bringen würden.

T 21. März, Melide

. . . Fast sieht es aus, als ob MacDonald plötzlich stark wird. Schwer zu verstehen, weshalb man sich plötzlich überrascht zeigt . . .

T 23. März, Melide

Let[terhaus][1] und J[oos][2] an[ge]kommen. Besorgt wegen R[om] und der neuen Kompromißverhandlungen . . .

(1) Bernhard Letterhaus (1894–1944), Mitglied des preußischen Landtags (Zentrum) 1928–1934, Verbandssekretär der katholischen Arbeitervereine und Mitarbeiter der *Westdeutschen Arbeiterzeitung* ab 1927. Das Buch *Arbeit und Opfer,* Kettelerhaus (Hrsg.), Köln 1972, enthält eine kurze Biographie. (2) Josef Joos (1878–1965), Mitglied des Reichstags (Zentrum) 1919–1933, Vorsitzender des katholischen Arbeiterverbandes, Präsident der Internationalen Vereinigung katholischer Arbeiterorganisationen, arbeitete mit Letterhaus zusammen an der *Westdeutschen Arbeiterzeitung.* Konzentrationslager 1940–1945.

T 25. März, Melide

Mit Let[terhaus] nach Carona. Oben die Wiese voll Primeln. Es war für den Guten anstrengend, aber Freude. Er ist der Tapferste und Unbeugsamste.

T 26. März, Melide

Schm[itt][1] kommt und berichtet. Etwas unruhiger wie sonst. Treffen Galen[2]. Fahren zu ihm nach Lugano, wo er seit 14 Tagen mit Frau und Tochter lebt und sich von achtmonatigem Krankenlager und vielen Operationen nach schwerem Autounfall erholt. Alle drei der beste Menschentyp des Münsterlandes.

(1) Prälat Dr. Hermann Josef Schmitt (1896–1964), Generalsekretär der katholischen Arbeiterbewegung, Berlin, 1928–1939, Studentenseelsorger in Berlin 1939–1944, Gefängnis 1944–1945. (2) Franz Graf von Galen, Mitglied des preußischen Landtags (Zentrum) 1932–1933.

T 27. März, Melide

G[alen]s kommen heraus. Wir verbringen einen schönen Tag zusammen. G[alen] auch keine Enttäuschung. Einer der wenigen aufrechten Charaktere und der ganz wenigen Gentlemen im deutschen Adel[1].

(1) Wahrscheinlich eine Anspielung auf Papens Anhänger im Bund Kreuz und Adler und auf Fürst Löwensteins Aufforderung an H. B., sich vom Katholikentag 1932 fernzuhalten.

* *N zum 27. März, Melide*

In Münster wurde Graf Galen von Gestapo gefragt, ob er mich gesehen hätte. Er antwortete: „Mehrere Male. Ich werde ihn bei jeder Gelegenheit sehen." Dr. Brettauers Köchin, der er gekündigt hatte, hatte den deutschen Konsul in Lugano über meine Anwesenheit und vielleicht über meine Besucher informiert.

T 28. März, Melide

. . .Ein Getreuer aus Schlesien, N[eide][1], kommt, berichtet über Stimmung in deutschnationalen Kreisen . . .

(1) Geheimer Ministerialrat Dr. Hans-Ferdinand Neide, früher im Reichsernährungs- und Landwirtschaftsministerium, Landwirt in Körnitz bei Breslau.

T 2. April, Melide

. . . Nachrichten aus Berlin. Alle Verbindungen scheinen durch Mißverständnisse gestört zu sein.

T 4. April, Heerlen

Ankunft 4 Uhr. Mein Gastfreund [Poels] kam erst später. Dafür F[riedrich] M[uckermann]. Abends kam P[oels]. Saßen bis tief in die Nacht. P[oels] stark beschäftigt mit den wirtsch[aftlichen] Fragen in Limb[urg].

T 5. April, Heerlen

Es sieht aus, als ob dieses Mal keiner der Freunde kommt. Warte den ganzen Tag vergeblich. Abends allein mit P[oels]. Dieser ungewöhnliche Mann und Priester ließ seine Menschlichkeit mehr durchscheinen wie sonst. Erzählte von seinem harten Schicksal, das ihn aus seiner wissensch[aftlichen] Laufbahn herauswarf[1]. So wurde er ohne zu ahnen der Wohltäter der Bergarbeiter. Jetzt bedrängt ihn die Arbeitslosigkeit und Möglichkeit des Lohnabbaus. Ich soll morgen mit Aalberse[2], Handelsminister [a. D.] und Führer der [katholischen] Partei, sprechen über Gesamtpolitik in Holland.

(1) Poels war einer der ursprünglichen Berater der päpstlichen Bibelkommission und von 1904 an Professor an der Catholic University of America; er wurde im Jahr 1910 zwangsweise emeritiert. H. B. lobte folgende Formulierung von Jean Boulanger in seiner kurzen Biographie von Poels, in: *Dossiers de l'action sociale catholique*, Louvain 1951: „Poels trennte die Religion nicht vom täglichen Leben ab. Keine Prüfung – und er erlitt schwere Prüfungen – wird seine Bindung an den Nachfolger Petri schwächen." (2) Professor P. J. M. Aalberse (1871–1948), niederländischer Arbeitsminister (katholisch) 1918–1925, ab 1922 gleichzeitig Handels- und Industrieminister.

T 6. April, Haarlem

Ich sagte meine Auffassung, daß sie entweder auf einmal eine große Deflationspolitik, sorgfältig abgestimmt, machen müßten, wozu es viel-

leicht zu spät sei, oder schnell devalvieren. Dazu kam Ruf[fini][1], der Treue, und brachte Nachrichten.
Fuhr mit Minister bis Haag, dann nach Haarlem. Maria [Brüning][2] war dort. Der gute Gastfreund[3] führte mich in mein Zimmer. Dort saß H[ertha][4]. Das war eine Freude.

(1) Josef Ruffini hatte „als Generalsekretär der rheinischen Zentrumspartei einen politischen Einfluß, der weit über den der meisten Abgeordneten hinausging", wie H. B. in einer Erklärung von 1954 schrieb. Nach 1933 Archivar beim katholischen Arbeiterverband in Köln. (2) H. B.s Schwester Maria (18. 12. 1880–12. 5. 1955) war als Fürsorgerin und Fabrikpflegerin in Münster tätig 1912–1937. (3) Herr Vehmeyer, dessen Schwägerin Helene Rosenmöller, Münster, für H. B. die Treffen in Haarlem mit Maria Brüning und Paul Simon arrangierte. (4) Hertha Tennstedt, damals 13 Jahre alt, H. B.s Patentochter.

T 7. April, Haarlem

Am Meer entlang. H[ertha] erzählte viel in der ernst-kindlichen Weise. Beide blieben noch.

T 11. April, London

Freudig empfangen von Tre[viranus und] Prof. Robbins[1]. Diskussion in Lloyds Bank. Wie wenig die maßg[ebenden] Personen orientiert.

(1) Lionel Baron Robbins, Professor für Wirtschaftswissenschaft, Universität London, veröffentlichte *The Great Depression*, London 1934, und *An Essay on the Nature and Significance of Economic Science*, London 1935.

* *N 11. April, Lloyds Bank*

Wir [Robbins und Brüning] hatten eine Unterredung mit dem gesamten Direktorium der Bank, darunter auch Henry Bell[1]. Ich erwartete, der belgische Franc werde abgewertet und die französische Regierung müsse früher oder später nachziehen, was zu ähnlichen, wenn auch geringeren Abwertungen in den anderen Goldblockländern[2] führen würde. Dies rief Schrecken hervor, was mich wunderte. Später teilte mir Prof. Robbins mit, die Bank habe umfangreiche, kurzfristige Investitionen in Francs bei französischen Banken. Solche Investitionen konnte ich nicht begreifen außer unter der Voraussetzung, daß der Franc stabil bleiben würde, während das Pfund sank. Auf Veranlassung von General Sir Neill Malcolm[3] war ich aufgefordert worden, für *Lloyds Bank Limited Monthly Review* zu schreiben. Ich schlug statt dessen vor, daß internationale Experten wie [Charles] Rist, [H. D.] Henderson, [D. H.] Robertson und [Robert] Brand eine Artikelreihe verfassen sollten. Prof. Robbins und ich könnten die Reihe mit einem anonymen Dialog eröffnen. Er besuchte mich in Melide und umriß den Dialog und die Themen der nachfolgenden Artikel. Meine Gespräche mit Prof. Robbins gehörten zu den erfreulichsten, die ich führte.

(1) Direktor der Lloyds Bank, war bei den meisten wichtigen Reparationskonferenzen 1920–1924 anwesend. Verstarb im September 1935. (2) Die Abwertung des französischen Franc um 25 bis 35 Prozent wurde im September 1936 angekündigt, die holländische und die Schweizer Währung folgten. (3) Generalmajor Sir Neill Malcolm (1869–1953), Chef der britischen Militärmission in Berlin 1919–1921, Hoher Kommissar des Völkerbunds für deutsche Flüchtlinge 1936–1938.

T 12. April, Old Surrey Hall

... M[ona]s Geburtstag. Nachmittags viele Gäste ...

T 13. April, London

Kalter Sonntag. Abends zurück London.

T 14.–16. April, London

Sah einzelne Persönlichkeiten. Thomas[1] kam zum Frühstück. War sehr freundlich, wenigstens im Wort über mein Schicksal; aber sonst wenig Verst[ändnis]. Wollte, ich sollte Mac[Donald] sehen. Robbins ausgezeichnet. *Economist* Leiter diskutiert[2]. [Ich] lehnte ab, Simon[3] zu sehen ...

(1) James Henry Thomas (1874–1949), Kolonialminister (Labour Party) 1924 und 1929–1935. (2) Vermutlich der Leitartikel „Rebuilding Peace“ vom 13. April, in dem

sowohl Englands Fähigkeit, mit Waffengewalt gegen jeden Versuch einer gewaltsamen Änderung europäischer Grenzen vorzugehen, als auch Hitlers Bereitschaft, sich mit Rüstungsbeschränkung und -kontrolle einverstanden zu erklären, fast als selbstverständlich vorausgesetzt wurden. (3) Außenminister John Simon sagte am 10. April zum amerikanischen Botschafter, Hitler sei „die eine große Gestalt, die Deutschland moralisch rehabilitieren kann" (vgl. Arnold Offner, *American Appeasement*, Cambridge, Mass. 1969).

* *N April, Jimmy Thomas*

Ich sagte zu Thomas, ein Treffen zwischen MacDonald und mir würde sicherlich durchsickern und, wenn man die Mentalität der Nazis bedenke, eine nachteilige Wirkung haben. Jimmy Thomas sagte: „Der Premierminister weiß nicht, was er tun soll." Wie bei allen derartigen Unterredungen erklärte ich, die beste Hoffnung sei es, wenn Göring veranlaßt werden könnte, einen Militäraufstand gegen Hitler anzuführen. Ich war sehr skeptisch im Hinblick auf irgendeine Wirkung des Gesprächs.

* *N April, Essen bei Vansittart*

Vansittart sagte: „Sie sind in letzter Zeit viel gereist." Daraus schloß ich, daß Major Church hatte durchblicken lassen, ich sei politisch aktiv. Ich wollte Vansittart nicht erklären, daß ich überhaupt keine Einkünfte hatte und von der Gastfreundschaft von Menschen in verschiedenen Ländern abhängig war. Bei dieser Gelegenheit sagte ich: „Letztes Jahr sprach ich Ihnen gegenüber aus, ich sähe keine Gefahr in einer deutschen Wiederaufrüstung. Ich bin deshalb verpflichtet zu gestehen, daß mich das deutsch-englische Zahlungsabkommen sehr bestürzte. Noch mehr bestürzt mich die Politik der Bank of England[1]. Wenn sie fortgesetzt wird, wird sie es den Nazis ermöglichen, in einem Umfang wiederaufzurüsten, der zwangsläufig zu Konflikten führen wird."

(1) Eine Politik der Ermutigung verhältnismäßig kleiner, aber wesentlicher Kredite zur Finanzierung deutscher Importe, im Gegensatz zu der Kreditbeschränkung für Italien im Sommer 1935. (Zu den deutsch-englischen Handels- und Finanzbeziehungen siehe Bernd Jürgen Wendt, *Economic Appeasement*, Düsseldorf 1971.)

T 20. April, Ottershaw

Mittags nach Ottershaw zu Tre[viranus]. Abends bei Sec[combes][1].

(1) Lawrence und Norah Seccombe. Im Januar 1955 schrieb H. B. an Norah Seccombe: „Ihr Mann war für mich der Prototyp des City-Gentleman, der London zum Finanzzentrum der Welt machte. Es war jedesmal, wenn ich nach England kam, eine große Freude, ihn in seinem Büro zu besuchen und mit ihm zur Bank of England zu gehen."

** 23. April, London, H. B. an Mona Anderson*

... Ich bin weniger optimistisch denn je. Den ganzen Morgen las ich Zeitungen und Berichte und teilte meinen endgültigen Eindruck W[heeler]-B[ennett] und Knickerbocker[1] mit, die ganz mit mir übereinstimmten. Ich komme zu dem Schluß, daß die Dinge ihren Lauf nehmen müssen. Ich muß mich ganz vergraben, sonst schade ich womöglich meinem Land, ohne der Welt zu helfen ...

(1) H. R. Knickerbocker, von H. B. gern gesehener Korrespondent der *Public Ledger*, Philadelphia. Ab 1928 in Berlin, von der Naziregierung ausgewiesen. Sein Buch *The German Crisis*, New York 1932, ist heute noch lesenswert.

** 13. Mai, Den Haag, H. B. an Mona Anderson*

... Hier zittert der Kontinent. In den letzten fünf Wochen haben sich die Menschen verändert. Alle sind nervös, auch in Deutschland. Die *Times* ist töricht wie immer[1]. Das Leben wird hier sehr schwierig. Die Leute sind sich bewußt, wie weit die Durchsetzung mit Spionen schon gegangen ist ... Die Fahrt des Königs durch die Oststadt[2] machte mir großen Eindruck ... Ihr Land ist wirklich zu beglückwünschen.

(1) Der Leitartikel in der *Times* vom 13. Mai brachte die Widersprüche der britischen Politik der dreißiger Jahre in einem einzigen Satz unter: „Es ist klar, daß die für England angemessene Politik darin besteht, daß es – während es stets darauf achtet, daß die eigene Sicherheit in vollem Umfang gewährleistet ist – für solche geringfügigen Ausgleiche in Europa arbeitet, wie sie jetzt noch nötig sind, ehe ein Verständigungsfriede aufgerichtet werden kann, aber gleichzeitig während des Ausgleichsprozesses den Frieden dadurch sichert, daß es unerschütterlich zu seinen Verpflichtungen in Westeuropa steht." (2) In der zweiten Maiwoche feierte König Georg V. sein fünfundzwanzigjähriges Regierungsjubiläum. Die Begeisterungsausbrüche des Volks „faszinierten und verblüfften die Erforscher des Verhaltens der Massen" (vgl. Harold Nicolson, *King George V*, London 1952).

** 23. Mai, Nijmegen[1], H. B. an Mona Anderson*

... Sprogues Kommen erspart mir eine Menge Briefe; es ist nämlich sehr schwierig, brieflich zu erklären, was ich tun kann und was nicht ... Ich freue mich sehr, daß Principal Cairns[2] Ihnen einen so reizenden Brief schrieb. Leider mußte der Bischof von Chichester[3] seine Reise nach Deutschland im letzten Augenblick absagen – die deutschen Protestanten glauben, auf Aufforderung der britischen Regierung hin. Oldham[4] ging statt dessen. Es war besonders entmutigend, daß der Bischof durch Oldham einen Brief schickte, in dem er sie ersuchte, Frieden zu schließen! Das bedeutet, den Kampf um die grundlegenden Prinzipien des Christentums abbrechen[5] ... Meine Schwester war hier; sie läßt Sie grüßen. Sie beabsichtigt, die Arbeit aufzugeben, die sie seit 25 Jahren tut, weil ihr Herz von allen möglichen Demütigungen zu sehr mitgenommen ist. Unser gemeinsamer Freund [Hermann] M[uckermann] ist mit ihr gekommen. Ich fürchte, daß auch er fast am Ende seiner Kraft ist. Während einer Predigt ist er ohnmächtig geworden. Die Nervenbelastung wächst für alle[6]. So verlagert sich die Last des Kampfes immer mehr auf die Jüngeren und Jüngsten ...

(1) Ein jüngerer Freund von Poels, Rektor der St.-Anna-Stiftung in Nijmegen, bot H. B. und Freunden aus Deutschland jederzeit dort Gastfreundschaft. (2) H. B. und der schwedische Pfarrer Birger Forel hatten Ende April in Aberdeen mit Rev. D. L. Cairns gesprochen. Beim Kirchentag der Church of Scotland in Edinburgh am 21. Mai richtete Cairns ein Schreiben „tiefster Sympathie und Bewunderung" an die Brüder der Bekennenden Kirche und des Reformierten Bundes. (3) George Bell, anglikanischer Bischof von Chichester 1929–1958. Er hing dem Ideal der Einheit der Christen an und unterstützte aktiv den deutschen Widerstand gegen das Naziregime vor, während und nach dem Krieg. 1942 traf er sich mit Hans Schönfeld und Dietrich Bonhoeffer; Gerhard Leibholz war sein wichtigster Nachrichtenüberbringer. (4) Dr. J. H. Oldham, Sekretär des Internationalen Missionsrats, aktiver Befürworter der interkonfessionellen Zusammenarbeit. (5) Man schätzte, daß allein in Preußen etwa 1500 Gemeinden ohne Pfarrer waren. Beim Kirchentag der Church of England am 6. Juni erklärte Lang, der Erzbischof von Canterbury, der allgemein als „dem neuen Deutschland nicht unfreundlich gesonnen" galt, er hege „große Besorgnis" wegen „des derzeitigen chaotischen Zustands". (6) Erst durch das offizielle Redeverbot im Jahr 1937 zum Schweigen gebracht.

** 24. Mai, Nijmegen, H. B. an Mona Anderson*

... Ich habe mich nach 25 Jahren wieder eingehend mit Hugo Grotius' Leben und Werk beschäftigt, was ich schon 1933 gern getan hätte, wenn ich Zeit gehabt hätte. Die ewigen Grundsätze von Recht und Gerechtigkeit müssen wieder zum Leben erweckt werden, wenn die Welt gerettet werden soll. Ich kannte den späteren Teil von Grotius' Leben nicht[1]; er ist meinem derzeitigen Leben sehr ähnlich . . .

(1) Hugo Grotius (1583–1645), holländischer kalvinistischer Jurist. Wegen seiner Bemühungen, die entzweiten Gruppen, Remonstranten und orthodoxe Kalvinisten, auszusöhnen, und weil er die Einheit aller Christen predigte, wurde er zu lebenslänglicher Haft verurteilt. 1621 floh er nach Frankreich, wo er 1625 das Werk *De iure belli ac pacis* veröffentlichte. Er kehrte nie nach Holland zurück.

* *29. Mai, Nijmegen, H. B. an Mona Anderson*

. . . Ich habe die Handelsbilanz von Großbritannien eingehend geprüft und festgestellt, daß es im ersten Viertel dieses Jahres zu einem ungeheuren neuerlichen Überschuß britischer Exporte nach Deutschland kam. Das bedeutet, daß wiederum Rohstoffe auf Kredit geliefert wurden. Wenn dem so ist, bin ich nicht in der Lage, die Dinge zu ändern, auch nicht für die christlichen Kirchen, wie der Brief des Erzbischofs von York zeigt[1] . . .
Meine Freunde werden nervös und ein bißchen erschöpft. Es wird immer schwieriger, mich zu sehen. Ich arbeite gerade an einer Art politischem Testament für sie[2] . . . Ich halte es für meine Pflicht, ihr Leben nicht zu sehr mit meinem zu verbinden. Im Lauf der Zeit empfinde ich immer mehr eine gewisse Diskrepanz zwischen unserer Sicht der Lage. Sie können nicht glauben, daß die Welt der derzeitigen deutschen Regierung gegenüber nachsichtig ist, nachdem sie sich gegenüber früheren Regierungen so unbeugsam zeigte. Wenn ich versuche, es ihnen auseinanderzusetzen, fühlen sie sich deprimiert, und es tut mir sehr leid um diese prachtvollen Männer . . .

(1) Die *Times* vom 24. Mai brachte einen Brief des anglikanischen Erzbischofs von York, Temple, in dem er Hitlers Angebote vom 21. Mai lobte und „volle Anerkennung von Deutschlands Recht, Rüstungsmaterial der gleichen Art und Größe zu besitzen, wie es jeder anderen Nation gestattet wird", verlangte. (2) Siehe Anhang II.

* *12. Juni, Nijmegen, H. B. an Mona Anderson*

. . . Der Admiral [Treviranus] kam am Montag hier an . . . Hinter seiner äußeren Fröhlichkeit ist er sehr bedrückt . . . Den ganzen Sonntag waren Dr. P[ünder][1] und seine Frau bei mir. Es ist erstaunlich, wie wenig Menschen wie er, die die besten Verbindungen haben und sich genau informieren könnten, tatsächlich wissen. Sein Bruder[2] ist wieder frei . . . Ich behandelte ein paar Fragen meines Manuskriptes und hatte die Genugtuung, daß ich in den wesentlichen Teilen keinen Fehler gemacht hatte.

. . . Die Rede des Premierministers[3] gibt wirklich ein negatives Bild von Mr. Baldwin, der im allgemeinen so würdig und weise ist. Er sagte, die britische demokratische Opposition gegen Diktaturen lasse die Welt im voraus wissen, welche Richtung die britische Politik einschlagen werde. Ich war und bin mir darüber noch nicht im klaren, abgesehen davon, daß es generell die Richtung des geringsten Widerstandes ist, selbstverständlich mit den besten Absichten, aber irreführend für die Welt . . .

(1) Oberdirektor Dr. Hermann Pünder, Staatssekretär der Reichskanzlei 1926–1932, seit 1933 im Ruhestand im Münsterland. (2) Rechtsanwalt Dr. Werner Pünder, Berlin. (3) Stanley, Earl Baldwin of Bewdley (1867–1947), Handelsminister (Konservative Partei) 1921–1922, Premierminister 1923 bis Januar 1924, November 1924–1929 und 1935–1937, Vorsitzender des Geheimen Rats 1931–1935. Mit seiner ersten Rede als Premierminister am 8. Juni gab Baldwin den Ton für die bevorstehende Wahlkampagne an: „Die Angleichungen, die als Vorspiel für eine spürbare Steigerung des internationalen Handels auszuführen sind, sind noch nicht in Sicht ... Unsere Verteidigungsvorbereitungen sind noch nicht in einem Zustand, der er uns erlauben würde, mit dem Tonfall, in dem wir davon reden sollten, von jener kollektiven Sicherheit zu sprechen, die sich allmählich dem Volk dieses Landes empfiehlt."

* *14. Juni, Nijmegen, H. B. an Mona Anderson*

. . . Jeden Abend höre ich Radio [B. B. C.]. Die Berichterstattung über Deutschland hat sich sehr verändert, sie ist entschieden günstiger geworden. Der Wandel, der sich – wie ich spürte – untergründig anbahnte, ist jetzt offenkundig[1]. Ich scheue mich stets, in England über diese Dinge zu reden, weil die Leute es so leicht mißdeuten . . . Nach dem Appell von Lloyd George und all den Baptisten und Methodisten und Christlichen Wissenschaftlern[2] – was allerdings das Resultat blinden Optimismus sein könnte zu einer Zeit, in der er mehr Schaden anrichtet, als Nutzen stiftet – ist die Situation für die Regierung nicht mehr so günstig. Ich möchte wissen, was diese Menschen denken, die gegen Rüstungen in England sind, aber für schwierige Revisionen des Versailler Vertrags. Das war vor der Wiederaufrüstung möglich, vor drei Jahren, als die Gelegenheit durch Englands Gleichgültigkeit versäumt wurde.

Nur wenn England wieder sehr stark ist, kann es eine friedliche Revision gewährleisten. Sonst wird dieses Erwecken falscher Hoffnungen früher zum Krieg führen, als die Leute meinen ... England ist unfähig, sich gegen den Kontinent und Japan zugleich zu bewaffnen, nachdem es so viele Jahre verloren hat ... Baldwins Politik ist konstruktiv, und er muß mit der öffentlichen Meinung sehr vorsichtig umgehen. Für erregte Menschen, die auf Macht warten, geht das zu langsam. Er ist sehr loyal zu seinen Kollegen, statt Menschen hinzuzuziehen, die ihn wohl nur angreifen, weil er sie nicht aufnahm ... Die Marinediskussion bereitet meiner Ansicht nach die öffentliche Meinung auf ein neues, großes Marineprogramm vor[3] ...

(1) Der deutsche Marineattaché Wassner berichtete am 20. Juni, mehr als einen Monat zuvor habe die britische Admiralität Druck ausgeübt, die Haltung der Regierung zu ändern (vgl. *Akten zur deutschen auswärtigen Politik*, 7790/E 559946-47, SK 20). (2) Lloyd George hatte seine Wahlkampagne eröffnet mit der Forderung nach einem unparteiischen Aktionsrat für den Frieden und einer „britischen Initiative zur Wiedergutmachung wirtschaftlicher und territorialer Ungerechtigkeiten". (3) Die offiziellen Verhandlungen über das britisch-deutsche Marineabkommen, das am 18. Juni unterzeichnet wurde, hatten am 4. Juni in London begonnen.

T 10. Juli, Verdun

Früh ab Lüttich-Namur ... Reims, wo Br[ettauer] mich erwartete. Im Wagen über Suippes hinter Butte de Tahure und dem Kanonenberg. Die Sonne brannte heiß über dieser gestaltlosen Landschaft. Wie niedrig diese Höhen, die so drohend im Winter 15/16 vor uns lagen ... Lieblich und geheimnisvoll zugleich, Aisnetal und Argonnen dahinter ... Dann in die Argonnen hinein. Alles wieder dicht, nur hier und da kahle Baumstämme ... So glückhaft wie die zwei Male, wo ich mit Holzfällern in die nicht zerstörte Zone zurück durfte ... Hier hörten wir das ununterbrochen rollende Schützenfeuer in den Gräben, das wir vorn nicht mehr hörten. Da vernahmen wir nur den einzelnen Schuß, die krachenden Handgranaten, das Pfeifen und Krepieren der Minen ... Abends klangen oft aus den sogenannten Unterständen wehmütige Volkslieder. Die Nachtigall sang im Walde einige hundert Meter hinter uns. Tagsüber schrie der Kuckuck. Nur schwere Minen und Handgranaten brachten ihn nach drei ärgerlichen Schreien zur Ruhe. Vor uns zwischen den Gräben sangen Finken und ließen sich durch Gewehrfeuer nicht stören ...

T 11. Juli, Hoheneck

Früh nach Fort Vaux . . . Heroismus der Verteidiger – Douaumont! Wenn man sich auf die Kirchhöfe beschränkt hätte, würde alles wirklich heroischer wirken als dieses grandios sein sollende häßliche Monument . . . Noch heute liegt über allem trotz der strahlenden Sonne der Hauch der Trostlosigkeit bei dem Gedanken an das Hinschlachten von Unzähligen seitens einer Führung ohne schöpferische Geisteskraft. Zurück nach Verdun. Sah den Bahnhof der Kleinbahn, bis wohin Willisen auf Stunden vorgedrungen, um zu zeigen, daß es möglich war. Wenn sein Plan nur durchgedrungen wäre . . .
Nancy. Place Stanislas immer wieder starker Eindruck . . . Fahren an den Bergen entlang nach Süden . . . Vom Rheintal zogen die Gewitterwolken, bald zuckten herrliche Blitze. Aber über uns blieb es klar, und im Westen im dunklen Blau die Berge und über ihnen die Sterne. Stand lange draußen ergriffen von dem doppelten Schauspiel.

T 12. Juli, Andermatt

Auf der neuen strategischen Straße hinter dem Kamm. Frisch und erquickend zum Hartmannsweilerkopf. Hier viel Spuren des Kampfes. Ein wirklich großes Monument im Sattel vom Kopf zum Kamm . . .

T 19. Juli

. . . Lausanne heiß . . . Glitt vorbei an den Stätten, wo ich einmal vorher war, als ich mit Bülow[1] und Sir Walter Layton[2] am Sonntag, dem 17. April 1932, noch halb mit Hoffnungen zum ersten Male diese Schönheiten genoß.

(1) Bernhard von Bülow, Staatssekretär im Auswärtigen Amt 1930–1936. (2) Chefredakteur des *Economist*, Vorsitzender der *News Chronicle*, Mitglied des wirtschaftlichen Beratungsausschusses des Völkerbunds sowie der Beratungsausschüsse des Young-Plans und der BIZ.

T 20. Juli, Paris

Ankunft früh. Rief Annette Kolb[1] an, suchte sie auf in der Nähe von St.

Clotilde. Dach[ge]schoß, schöne Aussicht, wohnlich und fein. Ging mit mir zum Buchhändler. Trafen Keßler[2]. Ging ins Quartier Latin. Périgord. Panthéon. Seit 1913 nicht mehr dort . . . Es ist eine ungeheuerliche Mischung von allem, was Frankreich an Großem gehabt. Rundherum die Genoveva-Fresken Puvis de Chavannes', die ich sehr liebte 1907. Manche auch heute noch schön. Dazu Bilder und Denkmäler der Revolutionsarmee. Versuch, den gewaltigen Elan übermenschlich zu versinnbild[lich]en . . . An der Säule zur Linken der hl. Vinzenz [von Paul]. Alles duldet man. Aber es ist keine Einheit daraus geworden. Vielleicht ist es nicht möglich. Die beiden Welten sind seit 150 Jahren zu sehr getrennt, dies ist das Schicksal Frankreichs. Wanderte an der Seine entlang an den Buchkästen. Blick auf Notre-Dame. Alles groß und doch so kleinbürgerlich daneben. Abends mit Keßler bei Annette Kolb, erfreute mich der Unterhaltung. Sie erhoffen aber zuviel.

(1) Deutsche Schriftstellerin, veröffentlichte u.a. *Briefe einer Deutsch-Französin,* Berlin 1916, und *Mozart,* Wien 1937. (2) Harry Graf Keßler, dessen *Tagebücher* in Tübingen 1965 veröffentlicht wurden.

T 22. Juli, London

. . . Merkwürdige politische Stimmung. Als ob man hoch erhaben über allem schwebe. Kaum Ahnung von eigener Gefahr[1].

(1) Ein Beispiel für diese Stimmung gibt Mona Andersons Tagebuch für den 25. Juli: „H. B. und McKenna zum Abendessen. McKenna dementiert Gerücht, er sei für die Nazis. H. B. sagt nachdrücklich, Schacht habe Anfang Juli Anleihe von 3 Millionen Pfund bekommen. McKenna sagt, unmöglich ohne sein Wissen; er wird es morgen klären. Er sagt, England sei endgültig gegen die Nazis. H. B. widerspricht. McK. sehr optimistisch und stolz auf Englands Position. H. B. sagt eindringlich, die Politik der europäischen Länder, immer mehr für Rüstung auszugeben, werde sie zwangsläufig ruinieren, und England mit ihnen. McK. sagt, sie könnten nicht weitermachen, Italien [sei] ein Beispiel, aber England allein werde dieses vollkommene Chaos vermeiden, Frankreich drossle bereits seine Ausgaben. B. sagt, Deutschland habe Marine schon ungeheuer erweitert, McK. verneint. McK. erkennt an, wie richtig B. die deutschen Ausgaben einschätzte, 3 Millionen Pfund täglich. B. setzt den Wert der englischen öffentlichen Meinung sehr hoch an, McK. ist anderer Ansicht. Er sagt: „Was kann England tun? Wir müssen unsere eigene Wahl hinter uns bringen."

T 1. August, Arras

. . . Blick auf den Hügel vor Ypern von Westen. So ungewohnt. Bixschoote, Langemarck, der schöne Mythos der sinnlos hingeschlachteten besten deutschen Jugend[1] . . . Westroosebeke. Wie herrlich im strahlenden Sonnenschein, überall frische rote Häuser wieder; der Blick über die Ebene und die Hügel hinter Kemmel. Und damals graue Wolken, Trichter neben Trichter, der Regen klatschte. Wasser überall und Tod und Schlamm . . . Menin Gate: Die Engländer können ihre Toten ehren. Einmal in dieser Form kann man auch die Namen der Hunderttausenden von Toten abtragen . . . Südlich Wytschaete. Hier Ian zu Hause. Am Kemmel vorbei. Bailleul, wo wir beide waren. Sah Meteren, und die schrecklichen Erinnerungen Juni 18 [wurden] lebendig . . . Richtung La Bassée, am Judenfriedhof ausgestiegen mit Ian und haben seine Gräben von Anfang 1915 festgestellt. Wir fragten nach dem Lys (Lis); der Bauer verstand erst nicht. Er sagte Leis. Dann erklärte er alles im einzelnen auf seinem Hof. Alle anderen wußten nichts mehr und waren auch nicht interessiert . . .

(1) In einem Vortrag in Princeton 1937 sprach H. B. von der mißverstandenen Jugendbewegung und den hohen Idealen der Vorkriegsjugend: „In allen Nationen gaben sie ihr Leben für Frieden und Gerechtigkeit hin. Der Tod bewahrte sie davor, die völlige Zerstörung nicht nur ihrer Ideale, sondern auch der Ideale der Generation vor ihnen, miterleben zu müssen. Eine neue Welt ohne Haß war im Entstehen bei Verdun und in Flandern. 1917 und 1918 wurde eine neue und bessere Welt zertrümmert."

T 2. August, Laon

Morgens nach Souchez zum Kirchhof. Tre[viranus] fand seines Schwagers Grab bald. Ein schwarzes Kreuz unter 36000. Band ein Büschel Heidekraut daran[1] . . . Corbie, an der hohen, schönen Mauer des Schlosses vorbei, immer im lieblichen Tal der Ancre . . . Hinter uns in sengendheißer Sonne und Einsamkeit die Sommehöhen. Konnte Höhe bei Fricourt sehen . . . Straße Noyon. Kathedrale. Die Nacht vom 8. August 18. Marschkreuzung. In Stunden nur 100 m vorwärts. Stand an der Kathedrale und sah die Türme majestätisch gegen den Sternenhimmel sich erheben . . . Jetzt ins herrliche Ailettetal hinein. Pinon, dann das große Steinkreuz an der West-Ost-Straße über den Chemin des Dames, die große Heerstraße der Toten. Rechts in der Ferne das Blau der Marnehügel, links Höhenkette nördlich der Ailette und durch die Einschnitte gelegentlich sehnsüchtiger Blick auf Kathedrale von Laon. Man hätte jeden Fußbreit dieser Hänge rechts und links dreifach mit Leichen bedecken können . . . Der Wagen fährt auf den Platz der Kathedrale. Zum Hotel. Dann zur Kathedrale, wegen einer Andacht noch offen . . . Nirgends war die Größe des mittelalterlichen Frankreich gleich wie hier . . .

(1) Nach Treviranus, *Für Deutschland im Exil,* fand diese Fahrt im Jahre 1937 statt. Auch bei anderen Ereignissen ist die Datierung von Treviranus unsicher.

T 3. August, Brüssel

. . . Marle. Unsere Marschstraße zurück von der Aisne Mai 17. Damals so jugendfröhlich mit Raben, Hunden, Füchsen, ohne Kommandeur nach zwei schweren Monaten. Hätte gern Montcornet gesehen, Stimmung der Landschaft so stark noch in der Erinnerung . . . Brüssel. Ging zu [Dannie] Heineman nachmittags . . .

T 4. August

Abfahrt Brüssel. Lange Unterhaltung vorher mit Staudinger[1]. Abrücken von Prag[2]. Noch etwas zu sehr von Heimweh gequält und daher geneigt, ersten Gegenstoß zu unterstützen. Aber möglich, mit ihm zu arbeiten. Ich kann weniger leicht von erkannten, beständigen Grundsätzen der Politik herunter wie diese . . .

(1) Professor Hans Staudinger, Staatssekretär im preußischen Handelsministerium 1929–1933, seit 1934 an der New School for Social Research in New York. (2) Hauptsitz der Exil-SPD.

T 8. August, Melide

. . . Irmgard [von Willisen] ruft an und berichtete, Friedrich[1] wolle Boten schicken . . .

(1) Deckname, den H. B. und Frau von Willisen für „Heeresleitung“ benützten.

** 12. August, Melide, H. B. an Mona Anderson*

... Viele Besucher sind unerwartet eingetroffen, und ich hatte viele Briefe nach Amerika zu schreiben in den einzigen Stunden, in denen ich allein war, d. h. nach 23 Uhr ... Vor einigen Stunden rief Bar[onin] v. Ei[nem]s Schwester[1] aus Bern an, ich solle hierbleiben und auf einen sehr wichtigen Boten warten. Ich sagte ihr, das könne ich nicht, und der Bote solle vor dem 22. nach London kommen ... Ich bin nicht sicher, ob nicht die Wichtigkeit des Boten übertrieben wird. Ich werde es ja sehen. Bitte rufen Sie Dr. Oldham an, und sagen Sie ihm, daß das geplante Treffen mit Pater Zeiger wahrscheinlich in der Schweiz stattfinden könnte[2] ...

(1) Frau von Willisen. Frau von Einem war als Dame der Londoner High Society die bekanntere von beiden. (2) Das Treffen fand im Herbst 1935 statt; es verlief zur Zufriedenheit aller Beteiligten, war jedoch ohne praktische Bedeutung.

T 13. August

Abfahrt Melide ... Tessin, mächtig angeschwollen, die gewöhnlich wie Faden dünnen Steigbäche breite Wasserfälle. Würde gern das Donnern der steigenden Wasser hören; Sinnbild schäumenden und vergehenden Lebens ...

T 14. August, Nijmegen

In Maastricht wartete der gute Mommersteeg[1] ... In Nijmegen wartete Let[terhaus]. Besprachen noch einmal die voraussichtliche Entw[icklung] d[er] nächsten Monate. Verh[andlungen] d[es] Kard[inals] v[on] K[öln]. Stimmung trüb. [Er] übernahm, an P[ater] L[eiber] zu schreiben[2]. Immer bedrückend, die Kämpfenden wieder zu verlassen, wenn man selbst weitab sitzt ...

(1) Monsignore P. J. M. H. Mommersteeg (1897–1966), Rektor des Altenheims St. Anna in Nijmegen bis 1939, Feldkaplan bei den niederländischen Streitkräften in Nordamerika bis 1946. (2) Robert Leiber, S. J., Sekretär des Kardinalstaatssekretärs Pacelli, hatte schon mehrmals persönlich und über Pater G. Gundlach Berichte von Letterhaus und Joos erhalten. Die Einschränkungen der konfessionellen Presse im Frühjahr 1935, der Beginn des

Schulkampfes und die Einschränkung der konfessionellen Jugendorganisationen in Preußen hatten seitens der Bischofskonferenz lediglich eine versöhnliche Eingabe an den Führer am 22. August zur Folge gehabt. Nach dem Verbot der katholischen Arbeitervereine im Regierungsbezirk Münster und der Inhaftierung ihrer Geschäftsführer im Herbst schickten Letterhaus und Joos am 18. Oktober 1935 ein Schreiben an Leiber mit der dringenden Warnung vor dem „plan- und energielosen Abwarten" des Episkopats und vor der „noch nicht völlig überwundenen Annahme", daß Hitler selbst „anders" sei. Sie machten den Vorschlag, daß Rom einen besonderen Beauftragten nach Deutschland schicken sollte, „damit der Abwehrkampf der Kirche um ihr Daseinsrecht und ihre Wirksamkeit Ziel und Richtung erhalte".

T 15. August

L[e]g[ers][1] kam mit letzten Nachrichten. Schachts interne Rede[2]. Finanzberechn[ung] bestätigt. L[e]g[ers] sehr bedrückt. Alle erwarten baldigen neuen Schlag. Ich glaube erst Nov[ember]. Nachmittags nach R[uys] de B[eerenbrouck][3], um vorzubereiten, wenn neue Freunde flüchten müssen. Bereitwilligkeit, in beschränktem Maß zu helfen. Über Zutphen nach Deventer; dort Zug Hoek.

(1) Dr. Paul Legers, Verbandsleiter der Kleineisenindustrie, benützte Reisen außerhalb Deutschlands, um H. B. wertvolle wirtschaftliche Informationen zu übermitteln, das letzte Mal 1942 aus der Schweiz. (2) Bei einer informatorischen Konferenz für Chefredakteure, am 1. August. Schacht empfahl internationalen Tauschhandel, befürwortete eine Erhöhung der Firmenbesteuerung und eine viel strengere Preiskontrolle, er lehnte jegliche Lohnsteigerung ab. Er erwartete eine große internationale Anleihe, „wenn wir jetzt durchhielten". „Das Gerede von der Devalvation" sei „verbrecherisch". (3) jhr. Ch. J. M. Ruys de Beerenbrouck (1873–1936), niederländischer Ministerpräsident (katholisch) 1918–1925, 1929–1933.

19. August, Old Surrey Hall, H. B. an Gottfried Treviranus

... Ich lasse diesen Brief in Monas Händen. Sie soll ihn Ihnen nur geben, wenn mir etwas zustößt. Zuerst möchte ich Ihnen danken – und zwar von ganzem Herzen – für Ihre jahrelange, von niemandem und von nichts erschütterte Freundschaft. Es ist das einzige, was fest bleibt in der Politik. Dann möchte ich Ihnen einige Worte sagen für Ihre Zukunft. Ich darf es bei einer solchen Gelegenheit wohl tun, auch aus einem anderen Grunde gerade jetzt. Bei allem leidenschaftlichen Hoffen auf Wiederherstellung geordneter Zustände im Vaterlande und dem nie zur Ruhe kommenden Trieb zum Wagnis und zum Handeln steht alles vor mir in einer gewissen Ferne. Der Abstand ist in der Fremde noch größer geworden. Oft glaube ich schon zuviel Altersweisheit zu haben, um mich noch mal überreden zu lassen, in die Dinge in der Heimat einzugreifen. Aus diesem Gefühl heraus habe ich geglaubt, auch von anderen Freunden, die ich in der Schweiz und Holland sah, einiges für Ihre Zukunft sagen zu sollen.

Ich dachte an vieles, als ich gestern lange neben Ihrem Vater saß und mit ihm sprach. Drei Vorzüge hat er, die Ihre schnelle Auffassungsgabe und Ihre Neigung zum blitzschnellen Handeln neben Ihrer sonstigen Veranlagung wunderbar ergänzen würden. Jedes Wort ruhig überlegen! Seine Rückwirkung im Politischen klar vor sich haben! Genau berichten, nur das, was ist, nicht was das Temperament vorspiegelt. Warten können, bis daß die Dinge entgegenreifen, auch wenn man vorübergehend ins Vergessensein völlig zu versinken droht. Mehr nicht. Alles andere kann bleiben . . .

T 19. August, Old Surrey Hall

Telefonierte mit Irmgard [von Willisen] in Paris. Sie gab Einzelheiten über Friedrichs Denken . . .

T 20. August, Old Surrey Hall

Mit M[ona] nach Dover bei schönem Wetter. Diese Fahrt durch Kent gibt Freude am Leben immer wieder. Mit Br[ettauer] zurück. Ich berichtete Unterhaltung mit Irmgard und was Friedrich für Eventualpläne hat; so unmöglich. Nachts bis halb vier an Denkschrift für ihn gearbeitet.

* *N Abschiedsbesuch im Außenministerium*

Ich hatte Vansittart geschrieben und um eine Empfehlung an die kanadischen Behörden gebeten, was meine Reise in die Vereinigten Staaten vereinfachen könnte. Als Antwort lud er mich zu sich ins Außenministerium ein. Unser Gespräch war kühl und oberflächlich. Er bemerkte: „Übrigens habe ich mich wegen Ihres Kommentars zur Politik der Bank of England erkundigt. Sie können sicher sein, daß nichts unternommen wird, was die Konsolidierung des Naziregimes oder die Vergrößerung des deutschen Heeres begünstigt." Es betrübte mich, daß ein Mann, der sich oft einer möglichen Übereinkunft zwischen Deutschland und Frankreich oder Deutschland und England widersetzt hatte, jetzt blind für die Situation zu sein schien. Da ich keine hoffnungslose Diskussion beginnen wollte, erhob ich mich sofort und mied ihn danach[1].

(1) Aus den Dokumenten ist ersichtlich, daß Vansittart wegen der deutschen Rüstungsimporte besorgt war, aber er hatte Deutschland „eine gewisse Expansion" zugestanden. Ende 1936 befürwortete er noch „gewisse wirtschaftliche Erleichterungen für Deutschland" und ein „Vermeiden jeder unbeholfenen Aktion" (vgl. u. a. Colvin, *Vansittart in Office* S. 50f., 119). Auch die französische Regierung meinte 1935, daß eine gefährliche deutsche Aufrüstung aus finanziellen Gründen ausgeschlossen sei (vgl. *Les événements survenus en France de 1933 à 1945. Témoignages et documents,* Annexes, Tome III, Paris, Assemblée Nationale 1948, S. 768). H. B. warnte weiter in öffentlichen Vorträgen, so in Boston Anfang 1936: „Ein Land, das so wie Deutschland entwaffnet wurde, kann sich nicht langsam wiederbewaffnen. Das wäre zu riskant. Eine Wiederbewaffnung muß so geheim und rasch wie möglich vor sich gehen." Und an der University of Virginia, Anfang 1939: „Einer der vielen falschen Schlüsse, die aus dem letzten Krieg gezogen wurden, ist die Überzeugung, daß die Mächte mit dem stärksten wirtschaftlichen und finanziellen Rückhalt stets siegreich sein werden."

T 22. August, London

... Letzte Reisevorbereitungen ... Abends Tre[viranus], Wh[eeler]-B[ennett] und General Sir Neill Malcolm. Sah ihn zum erstenmal nach seiner Rückkehr von Ostasien. Er erklärte, englische Regierung habe überhaupt keine Politik.

T 23. August

... Tre[viranus] und Mich[ael][1] fahren mit bis Liverpool. Letzterer mit neuesten Berichten über Lage protestantischer Kirche. Wollen festh[alten] und Sept[ember] Entscheidung erzwingen. „Duchess of York" fuhr 3 Uhr ...

(1) Horst Michael, Berlin, früher Volkskonservativer, Mitglied der Synode von Barmen, war die Hauptquelle der sehr ausführlichen Berichte der Londoner *Times* über deutsche Kirchenfragen, auch eine Quelle für Louis Lochners Berichte in der Associated Press.

T 25. August, „Duchess of York"

... Starkes Schlingern. Starke Dünungen als Ausläufer schweren Sturmes über Neufundland. Las Paléologue, die drei kritischen Jahre[1] ...

(1) *Un grand tournant de la politique mondiale (1904–1906)*, Paris 1934. Memoiren des französischen Diplomaten Maurice Paléologue, 1935 unter dem Titel *The Turning Point 1904–1906* in London veröffentlicht.

T 26. August, „Duchess of York"

... Paléologues Buch fesselt mich immer mehr. Wie glücklich für die französische Politik, diese Salons zu haben. In Berlin in meiner Zeit mußte man fürchten, entweder nur Juden oder korrupten Leuten ohne Takt zu begegnen. Der steife, geistlose Landadel, den man sonst traf, auch kein Ersatz. Delcassés[1] Kampf ist heroisch ...

(1) Théophile Delcassé (1852–1923), französischer Außenminister 1898–1905 und 1914–1915, bewerkstelligte die britisch-französische Aussöhnung in Nordafrika, kam zu einem Ausgleich mit Italien, aktivierte das französische Bündnis mit Rußland und blokkierte alle deutschen Annäherungsversuche an Frankreich, bis ihn verängstigte Kabinettskollegen 1904 fallenließen, als er gerade glaubte, er habe ein endgültiges Bündnis mit England erreicht.

T 27. August, „Duchess of York"

... Beendigte Paléologue. Ist die Epopöe einer großen Diplomatie, die auch nicht versagte, als im Innern alles auf Zerrüttung eingestellt war ... Begann Buchan, *The House of the Four Winds*[1]. Auf diesen Umschlag des übertrieben Politischen ins Romantische analog der Zeit nach den Freiheitskriegen habe ich lange gewartet.

(1) John Buchan (1875–1940), englischer Generalgouverneur von Kanada ab 1935. Die Abenteuergeschichte von schottischen Touristen, jungen Grünhemden und ältlichen Monarchisten in einem imaginären mitteleuropäischen Land erlebte 1935 in London acht Auflagen. Gelegentlich finden sich Bemerkungen, die ein Licht auf die politische Einstellung der Engländer in diesen Jahren werfen: „Die Welt war zu müde, um über die Vorzüge von Verfassungstypen zu diskutieren."

T 28. August, „Duchess of York“

Buchan beendigt. Oldens *Hindenburg*[1] ebenso. Von allen scheint er nur mich zu hassen. Entwurf des erbetenen Schreibens mit Richtigstellen von Einzelheiten an ihn . . . 8 Uhr abends Leuchtfeuer von Belle Isle und später Lichter an der Küste von Labrador und New Foundland . . .

(1) Rudolf Olden, *Hindenburg oder der Geist der preußischen Armee,* Paris 1935.

28. August, „Duchess of York“, H. B. an Rudolf Olden (Entwurf)

. . . Ich freue mich, daß Sie wenigstens an Schlange[1] etwas Gutes finden. Er ist der einzige, der später die Agrarfragen lösen kann. Wenn Klepper[2] gelernt hat, seine Regungen zum Quertreiben zu unterdrükken, wird seine außergewöhnliche Intelligenz neben Schlange das Wertvollste sein . . . Nichts ist Ihnen bekannt von der Tatsache, daß Rußland begann, Frankreich mit zu uns herüberzuführen, und Papen das zerstörte, indem er Herriot[3] in Lausanne am zweiten Tage ein Militärbündnis *gegen* Rußland anbot, in einem Augen[blick] wo Litwinow[4] schon fr[eun]dlich mit Herriot stand. Herriot erzählte es Litwinow sofort weiter. Juni liegt die Wendung, die alles Nachfolgende bewirkt hat . . . François-Poncet[5] zielte auf meinen Sturz, damit das Chaos käme und Frankreich leichtes Spiel habe. Daher seine Verbindung mit Schleicher zu meinem Sturz[6].

So war aber die Linkspresse die ganze Zeit gegen mich mit wenigen Ausnahmen. Dort stand diesmal der blinde Hödur. Bücher, die mit Galle geschrieben sind, sind sicher interessant. Aber Vorsicht! . . . Sie werden vielleicht dazu beitragen, den Nazis zu helfen, alles, was vor ihnen da war, herunterzusetzen. In einem blinden Haß haben Sie und Ihresgleichen gekämpft gegen alles, was noch einen Schutzwall bilden könnte . . . Sie denunzieren mich in Ihrem Buch bei Frankreich; Sie suchen mich in England lächerlich zu machen. Gut. Und die Wirkung: Ein immer größerer Teil der engl[ischen] öffentl[ichen] Meinung hat sich auf die Seite Hi[tler]s gestellt. Dasselbe haben diese Emigranten[7] in Paris erreicht . . . Jemand in England, der die ganze Emigrantenliteratur gelesen hat, hat mir gesagt: „Was bleibt übrig von dem Vor-Hitler-Deutschland? Intrige, Korruption, Haß. Sonst nichts.“ . . .

(1) Dr. Hans Schlange-Schöningen, Reichskommissar für Osthilfe (Landvolkpartei) 1931–1932. (2) Dr. Otto Klepper, preußischer Finanzminister 1931–1933. (3) Édouard Herriot (1872–1957), französischer Ministerpräsident (Radikalsozialist) 1924–1925, 1932. (4) Maxim Litwinow (1876–1951), russischer Außenminister 1930–1939, Botschafter in Washington 1941–1943, stellvertretender Außenminister 1943–1946. (5) André François-Poncet (* 1887), 1917–1919 Presseabteilung der französischen Gesandtschaft in Bern, 1919 Mitglied der französischen Wirtschaftsmission in Washington, 1923 im Stab des französischen Kommandeurs im besetzten Ruhrgebiet, dessen „Sonderverhandlungen" mit deutschen Behörden und Industriellen H. B. in der Zeitung *Der Deutsche* angriff; Leiter der Société d'études et informations économiques und der Zeitung *L'Avenir*, die den Standpunkt der französischen Schwerindustrie vertraten. Abgeordnetenkammer (Alliance républicaine démocratique, Partei von Poincaré, Tardieu, Flandin) 1924, Staatssekretär für Künste 1928–1930, für Volkswirtschaft 1930, beim Ministerpräsidenten 1932; stellvertretender französischer Delegierter beim Völkerbund 1930–1931; Botschafter in Berlin 1931–1938 und in Rom 1938–1940; 1943–1945 von den Deutschen interniert. (6) Siehe auch Louis Lochner, *What about Germany?*, New York 1942, S. 42f. Laut seiner Memoiren und seiner Bemerkungen in späteren Jahren hat F.-P. die Regierung Brüning Ende 1931 aufgegeben und ist im April 1932, als H. B.s Rücktritt ausblieb, ungeduldig geworden (vgl. *Als Botschafter in Berlin*, Mainz 1947, S. 32, 37). Wie hoch er seine späteren „vertrauensvollen" Beziehungen zu der Naziregierung einschätzte, zeigt seine Unterhaltung mit dem amerikanischen Diplomaten Jay P. Moffat, Anfang 1940. F.-P. bedauerte lebhaft die Veröffentlichung einiger seiner Berichte, weil er „begreiflicherweise zu einer gegebenen Zeit imstande gewesen wäre, zu Hitler zu sagen: ‚Sie müssen gehen.' Diese Möglichkeit war nun für immer ausgeschaltet worden, und zwar von seiner eigenen Regierung." (vgl. Jay P. Moffat, *Diaries*, 2. Februar 1940, Manuskript, Harvard University Library). (7) In Paris gab der seit vielen Jahren von H. B. als „kapitalistische Linke" angegriffene Georg Bernhard die *Pariser Tageszeitung* heraus und Leopold Schwarzschild das *Neue Tageblatt*. In Paris bereitete Willi Münzenberg im Herbst 1935 den deutschen Volksfrontausschuß vor.

* *25. bis 30. August, „Duchess of York", H. B. an Mona Anderson*

... Eines ist sicher, und es war auch meine eine starke Linie in der Politik: Jeder versucht, die Fehler der 20 Jahre vor dem Krieg zu vermeiden. Nichtsdestoweniger kommen permanente Züge des Nationalcharakters an die Oberfläche und können wieder zum gleichen Unheil führen. Auch heute noch könnte es abgewendet werden ... Delcassé hatte die große Genugtuung – die mir nicht zuteil wurde –, daß seine Politik zwei Monate nach seinem Sturz übernommen und von eben jenen Leuten zum Erfolg geführt wurde, die ihn zu Fall gebracht hatten. Aber welcher Milieuunterschied! Vorzügliche Männer im Heer, in der Diplomatie und in der Verwaltung, die, ohne zu intrigieren, in unsentimentaler Freundschaft zusammenarbeiteten, ohne die man keine große Politik machen kann ...

Ich erinnere mich sehr gut an mein erstes Semester an der Universität[1] ... In Deutschland wuchs eine Generation ohne jede Ausgeglichenheit in der Politik heran. Wenn die Dinge kompliziert wurden, fingen sie an, sich in einer romantischen, unwirklichen Welt zu verlieren ... Die ersten Freunde, die ich in München fand, reagierten darauf mit Leidenschaft ... Über Musik waren wir uneins; ich konnte Wagner nie leiden. Aber wir sahen Maxim Gorkij und lasen die Romane von Dostojewskij und Werke von Mystikern wie Meister Ekkehart. Ich lernte Kardinal Newman[2], Tyrrell[3], Bonatelli[4] kennen. Wir wurden antiklerikal und widersetzten uns heftig dem Geist der Selbstzufriedenheit an allen Orten ... Ich vermißte an meinen Freunden Konsequenz und Logik und ging allein nach Straßburg, aber wir teilten auch weiterhin die Liebe zu Nietzsche, Spitteler, Hölderlin und Shakespeare. Mein Freund Brünagel[5], der in der Schlacht um Lothringen am 21. August 1914 fiel, war mehr auf russische Literatur ausgerichtet, ich auf französische und englische Literatur. Heute glaube ich, daß ich konservativer war als er. Das Meer wird mir allmählich verhaßt. Kein Wechsel der Szenerie; von einem schönen Fleck terra firma aus wird mir das Meer stets lieblich erscheinen ... Warum stürme ich seit 1914 durchs Leben, immer kämpfend, fast ohne Vergnügen, oft sehr einsam, statt mich glücklich zu verheiraten und mich nicht täglich um das Schicksal meines Landes zu sorgen? Ich weiß, daß diese Gedanken feige sind, aber jetzt brechen sie manchmal aus. Ich werde darüber hinwegkommen ... Arbeitete acht Stunden konzentriert an der Durchsicht des Memorandums für Friedrich ... Ich hoffe, in Montreal zwei eingeschriebene Briefe aufgeben zu können – das Memorandum in zwei Exemplaren[6] ...

(1) München, 1904. (2) John Henry, Kardinal Newman (1801–1890), schrieb 1846 *Über die Entwicklung der Glaubenslehre* und 1864 *Apologia pro Vita Sua.* (3) George Tyrrell (1861–1909), englischer Jesuit, veröffentlichte zwischen 1897 und 1906 *Nova et Vetera, Hard Sayings, External Religion, Lex Orandi, Lex Credendi.* Kritisierte die Enzyklika „Pascendi“ im Jahr 1907 und wurde als „Modernist“ exkommuniziert. Im Januar 1947 schrieb H. B. an Horst Michael: „Tyrrell hat auf mich einen sehr großen Einfluß gehabt. Es war eine große Tragik, daß einige seiner Formulierungen nicht etwas vorsichtiger waren. Heute würde er wahrscheinlich schon nicht mehr auf den Index gekommen sein. Außerdem hätte ein Druck eingesetzt werden müssen, wie ich es 1931 bei der drohenden Indizierung der italienischen Ausgabe von [Karl] Adams *Christus* getan habe.“ (4) Francesco Bonatelli (1830–1911), schrieb *La coscienza e il meccanismo interiore*, Padua 1872. (5) Friedrich Brünagel. (6) Siehe Anhang III.

T 30. August, „Duchess of York"

Herrliche Fahrt auf dem St. Lawrence. Ein wirklicher Strom . . . Erinnerte an Mündung der Seine bei Caudebec. Nur keine Kreidefelsen . . . Mittags erschien majestätisch den Blicken Quebec . . . Erinnert von unten an Ehrenbreitstein, ohne die Fröhlichkeit, die der Weinbau oder die ihn bedingende Sonne allem gibt . . .

T 31. August, Jaffrey, New Hampshire

In der Nacht Ankunft in Montreal. Brief von Mrs. George[1]. Ihr Sohn und Mr. Foster Stearns[2] holten mich im Auto ab . . . Am Südufer des Stromes entlang, der sich hier wieder zum See ausweitet . . . Einzelne Baumgruppen. Ahorn, Ulmen, Kiefern und Fichten. Birken, vor allem kanadische Pappeln. Kämpe mit schlecht gepflegtem Graswuchs, eingezäunt mit überquer gelegten und im Zickzackwinkel aufeinanderstoßenden Balken . . . Überall einzelne Farmhäuser aus Holz, weiß im Grundton, gelegentlich mit grünen Linien, nicht übermäßig gut gehalten. Hier und da an die Häuser in deutschen Badeorten in ihrer Geschmacklosigkeit erinnernd. Alles auf Milchwirtschaft eingestellt . . . Der streifenförmige weiße Dunst am Himmel löst sich langsam auf. Strahlendes Blau. Aber eigentümliches Licht auf dieser rein nordischen Landschaft . . . Überqueren in St. Jean den Richelieustrom und wenden nach Süden. Am Fluß entlang Kanal. Wie ähnlich den Kanälen entlang den französischen Flüssen. Alles könnte, namentlich mit den Stoppeln, Nordfrankreich sein, nur sind Bäume zu nordisch . . . Etwas hügeliger. Alleen von amerikanischen Fountain Elms, ein herrlicher Baum . . . Amerikanische Grenze. Schnell erledigt. Ganz dicht am [Champlain-]See entlang, der in strahlendem Grünblau schimmert. Am jenseitigen Ufer Wald, dahinter eine gewaltige Bergkette in tiefem Blau, die Adirondacks, die uns lange begleiten. Östlich taucht eine parallele Kette auf: die Green Mountains, nicht ganz so hoch. Die Sonne strahlt und wärmt. Wir werden sehr fröhlich. Ich entdecke in meinen Begleitern zwei sehr gütige, feine Menschen.
Die Holzzäune verschwinden. Wälle aus zusammengetragenen Kieseln treten an ihre Stelle. Ab und zu treten flache, glattgeschliffene Felsplatten aus dem Gras hervor. Überall verhältnismäßig junge Gletscherwirkung zu spüren. Auch die Bäume dieselben, wie sie dem Eis nach Nor-

den zuerst nachwanderten . . . Beim näheren Zusehen sind all diese bekannten Bäume doch in den Blättern etwas verschieden. Die Sonne brennt wie in Italien . . . An einer Wegwendung steht im saftigen Gras ein mächtiger Schimmel. Es geht mir auf: das unersetzliche Symbol der rein nordischen Landschaft . . . Jetzt wird es klar. Nordische Landschaft, aber italienische Sonne. Es fällt mir ein, daß wir ungefähr auf dem Breitengrad von Florenz sind. Die Sonne leuchtet auf den Birken berauschend. So würde Schweden sein, wenn eine südliche Sonne darüber strahlen würde. Hier ist der Traum der nach Italien Drängenden, wenn sie eine wirkliche Sehnsucht hatten, erfüllt . . . Dann nach Südosten, um die Green Mountains zu überqueren. Unvergeßliche Bilder von den Farben der westlichen Kette. Die Luft wird so klar, daß Bäume im Walde westlich des Sees in Einzelheiten zu erkennen sind . . .
Neuer Blick nach Osten. Einzelne Berge treten als isolierte stumpfe Kegel hervor, wie in der Rhön, vor allem einer, der uns nun nicht mehr verläßt, der Monadnock. Überschreiten den Connecticut River in Bellows Falls und kommen nach New Hampshire. Landschaft bewaldet, wenig Kultur, zweiter Wuchs . . . Meine Begleiter halten und zeigen mir, wie Obstbäume noch mitten im Walde stehen. Die kaliforn[ische] Konkurrenz hat die Obstkultur vernichtet . . . Über Keene nach Hancock in das schöne Doppelhaus von Foster Stearns, einstmals gebaut für Zwillingsbrüder, die dort 40 Jahre lebten, ohne je Streit zu haben, wie die Leute noch jetzt erzählen. Vollendeter New-England-Stil, weiß mit grünen Streifen. Seitenwände tiefrot gestr[ichener] Backstein. Schöne alte Bäume darüber und saftiges, festes Gras herum. Alles im Innern dementsprechend. Schöne alte italienische Tafeln und byzantinische. Eine unsagbar zeitlose Ruhe über dem Ganzen. Dann über Peterborough, immer der strahlende Monadnock, nach Jaffrey zum Hause von Mrs. George . . . Überall schöne Kirchen in Weiß oder Rot, unten das Gemeindehaus, darüber die Kirche. In Hollandstil oder nach Christopher Wren. Mein Begleiter mit Frau und zwei jungen Töchtern wohnt im alten, schön hergestellten Farmhaus. Mrs. George in einer eingebauten und mit hervorragendem Geschmack hergerichteten Scheune. Die Holzpaneele um die Räume sind von einem Hessen-Tischler aus der Kolonialzeit. Dazu gehörte ein Verschlag neben dem Herd mit einer Kniebank, die völlig vom Knien ausgeschliffen war. Sie kam aus der Wohnung eines reformierten Geistlichen, der sich darin einschloß, um sich ganz ins Gebet im Dunkeln zu versenken. Welche Kraft muß für die ersten Siedler von dort ausgestrahlt sein . . .

(1) Alice, Witwe von Andrew J. George, Mutter von Professor Robert George, Brown University. (2) Förderer vieler karitativer Werke und Vereine für Geschichte und Kunstgeschichte, Kongreßmitglied (Republikaner) 1939–1945.

T 2. September, Jaffrey

Auf den Monadnock . . . Oben angekommen, brach die Sonne im Südwesten durch . . . Übersah das ganze Land, durch das wir drei Tage früher gekommen. Junger Wald mit einer Unzahl von kleinen Seen und gelegentlichen Wiesenflächen. Ruhig und ernst, aber herrisch durch die Ausdehnung und durch die Gebirgsketten und einzelne, ähnlich dem Monadnock gestalteten, Einzelberge, die es begrenzten. Dazu das strahlende, tiefe Blau am Himmel . . . Abends lange am Herdfeuer über die überall wirksamen Strömungen in der Welt geplaudert. Selbst die Besten hier wissen nicht, wie es bei uns aussieht. Nur eines wissen diese geistig hochstehenden Menschen um mich: Das Deutschland der glänzenden Forschung, der Freiheit und Romantik, das sie liebten und ihre Väter liebten, ist zerstört . . .

T 4. September, Portsmouth, Rhode Island

Früh wach. Öffnete die Läden und sah in den auf die schönen Bäume leicht herunterrieselnden Regen . . . Fahren bei strömendem Regen über Peterborough nach Massachusetts hinein . . . Land wird flacher. In den kleinen Orten mehr Industrie, weniger Feinheit in den Häusern. Oft ausgesprochen häßliche und entstellte darunter . . .
Über eine neue schöne Hängebrücke überqueren wir den Meeresarm, der Portsmouth vom Festlande trennt. Kurz darauf Ankunft in der Priory. Der Prior[1], ein älterer, hochgewachsener Mann . . . empfing uns sehr freundlich, ebenso der einzige noch anwesende Mönch, Pater Sargent[2]. Beide Konvertiten. Letzterer ursprünglich Mitglied eines anglik[anischen] Predigerordens. Viel gereist, viel Menschenkenntnis und Erfahrung. Prior lange Jahre (20) Gründer und Leiter eines schön gebauten [anglikanischen] Knabenkollegs . . . Abends lange Unterhaltung über Kirchenlage in Deutschland und Vatikan. Hochstehendes politisches wie kirchliches Urteil. Wenn es solche Menschen doch in deutschen Klöstern gäbe[3].

(1) Pater Hugh Diman, O. S. B. (2) Pater Leonard Sargent, O. S. B. (3) Im Dezember 1940 schrieb H. B. an Joseph Ledit, S. J.: „Die Orden hatten bei uns eine Überexpansion betrieben. Die Prüfung der Charakterfestigkeit bei der Aufnahme war mangelhaft. Viele, vor allem bei den Benediktinern, traten in den Orden nach dem Kriege ein in einer ‚fin-de-siècle'-Stimmung."

T 6. September, Portsmouth

... Abends aufklärend und beruhigender Sonnenuntergang. Langsam sinken die hellen roten Töne ins Dunkle. Einen Augenblick stahlgrün alles strahlend. Dann tiefblau und funkelnde Sterne. Fühlte schon in der Vesper die sich vorbereitende Ruhe und dachte aller mir Gutgesinnten ...

T 7. September, Portsmouth

... Nachmittags nahm Prior mich nach seinem alten Kolleg[1]. Schön eingerichtet. Dignified ... Alles das nach 20 Jahren aufgeben, ein Lebenswerk, seiner Überzeugung halber, und gütig und menschlich bleiben, ist groß und christlich ...

(1) St. George's, Middletown.

T 8. September, Portsmouth

Der Fels, auf dem Bischof Berkeley[1] meditierte, am Meer ist mir stark von gestern in der Erinnerung. Er war auf der Fahrt nach Bermuda hierher verschlagen. Lebte Jahre hier völlig einsam. Vielleicht war die Konzentration natürlicher als heute, wenn man sie hat. Vielleicht gelegentlich politische Nachrichten, sonst das tägliche Leben mit der Natur und Gott. Unser Tagesdenken ist so gespalten ...

(1) George Berkeley, anglikanischer Bischof von Cloyne (1685–1753), Philosoph des „subjektiven Idealismus".

T 9. September, Portsmouth

5 Uhr aufgest[anden] und in d[ie] Kirche. Las letztes Kapitel Johannis. Nachmittags noch voll davon, zwei Stunden allein gewandert, nachdem Regen aufgehört . . .

** 9. September, Portsmouth, H. B. an Mona Anderson*

. . . Ich fühle immer mehr, daß ich schon sehr weit weg bin von dem, was in meinem Lande geschieht. Das ist eine sehr große Belastung. Sie wissen, wie sehr ich es genieße, durch die Welt zu reisen, Neues zu sehen und neue Eindrücke zu sammeln. Das ist, so fürchte ich, meine Art, über die Dinge hinwegzukommen, die geschehen sind. Die heutige Nachricht in der *[New York] Times*[1] ist hinsichtlich eines möglichen Weltbrandes hoffnungsvoller . . . Ich möchte wissen, welche Ansicht zur Weltlage jetzt im Kabinett herrscht und bei der heuchlerischen alten Tante, der *Times* [London]. Ich habe immer noch Hoffnung, daß Mussolini Abessinien ohne ein großes, kriegsähnliches Abenteuer bekommen wird. Ich kann nicht einsehen, warum es richtig sein soll, daß England Ägypten besetzt und daß Frankreich und Spanien Marokko besetzen, und Italiens Schachzug ist vollkommen falsch . . .

(1) Die *New York Times* von diesem Tag maß Gerüchten von einer bevorstehenden Übereinkunft zwischen Italien und Abessinien einen gewissen Wert bei.

T 10. September, Portsmouth

. . . Zum schönen, vornehmen alten Hause der Familie des Priors. Guter Baustil. Wie ähnlich das alles! . . . Wie stark muß der Einfluß der deutschen Universitäten gewesen sein auf die Generation . . . Fast ist die Zeit mit Gewalt festgehalten, wo alles um den Menschen ruhiger war und abgeklärter . . .

T 11. September, Huntington, Long Island

Früh auf. Beglückende Frische und Klarheit in der Luft ... Wanderte mit dem gütigen menschlichen Prior noch im Garten und fühlte den Segen, den in sich klare Menschen, die nichts mehr für sich wollen, ausstrahlen. Die Sonne strahlte warm. Nach Newport, dort mit der Fähre nach Jamestown, über die schmale Insel und wieder mit der Fähre nach Saunderstown auf dem festen Land von Rhode Island. Für einige Zeit an Meeresbuchten vorbei ... Alles, was ein warmer, klarer Herbsttag bieten kann, war unser. Das Meer schimmerte in einem Blau wie in der Adria ... Über den breiten Thames River nach New London ... Hier die Regatten zwischen Harvard – Yale auf $4^1/2$ Meilen. Hier und da fast so schöne kleine Städtchen wie Hancock ... Hier und dort das Laub schon weinrot. In scharfer Fahrt und ständigem Überholen gerade zeitig für die Fähre in Stamford. Die Luft über dem Sund war nicht mehr so klar; wie man mir sagte, macht sich Dunst von New York fühlbar. Überfahrt dauert so lange wie von Calais–Dover ... Wir fahren in eine vielfach verzweigte Bucht ein. Jetzt ist die Ähnlichkeit mit den großen Havelseen überzeugend. Statt Kiefernalleen rings Laubbäume.

Wir landen in Oyster Bay und gehen zu M[onsignor Charles] Ca[nivan][1], der uns zum Landhaus von Mr. Foster Dulles[2] bringt, der von Berlin bekannt ist. Wir werden sehr herzlich aufgenommen. Der Abend bringt eine gute Unterhaltung über Deutschland. Später fahren wir zum Seminar, wo uns Monsignor [Edward] Hoar[3] freundlich empfängt und uns durch den großen Park in das „Manor House" bringt, wo ich allein und ungestört in schönem Park nunmehr hausen soll. Der erste Blick zeigt, daß ich nichts Besseres wünschen kann[4] ...

(1) Pfarrer in Oyster Bay, Long Island. Erzbischof Thomas Malloy von Brooklyn, den Prälat Hermann Brüning im Jahr 1922 als „den freundlichsten aller Bischöfe" bezeichnete, sandte durch Monsignor Canivan an George Murnane eine Einladung für H. B. ins Diözesanseminar in Huntington. (2) John Foster Dulles (1888–1959), Minister bei der Friedenskonferenz 1907 in Den Haag, bei Sullivan & Cromwell, einem auf internationales Finanzwesen spezialisierten Anwaltsbüro, 1911–1949, Mitglied der Reparationskommission 1919, Berliner Schuldenkonferenz 1933; bei der Gründung der Vereinten Nationen Mitglied der amerikanischen Delegation in San Francisco 1945. In *War, Peace and Change*, New York 1939, legte er dar, daß internationale Verträge keinen Gesetzescharakter haben, und drängte auf Möglichkeiten der Vertragsrevision. Im Oktober 1935 veröffentlichte Dulles im *Atlantic Monthly* eine Kritik des „statischen" Völkerbundsystems als „nicht praktikabel und nicht wünschenswert" und einen Aufruf zu einer flexibleren Vertragsrevision, „Weg zum Frieden": „Die derzeitige Kriegsgefahr entsteht in erster Linie dadurch,

daß die richtigen Gedanken am falschen Ort verbreitet werden." – Er schloß mit suggestiver Unklarheit, daß „die unerwünschten Konsequenzen territorialer Starrheit" vielleicht durch „eine Ermutigung zu wirtschaftlicher Flexibilität" vermindert werden könnten. (3) Rektor des Priesterseminars, anschließend Generalvikar in Brooklyn. (4) In den folgenden Jahrzehnten besuchte H. B. das Seminar mehrmals im Jahr und verbrachte die meisten Ferien dort.

* *N Oktober, Italienischer Abessinienfeldzug*

Von Huntington aus schrieb ich an John Wheeler-Bennet[1] und drängte ihn, mit Vansittart und anderen darüber zu sprechen, wie notwendig es ist, daß die britische Politik eine definitive Richtung einschlägt, ehe es zu spät ist. Besonders nachdrücklich hob ich hervor, es sei für den Frieden in Europa unbedingt erforderlich, daß England ein immer engeres Einvernehmen zwischen Mussolini und Hitler verhindere. Die britische Regierung müsse die Wiederaufrüstung beschleunigt vorantreiben und gleichzeitig entweder nach einem langfristigen Abkommen mit Hitler streben, womit die Forderungen der deutschen Nation, die ich, wie Wheeler-Bennet wisse, für legitim halte, befriedigt würden, oder nach einem Abkommen mit Mussolini, womit die meiner Ansicht nach legitimen Forderungen der italienischen Nation befriedigt würden. Besonders nachdem die Ansicht des britischen Generalstabes, daß ein italienisches Abessinien keine Bedrohung für die britische Position in Ägypten[2] darstellen würde, in der italienischen Presse veröffentlicht worden sei, verstünde ich nicht, warum nicht eine Lösung gefunden werden könne, die es Mussolini ermöglichen würde, das Abenteuer ehrenhaft zu überstehen, und die dem Negus[3] einen Anschein von Macht belassen würde. Ich sei sicher, Laval[4] sei nur zu gern bereit, derartige britische Vorschläge zu unterstützen, und Mussolini werde sie annehmen. Falls Italien noch weiter geschwächt würde, falle Österreichs einziger echter Schutz vor einer Aggression der Nazis weg und werde Hitler immer größeren Appetit bekommen.

(1) Als H. B. Wheeler-Bennet 1948 nach dem Originalbrief fragte, antwortete dieser, er sei leider im Krieg verlorengegangen, er habe ihn jedoch gut in Erinnerung und oft daran gedacht. (2) Britische Truppen waren seit 1882 in Ägypten stationiert, die ägyptischen Gerichte und die Finanzverwaltung standen unter englischer Aufsicht. (3) Haile Selassie (* 1892), seit 1928 König von Abessinien. (4) Pierre Laval (1883–1945), französischer Politiker (unabhängig), Justizminister 1926, Arbeitsminister 1930, Ministerpräsident 1931–1932, 1935–1936, Außenminister 1934–1936, stellvertretender Ministerpräsident 1940, Ministerpräsident 1942–1944; wegen Kollaboration mit Deutschland 1945 im Oktober in Paris hingerichtet.

** November, London, H. B. an Ramsay MacDonald*

... Am Tag vor der Wahl[1] kam ich nach England zurück. Als ich hörte, wie abscheulich Sie in Ihrem Wahlkreis behandelt wurden, empfand ich sehr tiefes Mitgefühl, nicht nur im allgemein Politischen, sondern noch viel mehr auf der menschlichen Ebene, habe ich doch vor drei Jahren ähnliche Erfahrungen gemacht. Es scheint, als entgehe keiner, der in den letzten Jahren die Last großer Verantwortung getragen hat, diesem Schicksal. In Deutschland sagen wir dazu: „Den bitteren Kelch zur Neige trinken." Selbstverständlich wird dies das Urteil der Geschichte und Ihrer vielen Bewunderer nicht beeinflussen, die ich sogar in dem sehr kleinen Kreis antreffe, in dem ich mich in England bewege. Nicht nur für Sie persönlich, sondern auch um Ihres Landes willen wünsche ich Ihnen und Mr. Malcolm MacDonald[2] Erfolg bei den bevorstehenden Nachwahlen ...

(1) Bei der Wahl vom 14. November wurde MacDonald nach erbittertem Kampf, der weithin Aufmerksamkeit erregte, von der Labour Party, seiner früheren Partei, in seinem früheren Wahlkreis Seaham besiegt. Es wurde jedoch rasch eine sichere Nachwahl für ihn veranstaltet. (2) Malcolm MacDonald (* 1901), Kolonialminister (National Labour) ab Juni 1935, Minister für Dominion-Angelegenheiten Ende 1935–1938.

7. Dezember, London, H. B. an Patrick J. Barry[1]

... Weiter als hundert Meter habe ich durch den Nebel hier von meinem Fenster aus noch nicht hindurchsehen können. Aber ich habe von den Staaten viel Frische mitgebracht ... Zwar ist der Text des Artikels des *Osservatore*[2] leicht irreführend, aber bei weitem nicht so gefährlich, wie man nach dem Bericht der amerikanischen Presse vermuten konnte. Alles, was über die Besprechung des Berliner Bischofs [Preysing][3] mit Hitler verbreitet wurde, ist erfunden[4] ... An der erwähnten Unterhaltung hat der Nuntius [Orsenigo][5] nicht teilgenommen. Der Bischof hat kein Wort gesprochen; Hitler hat in bekannter Weise ständig selber geredet. Der Bischof hat nicht die geringsten Illusionen. Weder über die Regierung noch über die übrigen Bischöfe! Auch hat der Bischof von Münster [Galen][6] keine mehr in dieser Beziehung. Man hat ihn auf der Fuldaer Bischofskonferenz[7] völlig abfallen lassen. Der Kardinal von Köln [Schulte][8] gibt weiter in allen Punkten, außer in rein dogmatischen, nach. Selbst treueste Katholiken reden von ihm und anderen nur noch als den „Pfaffen". Die katholischen Jugendvereine sind nun auch de facto erledigt. In den meisten Teilen Deutschlands sind nur noch die Hälfte der Kinder in katholischen Schulen[9]. Die Eltern wollen, nachdem sie sehen, wie die Bischöfe und Rom nahezu in allen Punkten nachgeben, nicht mehr die Zukunft ihrer Kinder unnötig opfern. Sie schikken jetzt auch mehr ihre Kinder in die Hitlerjugend, weil auch in dieser Frage die Kirche keinen klaren Standpunkt mehr einnimmt ... Das Volk schaut mit Bewunderung auf die Vertreter der protestantischen Kirche, die alles wagten für ihre Überzeugung. Man vermißt den gleichen Mut bei unseren Bischöfen, vor allem bei dem Bischof von Meißen [Legge], der ... zwar seine eigene Freisprechung erzielt hat, aber dafür moralisch diffamiert wird. Die Regierung verlangt jetzt aus „moralischen" Gründen seine Abberufung durch Rom, weil Meißen ein exemtes Bistum[10] ist. Vielleicht hat man aus dem gleichen Grunde gerade ihn als erstes Opfer eines Diffamierungsprozesses ausgesucht. So rächt sich die Politik des Vatikans, alte traditionelle Bindungen im Interesse einer größeren Zentralisation zu beseitigen. Der Pfarrklerus geht indessen schweigend und duldend seinen Weg, ohne Hoffnung und ohne Verständnis für das, was die Bischöfe tun. Einer, der mir mit Namen genannt wurde, war vor zwei Wochen zum fünfzigsten Male vor die Geheime Staatspolizei geladen!

Wirtschaftlich ist die Stimmung fast aller Kreise der Bevölkerung verzweifelt. Aber nach dem, was ich hier höre, steht eine Anleihe von 25 Millionen Pfund in Aussicht gegen Verpfändung des Petroleum-Monopols an Sir Harry Deterding[11]. Es ist das nicht viel, aber es hilft wieder über eine Reihe von Monaten hinweg. Ich schreibe alle diese Dinge zur Orientierung auch für Herrn [George] Shuster[12], nicht damit er sie der Presse übergibt ... Jedenfalls entfaltet die Geheime Staatspolizei seit vier Wochen eine erhebliche Tätigkeit gegen meine Freunde und macht Vernehmungen. Auch soll meine Ausbürgerung[13] nach dem Zustandekommen der Anleihe beabsichtigt sein ... Der Rechtsberater des bischöflichen Ordinariats in Berlin, Dr. Etscheit[14], den ich auf Wunsch von Herrn Kaas[15] auch als meinen Anwalt seit 1932 genommen hatte, wird mir als seit längerer Zeit mit der Geheimen Staatspolizei zusammenarbeitend gemeldet. Er fährt auffallenderweise am 15. Dezember für drei Wochen nach den Vereinigten Staaten ... Man kann gegen Dr. Etscheit nichts unternehmen, weil trotz aller Warnungen ein großer Teil der Orden ihn in den Devisenprozessen als ihren Berater genommen haben. Seine Rolle dabei ist noch nicht klargestellt ...

(1) Monsignor P. J. Barry (* 1886), ordiniert in Maynooth (Irland) 1910, lehrte klassische und englische Literatur in St. Paul, Minnesota, und Brooklyn, N. Y., 1910–1924. Promovierte (Geschichte) in München 1927, Professor für Philosophie und Logik 1928–1936 und Rektor 1937–1957 am Priesterseminar in Huntington. Als H. B. zum erstenmal im Seminar wohnte, kam Barry von einem Besuch bei seinem Bruder John Barry, Bischof von Goulburn und Canberra, aus Australien zurück. (2) *L'Osservatore Romano*, 28./29. Oktober 1935, „I rapporti con la Chiesa nelle dichiarazioni di Göring e di Kerl", worin behauptet wurde, die Kirche sei nicht an dem Streit mit der Regierung schuld. (3) Konrad Kardinal Graf Preysing, Bischof von Berlin 1935–1950. (4) Die *New York Times* vom 29. Oktober berichtete unter dicken Schlagzeilen, nach dem Treffen mit Bischof Preysing am 23. Oktober habe Hitler „auf Wunsch von Dr. Schacht" beschlossen, „die Partei auf dem Weg des positiven Christentums und nicht auf dem Irrweg antichristlicher Lehre zu führen". Am 13. November veröffentlichte die *New York Times* ein offizielles Dementi und stellte den früheren Bericht als Folge einer „Flüsterpropaganda" dar. (5) Cesare Orsenigo, Nuntius in Berlin 1930–1946. (6) Clemens August Kardinal Graf Galen, Bischof von Münster 1933–1946, hatte bei einer Kundgebung in Münster Anfang Juli von der „Irrlehre und Gewaltherrschaft" der Wiedertäuferregierung in Münster vor 400 Jahren gesprochen und in Anspielung auf die Naziregierung gefragt: „Ob auch ich noch einmal gewürdigt werde, für den Namen Jesu Schmach zu leiden?" (7) 20.–22. August. (8) Dr. Karl Josef Kardinal Schulte, Erzbischof von Köln 1920–1941. (9) In Bayern, Württemberg und dem Rheinland wurde vor der Schulanmeldung im Herbst 1935 sehr intensive Nazipropaganda getrieben. Die früheren Elternbeiratswahlen waren zu H. B.s großem Bedauern schon durch das Reichskonkordat abgeschafft worden. (10) Dem Vatikan unmittelbar unterstellt. (11) Generaldirektor der Royal Dutch Petroleum und Direktor der Shell Transport and Trading Company, ein früher Parteigänger der Nazis. Shell, Anglo-Persian und Standard of New Jersey hatten schon im November 1934 umfangreiche zusätzliche Importe von Flugzeugbenzin und Schmieröl nach Deutschland ermöglicht (vgl. U. S. Department of State, *Foreign Relations of the United States 1934*, Bd. II, S. 320–331). (12) Dr. George Shuster, Chefredakteur der katholischen Wochenzeitschrift *Commonweal* 1929–1937. Er sammelte 1937–1939 in Europa Material über die Zentrumspartei und besuchte frühere Zentrumsmitglieder innerhalb und außerhalb Deutschlands. Stellvertretender Präsident und Präsident des Hunter College, New York City, 1939–1960. In seinem Buch *The Germans*, New York 1932, kritisierte er die Versailler Politik. Shuster hielt häufig Vorlesungen am Seminar in Huntington. H. B. schätzte nicht nur seine Freundlichkeit, sondern auch die „Kombination von Intelligenz und Bescheidenheit" in seinem Wesen. „Er zwingt niemandem beim ersten Kennenlernen seine Ansichten auf, aber er teilt sein Wissen und seine Gedanken bereitwillig mit. Er besitzt große Überzeugungskraft, denn er zeigt Verständnis für andere Meinungen und wartet geduldig, bis andere von selbst zu seinem Standpunkt gelangen. Ich glaube, das ist für einen guten Lehrer sehr wesentlich." (H. B. an Ordway Tead, Juli 1939). (13) Die Ausbürgerungsurkunde wurde im Auswärtigen Amt unterschlagen, und das Finanzamt Rosenthaler Tor, Berlin, machte H. B. freundlicherweise zum „Devisenausländer". (14) Rechtsanwalt Dr. Alfred Etscheit rühmte sich seiner „Verbindungen" zur Polizei und zum Ausland. In den Monaten vor seiner Flucht aus Deutschland erhielt H. B. mehrmals rechtzeitige Warnungen von Etscheit. Manche Besucher H. B.s in Melide im Juli 1934 waren darüber beunruhigt, daß sich Etscheit einige Wochen lang ungebeten in der Nähe im Hotel „Eden" aufhielt. Am 3. Juni 1941 schrieb H. B. an Dom Odo von Württemberg, der Etscheit in der Schweiz getroffen hatte und ihn für einen Gestapo-Agenten hielt: * „Was Dr. Etscheit betrifft, so ist das Problem nicht so einfach. Er war der Rechtsanwalt von Mgr. Kaas. Ich lernte ihn erst kennen, als ich ihn wegen der *Kölnischen Volkszeitung* um einen juristischen Rat bitten mußte. Ich erinnere mich noch sehr gut daran, daß das im Juli 1932 war; ich war ihm niemals zuvor begegnet. Später gelang es Mgr.

Kaas und einigen seiner Freunde mit seiner Hilfe, rechtliche Komplikationen zu vermeiden. Auch in manch anderer Hinsicht hat er sich als sehr hilfreich erwiesen, solange ich in Deutschland war. Ich bin überzeugt, daß er nicht wirklich ein Gestapo-Agent ist und daß er einigen der religiösen Orden, besonders dem Xaverius-Verein, geholfen hat. Wenn er in die Vereinigten Staaten kommen will, so schließe ich daraus, daß er sehr pessimistisch ist, was den Ausgang des Krieges betrifft. Er hätte wahrscheinlich eine schlimme Zeit hier mit dem FBI." General Halder wandte sich an Etscheit als „einen Berater ausländischer Diplomaten" (vgl. Schall-Riaucour, *Aufstand und Gehorsam*, Wiesbaden 1972, S. 292). Für Etscheits Beziehungen zu François-Poncet siehe Hermann Lutz, *German-French Unity*, Chicago 1957, S. 124. Für seine Abwehr-Beziehungen siehe Peter Hoffmann, *Widerstand, Staatsstreich, Attentat*, München 1969, S. 189–191. Etscheit starb im Konzentrationslager, und seine letzten mündlichen Grüße, die H. B. erst nach dem Krieg erhielt, haben einen freundlichen Eindruck hinterlassen. (15) Prälat Dr. Ludwig Kaas, Vorsitzender der Zentrumspartei 1928–1933, Kanonikus an St. Peter in Rom seit 1935.

Dezember, Melide, H. B. an Ludwig Perlitius[1]

... Ich hatte seit langem gewünscht, von Dir etwas zu hören. Bislang war das immer nur rein zufällig möglich. Ich freue mich, von Dir selbst zu hören, daß es Dir gesundheitlich viel besser geht ... Insgesamt fühle ich mich besser als in den letzten Jahren. Arbeit habe ich genug. Ich werde wieder auf einige Zeit nach drüben fahren. Manches sieht günstiger aus. Ich teile Deine Auffassungen über einen „gesunden [praktischen, christlichen] Optimismus" durchaus. Aber die Welt braucht noch lange, um wirtschaftlich einigermaßen wieder in Ordnung zu kommen, auch wenn überall eine gewisse Besserung zu verzeichnen ist. Eine dauernde Blüte werden wir beide wohl nicht mehr erleben. Aber damit kann man vernünftigerweise auch nicht rechnen nach einem Kriege von solchem Ausmaß. Es ist nur erstaunlich, wie wenige Menschen sich darüber klarwerden in der Welt ... Gott befohlen! Alle herzlichen Wünsche werden Dich und die Deinen immer begleiten ...

(1) Dr. Ludwig Perlitius (1872–1938), Vorsitzender der Reichstagsfraktion der Zentrumspartei 1931–1933, lebte zurückgezogen, von der Gestapo ständig überwacht, in Glatz in Schlesien.

22. Dezember, Münster i. W., Maria Brüning an H. B.

... Wenn Du diesen Brief erhältst, sind die Weihnachtstage wohl schon vorüber, und sicherlich bist Du froh darum. Ich freue mich ebenfalls, wenn wenigstens der erste Festtag überstanden ist . . . Von ganzem Herzen wünsche ich Dir in Melide recht frohe, schöne Tage und vor allem für das kommende Jahr und die bevorstehende Reise alles Gute . . . So mancherlei gäbe es zu erzählen. Jedenfalls habe ich Dir viele treue Grüße auszurichten von sehr viel lieben, alten Bekannten. Du glaubst es gar nicht, was alles sich nach Dir erkundigt. Am 26. November haben die Kon-Abiturienten eine Zusammenkunft gehabt und des Geburtstagskindes in Treuen gedacht . . .

1936

Wie sich oft erwiesen hatte, besaß H. B. die Fähigkeit, sich von körperlicher und nervlicher Erschöpfung sehr rasch zu erholen, doch die gesundheitlichen Auswirkungen der fortgesetzten Anspannung ließen sich bald nicht mehr überspielen. Am 10. Januar reiste er von der Schweiz nach England, am 21. Januar kam er in New York an. Auf die Reihe von Vorträgen, die er auf Einladung in Boston hielt, folgte unmittelbar eine weitere Vortragsreihe in Harvard. Als er am 18. März wieder in England anlangte, war er wegen Ischias fast bewegungsunfähig. Seine holländischen und Schweizer Abenteuer im April sind im folgenden eingehend geschildert. In der Zeit vom 4. Mai bis Mitte August erholte er sich langsam unter der umsichtigen Fürsorge der Andersons. Mehr als das Golfspielen, das sie ihm vorschlugen, trug das Schwimmen zu seiner Genesung bei. Die Andersons verhalfen ihm auch zur Vervollkommnung im Gebrauch der englischen Sprache und machten ihn schließlich zu einem Experten im Lösen von Kreuzworträtseln in der *Times*. Die beiden letzten Augustwochen verbrachte er in Holland. Am 10. September schiffte er sich wieder nach den USA ein, dieses Mal, um ein reguläres Seminar in Harvard zu halten. Er blieb sieben Monate von Europa weg.

Das Jahr 1936 war ein Jahr der entscheidenden Veränderungen. Die Remilitarisierung des Rheinlands am 7. März entzog Frankreichs Bündnissen die strategische Basis, da Frankreich dadurch die Möglichkeit verlor, das Rheinland ohne Widerstand erneut zu besetzen. Prag reagierte mit einem erfolglosen Versuch der Annäherung an Berlin, Brüssel (im Oktober) mit dem Rücktritt von Belgiens Verpflichtungen nach dem französisch-belgischen Militärpakt von 1920. Die Eroberung Abessiniens durch die Italiener war im Mai beendet, und im Juli hob der Völkerbund die Sanktionen gegen Italien auf. Die erste französische Volksfrontregierung von Sozialisten und Radikalsozialisten mit kommunistischer Unterstützung wurde im Juni gebildet. Obwohl es in den ersten Monaten ihrer Amtszeit zu weitverbreiteten, heftigen Streiks und zu großer Kapitalflucht kam, blieb die Volksfront – bei einem Wechsel des Ministerpräsidenten nach dem ersten Jahr – bis März 1938 an der Macht.

Im Juli brach mit einem Heeresaufstand der spanische Bürgerkrieg aus, und bis Ende August hatten sich die meisten europäischen Staaten geeinigt, keiner Seite Waffen zu liefern. Die italienische und die deutsche Hilfe für die spanischen Aufrührer war nicht geheim, und von Oktober an erhielten die Loyalisten russisches Kriegsmaterial. Der Goldblock der Länder mit harter Währung schwand im September mit der Entwertung des französischen Franc dahin. Im Oktober erzielten Deutschland und Italien ein Abkommen über Österreich, das die „Rom-Berlin-Achse" begründete und dem im November ein deutsch-japanisches „antikommunistisches" Abkommen folgte.

Bis Ende 1936 hatte sich die deutsche Industrieplanung auf sofortige, maximale Kriegsproduktion eingestellt. Zur gleichen Zeit wurden in Großbritannien Pläne für einen langen Blockadekrieg „nicht vor 1939" ausgearbeitet. Wenn auch die deutsche Industrieentwicklung rasch zunahm, war Großbritannien mit seiner wirtschaftlichen Erholung über den Produktionsstand von 1929 hinaus Deutschland doch weit voraus. Die britischen Militärbudgets wurden Ende 1936 erhöht mit der ausdrücklichen Maßgabe, daß die Rüstungsproduktion die normale Produktion für ständige Märkte nicht beeinträchtigen und die langfristigen Kreditmittel Großbritanniens nicht verringern dürfe. „Schattenfabriken" für noch nicht existierende Waffen waren die Folge. H. B. stellte 1936 einen psychologischen Wendepunkt fest: Die weitverbreitete Begeisterung für internationale Institutionen und die Bewunderung auch für die belangloseste Resolution aus Genf wich einem allgemeinen Zynismus gegenüber Regierungen und Verträgen.

** N Januar, „Friedrichs" Bote*

Als ich im August 1935 in der Schweiz mit Irmgard von Willisen sprach, sagte ich ihr, wenn ihre Freunde beim Heer Kontakt zu mir suchten, sollten sie über den Militärattaché [Oberst Geyr von Schweppenburg][1], dem ich vollständig vertraute, und über niemanden sonst die Verbindung zu mir aufnehmen. Als sie am Tag vor meiner Abreise nach Amerika aus Paris telefonierte, gab ich ein Paßwort an. Einige Wochen nach meiner Abreise machte Baronin von Einem einen Besuch in Old Surrey Hall. Als sie mit Ian Anderson allein sprechen konnte, sagte sie ihm, sie sei gekommen, um „sämtliche Papiere von Dr. Brüning" in die Schweiz mitzunehmen. Er entgegnete, seine Frau wisse besser als er, welche Anweisungen ich gegeben hätte. Mona Anderson hörte Frau von Einem an und beschloß zu sagen, ich hätte nichts hinterlassen. Frau von Einem widersprach, dies sei gegen die Vereinbarung, und man sagte ihr, ich müsse es mir anders überlegt haben.

Als ich im November 1935 nach Holland zurückkehrte, fand ich eine Botschaft vor, jemand mit einem Paßwort wolle mich in Melide besuchen. Ich hatte vor, an Weihnachten dorthin zu fahren und vierzehn Tage zu bleiben. Frau Treviranus kam ein paar Tage nach mir in Melide an und sagte mir, sie habe Anweisungen von Irmgard über einen Oberstleutnant, der mich besuchen wolle; an einem vereinbarten Tag sollte er Frau Treviranus von Bern aus anrufen. Man hatte Frau Treviranus gesagt, der Offizier habe eine wichtige Stellung in der Abwehr inne, und sie traute dem ganzen Arrangement nicht. Als sein Anruf aus Bern kam, sagte er, er werde ein Taxi nehmen und es warten lassen. Frau Treviranus und Dr. Brettauer fuhren nach Lugano und begegneten ihm unterwegs. Wegen Frau Treviranus' Bedenken zeigte mir Dr. Brettauer, ehe er wegfuhr, einen Revolver in seinem Schreibtisch, wo ich ihn leicht erreichen konnte. Mein Memorandum[2] war in meiner Aktentasche.

Der Oberstleutnant stellte sich vor und nahm einen Schreibblock heraus. Während ich meine Ansichten im einzelnen erläuterte, schrieb er alles mit, was ich sagte. Immer mehr hatte ich den Eindruck, daß er ohne echtes Interesse Befehle ausführte, und in den zwei Stunden, die die Unterredung dauerte, wurde ich noch skeptischer. Ich warnte vor dem Versuch, Hitler mit den Mitteln zu stürzen, von denen ich im allgemeinen reden hörte. Das Regime sei bis zu einem solchen Grad stabilisiert, daß man etwas Subtileres ersinnen müsse. Ich sei überzeugt, man könne Göring dazu bringen, daß er ein solches Spiel spielte.

Das Heer solle Göring immer mehr in den Vordergrund schieben, so daß er Hitler im Volksempfinden ersetzen könne. Dann könne das Heer Göring zwingen, eine Monarchie einzuführen, die nach kurzer Zeit zwangsläufig ein gemäßigtes parlamentarisches Regime wiederherstellen müsse. Auf diese Weise könnten bestehende internationale Beziehungen, die für Deutschland günstiger seien als alle, die Bismarck je kannte, beibehalten werden. Die Nazis würden im Laufe dieses Prozesses gezwungen, gewisse Maßnahmen zu ergreifen, die, obwohl überfällig, stets bei einer Mehrheit der Bevölkerung unpopulär seien. Ich nannte einige solche sofort anzugehende Punkte und betonte besonders die Abwertung der Reichsmark. (Später erfuhr ich, daß ein paar von diesen Punkten ins Gespräch gebracht wurden. Ein Ausschuß zur Abwertung der Reichsmark wurde unter Trendelenburg[3] gebildet, aber Hitler weigerte sich am Ende, irgend etwas zu unternehmen.)

Ich sprach so, teils weil ich mir der Absichten des Offiziers nicht ganz sicher war, teils weil ich fürchtete, das Heer könne einen Versuch wagen, der nichts als Chaos hervorbringen würde. Ich hatte genug Erfahrungen mit ihnen gehabt. Ich sagte, ich hoffte, es komme in den nächsten paar Monaten, wenn ich in Amerika sei, nicht zu einem radikalen Zug in der Außenpolitik, insbesondere nicht zu einer Wiederbesetzung der entmilitarisierten Zone[4]. Ich sagte: „Das alles wird natürlich keine Bedeutung haben, wenn es zu einem radikalen Zug in der Außenpolitik kommt." Als der Offizier fragte, ob ich meine Anregungen schriftlich festgehalten hätte, entgegnete ich nur, ich könne mich eventuell wieder mit ihm treffen und meine Vorschläge aufgrund von Fragen, die er mir stellen könne, erweitern. Ich sagte ihm, ich sei vom 27. März an in der St. Anna-Stiftung in Nijmegen zu erreichen.

(1) General Leo Freiherr Geyr von Schweppenburg, der erste deutsche Militärattaché in London seit fast 20 Jahren, lehnte rundweg ab, Aufträge von Canaris zu übernehmen, mit der Begründung, Abwehrtätigkeit sei unvereinbar mit dem für jede fruchtbare Diplomatie unerläßlichen Grundsatz von Treu und Glauben (vgl. Geyr, *Erinnerungen eines Militärattachés*, Stuttgart 1949, S. 10). Obwohl H. B. diese Stellungnahme vollkommen teilte, soll

Canaris gelegentlich durch den Abwehroffizier Rohleder Berichte an H. B. geschickt haben – nach der Erinnerung von Maria Gräfin Stolberg, geb. von Willisen, die mit ihrer Mutter H. B. in Italien, der Schweiz, Paris und London in den Jahren 1934, 1937 und 1938 mehrere Male traf. (2) Siehe Anhang III (3) Dr. Ernst Trendelenburg, Staatssekretär im Reichsfinanzministerium. Die innenpolitische Diskussion über die Abwertung der Reichsmark wurde während des ganzen Jahres 1936 intensiv, in den folgenden Jahren nur noch sporadisch fortgesetzt. Bei einer Vorlesung in Boston Anfang Februar 1936 betonte H. B., es sei „zu spät und zu früh" für eine Abwertung, und übernahm Schachts offizielle Meinung, die Abwertung sei angesichts des damals herrschenden künstlichen Booms zu riskant. Nach der Abwertung des Franc im September 1936 sprach H. B. im Januar 1937 in Princeton von der „Abwertung der Reichsmark, die jetzt eine Notwendigkeit geworden ist". (4) Nach den Bestimmungen des Versailler Vertrags und des Vertrags von Locarno durften keine deutschen Truppen ins Rheinland, das die französischen Streitkräfte 1930 geräumt hatten, eindringen und auch keine deutschen Verteidigungsanlagen dort gebaut werden. Die „Remilitarisierung" war schon viele Monate, ehe sie durchgeführt wurde, zum Gegenstand lebhafter diplomatischer Spekulation geworden (vgl. Gerhard L. Weinberg, *Diplomatic Revolution in Europe 1933–1936*, Chicago 1970, und André François-Poncet, *Als Botschafter in Berlin*, Mainz 1947, S. 253).

Februar, Boston, H. B. an Hans Schäffer[1]

... In meinen Überlegungen habe ich Rückkehr zur Verantwortung schon seit drei Jahren ausgeschaltet. Zunächst schon wegen des Reichspräsidenten, dann weil die Stellung des R[eichs]w[ehr-]M[inisteriums] immer stärker wurde und ich sehr gut informiert war über die Stimmung dort. Die Meinung – vielleicht später mit Ausnahme von Hammerstein – war die, daß ich keine ernsten Absichten gehabt hätte, die praktische militärische Gleichberechtigung zu erreichen, und ähnliches. Dies ist auf die Darstellungen Schleichers und Papens zurückzuführen. Das wird auch so bleiben, solange wie die finanzielle Lage nicht selbst diese Leute zu anderen Auffassungen bekehrt ... Den Zusammenbruch sehe ich nur von der finanziellen Seite her kommen oder von schärferen Auseinandersetzungen innerhalb der herrschenden Partei. Die Reichswehr hat nie eine politische Idee gehabt. Auch nicht 1923 ... Was die Lage der herrschenden Partei angeht, so ist sie seit vier Wochen erheblich besser. Das liegt an der Art des Vorstoßes der Reichswehr zwischen Weihnachten und dem 17. Januar. Wenn die Reichswehr auf eine elastische Abwehrmethode stößt, so ist sie immer verloren. Die Stellung Himmlers ist stärker als vorher.[2] Außerdem würde, wenn ein weiterer Vorstoß auf großer Basis seitens der Reichswehr käme, sagen wir, im nächsten halben Jahr, zweifellos folgendes die Lösung sein: Feldmarschall von Mackensen Reichsverweser, Hitler Kanzler, Papen Vizekanzler.

Ich bin überzeugt, Hitler würde notfalls darauf eingehen. Angesichts der finanziellen Lage würde das aber auch nur ein Übergang sein bis zu einer revolutionären Entwicklung . . .
Für mich persönlich, das heißt für mein letztes inneres Selbsturteil, ist überdies bei allen Sachen eines entscheidend gewesen und wird es sein: Nachdem ich dem Reichspräsidenten zur Wiederwahl verholfen habe, kann ich nicht, ohne jede Selbstachtung zu verlieren, schweigend oder offen mich mit der Tatsache abfinden, daß diejenigen, die auf meine Versicherungen hin ihn gewählt haben, verachtet oder sonst getroffen sind. Ich habe nicht den Glauben an eine immanente Rache in der Geschichte. Es kann sein, daß all dies ungeheure Unrecht gar keine weitere Wirkung hat als die, immer weiter in der Welt den Begriff der Heiligkeit des Rechts schwinden zu lassen. Hier ist der Punkt, wo ich ansetzen muß. Immer dazu schweigen ist ohne physische Selbstverleugnung nicht möglich[3]. . .
Im Augenblick würde eine öffentliche Stellungnahme für etwas, was der Lehre und dem Wesen der katholischen Kirche entsprechen müßte, von ihr höchst übel aufgenommen werden. Ein Teil der Bischöfe betrachtet mich mit Haß, weil sie fühlen, daß ich recht gehabt habe und das katholische Volk in seiner überwiegenden Mehrheit an mir hängt. Man würde von dieser Seite gegen mich öffentlich Stellung nehmen, so wie man es jetzt schon in kleineren Zirkeln tut. Man hat sich verrannt und sieht die Erhaltung der eigenen Autorität darin, daß man nun den Weg immer weiter geht und jeden bekämpft, der anderer Meinung ist. Das ist natürlich nicht die Meinung der maßgebenden Stellen, aber eines Teils, und wird sehr geschickt von Herrn von Papen ausgenützt . . . Sie werden vielleicht Gelegenheit haben, das unserem gemeinsamen Freunde [Goerdeler] auseinanderzusetzen. Ich habe den Eindruck, daß er glaubt, daß Hoffnungen, die gute Freunde für mich hegen, von mir geteilt werden. Er muß wissen, daß ich nicht allen mir wohlgesinnten Menschen die ganze Nüchternheit meiner Auffassung sagen kann, ohne ihnen wehe zu tun oder sie zu entmutigen. Ich konnte das auch nicht tun, als ich im Amte war . . .
Mit Ihnen betrachte ich die finanzielle Lage auf die Dauer als entscheidend für die sachliche Weiterentwicklung. Ich schätze, daß bereits zwölf Milliarden für sogenannte Arbeitsbeschaffungszwecke verausgabt sind. Weiter habe ich berechnet – immer vorausgesetzt, daß die einengenden Dämme nicht durchstoßen werden oder bersten – daß ab April Monat für Monat eine neue Milliarde zu beschaffen ist. Der ganze Prozeß der

Inflation vollzieht sich bei künstlich regulierten Preisen und Währung trotzdem ... Stoppt man auch nur ein wenig ab, so reichen auch die Etats nicht mehr aus. Es kommt ein plötzlicher Bruch ... Will man darüber hinwegkommen, so müßte man die Mark schon jetzt auf 50 Prozent devalvieren. Das wird Schacht auch, trotz aller Ableugnungen, tun ... Für ihn ist es gleichgültig, ob der Mann an der Spitze Hitler, Meier oder Schulze heißt, wenn er nur Schachts Willen tut und, wie Schacht es ausdrückt, die Massen ruhig hält. Da Schacht willig ist, jeden Wunsch der Reichswehr zu finanzieren, so steht er dort sicher. Beide zusammen können Hitler stets in die Zange nehmen. Beide stimmen aber darin überein, auch entgegen der vielen Behauptungen von General von Fritsch, daß nur einer die Massen bei all diesen Experimenten ruhig halten kann, nämlich Hitler. Wenn sie sehen, daß er es nicht mehr kann, so werden sie ihn erledigen. Aber das gelingt ihnen nur noch in den nächsten zwei Jahren, und wenn beide zunächst Herr der SS werden. Das sieht Hitler aber, wie die vergangenen Wochen zeigen, sehr klar.
Ihre Beobachtung über die [Ver]stimmung bei den alten Parteimitgliedern ist mit allen meinen Nachrichten übereinstimmend. Nicht so ganz ist die Übereinstimmung betreffend die anderen Teile der Bevölkerung. Man muß hier nach Landesteilen und Schichten genau unterscheiden. Durch die immer größere Zuwendung der für Arbeitsbeschaffung bestimmten Summen an die Rüstungsindustrie ist die Besserung fortschreitend den gelernten, früher gewerkschaftlich organisierten Arbeitern zugute gekommen. Diese haben, mit Ausnahme von Sachsen und Thüringen, ihre Meinung im Innern nicht geändert aber wollen nichts wagen, solange sie erträglich verdienen. Die ungelernten Arbeiter dagegen schwanken hin und her, wie immer. Man muß sich nur hüten, die kommunistische Agitation zu überschätzen. Wohl aber kann das Schimpfbedürfnis, auch bei dem Mittelstand, nicht hoch genug eingeschätzt werden. Die sozialdemokratische Organisation ist heute noch in ganzen Landesteilen zerschlagen ... Außenpolitisch sehe ich akute Gefahren schon lange nicht mehr, es sei denn, daß wir sie selbst heraufbeschwören. Die Saarabstimmung hat dem aggressiven Teil der Partei vorübergehend Oberwasser gegeben. Meinem Gefühl nach stehen Litauen, Tschechoslowakei und Österreich noch immer im Vordergrund der Möglichkeiten. Mit einer klugen Politik könnte man Herrn Beneš[4] jetzt völlig isolieren. Vielleicht tut man es. Das Gebiet der Außenpolitik aber wird nur insofern von Bedeutung sein, als die Leute scheinbare

Erfolge vorzeigen können, während, wenn die anderen die Nerven behalten, sie uns auf die Dauer in die Zange nehmen können. Fragt sich, ob der logische Verstand der Franzosen, der dafür geeignet ist, auch mit entsprechender Nervenruhe gepaart bleibt. So wird die Partei nur abtreten, wenn die Dinge so weit gelaufen sind, daß man nach einem ruft, der eine Kapitulation unterschreibt. Zusammenfassend: Wenn man nicht zu viel Hoffnung hat, kann man den Glauben erhalten und die Kampfesfähigkeit für Ideen . . .

(1) Dr. Hans Schäffer, Ministerialdirektor im Reichswirtschaftsministerium 1923–1929, Staatssekretär im Reichsfinanzministerium 1930–1932, Generaldirektor des Ullstein-Konzerns 1932–1933; emigrierte 1933 nach Schweden, wo er die Beratung des vormaligen Kreugerschen Zündholzkonzerns übernahm. Er war geschäftlich häufig in Berlin, Paris, London und in osteuropäischen Hauptstädten. Er hatte gute Verbindungen nicht nur zu deutschen Politikern, mit denen er früher zusammengearbeitet hatte, wie Goerdeler und Erwin Planck, sondern über den Bankier Marcus Wallenberg zur französischen Hochfinanz. Sein Verhältnis zu H. B. war kein vertrauensvolles, aber H. B. konnte erwarten, daß er von allen ihm zweckmäßig erscheinenden Informationen, die er erhalten konnte, in Berlin und Paris Gebrauch machen würde. (2) Nach dreiwöchigen dunklen Gerüchten (siehe dazu *Times*, London, 2. und 15. Januar 1936) erhielt das Heer laut einer Verordnung vom 17. Januar (veröffentlicht am 30. Januar) besondere Verantwortung für die innere Ordnung und Sicherheit. In der ausländischen Presse hieß es, das Heer sei „wieder erstarkt", bis am 12. Februar ein Gesetz herauskam, demzufolge die Gestapo unter dem „Reichsführer" Heinrich Himmler von den Gerichten völlig unabhängig wurde. Die bewaffnete SS zählte 14000 Mann. (3) Die *New York Times* brachte am 29. Januar 1936 ein Interview mit H. B., in dem er sagte, daß er sich dem Naziregime widersetzen würde, „solange die Prinzipien der Gerechtigkeit und der Gleichheit vor dem Gesetz mißachtet werden" und „die Freiheit des Gewissens in Gefahr ist"; daß die große Mehrheit der Deutschen den Krieg nicht wolle; daß er hoffe, eines Tages in ein „blühendes und freies" Deutschland zurückkehren zu können. Solche öffentlichen Äußerungen H. B.s waren in den Augen seiner früheren Mitarbeiter bereits zu weitgehend; sie befürchteten, daß sie ihre eigenen Möglichkeiten innerhalb Deutschlands gefährden müßten. Manchen deutschen Emigranten erschienen sie dagegen nicht deutlich genug (siehe dazu besonders Waldemar Gurian, *Deutsche Briefe*, Luzern, 23. April und 26. November 1937). (4) Dr. Eduard Beneš (1884–1948), tschechischer Außenminister (Nationalsozialist) 1918–1921 und 1922–1935, Ministerpräsident 1921–1922, Staatspräsident 1935–1938.

Februar, Münster i. W., Maria Brüning an H. B.

. . . Ich bin nun mit dem ersten dieses Monats endgültig von meinen Pflichten entbunden. Du kannst Dir denken, daß ich mich dadurch doch sehr entlastet fühle. Ich glaube auch wirklich nicht, daß ich die Arbeit und alles, was damit verbunden ist, noch schaffen und tragen könnte. Es werden mir schon noch einige Aufgaben bleiben, damit ich doch noch einen Lebenszweck habe und anderen helfen kann. Gesundheitlich geht es mir schon besser, seit diese Anstrengungen und manche andere Dinge aufgehört haben. Zur Zeit ist Lotte [von Richthofen][1] für zwei Tage hier, die Dich sehr herzlich grüßen läßt. Du kannst Dir denken, wie sehr ich mich über ihren Besuch und ihre Anhänglichkeit freue. Auch Helene [Weber][2] war nach langer Zeit wieder einmal hier, mit der ich sehr anregende Tage verbracht habe. Viele herzliche Grüße und ein treues Gedenken schickt sie Dir. In etwa acht Tagen erwarte ich dann Anni [Tennstedt][3], die hier ein wenig ausruhen soll. Wir freuen uns schon beide auf dieses Zusammensein, zumal ich doch nun nicht mehr den ganzen Tag abwesend sein muß. Ende März kommt dann mein liebes Ferienkind [Hertha Tennstedt], um die Osterferien hier zu verbringen. Du siehst, Langeweile habe ich noch nicht . . .

(1) Charlotte, Frau von Praetorius von Richthofen, Mitglied des Reichstags (DNVP) 1924–1926 und 1928–1930, Landwirt in Boguslawitz bei Breslau. (2) Reichstagsabgeordnete (Zentrum) 1924–1933, Vorstandsmitglied des katholischen Frauenbundes. (3) Annemarie, Frau von Rudolf Tennstedt, Berlin, mit Brünings seit 25 Jahren eng befreundet.

* *Februar, Boston, H. B. an Mona Anderson*

. . . Am Samstag war ich zum Abendessen bei Spragues mit Professor [Sidney] Fay, der ein sehr gutes Buch über die Ursachen des Weltkriegs geschrieben hat . . . Die Godkin-Vorlesungen[1] übernahm ich definitiv; ich werde also sehr beschäftigt sein . . . Morgen Mittagessen mit Elsa Brandström (jetzt Mrs. Ulich)[2], um Professor [Paul] Tillich zu treffen[3]; nachher spreche ich in einer Schule außerhalb von Boston, deren Direktor möchte, daß ich den Jungen eindrücklich vor Augen führe, „es dürfe hier nicht geschehen“. Mittwoch bei Präsident Lowell[4] freute ich mich, Mr. [Thomas Nelson] Perkins von den Dawes- und Young-Komitees[5] zu sehen; wir sprachen über Norman, Schacht und Owen Young – sehr kritisch über Young. Schacht außerordentlich kluger Bankier mit periodischen Verstandesstürmen, Montagu Norman lernte alles von Schacht . . . Donnerstag interessantes Mittagessen mit Professor [Carl] Friedrich[6] und einem schottischen Psychiater, der die letzten zehn Jahre in Neufundland lebte – „das gesündeste Klima der Welt“. Nachher saß ich lange mit Professor Friedrich zusammen, dessen Großvater Richter am obersten deutschen Gericht gewesen war . . Am Donnerstag holte mich Präsident Lowell zu einem Cocktail ins Haus des aufgehenden

Sterns der republikanischen Partei von Massachusetts[7], der vom Gouverneur verlangt, er solle die Ausgaben einschränken. Ging weiter in den Tavern Club – gemütliche alte Räume, nur Kerzenbeleuchtung und dunkle Tische. Mußte mehrere weitere Cocktails trinken und mich mit jedem der fünfzig Mitglieder unterhalten. Eine Mischung von Künstlerkarneval und ernsthaftem Traditionsstreben. Alle mit Westen in verschiedenen Farben, je nach dem Jahr der Aufnahme in den Klub – eine sehr lustige Gesellschaft, wie eine Zusammenkunft von alten Herren unserer Studentenverbindungen.
Nach dem Essen stellte der Vorsitzende, der Budget-Reformer, Sprague und mich vor. Er zitierte eine Rede von mir, die ich ganz vergessen hatte; ich war sehr gerührt . . . Wie seltsam, die eigenen Worte nach Jahren zu hören, als habe sie ein Fremder gesprochen! Dann hielt Sprague eine halbstündige Rede, in der er mich zu schmeichelhaft hervorhob, aber mit bewundernswerter Klarheit die Probleme nannte, denen die Welt seit dem Krieg gegenübersteht[8]. Er sagte, er sei ein alter Mann, und seine Lebenserfahrung sei es, daß ein Mann die Probleme auf ganz einfache Weise sehen müsse, wenn sie unlösbar zu werden drohten. „In meinem Leben habe ich zwei Männer kennengelernt, die das taten; beide scheiterten. Der eine war Gouverneur [Benjamin] Strong von der Federal Reserve Bank in New York; er starb zu früh. Der andere ist unser heutiger Gast, der seines Amtes enthoben wurde, als er die Früchte seiner Arbeit schon in Händen hielt. Wäre er drei Monate länger in Deutschland an der Macht geblieben, so hätten Europa und die Welt ein anderes Gesicht.“ Dann mußte ich reden und sprach zum Schluß leidenschaftliche Worte über den Kampf um konstitutionelle Rechte. Ich glaube, ich errang die sehr reale Sympathie von Präsident Lowell und vielen Klubmitgliedern. Mr. [Paul] Courtney[9] sah überrascht aus, als ich mich von ihm verabschiedete; er kennt mich nur aus den höchst kritischen Tagen von 1930/31 als sehr still.
Heute Mittagessen mit Professor [Frank] Taussig, dem hervorragenden Volkswirtschaftler in Harvard. Die anderen Gäste waren Professor [Roger B.] Merriman, ein Fachmann auf dem Gebiet der spanischen Geschichte, ein anderer Historiker und weitere Volkswirtschaftler, darunter Professor [John H.] Williams, Berater der Federal Reserve Bank in New York und neuerdings des Finanzministeriums in Washington. Drei Stunden lang führten wir ein sehr interessantes Gespräch, sehr scharfsinnige Argumente gegen viele meiner Ansichten, klärend für meine Gedanken. Tee bei [Francis Lee] Higginsons[10], die mir neben Mrs. George

am liebsten sind ... Ein weiteres Gespräch über Geldangelegenheiten, da sie mehr über den Anfang der Krise erfahren wollten ... Später besuchte mich der Vizekanzler der Diözese Boston mit einer Botschaft von Kardinal O'Connell, er habe stets meine Ansicht über die Politik der katholischen Kirche geteilt. Ich hatte auch die Genugtuung, daß ein berühmter Jesuit, [James E.] Thornton, letzte Woche bei einer großen privaten Zusammenkunft in New York das Konkordat schwer kritisierte und mich unterstützte. Vielleicht im Lauf der Zeit – wer weiß! Ich bin nicht ungeduldig in diesen Dingen, aber ich merke, daß ich allmählich etwas müde werde ...

(1) Eine Harvard-Stiftung von 1903 für öffentliche Vorträge zu dem Thema „The Essentials of Free Government and the Duties of the Citizen" (Die Grundzüge einer freien Regierung und die Pflichten des Bürgers). In seinen drei Vorträgen über die Entwicklung der Weimarer Verfassung machte H. B. nur eine emotionelle Aussage: „Die Tragödie von Weimar" liege darin, daß Hindenburg die zunehmende Verantwortlichkeit der SPD nicht würdigte. (2) Der schwedische „Engel" der deutschen Kriegsgefangenen in Sibirien, deren Mann, Professor Robert Ulich aus Dresden, Anfang 1934 in Amerika einwanderte und Anfang 1936 eine Professur an der Harvard School of Education übernahm. (3) Professor der Philosophie in Frankfurt bis 1933; Professor der Philosophie und Theologie am Union Theological Seminary in New York 1933–1955. (4) Abbott Lawrence Lowell, Rektor der Harvard University 1909–1933, früher Professor für Staatswissenschaft, ein Freund des Bildungsgedankens im Gegensatz zum Spezialistentum. (5) 1924 und 1929. Perkins war Vorsitzender des Arbitral Tribunal of Interpretation für den Dawesplan. (6) Seit 1927 Dozent, wurde 1937 Ordinarius für Staatswissenschaft, Harvard. (7) B. Loring Young, Bostoner Anwalt. (8) In seinem Dankesbrief an Sprague schrieb H. B.: „Sie waren [1931] einer der wenigen, die verstanden, was ich zu tun hatte." (9) Geschäftsführer der Lee Higginson Corporation, Boston. Mitarbeiter bei der Lee-Higginson-Anleihe von 125 Millionen Dollar an die deutsche Regierung Ende 1930. (10) F. L. („Peter") Higginson und seine nordirische Frau Aileen. Higginson hatte als Bankier unter dem Zusammenbruch des Kreuger-Konzerns besonders gelitten.

* *15. Februar, Boston, H. B. an Frederick Sackett*[1]

... Ich war sehr beeindruckt von Ihrem Urteil über die bevorstehende Präsidentschaftswahl[2]. Ich wäre gern bis zu den Nationalkonventen hiergeblieben, aber die wirtschaftliche und stimmungsmäßige Spannung in Deutschland zwingt mich, den ganzen Sommer in Europa zu verbringen. Die Veränderungen in der europäischen Politik, als Mr. Stimson 1932 in Genf war[3], üben jetzt ihre volle Wirkung auf Europa aus. Ich glaube aber nicht, daß es jetzt zum Krieg kommt, denn es scheint, als werde die britische Politik unter einem neuen Außenminister[4] früher oder später in der abessinischen Frage einen Kompromiß erzielen.

Hinsichtlich eines von Deutschland provozierten Krieges bin ich unbedingt überzeugt, daß sich die Wehrmachtsführer nicht in ein Abenteuer einlassen werden. In dieser Beziehung sind sie noch sehr stark, stärker als vor einem oder zwei Jahren, soweit ich das beurteilen kann. Ganz allgemein habe ich den Eindruck, daß die Stabschefs in allen europäischen Ländern große Angst vor einem Krieg haben, daß sie aber angesichts der politischen und wirtschaftlichen Unruhe in ganz Europa und in der Welt und angesichts der inneren politischen Spannungen in jedem Land auf immer umfangreichere Rüstung drängen. Selbstverständlich birgt ein solches Wettrüsten stets die Gefahr des Krieges, aber ich habe großes Zutrauen zu Mr. Baldwins klarem Urteil und zu seinen Nerven; er wird – mit einer vielleicht verschwommenen, aber sehr elastischen Politik – versuchen, einen offenen Zusammenstoß in Europa zu vermeiden. Es ist eine sehr schwierige Aufgabe für ihn . . . Da England eine isolierte Prosperität genießt, die vielleicht noch ein oder zwei Jahre anhalten kann, können die Menschen den wirtschaftlichen Druck auf dem Kontinent und die damit verbundenen Gefahren nicht verstehen. Unter den führenden Kabinettsmitgliedern oder mit dem Gouverneur der Bank of England besteht noch keine klare Vereinbarung über die Politik gegenüber Deutschland. So erhält Dr. Schacht von Zeit zu Zeit einen weiteren Kredit von der City. Jeder solche Kredit steigert natürlich das Ansehen der derzeitigen Naziregierung . . . Die Regierung versucht, Kritik und Widerstand in ihren eigenen Reihen durch harte Verfolgung von Protestanten, Katholiken und Juden auszumerzen. Es würde mich nicht wundern, wenn sie nach den Olympischen Spielen . . . jedermann in eine Art Nationalreligion hineinzwingen würden . . .

(1) Anwalt und Geschäftsmann in Louisville, Kentucky, U. S.-Senator (Republikaner) 1925–1930, Botschafter in Berlin 1930–1933. (2) Im November 1936 besiegte der demokratische Amtsinhaber F. D. Roosevelt den republikanischen Herausforderer Gouverneur Alfred Landon, Kansas, in allen Staaten außer Maine und Vermont. (3) Zweite Hälfte April 1932. (4) Hoares „vorrangiges Bemühen" war gewesen, „Mussolini aus Hitlers Armen herauszuhalten" (Sir Samuel Hoare, *Nine Troubled Years*, London 1954, S. 192). Er wurde am 22. Dezember 1935 von Eden abgelöst, dessen tiefe emotionelle Abneigung gegen den italienischen Faschismus und gegen Mussolini persönlich man damals noch nicht erkannt hatte. Eden wandte sich gleich Verhandlungen mit Deutschland zu. Die Diskussion über eine mögliche Begrenzung der Luftstreitkräfte belebte sich, und Mitte Februar bestand die Hoffnung auf ein neues Sicherheitsabkommen für Westeuropa.

** 9. März, New York City, H. B. an John Wheeler-Bennett*

. . . Ich genoß meinen Aufenthalt in Boston sehr. Mrs. George sagte mir, sie werde Ihnen im einzelnen berichten. Ich kam in die meisten Colleges, hielt viele Reden und traf zahlreiche, sehr interessante Persönlichkeiten. Es fiel mir auf, daß die Leute hier im allgemeinen über die Lage in Europa besser informiert sind als in England.
Ich hielt eine Rede hier in New York [4. März] vor dem Council of Foreign Relations; Oberst Stimson[1] führte den Vorsitz. Am nächsten Tag hatte ich eine sehr lange Unterredung mit ihm, die Sie sicher sehr interessieren würde[2]. Sie wissen, was nun geschehen ist. Ich erwartete es seit langem, aber nach dem, was ich von der Wehrmacht gehört hatte, dachte ich, es würde auf ganz andere Weise bewerkstelligt[3]. Mit Ausnahme des *Daily Telegraph* scheint die öffentliche Meinung in England einhellig eine nachsichtige Haltung einzunehmen. Ich vermute, daß Mussolini sehr weitgehend für Hitlers Schritt verantwortlich ist und das Beste daraus machen wird. Sicher wird sich Ihre Prophezeiung erfüllen, daß er mehr von Abessinien bekommen wird, als „unsere" Vereinbarung als Ganzes ihm zugestand. Soweit ich die Situation beurteilen kann, wird dies natürlich in vielen kommenden Wochen und Monaten eine sehr langwierige, aufgeregte Angelegenheit werden . . .

(1) Henry Lee Stimson (1867–1950), Kriegsminister, Republikaner. (Das damalige amerikanische „Kriegsministerium" befaßte sich ausschließlich mit dem Heer; die Marine war davon unabhängig.) 1911–1913 und 1940–1945, Generalgouverneur der Philippinen 1928–1929, Außenminister 1929–1933. Veröffentlichte *Democracy and Nationalism in Europe,* Princeton 1934. Rechtsanwalt in New York. Er genoß ein einzigartiges persönliches Ansehen, teilweise wohl als Reaktion auf seine feste Überzeugung, daß „Zynismus die einzige Todsünde" sei. (2) Stimsons *Diary* (Manuskript- und Mikrofilmveröffentlichungen, Yale University Library) zufolge beschrieb H. B. beim Council of Foreign Relations „unter anderem unsere Bemühungen 1932 in Genf, ein Arrangement zwischen Franzosen und Deutschen zustande zu bringen, und wies auch darauf hin, wie nahe wir dem Erfolg kamen." Stimson hielt auch ihre Unterredung vom darauffolgenden Tag fest. Dabei ging es um Botschaften, die H. B. erhalten hatte und die das, was er fünf Monate zuvor gesagt hatte, „etwas modifizierten". „Direkte Nachricht von Herrn von Fritsch, daß er und andere große Befürchtungen wegen Reaktion, besonders in England, auf Entwicklung der deutschen Luftflotte hegen. Wollen keinen Krieg. Sind der Ansicht, daß Deutschland nicht einmal für Verteidigungskrieg vorbereitet sei, und sind besorgt wegen Görings Aktivitäten als Chef der Luftwaffe. Wenn zum Krieg gezwungen, würden sie sogar gegen Hitler vorgehen, so wie am 25. Juli 1934 zur Zeit der Ermordung von Dollfuß in Österreich, als sie die in Bayern gebildete österreichische Nazilegion umzingelten. Handlungsbefugnis offenbar verstärkt durch deutsches Gesetz vom 30. Januar, das dem Heer das Recht gibt, Aufstände zu unterdrücken." Fritschs Befürchtungen bezogen sich auf das Ringen zwischen Göring auf der einen Seite

und General Georg Thomas und Schacht auf der anderen Seite, das im August 1936 dazu führte, daß Hitler in Erwartung schneller Eroberungen die Aufrüstung bewußt über den Grad hinauftrieb, den die deutsche Wirtschaft längere Zeit ertragen konnte. Stimson bat H. B., die derzeitigen deutschen Streitkräfte mit der Regelung zu vergleichen, „der er im April 1932 zugestimmt hätte". Er hielt fest, daß im Jahr 1932 die Reichswehr 100000 reguläre und 60000 nicht reguläre Soldaten umfaßte, die alle zwölf Jahre dienten. Eine Verkürzung auf sechsjährigen Wehrdienst und die Ausbildung von 100000 Milizsoldaten alle sieben oder acht Monate hätte bis 1936 ein reguläres Heer von 160000 Mann und eine Miliz von 300000 Mann ergeben. „Jetzt haben wir ein stehendes Heer von 560000 Mann genehmigt. In Wirklichkeit noch nicht fähig, mehr als 400000 auszubilden." (3) Die Remilitarisierung des Rheinlands wurde am 7. März als vollendete Tatsache verkündet.

* *11. März, New York City, H. B. an Frederick Sackett*

. . . Es war eine große Freude, Ihr Telegramm beim Bankett des Council of Foreign Relations vorzufinden. Ich hoffe sehr, Sie im Lauf des Sommers in London zu sehen . . . Vermutlich liegen sehr aufregende Wochen und Monate vor uns. Ich befürchte, daß England wiederum keine klare Politik hat und zwischen Sentimentalität und der kühlen Politik des Außenministeriums hin und her schwanken wird. Ich bin fest davon überzeugt, daß das deutsche Heer den Marsch ins Rheinland nicht geduldet hätte, wenn man nicht einige mehr oder weniger einflußreiche Zusicherungen gehabt hätte, daß England die Sache nicht gar zu ernst nehmen würde[1], genau wie es letztes Jahr bei der Vergrößerung des Heeres war . . .

(1) Am 12. Februar trat das britische Außenministerium wegen einer „allgemeinen Verständigung" an die Deutschen heran, und am 13. Februar riet Eden von „jeder Diskussion" zwischen England und Frankreich über die deutsche Remilitarisierung des Rheinlands ab (vgl. Oswald Hauser, *England und das Dritte Reich,* Stuttgart 1972, S. 185, 193; Keith Middlemas und John Barnes, *Baldwin,* London 1969, S. 906f.; *Akten zur deutschen auswärtigen Politik 1918–1945,* Serie C, 1935, Bismarck an Dieckhoff 5730/E 415527-34). H. B. hielt Botschafter Leopold von Hoesch, der im April 1936 in London starb, und Staatssekretär von Bülow, der im Juni starb, für Opfer des Vorgehens im Rheinland. Von Bülow hatte ihm eine optimistische Nachricht darüber zugehen lassen, daß jedes einseitige Vorgehen vermieden werden solle. Von Hoeschs Freund Krug von Nidda erfuhr H. B. die Einzelheiten von Hoeschs hoffnungsvollen Unterhandlungen unmittelbar vor der Remilitarisierung und von seiner trügerischen Hoffnung, daß ein militärisches Vorgehen im Rheinland vermieden werden könne. Hoesch, der in London, auch von seiten Vansittarts, großes Ansehen genoß, litt nach der Besetzung des Rheinlandes sehr darunter, daß er dem britischen Außenministerium auf diese Weise irreführende Informationen gegeben hatte (H. B. an Dely von Hoesch, 30. August 1951).

** 25. März, London, H. B. an William J. Donovan*[1]

. . . Ich danke Ihnen sehr herzlich dafür, daß Sie so freundlich waren, mich ans Schiff zu bringen und mir so interessante Bücher zum Lesen zu geben. Sowohl *The Last Puritan*[2] als auch *Man the Unknown*[3] habe ich mit sehr großem Interesse gelesen. Beide Bücher halfen mir über eine schlaflose Nacht hinweg, denn der Ischias zwingt mich, die ganze Zeit in der gleichen Lage zu verharren. Hoffentlich wird es besser, wenn ich in den Süden fahre. Vielen Dank auch für das sehr interessante Essen mit Ihnen und Ihren Gästen. Auf dem Schiff fand ich einen Brief von John N. Wheeler[4] vor; ich werde mir seinen Vorschlag überlegen . . .

(1) Generalmajor William J. Donovan, New Yorker Anwalt, „Beobachter" für die US-Flotte in Europa 1940–1941, Koordinator für Informationen 1941, gründete OSS im Juni 1942. (2) George Santayana, *The Last Puritan*, New York 1936. Der Roman war das Produkt einer scharfsichtigen Haßliebe für Boston. (3) Alexis Carrel, *Man the Unknown*, New York 1935. (4) Leiter der North American Newspaper Alliance.

** N März/April, Entführungsversuche*[1]

Trotz schlimmem Ischias reiste ich am 28. März, zehn Tage nach meiner Ankunft, von England ab, um vereinbarungsgemäß in Nijmegen zu sein. Mommersteeg und Cornelissen[2] berichteten mir sofort, Letterhaus und Joos würden kommen. Sie wußten eine sehr interessante Neuigkeit: Zwei Gestapomänner waren aus Deutschland entflohen, und einer von ihnen hatte Empfehlungsbriefe an mich vom Erzbischof von Paderborn [Klein] und von Rundstedt. Das stimmte mich sehr skeptisch ... und Cornelissen teilte meine Skepsis. Es war sehr ungeschickt, daß Letterhaus und meine Schwester am nächsten Tag kamen, denn wenn Agenten ihre Ankunft beobachteten, konnte dies ernste Folgen für sie haben . . . Wir benachrichtigten Joos, er solle nicht kommen. Am folgenden Tag tauchte der Holländer auf, der mich über die Grenze gefahren hatte. Er war zwei Tage eingesperrt gewesen ... das Verhör bezog sich nicht so sehr darauf, daß er Tre[viranus] und mich über die Grenze gebracht hatte, als vielmehr darauf, daß er diese zwei Gestapoflüchtlinge herübergeschleust hatte . . .
Der eine Mann – er hieß [Heinrich Edmond Clemens] Müller – sprach viel von Menschen in Konzentrationslagern und beschrieb insbesondere die Folterungen, die Heymann[3] erlitten hatte. Mit Geld sei es möglich,

Gefangene freizubekommen, sagte er. Ich sagte, ich könne zwar in Holland nichts unternehmen, würde aber bald in die Schweiz zu einem Herrn gehen, der mit Freuden ein paar tausend Schweizer Franken für die Freiheit eines Mannes wie Heymann geben würde . . . Mir lag hauptsächlich daran, den Kerl von Nijmegen wegzukriegen . . .
In Melide erfuhr ich zu meinem Erstaunen, daß Dr. Brettauer eben von Müller aufgesucht worden war . . . Mir wurde klar, daß es für meine Sicherheit wie für meinen Ischias am besten war, mich von einem bekannten Spezialisten im Diakonissenkrankenhaus in Zürich behandeln zu lassen . . . Als ich drei Tage im Krankenhaus war, ging plötzlich meine Tür auf, und herein kam Müller . . . Ihm folgten die Oberschwester und zwei Männer der Züricher Polizei, die das Krankenhaus nach ihm durchsuchten . . . Sie hatten schon einen anderen Mann festgenommen, der in einem Auto vor dem Garteneingang wartete. Er wies sich als Chef der Gestapo in Westfalen [Hugo Römer] aus . . .
Einer der Züricher Detektive hielt sich Tag für Tag in meinem Zimmer auf; nachts schlief einer im Zimmer, während ein zweiter draußen auf dem Balkon patrouillierte. Da der Kanton Zürich insgesamt vier Detektive [Albert Frey, Walter Hüni, Franz Stier, Fritz Blicker] für derartige Aufgaben hatte und da es mir sehr viel besser ging, wollte ich ihre Zuvorkommenheit und Gastfreundschaft nicht übermäßig in Anspruch nehmen. Ich fuhr deshalb Anfang Mai nach England. Kurz nach mir kamen Cornelissen und der Polizeipräsident von Nijmegen in London an . . . Sie sagten, sie hätten Anweisungen von der niederländischen Gesandtschaft, einen Durchschlag von Müllers Bekenntnissen an Scotland Yard zu übersenden. Ich hatte nichts dagegen, aber ich sagte, in England sei ich sicher und brauche keinen Schutz. Trotzdem . . . hielten sich in den folgenden zweieinhalb Monaten stets zwei Inspektoren von Scotland Yard von 22 Uhr abends bis 7 Uhr morgens im Haus der Andersons auf . . .
Drei Tage nach seiner Abreise aus London rief Cornelissen an, der Polizeipräsident von Nijmegen sei inhaftiert . . . Er hatte erfahren, daß einer der beiden angeblichen Gestapoflüchtlinge jede Nacht über die Grenze nach Deutschland ging, aber uns nichts davon gesagt hatte . . . Die Schweizer und die niederländischen Behörden tauschten während der weiteren Ermittlung Berichte aus. Nach Müllers Angaben . . . waren er und sein Kollege nach Nijmegen geschickt worden, weil man glaubte, ich würde mich dort mit einem Vertreter der Wehrmacht treffen . . . Der Polizeipräsident gestand, er sei mehrmals in Deutschland bei Ge-

stapoverhören gewesen, und der Chef der Gestapo von Westfalen habe ihm, solange ich in Nijmegen war, jeden Morgen telefoniert . . .
Die Gefahr für die treuen Freunde in Deutschland, die mich besucht hatten, bedrückte mich schwer. Ich hatte schon an Monsignor Hoar geschrieben, ob er mich mehrere Monate lang „inkognito" in Huntington aufnehmen könne, aber ehe ich in die Vereinigten Staaten reiste, fuhr ich nach Nijmegen, um noch einmal mit den Detektiven zu sprechen . . . Ich sagte ihnen, ich sei nicht an einer Strafverfolgung interessiert, sondern einzig und allein an der Sicherheit meiner Freunde in Deutschland . . . Das Züricher Verfahren . . . wurde von der Polizei betrieben, so daß mein Name selten genannt wurde[4]. Es war eine sehr schwere Zeit für Joos, der von der Gestapo nach Stuttgart befohlen wurde. Er konnte nachweisen, daß er Deutschland nicht verlassen hatte, aber danach lebte er in der Angst vor einer weiteren Vorladung der Gestapo. Letterhaus wurde in Köln verhört . . . Von da an war ich in Holland äußerst vorsichtig, und sehr wenige Menschen besuchten mich dort[5]. . .

(1) Einzelheiten in Anhang IV. (2) Dr. A. J. M. Cornelissen, Bibliothekar der Universität Nijmegen, Verfasser von *Democratie, Einde of Opgang?*, Nijmegen 1937. (3) Vermutlich Berthold Heymann, württembergischer Sozialdemokrat. (4) Am 10. Juni berichteten die Associated Press und andere Nachrichtenagenturen über Römers Verhaftung und Geständnis, und die Gerichtsverhandlung im September wurde in der französischen Presse ausführlich dargestellt. (5) In den darauffolgenden Monaten sammelten Letterhaus in Köln und Mommersteeg in Holland weitere Informationen über Müller, aber die Richtigkeit oder Unwahrheit einiger seiner Aussagen blieb ein Rätsel. Selbst noch nach dem Krieg erkundigte sich H. B. bei dem christlichen Gewerkschaftsführer Eudenbach wegen einiger Bemerkungen von Müller.

* *N Mai, Kriegsgefahr*

Sir Arthur Salter[1], der meine Adresse von M. Jean Monnet[2] erhalten hatte, rief Ende Mai an und besuchte mich in Andersons Wohnung am Portman Square. Er sagte, er sei sehr bestürzt von dem, was er von seinem alten Freund Monnet über meine Befürchtungen gehört habe. Ich entgegnete, ich hoffte, daß M. Monnet mich nicht falsch verstanden habe; ich teilte mit jedem anderen Deutschen die Ansicht, daß – soweit möglich – die deutsche Grenze von 1914 wiederhergestellt werden müsse, wenn auch Elsaß-Lothringen einen anderen Status als früher bekommen könne. Ich sagte ihm, daß Zaleski[3] im Jahr 1932 hatte durchblicken lassen, Pilsudski[4] sei bereit, eine Regelung bezüglich des Korridors zu treffen. Was ich wolle, sei, daß Großbritannien über sichere Kanäle den deutschen Generälen ein maximales Angebot mache und dieses Angebot unterstütze, wenn die Nazis hinausgeworfen werden könnten.

Die fortdauernde Rüstung sei Hitlers Mittel, die Macht zu wahren. Seine Amateurbegriffe von Strategie und die leichten Erfolge, die er durch Bluffen errungen hatte, würden ihn zwangsläufig zu Abenteuern verlocken, die zu einem viel größeren Weltbrand als dem letzten Krieg führen müßten. Ich sagte ihm offen, ich könne kaum schlafen, weil mir ständig bewußt sei, daß die britische Politik des Nichtstuns und Gewährenlassens ohne jedes konstruktive Programm unbedingt mit einer Katastrophe enden müsse. Es sei nicht mehr viel Zeit, um eine Wiederholung der Tragödie des letzten Krieges in viel größerem Maßstab zu verhüten. Sir Arthur war sehr beeindruckt und fragte, ob ich bereit sei, Lord Halifax[5] zu treffen. Er sagte, er kenne ihn sehr gut, sein Temperament und seine Anschauungen stünden den meinen näher als die jedes anderen Engländers, und er halte es für äußerst wichtig, daß ich mit ihm spreche. Ich entgegnete, so hoch ich auch Lord Halifax achtete, hielte ich es doch nicht für klug, meine Regel, nicht mit aktiven Staatsmännern zu sprechen, zu durchbrechen. Früher oder später werde ein solches Gespräch den Nazis bekanntwerden und sie warnen; eine Lösung, die ich noch für kurze Zeit als möglich erachtete, könnten sie dann sabotieren. Sir Arthur fragte, ob ich etwas dagegen hätte, wenn er unser Gespräch vor Lord Halifax wiederhole. Ich sagte, es sei mir nur zu recht, wenn er den Eindruck, den er von mir erhalten habe, Lord Halifax oder irgendeinem anderen Kabinettsmitglied mitteile, bei dem er Einfluß habe. Der Grund für sein Drängen, ich solle mit Mitgliedern der britischen Regierung sprechen, war, daß „derzeit niemand weiß, was man tun soll".

Ich flehte Sir Arthur an, er solle dem Kabinett dringend nahelegen, nicht wieder zu versuchen, der Verantwortung für eine Entscheidung zu entgehen in der Art von Sir John Simon, dessen legalistische Gesinnung so katastrophal gewesen war. Falls eine scharf umrissene englische Politik fehle, könnten die deutschen Politiker wieder in den gleichen Wahn verfallen wie in den drei Tagen vor dem Krieg 1914[6]. Ich zweifelte nicht daran, daß Hitler gestoppt und dann leicht gestürzt werden könne, wenn die Briten nur willens wären, in die Zukunft zu blicken und zu erklären, sie würden handeln, falls Hitler aggressiv werde[7].

(1) Baron Salter, Leiter der Wirtschafts- und Finanzsektion des Völkerbundes 1922–1931, Professor für politische Theorie und Institutionen, Oxford, von der Oxford University 1937 ins Parlament (Independent Labour Party) gewählt, Parliamentary Secretary für Schiffs- und Kriegstransportwesen 1939–1941, Handelsschiffahrtsmission in Washington 1941–1943, stellvertretender Direktor UNRRA 1944. (2) Mitglied britisch-französischer Wirtschaftskommissionen im Ersten Weltkrieg, stellvertretender Generalsekretär beim Völkerbund 1919–1923, Partner der New Yorker Bank Blair & Co., gründete 1935 die Investmentberatungsfirma Monnet & Murnane, die sich für Anlagen in Osteuropa interessierte. Vorsitzender des französisch-britischen Koordinierungsausschusses für die Kriegsproduktion beider Länder 1939–1940, Mitglied des British Supply Council in Washington von 1940 an, Mitglied des Anglo-American Combined Production and Resources Board 1942, französischer Staatskommissar für Ernährung, Rüstung und Wiederaufbau 1943–1945. (3) August Zaleski (1883–1972), polnischer Außenminister 1926–1932. (4) Josef Pilsudski (1867–1935), polnischer Staatspräsident 1918–1922, Kriegsminister 1926–1935. (5) Edward Wood, Earl Halifax (1881–1959), Minister für Landwirtschaft (Konservative Partei) 1924–1926, Vizekönig von Indien 1926–1931, Minister für Unterricht 1932–1935, Kriegsminister 1935, Lordsiegelbewahrer 1935–1938 und 1940, Vorsitzender des Geheimen Rats 1937–1938, Außenminister 1938–1940, Botschafter in Washington 1941–1946. Birkenhead gibt in *Halifax*, London 1965, S. 416–423 eine lebendige Beschreibung der Persönlichkeit. Halifax hatte seinen Vater, den wichtigsten anglikanischen Sprecher, bei den Gesprächen über die Wiedervereinigung der Kirchen in Mecheln 1925 begleitet, an denen auch H. B.s Freund Simon teilnahm. Im Dezember 1950 schrieb H. B. als Antwort auf Grüße von Halifax an Sir Louis Greig: „Er ist einer der sehr wenigen Menschen auf dieser Welt, deren Würdigung meiner Ziele und Handlungen nach einem langen, stürmischen Leben für mich wertvoll ist. Ich sah in ihm endlich einen Staatsmann, der die Fragen von Krieg und Frieden mit zutiefst christlichem Verantwortungsgefühl abwog.“ (6) Erst am 3. August 1914 entschloß sich das englische Kabinett, am Krieg teilzunehmen, aber keine Truppen auf dem Kontinent zu engagieren. Die schwankenden Einstellungen von Kabinettsmitgliedern, auch Churchills Kommentar vom 31. Juli 1914: „Es wäre zum jetzigen Zeitpunkt falsch, den einen oder anderen Weg endgültig als unserer Pflicht oder unseren Interessen entsprechend zu bezeichnen“, sind umfassend belegt in Cameron Hazlehurst, *Politicians at War*, London 1971, S. 33–117. (7) Statt dessen enthalten die britischen Dokumente der dreißiger Jahre immer wieder die Phrasen: „unsere freie Wahl wahren“ und „die Deutschen Mutmaßungen anstellen lassen“, während „eine Basis für Zusammenarbeit“ gesucht wird. Die damit einhergehende Hoffnung, daß „jeglicher Kampf in Europa“ von „Bolschewiken und Nazis“ ausgefochten würde, brachte wohl kaum jemand so unmißverständlich zum Ausdruck wie Baldwin im Juli 1936 einer Abordnung seiner eigenen Partei gegenüber (vgl. Middlemas und Barnes, *Baldwin*, S. 955).

* *29. Mai, Old Surrey Hall, H. B. an George Murnane*[1]

... Ich freue mich sehr auf eine neuerliche Reise in die Vereinigten Staaten. Ich habe noch keine definitive Antwort von Harvard bekommen, dagegen eine vorfühlende Anfrage, ob ich bereit sei, Ende des Winters an der California University zu lesen ...

Unser Freund, den Sie in Badenweiler getroffen haben [Schacht][2], macht schwere Zeiten durch. Seine Position wird täglich schwächer. Die

Konsequenz hier besteht darin, daß mehr Handelsdarlehen angeboten werden, um ihn und das bereits investierte Geld zu retten. Ich konnte ihm sehr ernstliche Warnungen zukommen lassen mit Einzelheiten des Geständnisses, das ein in Holland verhaftetes Bandenmitglied der dortigen Polizei gegenüber ablegte. Dieser wußte von Ihrem Besuch, und während Sie durch den Schwarzwald fuhren, durchsuchten sie das Gepäck unseres Freundes. Er wurde tatsächlich nur durch die Wehrmacht gerettet, die die Folgen seiner Entlassung für den Import von Kriegsmaterial fürchtete. Die Wehrmacht wird jedoch nicht stark genug sein gegen den Abwertungsflügel der Nazipartei, der täglich mehr Unterstützung von der Schwerindustrie und den Reedereien bekommt. Es wird jetzt offener darüber gesprochen, daß nur eine 70prozentige Abwertung des derzeitigen Nominalwerts der Reichsmark noch helfen könne. Das wird sehr unterstützt von den Interessen der Landwirtschaft, deren Kreditsystem vollständig eingefroren ist, und von der Arbeitsfront, die einen Lohnanstieg auf dem Papier erstrebt. Ich glaube aber nicht, daß eine solche Entscheidung vor Ende des Winters getroffen wird . . .

(1) Bankier, 1928–1935 Lee Higginson Co., 1935–1945 Monnet & Murnane, später Partner von Lazard Frères, New York. Das gegenseitige Vertrauen zwischen Murnane, Monnet und ihrem Anwalt J. F. Dulles war bekannt (vgl. Roscoe Drummond und Gaston Coblentz, *Duel at the Brink*, New York 1960, S. 15). Murnane bot H. B. nicht nur Gastfreundschaft, sondern persönliche Freundschaft an, doch H. B. war der Ansicht, das würde Schwierigkeiten für sie beide mit sich bringen wegen Murnanes Geschäftstätigkeit in Europa und wegen seiner eigenen Opposition zur deutschen Regierung. (2) Schacht hatte im April die Mitglieder der Weltbank eingeladen.

6. August, London, H. B. an Patrick Barry

. . . Ich denke, Ende September wieder in USA zu sein. Europa ist in einem chaotischen Zustand. Wie es enden wird, wird wohl niemand voraussagen können. In den vergangenen Jahren habe ich einigermaßen auf eine gewisse Frist im voraus die Entwicklung der Dinge erkennen können, aber jetzt wächst das Tempo so gewaltig, daß man unsicher wird. Dämonische Kräfte sind am Werk, die um jeden Preis Expansion haben wollen. Dabei denkt man nicht in erster Linie an Krieg; man glaubt, alles oder vieles durch Drohung, Bluff und rapide Ausnutzung von innenpolitischen Schwächezuständen bei den Nachbarn erreichen zu können. Man verläßt sich darauf, daß, wenn man die anderen langsam an ein Nachgeben gewöhnt, man schließlich alles von ihnen haben kann, falls man einfach mit Krieg droht. Mächte, die man heute mit großer Aufmachung als Erzfeinde bezeichnet, können im gegebenen Augenblick Bundesgenossen sein; andere, die man jetzt umschmeichelt, vielleicht die Opfer. Frankreich verliert seit März jeden Tag mehr an Prestige[1]. Geht es weiter, so könnte möglicherweise eine englische Regierung im Ernstfalle nicht mehr in der Lage sein, Frankreich zu helfen, weil die öffentliche Meinung in England es nicht mehr zuläßt.

Überall wird in noch viel schnellerem Tempo gerüstet als in den beiden letzten Jahren. Die Neuverteilung der Munitionsherstellung in England zeigt deutlich, daß der einzig mögliche Gegner in den Augen der leitenden Leute hier Deutschland ist[2]. Wenn man das öffentlich sagen würde, würde man einen Sturm der Entrüstung im Lande hervorrufen. Auch ist man nicht mehr frei gegenüber der öffentlichen Meinung, was Rußland angeht, namentlich nach den Ereignissen in Spanien. So muß man lavieren und klammert sich an die Hoffnung, daß man doch noch zu einer friedlichen Verständigung zwischen den Westmächten und Deutschland gelange oder durch solche Verhandlungen Deutschlands mangelnden guten Willen dem englischen Volke vordemonstrieren könne. Aber Hitler und Goebbels spielen bereits so gut auf ihrem Propagandaapparat in England, daß sie glauben, in jeder Phase der Verhandlungen die englische Regierung in England selbst lähmen zu können.

Nichts kommt ihnen dabei so sehr zustatten wie die völlige langsame Aufspaltung des europäischen politischen Denkens in faschistische und kommunistische Romantik und Leidenschaft. Alles, was mäßigend dazwischen liegen könnte, wird vernichtet oder ist bereits ohnmächtig. Dieser Prozeß macht immer schnellere Fortschritte und macht die Regierungen in Italien, Deutschland und Rußland zu Gefangenen ihrer eigenen Schlagwörter oder in Frankreich und England zu ängstlichen Beobachtern des Fortganges der Auseinandersetzungen zwischen den beiden Polen im eigenen Lande und damit außenpolitisch in entscheidenden Stunden aktionsunfähig. Es gäbe nur eine Parole dagegen: Gegen Faschismus und Bolschewismus und gegen den absoluten Staat! Diese Parole, rein politisch ausgesprochen und ausgenützt, hat nur eine negative Wirkung zur Stunde. Sie müßte stark geistig und religiös verankert sein. Die Leidenschaft müßte aus dem Religiösen kommen.

Hier liegt die innerste Tragik der katholischen Kirche zu unserer Zeit. Sie hat sich mit dem Faschismus versippt und ihm in Deutschland die Steigbügel gehalten; sie hat durch letzteres den Faschismus aus seinem isolierten italienischen Dasein herausgehoben und ihm die Weltanerkennung gebracht. Deshalb wird sie zwangsläufig zur Partnerin aller Greuel und religiösen Unterdrückung und verliert bei all denen, die sich leidenschaftlich dagegen wenden. Sie identifiziert sich mit dem Schwerte der Gewalt und kann nicht mehr den Segen der Liebe und des Friedens austeilen und damit die Not, den Haß und den Zwiespalt lindern. Man fühlt das im Vatikan; aber man ist enttäuscht und müde und ergibt sich der Resignation des Wartens. Man verliert die große Leidenschaft des Glaubens und des Handelns aus dem Glauben.

Das Ärgere ist, daß man auch noch denjenigen, die kämpfen und leiden wollen für diesen Glauben, Fesseln anlegt und sie entmutigt. Ich bekomme erschütternde Briefe und Notschreie aus Deutschland. Manchmal schlägt schon ein Schrei des Hasses gegen den Vatikan durch. In Rom selbst sind die wenigen Weitschauenden völlig bedrückt. Sie können zur Zeit nichts anderes tun, als sich in die Stille der Kirchen flüchten. Der Kardinalstaatssekretär Pacelli aber rühmt sich immer noch Mahnern gegenüber seiner Erfolge beim Eucharistischen Kongreß[3], der gezeigt habe, wie katholisch die Welt noch sei. Das ist alles ... Im stillen entmutigt man die Bischöfe. Kritikern gegenüber macht man dagegen die Bischöfe für alles verantwortlich. Langsam sickern alle diese Dinge zunächst im Kreise der katholischen Intellektuellen durch, und auch schon weiter. Erinnerungen aus der Geschichte werden wach. Darin liegt die besondere Gefahr, weil die Nazis gerade seit langem mit den gleichen Erinnerungen für ihre Propaganda arbeiten. Rom arbeitet ihnen, ohne es zu sehen, selbst in die Hände. Das Ende ist nicht abzusehen. Der klügste Mann im Vatikan[4] schrieb mir vor einiger Zeit resigniert: „In 20 Jahren werden wir mit hunderttausend Menschen die katholische Kirche in Deutschland wieder aufbauen müssen."

Neue Skandal- und Devisenprozesse[5] stehen bevor, letztere auch (bitte vertraulich) gegen den Jesuitenorden. Man wird das ganz besonders groß aufziehen. Das alles würde das gute katholische Volk noch überstehen. Aber daß der Bischof von Osnabrück [Berning] hingeht und das berüchtigtste Konzentrationslager als humane Einrichtung feiert und an einem Bierabend der Henkersknechte teilnimmt, im selben Lager, wo Pater [Josef] Spieker[6] langsam zu Tode gemartert wird, das war zuviel ... Damit geht der Glaube an die Unbedingtheit der christlichen Sittenlehre langsam verloren. Das Unbedingte aber ist es, das die Menschheit braucht, um aus dem chaotischen Zustande wieder herauszukommen ...

(1) Der Bildung der Volksfrontregierung im Juni war große Beunruhigung in der Industrie und eine Kapitalflucht großen Ausmaßes gefolgt. (2) Der größte Anteil an den Verteidigungsmitteln ging an die Luftwaffe, und innerhalb der Luftwaffe an mittlere Bombenflugzeuge. (3) Der Internationale Eucharistische Kongreß, der im Februar 1937 in Manila abgehalten wurde, wurde schon seit Anfang des Jahres 1936 vorbereitet. (4) Pater Zeiger, der im Frühjahr noch optimistischer von der katholischen „Widerstandskraft" in Deutschland geschrieben hatte. (5) Von Ende März bis Mitte Juli 1936 und dann wieder von Anfang April bis Ende Juli 1937 wurden „Sittlichkeitsklagen" gegen katholische Kleriker mit großem Aufwand publik gemacht. Ende 1937 meldete die Sonderstaatsanwaltschaft rund 2500 Ermittlungsvorgänge (vgl. Hans Günther Häckerts, *Die Sittlichkeitsprozesse gegen katholische Ordensangehörige und Priester*, Mainz 1971). (6) Josef Spieker, S. J., Prediger, der sich in der katholischen Männerarbeit in Köln besonders mit dem Nationalsozialismus auseinandersetzte und die Kirche „öffentlich verteidigt" sehen wollte, wurde Ende 1934 festgenommen, kam 1935 ins KZ Borger Moor und wurde 1936–1937 in der Eifel im Gefängnis gehalten. Seine Erlebnisse sind in seinen Erinnerungen *Mein Kampf gegen Unrecht in Staat und Gesellschaft*, Köln 1971, dargestellt.

* *11. September, London, H. B. an Patrick Barry*

... Ich mußte meine Abreise verschieben, weil meine Schwester sehr krank wurde. Ich war in Holland und wartete vierzehn Tage, in der Nähe der Grenze versteckt, ob es ihr gelingen würde, mit dem Auto einen Tag zu kommen. Leider riet ihr der Arzt von der Fahrt ab, wenngleich keine unmittelbare Lebensgefahr besteht. Ihr Herz leidet mehr von der ganzen Niedergeschlagenheit der letzten Jahre, und ihre soziale Arbeit wird ihr jetzt in ihrem Alter zuviel ...

Ich interessiere mich sehr für das, was Sie über das soziale Problem hinter den Kulissen in den USA sagen. Ich verfolgte es ein bißchen in den Zeitungen. Es steht überall hinter allem. Die einzige Gefahr einer eventuellen kommunistischen Erhebung liegt in der Vorstellung, daß mit dem gewaltsamen Niederschlagen aller Armen, Hungrigen und Elenden in ganz Europa sämtliche Schwierigkeiten überwunden wären. Aber die zur Zeit einflußreichsten Leute wollten nicht einsehen, daß nur andere Lösungen und geistige Kräfte eine dauerhafte, sichere Ordnung in Europa hervorbringen können. Leider scheint der Vatikan die wirkliche Situation nicht zu sehen. Von einem sehr parteiischen Standpunkt aus verdüstert die spanische Tragödie[1] den Blick. Hinter dem allem steckt entsetzliche Angst, nichts sonst.

Sie haben den Hirtenbrief[2] der deutschen Bischöfe gesehen. Darin ist etwas vom gleichen Standpunkt. Nach allem, was ich von meinen Freunden höre, lesen zu meiner Verwunderung die politisch sehr gebildeten deutschen Katholiken nur die Teile des Hirtenbriefes, die sich

gegen die antireligiöse Politik der Nazis wenden, und sind mit dem Brief insgesamt ganz zufrieden. Selbst wenn sie mit ihrer Deutung unrecht haben, ist die Wirkung nicht schlecht, und das ist sehr wichtig nach allem Schwanken der Bischöfe in den letzten Jahren. Selbstverständlich werden die Versprechen, die die Nazis den Bischöfen [als Gegenleistung] für ihre Hilfe bei der antibolschewistischen Propaganda gaben, nicht eingehalten werden. Über diesen Punkt herrscht noch sehr große Unstimmigkeit unter den Bischöfen ...
Ich schicke Ihnen ein Buch, das mein Freund Professor [Paul] Simon schrieb und das innerhalb von vierzehn Tagen eine zweite Auflage erlebte. Der Titel lautet *Das Menschliche in der Kirche Christi*[3]. In dem Buch werden einige der Probleme aufgegriffen, über die wir oft mit Ihren Kollegen in Huntington diskutierten ...

(1) General Francos Aufstand hatte am 18. Juli begonnen, die republikanische Regierung hatte sämtliches kirchliches Eigentum am 28. Juli konfisziert, im September rückten die Junta-Streitkräfte auf Toledo vor. (2) An Hitler adressiert, am 27. August veröffentlicht. Am 14. August, vor der Bischofskonferenz, hatten die Führer der katholischen Arbeiterbewegung in Köln Kardinal Schulte um „einheitlichen und sichtbaren Widerstand" und „eine Entscheidung" angefleht und die (für den 23. August geplante) Kanzelabkündigung der evangelischen Bekennenden Kirche als Muster empfohlen: „Hier wird in der einzig möglichen Weise im Namen des Christentums gesprochen." Der Fuldaer Hirtenbrief wirkte im Ausland „mehr als konziliant" (*New York Times* vom 28. August 1936). Die deutschen Katholiken begrüßten aber in den Sätzen über „religiösen Bolschewismus" die Anspielungen auf die Nazis, die auch verstärkt wurden durch eine lange Rede, die Pius XI. am 14. September vor spanischen Flüchtlingen hielt. Der Papst sprach mit großer Bewegung über die Verfolgung der Kirche in Spanien und in Deutschland, und viele hörten aus seinen Worten über „absurde und verhängnisvolle Ideologien" eine Gleichsetzung von Kommunismus und Faschismus heraus. (3) Neuauflage Freiburg i. Br. 1948.

* *18. September, London, H. B. an Oliver Sprague*

... Ich selbst habe eine ziemlich schlimme Zeit hinter mir. Nach meiner Rückkehr von Amerika mußte ich insgesamt fast drei Monate wegen Ischias das Bett hüten. Ich war bei Ärzten in New York und in Holland und danach bei Spezialisten in Zürich, die mit einer neuen Behandlung begannen, bei der langsam die schlimmsten Schmerzen vergingen. Leider konnte ich nicht besonders lange in der Schweiz bleiben, weil ich die ganze Zeit, von Anfang April an, von Gestapoagenten verfolgt wurde ... Seit etwa einem Monat ist die Luft wieder rein, und ich konnte sogar drei Wochen nach Holland zurückgehen, ohne irgendwie belästigt zu werden. Selbstverständlich traf ich alle Vorsichtsmaßnahmen. Ich bin im Begriff, in die Vereinigten Staaten zu reisen. Man forderte mich auf, in Yale und Princeton[1] und an einigen anderen Orten zu lesen, und ich habe die Absicht, dieses Mal länger in den USA zu bleiben . . .

Die Situation in Europa nähert sich, wie Sie wissen, dem Gefahrenpunkt. Überall wird in großem Maßstab gerüstet, mit all den wirtschaftlichen Nachteilen und Gefahren, die stets damit verbunden sind. Zwar war ich in den ersten Monaten nach meiner Rückkehr aus den USA sehr pessimistisch im Blick auf den Frieden, aber heute bin ich nicht mehr dieser Ansicht. Nicht, weil sich die Situation tatsächlich gebessert hätte oder weil die Menschen allgemein friedfertiger in ihrer Haltung geworden wären, sondern weil ich weiß, daß Tatsachen allmählich Eindruck machen, wenigstens auf gewisse Leute, die imstande sind, einigen Einfluß auszuüben. In Deutschland werden die Rohstoffe so lächerlich knapp, daß jeder, der auch nur einen Funken Verstand besitzt, zu dem Schluß kommen muß, daß der Krieg unmöglich ist. Gleichzeitig herrscht überall, außer in den skandinavischen Ländern, wirtschaftliche Not, wenn man von den unmittelbaren Ergebnissen der riesigen Rüstungsausgaben absieht. Selbst hier in England überlegen weitblickende Menschen mit einer gewissen Furcht, was im wirtschaftlichen und finanziellen Leben des Landes geschehen könnte, wenn zum Beispiel in zwei oder drei Jahren der große Rüstungsboom seine Wirkung als Stimulans verliert[2].

Selbstverständlich ist die Frage, ob genug Weisheit vorhanden ist, um diese schwierigen nächsten paar Jahre ohne Zusammenstoß zu überstehen, und das liegt außerhalb jeder rationalen Berechnung . . . [Schacht] erlebte einen sehr großen Triumph bei seinen Verhandlungen mit den Balkanstaaten[3], aber das scheint schon vorüber zu sein. Die Verhandlungen, die er in Paris mit dem neuen Präsidenten der Banque de France [Labeyrie] führte, waren sehr weitreichend und – so glaube ich – insgesamt auf einer sehr gesunden Basis für die Zukunft. Sie waren erfolgreich, aber später wurden sie von Hitler mißbilligt, obwohl die Wehrmacht Schacht unterstützte. Was jetzt geschehen wird, kann ich wirklich nicht vorhersagen. Es hängt mehr oder weniger ausschließlich von Hitlers nervösem Temperament ab, und wahrscheinlich kann niemand prophezeien, was schließlich bei all den derzeitigen Verhandlungen[4] herauskommt . . .

(1) H. B. hielt vom 11. bis 14. Januar 1937 vier „Vanuxem-Vorlesungen" in Princeton und las im Dezember 1937 am Pierson College der Yale University. In den Vanuxem-Vorlesungen behandelte er eine beliebte Frage der dreißiger Jahre: die Frage, ob demokratische Regierungssysteme die Probleme der Zeit lösen könnten. Der Umfang der wirtschaftlichen Probleme erforderte seiner Auffassung nach internationale Lösungen von großer Reichweite, und er sah „die derzeit größte Gefahr" in vorläufigen, nationalen Lösungen. Ohne Waffenbeschränkungen werde die Kriegsbereitschaft „die Achse werden, um die sich sogar das tägliche Leben in jedem Lande dreht". Optimistisch betrachtete er die Zukunft von „autoritären Demokratien, wie es die USA, Großbritannien und die Schweiz sind". Als er über bleibende Volksmerkmale sprach, stellte er den deutschen Idealismus und Pessimismus dem optimistischen angelsächsischen „fair play" und „Durchwursteln" gegenüber und sagte warnend, daß „in Deutschland Ausdauer, Selbstzucht und ein weitreichendes Organisationstalent entwickelt werden können bis zu einem Punkt, an dem man fast jegliche Verbindung zur Realität verliert". (2) Kennzeichnend für das langsame Tempo der britischen Aufrüstung waren die Bemühungen des Schatzamtes, Ausgaben an die Konsolidierung des bestehenden öffentlichen Schuldenstandes anzupassen und weder normale Handelsverhältnisse noch die Grundlage einer zukünftigen Kreditexpansion zu beeinträchtigen. (3) Im Juni hatte Schacht die Hauptstädte des Balkans bereist und über neue Tauschhandelsvereinbarungen verhandelt. (4) Schacht hatte in der letzten Augustwoche in Paris mit französischen Regierungsmitgliedern über eine Währungsstabilisierung gesprochen. H. B. schrieb am 18. September an Sackett: „Schacht machte das Angebot einer Übereinkunft mit Frankreich mit Zustimmung des Heeres, selbstverständlich unter der Bedingung, daß das französisch-russische Bündnis aufgelöst würde. Da ich nicht glaube, daß diese Bedingung jemals erfüllt werden wird, war ich ziemlich erstaunt, als ich erfuhr, daß die Verhandlungen trotzdem sehr gute Fortschritte gemacht hatten. Zweifellos kann der nächste Monat sehr entscheidend sein, vielleicht nicht so sehr für Krieg oder Frieden, sondern eher für den unwiderstehlichen Trend zukünftiger Ereignisse." H. B. unterschied in diesem Fall wie gewöhnlich zwischen der Heeresleitung und dem Kriegsminister von Blomberg, der sich auf Görings Seite stellte. Im April hatte Göring die Befugnis zur „Überwachung und Regulierung" der Devisen und Rohstoffe erhalten, und seine Ernennung zum Bevollmächtigten für den Vierjahresplan wurde am 18. Oktober bekanntgegeben. Arthur Schweitzer hat in *Big Business in the Third Reich*, Bloomington, Indiana, 1964, S. 539–547, diese vielschichtigen Unterhandlungen als den Übergang von einem „teilweisen", reversiblen zu einem „vollen", irreversiblen Faschismus analysiert.

* *18. September, London, H. B. an Katharine Duchess of Atholl*[1]

. . . Ich hatte eine oder zwei Wochen lang den Eindruck, ein gewisses Bewußtwerden der Gefahren der Situation habe in England eingesetzt. Ich fürchte so sehr, daß sich dieses Erwachen, wenn es tatsächlich stattfindet, nicht nur gegen die Nazidiktatur, sondern auch gegen mein Land als Ganzes wendet. Das wollte ich immer vermeiden, und deshalb habe ich mich so still wie möglich verhalten. Ich glaube nicht, daß Sie irgendeinen wichtigen Punkt in Ihrem Vortrag [„Hitlers gebrochene Versprechen"] ändern sollten, aber es könnte nützlich sein, einige historische Notizen zu haben . . .

(1) Katharine Stewart-Murray, Duchess of Atholl, seit 1923 Parlamentsmitglied (Konservative Partei).

N 19. September, Abreise, Für die Freunde

Die nächsten Monate geben keine Möglichkeit, so wie bislang mit den Freunden Auffassungen auszutauschen. Der fehlende Zwang, in solchen Unterhaltungen die Gedanken scharf zu fassen, drückt in meiner Lage leicht das Erkennen und das Urteil in die Nebelebene des Gefühlsmäßigen herunter. In ihr tauchen Erkenntnisse vielleicht zuerst instinktiv auf, aber sie verschwimmen leicht und hinterlassen Stimmungen statt ruhiger Urteile. Auf blitzartige Hoffnungen und Gesichter folgen Tage der Stumpfheit. Beides muß ich von mir halten, um einsam leben zu können und zwei Dinge mir klar vor Augen zu haben.
Im Politischen muß mein Vaterland vor mir, vor Hoffnungen, vor Bitterkeit immer stehen. Wenn ich das auch für mich persönlich so weit gelten lasse, daß ich es als meine Pflicht ansehe, im Falle eines nicht geradezu frivol heraufbeschworenen Krieges noch einmal für das Vaterland ins Feld zu ziehen, so bleiben für mich unumstößliche innere Gesetze. Kein Krieg ist gerechtfertigt, selbst wenn er für eine gerechte Sache geführt wird, wenn dasselbe Ziel erreicht werden könnte durch eine kluge, weitschauende und in jedem Augenblick erfindungsreiche Politik. Mit Geduld und ohne krankhaftes Prestigegefühl ist auf die Dauer, wenn einem schöpferische Phantasie in jedem Augenblick zur Verfügung steht, fast immer das gleiche Ziel zu erreichen ohne Krieg. Wer diese Gaben nicht hat und es zum Kriege kommen läßt, bleibt deswegen ein Verbrecher, weil er aus Ruhmsucht, Eigensinn oder letzter, tiefster Feigheit nicht die Folgerungen zieht und selbst aus der Verantwortung ausscheidet.
Ein Zweites bleibt: der Kampf um die ewige Heiligkeit gewisser Rechtsprinzipien, die die Grundlage für allen dauernden Aufstieg sind und bleiben. Hier gibt es mit den jetzigen Machthabern nie eine Versöhnung, nur ewigen Kampf. Von diesem abgesehen müssen Erfolge für das Vaterland, wenn sie von den Jetzigen errungen werden, begrüßt [werden]; sind sie Augenblickserfolge, ohne zu einer langdauernden friedlichen Ordnung in der Welt zu führen, so werden sie scharf abgelehnt. Ihr Wert für das Regime selbst muß klar festgestellt werden; jeder falsche Schritt muß festgestellt werden, aber ohne Leidenschaft und Haß. Nur so komme ich durch alles hindurch.

Im Innern erinnert die Lage in der Heimat stark an den Frühsommer 1934 ... Damals wurde die innere Krise durch Terror und Massenmord überwunden, die finanzielle Krise einige Zeit später durch die Hilfe Montagu Normans beim englisch-deutschen Zahlungsabkommen. Aus finanziellen Gründen habe ich seit Mitte 1935 [mit einer] zweite[n] wahrscheinliche[n] Krisenphase 1937 gerechnet. Wird sich das verwirklichen?
Außerhalb der unmittelbar im Besitz der Reichswehr befindlichen Reserven sind in den letzten Monaten die Vorräte an Rüstungsrohstoffen noch weiter gesunken ... Dazu kommt geringere Erzausfuhrmöglichkeit aus Spanisch-Marokko und Ausfuhrverbot Frankreichs ... Seit fünf Wochen wird schon neue Ernte mitverbraucht ... Zusammengefaßt: erhöhter Einfuhrbedarf für Brotgetreide und Futtermittel bei gleichzeitig schrumpfenden industriellen Rohstofflagern.
Im Vorjahr war die Lage der Länder mit Überschuß an Brot- und Futtergetreide schwach gegenüber den Einfuhrländern; heute ist die Lage wegen Weltknappheit umgekehrt. Selbst Frankreich muß Getreide und Futtermittel einführen! Lieferungen an Deutschland, die voriges Jahr diesen Ländern infolge ihrer Absatzschwierigkeiten selbst auf langfristigen Vorschuß erwünscht erschienen, fallen dieses Jahr fort. Jugoslawien, Polen, Argentinien brauchen sich nicht mehr um Ausfuhr nach Deutschland zu reißen. Steigender Ölverbrauch in der Welt und Abmachungen mit Jugoslawien[1] machen Deutschland für Rumänien weniger begehrenswert, trotz aller anderen Tendenzen.
In diesem Jahre sind solche Völker für diese Länder begehrenswert, die mit Devisen zahlen können. Englands Kurs steigt aus diesem Grunde stark, ebenso der Frankreichs, wenn es im Innern in Ordnung bleibt; Deutschland wird handelspolitisch weniger interessant. Eine gewisse politische Neuorientierung der Ausfuhrländer in diesem Zusammenhange ist wahrscheinlich.
Andere Gründe wirken in gleicher Richtung. Die engere Verbindung zwischen Deutschland und Italien muß Jugoslawien wieder enger an die Kleine Entente[2] und Frankreich heranbringen; damit wird der antirussischen Tendenz in Belgrad Schach geboten. Bis zu einem gewissen Grade gilt dasselbe für Polen; aber hier bleibt trotz neuer Abmachungen[3] ein Positivum für Hitler in der Angst vor dem unter der Oberfläche wachsenden Radikalismus der kleinen Bauern und Arbeiter sowie das noch nicht geklärte Verhältnis zu Rußland und der Tschechoslowakei. Alles das bedeutet in diesem Augenblick noch keinen endgültigen

diplomatischen Aufmarsch. Günstiger möglicher Faktor für Hitler die innere Schwäche Frankreichs.

(1) Schachts Unterhandlungen im Juni hatten zu Lieferungen von landwirtschaftlichen Erzeugnissen aus Jugoslawien geführt, und zwar zu Bedingungen, die für Deutschland so günstig waren, daß die Lieferungen noch vor Jahresende wieder eingestellt wurden. (2) Mit Verträgen von 1920 und 1921 schlossen sich die Tschechoslowakei, Jugoslawien und Rumänien zur „Kleinen Entente" zusammen. (3) Gamelin war bei den polnischen Manövern im August anwesend; Anfang September erneuerte Rydz-Smigly in Paris das französisch-polnische Militärbündnis und erhielt militärische und wirtschaftliche Kredite.

** 23. September, „Empress of Britain", H. B. an Katharine Duchess of Atholl*

... Der „cauchemar des coalitions" war nicht eine Zwangsvorstellung von Bismarck allein. Wegen der geographischen Lage des Landes sollte jeder deutsche Staatsmann sie teilen. Er sollte sich darüber im klaren sein, daß politische und psychologische Fehler, so populär sie auch zeitweilig im In- und Ausland sein mögen, die Einkreisung Deutschlands nach sich ziehen, und zwar faktisch und nicht nur als Alptraum. Ende 1923 begann Stresemann[1], sich dessen bewußt zu werden. Er schloß den Locarnopakt[2] und erwarb unter dem Druck der Reichswehr die Mitgliedschaft im Völkerbund[3], was ihn allerdings ständig in seinem eigenen Land demütigte.

1931, beim lange erwarteten Zusammenbruch der Reparationen, war ich an der Reihe, mit dem Alptraum zu leben. Frankreich war bestrebt, eine Weltfront gegen Deutschland zu bilden, das letzte Mal für viele Jahre. Obwohl ich auf ein endliches dauerhaftes Einvernehmen mit Frankreich hoffte und darauf hinarbeitete und es am Ende meiner Amtszeit beinahe erreicht hatte, mußte ich in der schwierigsten Zeit jeden Nerv anspannen, sowohl meiner selbst als auch der Nation, um die ständig drohende potentielle Gefahr des Isoliertwerdens zu meiden. Ich machte mir keine Sorgen um das, was in Deutschland selbst „hinter der Front" geschah; ich war überzeugt, daß meine Politik nicht zum endgültigen Sieg der radikalen Linken und damit zu einer deutschen Kapitulation führen würde. Insgeheim wurden Vorbereitungen getroffen für jeden denkbaren Zug Frankreichs; jede Demütigung wurde ohne emotionelles Aufbrausen erlitten in der geduldigen Hoffnung, daß die Franzosen mit ihrer enormen Goldmenge[4] die finanzielle Lage in der City und der Wall Street zu sehr belasten würden. Das taten sie, und daher hatte ich Erfolg . . . Als ich im Juli 1931 nach London zurückkehrte, merkte ich, daß sich die Gefühle gewandelt hatten, selbst in Kreisen, in denen ich es nie erwartet hätte . . .

Nun möchte ich nicht zerstören, was ich selbst aufgebaut habe. Während die britische öffentliche Meinung[5] die Nazis zu Wahnsinnstaten führte und den letzten noch verbliebenen Einfluß gemäßigter, vernünftiger Menschen in Deutschland zerstörte, habe ich einige sehr wichtige Persönlichkeiten rechtzeitig gewarnt . . . Entschuldigen Sie die Ausführlichkeit. Ich muß aber meine Position ganz klar darstellen, wenn ich Ihre Fragen beantworten soll . . . Ich würde mich nicht weigern, über gewisse Geschehnisse zu sprechen, wenn ich sicher wäre, daß meine Bemerkungen nicht gegen Deutschland verwendet werden. Meiner Ansicht nach hängt die ganze Zivilisation Europas vom Kampf um gewisse Prinzipien ab: gemäßigte Demokratie, Gewissensfreiheit und Gleichheit vor dem Gesetz. Das Wort „Rechtsstaat" war in den letzten Phasen des Kampfes 1932/33 das Symbol dafür. Wenn Frieden und Ordnung in Europa herrschen sollen, ist dieser Kampf überall aufzunehmen gegen jede Art unkonstitutioneller oder pseudokonstitutioneller Diktatur und gegen pervertierte Formen der Demokratie, die zwangsläufig zur Diktatur führen. Es ist einerlei, ob die Diktaturen bolschewistisch, nazistisch, faschistisch oder autoritär genannt werden. Das sind nur verschiedene Giftpflanzen, die auf dem gleichen Boden wachsen.
Generationenlang suchten die Menschen in Nord- und Westdeutschland die moralische Unterstützung der öffentlichen Meinung in England. Daß diese Unterstützung zu dieser äußerst kritischen Zeit fehlt, ist die bitterste Enttäuschung für gemäßigte und friedliebende Menschen in Deutschland. Nur sehr wenige, aber natürlich sehr einflußreiche Persönlichkeiten in England erkennen die Gefahr des derzeitigen phlegmatischen Zustands der englischen öffentlichen Meinung . . . Es ist eine in England sehr weit verbreitete, gefährliche Illusion, daß England in seiner Insellage unbeteiligt bleiben könne und gegen die Krankheit, die Europa und die Welt erfaßt, immun sei. Die meisten Menschen verstekken sich – genau wie früher in Deutschland – hinter der berühmten Redensart: „Bei uns kann das nicht passieren." Wie bei uns in den Jahren 1931/33 sind sie nicht imstande, die Reichweite des Wandels, der sich in der ganzen Welt vollzieht, zu erfassen. Aber wenn der Kampf aufgenommen wird, muß er um Prinzipien gehen und darf nicht mit wechselnden taktischen Positionen in der europäischen Politik vermengt

werden. Wenn Sie diesen Kampf weiterführen, wird es mir echte Freude bereiten, ihn zu beobachten, und wenn ich in diesem Kampf einen kleinen Dienst leisten kann, wird mir das stets eine große Befriedigung sein . . .

(1) Gustav Stresemann (1878–1929), Reichskanzler (DVP) 1923, Außenminister 1923–1929. (2) Der Locarnopakt von 1925 umfaßte eine französisch-belgisch-deutsche Garantie der französisch-deutschen und belgisch-deutschen Grenzen, Schiedsverträge zwischen Deutschland und Frankreich, Belgien, Polen und der Tschechoslowakei und Garantien für gegenseitige Hilfe zwischen Frankreich und Polen und Frankreich und der Tschechoslowakei. (3) Deutschland wurde im September 1926 in den Völkerbund aufgenommen. (4) Einer Veröffentlichung von 1932 zufolge waren die französischen Goldreserven sechsmal so groß wie die britischen und fünfzehnmal so groß wie die deutschen. (5) Um zwei gemäßigte Beispiele zu nennen: Der diplomatische Korrespondent des liberalen *Manchester Guardian* schrieb im März 1936 an seinen Chefredakteur: „Ich persönlich kann nicht glauben, daß die Annexion Österreichs, des Sudetenlandes, Danzigs, der Memel, des östlichen Oberschlesien und des Korridors eine so allgemeine Katastrophe oder Bedrohung für unsere eigenen Lebensinteressen sein soll, daß wir auch nur riskieren dürften, in einen Krieg verwickelt zu werden, um das zu verhindern. Mir scheint tatsächlich, als könne man sehr viel für die Vereinigung aller deutschsprechenden Völker vorbringen." (vgl. F. R. Gannon, *The British Press and Germany,* Oxford 1971, S. 296). Luftmarschall Sir John Slessor schrieb nach dem Krieg: „Ich erinnere mich, daß ich in meiner Unwissenheit das Gefühl hatte, dieser Bursche Hitler habe einiges für sich. Ich konnte nicht recht glauben, daß man das deutsche Volk ständig in einer Position der Unterlegenheit gegenüber den Franzosen halten könne." (vgl. Slessor, *The Central Blue,* London 1956, S. 153). Die verzögerte Reaktion auf den Versailler Vertrag wurde von aufschlußreichen Veröffentlichungen unterstützt: Lloyd George, *The Truth about Reparations,* 1932; *The Truth about the Peace Treaty,* 1938; Harold Nicolson, *Peacemaking 1919,* 1933.

* *Dezember, Cambridge, Massachusetts, H. B. an Arthur Cousins*[1]

. . . Es ist nicht leicht für mich, auf Englisch einen Brief zu beantworten, der so erfüllt ist von Freundlichkeit und Zuneigung wie Ihrer . . . Während der letzten zweieinhalb Jahre in England, das ich seit meiner frühen Jugend so sehr liebe und wo ich so viel Freundlichkeit und Großzügigkeit besonders von Ian und Mona Anderson und ihren Freunden erfahren durfte, habe ich unter der Tatsache gelitten, daß nur wenige Menschen die Gefahren zu erkennen schienen, die sich aus der viel zu optimistischen Ansicht über Europa ergeben, die fast jedermann vertrat, als Sie vom Goldstandard abgegangen sind. Im letzten Sommer zitterte ich manchmal vor der akuten Gefahr und davor, daß, selbst wenn es eine klare britische Politik gäbe, einige Nationen in Europa ihr nicht mehr glauben und meinen würden, sie könnten alles riskieren . . . Die [schlechten] Ernten in Europa ließen mich optimistischer werden, denn wenn noch ein Fünkchen Verstand da ist, schließen sie ein neues Abenteuer aus. Daran halte ich mich, selbst wenn die Geschichte zeigt, daß unvorhersehbare Zufälle manchmal stärker sind als der Verstand. Ein großer Fortschritt ist jedoch, daß England seine Politik offen und klar dargelegt hat[2]; dies ist ein sehr bedeutsamer Faktor. So besteht vorläufig mehr Hoffnung, nachdem die Verfassungskrise der letzten Wochen so bewundernswert überwunden wurde[3] . . .

(1) Vorsitzender des *Daily Herald*, Vorstandsmitglied vieler Aktiengesellschaften, Landwirt. (2) Bei der Verteidigungsdebatte im Unterhaus im November hatte Baldwin im Ton großer Offenheit festgestellt, die Demokratien hinkten „zwei Jahre hinter den Diktaturen" her, und es sei „in den Jahren, die die Heuschrecken gefressen haben", unmöglich gewesen, öffentliche Unterstützung für eine beträchtliche Wiederaufrüstung zu erhalten. (3) König Edward VIII. dankte am 10. Dezember ab.

Silvester, Münster i. W., Maria Brüning an H. B.

... Das war eine Freude, als gerade am Weihnachtsmorgen Dein lieber Brief hier ankam . . . Sehr betrübt hat mich nur die Nachricht, daß Du wieder unter den alten Herzattacken zu leiden hast . . . Mir geht es in vieler Beziehung besser, man findet mich auch allgemein wohl aussehend. Mit den Herzbeschwerden habe ich wohl noch immer zu schaffen, aber bei dem ruhigeren Leben wird sich das hoffentlich auch bald bessern . . . Toni [Thoma][1] ging es gesundheitlich wieder nicht besonders gut; ihre Stimmung schien mir auch recht trübe. Tante M[ariechen][2] ist nun 86 Jahre alt, immer dieselbe! ... Ob Du wohl an H[ermann]s[3] Grab warst? Wenn es Dich aber anstrengt, so fahre nicht hin, gönne Dir lieber Ruhe und Erholung und befolge getreu den ärztlichen Rat . . .

(1) Kusine von Brünings, Enkelin von Anna Brüning und Gottfried vom Hove, Gattin von Oberst a. D. Hermann Thoma. (2) Maria vom Hove, Tochter von Anna Brüning. (3) Prälat Hermann Josef Brüning (3. 1. 1876–7. 1. 1924), älterer Bruder von Maria und Heinrich. Trat mit 15 Jahren in das Noviziat des Ordens von den Heiligen Herzen Jesu und Maria (Picpus) in Belgien ein, studierte an der Universität Louvain, wurde 1900 in Münster zum Priester geweiht. Arbeitete in der Mission des Ordens in Maui, Hawaii, 1902–1904, wurde säkularisiert 1904, lehrte in Elbeuf, Normandie, 1904–1905. 1905–1914 war er in der Diözese Salford, England, als Pfarrer tätig, zuerst in Todmorden, anschließend in Burnley. Er wurde im September 1914 interniert und erhielt die Erlaubnis, im Dezember 1914 in die USA zu reisen. 1915–1920 als Pfarrer in der Diözese Richmond tätig, zuerst in Fortress Monroe, Virginia, anschließend in Cumberland, Maryland. Fuhr 1920 nach Deutschland mit dem Wunsch, „in meiner Muttersprache und unter ehrlichem Volke" zu arbeiten, kehrte aber im Auftrag des Bonificius-Vereins bald nach Amerika

zurück. Verhandelte mit großem Erfolg aufgrund seiner Erfahrung unter den Iren in England mit den irischstämmigen Geistlichen in der amerikanischen Hierarchie und leitete große Sammlungen von Getreide, Kleidern und Geld ein, besonders für karitative Anstalten in Deutschland. Wurde 1921 amerikanischer Staatsbürger, setzte die Sammlungen, die er als Vertreter der deutschen Bischöfe angefangen hatte, als Vertreter der amerikanischen Bischöfe fort. War ständig unterwegs in allen Diözesen Amerikas und zwischen Amerika und Europa. Schrieb zum Beispiel am 18. 10. 1920 an Kardinal Schulte: „Ich wies darauf hin, daß es sich um nichts weniger handelt, als ein ganzes Volk zu retten. So etwas liegt dem Amerikaner so recht; je größer die Arbeit, um so mehr Eifer hat er.“ Im Dezember 1923 verschob er nochmals die Übernahme einer angebotenen Stelle in Iowa, um die Bereitschaft der Senatoren Borah und LaFollette, mit einer bedeutenden finanziellen Hilfe für Deutschland anzufangen, zu unterstützen, und starb am 7. 1. 1924 an Lungenentzündung. Er wurde als „Märtyrer der deutschen Not“, wie Hedwig Dransfeld in ihrem Nachruf (*Kölnische Zeitung* vom 7. März 1924) schrieb, in Brooklyn, New York, begraben.

1937

Am Jahresanfang litt H. B. unter erheblichen Herzbeschwerden und erhielt die verschiedenartigsten Ratschläge für eine Behandlung. Er schloß sich der vernünftigen Ansicht an, daß es ihm nicht schaden könne, den Februar in Kalifornien mit den Andersons zu verbringen, die dort Urlaub machten. Im März lehrte er wieder in Neuengland, am 26. April kehrte er nach England zurück. Daß man außerhalb Deutschlands in zunehmendem Maß den bösartigen Charakter von Hitlers Regierung erkannte, gab ihm neue Hoffnung, und einige Monate lang war er verhältnismäßig optimistisch im Blick auf die Möglichkeit eines friedlichen Übergangs zu einem konstitutionellen System in Deutschland. Im Mai und Juni machte er wieder eine Besuchsrunde in Belgien, Holland und der Schweiz. Von Mitte Juli bis Mitte August hielt er sich in England auf; dann reiste er nach Holland, um Freunde aus Deutschland zu treffen. Anfang September fuhr er wieder nach Amerika. Lowell House in Harvard war inzwischen H. B.s amerikanisches Heim geworden, aber noch jahrelang schien er es nur als zeitweiligen Unterschlupf zu betrachten. Je mehr sein Seminar in Harvard zur Gewohnheit wurde, um so besser wurde er auch mit Kollegen in Harvard und in Boston bekannt. Er wurde nicht nur bei gesellschaftlichen Anlässen eingeladen, sondern auch zu Vorträgen gebeten, und dazu fühlte er sich jeder Gruppe gegenüber, die Interesse für die Verhältnisse in Deutschland bezeigte, verpflichtet. Bis nach Kriegsausbruch hielt er Vorträge in Lehrerverbänden, Lehrerausbildungsstätten, privaten Klubs, Berufsverbänden, kirchlichen Organisationen und kleinen Schulen.

1937 erzielte Deutschland – wenigstens statistisch – ein Pro-Kopf-Einkommen in gleicher Höhe wie 1913. Die Weltwarenpreise jedoch, die seit dem tiefsten Punkt der Depression im Jahr 1934 ständig gestiegen waren, zeigten im Mai 1937 einen Abwärtstrend und fielen während des ganzen Jahres 1938 weiter. Der amerikanische liberale Volkswirtschaftler Galbraith vertritt die Ansicht: „Die große Depression der dreißiger Jahre hörte nie auf; sie ging in der großen Mobilmachung der vierziger Jahre unter.“ Die britische Regierung, die in politischer „Instabilität“

eine Bedrohung des Wohlstands sah, bemühte sich während des Jahres 1937 um ein Abkommen mit Deutschland, das die Rückgabe der überseeischen Vorkriegskolonien vorsah und das die deutsche Regierung stabilisieren sollte. Die britischen Dominions waren noch pazifistischer; mit Ausnahme von Neuseeland äußerten sie bei der Empire-Konferenz im Mai die Absicht, Großbritannien bei einer eventuellen militärischen Verwicklung auf dem europäischen Festland nicht zu unterstützen. Das französische Verteidigungsbudget wurde für die Jahre 1937 und 1938 verdoppelt.

Die amerikanische Innenpolitik wurde beherrscht von der Auseinandersetzung zwischen Präsident Roosevelt und dem Obersten Bundesgericht, das 1935 und 1936 einige wichtige New-Deal-Gesetze für nicht verfassungsmäßig erklärt hatte. Im Februar legte Roosevelt dem Kongreß Vorschläge für eine „Neuorganisierung" des Gerichts vor, die es ihm ermöglicht hätten, zusätzliche Richter zu ernennen, um eine Mehrheit für seine Reformen zu erzielen. Die darauf folgende erregte öffentliche Diskussion erinnerte an die großen Verfassungsstreitigkeiten des 19. Jahrhunderts, und nach den Kongreßwahlen von 1938 nahm man von der Gerichtsreform Abstand. Im Mai wurde ein erweitertes US-Neutralitätsgesetz angenommen, das den Handel mit kriegführenden Ländern stark einschränkte und den Kredit für solche Länder sperrte.

Im Sommer 1937 erreichten die Säuberungen in Moskau ihren Höhepunkt; schätzungsweise 6000 russische Offiziere vom Oberst an aufwärts wurden verhaftet, und 1500 von ihnen wurden hingerichtet. Japan begann im Juli mit einem großangelegten militärischen Feldzug in Nordchina und verhängte eine Blockade über die südchinesische Küste. (Da keine offizielle Kriegserklärung vorlag, waren Japan und China im Sinne des US-Neutralitätsgesetzes keine „kriegführenden Mächte".) Japanische Streitkräfte eroberten im Juli Peking und Tientsin, im November Shanghai und im Dezember Nanking.

** 1. Februar, New York, H. B. an A. J. M. Cornelissen*

... Es ging mir einige Zeit nicht besonders gut, und ich war vierzehn Tage im Krankenhaus ... Auf Anraten der Ärzte gehe ich eine Zeitlang nach Kalifornien[1], aber meine Adresse bleibt die gleiche. Könnten Sie bitte das Katholische Komitee in Utrecht warnen und ihm sagen, es solle sehr vorsichtig sein mit dem Herrn, der angeblich von der Deutschen Arbeitsfront kommt. Ich fürchte, es ist einer von denen, die letztes Frühjahr nach Holland kamen ... Ich danke Ihnen sehr, daß Sie sich mit den Nachforschungen wegen meiner Schwester so große Mühe machten. Es hat sich jetzt alles geklärt; Briefe, die sie im November und Dezember nach Boston adressierte, wurden von dort nach England geschickt, und ich erhielt sie endlich vor ein paar Tagen ...

(1) Zusammen mit den Andersons und ihrer Freundin Katharine Wallace fuhr H. B. am 3. Februar mit dem Zug von New York nach Kalifornien und kehrte am 10. März nach New York zurück.

** 13. April, New York, H. B. an Hugh Diman*

... In Kalifornien erholte ich mich so weit, daß ich die längst zugesagten Vorlesungen in Dartmouth[1] halten und an einigen Diskussionen in Harvard[2] teilnehmen konnte. Es tut mir außerordentlich leid, daß ich Sie dieses Mal nicht besuchen konnte. Ich hoffe, daß ich vielleicht im September wieder in die Vereinigten Staaten kommen und einige Zeit in Harvard bleiben kann ... Nach allem, was ich aus Briefen erfahre, hat die päpstliche Enzyklika[3] sehr großen Eindruck gemacht, aber sie kam zu spät, um die Jugend und die katholischen Schulen zu retten. Wäre sie ein Jahr früher ergangen, so hätten die Eltern dem Nazidruck wegen der staatlichen Schulen widerstanden. Nachdem sie in ihrem Kampf gegen den totalitären Staat so oft von der Hierarchie alleingelassen worden waren, kamen sie allmählich zu der Ansicht, die Hierarchie wolle nicht, daß der Kampf weitergehe ... Ich persönlich glaube, daß, wenn der Vatikan und die Bischöfe mit der starken Haltung der Enzyklika weitermachen, die Situation etwas hoffnungsvoller werden kann . . . Es ist momentan sehr schwierig, Vorhersagen zu treffen; es gibt so viele Imponderabilien. Wenn sich die allgemeine internationale Lage so entwickelt, daß die Nazis einen weiteren außenpolitischen Prestigeerfolg erringen, wird es ihnen natürlich gelingen, die Unzufriedenheit noch ein Jahr zurückzudämmen. Wenn sie keinen solchen Erfolg erringen und wenn sie in der Zwischenzeit keinen zusätzlichen Kredit erhalten, ist eine akute Wirtschaftskrise sehr wohl möglich, falls die Ernte so schlecht ist wie die letztjährige. Aber weniger denn je glaube ich, daß die religiöse Situation auf die Dauer von solchen wirtschaftlichen Entwicklungen beeinflußt wird. Die Kirche hat nun eine klare Haltung, sie lehnt demütigende und verwirrende Kompromisse ab, und es kann noch viel für die Zukunft gerettet werden, obgleich die gegenwärtige Lage düster aussieht . . .

(1) Bei den vier „Moore-Vorlesungen" vom 16. bis 19. März am Dartmouth College in New Hampshire sprach H. B. über den intellektuellen und psychologischen Hintergrund des Faschismus und über die besonderen Schwierigkeiten der deutschen Demokratie. Wiederum konfrontierte er „die durch Spielregeln geschaffene Stabilität", bei der wie in den angelsächsischen Ländern traditionelle Formen respektiert werden, mit der abstrakteren, kompromißlosen Haltung deutscher Parteien. Er hielt eine starke Demokratie auf die Dauer zwangsläufig für stärker als eine totalitäre Regierung, weil sich Diktaturen seiner Auffassung nach auf Unsicherheit, Ungewißheit und ständige emotionelle Erregung gründen, während eine demokratische Regierungsform es den Bürgern ermöglicht, die Tatsachen des wirtschaftlichen und internationalen Lebens zu erkennen. Er berührte die vorherrschende Tendenz zu übersteigerter Zentralisierung und brachte in diesem Zusammenhang eine ausführliche Kritik am Reichskonkordat von 1933: * „Hätten sich die christlichen Kirchen in Deutschland der Sache der Freiheit verschrieben, so wäre es ihnen gelungen, auch diejenigen zu sammeln, die früher nicht tief religiös waren. Das Christentum hätte die Religion der Nation werden können. Die überwiegende Mehrheit der Deutschen war in ihren allgemeinen Vorstellungen christlich, aber sie suchten eine lebendige Kirche, die mit den Bedürfnissen aller Schichten in enger Berührung stand. Da die Kirchen Ehrerbietung vor der Autorität lehren, auch vor der Autorität im öffentlichen Leben, sollten sie im Kampf gegen jede gewaltsame Usurpation von Autorität an vorderster Front stehen." (2) Bezüglich der Organisation der neuen Graduate School of Public Administration in Harvard, die damals für Angehörige des rasch anwachsenden Verwaltungsdienstes geplant wurde. (3) „Mit brennender Sorge", 14. März 1937.

* *N Mai, Deutsche Rüstungsausgaben*

Reginald McKenna, mit dem ich mich regelmäßig jedes Jahr nach meiner Rückkehr von den Vereinigten Staaten traf, rief mich an, als ich in England ankam. Wir sprachen stets über die Politik der Bank of

England, die Krediterweiterung und die Preisentwicklung und standen hinsichtlich dieser Themen in engem Einvernehmen. Bei unserem theoretischen Gespräch bemerkte ich beiläufig, der Beschäftigungsanstieg in Deutschland erkläre sich daraus, daß die Nazis meiner Berechnung nach monatlich 800 Mio. Mark für Rüstung aufwendeten[1]. McKenna wurde blaß. Er war sehr erregt und drängte mich, unverzüglich den Finanzminister [Neville Chamberlain][2] aufzusuchen. Ich sagte: „Verstehen Sie mich nicht falsch; ich glaube nicht, daß dies zwangsläufig Krieg bedeutet. Es bedeutet vielmehr, daß die britische Politik die Lage nicht länger ignorieren darf, sondern darauf hinzielen sollte, die legitimen Forderungen Deutschlands zu befriedigen und gleichzeitig klar zum Ausdruck zu bringen, daß kriegsähnliche Unternehmungen nicht geduldet werden." Ich lehnte es nicht ab, Mr. Chamberlain zu treffen, aber ich versuchte mit höflichen Worten, es zu vermeiden.

McKenna sagte, die Berichte des britischen Finanzattachés in Berlin[3] lauteten ganz anders. Ich drückte mein Erstaunen aus, denn meine Berechnung stützte sich auf deutsche Veröffentlichungen, und wer sich die Mühe machte, die Finanz-, Bank-, Steuer- und Beschäftigungsnachrichten seit meinem Ausscheiden aus dem Amt durchzusehen, mußte zum gleichen Ergebnis kommen. Dieses Gespräch führte offenbar zur Abberufung des Attachés.

(1) In Wirklichkeit lagen die reinen Rüstungsausgaben etwas darunter; wenn man aber die öffentlichen Investitionen für militärisches Bauwesen hinzunimmt, dürfte die Zahl sogar noch höher gewesen sein. (2) Neville Chamberlain (1869–1940), Minister für Nationalen Hilfsdienst (Konservative Partei) 1916–1917, Gesundheitsminister 1923 bis Januar 1924 und November 1924–1929, Schatzkanzler 1931–1937, Premierminister 1937–1940. (3) Vielleicht meinte H. B. hier den Handelsbeirat, der 1937 von Berlin nach Bolivien versetzt wurde, vielleicht auch einen „Ehren-Attaché", aber gewiß nicht den Finanzattaché Pinset, der in Berlin blieb. In der offiziellen Publikation *Documents on British Foreign Policy* fehlen die Jahre 1936 und 1937.

** 13. Mai, London, H. B. an Patrick Barry*

... Vor vierzehn Tagen kam ich hierher, und heute reise ich nach Holland ... Ich hoffe jetzt zuversichtlich, Sie entweder im Sommer hier oder im September in Huntington zu sehen. In der *Times* stand eine Notiz, Harvard habe mich eingeladen, im Herbst ein Seminar abzuhalten. Ich habe noch keine offizielle Aufforderung erhalten, aber ich glaube, daß es jetzt beschlossene Sache ist[1]. Am gleichen Tag, als diese

Nachricht in der *Times* erschien, wurde mir definitiv die Stellung eines Fellow am Queen's College in Oxford für die nächsten beiden Jahre angeboten. Natürlich kann das ursprünglich versprochene Honorar nicht ganz ausgezahlt werden, da ein vor einigen Jahren ergangener Parlamentsbeschluß die Höhe begrenzt. Trotzdem ist nun mein Leben bis zu einem gewissen Grad in den nächsten zweieinhalb Jahren gesichert.

Sofort nach meiner Ankunft ging ich in meine kleine neue Wohnung. Sie gefällt mir sehr gut. Die Zimmer sind zwar, wie Sie wissen, ziemlich klein, doch meine Freunde richteten sie so geschickt ein, daß sie viel größer wirken, als sie sind. Von meinen Fenstern aus überblicke ich einen großen Teil von London in Richtung Chelsea und Kensington. Aber zu Thomas Mores Haus ist es immer noch zwanzig Minuten zu Fuß . . .

Trotz der sehr pessimistischen Nachrichten von meinen Freunden in Deutschland glaube ich nicht an einen baldigen Zusammenbruch des Naziregimes. Sowohl den Nazis als auch Mussolini sind in letzter Zeit bei der Schwächung der Kleinen Entente große Fortschritte gelungen. Polen gibt sich wiederum viel Mühe, sich aus dem politischen Einfluß Frankreichs zu lösen und seine eigenen seltsamen Wege zu gehen. Hier scheint diese Entwicklung nicht unwillkommen zu sein. Selbst seriöse französische Zeitungen merken jetzt, daß England nicht in irgendwelche Unruhen in Osteuropa hineingezogen zu werden wünscht . . .

Die Verfolgung der deutschen Katholiken hat in jüngster Zeit stark zugenommen. Ich glaube, die Meldung von Hunderten von Prozessen gegen Priester und Nonnen wegen skandalöser Delikte hat einen großen Teil selbst der deutschen Katholiken ziemlich beeindruckt. Mit Ausnahme von fünf Fällen wurden diese Prozesse gegen Menschen angestrengt, die schon vor langem ihres Amtes enthoben oder aus ihren Orden ausgestoßen worden waren. Wie ich stets befürchtet hatte, fand die Geheime Staatspolizei die Akten dieser Fälle in den Archiven der Diözesen und der Orden. Ich schicke Ihnen einige Nazizeitungen, aus denen Sie ersehen können, wie in diesen Fällen Propaganda gemacht wird . . .

(1) Das Seminar fand im Herbst statt. Das Thema lautete: „Rohstoffe und Währungen in ihren Beziehungen und ihrem Einfluß auf die internationale Politik."

31. Mai, Melide, H. B. an Carl Friedrich

... Ich habe in Holland und hier eine Reihe alter Bekannter gesehen; die Stimmung in der Heimat ist außerordentlich schlecht, aber nirgendwo ist ein echter Ansatz zu einem Wandel vorhanden. Von der Lebensmittelseite her wird kein direkter Anstoß auf Änderung kommen. Die nächsten Monate werden außenpolitisch schon die Entscheidung bringen. An sich ist man in Frankreich und England neuerdings weitgehend bereit, wirtschaftlich und finanziell dem gegenwärtigen Regime entgegenzukommen. In Finanzkreisen geht dieser Wille so weit, daß man Kredite geben will ohne jede weitere Bedingung. Auch Mitglieder der belgischen Regierung scheinen dieselbe Auffassung zu haben. Dagegen scheint in Frankreich und England die Absicht zu bestehen, diese Hilfe an bestimmte Bedingungen zu knüpfen ... Der Quai d'Orsay und das Foreign Office scheinen sich darin einig zu sein, daß sie von Deutschland den Beitritt zu einem allgemeinen europäischen Sicherheitsabkommen verlangen müssen. Aber die englische öffentliche Meinung ist bei weitem noch nicht so weit ...

Juni, Melide, H. B. an Ludwig Perlitius

... Da sich eine Gelegenheit bietet, möchte ich Dir einige Worte treuen Gedenkens übermitteln lassen. So oft habe ich in der langen Zeit meiner Abwesenheit und meines Krankseins an Dich gedacht und hätte zu gerne gewußt, wie es Dir und den Deinen ging. Nur indirekt und sehr verspätet höre ich gelegentlich etwas von Dir. Leider muß man sich damit abfinden ... Langsam werden alle Fäden früherer Beziehungen dünner. Das ist verständlich. Für mich ändert sich in der Freundschaft und Wertschätzung aller, die sich als Menschen und Freunde bewährten, nichts. Meine Gedanken und meine herzlichen Wünsche sind stets bei ihnen.

Hoffentlich macht Dir die kleine Tochter [Monika] viel Freude. Sie wächst nun schon heran, wird aber sicher noch so munter und lustig sein wie früher. Sie wird für Dich und Deine Gattin sicher ein großer Trost sein. Ich erinnere mich so lebendig des Juni 1928, wo ich fünf Wochen dort in Altheide verlebte. Ich müßte eigentlich jetzt dieselbe Kur wie damals machen. Seit Dezember macht mir mein Herz viel zu schaffen. Aber die Ärzte sagen, es würde sich wieder beheben ... Für die nächsten zwei Jahre habe ich jetzt ein etwas ruhigeres und gesicherteres Leben vor mir, so Gott will. Der häufige Klimawechsel hat mich sehr angegriffen, aber ich habe jetzt wieder Hoffnung, volle Arbeitskraft wiederzuerlangen. Wann wird es ein Wiedersehen geben? . . .

* *21. Juni, Melide, H. B. an DeWitt Poole*[1]

. . . Ich danke Ihnen sehr für Ihre freundlichen Worte über meine Berufung nach Harvard . . . Im Januar werde ich meine Verpflichtungen in Oxford aufnehmen, wo mir eine zweijährige Fellowship am Queen's College angetragen wurde. Zwei Jahre zögerte ich, diese sehr freundliche Aufforderung anzunehmen, aber ich muß zugeben, daß ich das Klima in den Vereinigten Staaten nicht längere Zeit ertragen kann . . . Ich hoffe, daß sich die Politik der britischen Regierung bis Januar geklärt haben wird und daß die derzeitigen Unterhandlungen mit der deutschen Regierung[2] entweder zum Erfolg oder zu der Erkenntnis geführt haben werden, daß es nicht möglich ist, mit den gegenwärtigen Machthabern in Deutschland zu einer endgültigen Übereinkunft zu kommen. Bis eine solche Klärung eingetreten ist, ist es für mich aufregend und hemmend, in England zu leben. Ich treffe mich dort nicht gern mit Leuten, denn meine Bemerkungen im privaten Gespräch könnten die Situation kurzfristig beeinflussen[3]. . .

(1) Trat 1910 in den amerikanischen Konsulardienst ein, Berater an der Botschaft in Berlin 1926–1930, Leiter der School of Public Affairs in Princeton 1930–1948. (2) Seit Juli 1936 waren sporadische Verhandlungen geführt worden wegen eines „Westpakts" unter Einschluß von Deutschland anstelle des Locarnopakts; seit Anfang 1937 hatten vor allem zwischen Schacht und Leith-Ross, dem Finanzberater der britischen Regierung, Gespräche über die deutsche Teilnahme an einer allgemeinen Gebietsneuaufteilung in Zentral- und Westafrika stattgefunden, Anfang Juni hatten England, Frankreich, Deutschland und Italien erfolgreich über eine spanische Küstenüberwachung verhandelt. In London setzte man große Hoffnungen auf einen für den 23. Juni vorgesehenen Besuch von Neurath, der jedoch am gleichen Tag abgesagt wurde, an dem H. B. diesen Brief schrieb. (3) Dieses Hemmnis hat H. B. in einem Brief vom 9. Mai 1941 an Carl Friedrich noch stärker ausgedrückt: „Es wäre eine völlige Illusion zu glauben, daß irgendeine meiner Reden einen Einfluß auf die Stimmung in Deutschland haben könnte. Ich hasse den Gedanken, daß Leute mit politischem Einfluß hier in den Vereinigten Staaten die gleichen Illusionen hegen könnten, die eine solch verheerende Wirkung auf die britische Politik gehabt haben. Schon 1936 warnte ich führende Männer davor, zu glauben, daß irgendeiner der Emigranten einen Einfluß auf die Ereignisse in Deutschland haben könnte. Leider bestritten andere Exildeutsche meine Auffassung. Das ist einer der Gründe, daß die britische Regierung viele Jahre lang eine solch optimistische Auffassung über die zukünftige Entwicklung

in Deutschland hatte und daß sie in den ersten acht Monaten des Krieges versäumte, die nötigen Schritte zu unternehmen."

* *N 4. August, bei Winston Churchill*

Brigadegeneral [E. L.] Spears lud Tre[viranus] und mich zum Essen ein und fuhr uns anschließend nach Chartwell hinaus. Wir sahen Professor [F. A.] Lindemann wieder und einige andere, darunter Admiral [Sir Roger] Keyes[1]. Wir sprachen unter anderem über die Möglichkeit eines Aufstands der Wehrmachtsführer, falls Hitler in der Außenpolitik zu weit ginge, und sie ahnten die Gefahr einer Katastrophe in Europa.
Ich versuchte, Winston Churchill davon zu überzeugen, daß die britische Regierung unbedingt einen Maximalvorschlag von Bedingungen ausarbeiten müsse, auf die sie eingehen würde, falls Hitlers Regime gestürzt und ein Rüstungsbeschränkungsabkommen erzielt würde. Es war sehr deutlich, daß alle Anwesenden in erster Linie eine ziemlich emotionell gefärbte, pro-französische Haltung vertraten[2]. Es herrschte weniger das Bewußtsein einer Bedrohung des britischen Empire als das einer Bedrohung für Frankreich, dessen Niederlage Großbritannien auf dem europäischen Kontinent und in der ganzen Welt schwächen würde. Daß dies mehr oder weniger die Ansicht der ganzen Gruppe um Churchill war, zeigte sich bei einem Essen, das um die gleiche Zeit bei Spears stattfand[3].

(1) Flottenadmiral Roger Baron Keyes, 1935 verabschiedet, Parlamentsmitglied (Konservative Partei) 1934–1943 , Sonderverbindungsoffizier in Belgien 1940. (2) Churchills Arzt hielt 1945 fest: „Er liebt Frankreich wie eine Frau. In Winstons Augen ist Frankreich gleichbedeutend mit Kultur." (vgl. Charles Baron Moran, *Churchill*, Boston 1966, S. 241). (3) Um so mehr, weil die Regierungspolitik bis in das Jahr 1939 hinein durch tiefes Mißtrauen französischen Methoden und Absichten gegenüber gekennzeichnet war.

* *5. August, London, H. B. an Winston Churchill*

. . . Die politische Diskussion mit Ihnen und Ihren Gästen war mir sehr wertvoll. Beim persönlichen Gespräch mit Ihnen über einige Züge der internationalen Beziehungen glaubte ich, sehr offen sein zu müssen, obgleich ich mich in der Regel zurückhalte, denn trotz der derzeitigen Stimmung in allen Teilen Deutschlands, die regimefeindlicher ist als je zuvor, kann ich die Lage nicht sehr viel ändern. Ich bin froh, daß Sie meine Haltung so gut verstanden. Ich möchte nicht, daß die jetzige Reaktion auf die Zerstörung von Recht und Kultur in meinem Lande der Zukunft Deutschlands in der internationalen Politik zum Schaden gereicht. Ich hoffe, Sie werden nach Deutschland gehen und offen mit den Leuten reden. Das könnte die Zukunft tatsächlich beeinflussen, denn die Leute erkennen, welche Macht Sie in England haben . . .

* *N 7. August, Das wahre Deutschland*

Im Herbst 1936 hatte ich mit Dr. Brettauer, Tre[viranus] und anderen erwogen, eine Zeitschrift ins Leben zu rufen, die nach Deutschland hineingeschmuggelt und an den Widerstand in der Wehrmacht und an seine Anhänger im Land verteilt werden sollte. Als ich im Mai nach Melide zurückkehrte, diktierte ich ein Vorschlagskonzept für Artikel und Mitarbeiter der ersten Nummern. [Hans] Bauer, [Redakteur] der *Basler National-Zeitung*, stimmte dem Plan vom journalistischen Standpunkt aus zu, und ich schlug Rauschning[1] und Tre als Herausgeber vor. Tre besuchte mehrere mögliche Mitarbeiter, und Dr. Brettauer erklärte sich bereit, eine hohe Summe zu stiften, wenn noch jemand anderes den gleichen Betrag beisteuern würde.
In London unterhielt ich mich mit Dr. Demuth[2] über das Vorhaben. Er arrangierte ein Zusammentreffen mit Sir Robert Waley Cohen[3] am 7. August in Mr. [Leonard] Montefiores Haus. Ich entwickelte ihnen meine Gedanken. Die beiden Herren sympathisierten nicht mit der Tendenz der geplanten Zeitschrift, aber sie waren bereit, einen hohen Betrag zur Verfügung zu stellen, unter der Bedingung, daß ich selbst als Herausgeber aufträte. Das erschreckte mich, denn seit meinem Weggang aus Deutschland hatte ich nur für Vorlesungen Geld angenommen, und die Herren beabsichtigten offenbar, meinen Namen für propagandistische Zwecke zu kaufen. Höflich, aber bestimmt lehnte ich ab mit der (wahren) Begründung, daß mein Name keine Empfehlung sei in gewissen Kreisen, für die die Zeitschrift gedacht sei. Ich erklärte außerdem, es sei klüger, protestantische Herausgeber zu nehmen, die den Rechtsparteien angehört hatten, wie Rauschning und Tre. Die Herren versprachen in Erwägung zu ziehen, das für das erste Jahr nötige Geld bereitzustellen.
Das wahre Deutschland erschien später ohne mein Wissen und unter Ausschluß von Tre und Rauschning. Die Artikel hielten sich an meinen

Plan, waren aber zu oberflächlich abgefaßt, als daß sie die Menschen in Deutschland interessiert hätten, die ich ansprechen und für die ich in anderen Ländern Verständnis wecken wollte. Dr. Brettauer hatte [Carl] Spiecker[4] mein Konzept gezeigt, und Spiecker hatte [Willi] Münzenberg[5] hinzugezogen. Er hätte nichts Ungeschickteres tun können, denn die Leute in der Wehrmacht wußten genau, daß Münzenberg die Gelder der Kommunistischen Partei in Deutschland verwaltet hatte. Er hatte sie sicher nach Paris transferiert und betrachtete sie nun als Kredit zu seiner ausschließlichen Verfügung. Rauschning war sehr erzürnt, wollte aber den ursprünglichen Plan wieder aufleben lassen, aber er konnte sich nicht ganz von Spiecker trennen. Unter diesen Umständen lehnte ich es ab, noch etwas mit der Sache zu tun zu haben.

(1) Hermann Rauschning, wurde 1933 als Nationalsozialist Präsident des Danziger Senats, legte im November 1934 sein Amt nieder und emigrierte 1936. Sein Buch *Die Revolution des Nihilismus*, Zürich 1938, Neuauflage Zürich 1964, war eine internationale Sensation. (2) Dr. F. Demuth, Leiter der Londoner „Notgemeinschaft deutscher Wissenschaftler". (3) Generaldirektor der Shell Transport and Trading Co. (4) Journalist, in der Nachrichtenabteilung des Auswärtigen Amtes 1917–1919, Staatskommissar in Oberschlesien 1919–1922, bei der *Germania* 1922–1923, Ministerialdirektor in der Presseabteilung des Auswärtigen Amtes 1923–1925, Pressechef für Wilhelm Marx in der Präsidentschaftswahl 1925, unter Joseph Wirth für Reichsinnenministerium tätig 1930–1931. Emigrierte 1933 nach Paris, gab 1937 die *Freiheitsbriefe* heraus, die mit französischer diplomatischer Hilfe nach Deutschland geschmuggelt wurden. Ab 1941 in Kanada. Seine Beziehung zu Münzenberg beschreibt Babette Gross in *Willi Münzenberg*, Stuttgart 1967, S. 309, 314. Seine Beziehung zu den englischen Abwehroffizieren, die 1939 von der Gestapo in Holland entführt wurden, erwähnt Theodore Draper in *The Six Weeks War*, New York 1944, S. 15. (5) Mitglied des Reichstags (Kommunist) und sehr erfolgreicher Propagandist. Emigrierte 1933 nach Paris. Trennte sich öffentlich von der Kommunistischen Partei im Herbst 1938 (vgl. Gross, *Willi Münzenberg*, S. 316).

* *N August, Dr. Paul Legers*

Als ich nach Nijmegen kam [9. August], war Dr. Paul Legers, der stets wertvolle Informationen über das Fortschreiten der Rüstung und über die Verhältnisse in Industrie und Finanzwesen mitbrachte, drei Tage lang dagewesen, aber schon wieder nach Deutschland zurückgekehrt. Er fuhr mit einem direkten Zug zur Grenzstation. Der SS-Mann, der ihn durchsuchte, fand in seiner Tasche ein Protokoll der Zusammenkunft seines Industrieverbands [Kleineisen-Verband] und einige Kommentare aus *Le Temps*. Mit Mühe überredete er den Mann, ihn nach Holland weiterfahren zu lassen, unter der Bedingung, daß er sich binnen 24

Stunden nach seiner Rückkehr bei der Gestapo in Wesel meldete. Wir anderen waren uns nicht im klaren, was er tun sollte, aber er hatte sich tapfer entschlossen, die möglichen Konsequenzen zu tragen. Die Gestapo inhaftierte ihn ein halbes Jahr und drohte ihm mit einem Hochverratsprozeß, aber schließlich wurde er auf freien Fuß gesetzt. Er verlor seine Stellung und lebte in Berlin in ziemlich unguten Verhältnissen. Ein weiterer Grund, die Freunde vor einem Besuch in Holland zu warnen.

* *27. August, London, H. B. an Frederick Sackett*

. . . Ich fürchte, daß die fernöstliche Lage zusammen mit den spanischen Angelegenheiten[1] England nicht erlauben wird, einen festen Standpunkt einzunehmen, wenn in Mitteleuropa irgend etwas geschieht, vor allem da Rußland derzeit nicht imstande ist, eine starke Politik zu machen, und da auch die innere Lage in Polen und der Tschechoslowakei sehr verworren ist. Frankreich will Frieden und Ruhe. Ich glaube, Mr. Chamberlain spürte die drohenden Gefahren sehr deutlich und wollte mit Mussolini zu einer Übereinkunft kommen, aber eine sehr starke Fraktion im britischen Kabinett möchte lieber eine Übereinkunft mit den Nazis erzielen . . . Ich habe erfahren, daß konservative Parlamentsmitglieder, die Mr. Chamberlains Politik stark begünstigten, deren Wahlkreise aber im Norden liegen, jetzt große Angst vor der Reaktion ihrer Wähler auf die pro-italienische Einstellung des Kabinetts haben . . .

Die wenigen weitblickenden führenden Persönlichkeiten der deutschen Wehrmacht sind sich vollkommen im klaren darüber, daß das Land am Rand der wirtschaftlichen Katastrophe steht. Ab und zu sprechen sie mit anderen über die Möglichkeiten eines radikalen Wandels, aber immer wieder verschafft eine neue internationale Situation den Nazis plötzlich unerwartete Chancen. Die Wehrmachtsführer scheuen sich, zur Tat zu schreiten. Ich fürchte, wenn sie noch ein Jahr zögern, wird es zu spät sein, überhaupt noch etwas zu unternehmen . . .

(1) Japanische Truppen hatten Ende Juli Peking und Tientsin eingenommen und setzten ihren großangelegten Feldzug in Nordchina fort. Nachdem Ende Mai ein deutsches Schiff vor der spanischen Küste bombardiert worden war und Italien und Deutschland sich von der internationalen Überwachung der spanischen Küste durch den Nichteinmischungsausschuß zurückgezogen hatten, war es im Mittelmeer zu zahlreichen Fällen von „Piraterie" gekommen. Am 9. September wurde eine neue internationale Küstenkontrolle eingesetzt.

** 28. August, London, H. B. an Winston Churchill*

... Ihre drei Artikel über Hitler, Hindenburg und den Kaiser[1] packten mich. Besonders gefiel mir Ihr Artikel über den Kaiser; es ist die zutreffendste Analyse seines Charakters, die ich je gelesen habe. Das tragische Schicksal eines Mannes in einer hohen Position, wie Sie es darstellen, können wir in Deutschland leider selten erfassen. Ich selbst habe den Eindruck, daß der Kaiser ein Mann mit großen Fähigkeiten war, der schwierige Situationen sehr leicht überblickte und den Willen besaß, die Kluft zwischen den rückständigen Großgrundbesitzern im Osten und den hochqualifizierten Arbeitern im Westen und Süden zu überbrücken, die stets die Masse der Konservativen in Deutschland bildeten. Er war entsetzlich enttäuscht, weil seine Tendenz überhaupt nicht verstanden wurde. Er wußte, daß er Freunde brauchte, die ihn bei seinem Versöhnungswerk unterstützten, aber wie so viele Menschen dieses Charakters umgab er sich mit Freunden, die ihm mit äußerer Bewunderung lauschten, in Wirklichkeit aber seine Idee skeptisch betrachteten und seine Informationen dazu benutzten, seine Politik von Anfang an zu durchkreuzen.

... Seine ganze Einstellung wurde von Bismarcks giftiger Propaganda gegen ihn verdunkelt. Seine Sehnsucht nach enthusiastischer Freundschaft und vollem Verständnis für seine Ideen wuchs, aber er achtete nicht auf den Charakter seiner Freunde, solange sie phantasievoll waren und seinen Hang zur Romantik teilten. In dieser Beziehung glich er einigen deutschen Kaisern des Mittelalters. Es ist sehr bezeichnend für einen gewissen Teil der Deutschen, daß selbst heute noch die wirklich großen Kaiser wie Heinrich I., Otto I. und Friedrich II. nicht beliebt sind, während Otto II. und Friedrich I., die höchst romantisch, aber keineswegs konstruktiv waren, noch immer lebende Mythen und Legenden sind. Die beiden letzteren werden in Süd- und Mitteldeutschland allen anderen vorgezogen. Da die Menschen in diesen Teilen Deutschlands aufgeweckter sind als im Norden, beherrschen sie die öffentliche Meinung und zwingen diejenigen, die in der Politik den Ton angeben, langsam dazu, daß sie sich ihren Wünschen fügen. Dies geschieht durch Schmeichelei oder Kritik; Ihre diesbezügliche Erklärung in Ihrem Artikel halte ich für bewundernswert.

Merkwürdigerweise scheint Hindenburg eine Ausnahme zu sein, aber der Schein trügt. Der alte Mann war gescheit, listig und ganz phantasielos ... Aber er ließ es zu, daß andere ihn zum Mythos erhoben, gemäß dem Verlangen der erwähnten romantischen Bevölkerungsteile. Es war ihm nicht recht, und manchmal murrte er sogar darüber. Aber er gewöhnte sich so sehr daran, daß er allmählich einen Doppelcharakter annahm und es lernte, als die mythische Gestalt zu leben, zu der ihn die Deutschen gemacht hatten. Aus persönlicher Erfahrung muß ich gerechterweise sagen, daß der alte Mann zu seiner natürlichen Klugheit und Schlichtheit zurückkehrte, sobald er einen Ratgeber vor sich hatte, der ihm eine Situation ganz einfach erklärte, möglichst mit militärischen Analogien, und der vom Beginn des Gesprächs an die mythische Atmosphäre zerriß. Ich hatte den Eindruck, daß er sich sein Leben lang bemüht hatte, eine wesensmäßige, leicht weibische Sentimentalität zu überwinden. ... Seine angeborene Sentimentalität war möglicherweise der Grund für die Schwäche in seinem Charakter. Er war willens, jede Schwierigkeit mutig anzugehen, wenn er überzeugt war, dies sei seine Pflicht, aber wenn ihn Familienangehörige oder Freunde kritisierten, ließ er von seinen Überzeugungen ab ...

Ich weiß nicht, ob ich sehr viel zu Ihrem Artikel „Hitler and His Choice" sagen kann. Ihre Beschreibung der Gefühle des deutschen Volkes in den vierzehn Jahren nach dem Krieg und Ihre Charakterisierung der britischen Politik in dieser Zeit finde ich hervorragend. Ich möchte sagen, daß einige frühere Generalstabsoffiziere in all den Jahren seit 1919 sehr hart und ausdauernd für die Wiederaufrüstung Deutschlands gearbeitet haben. Die Besten unter ihnen sind dem Ausland kaum bekannt ... Sie wollten nie den zweijährigen Wehrdienst wieder einführen, sondern nahmen sich in gewisser Weise das Schweizer Militärsystem zum Vorbild. Deshalb strebten sie stets nach engem Kontakt mit den Gewerkschaften und überzeugten sie allmählich davon, daß die Demokratie in Deutschland nur gewahrt werden konnte, wenn die Arbeiter – wie in der Schweiz – bereit waren, für sie zu kämpfen. Willisen zum Beispiel leitete von seinem Geschäftsbüro aus die vier Fliegerschulen, die wir seit 1926 hatten, unterstützte aber trotzdem meinen Antrag auf Abschaffung der Bombenflugzeuge bei der Abrüstungskonferenz. Ich brauchte nur eine Viertelstunde lang mit ihm zu sprechen, um ihm begreiflich zu machen, daß eine Großaufrüstung der deutschen Luftwaffe automatisch zu einem neuen Militärbündnis zwischen England und Frankreich führen würde ... Das Kriegsministerium widersetzte sich lange der riesigen Ausweitung der Boden- und Luftstreitkräfte, die Hitler aus Prestigegründen verfocht. Erst als das Kriegsministerium im Sommer und Herbst 1933 erkannte, daß Nickel und andere

zur Wiederaufrüstung notwendige Metalle von fremden Ländern in großer Menge auf Kredit geliefert wurden, gab es nach, da es zu dem Schluß kam, daß in anderen Ländern kommerzielle Erwägungen vor rein militärischen Gründen vorherrschten . . .
Hitlers wirklicher Aufstieg begann erst 1929, als die deutschen Großindustriellen und andere es ablehnten, weiterhin Gelder an eine Menge patriotischer Organisationen auszuschütten, die bis dahin die ganze Arbeit für das deutsche „Risorgimento" geleistet hatten. Ihrer Ansicht nach waren diese anderen Organisationen in ihren sozialen Gedanken zu fortschrittlich. Sie waren froh, daß Hitler die Arbeiter radikal entrechten wollte. Die Geldspenden, die sie anderen Organisationen vorenthielten, flossen Hitlers Organisation zu. Das ist natürlich allerorts der übliche Beginn des Faschismus. Hitler hielt seine eigene Organisation aus jeder Zusammenarbeit mit der Reichswehr heraus. Er weigerte sich, an Vorbereitungen zum Schutz der Ostprovinzen gegen einen polnischen Angriff teilzunehmen. Er war der einzige Führer einer patriotischen Organisation, der dem passiven Widerstand im Ruhrgebiet[2] nicht beitrat. Er lehnte jede Übernahme von Verantwortung und jede Zusammenarbeit mit einer anderen Partei bei den dringendsten Aufgaben der Nation ab, da ihm einzig und allein daran lag, seine Kräfte für den Kampf im Innern bereitzuhalten. Das alles war dem Reichspräsidenten Hindenburg sehr wohl bekannt. Er haßte Hitler stets, weil er wußte, daß Hitlers Politik auf die Zerstörung der Nationalorganisationen und der Gewerkschaften abzielte, die in Oberschlesien[3] und bei den Auseinandersetzungen mit den Franzosen an der Ruhr und mit den Separatisten im Rheinland tapfer gekämpft und schwer gelitten hatten.
Die Jahre von Hitlers Aufstieg sind natürlich voller Schwierigkeiten. In deutschen Büchern über diese Jahre wird seine Politik entweder gepriesen oder verhöhnt. Die meisten Menschen, die Hitler fürchtete, wurden – soweit sie der Öffentlichkeit bekannt sind – am 30. Juni 1934 umgebracht oder tauchten unter oder leben im Exil; er wollte sie loswerden, da sie Zeugen einer sehr dunklen Zeit seines Lebens waren. Viele frühere Separatisten und Kommunistenführer bekleiden dagegen heute hohe Positionen in der Nazipartei. Nur langsam wird dies dem deutschen Volk bewußt. Die Masse der Wehrmachtsangehörigen beeindruckt es nicht besonders. Für sie – aber natürlich nicht für Männer wie General von Fritsch – ist die Hauptsache, daß Deutschland wieder ein Heer von 800000 Mann besitzt. Schon 1932 war es Hitler gelungen, sich Blombergs und anderer Offiziere zu versichern . . .

(1) Die Artikel wurden in Churchills Buch *Great Contemporaries*, London 1937, aufgenommen. Churchill, der als Gast Kaiser Wilhelms II. begeistert den deutschen Manövern beigewohnt hatte, schrieb: „Die Zeit hat ihm eine paradoxe Revanche gebracht. Der größere Teil Europas, insbesondere seine mächtigsten Feinde, Großbritannien und Frankreich, würden die Restauration der Hohenzollern, vor der sie früher zurückschreckten, als verhältnismäßig hoffnungsvolles Ereignis betrachten." Von Hitler schrieb er: „Man kann nicht voraussagen, ob Hitler der Mann sein wird, der einen neuen Weltkrieg entfesselt ... oder ob er als der Mann in die Geschichte eingehen wird, der die Ehre und den Frieden des großen germanischen Volkes wiederherstellt." (2) 1923. (3) 1920.

30. August, Steiermark, Maria Brüning an H. B.

... Ich hoffe, in einigen Tagen auch auf die Brünner Hütte zu kommen, allerdings ein Aufstieg von 1000 Metern. So ganz einfach ist das nicht mehr. Vor zwei, drei Jahren konnte ich es mit ziemlicher Leichtigkeit leisten. Das ist nun wohl vorbei. Leider! ... Wie gut, daß Du Gesellschaft[1] hast und auch alte Bekannte darunter. Und drüben bist Du nun auch nicht mehr fremd, sondern wirst von so vielen Menschen mit Freuden erwartet ... In München habe ich den Vetter Klemens [Baeumker][2] und seine Mutter besucht und einen sehr schönen Tag mit ihnen verlebt. Beide sind unverändert in der Freundschaft für Dich. Sie waren sehr begierig, Näheres von Dir zu hören ... Was macht denn Püppchen[3]? Hat sie ihre Schüchternheit etwas abgelegt? Mit ihrem Besuch bei mir wird es wohl dieses Mal nichts werden. Bis Ende des Monats werde ich sicherlich noch bei J[ascheks[4] in Wien] bleiben. Ich würde mich sehr freuen, dorthin Nachricht von Dir zu bekommen ...

(1) Patrick Barry und Dannie Heineman reisten im September mit dem gleichen Schiff wie H. B. nach New York. (2) Korvettenkapitän a. D. Klemens Baeumker, der H. B. besonders nahestand, Sohn des Philosophieprofessors Klemens Baeumker, Enkel von Elisabeth Brüning. (3) Hertha Tennstedt hatte H. B. mit ihren Eltern im Juni/Juli in Melide besucht und war im August/September mit H. B. in England. (4) Hofrat a. D. Josef Jascheck und seine Frau Fannie geb. Westrick, die in Münster in Westfalen aufgewachsen und mit Maria Brüning befreundet war.

* *1. September, London, H. B. an Henry Stimson*

... Ehe ich mich am Sonnabend nach den USA einschiffe, möchte ich Ihnen und Ihrer Frau Gemahlin noch einmal für die Freude danken, die Sie mir mit dem Zusammensein hier in England[1] bereitet haben ...

Der politische Himmel ist wiederum sehr umwölkt, und hier in London herrscht große Niedergeschlagenheit. Alle, die ich letzte Woche traf, begannen spontan von dem riesigen Fehler zu reden, den die englischen Politiker begingen, als sie Sie 1931 und 1932 nicht unterstützten[2]. Ich neige immer noch zu der Annahme, daß Signor Mussolinis Besuch bei Herrn Hitler[3] einem guten Zweck dienen wird. Ich vermute, daß Mussolini versuchen wird, Hitler zu einer gemäßigteren Politik zu bringen, das heißt keinen Angriff auf die Tschechoslowakei und Österreich zu unternehmen. Allerdings haben die inneren Machenschaften der Nazis in Österreich in letzter Zeit stark zugenommen. Ich glaube, der Lauf der internationalen Politik wird sich in den nächsten sechs oder acht Monaten klar entscheiden . . .

(1) Stimsons waren wie öfters im Juli in London angekommen und von dort nach Schottland gefahren, wo sie den August und September verbrachten. (2) Zwischen den beiden Weltkriegen hatte Stimson als Außenminister bei weitem am stärksten die Initiative ergriffen, um die Vereinigten Staaten zur aktiven Beteiligung an der internationalen „Stabilisierung" zu bewegen und mit dem Völkerbund in der Entwicklung eines internationalen Rechts zusammenzuarbeiten. Obwohl er die Zusammenarbeit mit Großbritannien für den unerläßlichen ersten Schritt hielt, ließ ihn die britische Regierung 1932 bei seinen Bemühungen im China-Japan-Konflikt im Stich und unterstützte ihn nicht aktiv in Europa. (3) Für Mussolinis Reise durch Deutschland (25.–29. September) wurden höchst aufwendige Vorbereitungen getroffen.

15. September, Lowell House, Harvard University, H. B. an Dannie Heineman

. . . Wir unterhielten uns wiederholt auf der gemeinsamen Fahrt auf der „Empress of Britain" über das Verhalten und die Rolle, die Präsident Hindenburg bei dem Emporkommen der Nationalsozialisten gespielt hat. Sie baten mich, Ihnen doch einmal darüber meine letzten Auffassungen mitzuteilen . . .

Hindenburg wollte nicht, daß ich in die politische Arena hineinsteigen solle. Ich solle wie er auf einem unparteiischen Throne sitzen und mich von jeder Polemik freihalten. Das hätte meiner Natur sehr gelegen. Ich habe nichts mehr gehaßt als unfruchtbare Parteipolemik. Aber ohne Kampf und harten Kampf und ohne Handgemenge kann man keine revolutionäre Bewegung überwinden. . . . Das Staatsoberhaupt muß die Weisheit und die Abgeklärtheit des Richters haben, vor dem die Parteien leidenschaftlich plädieren, ohne daß es ihn seelisch tangiert. Das ist seine besondere Aufgabe und seine hohe und schwere Mission. Aber der

Premierminister kann nicht gleichzeitig die Rolle des Speakers of the House of Commons spielen; dann sind er und der Staat erledigt. Der Speaker muß schweigend vigilant sein, der Prime Minister handelnd, warnend und fechtend. Selbst als ich Hindenburg und seinen Sohn wiederholt in öffentlicher Debatte rettete, trug mir das nichts anderes ein als eine scharfe Verwarnung, ich solle mich nicht so stark an politischen Debatten in der Öffentlichkeit beteiligen. Das sollte natürlich bedeuten, daß ich wohl gegen die Linke, aber nie gegen die Rechte polemisieren solle.

Im objektiven und parteilosen Handeln und Denken müssen sich Staatsoberhaupt und Premierminister finden und übereinstimmen; nach außen hin muß der Premier kämpfen und, wie Bismarck sagte, „in die Drecklinie hinabsteigen" . . . Nur wenn das Staatsoberhaupt sieht, daß der Minister ernstlich das nationale Erbe gefährdet, ruft er einen anderen, um das Erbe zu retten. Alles das tut er in den Formen, in der Mäßigung und Weisheit eines alten Richters. Ich spreche von der Weisheit des „alten" Richters, um das zu betonen, was nur dem Staatsoberhaupt wesenseigen sein muß, was der verantwortliche Staatsmann besser von Natur aus nicht hat oder, falls es ihm gegeben ist, bewußt im gegebenen Augenblick beiseite stellen können muß. Sonst schafft er keine Kampfparole und wird nie seine Truppen in der Schlacht beisammenhalten. Das geht nur durch Kampf . . .

. . . Das Staatsoberhaupt muß ganz anders dastehen. Es darf keine Leidenschaft des schnellen Erfolges kennen . . . Es muß gegen seine Freunde, gegen seine Familientraditionen sich entscheiden, wenn das Recht, die Loyalität und das Bonum Commune es erfordern. Es darf keine zu große Vorliebe für einen einzigen seiner Staatsmänner in der Öffentlichkeit zeigen; es darf aber keinen von ihnen in die Wüste schicken, um sein eigenes Ungestüm zu decken und zu entschuldigen . . . Meine Erfahrungen in dieser Hinsicht lassen sich leicht zusammenfassen: Glücklich die Nation, deren Herrscher ein hohes und weites Ziel hat, das er mit dem Glauben und der nicht wiederkehrenden Kraft der Jugend verfolgt, der aber gleichzeitig die Schranken und die Weisheit des Richters vor Augen hat, der wie der Richter den Parteien die Freiheit des Kampfes in den überlieferten Formen gibt bis zu dem Grade, wo er zügelnd und mäßigend aufgrund seiner richterlichen Auffassung von seinem Amte eingreifen muß, der wie der Richter stets bereit ist, sich von schwerwiegenden Argumenten nach reiflichster Prüfung überzeugen zu lassen, aber Einflüsterungen nicht unterliegt und nicht Verstimmungen über ein scharfgeschliffenes Plädoyer, auch nicht der Ungeduld, daß das Finden des Rechtes über dem Streiten der Parteien zu lange dauert. Eine Nation, die ein Staatsoberhaupt hat, das jugendliche Kraft und Glauben mit der Weisheit und Ruhe des erfahrenen Richters vereinigen kann, wird selbst in den schwersten Augenblicken ihrer Geschichte niemals scheitern ...

* *N Goerdeler*[1] *in den Vereinigten Staaten*

Im September erhielt ich in Harvard einen Brief von Goerdeler, er sei in den Vereinigten Staaten und wolle mich sehen. Er mußte in den Süden fahren[2]. Ich empfahl ihn [John] Wheeler-Bennett. Bei Wheeler-Bennett bekam er einen Herzanfall und war mehrere Tage in Charlottesville [Va.] im Krankenhaus[3]. Ich drängte John [Wheeler-Bennett], ihn brieflich Vansittart zu empfehlen. Anfang Dezember traf ich Goerdeler im Hause von [G. P.] Bronisch[4] in Summit, New Jersey. Wir vereinbarten, uns nach meiner Rückkehr nach Europa in London oder Belgien zu treffen.

(1) Dr. Carl Goerdeler, Bürgermeister von Königsberg 1920–1930, Oberbürgermeister von Leipzig 1930–1936, Reichskommissar für Preisüberwachung 1931–1932 und 1934–1935. Aktiv und unverblümt übte er Kritik an der deutschen Autarkiepolitik und einer geschlossenen Kriegswirtschaft und befürwortete die Rückkehr Deutschlands zum internationalen Handel mittels der Abwertung der Reichsmark zu einer Parität, die von einer großen internationalen Anleihe gestützt werden konnte. Nachdem er Ende 1936 von seinem Posten in Leipzig zurückgetreten war, unternahm er weite Reisen als „Finanzberater" der Firma Robert Bosch (vgl. Gerhard Ritter, *Carl Goerdeler und die deutsche Widerstandsbewegung*, Stuttgart 1954, S. 152). Goerdeler schrieb H. B. Anfang September aus New York, am 3. Oktober mit Dank für eine Empfehlung an McKittrick und am 8. Dezember unmittelbar vor seiner Abreise nach Europa. (2) Goerdelers Reise war keineswegs geheim. Er bereiste die Südstaaten und sprach vor Handelskammern und Verbänden von Gemeindeverwaltungsbeamten über Preiskontrolle und Gemeindeverwaltung. In New York sprach er nicht nur vor einer geschlossenen Versammlung des Council of Foreign Relations, sondern auch bei einem Essen der deutsch-amerikanischen Handelskammer, bei dem auch der deutsche Generalkonsul anwesend war. In Washington suchte er die deutsche Botschaft auf und wohnte in dem prominenten Hotel Mayflower, wo er viele Besucher empfing. Er sah Hugh Wilson, der bald darauf Botschafter in Berlin werden sollte, und den Unterstaatssekretär Messersmith. In einem langen, für Hull und Roosevelt bestimmten Memorandum vom 11. Oktober befürwortete Messersmith „eine deutsche Regierung, mit der die Vereinigten Staaten und andere Länder normal verhandeln können"; dies werde automatisch die Spannung im Mittelmeerraum und im Fernen Osten verringern – auch Goerdelers und Messersmiths Freund Dannie Heineman trug dieses Argument in jenen Monaten vor (vgl. William L. Langer und S. E. Gleason, *The Challenge to Isolation*, New York 1952, S. 21). H. B. traf sich mit Goerdeler am 26. September im Hause von

Paul Betters, dem geschäftsführenden Sekretär der US-Bürgermeisterkonferenz in Alexandria, Virginia. (3) In den Jahren 1937/1938 und 1938/1939 las Wheeler-Bennett über internationale Beziehungen an der University of Virginia, Charlottesville. H. B.s eifriges Bemühen, für Goerdeler einen Kanal zu Vansittart zu schaffen, zeigt, wie unvollständig er informiert war. Seinen eigenen Memoiren zufolge „begann" Vansittart im Jahr 1935, Goerdeler „zu treffen". Das hält Herr G. P. Bronisch, dem ich viele Einzelheiten von Goerdelers Amerikareise verdanke, nicht für unwahrscheinlich. Bronisch war bei Goerdelers Zusammenkunft mit Eden 1934 in Berlin zugegen und wußte, daß er in regelmäßiger Verbindung mit Vansittarts Informant A. P. Young stand. Im Sommer 1937 war Vansittarts intensivster Versuch, im britischen Kabinett Unterstützung für Goerdeler zu finden, fehlgeschlagen. Im Dezember 1938, als ein neuer Außenminister und ein neuer Staatssekretär überlegten, ob sie Goerdeler die Art von Zusicherung, die er wünschte, geben sollten, meinte Vansittart, daß Goerdeler lediglich „ein Strohmann für die militärische Expansion der Deutschen" sei (vgl. Colvin, *Vansittart in Office*, S. 149–155 und *Diaries of Sir Alexander Cadogan*). (4) Gotthelf P. Bronisch, der dem Kollegium des Deutschen Städtetags angehört hatte und zwei Jahre zuvor in die USA emigriert war, organisierte viele von Goerdelers Reden in Amerika. 1941 wurde Bronisch Geschäftsführer der Vereinigung loyaler Amerikaner deutscher Abstammung. In einem Brief vom April 1952 an Professor Gerhard Ritter schrieb H. B. über ihn, er sei „ein sehr anständiger Mann, durchaus zuverlässig und positiv".

* *7. Oktober, Lowell House, H. B. an Frederick Sackett*

... Es tat mir sehr leid, daß Sie an der Eröffnungsfeier der Brown University[1] nicht teilnehmen konnten. Mehrmals fiel mir ein, daß ich nicht anwesend sein konnte, als Ihnen die Universität Tübingen den Dr. jur. h. c. verlieh. Die Feier war sehr würdig und eindrucksvoll ...

Ich habe meine Pflichten hier in Harvard aufgenommen und freue mich sehr über meine Arbeit. Freilich geht sie nur bis Weihnachten, und Ende Februar muß ich mit den Vorlesungen in Oxford beginnen. Ich weiß noch nicht, ob ich in den nächsten zwei Jahren in die USA zurückkehren kann. Das Reisen wird für mich schwierig, weil mein Paß im November 1938 abläuft. Es ist nicht einfach für mich, einen Nansen-Paß[2] zu bekommen, denn den neuen Bestimmungen zufolge wird ein solcher Paß nur für Emigranten ausgestellt, die durch Urteilsspruch exiliert wurden. Ich könnte von der niederländischen Regierung leicht einen Personalausweis erhalten, und man bot mir vor einiger Zeit schon einen an, aber das hilft mir nichts bei den sehr bürokratischen britischen Einwanderungsbeamten. Der arme Herr Treviranus mußte sechs Monate lang auf einen britischen Ausweis warten, der ihm längst versprochen worden war. Das britische Innenministerium scheint zu zögern, Verbannten, die in Deutschland politisch tätig waren, solche Papiere auszuhändigen.

Die Lage in Deutschland hat sich in den vergangenen zwei Monaten etwas verändert. Die Macht Himmlers, des Oberhaupts der Geheimen Staatspolizei, nimmt von Woche zu Woche zu. Seine Freunde reden ganz offen von einem Schlag gegen die gemäßigten Armeeführer, der Stalins Schlag von vor einigen Monaten[3] gleichen könnte. Sie glauben, sie könnten es wagen, da General Blomberg ganz falsche Eindrücke von der britischen Politik nach Deutschland zurückbrachte[4]; er sah nämlich in der vollendeten Höflichkeit, mit der man ihm begegnete, ein Zeichen der Schwäche und Unentschlossenheit. Schacht beabsichtigt, Reichsbankpräsident zu bleiben – unter dem Einfluß seiner Frau. Das wird sich als großer Fehler seinerseits erweisen, denn im Lauf der Zeit wird er immer mehr gedemütigt werden, und er verliert schon jetzt in Deutschland und im Ausland an Ansehen. Seine frühere Drohung, abzudanken, läuft völlig parallel zu der vom Februar 1930, als er sehr bestürzt war, daß Präsident Hindenburg sein Entlassungsgesuch sofort annahm. Im Nazihauptquartier herrscht derzeit große Unschlüssigkeit in allem ... Ich hoffe sehr, daß Präsident Roosevelts Unternehmen[5] nicht so wie das von Mr. Stimson in den Jahren 1931 und 1932 endigen wird ...

(1) Am 22. September war H. B. von der Brown University, an der Sackett studiert hatte, der Ehrendoktor der Rechte verliehen worden. (2) Seit 1922 wurden vom Völkerbund in Genf für Flüchtlinge besondere Ausweise ausgestellt als Paßersatz, die nach dem norwegischen Philanthropen Fridtjof Nansen benannt wurden. (3) Marschall Tuchatschewski und sieben weitere russische Offiziere aus den höchsten Rängen waren im Juni hingerichtet worden. (4) Blomberg hatte im Mai der Krönung König Georgs VI. in London beigewohnt. (5) Am 5. Oktober hatte Roosevelt in Chicago mit höchst dramatischen Worten zu einer „konzertierten Aktion aller friedliebenden Nationen" gegen „die Terrorherrschaft und internationale Gesetzlosigkeit" aufgerufen. Da Aggressorennationen „unter Quarantäne gestellt" werden sollten, wurde die Rede als „Quarantäne-Rede" bekannt. Sie stand in zeitlichem Zusammenhang mit einer Resolution des Völkerbunds vom 6. Oktober und einer formellen Verlautbarung des amerikanischen Außenministeriums vom 7. Oktober, mit denen die japanische Verletzung des Neunmächtepakts von 1922 verurteilt wurde.

** 8. Oktober, Lowell House, H. B. an John Wheeler-Bennett*

... Die vielen Bücher über das Naziregime, die Sie mir freundlicherweise aus New York zusandten, sind äußerst interessant ... aber es scheint sehr schwierig zu sein, hinter den Schleier zu blicken, der gegenwärtig über Deutschland gebreitet wird ... Ich erhielt einen Brief von dem Herrn, den ich am Sonntag vor acht Tagen in der Nähe von Balti-

more traf [Goerdeler]. Er möchte Sie sehr gern diese Woche besuchen. Falls mein Brief rechtzeitig ankommt, weisen Sie ihn doch bitte etwas auf die zukünftigen Schwierigkeiten hin. Ich kam zu dem Schluß, daß er das Gefühl unterschätzt, das überall langsam anwächst und für jede künftige deutsche Außenpolitik von großer Bedeutung sein wird. Selbst sehr weitblickenden Menschen in Deutschland fällt es heute schwer zu erkennen, was außerhalb ihres Landes tatsächlich geschieht[1].
Ich glaube, daß die britische Presse Präsident Roosevelts Rede[2] richtig sieht; aber wenn das Außenministerium später konkretere Maßnahmen ergreift, wäre es sehr schlimm, wenn die britische Regierung die gleichen Tendenzen wie 1931 und 1932 zeigen würde . . .

(1) Die rasch wechselnden Meinungen im Herbst 1937, sogar innerhalb der amerikanischen Staatsverwaltung, hätte jeden Beobachter verwirren können, und Goerdeler litt in dieser Zeit an einer schweren Krankheit. Er konnte deshalb nicht alle Vorschläge von Messersmith aufgreifen und mußte manchmal im Wagen liegend reisen. Die meisten Vorträge hielt er im konservativ-demokratischen Süden, wo seine wirtschaftlichen Argumente als willkommene Munition gegen die liberal-demokratische Regierung aufgenommen wurden. Die Amerikaner seiner unmittelbaren Umgebung waren nicht repräsentativ für den zunehmenden Antifaschismus und die steigende Deutschfeindlichkeit. James D. Mooney, der Präsident der General Motors Overseas Corporation, finanzierte Goerdelers Auftreten in Amerika, stellte ihm einen Wagen und einen Reisebegleiter zur Verfügung, Oberst a. D. Richard Adams, ebenfalls von General Motors Overseas Corporation. Noch im Oktober 1939 strebte Mooney zusammen mit H. Wohlthat und Nicholas Vansittart aktiv „eine deutsche Regierung, mit der die Briten verhandeln können", an, und im Juni 1940 forderte er öffentlich eine amerikanische Intervention, um „ein Arrangement" zwischen England und Deutschland „zu erzwingen", worauf ihn Roosevelt nicht wieder empfing (vgl. Louis Lochner, *Always the Unexpected*, New York 1956, S. 262–272, und *New York Times*, 4. August 1957 sowie *Saturday Evening Post*, 13. Juli 1940). Spencer Miller, Goerdelers freiwilliger Assistent in Amerika, arbeitete aktiv in der Stiftung für Bürgererziehung, die Thomas W. Lamont, Mitglied und später Vorsitzender der J. P. Morgan Co. und Direktor der U. S. Steel Corporation, ins Leben gerufen hatte. Lamont gehörte zweifellos zu jenen „2000 Männern", deren Obstruktion Roosevelt fürchtete und die Finanzminister Morgenthau in der wirtschaftlichen Rezession von 1937 mit dem Versprechen eines baldigen ausgeglichenen Budgets zu beschwichtigen versuchte. Am 23. Oktober widerlegte Lamont öffentlich Roosevelts Quarantäne-Rede. Er machte die amerikanische Aufregung lächerlich und kontrastierte sie mit der „Stetigkeit" europäischer „Realisten im internationalen Pokerspiel". Er widersetzte sich den wirtschaftlichen Sanktionen, die sich zwangsläufig aus Roosevelts Rede ergeben hätten, bezeichnete sie als „einfach eine andere Art von Krieg" und versicherte nachdrücklich, „niemand will Krieg", am wenigsten die europäischen Generalstäbe. Schließlich verurteilte er Roosevelts Wirtschaftspolitik, da sie die militärische Bereitschaft Amerikas behindere (vgl. John M. Blum, *From the Morgenthau Diaries*, Boston 1959, und *New York Times*, 24. Oktober 1947). Genauso schwierig war es im Herbst 1937, die offizielle amerikanische Politik zu durchschauen. Als der deutsche Botschafter in dem Bemühen, bessere Beziehungen, besonders bessere Handelsbeziehungen, herzustellen, am 21. Oktober an das State Department herantrat, wurde er freundlich empfangen. Da der amerikanische Export immer noch auf dem Tief der Wirtschaftsdepression war, wurden von der Abteilung für Handelsabkommen des State Department im

Dezember 1937 Empfehlungen für ein großangelegtes Handelsabkommen mit Deutschland fertiggestellt. Man argumentierte damit, daß „die beste Politik die Politik der Prosperität" sei. Angesichts der feindseligen öffentlichen Meinung sollten diese Empfehlungen nach den Wahlen im Herbst 1938 unterzeichnet werden (vgl. *New York Times* und *New York Herald Tribune* vom 17. Dezember 1948). Dieser Tatbestand könnte erklären, warum es Goerdeler im Dezember nicht gelang, Messersmith zu treffen, der strikt gegen jedes Abkommen mit den Nazis war. Messersmith hatte erwartet, daß Goerdeler ihn noch einmal aufsuchen würde, bevor er die Vereinigten Staaten verließ, und drückte H. B. gegenüber seine Enttäuschung darüber aus, daß das nicht der Fall war. Als gewissenhafter Beamter konnte Messersmith die laufenden deutsch-amerikanischen Verhandlungen H. B. gegenüber natürlich nicht erwähnen. Goerdeler war aber wahrscheinlich sowohl von deutscher Seite als auch von interessierten Amerikanern wie Mooney informiert und könnte ein Gespräch mit Messersmith als peinlich empfunden haben. Eine andere Erklärung für das Abreißen von Goerdelers Verbindung zu Messersmith liegt in dem Eifer, mit dem einige britische Geheimdienstler das „handling" ihrer europäischen „contacts" besonders gegen amerikanische Einmischung verteidigten (vgl. Treviranus, *Für Deutschland im Exil,* S. 82; R. Harris Smith, *OSS*, Berkeley, California, 1972). Auf diese Erklärung deutet auch H. B.s Bemerkung im April 1952 an Gerhard Ritter hin: „Ob Herr Reinhold Schairer Herrn Goerdeler von dem Besuch bei Messersmith abgeraten hat, wie einer meiner damaligen Freunde in Washington behauptete, kann ich weder bejahen noch verneinen." Angesichts der Briefe aus London, in denen Schairer sich für Goerdelers Termine in Amerika interessierte, lag diese Möglichkeit nicht fern. (2) Nachdem die Vereinigten Staaten, Japans größter Öl-, Eisen- und Baumwollieferant, im Juli die „gemeinsame Aktion" mit Großbritannien im Fernen Osten abgelehnt hatten, warteten die Londoner Zeitungen darauf, was Roosevelt jetzt im Oktober mit „konzertierter Aktion" eigentlich meinte. Der britische Außenminister wiederholte die früher geäußerte Ansicht, daß der Widerruf der amerikanischen Neutralitätsgesetze vielleicht hilfreich wäre, und der Premierminister kommentierte privat: „Es ist stets am sichersten und besten, von den Amerikanern nichts anderes zu erwarten als Worte" (vgl. Feiling, *Life of Neville Chamberlain,* S. 325).

* *9. Oktober, Lowell House, H. B. an George Messersmith*[1]

... Selbstverständlich ist es mir eine große Freude und Ehre, den Präsidenten zu sehen und mit ihm zu sprechen. Allerdings bin ich recht froh, daß die Unterredung verschoben wurde[2], denn unter den derzeitigen Umständen wäre es nicht gut, wenn etwas von meinem Besuch beim Präsidenten durchsickern würde ... Obwohl ich laufend ziemlich zuverlässig über die Lage in Deutschland unterrichtet werde und die künftige Politik der gegenwärtigen deutschen Regierung vielleicht vorhersagen könnte, wäre es doch möglich, daß ich mehr Schaden als Nutzen stifte, wenn ich versuche, meine Ansichten denjenigen einzuschärfen, die für die Außenpolitik anderer Regierungen verantwortlich sind.

Was ich mit dem Präsidenten – abgesehen von der Beantwortung seiner Fragen – besprechen möchte, ist die van-Zeeland-Mission[3]. Wie Sie wissen, hat der jetzige belgische König [Leopold][4] Pläne aufgegriffen, die ich im einzelnen über Mr. Heineman mit dem früheren König [Albert][5] erörtert hatte und die zu fördern König Albert im Sommer 1932 versprochen hatte. Ich wußte nichts von den Plänen des jetzigen Königs, ehe sie veröffentlicht wurden. Später wurde ich aufgefordert, nach Brüssel zu kommen und mich mit denen, die mit diesen Plänen am engsten verbunden sind, über die Vorschläge zu unterhalten, die ich König Albert im Frühjahr 1932 unterbreitet hatte[6]. In Brüssel drängte sich mir der Eindruck auf, daß der Plan aufgenommen wurde ohne die notwendige Rücksicht auf die derzeitigen Zustände in Europa. Daher könnte er mißlingen und dadurch das Ansehen des Königs sowie das der belgischen Regierung erheblich beeinträchtigen. Ich würde Ihnen lieber persönlich von meinen Eindrücken berichten. Ich hoffe sehr, daß die guten Absichten hinter den Plänen des Königs nicht wegen einer zu begeisterten Überzeugung von der Möglichkeit ihrer Verwirklichung fehlschlagen.

Angesichts der derzeitigen Verhältnisse in Europa können die Probleme des Königs und Herrn van Zeelands nicht so rasch gelöst werden, wie beide anzunehmen scheinen. Tatsächlich könnte es unter dem Einfluß des Königs sehr bald zu einem Stillstand kommen. Selbstverständlich sehe ich die unbedingte Notwendigkeit, daß Präsident Roosevelt eines Tages die Pläne des belgischen Königs unterstützen muß, soweit es ihm möglich ist. Wenn aber solche Schritte von seiten des Präsidenten zum Ziele führen sollen, ist es ratsam, seine öffentliche Billigung der van-Zeeland-Mission aufzuschieben, bis die Situation reif dafür ist. Sonst wird eine neue Anstrengung vergeblich sein wie so viele andere in den vergangenen Jahren. Ich glaube, daß der Augenblick für Präsident Roosevelt, seine Sympathie für die Pläne des Königs von Belgien öffentlich zu zeigen, kommen wird, sobald die britische Regierung näher vor einer Entscheidung über ihre Wirtschaftspolitik in Europa steht. Im April 1932 beging ich den Fehler, den enthusiastischen Versprechungen, die mir Sir John Simon in Genf persönlich gab[7], zu große Bedeutung beizumessen. Vierzehn Tage später erkannte ich, daß das britische Kabinett als solches zu diesem Zeitpunkt nicht bereit war, die Pläne zu unterstützen, die ich König Albert unterbreitet hatte. Ich hoffe sehr, daß andere diesen meinen Fehler nicht wiederholen werden . . .

(1) Amerikanischer Generalkonsul in Berlin 1930–1934, Gesandter in Wien 1934–1937, Unterstaatssekretär 1937–1940, Botschafter in Havanna 1940–1941, in Mexiko 1941–1942.
(2) Messersmith legte großen Wert darauf, daß Roosevelt H. B.s Ansichten hörte, und

hatte das Weiße Haus wegen eines Termins noch vor Roosevelts Reise in den Westen (23. September bis 5. Oktober) gedrängt. (3) Die Regierungen von Frankreich und England hatten van Zeeland im April aufgefordert, eine allgemeine Untersuchung anzustellen über „die Möglichkeit, die Hindernisse im internationalen Handel zu verringern". (4) Leopold III., König der Belgier 1934–1944 und 1950–1951. (5) Albert I., König der Belgier 1909–1934. (6) Siehe Brüning, *Memoiren,* S. 436f. (7) Wegen Vereinbarungen über einen freieren Handel in Südosteuropa.

* *8. Dezember, Lowell House, H. B. an Albert Ickler*[1]

... Sie fragen, warum ich am Union Theological Seminary sprach. Der einzige Grund ist, daß ich weiß, wie brennend sich diese Leute für den weltweiten Kampf um das Christentum und elementare ethische Grundsätze interessieren. Meine öffentlichen Auftritte haben nur ein Ziel: Ich möchte zeigen, daß das deutsche Volk nicht nur aus denen besteht, die jetzt an der Macht sind, und daß die Traditionen, die Deutschland groß gemacht und ihm die Bewunderung der Welt errungen haben, nicht ganz und gar tot sind.

Hinsichtlich Ihrer Bemerkungen über Regierungen mit sozialdemokratischer Partizipation darf ich Sie erinnern, daß einige Sozialdemokraten wie Severing[2] überzeugte Christen waren und jeden Sonntag mit ihrer Familie zur Kirche gingen, und daß in Preußen 80% der Kinder in Schulen erzogen wurden, in denen der Religionsunterricht vom Staat unterstützt wurde. Leider war und ist es nicht möglich, eine Regierung zu bilden, die nur aus echten Christen besteht. Daran ist weitgehend die Kirche vorhergehender Generationen und die alte Feindschaft zwischen den protestantischen Kirchen und der katholischen Kirche schuld, die weitblickende Menschen auf beiden Seiten nicht rasch genug überwinden konnten.

Ihre Frage, warum ich aus Deutschland wegging, brauche ich wohl kaum zu beantworten. Sie hätten sich die Mühe machen sollen, Ihr Gedächtnis aufzufrischen, ehe Sie sie stellten, denn es ist in ganz Deutschland bekannt, daß ich 1933 und 1934 Tag und Nacht von der Geheimen Staatspolizei überwacht wurde und daß viele Menschen verfolgt wurden, weil sie mir Gastfreundschaft gewährten. Darüber und über die Versprechungen, die 1933 beiden Kirchen in Deutschland gegeben wurden, spreche ich nicht, denn ich würde mich vor Fremden zu sehr für mein eigenes Volk schämen, wenn ich im einzelnen enthüllen würde, was in diesen Jahren tatsächlich alles geschah.

Ich glaube, die Aufgabe Ihrer Generation ist es, sich nicht von Propaganda blenden zu lassen, zum Besten einer großen Tradition zurückzukehren und jeden Menschen des Volkes ohne Rücksicht auf die politische Meinung zu lieben. Daran fehlte und fehlt es natürlich. Dieser Mangel an Verständnis, die Neigung, mehr kritisch als konstruktiv zu sein, warf das Volk stets gerade dann auf den Nullpunkt zurück, wenn die Früchte langen Kämpfens und Leidens in Reichweite zu sein schienen . . .

(1) Deutscher Theologiestudent am protestantischen Union Theological Seminary in New York. (2) Karl Severing (1875–1952), Reichsinnenminister (SPD) 1928–1930, preußischer Innenminister 1920–1921 und 1921–1926.

17. Dezember, im Zuge, Maria Brüning an H. B.

. . . Ich bin auf dem Rückweg von Trier, von Herbert Baumanns[1] Primiz. Es war eine sehr schöne, erhebende Feier, wo ich nun auch Dich zu gern dabeigehabt hätte. Hermanns [Hermann Brünings] Kelch, den ich hatte neu herrichten lassen, und die Alba, die Mutter für Hermann so wunderschön und sorgfältig gestickt hatte zu seiner Primiz, haben dem jungen Priester und seinen Eltern sehr große Freude bereitet. Eine große Wehmut beschlich mich, als ich Herbert in diesem Gewand, das Hermann vor 37 Jahren zum erstenmal und Weihnachten 1923 zum letztenmal getragen hatte, am Altare sah, wie er den Kelch emporhob, den Hermann an vielen Tagen seines Lebens in seinen Händen gehalten hatte. Wehmütig, und doch freute ich mich, daß beides in würdige Hände gekommen, und noch dazu für den jungen Verwandten, der sowohl Hermann als auch Mutter gekannt und nicht vergessen hat.
Auch die gesellige Feier war schlicht und doch recht schön. Leider kam ich dabei nur zum halben Genuß und mußte mich am folgenden Tag mit fieberhafter Grippe zu Bett legen. Nun geht es wieder einigermaßen. Ich möchte mich aber doch lieber zu Hause auskurieren und habe deshalb meinen Plan, mit Gerta Baumann und ihrer Familie Weihnachten zu feiern, aufgegeben. Diese Festtage gehen ja auch vorüber . . .

(1) Ältester Sohn von Gerta Baumann geb. Zimmersbach, Enkelin von Katharina Brüning.

18. Dezember, Lowell House, H. B. an Maria Brüning

. . . Mir geht es sehr viel besser. Das Wetter war diesen Herbst hier viel schöner als das letzte Jahr, und das wird sehr viel dazu beigetragen haben, daß ich mich so sehr erholt habe. Meine Tätigkeit macht mir sehr viel Freude. Leider wird es wohl nichts Dauerndes sein. Jedenfalls werde ich im Februar zunächst wieder längere Reisen machen müssen. Dann habe ich auch mehr Zeit, mich um andere Angelegenheiten zu kümmern, die ich bis dahin am besten ruhen lassen werde. Hoffentlich habe ich auf meiner Fahrt gutes Wetter. Von Deiner kleinen Freundin [Hertha Tennstedt] bekomme ich ab und zu muntere Briefe. Es scheint ihr sehr gut zu gehen. Auch von ihren Eltern habe ich jüngst gehört. Sonst höre ich aus der Heimat kaum etwas. Zwischen Weihnachten und Neujahr werde ich die Bekannten unseres Bruders sehen. Ich freue mich sehr darauf . . .

* *23. Dezember, Cambridge, H. B. an Henry Stimson*

. . . Ich habe heute Ihren neuen Brief[1] gelesen, und ich muß Sie dazu beglückwünschen. Ich hoffe, daß er große Wirkung auf die öffentliche Meinung hier hat, denn ich habe die Propaganda für das Ludlow Amendment[2] mit sehr großer Betrübnis und Niedergeschlagenheit beobachtet. Wenn die Demokratien ihre Augen vor den Verletzungen der geheiligtsten menschlichen Rechte völlig verschließen, ist es wirklich besser, den Gedanken ganz fallenzulassen, es gebe ein gemeinsames Ideal, für das es sich lohnt, Opfer zu bringen. Natürlich ist das, was zur Zeit geschieht, das Ende eines langen Prozesses . . . Es wird mir stets ein Rätsel bleiben, wie die britische Politik in all diesen Jahren so wenig weitsichtig sein konnte im Blick auf das, was geschehen würde.
Sie schrieben mir sehr skeptisch über Mussolinis Politik im Sommer dieses Jahres. Ich glaube, Mussolini war im Juli entschlossen, um jeden Preis mit England zu einer Verständigung zu kommen, aber als die Verhandlungen, die sofort beginnen sollten, vertagt wurden . . . wurde Mussolini nervös und glaubte, man stelle ihm eine Falle . . . Wenn Sie [Anfang Februar] in New York sind, wäre es eine sehr große Freude, Sie und Mrs. Stimson zu sehen. Ich hatte eine lange Unterredung mit Präsident Hoover[3] hier, und ich würde sehr gern einige Fragen klären, die mir bei dieser Unterredung in den Sinn kamen . . .

(1) In Form eines Briefes an die *New York Times* hatte Stimson am 7. Oktober eine lange Erklärung veröffentlicht, in der er die amerikanische „Neutralität zwischen Recht und Unrecht, zwischen Aggression und ihren Opfern" verurteilte und ein Verbot für Rüstungslieferungen an Japan forderte. Der Brief, der vor der Quarantäne-Rede vom 5. Oktober verfaßt worden war, schloß mit der hinzugefügten Aufforderung, Roosevelts Initiative wohlwollend aufzunehmen. Als Reaktion auf Roosevelts Rede war die isolationistische Tendenz in Amerika stärker geworden, und in einem weiteren langen Brief an die *New York Times* vom 22. Dezember versuchte Stimson zu erklären, daß „der internationale Krieg lediglich der Schlußakt lang hingezogener nationaler Politik, die Folge vieler früherer Entscheidungen und das Ergebnis vieler divergierender Erwägungen" sei. (2) Das Abgeordnetenhaus hatte beschlossen, einen schon lange vorliegenden Vorschlag des Kongreßmitglieds Louis Ludlow aus Indiana über einen Verfassungszusatz zu diskutieren, der eine Kriegserklärung durch den Kongreß von einer Volksabstimmung abhängig gemacht hätte: „Sollen die US dem Staat X. den Krieg erklären?" Nach einer außerordentlichen Kongreßdebatte wurde Ludlows Antrag am 10. Januar 1938 knapp zurückgewiesen. (3) Herbert Hoover (1874–1964), Quäker, wurde 1917 an die Spitze des Ernährungsamtes berufen, organisierte das amerik. Hilfswerk für Belgien, Deutschland, Österreich, Rußland und Polen; Handelsminister (Republikaner) 1921–1928, Präsident der Vereinigten Staaten 1929–1933. Er war ein Hauptvertreter des amerikanischen Nichtinterventionismus, nicht einer Politik der unbedingten Isolation. Im März 1938 hielt er dem Council on Foreign Relations in New York warnend vor Augen, daß ein Zusammenschluß der demokratischen Regierungen gegen die autokratischen Regierungen „all die häßlichen Züge der alten Religionskriege an sich tragen könne".

* *N Lage der Juden in Deutschland*

Im Winter 1937/38 rief Felix Frankfurter[1] an und bat mich, Herrn [Jacob] Landau[2] vom jüdischen internationalen Zeitungsdienst vor seiner Abreise nach Europa in Lowell House zu empfangen. Landau kam mit einem Sonderflugzeug abends in Boston an, blieb in Lowell House mit mir bis 11.30 und fuhr mit Sonderflugzeug wieder nach New York ab. Er wollte von mir hören, was ich über die Lage der Juden unter dem Hitlerregime und über mögliche weitere Gefahren dachte. Ich wiederholte, was ich Rabbi Baeck[3] im Hedwigshospital im Sommer 1933 und noch zweimal, im selben Jahre und kurz vor meiner Flucht, in nächtlichen Zusammenkünften im Hause von Prof. [Hans] Peters gesagt hatte: Falls eine starke und für ihn gefährliche jüdische Propaganda in der Welt einsetzte, würde Hitler vor nichts zurückschrecken[4].
Bereits im Frühjahr 1933 habe man gesehen, wie Hitler unmittelbar reagierte, als der Berliner Korrespondent eines New Yorker Blattes an einem außergewöhnlich ruhigen Abend gekabelt hatte, daß die Spree angefüllt sei mit treibenden Leichen von durch die Nazis ermordeten Juden. Sofort habe Goebbels „spontane Ausschreitungen" der SA gegen

jüdische Geschäfte entwickeln lassen; er drohte damals mit schärferen Maßnahmen, falls sich solche Propagandaberichte wiederholten. Ich sagte Rabbi Baeck damals, daß, wenn es den deutschen Juden nicht gelänge, ihre Glaubensgenossen im Auslande im Zaume zu halten, so würden sie besser daran tun, schon gleich zunächst die Kinder herauszubringen, dann ihre Kapitalien, wozu sie unter den damaligen Bedingungen Erlaubnis erhalten würden, wenn es in Form von Maschinen und anderen Produktionsmitteln geschähe. Ich riet dringend, sich mit der türkischen Regierung in Verbindung zu setzen, um eine Textilindustrie und ähnliche Industrien in der Türkei aufzubauen.
Rabbi Baeck, den ich immer besonders verehrt hatte, war sehr traurig. Er sagte, ich müsse doch verstehen, daß die alten jüdischen Familien mit der deutschen Geschichte verwachsen seien. Sollten sie eines Tages doch Deutschland verlassen müssen, so sei es besser, nach Palästina zu gehen, zumal die Juden östlich des Jordans große Landstrecken Bodens, der bei geeigneter Kultur sehr fruchtbar gemacht werden könne, von König Abdullah[5] jüngst erworben hätten. Ich erklärte Rabbi Baeck, daß die Araber nie gestatten würden, daß sich eine so große Zahl von Juden in Palästina ansiedeln würden. Als ich meine Bewunderung für Rabbi Baeck aussprach, wiederholte ich Herrn Landau, was ich schon einmal in London gesagt hatte: Rabbi Baeck sei der einzige „Christ" im Sinne der Bergpredigt, dem ich je begegnet sei.
Landau erklärte, Rabbi Baeck sei schwach und habe keinen jüdischen Kampfeswillen. Ich warnte sehr vor diesem Kampfeswillen; er würde zu entsetzlichen Missetaten gegen die Juden seitens Hitlers führen, der sich in einen Drohungsrausch hineinreden könne. Die Drohungen, die er dann in Gegenwart der anderen Nazibonzen ausspreche, müsse er ausführen, auch wenn er selbst davor Angst hätte, weil er sonst befürchten müsse, als „Schlapphans" verachtet zu werden. Die wilden Leute, die Hitler zusammengerafft hatte, seien die einzige Gefahr für ihn außerhalb des Kreises der alten Offiziere. Herr Landau sagte, der Kampf der Juden müsse mit allen Mitteln gegen die Nazis auf der ganzen Welt fortgesetzt werden. Ich erwiderte ihm, daß ich in diesem Falle das größte Unglück für das Judentum in der ganzen Welt voraussehe.
Ich habe gleich nach meinem Verlassen Deutschlands namhafte Führer der Juden in London davor gewarnt. Der Kampf könne nur geführt werden, wenn sich alle verschiedenen Religionsgesellschaften zusammentäten gegen Hitler, der jede positive Religion ausrotten wolle[6]. Die Juden möchten vielleicht Erfolge erzielen in ihrem isolierten Kampf

gegen Hitler, aber auf Kosten der vielen Hunderttausende von Juden, die in Hitlers Hände fallen würden. 1935 habe [Henry] Stimson mir eine Unterredung mit Felix Warburg[7] vermittelt. Ich habe drei Stunden auf Felix Warburg eingeredet, ein Komitee zu gründen mit Katholiken und Protestanten zur Bekämpfung der religionsfeindlichen Bestrebungen Hitlers, vergebens. Im Februar und März 1936 habe ich zweimal mit [Lincoln] Filene und [Louis E.] Kirstein[8] in Boston über die gleichen Fragen gesprochen. Diese Herren hätten es völlig verstanden, daß ein isolierter Kampf der Juden, mit Boykott und Übertreibungen der tatsächlichen „Ausschreitungen" der Nazis gegen Juden, Hitler nur zu weiteren, wirklichen Greueln treiben würde. Herr Landau wollte nichts von meinen Auffassungen wissen. Er sagte, der Kampf, der nicht ausbleiben könne, müsse bis zur endgültigen Beseitigung Hitlers durchgeführt werden.

(1) Professor an der Harvard Law School 1914–1939, zu dieser Zeit einer der engsten Berater Roosevelts; Richter am Obersten Bundesgericht der USA 1939–1962. (2) Prominenter Zionist, gründete 1919 die Jewish Telegraphic Agency in London und leitete sie bis 1951, gründete 1940 die Overseas News Agency in New York, die bis 1949 eng mit der JTA zusammenarbeitete. (3) Leo Baeck, Präsident der Reichsvertretung der deutschen Juden 1933–1943, Konzentrationslager 1943–1945, emigrierte 1946 nach England. Veröffentlichte unter anderem *Das Wesen des Judentums*, Berlin 1905 und *Dieses Volk*, Frankfurt 1955–1957. (4) Siehe ähnliche Warnungen von Rumbold März/April 1933, *Documents on British Foreign Policy*, 2. Serie, Bd. V, London 1956. (5) Emir Abd Allah, König von Jordanien 1921–1951. (6) Rabbi Baeck nannte in späteren Jahren das Ausbleiben eines Protestes der evangelischen und katholischen Kirchen gegen den ersten Naziboykott der Juden im April 1933 eine seiner größten Enttäuschungen. (7) Bankier einer Anlagebank in New York, Mitglied der National Conference of Jews and Christians, die zur Bekämpfung religiöser Vorurteile gegründet wurde und aus der sich 1938/1939 staatliche „Komitees von Protestanten, Katholiken und Juden" zur Verteidigung gemeinsamer religiöser Prinzipien entwickelten. (8) Präsident und Vizepräsident der William Filene's Sons Co. in Boston, die für ihre Pionierarbeit auf dem Gebiet der Gewinnbeteiligung für Angestellte weithin bekannt war. Beide Männer betätigten sich aktiv in zahlreichen bürgerlichen, kirchlichen und Arbeiterwohlfahrtsorganisationen, Kirstein auch in der National Conference of Jews and Christians.

1938

Als H. B. am 2. Februar aus Amerika in England ankam, hatte das internationale Drama des Jahres 1938 schon begonnen, doch sein persönliches Leben war etwas ruhiger geworden. Er kehrte in seine eigene Wohnung in London zurück; für das Sommertrimester hatte er einen Lehrauftrag in Oxford erhalten. Wahrscheinlich machte die zunehmende Bestürzung über die deutsche Aggressivität in Mitteleuropa H. B.s Position leichter als in den Jahren, in denen er als Schwarzseher gegolten hatte und in denen Vansittart nach seinen eigenen Worten „den Gemäßigten in Deutschland eine Chance geben" wollte, indem er jedes ernste Vorgehen vermied, „das Deutschland unter dem Naziregime einigen könnte". H. B.s Vorlesungen in Oxford sind spürbar freier als frühere Vorlesungen. Im März besuchte er Brüssel und Nijmegen und kehrte am 23. März nach England zurück; im April reiste er nach Melide; am 25. April kehrte er nach England zurück. Im Mai und Juni lebte er im Queen's College in Oxford und fuhr nur selten nach London. Mitte August war er wieder in Holland, um Freunde aus Deutschland zu treffen, ehe er sich im September nach Amerika einschiffte.

Zu Beginn des traurigen Jahres 1938 dachte niemand außerhalb Österreichs ernstlich daran, sich der Annexion Österreichs durch Deutschland, die am 14. März vollzogen war, zu widersetzen. Dies schwächte die Verteidigungsposition der Tschechoslowakei erheblich. Unmittelbar nach dem Anschluß erwog das britische Kabinett die Verteidigung der Tschechoslowakei, kam jedoch zu dem Schluß, daß das einen Weltkrieg bedeuten und dieser größere britische Streitkräfte im Fernen Osten erfordern würde, als in vorhersehbarer Zukunft verfügbar wären. Übereinstimmend mit der Meinung des Parlaments und der Öffentlichkeit beschloß das Kabinett, „das Risiko des Krieges" nicht einzugehen. Anfang März stürzte in Frankreich die Volksfrontregierung, die sich bemüht hatte, die französischen Bündnisse in Südosteuropa zu stärken; Daladier wurde für die zwei folgenden Jahre Ministerpräsident eines konservativen Kabinetts. Großbritannien erklärte sich im April bereit, die italienische Annexion Abessiniens anzuerkennen, wenn sich Italien als Gegenleistung aus Spanien zurückziehe. Das Abkommen sollte mit Beendigung des spanischen Bürgerkriegs in Kraft treten. Als der Krieg aber unerwarteterweise das ganze Jahr 1938 fortdauerte, wurde die Bedingung gestrichen; das Abkommen trat im November in Kraft.

Am 24. April veröffentlichte der sudetendeutsche Politiker Henlein sein „Karlsbader Programm" für Autonomie. An dem Wochenende vom 19. bis zum 21. Mai erfolgte auf Meldungen von deutschen Truppenbewegungen an der Grenze hin die tschechische Mobilmachung, und vorsichtige britische Warnungen ergingen an Berlin. Die Folge war, daß der Bau des deutschen Westwalls mit verstärktem Eifer vorangetrieben wurde. Anfang August besuchte der frühere britische Handelsminister Runciman als Vermittler im Streit um das Sudetenland die Tschechoslowakei. Nach umfangreichen deutschen Truppenmanövern, Teilmobilmachung in Frankreich, Unruhen und Kriegsrecht im Sudetenland besuchte der britische Premierminister Hitler (den er vor dem Kabinett als den „gewöhnlichsten Köter, den ich je gesehen habe", bezeichnete) am 1. September in Berchtesgaden und am 22./23. September in Godesberg. Auf Drängen von Roosevelt und Mussolini trafen sich Chamberlain und Hitler wieder, und zwar am 29. September in München, zusammen mit Daladier und Mussolini. Sie kamen überein, daß Deutschland das Sudetenland mit etwa 3,5 Millionen Einwohnern angliedern und in der Tschechoslowakei besondere Straßen- und Kanalrechte erhalten sollte. Polen wurde das Teschen-Gebiet mit 240000 Einwohnern zugesprochen; Ungarn erhielt den südlichen Teil der Slowakei mit einer Million Einwohnern. Die Slowakei und die Karpaten-Ukraine errangen die Autonomie innerhalb des tschechoslowakischen Staates.

Im Oktober wurden Kanton und Hankau von den Japanern eingenommen; Tschungking im Inneren wurde der Sitz der chinesischen Nationalregierung. Ende November versuchten die Sowjetunion und Polen, einen baltischen Block zur Verteidigung des Status quo zu organisieren, während Italien die Abtretung von Korsika und Tunesien verlangte. Am 6. Dezember wurde in Paris ein deutsch-französischer Freundschaftspakt unterzeichnet.

** 4. Januar, Lowell House, H. B. an Patrick Barry*

... Ich war einen Nachmittag in Washington beim Außenministerium, um zu klären, was mit mir geschieht, wenn mein Paß im November abläuft[1]. Ich eilte zurück, um die Cutler-Vorlesungen[2] zu diktieren, die ich nächste Woche in Rochester halten muß. Heute nachmittag habe ich sie beendet. Von Rochester muß ich noch einmal zwei Tage hierherkommen, um mein letztes Seminar zu halten. Möglicherweise kann ich dann zwei Tage nach Huntington gehen und von dort aus nach Chicago[3] und Cincinnati und Ottawa[4] ... Im Außenministerium bestanden sie darauf, ich solle noch einmal einen Nachmittag und Abend nach Washington kommen, um Mr. Hull[5] zu treffen und mit dem Präsidenten [F. D. Roosevelt] allein zu sprechen[6]. Sobald ich Nachricht vom Präsidenten habe, lasse ich Sie das genaue Datum meines Besuchs wissen ...

(1) Am 14. September 1938 erhielt H. B. von Douglas Jenkins, dem amerikanischen Generalkonsul in London, ein „Affidavit als Reiseausweis zum Gebrauch statt eines Passes" mit einem Paßbild, das die folgende unterzeichnete Erklärung enthielt: „Aus politischen Gründen ist es mir nicht möglich, einen gültigen Paß von der deutschen Regierung zu erlangen. Mein letzter Paß wurde von der deutschen Regierung in Berlin am 9. November 1933 ausgestellt." (2) In den drei Vorlesungen behandelte er eingehend die schädlichen Auswirkungen sowohl „der Unfähigkeit der Staatsmänner, 1914 den Krieg zu verhindern, 1916 und 1917 den Krieg zu beenden und 1918 und 1919 einen konstruktiven Frieden zu schließen" als auch der „menschlichen Neigung", um so weniger rational zu denken und zu handeln, je mehr sich die Probleme komplizieren, was „den Instinkt für Kompromisse, der die Grundlage der Demokratie ist", zu zerstören drohe. Sämtliche Nachkriegsregierungen seien zu schwach gewesen, um sich den Tatsachen der internationalen Lage zu stellen. Falsche Hoffnungen und zeitweilige Notbehelfe hätten Gelegenheiten geschaffen für totalitäre Regierungen, die nur im Sinne ständiger Unruhe und Unsicherheit „dynamisch" gewesen seien. Keine Garantie für Stabilität sei möglich ohne die Sicherung der Bürgerrechte. Mit „Geduld und Klarsicht", Kontinuität in der Wirtschaftspolitik, Beherrschung rein egoistischer Interessen und einer informierten Öffentlichkeit könne eine demokratische Regierung wirkungsvoller sein als eine totalitäre Regierung. Es bestehe keineswegs die unbedingte Notwendigkeit, daß die Demokratien „stets zwei Jahre hinter den Diktaturen herhinken", wie man häufig meine. Man habe Grund zu der Hoffnung, daß die Chautemps-Regierung, wenn sie sich an der Macht halten könne, die französische Finanzkrise überwinden würde. (3) Um am 20. Januar vor der Vereinigung amerikanischer Colleges und am 22. Januar vor dem Council of Foreign Relations in

Chicago zu sprechen. (4) Um am 28. Januar vor der Royal Commission on Dominion-Provincial Relations auszusagen. Der Ausschuß beriet damals über eine Reform der kanadischen Verfassung. H. B.s Aussage umfaßt im Protokoll 120 Seiten und betrifft vor allem die Funktionen der Landes-, Kreis- und Stadtverwaltungen der Weimarer Verfassung. Als die zwei wesentlichsten Merkmale eines erfolgreichen demokratischen Bundessystems bezeichnete H. B. die eindeutige Übertragung der finanziellen Verantwortung und ein tragbares Gleichgewicht zwischen allgemeinen Gesetzen, die vom Parlament erlassen werden konnten, und detaillierten Durchführungsbestimmungen für die Verwaltung. Auf die Frage, welche Bürgerfreiheiten er für wesentlich halte, nannte er als erstes die richterliche Unabhängigkeit – ,,Ein Richter sollte nicht abgesetzt oder verhaftet werden können, auch nicht in Zeiten des Notstands" – und als zweites vollständige Redefreiheit in politischen Fragen. Als besonders dringliche Probleme bezeichnete er die Presse- und Rundfunkaufsicht nur von beruflicher, aber unter keinen Umständen von staatlicher Seite sowie den Schutz vor dem Abhören von privaten Gesprächen. (5) Cordell Hull (1871–1955), amerikanischer Außenminister (Demokrat) 1933–1944. (6) Am 31. Januar. Seit über einem Jahr hatte Roosevelt eine amerikanische Initiative zugunsten einer internationalen Konferenz erwogen. Ende 1937 gab Staatssekretär Welles der Hoffnung Ausdruck, eine Konferenz werde ,,fundamentale Regeln für internationales Verhalten aufstellen" und Großbritannien und Frankreich bei dem Bemühen, mit Deutschland zu einer gütlichen Einigung zu kommen, unterstützen, was er begrüßen würde. Chamberlain entgegnete am 13. Januar 1938 auf einen Brief Roosevelts, eine solche Initiative könnte seine Unterhandlungen mit Italien zum Scheitern bringen. Roosevelt hielt den Gedanken einer Konferenz für einen fünfjährigen Abrüstungsplan und internationale Regelung des Warenverkehrs bis Mitte Februar aufrecht; da schloß der deutsche Druck auf Österreich die Frage vorübergehend ab. Im April 1939 trug er seinen Vorschlag wieder vor (vgl. *Foreign Relations of the U.S. 1937*, Bd. I, S. 665f.; *1938*, Bd. I, S. 115–117; Langer und Gleason, *Challenge to Isolation*, S. 25–28; siehe auch John Blum, *From the Morgenthau Diaries 1928–1938*, Boston 1959).

* *2. Februar, Washington, H. B. an Henry Stimson*

. . . Selbstverständlich beobachte ich mit sehr großem Interesse die Entwicklung der derzeitigen Situation in Deutschland. Der Kampf um die Nachfolge von Blomberg geht seit Juli weiter. Ich erhielt verschiedene Briefe, aus denen ich erfuhr, daß Himmler, der Chef der Geheimen Staatspolizei, schon im August und September ganz offen sagte, er wolle in Deutschland eine ähnliche Aktion wie die gegen Marschall Tuchatschewsky durchführen. Andererseits erwartet und begünstigt die englische Regierung seit zwei oder drei Monaten ein Göring-Regime. Ich stimme mit den Ansichten, die ich letzte Woche in Kanada hörte, nicht überein . . . hinsichtlich der Vorteile einer Situation, in der Göring als Nachfolger von Hitler volle Gewalt hätte. Das wäre zweifellos besser, als wenn Himmler sie hätte, aber ich fürchte, der Aufstieg Görings wird später die Vermittlungskraft der Heeresführer mindern. In Europa hängt jetzt alles davon ab, ob die Vollmachten von General von Fritsch

days to the Seminary if that is convenient to you. But I cannot let you know about that definitely. When I was at the State Department they insisted that I should come back for one afternoon and an evening to Washington to meet first Mr. Hull and spend the evening alone with the President. I could not refuse that this time. So I am waiting for news from the President. As soon as I have them I let you know the definite days for my visit. You will kindly keep these communication as only for you. In the meanwhile letters and newspapers might arrive for me at Huntington. Please keep them there until I arrive. They will not reach me otherwise.

Looking forward with great pleasure to see you and all friends at the Seminary

I am

as ever

yours sincerely

H. Brüning

und General Beck[1] nicht eingeschränkt werden. Ehe ich aus England abreiste, versuchte ich vergeblich, diese Tatsache gewissen einflußreichen Leuten nachdrücklich vor Augen zu stellen. Es erscheint im Augenblick hoffnungslos, irgend jemanden in der britischen Regierung dazu zu bringen, zuverlässigen Informationen zu trauen. Was Deutschland betrifft, so muß man deshalb passiv die Ereignisse abwarten . . .

(1) Generaloberst Ludwig Beck, Generalstabschef 1935–1938.

* *15. Februar, Oxford, H. B. an Patrick Barry*

. . . Ich wollte, ich hätte einige Zeit in meinem geliebten alten Zimmer mit der schönen Aussicht bleiben und die wohltuende Gesellschaft all meiner guten Freunde genießen können. Aber ich mußte mich beeilen, um mit meiner Arbeit für Oxford zu beginnen. Heute habe ich hier alles geregelt und gehe nach London zurück, um mit dem Diktat anzufangen.

Meine Unterredung [31. Januar] mit dem Herrn in W[ashington] verlief sehr angenehm. Wir aßen zusammen an seinem Schreibtisch, was ihm viel Spaß machte. Wir sprachen nur über die Außenpolitik. Ich versuchte ihm klarzumachen, daß jede gute Lösung Geduld und Ausdauer erfordert[1]. Er stimmte zu, aber von Zeit zu Zeit verfiel er in seichten Optimismus und erhoffte rasche Lösungen. Das ist die Gefahr bei ihm.

Zu den Veränderungen in meiner Heimat[2] kann ich noch nicht Stellung nehmen. Zuerst muß ich die Namen all der beförderten höheren Offiziere erfahren. General von Keitel[3] ist ein ziemlich waghalsiger Mann, doch der neue de-facto-Befehlshaber des Heeres, General von Brauchitsch[4], ist mir als sehr vorsichtig und gemäßigt bekannt. Bis jetzt erkenne ich keinen vollständigen Sieg für Himmler, den Chef der Geheimen Staatspolizei. Aber vielleicht wird vieles vertuscht, und die gemäßigteren Verantwortlichen verschwinden möglicherweise später. Ich habe natürlich überhaupt keine Nachricht von meinen Freunden . . .

(1) Die Gespräche im Weißen Haus waren vertraulich. Berichte darüber wurden nicht verfaßt, außer wenn der Präsident ausnahmsweise einen diktierte. Messersmith, der die Opposition im Außenministerium gegen ein liberales Handelsabkommen mit Deutschland erfolgreich anführte, hielt seine Unterredung mit H. B. vom 30. Januar in einer sechsseiti-

gen Aktennotiz fest, die er in Umlauf brachte. Messersmiths Bericht zufolge hatte H. B. das allgemeine amerikanische Vorgehen, nämlich Rüstung zur Verteidigung und gleichzeitig Entwicklung konstruktiver Handelsabkommen, als das richtige bezeichnet. Wenn Amerika sein Handelsabkommenprogramm fortsetze und England mitmache, würde sich der Großteil der Welt langsam, aber sicher anschließen. Die Auswirkungen des wirtschaftlichen Drucks würden sich spät bemerkbar machen; es könne drei Jahre dauern, bis Italien und Deutschland gezwungen wären, ihre Wirtschaftssysteme grundlegend zu ändern. Wenn dieser Punkt erreicht sei, seien in Deutschland Menschen da, die die notwendigen politischen Veränderungen herbeiführen würden, und dann bestünde berechtigte Hoffnung auf Frieden. In Deutschland verschlechterten sich die Dinge auf jede Weise. Einige Veränderungen würden wahrscheinlich eintreten, aber H. B. halte sie nicht für besonders bedeutsam, außer daß sie die radikalen Elemente stärken würden. Er sei überzeugt, Blombergs Heirat [am 12. Januar] sei die Gelegenheit, ihn in den Ruhestand zu versetzen. Es sei die Frage, wie lange das Heer noch seine Stellung in Deutschland halten könne. Sobald es die Kontrolle über kriegerische Abenteuer verliere, sei der Krieg fast eine Gewißheit. – Die Briten erlebten im Augenblick eine echte Rezession und versuchten kurzsichtig, dies zu verschleiern. In der Londoner City seien zu viele, deren Hauptinteresse der sofortige Profit sei. Wenn England eine Politik in der richtigen Richtung verfolgen solle, müsse Chamberlain gehen, und Simon und Hoare mit ihm. Chamberlain, Hoare, Simon und Norman erlägen dem seltsamen Wahn, daß, wenn sie der derzeitigen Regierung in Deutschland nicht helfen würden, der Kommunismus folgen würde. Sie würden nicht erkennen, daß schon jetzt in Deutschland etwas weit Schlimmeres herrsche als der Kommunismus in Rußland und daß, wenn sie die derzeitige Regierung in Deutschland unterstützten, noch Schlimmeres eintreten würde, mit Folgen für England, die weitaus schlimmer wären, als sie jetzt befürchteten. Er war sehr pessimistisch im Blick auf eine internationale Konferenz; Italien und Deutschland würden an einer solchen Konferenz nicht teilnehmen, höchstens um sie zu sabotieren. Italien könne man vielleicht in Reih und Glied bringen, aber Deutschland nicht. Es sei nutzlos, in dieser Situation Konzessionen an Deutschland für hilfreich zu halten, denn Deutschland sei nicht bereit, irgendwelche Gegenkonzessionen zu machen. Hier liege der Trugschluß im Denken so vieler Leute. Es gebe derzeit eine Menge vernünftiger Menschen in Deutschland, und sie könnten in ihrem Land nie die Herrschaft übernehmen, wenn die übrige Welt keinen festeren Standpunkt vertrete. König Leopold erhalte zu viele Briefe von seiner Schwester [der Kronprinzessin] in Italien. Van Zeeland sei ein guter Volkswirtschaftler, aber kein Staatsmann. H. B.s letztes Gespräch mit ihm sei höchst ernüchternd verlaufen; seine Ansichten über Deutschland und die Deutschen seien äußerst naiv; es sei wirklich erschreckend, wie wenig er die betreffenden Persönlichkeiten verstehe. H. B. war überzeugt, daß ein gerechtes, konstruktives Handelsabkommen zwischen den USA und England der einzig mögliche große Schritt sei und daß die Amerikaner dem Frieden einen großen Dienst erweisen könnten, wenn sie darauf bestünden. [Es wurde im September 1938 geschlossen.] – Er war sehr bestürzt über die Methoden von Admiralen und Generälen in bezug auf Waffenprogramme. Sobald man sich grundsätzlich für eine neue Geschützart entschieden habe, seien sie nicht mehr aufzuhalten, bis jede einzelne Einheit die neuen Geschütze habe. Da die Wirtschaft so vieler Länder derzeit so weitgehend auf Rüstung beruhe, müsse jede Reduzierung von Waffen stufenweise vor sich gehen. Es sei gut, wenn man sich diese Tatsache vor Augen halte, und Idealisten falle es schwer, sich den Tatsachen zu stellen. Das Wichtigste sei vorläufig, daß man nicht von einem festgelegten Wirtschaftsprogramm abweiche und Deutschland und Italien gegenüber keinerlei Konzessionen mache (vgl. *Messersmith Collection*, Mss., University of Delaware). (2) Eine allgemeine, am 4. Februar angekündigte Neuorganisation führte zu folgenden Veränderungen: Ribbentrop wurde Außenminister, Walter Funk wurde Wirtschaftsminister, Hitler rief das Oberkommando der Wehrmacht ins Leben, das als militärischer Stab des Führers und

Reichskanzlers ihm unmittelbar unterstellt wurde, Keitel und Brauchitsch übernahmen die Posten von Blomberg und Fritsch, die deutschen Botschafter in Wien, Rom und Tokio wurden zurückberufen, und in der darauffolgenden Woche wurden weitere 14 Heeresoffiziere aus den höchsten Diensträngen verabschiedet. (3) Feldmarschall Wilhelm Keitel, Stabschef des OKW 1938–1945. (4) Feldmarschall Walther von Brauchitsch, Oberkommandierender des Heeres 1938–1941.

* *N Februar, Lord Lothian*[1]*, Major Astor*[2] *und The Times*

In Oxford fand ich einen Brief von Lionel Curtis[3] vor, in dem er dringend bat, mich besuchen zu dürfen. Es war nicht die internationale Lage, die ihn bekümmerte; er wollte über einen Plan sprechen, daß ich fünf Monate nach Australien und Indien reisen und zu Gruppen sprechen sollte, die sich für den Gedanken des Bundesstaats interessierten. Ich sagte ihm, ich glaubte nicht, daß das möglich sei, denn ich sei sicher, daß bald ein Schlag gegen Österreich erfolgen werde, der die ganze Frage der Tschechoslowakei und Südosteuropas aufwerfen würde. Ich sagte ihm, ich sei der festen Ansicht, daß die Kleine Entente schon 1936 zu Ende gegangen sei, daß insbesondere Rumänien sich nicht rühren würde und daß sich Jugoslawien wegen seiner innenpolitischen Situation nicht rühren könne. Nach den Konzessionen der österreichischen Regierung Hitler gegenüber [am 12. Februar][4] lud mich Curtis zum Frühstück in sein Zimmer in den Gebäuden des Royal Institute of International Affairs ein und fragte, ob ich anschließend in Lord Lothians Büro gehen wolle. Ich bejahte, obgleich ich nicht glaubte, daß eine nutzbringende Unterredung zwischen Lord Lothian und mir stattfinden könne. Lord Lothian schritt in seinem Büro hin und her und fragte: „Was können wir jetzt tun?“ Ich sagte, eine Intervention auf der Basis der österreichischen Frage würde das deutsche Volk hinter Hitler einigen. Um eine zum Krieg führende Krise zu vermeiden, sei jetzt die Hauptsache, daß Großbritannien die Rüstung beschleunigt vorantreibe und spätestens 1939 für jeden Notfall gerüstet sei, so daß die deutschen Generäle, die wie Beck gute Strategen seien und Verantwortungsgefühl besäßen, Hitler überzeugen könnten, daß ein allgemeiner Krieg für Deutschland katastrophal wäre. Lothian entgegnete, er meine, sie sollten mit Hitler verhandeln, denn es sei unmöglich, mit sonst jemandem zu verhandeln. Ich sagte, das sei mir klar, aber es sei etwas ganz anderes, wenn sie versprechen und gleichzeitig drohen könnten. Ein neues fait accompli alle halbe Jahre werde allmählich solche Gefühle wecken, daß es schließlich auch den klügsten und friedliebendsten Staatsmännern unmöglich sein werde, den Krieg zu verhindern. Es seien nur noch sechs Monate, bis Hitlers nächster Zug das militärische Gleichgewicht in Europa erschüttern und die Westmächte sogar gegen ihren Willen zwingen könne, den Krieg zu wagen in einem Augenblick, in dem sie nicht darauf vorbereitet seien[5].

Dann drängte mich Curtis, die Leute von der *Times* zu treffen. Ich fand mich nur ungern dazu bereit. Ich konnte nicht vergessen, wie Schuschnigg von der *Times* behandelt worden war, als er [1935] nach London kam, um der britischen Regierung seine gefährliche Position zu erläutern[6]. Den zynischen Leitartikel [vom 14. Februar][7], der Hitler praktisch beglückwünschte, würde ich auch nie vergessen; eine amoralischere Auffassung von Politik hätte ich noch nicht gefunden. Ich sagte Curtis, ich hätte es abgelehnt, mit irgend jemandem von der *Times* zu sprechen, mit Ausnahme des Chefredakteurs für Finanzen[8], der im Jahr 1937 Ian Anderson gebeten hatte, ein gemeinsames Essen zu arrangieren. Als 1933 der Kölner Bankier Brüning[9] verhaftet und zu einer Gefängnisstrafe verurteilt wurde, brachte die *Times*[10] sehr auffällig die Meldung eines Korrespondenten in Frankfurt, er sei mein Vetter, obgleich er in Wirklichkeit nicht mit mir verwandt ist. Obwohl der Berliner Korrespondent der *Times* sofort nach London telefonierte und verlangte, die Meldung zu berichtigen, wurde sie erst ganz unauffällig berichtigt, als ich über einen Rechtsanwalt der *Times* mit einer Verleumdungsklage gedroht hatte. Ich konnte auch nicht vergessen, wie schmählich sie Norman Ebbutt[11] behandelt hatten, der im August 1937 aus Deutschland ausgewiesen wurde. Niemand wußte besser als ich, daß Ebbutt ständig sein Leben aufs Spiel gesetzt hatte, um zuverlässige Informationen zu erhalten. Er lieferte die umfassendsten Berichte über die Fortschritte der Nazis im Innern, besonders über die Verfolgung der Kirchen. Curtis bat mich trotzdem, sie zu empfangen, und sagte, er wisse, daß sie ihre Ansicht bis zu einem gewissen Grad geändert hätten. Ich sagte, wenn Major Astor mich mit Geoffrey Dawson[12] besuchen wolle, sollten sie nach Old Surrey Hall kommen.

An dem Tag, als sie erschienen, brachte die *Times* einen Leitartikel über die Notwendigkeit, die Aufrüstung zu beschleunigen und dabei nicht von einer evolutionären Politik abzuweichen[13]. Sie schienen sehr erregt zu sein und fragten, was England jetzt tun solle. Ich entgegnete, mit ihrem Leitartikel dieses Tages seien sie jetzt endlich auf dem richtigen Wege, aber ich müsse ihnen sagen, daß es ihnen nicht gelingen werde,

die Angelegenheit mit Artikeln zu bereinigen. Sie hätten wohl noch ein halbes Jahr Zeit, um Beziehungen mit dem gemäßigten Teil der deutschen Wehrmacht anzuknüpfen, vielleicht blieben ihnen aber auch nur zwei Monate. Ich könne mir vorstellen, daß Hitler im Mai seinen Feldzug gegen die Tschechoslowakei unternehme, was entweder zum Krieg in Europa oder zur Kapitulation der Westmächte und einer jahrelang nicht wieder gutzumachenden Schwächung ihrer militärischen Position führen würde, da Hitler dann am längeren Hebel sitze und jeden Schlag ausführen könne, wann es für ihn am günstigsten und für andere am schädlichsten sei.
Sie fragten, ob ich wirklich glaube, daß Hitler in die Tschechoslowakei einmarschieren werde. Ich bejahte. Ich konnte ihnen nur sagen, daß das deutsche Volk keine große Feindseligkeit gegen die Tschechen hegte, daß aber Beneš in seinem größenwahnsinnigen Ehrgeiz jeden Versuch einer friedlichen Entwicklung in den Nachkriegsjahren blockiert habe und eine „bête noire" sei. Ich nahm Major Astors Einladung zum Essen in Hever Castle an. Dort fragte mich Dawson, ob ich ihn nicht von Zeit zu Zeit über meine Ansichten informieren wolle. Ich erwiderte, ich könne keine anderen Vorschläge machen als die, die ich all die Jahre geäußert hatte. Das einzig Neue sei, daß es vielleicht in sechs Wochen und ganz sicher in einem halben Jahr zu spät sei, eine Vereinbarung mit der deutschen Wehrmacht zu treffen . . .

(1) Philip Kerr, Marquis of Lothian (1882–1940), Privatsekretär von Premierminister Lloyd George 1916–1922, Sekretär des Rhodes Trust, parlamentarischer Staatssekretär für Indien (Liberale Partei) 1931–1932, Botschafter in Washington 1939–1940. Lothian übte ständig Kritik am Versailler Vertrag und an der „einseitigen Diskriminierung Deutschlands". Er „war der Ansicht, daß die interne Verfolgung in Deutschland großenteils die Konsequenz davon war, daß man Deutschland die Rechte vorenthielt, die jede andere souveräne Nation beansprucht". Nach Gesprächen mit Hitler im Januar 1935 und Mai 1937 äußerte er sich optimistisch über die Friedensaussichten, und er setzte seinen ganzen Einfluß ein, um eine Verständigung zwischen Großbritannien und Deutschland herbeizuführen. Im Februar 1938 begann sein Optimismus zu schwinden. Am 17. Februar im Oberhaus „kam er zu der Erkenntnis, daß wir, falls die Demokratien nicht bereit sind, die Verpflichtung zum Krieg auf sich zu nehmen, unausweichlich zum Rückzug getrieben würden angesichts der Art von Drohung, die, wie wir in den letzten paar Tagen erlebt hatten, auf Österreich ausgeübt worden war". Am 14. März, über ein Jahr früher als die Regierung, drängte er auf die Einführung der allgemeinen Wehrpflicht in England (vgl. *Parliamentary Debates, House of Lords*, 5th Series, Bd. CVII, London 1938, S. 757–764, und *The Times* vom 14. Februar 1938; siehe auch J. R. M. Butler, *Lord Lothian*, New York 1960). (2) John Jacob Astor, später Baron Astor of Hever, seit 1923 Haupteigentümer der *Times*. Sein Bruder Waldorf, Second Viscount Astor, war seit 1911 Eigentümer des Wochenblatts *Observer*, das gegen „einen weiteren englisch-deutschen Krieg wegen Sowjetrußland oder irgendwelcher osteuropäischer Interessen" auftrat. Viscount Astor

war Vorsitzender des Royal Institute of International Affairs 1934–1939. Ein halbes Dutzend Familienmitglieder, auch Viscountess Astor, die Neville Chamberlain lebhaft unterstützte, saßen im Parlament (siehe Christopher Sykes' entmythologisierende Biographie *Nancy*, New York 1972). (3) Lionel Curtis, Fellow des All Souls College, gehörte als Herausgeber der Vierteljahresschrift *Round Table* zu dem Kreis verschiedenartiger, einflußreicher Personen, die sich durch ihren Dienst unter Milner, den sie als junge Männer geleistet hatten, durch ihren „Commonwealth-Patriotismus" und ihr Ideal einer Pax Britannica verbunden fühlten. Ihre Erfahrungen hatten sie in Afrika, in Amerika und im Fernen Osten gesammelt, und für sie war das Gleichgewicht der Kräfte in Europa ein lästiger Anachronismus. Außer Curtis und Lothian gehörten auch Geoffrey Dawson, Robert Brand, John Dove, John Buchan, Leo Amery und Edward Grigg zu diesem Kreis. Neben Werken über Commonwealth-Belange veröffentlichte Curtis eine dreibändige Weltgeschichte mit dem Titel *Civitas Dei*, Oxford 1934–1937. Helmuth von Moltkes Brief vom März 1943, in dem er das Verlangen des deutschen Widerstands nach einer „politischen, nicht auf Geheimdienstbeziehungen beruhenden Verbindung" betonte, war an Curtis gerichtet (vgl. Michael Balfour und Julian Frisby, *Helmuth von Moltke*, London 1972, S. 215–224). (4) Bundeskanzler Schuschnigg hatte auf Hitlers Drohungen hin eingewilligt, den Nazi Seyß-Inquart zum Minister des Innern und der Sicherheit zu ernennen. (5) Im Dezember 1937 und mehrmals in den darauffolgenden Monaten hatten die britischen Stabschefs die Ansicht geäußert, kein Land werde 1938 in der Lage sein, einen europäischen Krieg zu gewinnen, obgleich Deutschland mit seinen Vorbereitungen in der Luft und zur Fliegerabwehr Großbritannien voraus sei. Sie machten sich Sorgen, weil es unmöglich war, den Angriff Italiens, Deutschlands und Japans gleichzeitig abzuwehren: „Vom Standpunkt der Verteidigung des britischen Weltreichs aus können wir die Bedeutung jeglicher politischen oder internationalen Maßnahme zur Einschränkung der Zahl unserer potentiellen Feinde gar nicht übertreiben" (zitiert nach Ian Colvin, *The Chamberlain Cabinet*, London 1971, bes. S. 64). (6) Dr. Kurt von Schuschnigg, österreichischer Justizminister (christlich-sozial) 1932–1934, Unterrichtsminister 1934, Bundeskanzler 1934–1938. Im Februar 1935 besuchte Schuschnigg Paris, wo er öffentlich die Bestätigung der österreichischen Unabhängigkeit erhielt, und London, wo man ihm mit knapper, formeller Höflichkeit begegnete. Am zweiten Tag von Schuschniggs Besuch veröffentlichte die *Times* einen langen Leitartikel, in dem der britische Außenminister dringend aufgefordert wurde, Hitler unverzüglich zu besuchen und „von jeglichem Vorurteil abzulassen" (vgl. *The Times*, 26. Februar 1935). (7) Im Leitartikel der *Times* vom 14. Februar 1938 stand: „Es erscheint unnötig, eine Übereinkunft anzufechten, mit der der Führer, der Duce und Herr von Schuschnigg offenbar zufrieden sind . . . Setzt man die Meldung von diesem Abkommen mit den Nachrichten der letzten Woche in Beziehung, so ist es für Außenseiter leichter denn je, die alarmierenden Deutungen der jüngsten Umgruppierung in Deutschland nur halb zu glauben." (8) C. J. F. Mill, City Editor der *Times* 1920–1938. (9) Antonius Brüning, Direktor der Kölner Filiale der Deutschen Bank. (10) „Dr. Brüning's Cousin Arrested" (Dr. Brünings Vetter verhaftet) lautete die Schlagzeile eines Berichts über die Görresgesellschaft in der *Times* vom 28. April 1933. (11) Korrespondent der *Times* in Berlin 1925–1937, im August 1937 aus Deutschland ausgewiesen, angeblich wegen eines Berichts über die Rüstung, der am 13. August 1937 in der *Times* erschien; im September 1937 durch einen Schlaganfall gelähmt. (12) Chefredakteur der *Times* 1912–1919 und 1923–1941. In deutlicher Ablehnung des Versailler Vertrags kehrte Dawson 1923 zur *Times* zurück. Während der dreißiger Jahre war er überzeugt, „daß der Frieden in der Welt mehr als alles andere davon abhängt, ob wir mit Deutschland in vernünftige Beziehungen eintreten" (siehe John Evelyn Wrench, *Geoffrey Dawson and our Times*, London 1955). (13) Der Artikel trug die Überschrift „Herr Hitler's Speech" (Hitlers Rede) und lautete: „Wenn diese Methoden in jedem Fall, in dem Deutschland unbefriedigten Ehrgeiz hegt, bis zum Ende verfolgt werden, können sie nur zu einem katastrophalen

Konflikt führen, aus dem sich Großbritannien nicht heraushalten könnte. Unser eigenes Aufrüstungsprogramm darf keinen Augenblick nachlassen, solange Europa plötzlichen Zuckungen unterworfen ist, sobald die Gelegenheit einen politischen Schachzug ermöglicht." (Vgl. *The Times* vom 21. Februar 1938.)

* *N 15./17. März, Goerdeler in Brüssel*

In Belgien ging ich zuerst in Dannie Heinemans Büro. Goerdeler tauchte unerwartet auf, als ich dort saß. Er nannte meine Ankunft am gleichen Tag eine glückliche Fügung. Er hatte seine Frau und seine Kinder mit nach Belgien gebracht, und Sir Robert Vansittart[1] hatte einen Angehörigen des britischen Geheimdienstes abgestellt, um sie nach London zu geleiten. Goerdeler war begierig, mir sofort zu erzählen, was in Berlin geschehen war. Zum erstenmal, so sagte er, sei ein sorgfältig vorbereiteter Widerstand gegen die Radikalen in der Nazipartei erfolgreich gewesen, nicht positiv, sondern negativ, durch Vereiteln von Himmlers ehrgeizigem Plan, die Wehrmacht in die Hand zu bekommen[2]. . . .
General von Fritsch hatte Göring im Januar wissen lassen, er könne nicht für die Moral der Streitkräfte bürgen, wenn Blomberg Kriegsminister und Oberbefehlshaber bleibe. Göring war sehr erfreut über die Aussicht, selbst Blombergs Nachfolge anzutreten, obgleich Goerdeler mir auf meine Frage nicht sagen konnte, ob Fritsch die Sache zur Sprache gebracht hatte. Die Zusammenkunft von Fritsch und Göring war Himmler nicht entgangen; er unterbreitete Hitler seine Berichte, auch gefälschte Meldungen über Fritsch. Goerdeler zufolge war die Atmosphäre elektrisch geladen, während jedermann auf eine Aktion der Wehrmacht wartete. Goebbels hatte plötzlich Verbindungen zur Wehrmacht gefunden, und selbst Himmler schwankte, als er erfuhr, daß Fritsch die Korpsbereichkommandeure zusammengerufen hatte. Himmler führte mehrere Unterredungen mit Göring, und sehr gut informierte Gruppen glaubten, daß die Naziführer der zweiten Linie geneigt seien, sich Göring und der Wehrmacht anzuschließen, und aufgeregt davon sprächen, Hitler fallenzulassen. Ich unterbrach. Ich hatte bei Gerald Palmer[3] mit Personen gespeist, die dem Außenministerium sehr nahe standen, und ich war sicher, daß sie keine Ahnung von derartigen Vorgängen hinter den Kulissen hatten; Nevile Hendersons Berichte mußten ganz anders gelautet haben[4]. Die einzige Geschichte, die diese Menschen kannten, war die, die in der Weltpresse veröffentlicht wurde – daß

die Wehrmacht gegen Blombergs Heirat protestierte. Goerdeler war verblüfft; Mitglieder seines Kreises hatten Angehörigen der britischen und amerikanischen Botschaften gegenüber durchblicken lassen, es stehe möglicherweise eine große Veränderung bevor, und sie hofften auf das Verständnis der Briten und Amerikaner[5]. Sie waren überzeugt, die britische Botschaft sei über die Hintergründe ziemlich genau unterrichtet.

General von Fritsch hatte Hitler [am 26. Januar] mitgeteilt, er könne die Disziplin im Heer nicht aufrechterhalten, wenn Blomberg nicht zurücktrete, und Himmler sei kein annehmbarer Nachfolger; er sprach in voller Übereinstimmung mit den Oberkommandos der Marine und der Luftwaffe. Hitler hatte frostig erwidert, Fritsch selbst könne Blombergs Nachfolge nicht antreten, weil sein Privatleben moralisch verwerflich sei. Fritsch hatte Himmlers Anklagen hitzig abgestritten und eine Entschuldigung verlangt, und als ihm Himmlers angeblicher Zeuge gegenübergestellt wurde, war er ohne weitere Diskussion gegangen. Ich unterbrach mit der Frage: „Rief er die Korpsbereichkommandeure sofort zusammen?"

„Warum?"

„Wenn er nicht innerhalb der nächsten sechs Stunden handelte, war er verloren."

„Ja, das stimmt. Und so war es auch."

Fritsch hatte sein Entlassungsgesuch eingereicht, aber ein ehrengerichtliches Verfahren gefordert. Die Wehrmacht hatte Göring gebeten einzugreifen, und Göring hatte Hitler geraten, sofort ein Ehrengericht zu ernennen. Goerdeler hatte den Eindruck, Göring erwarte, Blombergs Nachfolger zu werden. Später hatte er gehört, daß Hitler Göring bedroht und ihm vorgeworfen hatte, er sei seinem Parteiführer nicht mehr treu. Weitere Truppen wurden ins Kriegsministerium und in die umliegenden Häuser gelegt. Die Offiziere erhielten den Befehl, auf alle zu schießen, auch auf Gestapoleute, die in das Gebäude einzudringen versuchten. Maschinengewehre wurden auf den Dächern im ganzen Viertel aufgebaut, weil Gestapoleute, die vor zwei Jahren Geheimdokumente entwendet hatten, über das Dach ins Kriegsministerium eingestiegen waren. Zur Verblüffung der meisten wurde Keitel zu Blombergs Nachfolger ernannt, mit dem Rang [nicht mehr dem Titel] eines Ministers; Göring wurde zum Feldmarschall befördert und als oberster Richter bei Fritschs Ehrengericht eingesetzt. Hitler hatte Himmlers hochfliegende Pläne durchkreuzt; er hatte Göring den höchsten Rang, aber

nicht den Oberbefehl über das Heer verliehen, und er war Fritsch losgeworden, der mit Beck und zwei oder drei anderen noch aktiven Offizieren die Verfolgung der protestantischen Kirchen am stärksten empfunden und die größten Zweifel an Hitlers Risikopolitik gehegt hatte.
Am Ende des Gesprächs fragte ich Goerdeler, ob er ganz bestimmt wisse, daß sogar Goebbels und Himmler nicht sicher gewesen seien, in welches Lager sie sich bei einer Auseinandersetzung zwischen Hitler und der Wehrmacht schlagen sollten. Er sagte, das stehe zweifelsfrei fest, und berichtete Einzelheiten über die Propaganda, die Goebbels vorbereitet hatte, um Göring und die Wehrmacht hochzuloben – genau wie im Juni 1934. Goerdeler hatte noch Hoffnung und sagte, einiges ließe sich bewerkstelligen, wenn sich das britische Kabinett entschließen könnte, an die Wehrmachtsführer heranzutreten. Ich erklärte ihm erneut, daß ich mich seit 1934 dafür verwendet hatte und daß es mir nicht gelungen war, irgend jemanden in den Regierungen Baldwin und Chamberlain in dieser Richtung zu beeinflussen. Die einzige Möglichkeit schien mir, ihn mit Winston Churchill zusammenzubringen, der bei Halifax[6] und in der Marine großen Einfluß und beim Heer immerhin einigen Einfluß hatte und zweifellos in einem oder zwei Jahren in den Vordergrund treten würde. Goerdeler solle mich in London anrufen, wo er pro forma einen Vortrag über die Preiskontrolle hielt.
Ich bat ihn, sehr vorsichtig zu sein. Es gefiel mir gar nicht, daß er nach England reiste mit einem englischen Geheimdienstler, der von Gestapoagenten erkannt werden würde. Sie fuhren regelmäßig auf den Kanalschiffen und beobachteten die Abreisenden in den Kanalhäfen. Ich berichtete ihm von meinen Erfahrungen mit der Batavia-Linie; meiner Ansicht nach war die Northeast die einzige Linie, die noch nicht vom Innern der Schiffahrtsgesellschaft her überwacht wurde. Ich sagte, die Tatsache, daß ich in Brüssel mit ihm zusammen sei, könne ihm schaden, wenn sie in Deutschland bekannt würde. Es fiel mir auf, daß Goerdeler seinen Kontakt mit Canaris[7] erwähnte, dessen Rolle in der Opposition gegen mich ich kannte, als ich noch im Amt war.
Beim Essen mit Heinemans zeigte sich Goerdeler sehr optimistisch und seine Frau ebenfalls; sie konnte sich die Bemerkung nicht versagen, ich hätte ihrem Mann nicht vom Beitritt zu Hitlers Regierung im Januar 1934 abraten sollen[8]. Goerdeler hatte mir damals gesagt, die Reichswehr dränge ihn, den Posten eines Preiskommissars wieder anzunehmen, und mich um meine Meinung gebeten. Ich hatte gesagt, er solle nur das Amt annehmen, das ihm die Reichswehr antrug, und sein Beitritt zum

Kabinett werde ihn in die gleiche Lage bringen wie Schwerin-Krosigk[9] und andere, die ihre Integrität und ihr Ansehen verloren und schließlich in alles einwilligten, was die Nazis wollten[10].

(1) Ende 1937 wurde Vansittart als Staatssekretär abgelöst und erhielt den Titel „Chief Diplomatic Adviser" (Erster Diplomatischer Ratgeber). In Wirklichkeit befaßte er sich hauptsächlich mit Nachrichtenwesen und Propaganda. (2) Die Notiz fährt fort: „Marschall Blomberg hatte eine ehemalige Prostituierte als Sekretärin in der Bauabteilung des Kriegsministeriums untergebracht, wo sie Baufirmen und Grundstücksspekulanten Tips verkaufte. Ohne Blombergs Wissen verkaufte sie auch Informationen an ausländische Agenten. Himmler ließ sie beobachten und war über ihre Machenschaften sehr gut informiert. Als sie von zwei prominenten Gestapobeamten verhört wurde, bekam sie große Angst, ging zu Blomberg und sagte, er müsse sie sofort heiraten, um eine Ermittlung zu verhindern, in die er möglicherweise auch hineingezogen würde. Den Anlaß für dieses Ermittlungsverfahren erklärte sie nicht; es gelang ihr aber, Blomberg mit verschwommenen Andeutungen über eine gegen ihn gerichtete Verschwörung zu beeindrucken. Daraufhin bat Blomberg Hitler und Göring, Trauzeugen zu sein. Wie Goerdeler sagte, kannte Hitler die ganze Geschichte und willigte ein, Trauzeuge zu sein, um später Grund zur Entrüstung zu haben. Vor der Ehe waren Blombergs Beziehungen zu der Frau ein Skandal in hochstehenden Heereskreisen; nach der Heirat begannen junge Leutnants in den Kasinos und Unteroffiziere darüber Witze zu reißen." (3) Konservatives Parlamentsmitglied 1935–1945. (4) Sir Nevile Henderson, britischer Botschafter in Berlin 1937–1939, trat gefühlsmäßig und ethisch sehr stark für eine deutsch-englische Verständigung ein und bewunderte die Leistungen von „Männern wie Feldmarschall Göring". Er beförderte regelmäßig Informationen von Goerdeler und nazifeindlichen Heeresoffizieren nach London. Seiner Ansicht nach war Hitler durch „die innenpolitische Krise" geschwächt worden, die „die Macht der Friedenspartei in Deutschland gestärkt" hatte (vgl. Nevile Henderson, *Failure of a Mission,* London 1939; *Documents on British Foreign Policy 1919–1939,* 3rd Series, Bd. II, London 1949; Colvin, *Chamberlain Cabinet;* Harvey, *Diplomatic Diaries*). (5) Am 18. Februar kommentierte Messersmith: „Obgleich eine Reihe von Elementen bei der jüngsten Kraftprobe mit dem Heer in Deutschland mitspielen, bin ich sicher, daß einer der wichtigsten Faktoren Hitlers Wunsch war, Österreich gegenüber seine Macht zu demonstrieren. Das Heer hatte sich stets der Anwendung oder Demonstration von Gewalt gegenüber Österreich widersetzt, ebenso wie es weitere Truppenkontingente für Spanien verhindert hatte. Ich bin überzeugt, daß der bremsende Einfluß des Heeres auf die Außenpolitik in Deutschland vielleicht nicht ganz aufgehoben, aber doch praktisch verschwunden ist . . . Es ist schwierig zu erkennen, wie der Zerfallsbewegung in Südosteuropa ein Ende bereitet werden kann" (vgl. *Foreign Relations of the U.S.* 1938, Bd. I, S. 20). (6) Halifax hatte Eden am 25. Februar als Außenminister abgelöst. (7) Admiral Wilhelm Canaris, Leiter des militärischen Abwehrdienstes 1934–1944. (8) Viele von Goerdelers Ansichten, auch sein Bedauern darüber, daß er 1932 nicht in Papens Kabinett eingetreten war, erfuhr H. B. erst nach dem Krieg. Am 20. Juli 1951 schrieb er an Ewald Löser: „Ich bin sehr betrübt, daß Goerdeler der Ansicht war, daß, wenn er in das Kabinett Papen eingetreten wäre, die Dinge einen anderen Verlauf genommen haben würden. Das ist ein Irrtum . . . Wäre er in das Kabinett eingetreten, wäre er zu früh erledigt gewesen." (9) Lutz, Graf Schwerin von Krosigk, Reichsfinanzminister (parteilos) 1932–1945, früher Ministerialdirektor im Reichsfinanzministerium. (10) Als H. B. im Jahr 1941 nach seinen alten stenographischen Notizen diktierte, setzte er „X" für Goerdelers Namen und ließ viele Einzelheiten aus, die Goerdeler und andere in Deutschland hätten kompromittieren können. Bei der im Vorwort schon erwähnten Vernichtung einiger Schriftstücke blieb eine

Seite der mit Bleistift geschriebenen stenographischen Notizen H. B.s über seine lange Unterhaltung mit Goerdeler erhalten; sie wurde 1952 in einer wenig benutzten Schublade zufällig wiedergefunden. Die unterbrochenen Sätze, die noch lesbar waren, zeigen, wie H. B. bei dem Diktat 1941 darauf achtete, Einzelheiten zu vermeiden, und sollen deshalb zitiert werden: „Mitte Dezember klar, daß die Dinge geändert werden mußten. Die Reichswehr forderte gegenüber der SS, was sie vor drei Jahren gegenüber SA verlangt hatte, daß auch diese der Reichswehr hinterstellt würde. Gleichzeitig war Reichswehr kritisch gegenüber der außenpolitischen Situation. Keine enge Liierung mit Italien. Wir müssen aus der Spannung mit England herauskommen. Oktober 1937 hat Reichswehr Unterredung unter vier Augen zwischen H[itler] und M[ussolini] unmöglich gemacht. Fertiger Bündnisentwurf Mussolini[s] wurde Hitler nicht gezeigt . . . Starke monarchische Strömung. Reichswehr wollte dabei mithelfen . . . In der Phase vom 21. 1. zum 27. 1. 1938 kommt die scharfe Stellungnahme Hitlers gegen Goebbels. Begann im Süden wegen des Films ‚Ein Tag im Hause Hitler'. Meldung auf Anweisung an die Presse, die von unmittelbarer Nähe von Goebbels herauskommen mußte . . . Stimmung der protestantischen Bauern, allmähliche Enttäuschung . . . Kampf aller gegen alle . . . 14 Tage nach dem 25. 1. war der Plan nicht von der Stelle geraten. Kampf um die drei Minister . . . G[öring] will über alle Minister hinweggehen, die Ministerien nur noch mit Staatssekretären besetzen . . . Fünfter Jahrestag der Machtergreifung, plötzliches Absagen der Reichstagssitzung, weil sie weder mit ihren wirtschaftlichen Plänen noch mit ihren außenpolitischen Plänen durchkamen . . . Himmler marschierte mit 30000 Mann in Berlin, Hitler allein mit Himmler und einem anderen auf dem Balkon . . . Wahrscheinlich Angst vor einem Putsch der Reichswehr . . ."

* *17. März, Brüssel, H. B. an Mona Anderson*

. . . Mein ehemaliger Mitarbeiter kam unangemeldet herein. Mein Gastgeber war mißtrauisch, da sein zufälliges Kommen denkbar unwahrscheinlich war. Er brachte sehr wichtige Nachrichten . . . Die Militärs glauben, eine feste Politik der Engländer könne sie von der entsetzlichen Notwendigkeit befreien, sich in einen Krieg verwickeln zu lassen. Er kommt in ein paar Minuten, und wir werden einige Stunden beisammen sein . . .

Ich habe einen großen Teil des Nachmittags mit dem König [Leopold] und den Abend mit ihm und seiner Mutter [Elisabeth] verbracht. Er ist sehr zuvorkommend und bemüht sich, den Dingen auf den Grund zu gehen. Von Natur aus ist er schüchtern, und lange war ich unsicher, weil ich nicht wußte, wie weit ich gehen konnte. Er war sehr niedergedrückt und überließ sich ganz der Atmosphäre der Einsamkeit und Trauer[1]. Das erinnerte mich an viele Stunden meines eigenen Lebens in den vergangenen Jahren. Er ist beinahe überzeugt, daß der Krieg unvermeidlich ist. Er tadelt Eden[2] und setzt keine Hoffnung auf die neue Politik bei Ihnen. Wir haben alle Probleme durchgesprochen. Ich konnte ihn noch nicht zu der Ansicht bringen, daß es mit einer formel-

len, feierlichen Erklärung Ihrerseits noch möglich sei, den Krieg zu vermeiden. Er fürchtet aus Gründen, die vom militärischen Standpunkt aus einleuchtend sind, daß Belgien mehr denn je das Ziel des ersten Angriffs beider feindlicher Lager sein wird. Ich sagte ihm, daß der Generalstab des deutschen Heeres auch jetzt noch den Krieg nicht wolle, aber er weiß nicht, was er unternehmen soll, um ihn zu vermeiden angesichts der schwankenden Politik Englands. Er glaubt fest, daß Mussolini dadurch, daß er die Besetzung Österreichs duldete, neue Bürgen für den Sieg in Spanien bekam und daß seine Forderungen in den Unterhandlungen mit England jetzt bedeutend höher sind.
Abends hatte ich den Eindruck, daß seine Mutter viel deutlicher die Gefahr erkannte, die England aus einem Sieg Francos droht. Sie bekannte, sie könne die Absurdität der gegenwärtigen englischen Politik nicht begreifen. Der König fragte mich mehrmals, ob ich einen einzigen Mann bei Ihnen kenne, der Vertrauen und Hoffnung einzuflößen vermöge. Diese Frage war für mich sehr schwer zu beantworten. Aber ich habe versucht, ihm Hoffnung zu machen, obwohl ich hier einen Brief von einem Freund vorfand, der jetzt in Paris ist und den ich hier anzutreffen hoffte. Er berichtet in diesem Brief, er sei in gut unterrichteten Pariser Kreisen auf fatalistische Ansichten gestoßen. Man nehme an, daß der Krieg im Juli ausbreche. Aber Sie kennen mich gut genug, um mir zu glauben, daß ich noch nicht verzweifle. Ich sprach ausführlich über wirtschaftliche Lösungen und übte ernste Kritik an der Methode van Z[eeland]s. Ich wurde gebeten, heute nachmittag ein Exposé zu schreiben[3] . . .

(1) Der Tod von Königin Astrid bei einem Verkehrsunfall im August 1935 war als nationale Tragödie betrauert worden. (2) Eden war am 20. Februar zurückgetreten, hauptsächlich aus Widerspruch gegen Chamberlains Entschlossenheit, mit Italien zu einer Vereinbarung zu kommen. (3) Siehe Anhang V.

* *N 18./22. März, Letterhaus' Urteil*

Ich wartete in Nijmegen drei Tage, bis B[enno Letterhaus] anlangte. Er brachte keine ins einzelne gehenden Nachrichten, und seine Position war jetzt sehr bescheiden, aber er hatte sich stets als der beste Beurteiler der Ereignisse erwiesen. Goerdelers Optimismus konnte er nicht teilen. Er war überzeugt, Hitler werde von Österreich in die Tschechoslowakei

weitermarschieren, und es bestehe nun keine Hoffnung mehr, ihn innerhalb Deutschlands aufzuhalten[1].
Die Haltung der deutschen und einiger österreichischer Bischöfe bestürzte Letterhaus sehr. Zwei Tage vor der Besetzung Wiens hatte Kardinal Innitzer [von Wien] alle Katholiken zu unablässigem Gebet um die Zukunft Österreichs aufgerufen. In abgelegenen Dörfern waren die Leute noch in den Kirchen versammelt und beteten, wie er verlangt hatte, als der Kardinal schon Hitler als den von der Vorsehung gesandten Retter Österreichs und Europas pries. Das übertraf alles, was die Katholiken je an Wankelmütigkeit bei vielen Vertretern des höheren Klerus im Blick auf die lebenswichtigsten Fragen erlebt hatten. Letterhaus teilte mir mit, J[oos] werde nicht wiederkommen; seine Frau liege im Sterben, und er sei mit den Nerven am Ende. Er sagte, auch sonst werde wohl kaum jemand über die Grenze kommen und mich besuchen, denn die Gestapoaffäre von 1936 sei in ganz Deutschland bekannt.

(1) H. J. Schmitt konnte am 4. März aus Berlin folgenden Bericht an H. B. schicken: „Unterhaltung mit einem hohen Militär, der unbedingter Anhänger von Fritsch ist. Die Lage des Reiches sei ernst, aber nicht verzweifelt. Politisch sei die Situation folgendermaßen zu beurteilen: An die Geduld des Volkes würden große Anforderungen gestellt. Was bisher als ‚unerträglich' bezeichnet worden wäre, wäre nur ein kleiner Vorgeschmack dessen, was noch kommen würde. Der Optimismus von Schacht sei unberechtigt, soweit er immer wieder behaupte, die Schwierigkeiten schließlich erfolgreich überwinden zu können. Die Berichte aus den Ministerien seien pessimistisch. Es müsse mit weiteren Notstandsmaßnahmen auf allen Gebieten gerechnet werden. Wenn nicht ein Wunder geschieht, müsse man auch offiziell die Entwertung der Mark anerkennen. So weit sei man wohl einer Meinung, dagegen würden die politischen Auswirkungen wohl verschieden beurteilt werden. Eine mögliche Änderung der politischen Herrschaftsform sei nur durch eine unüberwindliche Volksbewegung, also durch eine Gegenrevolution, denkbar. Dafür aber bestünden nicht die Voraussetzungen. Alle sonstigen Hoffnungen – also Wandlungen des Regimes ohne Wandlungen des herrschenden Prinzips – seien irrig. Sie könnten, selbst wenn sie erfolgen sollten, an der innenpolitischen Krise nichts ändern. Wenn morgen Göring oder Schacht, Neurath oder Goebbels ihren Abschied nehmen würden, so würde das vielleicht manches für den Weitergang der Politik bedeuten, aber nichts im Verhältnis zu den Prinzipien, die im Dritten Reich Geltung hätten – also auch nichts an der Lebenslage und der politischen Lage des deutschen Volkes ändern. Wenn aber an eine Revolution nicht gedacht würde, dann seien partielle Widerstände überwindbar. Wir sollten uns keine Illusionen machen: Wenn eine Stadt oder eine Provinz in Aufstand geriete, dann würde zusammen mit der Polizei und den Nazis auch die Wehrmacht marschieren. – In der Generalität habe einer der Generäle bei einer Besprechung über die Frage eines möglichen Aufstandes die Haltung der Wehrmacht etwa folgendermaßen formuliert: Man kann einem General zumuten, Hunderte, tausend, vielleicht sogar Tausende von Aufrührern niederschießen zu lassen, wenn das in einem oder mehreren Tagen notwendig wäre. Aber es sei unmöglich, Tausende oder Zehntausende in wochenlangen Kämpfen niederschießen zu lassen. Das erträgt kein normaler Mensch, zumal er selbst in den Augen der

kämpfenden Truppe als Mörder eigener Volksgenossen angesehen würde. Die O[berste] H[eeresleitung] erblickt allein in der Gefahr eines Bürgerkrieges einen unmöglich zu ertragenden Schwächezustand und tut alles, sie zu beseitigen. Aus dieser Auffassung erklärt sich nicht zuletzt der Versuch der O.H., Hitlers Massenbasis intakt zu halten, erklären sich auch die Solidaritätskundgebungen der Wehrmacht mit Hitler. Geht die Massenbasis verloren, dann ist die Gefahr des Bürgerkriegs akut. Ein Bürgerkrieg wäre das Fürchterlichste, was dem Lande passieren könnte, und es sei dann schon besser, es mit langsamen Reformen zu versuchen. – Daß die Wehrmacht versuche, durch ihr Bekenntnis zu Hitler der Gefahr vorzubeugen, und nicht diktiere, daß eine grundsätzliche Kursänderung einzutreten habe, liege ausschließlich in der Tatsache, daß sich die O.H. von eigenen politischen Konzeptionen fernhalte. Insofern ist die neue Wehrmacht genauso unpolitisch wie die Reichswehr in den ersten Jahren der Weimarer Republik. Fritsch betont immer wieder, daß eine eigene Politik der Wehrmacht, was die Innenpolitik angehe, undenkbar sei, und daß eine Neuauflage des Schleicherkurses das Verderben des Reiches bedeute! In der O.H. behaupte man, daß ein großer Teil unserer früheren Anhänger heute hinter Hitler stehe. Man hätte übrigens letztens ein Nachlassen in der illegalen Arbeit festgestellt. Ob es wahr sei, daß die II. und III. Internationale eine Einheitsfront gegen Deutschland beschlossen hatten und Prag [die Exil-SPD] an den Dingen beteiligt sei? – Da die Bemerkungen über die Politik der Wehrmacht in erheblichem Widerspruch standen zu den Bemerkungen der Schleicherleute, bat ich [wahrscheinlich Schmitts Freund Rudolf Pechel], mir die Politik der Wehrmacht etwas genauer zu definieren. Die Antwort war, es sei falsch, von einer Politik der Wehrmacht zu reden; man könnte annehmen, daß die Wehrmacht ein eigenes politisches Programm besäße. Das träfe indessen nicht zu, wenn man unter Politik Parteipolitik verstehe. Die Wehrmacht habe, anders als zur Zeit Schleichers, kein politisches Programm. Wenn die Regierung eine Maßnahme von weittragender Bedeutung plane, werde die R.W. gehört. Sie äußere ihre Meinung, füge sich aber dann dem Entschluß. Aus diesem Grunde träte auch die R.W. nicht gegen die Auflösung des Stahlhelms auf. Auf die Frage nach der Stellung zur Monarchie wurde geantwortet: Die O.H. habe dazu keine Stellung zu nehmen. Wie der einzelne denke, sei ihm freigestellt. Es gäbe keinen Zweifel, daß 100 Prozent der Offiziere Monarchisten seien. ‚Aber es ist ausgeschlossen, der Monarchie wegen einen Bürgerkrieg zu entfesseln. Die Frage wird sich mit Geduld von selber lösen. Es ist vielleicht der Tag gar nicht so fern, wo die Restauration der Monarchie Zwang wird. Man kann sich sehr wohl denken, daß zwar nicht unter Hitler, aber unter einer erblichen Monarchie ein Ausweg gefunden wird, der ein von allen Volksschichten gebilligter Kompromiß ist.‘ Der Berichterstatter [sic!] warf dann die Frage auf, was die Wehrmacht hindere, ihre doch unzweifelhaft vorhandene Macht zu gebrauchen, um die Katastrophe abzuwehren, solange es Zeit ist. In diesem Zusammenhang war auch von der Schleichergruppe die Rede. Die Antwort lautete: 1. Die Wehrmacht hätte niemals einen Zweifel daran gelassen, daß sie nichts tun werde, was die Wehrmacht in Frage stellen würde; daß sie insbesondere keinen Putsch machen werde, sondern das Dritte Reich anerkennen werde, solange es sich diesen Zwecken [sic!] dienstbar erweist. Das heißt nicht, daß sie die Personen und ihre Politik im einzelnen billige. Ganz im Gegenteil! 2. Das Dritte Reich sei nur durch eine wirkliche Volksbewegung, dann aber auch sehr leicht, in ein Viertes umzuwandeln. Jedem Putsch müsse die Wehrmacht entgegentreten, wenn sie nicht alles in Frage stellen solle, was an Positivem die letzten Jahre gebracht hätten. 3. Eine Ablösung des heutigen Regimes könne nicht durch chaotische Kräfte, sondern nur durch aufbauende erfolgen. Die neue Herrschaftsform könne nur die monarchische sein, in die die wertvollsten Kräfte der sozialdemokratischen Arbeiterschaft eingeordnet werden könnten. Über die Form, in der das geschähe, sei heute nichts zu sagen. Das werde von der Situation abhängen. 4. An dem Dauerbestand der Armee dürfe nie und von niemandem gerüttelt werden. Auch werde keine Generalität weder heute noch morgen dulden können, daß das Heer durch Parteipolitik in seiner

Schlagkraft gelähmt werde. Die Generalität werde immer von sich aus zu bestimmen haben, was der Heeresorganisation zuträglich sei. 5. Im übrigen ist die Wehrmacht stets bereit, im Rahmen des ihr Gutdünkenden Anregungen zu vertreten und für einen Ausgleich der politischen Gegensätze zu wirken. Die Diffamierung Andersdenkender, Mißhandlungen usw. mißbillige sie. 6. Die Wehrmacht habe ein großes Interesse, über die Meinung aller Volkskreise informiert zu sein. Sie lehne es deshalb auch heute nicht ab, mit allen staatserhaltenden Kreisen in Verbindung zu treten. Ich zeigte mich von dieser Darstellung sehr wenig befriedigt. Man entgegnete mir, vor einem Jahr seien Personen und Verhältnisse noch anders gewesen. Heute entsprächen die vorstehenden Darlegungen der Meinung der maßgeblichen Generäle. Aber es gäbe nichts Endgültiges und Starres!“

* *N März/April, Churchill und Goerdeler*

Ehe ich von Amerika nach England zurückkehrte [9. Februar], hatte Churchill Ian Anderson getroffen und gesagt, er wolle mich gern sprechen, sobald ich zurück sei. Wir trafen uns, und er war sehr zuvorkommend. Es kam zu keinen deutschfeindlichen Ausbrüchen, nur zu nazifeindlichen. Churchill bat mich, ihn wieder aufzusuchen, wenn ich vom europäischen Kontinent zurückkäme; ich versprach es. Wir trafen uns in Churchills Wohnung gegenüber der Westminster Cathedral. Ich beschrieb die Lage und sagte, wie notwendig es sei, daß die britische Regierung ein fest umrissenes Programm ausarbeite, das man zuverlässigen Leuten im deutschen Heer vorlegen könnte und das sie vielleicht veranlassen würde, einen Staatsstreich zu wagen. Ich sei sicher, daß sie befriedigt wären und alle weiteren ausländischen Abenteuer verhindern würden, wenn das Korridorproblem so gelöst werden könnte, wie Zaleski es anscheinend erwogen hatte[1]. Es sei aber unmöglich für sie, etwas zu unternehmen, ohne zu wissen, womit sie zu rechnen hätten, wenn sie die Machthaberbande gestürzt hätten. Vorläufig schien Winston Churchill beeindruckt zu sein. Er war sehr gefaßt und ernst und sprach davon, die Gangster zu beseitigen und die europäische Lage zu festigen. Ich pflichtete ihm bei, dies sei wesentlich, denn nach ihrem Erfolg in Österreich und der Zustimmung der britischen öffentlichen Meinung müsse sich die Bande zwangsläufig in neue Abenteuer stürzen. Dies schien er zu begreifen, nachdem er zum ersten Mal eine freimütige Würdigung des deutschen Volkes gehört hatte. Er bestand darauf, ich müsse seine Frau kennenlernen, die sehr freundlich und charmant war. Natürlich sprach ich nur wenige Worte mit ihr über Politik, aber ich merkte, daß sie wie die meisten Leute in erster Linie franzosenfreundlich eingestellt war und daß diese Haltung jeden anderen Gedanken über-

wog. Ich veranlaßte ein Zusammentreffen zwischen Churchill und Goerdeler; dies wurde eine höchst unangenehme Angelegenheit.
Als mich Goerdeler in meiner Wohnung besuchte, hatte er schon mit Halifax, Vansittart, Chamberlain und einigen anderen gesprochen und erzählte sehr optimistisch von ihren Reaktionen. Wegen seines Treffens mit Churchill erklärte ich ihm, daß ein Wagen, der einem Autogroßhändler gehörte und ein nicht registriertes „Händlerkennzeichen" trug, am Sonntagmorgen [3. April] um 9 Uhr vor seinem Hotel warten werde. Der Sohn meiner Freunde werde am Steuer sitzen und ihn nach Old Surrey Hall fahren, wohin Winston Churchill zum Mittagessen komme. Ich sei beim Essen dabei, werde sie aber dann alleinlassen. Das Ehepaar Anderson werde sich freuen, seine Frau und seine Kinder ebenfalls bei sich zu haben, aber sonst sei niemand anwesend. Goerdelers Kinder waren schon abgereist, und seine Frau hatte etwas anderes vor, aber er schien über diese Regelung erfreut zu sein.
Als ich am Samstag spätnachmittags nach Old Surrey Hall kam, war Mrs. Anderson eben von einem Unbekannten angerufen worden, der ihr gesagt hatte, Goerdeler sei durch ein Telegramm aus Berlin abberufen worden und bedaure sehr, nicht kommen zu können. Der Anruf kam ihr verdächtig vor, und ich sagte, sie solle sofort Goerdelers Hotel anrufen. Goerdeler wollte wissen, wer am Apparat sei, und einige Zeit, nachdem sie ihren Namen genannt hatte, sagte der Hotelpage, er könne Goerdeler nicht wieder auffinden. Ich schlug Reinhold Schairers[2] Telefonnummer nach und bekam seine Frau an den Apparat. Sie sagte, ihr Mann sei ausgegangen, aber sie wisse, daß Goerdeler abreisen müsse; ich hörte, wie sie meinen Namen wiederholte und Anweisungen bekam. Ich sagte, ich erwarte den sofortigen Rückruf ihres Mannes. Dann rief ich Goerdelers Hotel an und erfuhr vom Angestellten am Empfang, daß er nicht vor Montag abreisen würde. Wieder wählte ich Schairers Nummer und sagte seiner Frau, ich wisse, daß Goerdeler London nicht verlassen habe, und ich erwarte Goerdelers Anruf an diesem Abend oder am nächsten Morgen.
Eine halbe Stunde, ehe Churchill kam [am Sonntag], rief Schairer an und sagte, Goerdeler bleibe noch einen Tag, könne aber nicht nach Old Surrey Hall kommen, weil man ihn gewarnt habe, Andersons seien im britischen Geheimdienst. Ich sagte Schairer, das sei eine völlig unsinnige Behauptung, besonders von seiten eines Mannes, der – wie er – mit seinen Verbindungen zum Geheimdienst prahle. Schließlich gestand er, er habe nichts damit zu tun, aber Vansittart habe Goerdeler davor

gewarnt, sich mit Churchill in Old Surrey Hall zu treffen. Ich fragte, ob Vansittart mit Goerdeler oder mit ihm gesprochen habe, denn ich wolle ihn sofort anrufen und mich erkundigen. Daraufhin wurde Schairer sehr verlegen und entschuldigte sich, er habe eine Notiz von einem anderen Mitglied des Außenministeriums erhalten, mit dem er über die Zusammenkunft gesprochen habe. Auf weiteres Drängen sagte er, Goerdeler würde Winston Churchill sehr gern sprechen, aber nicht mit mir zusammen. Danach rief ich im Hotel an und bekam Frau Goerdeler an den Apparat. Sie bestätigte, daß ihr Mann davor gewarnt worden sei, Churchill mit mir zusammen zu treffen, und daß er Churchill gern an einem anderen Ort sprechen würde[3]. Ich erklärte, das sei wohl kaum möglich, da sich ein Mann wie Churchill nicht zu irgendwelchen Intrigen hergeben würde.

Churchill ging bald nach dem Essen weg. Ich sagte ihm, Goerdeler sei abberufen worden, habe es sich dann anders überlegt und mich schließlich wissen lassen, daß er doch nicht kommen könne. Ich deutete die Möglichkeit an, daß Goerdeler von irgendeinem persönlichen Gegner Churchills gewarnt worden sein könne, und erwähnte, daß er sich mit Lord Halifax getroffen habe. Churchill sagte, Halifax habe ihn angerufen und ihm nahegelegt, sich mit Goerdeler zu besprechen, und er habe Halifax mitgeteilt, wir hätten bereits ein Treffen vereinbart. Halifax sei sehr erfreut gewesen. Im Gespräch mit Churchill über die Lage sagte ich, im Zuge der Veränderungen in der Wehrmacht seien viele der Generäle, die sich jedem kriegsähnlichen Abenteuer widersetzten, in den Hintergrund gerückt.

Um auf die Dauer den Krieg zu vermeiden, müsse das britische Kabinett jetzt beschließen, welche Zugeständnisse es in einem allgemeinen Plan der Grenzrevision[4] machen könne. Es solle sein Maximalangebot gewissen einflußreichen Befehlshabern zukommen lassen, deren Namen ich ihm nennen könne, und ihnen dazu sagen, dies sei die letzte Chance. Wenn sie Hitler nicht stürzten, nachdem sich die britische Regierung für Deutschlands legitime Revisionsansprüche verbürgt habe, müßten die Dinge ihren Lauf nehmen. Churchill bezweifelte, ob es jemals möglich sein würde, unter Chamberlains Regierung zu einem derart festen Entschluß zu kommen, der ein gewisses Maß an Phantasie und psychologischem Verständnis für das deutsche Heer und die Nicht-Nazis erfordere. Ich sagte, falls sich die britische Regierung zum Handeln entschließe, müsse sie ohne Keitel handeln. Zu meiner Verblüffung merkte ich, daß Churchill die Geschichte glaubte, die nazifreundliche Engländer verbreiteten, daß nämlich Blomberg entlassen worden sei, weil ihm „die Junker“ seine nicht standesgemäße Heirat verübelten. Er bat mich, sonntags einmal nach Chartwell zu kommen, und sagte, er werde mich über Andersons zu erreichen versuchen.

Goerdeler erschien am nächsten Tag. Er entschuldigte sich und bat mich, seine Entschuldigung auch Churchill und meinem Gastgeber zu überbringen. Er sagte, er müsse sich auf Schairer verlassen, der mit dem britischen Außenministerium und Geheimdienst in bestem Einvernehmen stehe und seinen Entschluß gebilligt habe. Er wollte, daß ich ein neues Treffen mit Churchill am gleichen Tage in die Wege leitete. Ich sagte ihm, das sei völlig unmöglich, und er verstehe Churchills Position nicht. Trotz der Angriffe der Chamberlain-Clique gelte Churchill bei den Streitkräften schon als Chamberlains Nachfolger. Die Streitkräfte würden diese Frage in England entscheiden, wenn die Situation kritischer würde, und zwar mit einer Eingabe an den König. Für die Politik, die ich dem Heer im Jahr 1936 vorgeschlagen und später zur Befolgung empfohlen hatte, sei Churchill der einzig wichtige Mann. Ohne ihn wäre die Lage für alle verzweifelt. Goerdeler war sehr niedergeschlagen und drängte mich, ein Treffen zu vereinbaren. Ich sagte, Churchill mitzuteilen, er sei abgereist, und dann, er sei doch nicht abgereist und wolle ihn unbedingt sprechen, sei so lächerlich, daß es Churchills Stolz nicht erlauben würde, ihn zu empfangen. Ich sagte Goerdeler, ich hielte Schairer nicht für zuverlässig, und wenn er sich mein Vertrauen bewahren wolle, dürfe er Schairer nichts von dem wiederholen, was ich mit ihm besprochen hatte. Wenn Goerdeler im Sommer wiederkäme, würde ich mich ausführlicher mit Churchill unterhalten haben und dann eine Zusammenkunft arrangieren.

Am 7. April kam [Erwin] Schuller von Lazard Bros.[5] abends in meine Wohnung; er hatte Baronin W[illisen] um eine Empfehlung gebeten. Bald stellte sich heraus, daß er gekommen war, um mir [Robert] Brands[6] Urteil über Goerdelers Verhandlungen mitzuteilen. Er sei zu eilig vorgegangen; es sei unmöglich, rasch in Unterhandlungen einzutreten oder rasch zu handeln; Besprechungen, die ein Jahr dauerten, seien erforderlich, damit die Lage reif würde. Ich sagte, ich sei schuld daran, daß Goerdeler auf eine rasche Entscheidung gedrängt habe. Ich sei überzeugt, die einzige Möglichkeit zur Verwirklichung dieser Pläne sei, sie innerhalb der nächsten zwölf Monate auszuführen. Später hätten auch die letzten besonnenen Generäle keinen Einfluß mehr in der Wehrmacht. Ich könne mich Goerdelers Ansicht, ein Krieg sei für die

Nazis vollkommen aussichtslos, nicht ganz anschließen, außer es käme zu einem langdauernden Krieg, in dessen Verlauf die wirtschaftliche Lage katastrophal würde. Im Blick auf Temperament und Wesen der Nazis sei es nicht ausgeschlossen, daß sie England sofort mit all ihren Bombengeschwadern angriffen und einigen Erfolg erzielten. Schuller war anderer Ansicht. Er kam zu dem Schluß, Goerdeler habe wie alle Deutschen in ähnlicher Position die Schwierigkeiten derartiger Unterhandlungen unterschätzt und sei übers Ziel hinausgeschossen[7].

Vier Wochen später rief mich Schairer an und sagte, Goerdeler habe Ärger mit der Gestapo. Er sei mit mir zusammen gesehen worden, und der deutsche Geheimdienst habe von einem bekannten Bankier (Tjarks) erfahren, daß Bob Brand anderen Leuten der City erzählt habe, eine Zusammenkunft zwischen Goerdeler und Churchill sei arrangiert worden. Ich schlug es ab, Schairer zu treffen; er hatte sich für seinen letzten Unsinn noch nicht entschuldigt. Bob Brand gegenüber erzählte Schairer eine ganz andere Geschichte: Goerdeler sei in Schwierigkeiten gekommen wegen seiner Aussagen bei einem Essen – bei dem Brand wie gewöhnlich zugehört und kaum ein Wort geäußert hatte. Jetzt wollte Schairer eine Erklärung von Brand des Inhalts, daß Goerdeler die Ausdrücke nicht gebraucht habe, die er doch tatsächlich ausgesprochen hatte. Brand zögerte, eine Erklärung abzugeben, da er Schairer und Schairers Erläuterungen mißtraute. Später erfuhr ich, daß Goerdeler über seinen Aufenthalt in London nicht eingehend verhört wurde, daß er aber in Paris beobachtet worden war, wo er die Büros von Daladier[8] und anderen französischen Ministern besucht und bei privaten Essen sehr offen geredet hatte[9].

(1) Zaleskis versöhnliche Haltung 1931–1932 wurde vor kurzer Zeit dokumentiert u.a. in Gaines Post Jr., *The Civil-Military Fabric of Weimar Foreign Policy*, Princeton 1973, und Harald von Riekhoff, *German-Polish Relations 1918–1933*, Baltimore 1971. (2) Dr. Reinhold Schairer, Leiter des Deutschen Studentenwerks Berlin 1921–1933, Dozent an der Londoner Universität; 1940 organisierte er mit finanzieller Unterstützung des Rockefeller Fund das U.S. Committee on Educational Reconstruction (US-Komitee für den Wiederaufbau des Erziehungswesens) zur Vorbereitung für die Besetzung nach dem Krieg (vgl. *Time* vom 21. Juli 1941, S. 209). Zu seiner Verbindung mit Goerdeler siehe Ritter, *Carl Goerdeler*, und Hoffmann, *Widerstand, Staatsstreich, Attentat*. (3) Später stellte sich heraus, daß dieses Mißtrauen gerechtfertigt war, als man 1939 entdeckte, daß eine Hausangestellte der Andersons im Sold der Gestapo stand. (4) Seit 1935 hatten britische Minister wiederholt der deutschen Regierung erklärt, sie seien nicht gegen „vernünftige Regelungen" in Danzig, Österreich und der Tschechoslowakei. (5) Schuller war Agent der einflußreichen englischen Investitionsbank auf dem Kontinent. Er interessierte sich auch weiterhin für die deutsche Opposition. Im Dezember 1939 nahm er in Amerika Kontakt auf mit Wheeler-Bennett und Trott zu Solz. (6) Robert Baron Brand, Generaldirektor von Lazard Bros.,

Direktor der Lloyds Bank, Direktor bei *The Times* Publishing Co., Schwager von Viscountess Astor, Leiter der British Food Mission in Washington 1941–1944, Vertreter des britischen Schatzamtes in Washington 1945–1946. (7) Die Haltung der Briten konservativen anti-nazistischen Deutschen gegenüber blieb schwankend. Das Foreign Office betrachtete Goerdeler im Dezember 1938 mit einer Mischung aus Hoffnung und Mißtrauen. Als H. B. und Goerdeler sich das nächste Mal im Mai 1939 trafen, bestätigte Goerdeler ausdrücklich, daß das Foreign Office 1938 tatsächlich gegen ein Treffen mit Churchill und besonders auch gegen ein Treffen mit Churchill und H. B. geraten hatte (H. B. an Johannes Maier am 13. März 1946). – In der Tschechoslowakei-Krise plädierte Halifax am 30. August für ein Arrangement mit Hitler, gegen den „Rat vieler gemäßigter Deutscher"; er bezweifelte, daß irgendeine Maßnahme anderer Länder die Diktatur der Nazi-Herrschaft zerstören könne; aber am 25. September meinte er, man lasse sich eine Gelegenheit, „das Nazi-Regime zu stürzen", entgehen. Chamberlain, der Kleist-Schmenzin mit einem „Jakobiten am französischen Hof des 17. Jahrhunderts" verglich und ihn im August 1938 ablehnte, studierte im Oktober 1939 mit ernsthafter Erwartung die gefälschten Berichte, die von der Gestapo an englische Geheimdienstagenten gegeben worden waren, die dachten, sie hätten es mit „Rundstedt" zu tun (vgl. *Diaries of Sir Alexander Cadogan,* hrsg. von David Dilks, London 1971, S. 128); Colvin, *Chamberlain Cabinet,* S. 142, 163; Ian Macleod, *Neville Chamberlain,* London 1961, S. 278/79, 281). (8) Edouard Daladier (1884–1970), französischer Minister für Kolonien (Radikalsozialist) 1924–1925, Verteidigungsminister 1925, 1936–1937, 1937–1938, Ministerpräsident 1933, 1938–1940. (9) Warum werden solche Nebensächlichkeiten wiedergegeben? Die internationalen Verflechtungen der deutschen Opposition, bei denen persönliche Redlichkeit und Uneigennützigkeit besonders nötig waren, verliefen in einem Dschungel zweifelhafter Zwischenträger, besonderer Interessen, professioneller und amateurhafter Geheimdienstoperationen, wofür dieses kleine Beispiel charakteristisch ist.

8. April, London, H. B. an Dannie Heineman

. . . Der Herr, den ich zufällig in Brüssel bei Ihnen traf, ist abgefahren. Ich hatte am Schluß eine merkwürdige Erfahrung mit ihm, die mich etwas stutzig machte. Er hat viele Leute gesehen und fuhr sehr befriedigt ab. Wie ich gestern hörte, ist aber der Eindruck, den er hinterlassen hat, nicht so, wie er ihn sich selber vorstellt. Ich wollte ihn aber trotz allem nicht entmutigen. Vielleicht bringt er die Dinge ins Rollen.

Das Volk hat sich hier schon wegen Österreich beruhigt. Ich glaube aber, daß die Regierung inzwischen sehr besorgt ist und die Rüstungen kolossal beschleunigen wird. Bei den Verhandlungen mit den Gewerkschaften hat Halifax sehr deutliche Worte gesprochen[1]. Man will aber Zeit gewinnen. Ich glaube, daß, wenn die Regierung es wollte, sie heute schon in 48 Stunden einen riesigen Deutschenhaß entfesseln könnte, der vor niemandem haltmachen würde[2] . . .

(1) Bei ihrer Konferenz im Oktober 1937 hatte die Labour Party ihre frühere pazifistische Haltung aufgegeben und für die Rüstung gestimmt; Gewerkschaftsführer arbeiteten an

der Organisation der Kriegsproduktion mit. (2) Am gleichen Tag schrieb H. B. an Jerome Greene in Harvard: *„Ich persönlich glaube immer noch, daß große Aussicht besteht, einen Weltbrand zu vermeiden; was mich aber sehr beängstigt, ist, daß sowohl die Völker als auch die Regierungen sich damit abgefunden zu haben scheinen, daß zu einer späteren Zeit der Krieg unvermeidlich ist."

* *8. April, London, H. B. an Henry Stimson*

... Ich finde, daß nicht viel über die wirklichen Geschehnisse in Deutschland während der letzten ereignisreichen Wochen in die ausländische Presse gelangt ist. Hoffentlich werde ich Ihnen das alles im einzelnen berichten können, wenn Sie und Ihre Gattin im Juli in London sind. Es ist eine sehr schmutzige Geschichte. Trotzdem hat der Kampf noch nicht mit einem vollen Sieg der Nazis über die Wehrmacht geendet. Bestünde eine stabile Regierung in Frankreich und eine klare und feste Einstellung seitens der britischen Regierung, so würde die gemäßigte Gruppe der Wehrmacht zweifellos gestärkt, und es wäre vielleicht trotz allem möglich, zu einer konstruktiven Lösung in Europa zu kommen. Aber die Zeit wird knapp. Ich fürchte, wenn die letzten bestehenden Chancen nicht in den nächsten zwölf Monaten wahrgenommen werden, wird Europa in den Krieg schlittern. Merkwürdig ist, daß die Regierung hier die öffentliche Meinung nur sehr langsam auf mögliche Ereignisse vorbereitet. Sicher war die Reaktion der öffentlichen Meinung auf den Coup in Österreich außergewöhnlich, aber sie verblaßt bereits. Diese Tatsache könnte denen, die Deutschlands Geschick in der Hand haben, einen falschen Eindruck vermitteln. Die letzten Reden von Goebbels und Heß[1] sind in dieser Beziehung aufschlußreich.

Selbstverständlich wird das Ergebnis der Unterhandlungen zwischen England und Italien für den künftigen Trend der Ereignisse in Europa sehr wichtig sein ... Für mich besteht kein Zweifel, daß, wenn die Unterhandlungen zwischen Italien und England sofort nach dem Austausch von Briefen zwischen Mr. Chamberlain und Signor Mussolini im letzten Juli begonnen hätten, die Lage in Europa heute ganz anders wäre[2]. Anscheinend sind die Gespräche in Rom in allen Punkten erfolgreich, ausgenommen Spanien[3]. Ich bin nicht ganz sicher, ob dieser letztere Punkt tatsächlich so schwerwiegend ist, wie er von außen aussieht. Es scheint, daß Leute, die sich in der Sache auskennen, nicht mehr so große Angst vor Italiens Einstellung zur spanischen Frage haben; sie hätten nichts gegen italienische Truppen in Spanien, bis

Francos Sieg gewiß ist, und zwar nicht nur über die Barcelona-Regierung, sondern auch nachher über die Falangisten. Sie nehmen an, daß die Falangisten jetzt völlig von den Nazis beherrscht werden und daß sie, sobald die Republikaner besiegt sind, versuchen werden, Franco zu stürzen und unter dem Einfluß der Nazis ganz Spanien zu beherrschen. Ich persönlich stehe dieser Ansicht etwas skeptisch gegenüber, aber man sagte mir, Mussolini selbst fürchte eine solche Möglichkeit.
Ich fürchte, daß die Aufsplitterung der Tschechoslowakei unter legalen Gesichtspunkten so geregelt werden wird, daß die Franzosen nur schwer eingreifen können. Es ist sehr merkwürdig, daß die Menschen hier und andernorts trotz der Ereignisse in Österreich nicht mit einer solchen Möglichkeit zu rechnen scheinen . . .

(1) Rudolf Heß, der Stellvertreter des Führers, und der Propagandaminister Joseph Goebbels hatten in Österreich bei Massenversammlungen gesprochen, um die Volksabstimmung vom 10. April vorzubereiten. Am 29. März zog Goebbels in Wien einen dramatischen Vergleich mit den Zuständen bei seinem letzten Besuch in Wien 1932; er beschimpfte und verhöhnte die bürgerlichen Politiker, die versucht hatten, Österreich von der großen revolutionären Bewegung des deutschen Volkes auszuschließen. (2) Am 16. April wurde eine Vereinbarung verkündet, daß Großbritannien die italienische Herrschaft in Abessinien anerkennen würde, sobald die ausländischen Truppen aus Spanien zurückgezogen würden. An diesem Tag schrieb H. B. an Mona Anderson: „Ein Jahr früher, und die Nazis hätten nicht die Macht in Österreich bekommen." (3) Stimson, der die offizielle Nicht-Intervention in Spanien kritisierte, führte die rechtliche Verteidigung der Silberverkäufe der spanischen republikanischen Regierung an das US-Schatzamt gegen die Ansprüche, die Francos Regierung, vertreten von J. F. Dulles, geltend gemacht hatte.

* *N 8. April, bei der französischen Botschaft in London*

Ich suchte Roland de Margerie[1] wegen eines Visums auf, und sofort entspann sich ein Gespräch über Politik. Margerie bezeichnete eine Art „National Government" für Frankreich als Unsinn; die Rechte und die Linke im Kabinett würden einander lähmen. Blum[2] habe sich in den vergangenen anderthalb Jahren vollständig verändert; er sei verbittert wegen Intrigen und antisemitischer Angriffe, er sei zu starr gewesen. Ich sagte, eine Art „National Government" aller Parteien biete große Chancen für eine faschistische Gruppe, die dann die einzige noch nicht mit Verantwortung belastete Gruppe wäre. Ich teilte ihm mit, ich würde über diese Probleme in Oxford lesen.
Wir sprachen über den Widerwillen englischer Politiker, offen zu reden. Das britische Kabinett hatte die erste Reaktion des Volkes nach der

Besetzung Österreichs nicht ausgenützt, um in großem Maßstab Territorialtruppen zu rekrutieren. Die Beschlüsse und Erlasse des britischen Kabinetts hinkten stets hinter den Ereignissen her; ich glaubte, das würde sich wohl kaum jemals ändern. Ich fragte nach Flandin[3].
Margerie: Er wurde in Berlin[4] in einen Hinterhalt gelockt und konnte nicht wieder Mut fassen.
Brüning: Von der Reichskanzlei wurde der Wehrmacht gemeldet, er habe gesagt, Frankreich werde im Falle eines deutschen Angriffs auf die Tschechoslowakei nichts unternehmen.
Margerie: Das stimmt nicht. Solche Gespräche bergen stets die Gefahr, daß sie entstellt werden, wenn man nicht einen guten Freund als Zeugen mitnimmt. Auch Lord Halifax hatte nur einen deutschen Dolmetscher bei sich[5]. Das Protokoll, das ihm später übersandt wurde, war eine vollständige Verzerrung seiner Bemerkungen. Das erbitterte Lord Halifax sehr. Vorgestern noch sagte er bei seinen Unterredungen mit den Gewerkschaften, Deutschland komme für ihn gleich nach der Hölle. Chamberlain sagte vor wenigen Tagen, er begreife nicht, wie Deutsche, die in fremden Ländern leben, unter der derzeitigen Regierung jemals nach Deutschland zurückkehren könnten. Aber die britische Regierung läßt die Dinge treiben. Sie hält den Krieg für unvermeidlich und möchte Zeit gewinnen, um eine Rüstung großen Stils zu betreiben.
Brüning: Ich glaube, es bleibt noch Zeit, um den Kriegsausbruch zu verhindern. Brauchitsch ist weniger bedeutend als Fritsch, aber er besitzt immer noch ein gewisses Maß an Besonnenheit. Die Wehrmacht wird sich nicht rühren, wenn nicht die anderen Regierungen in direkte Unterhandlungen mit ihr eintreten.
Margerie: Das ist unmöglich. All diese Leute in der Wehrmacht und viele andere in Deutschland haben zu große Angst vor der Gestapo, als daß sie ein Angebot direkter Unterhandlungen annehmen würden.

(1) Erster Sekretär der französischen Botschaft in London 1933–1939; war 1923–1932 bei der französischen Botschaft in Berlin. (2) Léon Blum (1872–1950), französischer Ministerpräsident (Sozialist) 1936–1937, stellvertretender Ministerpräsident 1937–1938. (3) Pierre-Etienne Flandin (1889–1958), französischer Handelsminister (Alliance démocratique) 1924, 1929–1930, Finanzminister 1931–1932, Ministerpräsident 1934–1935, Minister ohne Geschäftsbereich 1935–1936, Außenminister 1936 und 1940–1941. Im Februar hatte er eine Annäherung zwischen Frankreich und Deutschland als Alternative zu größeren Rüstungen befürwortet, sich der Bildung demokratischer und totalitärer Blöcke widersetzt und den französisch-russischen Pakt verworfen (vgl. *The Times* vom 14. Februar 1938). (4) Flandin war vom 13. bis 15. Dezember in Berlin gewesen und hatte mit Goebbels, Göring, Neurath und Schacht gesprochen. Neurath hatte ein baldiges Vorgehen in Österreich erwähnt. François-Poncet berichtete am 15. Dezember dem Quai d'Orsay von dem „nicht

unbedingt unaufrichtigen" Wunsch der Deutschen nach einer Verständigung mit Frankreich, der zufolge Frankreich eine Seemacht bleiben und Deutschland im Donaubecken und in Zentraleuropa „frei seine Energien entwickeln" würde (vgl. *Les événements survenus en France de 1933 à 1945, Rapport,* Bd. II, S. 263–265). (5) Halifax hatte Hitler am 19. November 1937 besucht. Selbst in seinen eigenen Tagebuchnotizen über das Gespräch (Halifax, *Fullness of Days*, London 1957, S. 186f.) ist die Warnung in seiner scheinbaren Aufforderung an Hitler, die Karte von Osteuropa zu revidieren, für das ausländische Ohr nicht deutlich hörbar.

* *12. April, Zürich, H. B. an Mona Anderson*

... Auf der Reise nach Amiens und Laon schien es mir, als schwebten die Geister von Millionen toter Soldaten ruhelos über die Felder und durch die Luft. ... Der Zug fuhr am Rhein entlang. Jene schreckliche Reise mit Groener und Bülow[1] im April 1932, bei der Groener mir sein Herz erschloß, raubte mir den letzten Rest Glauben an die Generäle aller Armeen während des Krieges. Dr. B[rettauer] am Bahnhof. Nachdem ich mich erfrischt hatte, sah ich Hilferding[2], dann Roth[3] ...

(1) Siehe H. B., *Memoiren,* S. 546, (2) Dr. Rudolf Hilferding (1877–1941), Reichsfinanzminister (SPD) 1923 und 1928–1929, Verfasser des Werkes *Finanzkapital,* Wien 1910, Redakteur des *Vorwärts,* der *Freiheit,* Herausgeber der *Gesellschaft,* lebte 1933–1938 in Zürich, 1938–1940 in Paris. (3) Wilhelm Roth, Vertreter der I.G. Farben für die Schweiz und Österreich, polnischer Staatsbürger.

* *13. April, Melide, H. B. an Mona Anderson*

... Herthas Mutter und Schwester sind hier. Nachmittags kam mein Freund, der so krank war[1]. Seine Frau erkannte ich wieder, aber ihn nicht. Es betrübte mich sehr, ihn so wiederzusehen ... Er ist noch der gleiche, aber er ist ganz ideologisch geworden. Er hatte immer einen Hang in diese Richtung. Ich wunderte mich, daß sogar diese Leute nichts von dem wissen, was in Deutschland und in der Welt vorgeht. Abends rief Mr. George Shuster aus Basel an. Er gab sich große Mühe, einen meiner Freunde in Wien[2] zu retten, der mich letzten Sommer besuchte. Die amerikanische Gesandtschaft ist überzeugt, daß er umgebracht wurde. Eine andere Gesandtschaft erhielt Nachricht, er sei im Konzentrationslager Dachau ... Niemand blickte 1933 hellsichtiger in die Zukunft als er. Deshalb verließ er die Heimat schon im Juli und begab sich zuerst nach Johannesburg. Später forderte Schuschnigg ihn auf, die neue Arbeitsverfassung für Österreich auszuarbeiten und die

Körperschaften der neuen Verfassung Österreichs in Gang zu setzen. So lief er dem Unglück in die Arme. Er hätte es vielleicht vermeiden können, wenn er nicht von Deutschland weggegangen wäre . . .

(1) Professor Dr. Friedrich Dessauer, Physiker, Reichstagsabgeordneter (Zentrum) 1924–1933, lehrte 1934–1937 in Istanbul, seitdem in Fribourg in der Schweiz; litt unter den Folgen seiner frühen Versuche mit Röntgenapparaten. (2) Dr. Fritz Kühr, Wirtschafts- und Bankfachmann, Mitarbeiter von Gustav Gundlach, S. J., leitete bis 1933 mit A. H. Berning zusammen die Gesellschaft zur Förderung politischer Bildungsarbeit und verfaßte Studien wie *Der Nationalsozialismus, Entwicklung, Geisteshaltung und Ziele* und *Marxismus, Kommunismus, Bolschewismus,* beide 1931 vom Generalsekretariat der deutschen Zentrumspartei veröffentlicht. Wurde als Emigrant Generalsekretär der österreichischen Arbeitsfront. In Wien 1938 festgenommen, erst 1943 aus dem KZ Dachau entlassen.

** 1. Mai, Oxford, H. B. an Mona Anderson*

. . . Nun habe ich mich schon ganz an die Atmosphäre in Oxford gewöhnt, nur nicht ans Klima . . . Wenn ich zwei Stunden gearbeitet habe, muß ich eine Viertelstunde spazierengehen, sonst sterben mir die Finger langsam ab. Diese Spaziergänge durch die Gäßchen sind entzükkend. Fast alle malerischen Winkel habe ich nun gesehen, und ich muß zugeben, daß Sie recht hatten, als Sie sagten, Oxford sei prächtiger als Cambridge. Aber der Blick von der Cam auf das Trinity College ist trotzdem einmalig. Viele dieser Stege und Winkel erinnern mich an Münster. Heute morgen, als die Glocken läuteten, war es, als wachte ich an einem Sonntagmorgen im Hause meiner Mutter auf. Die geistige Atmosphäre und die religiöse Tradition sind gleich. Ich verstehe jetzt, warum mich die Schriften von Walter Pater[1] – der, wie ich gestern herausgefunden habe, mit Queen's verbunden war – fesselten, insbesondere der erste Essay über Lakedaimon und Kreta in seinen *Greek Studies* [1895]. Die gesamte Kultur im nordwestlichen Deutschland, die der hiesigen so nahesteht, ist untergegangen, seit wir vor 130 Jahren von Preußen erobert wurden. Darunter leiden wir heute noch. Die neuen öffentlichen Gebäude wurden von Beamten aus den weiten Ebenen des Ostens entworfen und ohne Rücksicht auf ihre Umgebung errichtet.
Der hübscheste Teil von Queen's ist die Bibliothek meinen Fenstern gegenüber. Die Sonne – wenn sie da ist – geht genau dahinter unter, und die letzten goldenen Strahlen bringen mir Frieden und Ruhe. Ich mache mir oft Gedanken über die Bedeutung der Heimat. Für mich ist die Bindung ans Vaterland ein Konzentrations- und Willensakt gewor-

den. Immer mehr löse ich mich aus den normalen Banden, die für die meisten Menschen den Begriff Heimat bilden. Für mich ist sie eine Idee . . .

Ich muß die Methode des „Seminars" etwas ändern. Alles ist hier anders als in Harvard. Aber hier sind viel mehr Leute gut unterrichtet. Es kam zu einem langen, sehr interessanten Gespräch zwischen Sir Arthur Salter, Professor [H. D.] Henderson und mir über bestimmte Stadien des Reparationenproblems. Aber wir alle waren sehr beeindruckt von den groben Schnitzern dieser unglückseligen Zeit. Die Art, in der die Unterredungen zwischen dem englischen und französischen Kabinett geführt wurden, bezeichnet einen großen Fortschritt[2]. Für mich jedoch gilt: „Tout cela c'est bien triste." 1931 war es mir gelungen, die Bindungen zwischen den beiden Ländern zu lösen. Das alles ist umsonst. Aber trotz allem wird jetzt ein entschlossener Schritt auf den Frieden zu getan. Das ist viel[3] . . .

(1) Englischer Schriftsteller, der mit seinen Veröffentlichungen über künstlerische und philosophische Themen um die Jahrhundertwende starken Einfluß ausübte. (2) Daladier und Bonnet hatten sich am 28. und 29. April ausführlich mit britischen Kabinettsmitgliedern unterhalten und Gespräche zwischen Stabsangehörigen in die Wege geleitet. Die britischen Stabschefs hatten sich vor solchen Kontakten gehütet (vgl. Colvin, *Chamberlain Cabinet*, S. 94). (3) Zusätzlich zu seinem Seminar hielt H. B. im Queen's College eine Reihe von sieben öffentlichen Vorträgen über die Gefahren für eine demokratische Regierung, *„nicht nur in politischer und sozialer, sondern auch in ethischer und religiöser Beziehung". Diese Vorträge enthalten die intensivste Verteidigung seiner Politik als Reichskanzler, die er je vortrug. Um Vertrauen und Stabilität zu schaffen, müßten sich die demokratischen Regierungen mehr als andere Regierungsformen den realen Problemen stellen und die öffentliche Meinung anführen, statt ihr zu folgen: *„Man kann sämtliche Aspekte der totalitären Idee verwerfen, wie ich es tue, aber man kann die Stärke des faschistischen Arguments, daß die Nachkriegsdemokratie keine starke, überzeugende Führung hervorgebracht habe, nicht leugnen." Veränderungen in der künstlichen Nachkriegsstruktur Europas stünden noch bevor. *„Bis jetzt ist es der Demokratie nicht gelungen, wesentliche Beiträge zu einer Lösung zu leisten, und die totalitären Regierungen haben lediglich die Schwierigkeit, eine neue Ordnung zu errichten, erhöht." Die Dinge stünden ganz anders, wenn sich die Nationen spätestens 1932 über eine definitive Neubewertung der Währungen geeinigt und damit eine feste Grundlage geschaffen hätten, nach der ihre Produktion auszurichten gewesen wäre. Die lange Wirtschaftsblüte vor 1914 habe *„eine gewisse bürgerliche Einstellung gefördert, zu der sowohl Marxismus als auch Faschismus in heftigem Gegensatz stehen – dem Wesen nach opportunistisch, zu weichlich für Glauben oder Begeisterung, willens, Mißstände zu übersehen, um nicht gestört zu werden, aber unsicher durch die lächerliche Angst, nicht auf der Seite des Gewinners zu stehen". Das Wesen der Demokratie definierte H. B. als *„Freiheit für die natürliche Entwicklung wirtschaftlicher und politischer Tendenzen in jedem Volk und in der Welt".

** N Mai/Juni, Major Astor und Lindberghs*[1] *Schätzung der deutschen Luftwaffenstärke*

Major [John Jacob] Astor rief Andersons an und fragte sie, ob sie [am 8. Mai] zum Essen nach Hever Castle kommen und mich mitbringen wollten; er hätte sehr interessante Gäste, darunter einen berühmten Amerikaner, der kürzlich in Deutschland gewesen sei. Ian Anderson sagte am Telefon, er wisse nicht, wer das sei. Ich fürchtete, es sei Lindbergh, und bat Ian, Major Astor zu sagen, ich könne an diesem Sonntag nicht kommen, aber es wäre mir ein großes Vergnügen, ihn bei anderer Gelegenheit allein zu sprechen. Ich wollte mit ihm über [Norman] Ebbutts Schicksal reden, das mir sehr am Herzen lag. Ich ging [von Oxford] nach Old Surrey Hall, und als meine Freunde [von Hever] zurückkamen, erzählten sie, es sei eine große Gesellschaft gewesen, und Lindbergh habe ausführlich berichtet, was er in Deutschland gesehen habe, und wie zuvorkommend man ihm die modernsten Flugzeugfabriken in Deutschland gezeigt habe. Die Nazis könnten jetzt mehr als 20000 Flugzeuge im Jahr fertigen. Ian hatte sich für dieses Gespräch nicht interessiert, aber er erinnerte sich, daß jemand Lindbergh gefragt hatte, wie viele Fabriken er besichtigt habe, und daß er geantwortet hatte, es seien zwei Fabriken gewesen, aber er wisse, daß die Nazis zwanzig solcher Fabriken hätten.

Als ich erfuhr, daß Andersons zu einem Gartenfest nach Hever [Anfang Juni] eingeladen waren, sagte ich, sie möchten doch Major Astor darauf hinweisen, wie töricht und verantwortungslos es sei, einfach zu glauben, was die Nazis hatten durchblicken lassen, daß nämlich sämtliche Fabriken so viele Flugzeuge herstellten wie die zwei modernsten Werke, die Lindbergh besichtigt hatte. In den folgenden Tagen hörte ich überall, welch defätistische Gefühle Lindberghs Gerede erweckte, vor allem bei Mr. Chamberlain selbst. Etwas später lud mich Major Astor allein zum Essen nach Hever ein. Ich ging hin und sagte ihm, eine Jahresproduktion von 20000 Flugzeugen sei unmöglich, und selbst wenn sie denkbar sei, sei es unmöglich, die nötige Zahl von Piloten rasch auszubilden, es sei denn, es wären alles Jagdflugzeuge, deren Piloten keine lange Schulung brauchen; so viele Bombenflugzeuge zu bauen, sei unmöglich. Ich befürchtete, die Verbreitung dieses Geredes werde zu panikartiger Kapitulation und später zur Notwendigkeit des Kampfes führen. Wenn die Nazis mit Hilfe britischer und amerikanischer Importe genug Benzin für ihre Bombenflugzeuge bekämen und dann die rumänischen Raffinerien weiter ausbauten, würde das einen verlängerten Weltkrieg bedeuten.

(1) Oberst Charles Lindbergh, der zum berühmtesten Mann in Amerika geworden war, als er 1927 den Atlantik überflog, lebte in England. Er schätzte die deutsche Produktionskapazität in Kriegszeiten auf 20000 Flugzeuge jährlich, was manche Leute irrtümlich so auffaßten, als ob demnächst 20000 Bomber über London fliegen würden. Ein Vergleich der Luftwaffenstärke verschiedener Länder ist sehr schwierig. Klar ist jedoch, daß Lindbergh die damalige deutsche Produktion leicht und die deutschen Reserven stark überschätzte. Offizielle amerikanische Schätzungen vom September 1939 stimmen mit dem überein, was heute bekannt ist, daß Deutschland nämlich Großbritannien und Frankreich zusammen in der Luft quantitativ, aber nicht qualitativ leicht überlegen war. H. B. versuchte seit Frühjahr 1935, nachdem die britische Regierung Hitlers unbegründetes Prahlen mit der „Gleichheit" in der Luft geglaubt hatte, ständig, nüchternere Schätzungen zu ermutigen. Am 10. Februar 1937 schrieb er an Sackett über die Schwäche der deutschen Luftwaffe in Spanien und ihre Reorganisation (siehe auch Charles Lindbergh, *The Wartime Journals,* New York 1970).

* *15. Mai, Oxford, H. B. an Mona Anderson*

. . . Ich habe Mussolinis Rede[1] sehr aufmerksam gelesen. Ich glaube sicher, daß er mit Taktik und diplomatischem Druck, besonders auf Frankreich, eine immer stärkere Position erringen wird. Um in diesem Spiel sicherzugehen, wird er Großbritannien und Deutschland abwechselnd für sich ausnützen, ohne sich dem einen oder anderen Land zu sehr zu verpflichten. Er wird versuchen, mit einer Politik ohne Krieg Deutschland die Oberherrschaft über die Tschechoslowakei zu verschaffen. Das wird Jugoslawien und Rumänien zwingen, Frankreich fallenzulassen und sich Italien anzuschließen. Erst dann wird er bereit sein, sich enger an die Westmächte zu halten, da er sonst Deutschland gegenüber nicht sicher wäre. Vielleicht wird er dann einen sehr hohen Lohn bekommen . . . Es tut mir leid, daß ich dieses Jahr die Glockenblumen nicht sehe. Wer weiß, ob es nächstes Jahr möglich sein wird? Ich glaube aber immer noch, daß der Krieg nicht vor August 1939 kommen wird. Wenn England seine Rüstungen beschleunigen würde, würde er nie ausbrechen.
Spears schrieb mir und forderte mich auf, Vorschläge für eine starke Wirtschafts- und Finanzpolitik gegenüber Deutschland vorzulegen[2]. Es ist ziemlich naiv, darum zu bitten, wenn er mir nicht garantiert, daß unter einem annehmbaren Regime die legitimen Forderungen meines Landes befriedigt werden. Aber die Engländer haben keine Phantasie . . .

. . . Die Einladungen, in Clubs zu sprechen, gehen in beängstigender Menge ein. Wenn man zwei oder drei angenommen hat in der Hoffnung, es kämen keine weiteren, ist es schwierig, andere abzulehnen . . . Ich ging früh zur Kirche. Lesen Sie das heutige Evangelium, Johannes [16, 5–14]. Es hat mich stets tief beeindruckt. Es reicht in die geheimnisvollsten Tiefen der menschlichen Seele, wo wir nicht wissen, ob wir nicht schon in Gott leben. Auch [die zweite Schriftlesung] der Brief des Jakobus [1, 17–21] ist eine der tiefgründigsten Schriften der Bibel . . .

(1) Mussolini hatte am 14. Mai in Genua erklärt, Differenzen in Spanien würden möglicherweise jegliche Verständigung zwischen Italien und Frankreich verhindern. (2) H. B. hatte am 10. Mai mit General Spears und Sir Joseph Ball, der für die Anfrage verantwortlich war, gespeist.

** 22. Mai, Oxford, H. B. an Mona Anderson*

. . . Gestern war sehr schönes Wetter. Ich bin zum „bumping race" gegangen. Der Fluß ist sehr hübsch. Alles ist wie auf einem Stich aus der Romantik. Nichts scheint sich verändert zu haben. Die Blätter zitterten in der herrlichen Sonne. Das Grün der Bäume und der Wiesen war so schön und vollkommen, wie ich es in meinem Leben nur zweimal gesehen habe. Abends große Versammlung in All Souls, Fünfhundertjahrfeier der Gründung „The first war memorial"[1]. Die Bibliothek ist prachtvoll. Vollkommene Proportionen. 700 Personen waren anwesend. Alle Doktoren in ihren karmin- oder scharlachroten Roben. Sir John Simon in seiner Robe des Chancellor of the Exchequer. Lord Halifax war ebenfalls erwartet, aber eine Stunde nach seiner Ankunft wurde er ins Außenministerium zurückgerufen[2]. Sir John brach um 10 Uhr auch dorthin auf. Ich traf viele Leute – Dawson von der *Times*, seinen neuen Korrespondenten in Berlin, der nicht zurückkehren konnte wegen eines neuen Reichserlasses, der jetzt für jede Reise nach Deutschland ein Visum verlangt . . . Lionel Curtis suchte mich und brachte mich zu Sir John, der mit mir sprechen wollte. Wir standen hinter der massigen Statue des „Vaters des amerikanischen Rechtswesens" [Blackstone][3] an diesem Abend, an dem alle nur vom drohenden, unvermeidlichen Krieg redeten. Es waren fast genau sechs Jahre, seit ich Sir John zum letztenmal gesehen hatte, an dem Tag, an dem die Befriedung Europas mißlang, und nun wurden die Auswirkungen offenkundig. Aber Sir John hat sich nicht verändert. Strahlend, willenlos, phantasielos, doch seine

Rede wie immer sehr geläufig und vom juristischen Standpunkt aus deduktiv. Ich verhielt mich sehr zurückhaltend. Wenn man die letzten Neuigkeiten nicht kennt, ist es in solchen Augenblicken gefährlich, sich auf Ratschläge einzulassen. Er fragte mich, ob er mich wiedersehen könne, was ich mit höflicher Zurückhaltung bejahte. Aber mir schien, als habe er wie immer keine Ahnung, wie er die Initiative ergreifen könnte. Die Professoren, die Deutschland ein wenig kennen, machten sich über den Trick mit Henleins Besuch[4] lustig . . .

(1) Das All Souls College wurde im Jahr 1438, also gegen Ende des Hundertjährigen Kriegs zwischen England und Frankreich, erbaut. (2) Der 21. Mai war der Höhepunkt der Krise im Zusammenhang mit der Meldung der deutschen Truppenbewegungen an der tschechischen Grenze, welcher die tschechische Mobilmachung und die Androhung der französischen und englischen Mobilmachung folgten. (3) Sir William Blackstone, englischer Jurist des 18. Jahrhunderts, dessen *Commentaries on the Laws of England* das einzige allgemein zugängliche Gesetzbuch in den amerikanischen Kolonien waren. (4) Der Sudetenführer hatte in der vorhergehenden Woche einen Besuch in London gemacht und sich mit einigen prominenten Politikern und Journalisten getroffen. Der britische militärische Geheimdienst pflegte schon seit 1935 eine Verbindung zu Henlein; dieser war im Dezember 1935, im Sommer 1936 und im Jahr 1937 zweimal in London (vgl. Keith Middlemas, *Diplomacy of Illusion, the British Government and Germany 1937–1939,* London 1972, und die Briefe an die *Times* vom 11. und 20. Juni 1953 von Sir Walford Selby, früher Minister in Wien, der insbesondere den Besuch vom Oktober 1937 kritisierte).

** 26. Mai, Oxford, H. B. an Mona Anderson*

. . . Alle prominenten alten Fellows und einige Gäste speisten mitten in der Halle[1] im flackernden Licht zahlloser Kandelaber. Ich saß zwischen Canon Streeters Vorgänger und Professor [Ernest] Gardner, dem Archäologen, dessen Herz für das alte Deutschland schlägt. Der frühere Rektor, Rev. Walker, ist seit 60 Jahren mit Queen's verbunden. Er erzählte so spannend von den Zielen des Gründers und von seiner Zeit, daß er meine Gedanken fesselte . . . Nach dem Essen las der Rektor alte Gebete, die nach der Bestimmung des Gründers von Queen's nur bei dieser Gelegenheit gesprochen werden . . . Sie sind wunderbar[2]. Der Leitgedanke war, eine neue religiöse Kultur zu schaffen, da die alte zusammengebrochen und das Land in Barbarei verfallen war. Ebenfalls nach dem Willen des Gründers wurde ein herrlicher Freundschaftskelch aus dem 14. Jahrhundert herumgereicht. Alle tranken daraus und sprachen dazu einen lateinischen Satz zum Gedenken der verstorbenen Fellows . . .

(1) Die Halle des 1341 gegründeten Queen's College am Abend des Frühlingsfestes. (2) Es heißt dort unter anderem: „Deus det vivis gratiam, defunctis requiem, ecclesiae, Reginae, regnoque nostro pacem et concordiam et nobis peccatoribus vitam aeternam."

** 28. Mai, Oxford, H. B. an E. L. Spears*

... Es tut mir sehr leid, daß ich Ihren Brief vom 13. Mai erst jetzt beantworten kann ... Ich fürchte, ich kann Ihrer Bitte nicht nachkommen. Ich würde es tun, wenn ich sicher wäre, daß ich damit zu einer konstruktiven Einstellung gegenüber Deutschland in späterer Zeit beitragen würde. Aber ich fürchte, daß es, sobald die akute Gefahr vorüber ist, England nicht daran hindern würde, in die gleiche Einstellung wie in den zehn Jahren nach dem Kriege zurückzufallen. Sie werden jedoch ähnliche Vorschläge in *The Financial News* finden, zum Beispiel in einer der ersten Nummern dieser Woche unter der Überschrift „Lombard Street"[1]. Vor ungefähr zehn Tagen brachte *The Financial News* einen weiteren guten Artikel ähnlicher Tendenz an der gleichen Stelle. Ich hoffe, Sie werden meine Haltung begreifen[2] ...

(1) Die *Financial News* befürwortete die Ablenkung wesentlicher Importe für Deutschland mittels britischer Handels- und Kreditabkommen großen Maßstabs. Die Regierung gründete im Mai einen Unterausschuß für „wirtschaftlichen Druck auf Deutschland" und im Dezember 1938 setzte eine intensive britische Handelsaktivität in Südosteuropa ein. (2) Spears' sofortige Antwort: „Ich verstehe vollkommen" untermauerte seine guten Beziehungen zu H. B.

** N Juni/Juli, Stimmung in England*

Als ich Winston Churchill im Juni sah, sagte ich ihm, ich hielte die Moral im tschechischen Heer nicht für besonders gut. Einzig wichtig sei, Zeit zu gewinnen, und zwar durch das Angebot einer gewissen Autonomie für die Sudetendeutschen und den Versuch, die Unterhandlungen über den ganzen Winter hinzuziehen. Die einzige Wirkung dieses Rates war, eine Periode des Optimismus herbeizuführen.

Sir Will Spens fragte mich, ob ich mich bereitfinden würde, mit dem Erzbischof von Canterbury[1] zusammenzutreffen, und ich erhielt eine Einladung zum Essen im Lambeth Palace auf Sonnabend, den 2. Juli. Nur Kirchenmänner aus der unmittelbaren Umgebung des Erzbischofs waren anwesend. Die Unterhaltung war nicht besonders interessant. Ich sprach von dem Mut der protestantischen und katholischen Pfarrer im

Widerstand gegen die Nazis und äußerte meine Überzeugung, daß es unmöglich sei, der deutschen Jugend über einen längeren Zeitraum hinweg den christlichen Glauben vorzuenthalten. Mein vorherrschender Eindruck war der eines leidenschaftlichen Hasses auf Ribbentrop[2]. Der Erzbischof glaubte, er habe sowohl Staatsmänner als auch „die öffentliche Meinung" genarrt; dafür setzte ich natürlich „die Londoner Gesellschaft". Der Erzbischof hatte es eilig, nach Canterbury aufzubrechen. Seine politischen Ansichten und Urteile machten mir keinen sehr tiefen Eindruck.

(1) Cosmo Gordon Lang, der im März den Anschluß begrüßt hatte, war, wie H. B. viel später erfuhr, zu jener Zeit schwerkrank. (2) Joachim von Ribbentrop (1893–1946), deutscher Botschafter in London 1935–1938, Reichsaußenminister (NSDAP) 1938–1945.

* *13. Juli, London, H. B. an Dannie Heineman*

. . . Ich hoffe sehr, Sie hier in London zu sehen, um mit Ihnen über die politische Lage zu sprechen. Was Sie über die allgemeine Stimmung in Deutschland schrieben, interessierte mich sehr[1]. Gestern kam ein Besucher aus Deutschland, der mir den gleichen Eindruck vermittelte. Er sagte, die Leute im Land erkennen erst jetzt, wie gefährlich die Lage im Mai wegen eventueller Schritte gegen die Tschechoslowakei war. Aber das wird sich sehr bald wieder ändern; gerade jetzt unternehmen sehr prominente französische und britische Kreise neue Anstrengungen für eine Versöhnung um jeden Preis. Sie sollten Barthélemys Artikel[2] in der gestrigen *Temps* und den heute in der *Times* erschienenen Artikel eines diplomatischen Korrespondenten[3] lesen, der zweifellos die Ansichten der Mehrheit des britischen Kabinetts widerspiegelt. Jene Anstrengungen begannen vor vierzehn Tagen in der City, und ich bin sicher, daß die Nazis bald davon erfuhren. Die sofortige Reaktion war der Beschluß, die deutsche Luftwaffe zu verdoppeln und neue Festungswerke an der Westgrenze zu bauen, aber die Menschen lernen nichts aus der Vergangenheit.

Ich bin ganz mit Ihnen einig, daß Dr. S[chacht]s Politik und Ansichten weitgehend von persönlicher Animosität bestimmt werden. Das war bei ihm immer so; aber zugleich unterstützt er in entscheidenden Augenblicken die allgemeine Politik der Nazis, wahrscheinlich in der Hoffnung, daß die Zeit für ihn arbeiten werde. Jedenfalls wird – wie Sie in Ihrem Brief schreiben – die Politik immer mehr von der Gruppe um

Himmler bestimmt werden, und das beste, was die Wehrmachtsführer vielleicht tun können, ist, bei der Verstärkung der Rüstung Zeit zu gewinnen, so daß gefährliche Entschlüsse hinausgezögert werden . . .

(1) Heineman hatte am 2. Juli, nachdem er drei Wochen in der Nähe von Berlin gewesen war, geschrieben, die Atmosphäre scheine deprimiert und mißtrauisch zu sein. Er fand Schacht sehr besorgt, meinte aber, dies sei vielleicht nur ein Zeichen persönlicher Unzufriedenheit. (2) Joseph Barthélemy erklärte in seinem Artikel „Le bon dynamisme et le mauvais", Frankreich könne in einem Krieg nichts gewinnen, aber alles verlieren und solle nicht wegen der Tschechoslowakei angreifen; wenn es aber von anderen angegriffen würde, sei es unbesiegbar. Das Argument, daß Frankreich in einem Verteidigungskrieg unbesiegbar sei, war seit Anfang 1938 immer häufiger in den außenpolitischen Debatten zu hören. (3) In einem Artikel über Henleins Verhandlungen in Prag empfahl der Korrespondent dringend, man möge die Sudeten- und die Spanienfrage beilegen, um einer „weit verbreiteten Versöhnung" den Weg zu ebnen.

* *4. August, London, H. B. an Mona Anderson*

. . . Heute fahre ich – wundern Sie sich bitte nicht – nach Cliveden[1] mit Professor Hopper[2], um mit Lady Astor[3] und Lord Lothian allein zu sprechen. Bruce Hopper hat die Gespräche in die Wege geleitet und das Terrain sondiert. Ich mußte mich entscheiden, die Einladung anzunehmen, um die Gerüchte und Verleumdungen dieser ganzen nazifreundlichen Clique im Außenministerium und in der Gesellschaft zu widerlegen. Sie begannen mit Churchs Behauptung, ich sei ein Abgesandter des Vatikans. Sie haben schon merkwürdige Charaktere in England! Überall bestehen Gruppen, die nicht mehr an die Zukunft ihres Vaterlandes denken, sondern nur noch daran, den Nazis zu gefallen. Der beste amerikanische Korrespondent in Europa – [John T.] Whitaker[4] –, den ich auf der Straße traf, erzählte mir Schreckliches. Im Außenministerium soll es eine ganze Fraktion geben, die für einen Besuch des Königs bei Hitler im Winter Propaganda macht, um das durch den Besuch des Königs in Paris entstandene Mißbehagen zu zerstreuen . . . Aber trotz der Tatsache, daß alle Staatsbeamten in Deutschland auf den 16. August zurückgerufen wurden, glaube ich nicht an einen sofortigen Krieg. Ich glaube eher, daß es ein Bluff ist, um Lord Runciman[5] einzuschüchtern, der einer indiskreten Bemerkung Chamberlains zufolge die Tschechoslowakei auf den politischen Status der Schweiz – allerdings einen brüchigeren Status – zurückführen soll. Wir werden sehen . . .

(1) Viscount Astors Haus. Den Ausdruck „Cliveden-Klüngel" prägte der Journalist Claud Cockburn Ende 1937; er wurde zum weltweiten Symbol für nazifreundliche

Beschwichtigungspolitik zu eben der Zeit, in der die angeblichen Mitglieder an Krieg zu denken begannen. (2) Bruce C. Hopper, außerordentlicher Professor für politische Wissenschaften in Harvard, Flieger im Ersten Weltkrieg, Journalist in China, Fachmann für russische Fragen, bei der US-Legation in Stockholm für das Office of Strategic Services 1942–1943, Historiker der US-Luftwaffe in Europa 1944–1946. Besuchte im Juli und August 1938 London, Stockholm, Moskau, Warschau, Paris. (3) Nancy, Viscountess Astor, gebürtige Amerikanerin, wie Lothian bei der Christlichen Wissenschaft. Dem „römischen Katholizismus" und „römisch-katholischen Ländern" mißtraute sie zutiefst. Daß H. B. kein Vatikan-Diplomat war, hätte sie von ihrem Freund Tom Jones wissen können, der 1937 schrieb, daß H. B., Tim Healy und Lord Tyrrell, alles Katholiken, „nichts von der päpstlichen Diplomatie halten" (vgl. Tom Jones, *A Diary with Letters*, London 1954). (4) In Genf 1931–1932, danach in Moskau, Genf, Rom, Spanien für die *N. Y. Herald Tribune* und anschließend für die *Chicago Daily News;* kritisierte die unentschlossene Politik der „Status-quo-Mächte" in *And Fear Came*, New York 1936. Der Gegensatz zu seinem nächsten Buch, *We Cannot Escape History*, New York 1943, gibt ein lebendiges Bild der Kriegspsychologie. (5) Walter Viscount Runciman (1870–1949), britischer Handelsminister (Liberale Partei) 1914–1916 und 1931–1937, wurde im Oktober 1938 Vorsitzender des Geheimen Rats. Am 26. Juli war angekündigt worden, Runciman werde die Sudetensituation „auf Einladung der tschechischen Regierung" untersuchen.

* *9. August, London, H. B. an Mona Anderson*

... Der Tag in Cliveden war sehr interessant. Der Blick von der Schloßterrasse auf das Themsetal ist prachtvoll, ebenso der Anblick des Schlosses, wenn man die Parkallee herankommt. Die Einzelheiten der Architektur und der Inneneinrichtung zeugen nicht von Originalität und vermitteln nicht den Eindruck eines verfeinerten Geschmacks ... Die Terrasse ist bedeckt von großblütigen Magnolien, so schön wie die in Melide. Ich hatte sie in England noch nie gesehen. Lady Astor kam sofort auf die Politik des Vatikans zu sprechen, auf das Toleranzprinzip, über das wir uns später, nach Lothians Ankunft, noch unterhielten ... Lothian hat, kurz nachdem ich ihn im Februar sah, seine Ansichten vollkommen geändert. Einer seiner Freunde, ein Luftfahrtexperte, war von General Milch, dem Generalstabschef der deutschen Luftwaffe, eingeladen worden, nach Berlin zu kommen und die Vorbereitungen der Luftflotte zu besichtigen. Dieser Herr erschrak fürchterlich und kam zu dem Schluß, daß es in Deutschland mindestens 8000 Militärflugzeuge gebe und daß das Produktionspotential bei monatlich mindestens 400 liege. Er sprach sofort mit dem P[remier]M[inister], und sie kamen zu der Erkenntnis, daß England im Augenblick einem Druck oder einem Angriff erbarmungslos ausgeliefert wäre und daß man um jeden Preis Zeit gewinnen müsse, da nur 18 Flakgeschütze zur Verteidigung

Londons bereitstünden. Er kam direkt von Lord Halifax und hatte ihm erzählt, daß er mich treffen werde. Dann stellte er mir die Frage: Was ist zu tun, um den Krieg im letzten Augenblick zu vermeiden? Ich unterbreitete ihm Vorschläge, sagte ihm aber zugleich, ich wisse, wenn ich diese Ratschläge erteile, genau, daß man bei dem Versuch, eine Kriegskatastrophe zu vermeiden, Lösungen finden müsse, die die Nazis scheinbar befriedigten und auch ihr Regime vorläufig stabilisierten. Zeit zu gewinnen – nachdem ich nun von ihm die wahre militärische Lage erfahren habe (die alle Vorstellungen übertreffe) – sei das einzige Mittel, den Kriegsausbruch zu verhindern.
Ich habe in den vergangenen Tagen deshalb sehr viel nachgedacht und gearbeitet, um taktische Vorschläge zu finden, die meiner Ansicht nach den Krieg noch acht Monate hinauszögern könnten. Gestern und heute schrieb ich die Denkschrift auf der Maschine und gab sie heute nachmittag zur Post[1].
Dieses Gespräch wie auch die Unterhaltung letzte Woche mit Whitaker vermittelte mir den Eindruck, daß die führenden Persönlichkeiten Ihrer Politik erschüttert sind über die Naivität gewisser Gruppen im Außenministerium und in der Marineverwaltung, während die führenden Persönlichkeiten des Heeres den Ernst der Lage voll und ganz erfaßt haben. Ich bin zu dem Schluß gekommen, daß wir von Ende September bis Ende Oktober und dann wieder ein halbes Jahr später eine sehr kritische Zeit durchleben werden . . .

(1) Siehe Anhang VI.

* *9. August, London, H. B. an Ian Anderson*

. . . Die entscheidende Woche beginnt am 20. September. Bis dahin wird das ganze deutsche Volk mobilisiert sein. Dann werden die Nazis irgendeinen Vorwand für ein Ultimatum finden. Ich glaube noch nicht, daß ein europäischer Krieg entstehen wird aus einem militärischen Schlag gegen die Tschechoslowakei und dem unvermeidlichen Zusammenbruch dieses Landes . . . Hitler scheint sich entschlossen zu haben, dieses Mal nicht unter einer neuerlichen Drohung Englands und Frankreichs nachzugeben. Der Widerstand der Wehrmacht gegen seine gewagte Politik wird von Woche zu Woche schwächer. Ich sehe keine praktische Möglichkeit für ein militärisches Eingreifen Englands und

Frankreichs. Keines von beiden Ländern kann mehr riskieren als eine Mobilmachung . . .

* *11. August, London, H. B. an Mona Anderson*

. . . Ich glaube nicht, daß es diesen Monat zu einer unmittelbaren Gefahr kommen wird. Ich glaube auch nicht, daß im Oktober der Krieg in Europa ausbricht, denn Sie können noch nicht Krieg führen. Daher werden Sie die Tschechoslowakei im Stich lassen. Das wissen die Nazis genau. Sie werden deshalb alles unternehmen, um die Tschechen zu provozieren, zu belästigen, zu demütigen und in Verzweiflung zu stürzen. Aus diesem Grund haben sie auf den 22. August sämtliche Reservisten öffentlich einberufen. Wahrscheinlich wollen sie die Kapitalisten überall, und besonders in Frankreich und England, erschrecken und damit das Vertrauen beider Völker zu ihren Regierungen untergraben. Ich denke, daß der P[remier] M[inister] sich vor allem den spanischen Fragen zuwendet, die für seine persönliche Stellung drückend und gefährlich werden[1]. Sie werden zu spät kommen, wenn Sie nicht eine sehr geschickte Taktik verfolgen, aber trotzdem ruhig bleiben. Was Ruhe betrifft, ist der P[remier]M[inister] bewundernswert. Ich fürchte allerdings, daß dies auf einem etwas zu spontanen Temperament und auf wenig sensiblen Nerven beruht. Mr. Davis[2], der frühere amerikanische Kriegsminister, und Mr. Sackett, der aus Berlin zurückkam, sind sehr pessimistisch. Sackett war sehr bewegt, als er die Erinnerungen von 1930/1933 und die versäumten konstruktiven Chancen heraufbeschwor . . .

(1) Im Juni 1938 schrieb Oliver Harvey von der britischen Regierung, sie „bete um Francos Sieg" und versuche, die Munitionslieferungen von Frankreich nach Barcelona zu unterbinden (vgl. *Diplomatic Diaries,* S. 148). Im August war der Kampf am Ebro immer noch auf einem toten Punkt. Barcelona fiel erst Ende Januar 1939 an Franco und Madrid Ende März, nachdem Großbritannien und Frankreich die Regierung Franco Ende Februar 1939 anerkannt hatten. (2) Dwight F. Davis (1879–1945), Präsident der Brookings Institution, Washington; Kriegsminister (Republikaner) 1925–1929.

** 15. August, London, H. B. an Henry Stimson*

... Nach Semesterschluß in Oxford wartete ich in Belgien auf den Besuch meiner Schwester und einiger Freunde. Ich kehrte nach vierzehn Tagen zurück, denn niemand wagte, über die Grenze zu kommen ... Heute früh erhielt ich ein Telegramm von meinen holländischen Freunden, ich solle sofort herüberkommen, um Freunde zu treffen. Deshalb reise ich heute aus London weg und komme in einer Woche hierher zurück. Mit Ausnahme von drei Tagen in der nächsten Woche werde ich die ganze Zeit bis 17. September hier sein. Am 17. September fahre ich in die Vereinigten Staaten, um den Winter wieder in Harvard zu verbringen ...

** N Winston Churchill in der Tschechoslowakei-Krise*

Ehe ich in der dritten Augustwoche nach Holland fuhr, sah ich Winston Churchill noch einmal auf dem Lande. Er hatte Sir Joseph Ball[1] eingeladen, den Leiter der Zentrale der konservativen Partei und Vorsitzenden des Parteikomitees in Churchills Wahlkreis, mit dem er öffentlich uneins war. Die tschechoslowakische Krise stand auf ihrem Gipfel. Bei Tisch wurde nur allgemein Politisches besprochen, und gegen Ende kam die Frage der Unterhandlung auf. Als man sich erhob, sagte ich, die einzige Möglichkeit, in diesem und dem nächsten Jahr einen Konflikt zu vermeiden, bestehe darin, daß Lord Runciman erfolgreiche Unterhandlungen mit den Nazis über Konzessionen führe, übereinstimmend mit Masaryks[2] und Beneš' Versprechungen in Versailles, um ein Kantonalsystem für die völkischen Minderheiten in der Tschechoslowakei aufzurichten[3]. Vielleicht seien die alten Kantonalvorschläge nicht mehr ausreichend, und es könne notwendig werden, weitere Konzessionen hinsichtlich der Grenzen zu machen – in der Stadt Eger im Nordwesten der Tschechoslowakei und im sogenannten österreichischen Schlesien –, die aber die Verteidigung der Tschechoslowakei strategisch nicht beeinträchtigen würden. Mit solchen Konzessionen könne man Zeit gewinnen, und es hänge jetzt alles von der Zeit ab, nicht in Tagen gesehen wie 1914, sondern in Monaten gerechnet. Da ich das Land sehr gut kenne, glaube ich, wenn eine Übereinkunft vor dem Winter erzielt werden könne, sei ein Angriff vor dem Frühjahr sehr schwierig. Ich berichtete, daß ich über Lord Lothian gewisse Vorschläge für Lord Runciman an Lord Halifax weitergeleitet hatte.

Winston Churchill regte sich gewaltig auf. Er führte mich in den Garten, wo er mich einen Feigling nannte und rief, er würde nie auch nur den kleinsten Kompromiß mit diesen Burschen schließen. Ich entgegnete, es sei nicht gerechtfertigt, mich, den der Nazipöbel verfolgt und mit dem Tode bedroht hatte, als Feigling zu bezeichnen, und es gehe in erster Linie um die Sicherheit des britischen Weltreichs. Churchill lenkte sofort ein, aber ich sprach weiter und sagte, er dürfe überzeugt sein, daß im Kriegsfall die anfänglichen Erfolge des deutschen Heeres erstaunlich wären, wenn ich auch nicht bezweifle, daß es in einem langdauernden Krieg besiegt würde, da England Hilfe von den Vereinigten Staaten, wenigstens in Form von Nachschub, erhalten würde und da die Nazis keine zureichende wirtschaftliche Basis hätten, um einen langen Krieg in Europa zu gewinnen. Er machte eine weitere scharfe Bemerkung: „Was wir wollen, ist, daß die deutsche Wirtschaft vollkommen zusammengeschlagen wird." Ich erwiderte: „Das bedeutet, daß Sie nach einer gewissen Zeit das Land wieder aufbauen müssen zur Unterstützung gegen die Russen." In diesem Augenblick fiel mir nicht ein, daß dies Churchills Position in den Jahren 1920 und 1921 gewesen war, als er versucht hatte, Deutschland zum Kampf gegen Rußland zu bewegen. Meine Bemerkung brachte ihn wieder ins Gleichgewicht. Er wurde sehr ernst und sagte, ich dürfe nicht glauben, er sei so sehr gegen die Regierung, wie es die Zeitungen zu suggerieren versuchten. Er habe viele Gespräche mit Lord Halifax geführt. Als er sich mehr konzentrierte, erhielt ich den Eindruck, daß er glaubte, man könne vorläufig einen Konflikt vermeiden. Natürlich dachte ich nicht, er wolle ihn auf die Dauer vermeiden.

Churchill sagte, er sei von den Nazis zum Reichsparteitag[4] eingeladen worden. Ich sagte, ich würde in seiner Position nicht hingehen, aber ich hielte es für äußerst wichtig, daß er sich mit Hitler treffe. Er sei der einzige Engländer, den ich kenne, der bei einer solchen möglicherweise entscheidenden Gelegenheit nicht vage und ausweichend höflich wäre. Nur die schonungslos ausgesprochene Wahrheit würde Hitler beeindrucken. Wenn Churchill Hitler sehen und mit ihm zwei oder drei Stunden lang so sprechen würde wie in der letzten halben Stunde mit mir, vorzugsweise in Gegenwart eines Mannes wie Neurath, der es nicht versäumen würde, jedermann zu erzählen, was vorgefallen war, dann würde die deutsche Wehrmacht vielleicht begreifen, daß jedes weitere Abenteuer Krieg mit England und Frankreich bedeuten würde. Ich war sicher, daß die Generäle mit Ausnahme von Keitel und Reichenau gerade nach solch einer Waffe strebten, um Hitler zu zwingen, seine Abenteuer aufzugeben[5]. Wenn es ihnen gelänge, bestimmenden Einfluß auf ihn zu gewinnen, würde das System von selbst ohne Staatsstreich zusammenbrechen; eine Regierung, die das ganze Wirtschaftsleben des Landes drei Jahre lang auf umfassende Rüstung ausgerichtet hatte, könne nicht ohne greifbare Erfolge weiterbestehen, sonst würde die Skepsis sie sogar in der Partei schwächen.

(1) Leiter der Öffentlichkeitsarbeit der konservativen Partei 1923–1930, Leiter der „Forschungsabteilung“ der konservativen Partei 1930–1939, im Krieg Vizedirektor des inländischen Sicherheitsdienstes. (2) Dr. Thomas G. Masaryk (1850–1937), tschechischer Staatspräsident (Nationalsozialist) 1918–1935. (3) In einer formellen Note an die Friedenskonferenz vom 20. Mai 1919 hatten die Tschechen erklärt, der neue tschechoslowakische Staat würde von der Art der Schweiz sein („serait“); Beneš konnte später argumentieren, daß eine Erwartung keine Versprechung gewesen sei (siehe Boris Celovsky, *Das Münchener Abkommen 1938*, Stuttgart 1958, und Wenzel Jaksch, *Europas Weg nach Potsdam*, Stuttgart 1958). (4) Nürnberg, 5. bis 12. September. (5) Eine Woche später hörte Churchill fast die gleichen Worte von dem preußischen Konservativen Ewald von Kleist-Schmenzin. Kleists Gespräche in England hatte der Korrespondent des *Daily Telegraph* Ian Colvin, ein Vetter von Ian Anderson, vermittelt. Seine Erlebnisse als Mittelsmann für die deutsche Opposition schildert Colvin in seinen Büchern *Master Spy*, New York 1952, und *Vansittart in Office*. Kleist kam zu der richtigen Erkenntnis, daß ein „Präventivkrieg“ in London keine Unterstützung fand.

* *August, Nijmegen, H. B. an Mona Anderson*

... Es ist ein schreckliches Jahr. Die Nachrichten sind so geartet, wie ich es erwartet hatte. Nur ein einziger meiner Freunde konnte kommen. All die, deren Pässe abgelaufen sind, bekommen sie nicht verlängert. Man kann nur ins Ausland reisen, wenn man einen Sonderausweis beantragt, und die Gründe für die Notwendigkeit einer solchen Reise werden genauestens untersucht ... Die Nervosität in Deutschland ist entsetzlich. Wenn die Nazis im Oktober keinen vollständigen Erfolg haben, könnte die Spannung für die Nerven der Leute zu groß werden. Von daher halte ich es fast für eine Notwendigkeit, daß die Nazis den Schlag spätestens im Oktober ausführen. Hitler setzt sich jetzt über einen neuerlichen Druck von seiten Englands und Frankreichs hinweg. Das ganze Land ist schon in einem Zustand der Mobilmachung wie vierzehn Tage nach der Kriegserklärung 1914. Man ist hier über den Ernst der Lage wohl unterrichtet; alle Staatsbeamten und Offiziere müssen in der letzten Septemberwoche aus ihrem Urlaub zurückkehren. Aber man ist mit den notwendigen Vorbereitungen mindestens zehn

Monate im Rückstand . . . Ich konnte der Versuchung nicht widerstehen, die Grenze zu überschreiten, und bin ein paar hundert Meter ins Münsterland hineingegangen . . .

* *7. September, London, H. B. an Patrick Barry*

. . . Ich verbrachte insgesamt einen Sommer, der mir nicht viel Zeit für mich selbst ließ, teils weil ich nicht wohl war, teils weil mir die Wirren in Europa so viele Besucher zuführten, die Österreich und Deutschland verlassen mußten und versuchten, Rat und Hilfe zu bekommen.
Die Eindrücke, die solche Besuche hinterlassen, sind sehr niederschmetternd. Ich weiß nicht, ob die amerikanischen Zeitungen viel über die wirkliche Situation berichten. Das Elend nicht nur der Juden, sondern all derer, die dem Naziregime nicht anhängen, wird täglich schlimmer. Ich war mehrmals auf dem europäischen Festland, um mich mit alten Freunden zu unterhalten, aber für sie wird es immer schwieriger, überhaupt die Grenze zu überschreiten. Einige von denen, die ich Ihnen gegenüber gelegentlich nannte, sind verhaftet und in Konzentrationslager gesteckt worden, und es ist sehr deprimierend zu wissen, daß man nichts für sie tun kann. Die Lage der katholischen Kirche hat sich seit der Besetzung Österreichs verschlimmert. Die Haltung der österreichischen Bischöfe war ein Dolchstoß in den Rücken der deutschen Katholiken; dasselbe gilt natürlich auch für die Haltung der protestantischen Kirche in Österreich. Die deutschen Bischöfe zeigten großen Mut und viel Würde und lehnten ein Zusammentreffen mit den österreichischen Bischöfen ab. Darin wurden sie vom Heiligen Vater [Pius XI.] unterstützt, dessen Mut und Unverblümtheit für mich eine Quelle großen Trostes sind[1]. Leider ist – abgesehen vom Heiligen Vater – die Haltung des Vatikans nicht sehr vielversprechend . . .
Im Blick auf die allgemeine Lage in Europa glaube ich, daß die Nazis imstande sein werden, ihre Expansion mindestens noch ein Jahr ohne Krieg und ohne wirklich entscheidenden Widerstand fortzusetzen. Trotz der derzeitigen sehr schlechten Stimmung in Deutschland sehe ich keine Hoffnung auf Veränderung. Der große Erfolg, den die Nazis in der Tschechoslowakei erzielen werden, wird wieder, genau wie nach dem Anschluß Österreichs, das Volk um sie scharen. Die englische Politik der letzten zwei Monate ist schwer zu begreifen. Sie läßt sich vielleicht mit der Tatsache erklären, daß Englands Rüstung so langsam voranging,

daß es mit allen Mitteln in den nächsten anderthalb Jahren das Risiko eines Krieges vermeiden muß[2] . . .

(1) Pater Zeiger hatte Ende August in einem Brief an H. B. Pius XI. „den einzigen noch wirklich aufrechten Mann mit Ehrgefühl" genannt und voll Hoffnung ein „Dokument" erwähnt, das Pater Gundlach und der amerikanische Jesuit John LaFarge damals für den Papst aufsetzten. Einem Interview zufolge, das Walter Abbott, S. J., im Jahr 1972 in Boston gewährte, beschäftigte deren Verurteilung der nazistischen und faschistischen Politik Pius XI. bis zu seinem Tode. Pius XII. veröffentlichte erstmals Teile des Entwurfs in einem Brief an den italienischen Klerus vom 9. Februar 1959. (2) Die Stabschefs waren tatsächlich der Ansicht, Großbritannien werde wahrscheinlich in einem langdauernden Krieg siegen, sei aber nicht vor einer Niederlage sicher in einem kurzen Krieg bis März 1939 (vgl. Ian Colvin, *Chamberlain Cabinet*, und Middlemas, *Diplomacy of Illusion*).

* *N 11. September, letztes Treffen mit Winston Churchill*

Als ich Churchill vor Mr. Chamberlains Reise nach Berchtesgaden[1] wiedersah, sagte ich ihm, es sei jetzt zu spät, um den Rat auszuführen, den ich gegeben hatte[2]. Ich sähe keine Aussicht mehr, daß England erfolgreich kämpfen könne; wenn die nächsten acht Monate nicht dazu benutzt würden, die englische Rüstungsproduktion auf Hochtouren zu bringen, werde sich eine katastrophale Lage ergeben. Das erregte Churchill sehr, aber zwei Tage später erkannte er, daß es zutraf. Churchill schritt im Garten auf und ab und sagte, man habe ihm geraten, sich bereitzuhalten, ins Kabinett einzutreten, wenn die Lage kritisch werde. Das überzeugte mich davon, daß sich die Admiralität auf alle Fälle für den Krieg vorbereitete. Wir sprachen über die militärischen Möglichkeiten. Ich sagte, ich kenne zwar ihre Pläne nicht, wisse aber, daß die aus Groeners Schule[3] hervorgegangene Elite der deutschen Generäle allem überlegen sei, was ihr die Franzosen entgegensetzen könnten, und ich schätzte Groeners und Hammersteins Urteil hoch. Als ich wegging, bat mich Churchill um meine Telefonnummer. Er rief an zwei aufeinanderfolgenden Abenden zwischen 9 und 10 Uhr an. Diese Telefongespräche waren sehr ernst, und ich merkte, daß meine Ansicht über die anfänglichen Erfolge der deutschen Wehrmacht ihn beeindruckt hatte. Leider erhielt ich seinen Anruf an meinem letzten Tag in London nicht, da ihn der Telefonist nicht, wie ich gebeten hatte, in eine andere Wohnung im gleichen Gebäude legte.

Winston Churchills Schwiegersohn [Duncan Sandys] war bei unserem letzten Gespräch auf dem Lande ebenfalls anwesend. In den Vereinigten Staaten erhielt ich einen Artikel aus dem *Evening Standard*, in dem dieser junge Mann – entgegen meiner Vereinbarung mit Churchill – unsere Zusammenkunft beschrieb. Deshalb lehnte ich es ab, nach meiner Rückkehr Churchill in England wieder zu treffen[4].

(1) Anschließend an den Parteitag in Nürnberg, der vom 5. bis 12. September stattfand, besuchte Chamberlain Hitler am 15. September in Berchtesgaden, am 22./23. September in Bad Godesberg und am 29. September in München. (2) Von Mitte Juli an hatte man ständig von einer außergewöhnlichen deutschen „Versuchs-Mobilmachung" gesprochen, die zur „Teil-Mobilmachung" wurde, bis Mitte August öffentlich zugegeben wurde, daß die vollständige Kriegsmobilmachung bis Mitte September abgeschlossen sei. Am 21. August schickte der britische Botschafter einen Bericht, in dem es hieß, der deutsche Generalstab sei „erschüttert von der Tatsache, daß sie im Ausland so ruhig aufgenommen wird". Vansittart war später davon überzeugt, daß die Geschichte einen anderen Lauf genommen hätte, wenn die britische Flotte Anfang August und nicht erst Ende September mobilgemacht worden wäre (vgl. Middlemas, *Diplomacy of Illusion*, S. 298, und *Documents on British Foreign Policy*, 3rd Series, Bd. II). (3) „Schule" kann nur die jüngeren Offiziere bedeuten, die Groeners strategische Ansichten teilten, einschließlich der Überzeugung, daß ein entscheidender deutscher Sieg in einem großen europäischen Krieg unmöglich sei. (4) Der folgende undatierte Kommentar stammt aus einem Notizbuch, das H. B. 1939 und 1940 benutzte: *„Was W[inston] betrifft, sollte man sich über zwei Dinge klar sein. 1. Er hat ein fast körperliches Bedürfnis danach, jemanden oder etwas im Kampf niederzuschlagen; um die Kraft seines Temperaments und Geistes zu offenbaren, braucht er Widerstand, wie Wasser in einem Bach, das über ein Hindernis hinwegschäumt. 2. Seine Meinungen und Ziele sind – soweit sie überhaupt rational sind – nicht stabil. Alles wird von Instinkt und Leidenschaft auf der Ebene des Unbewußten diktiert, es sei denn, daß er ‚zwischen die Hörner' getroffen wird von jemandem, der, wie er spürt, zur Selbstverteidigung und ohne echten bösen Willen ihm gegenüber handelt. In diesem Fall erträgt er mehr als die meisten Männer seiner Herkunft und seines Standes; er wird dann plötzlich rational, überlegt und besonnen und läßt gesunde Argumente gelten. Er kann dann auch sein Temperament zügeln und besinnt sich allmählich wieder auf seine Machtposition. Die Vielschichtigkeit seines Wesens verleitet viele Leute, besonders Ausländer, dazu, ihn und den Einfluß, den er in Notfällen haben wird, zu unterschätzen. Er ist bereit, wie ein Spieler Risiken auf sich zu nehmen, und in Notfällen machen solche Naturen zwangsläufig großen Eindruck auf die verwirrten Massen, denen es an einer starken, phantasiereichen Führung fehlt. Weder Neurath noch die Nazis, noch die Wehrmacht und ihre Freunde scheinen dies begriffen zu haben. Die größte Schwäche der führenden deutschen Diplomaten, Offiziere und Politiker ist, daß sie Pläne entwerfen und ausführen, als hätten sie es auf der Gegenseite mit Menschen zu tun, die so starr und unbeweglich sind wie platonische Ideen. Was diesen Fehler zur Tragödie werden läßt, ist die Tatsache, daß die Starrheit in Wirklichkeit in ihren eigenen Gemütern herrscht. Wenn sie einmal einen Menschen geprüft, etikettiert und registriert haben, sind die meisten Deutschen unfähig, ihre Meinung über ihn zu ändern, auch wenn er sich wandelt und die verborgenen Eigenschaften, die sie nicht erkannt und nicht registriert hatten, an die Oberfläche kommen."

* *13. September, London, H. B. an W. Y. Elliott*

... Noch etwas möchte ich mit Ihnen besprechen, sobald ich ankomme. Als ich in Oxford Vorlesungen und das Seminar hielt, wurde ich von den Mitgliedern des Seminars aufgefordert, eine Bibliographie aller wirtschaftlichen und politischen Trends in Deutschland, vor allem in der jüngeren Generation, zusammenzustellen. Erstaunlicherweise sind sie überhaupt nicht bekannt, dabei sind sie tatsächlich faszinierend. Als ich das letzte Mal in Harvard war, sagten mir zwei Herren von der Verwaltung der Widener-Bibliothek, sie seien bereit, wertvolle Bücher zu erwerben, wenn ich ihnen die Titel angeben würde. Falls Sie Zeit dafür erübrigen können, wäre es mir sehr recht, wenn Sie diese Herren aufsuchen und die Sache mit ihnen besprechen würden. Die Nazis bemühen sich jetzt, aus den Bibliotheken alle Bücher, Broschüren und Zeitschriften der ersten sieben Jahre nach dem Krieg zu entfernen, die den Historikern späterer Zeiten beweisen würden, daß die Nazis keinen einzigen eigenen Gedanken hatten, sondern von den Ideen höchst heterogener Gruppen übernahmen, was ihnen paßte ...
Zur gegenwärtigen politischen Lage: Ich fürchte, alles, was ich jetzt schreiben könnte, würde vollkommen überholt sein, wenn dieser Brief Sie erreicht. Hätte sich das britische Kabinett schon früher zu der festen, klaren Haltung entschlossen, die es am Sonntag einnahm[1], so wäre ich jede Wette eingegangen, daß ein Krieg nicht möglich sei. Aber dieser teuflische Artikel in der *Times*[2] hat alle Leute geschwächt, die sogar in der Nazipartei den Radikalen Widerstand leisteten, die ihrerseits Hitler drängten, in die Tschechoslowakei einzumarschieren. Hitlers gestrige Rede setzt meiner Ansicht nach nur den Bluff fort. Wenn der Bluff aber zu weit geht, kann Hitler nicht mehr zurück. Ich fürchte, so weit ist es schon. In England und Frankreich denkt der Mann auf der Straße meist: „Wenn in zwei Jahren ohnehin der Krieg kommt, soll er lieber gleich ausbrechen, damit wir ihn hinter uns haben."
In den letzten Monaten stand ich nervlich in ständiger Anspannung. Vergeblich versuchte ich, gewisse Leute in England von der Notwendigkeit zu überzeugen, spätestens im Juli mit einer konstruktiven Lösung hervorzutreten, die die legitimen Ansprüche der Sudetendeutschen befriedigt und gleichzeitig für alle echten deutschen Patrioten annehmbar ist. Ich bat sie, das britische Kabinett dahingehend zu beeinflussen, daß es Hitler zugleich klar vor Augen stelle, daß die Ablehnung solcher Lösungen Krieg bedeutet. Da alle extremen Nazis von Natur aus feige

CONSULATE GENERAL OF THE UNITED STATES OF AMERICA
LONDON, ENGLAND
GREAT BRITAIN AND NORTHERN IRELAND

Before me, Douglas Jenkins, Consul General of the United States of America in and for the consular district of London, England, duly commissioned and qualified, personally appeared Dr. Heinrich Bruning who, first being duly sworn, deposes and says as follows:

"My name is Heinrich Bruning. I was born at Munster, Germany, on November 26, 1885. My nationality is German.

"Owing to political reasons, I am unable to procure a valid passport from the German Government. I was last issued a passport by the German Government at Berlin on November 9, 1933, passport No. 410, valid to November 9, 1938.

"I make this affidavit to serve as a travel document for use in lieu of a passport.

"The photograph attached hereto is a true likeness of myself as of September 14, 1938."

And further deponent saith not.

Heinrich Brüning

Subscribed and sworn to before me this fourteenth day of September, A.D., 1938, at London, England.

Douglas Jenkins
Douglas Jenkins
Consul General of the United States of America.

Service No. 20317
No fee subscribed
(part of visa application.

Bearer: HEINRICH BRUNING
Date of birth: November 26,1885
Place of birth: Munster,Germany
Height: 5 ft. 10 in.
Color of eyes: Grey
Color of hair: Grey
Distinguishing marks: none
Occupation: Lecturer

Admitted at Newport R.I.
on 9/2/39 under Paragraph 2 Section 3, Immigration Act of 1924, for one year
C. Hroska
Immigration Inspector.

"Transeunte"
VISTO BUENO en este Consulado de la Republica de Cuba
MAY 12 1941
Derechos: $2.00
Art. 22 del Arancel Consular.
Registrado al No. dos
Asiento No 293
CONSULADO DE LA REPUBLICA DE CUBA BOSTON, MASS. E.U.A.
A. Bruzón
CONSUL

sind, bin ich überzeugt, dies hätte den Frieden wahren und auch den aus den Friedensverträgen erwachsenen deutschen Nationalkomplex überwinden können, die ganze Welt sei darauf aus, Deutschland zu unterdrücken . . .

(1) In einer Pressemeldung von Sonntag, 11. September, erklärte das Außenministerium, wenn die Tschechoslowakei angegriffen werde, sei Frankreich verpflichtet, ihr zu helfen, und Großbritannien und Rußland würden Frankreich unterstützen. Groß herausgestellt wurde die Tatsache, daß Kabinettsmitglieder mit Eden, Churchill, dem französischen und dem amerikanischen Botschafter konferierten. Hitler sollte am 12. September in Nürnberg sprechen. (2) In ihrem Leitartikel vom 7. September hatte die *Times* vorgeschlagen, man solle das Sudetenland ganz an Deutschland abtreten.

T 17. September, „Empress of Britain"

Morgens Abschied von A[nderson]s. M[ona] noch sehr leidend. Tre, Br.[1] und Hertha fuhren mit bis Southampton. Fuhr mit fast versteinertem Herzen ab. Vielleicht führt der Mangel an Voraussicht der engl[ischen] Staatsmänner doch noch Krieg herbei, bei dem wir nach zwölf Monaten erliegen. Hoffe, daß Unterhaltung bei Churchill doch noch Wirkung hat. Wenn H[itler] vollen Erfolg hat, muß ich in der Verbannung sterben. Aber besser als in ein geschwächtes und zerrissenes Vaterland lebend zurückkehren. Das muß wie in den vergangenen Wochen, wenn auch nach schweren inneren Kämpfen, mein einziger Gedanke bleiben, der mich leitet.
Habe England nie so gehaßt wie heute beim Abschied. Wenn die Politik nicht wäre und die engstirnige Londoner Gesellschaft, würde ich es mehr lieben als die Heimat seit 1933. Es wird noch die Zeit kommen, da man mich offen fernhält, um es nicht mit Nazis zu verderben. Nichts hilft, wenn Gott die Völker mit Blindheit schlägt. Abends nach Cherbourg fühlte wie erlöst, dieses verwirrte und kranke Europa zu verlassen.

(1) Die Abkürzung ist nicht mit Sicherheit zu entziffern. Die größte Wahrscheinlichkeit spricht für „Br.", was Erwin Brettauer oder Barbara Treviranus bedeuten könnte. Beide begleiteten H. B. zu verschiedenen Zeiten nach Southampton.

** 24. September, Boston, H. B. an Mona Anderson*

. . . Ich glaube immer noch, daß sich England und Frankreich bemühen werden, Hitler zu beeinflussen, daß er seine Forderungen mäßigt, und gleichzeitig die Tschechoslowakei, daß sie auf weitere Konzessionen eingeht . . . Die Rundfunkkommentatoren hier sind schreckliche Leute; sie machen die Öffentlichkeit hier aufgeregter, als es wahrscheinlich die Leute in Europa sind . . . Wenn der Krieg wirklich ausbricht, sind Sie in Old Surrey Hall ganz sicher, aber veranlassen Sie auf alle Fälle Ian, daß er eine dieselbetriebene Wasserpumpe kauft. Nur Feuer könnte eine Gefahr sein, falls Brandbomben wahllos über dem ganzen Land abgeworfen werden . . .

* *Oktober, Lowell House, H. B. an Mona Anderson*

. . . Im Blick auf mein Vaterland fühle ich mich natürlich sehr erleichtert. Ein Krieg zum jetzigen Zeitpunkt hätte den Nazis anfänglich Erfolge bringen können, aber er hätte mit einer entsetzlichen Katastrophe für Deutschland geendet . . . Von jetzt an hat Deutschland entschieden größere Aussichten in jedem zukünftigen Krieg. In zwei Jahren könnten sie, falls es nötig ist, einen Krieg gegen eine große Mächtekoalition wagen, besonders da es nach dem tschechischen Alptraum kaum möglich sein wird, noch einmal für die Westmächte vom Volk der Vereinigten Staaten aktive Hilfe zu erhalten . . . Lordrichter Wright[1], der hier drei Wochen lang Vorlesungen hält und den ich mehrmals traf, scheint durch die Amateurpolitik entsetzlich gedemütigt und erschreckt zu sein. Er bestand mit großem Ernst darauf, ich solle ihm meine wahre Ansicht eröffnen. Ich sagte, . . . was England betreffe, könne ich mir nicht vorstellen, daß das Kabinett kapituliert hätte, ohne daß die Generalstäbe der Marine, des Heers und der Luftwaffe erkannt hätten, daß England nicht imstande sei zu kämpfen; ich bedaure jedoch tief die Methode der Lösung, die dem ohnehin niedrigen moralischen Niveau der internationalen Angelegenheiten einen neuen Stoß versetzte . . . Ich sagte ihm, daß ich zu rechtzeitigen Konzessionen, aber in konstruktiver Form, geraten hatte und daß ein prominenter Politiker es mir scharf verwiesen hatte. Vermutlich bedauert Winston das heute . . . Schließlich werden Sie und Frankreich mit dem Rücken zur Wand kämpfen müssen[2]. Aber das ist nicht meine Sache. Ich habe im letzten halben Jahr endgültig erfahren, daß es unmöglich ist, Ihre Leute zu überreden, rechtzeitig mit wirklich konstruktiven Lösungen hervorzutreten. Ich habe mich entschlossen, mich so wenig wie möglich aufzuregen . . . Die akute Gefahr bestand einzig und allein darin, daß im Juli

1937 Chamberlains enge Freunde ganz offen von seinem Wunsch sprachen, mit allen Mitteln zu einer Verständigung mit Mussolini und Hitler zu kommen und die Tschechoslowakei als Köder anzubieten. Das kam Hitler sofort zu Ohren. Er bereitete die Invasion Österreichs vor und konnte die Generäle überstimmen, die einen Krieg in Europa befürchteten ... Die naiven britischen Staatsmänner gerieten außer Fassung, weil sich Hitler nicht an die Spielregeln hielt ... Es wird ihnen nur dann gelingen, Hitler zum Mitspieler zu machen, wenn sie ganz Osteuropa aufgeben und Frankreich schwächen, so daß Hitler die Oberherrschaft über den Kontinent hat und mit einem Offensivkrieg oder einer Blockade nicht besiegt werden kann ... Ich glaube, die Admiralität sieht das jetzt ein. Daher auch Duff Coopers[3] Rücktritt als Erster Lord der Admiralität [2. Oktober] ...

(1) Robert Baron Wright, Berufungsrichter. (2) In den zwei Monaten nach der Konferenz von München erwartete man in England von offizieller Seite, daß Hitler die Ukraine „im Frühjahr" zu einem Protektorat machen würde; man fand sich damit ab, „mit unseren eigenen Verlusten fertigzuwerden" und sich „um unsere eigenen Angelegenheiten zu kümmern" (vgl. u. a. Berichte von Botschafter Kennedy, *Foreign Relations of the U.S. 1938*, Bd. I, und *Diaries of Sir Alexander Cadogan*). (3) Alfred Duff Cooper, später Viscount Norwich (1890–1954), Kriegsminister (Konservative Partei) 1935–1937, Lord der Admiralität 1937–1938, Minister für Information 1940–1941, britischer Vertreter bei der französischen nationalen Befreiungskommission und Botschafter in Paris 1943–1947.

* *10. Oktober, Lowell House, H. B. an Mona Anderson*

... Roosevelt und Hull werden überall angefeindet. Man glaubt, sie hätten nur aus Prestigegründen eingegriffen und nichts getan, als Hitler geholfen[1] ... Dieses Gerede ist die Folge völliger Verwirrung und Verblüffung bei den denkenden Menschen hier. Schlimmer ist ein enormes Anwachsen der isolationistischen Tendenz, England allein seinen Weg suchen zu lassen. Aber das kann schon in einem Jahr vorüber sein, wenn in London eine Politik vorhanden ist ...

(1) Am 26. September hatte Roosevelt an Hitler und Beneš, Hull an Chamberlain und Daladier appelliert, zu einer friedlichen Regelung auf dem Konferenzwege zu kommen; am 27. September wiederholten sie den Vorschlag, Unterhandlungen zu führen.

* *16. Oktober, Lowell House, H. B. an Mona Anderson*

... Wenn Sie nicht heldenhafte Anstrengungen unternehmen, sieben verlorene Jahre in sieben Monaten aufzuholen, sind Sie zum Untergang verurteilt. Einer nach dem andern wird versuchen, Sie an verschiedenen Stellen zu schwächen. In Deutschland haben wir das jahrelang durchgemacht. Die Fabel von dem müden, kranken Löwen, dem der Esel einen Fußtritt gibt, ist heute noch wahr. Es ist um so ergreifender, als ich mit großer Bewegung beobachtete, in welchem Maß der einfache Mann auf der Straße in London bereit ist, für sein Land Opfer zu bringen. Aber die „Gesellschaft" ist überall verdorben – noch schlimmer in Frankreich ... Es ist nicht zu spät, um die Welt vor dem Chaos zu retten, aber Sie brauchen eine Säuberung im Kabinett, im Parlament, in den öffentlichen Diensten und in der Gesellschaft[1] ...
Am Montag fand bei Präsident Conant[2] zu Ehren des Dekans von St. Paul's[3] und seiner Gattin ein Essen statt. Ich dachte an das, was Sie über die Haltung der englischen Geistlichen geschrieben haben. Sie reden mit billigem Optimismus über alle möglichen Dinge, von denen sie nichts verstehen ... Es ist sehr merkwürdig, daß sich die Priester, die in ihren Gemeinden fleißig arbeiten, völlig von den Mitgliedern der katholischen oder anglikanischen Hierarchie unterscheiden. Ich habe im *Guardian* gelesen, daß der Erzbischof [Temple] von York wieder einmal seine Haltung in der tschechischen Frage geändert hat ... Sir Horace und Lady Rumbold waren ebenfalls anwesend; ich kenne sie seit der Zeit, als Sir Horace Ihr Botschafter in Berlin war ... Er leidet sehr unter der Demütigung und der Unfähigkeit Englands. Er soll auf die Gefahren, die seinem Land drohen, seit langem in Briefen hingewiesen haben, die man dem Premierminister und Lord Halifax vorlegte. Aber er sagt, der P[remier]M[inister] sei eben Geschäftsmann und behandle die großen diplomatischen Unternehmungen wie ein Geschäft. Er sei zudem verbohrt und höre auch nicht auf die patriotischsten Ratschläge. Sir Horace glaubt, die Gruppe um Churchill umfasse die besten und energischsten Persönlichkeiten des Landes, und die anderen Mitglieder der konservativen Partei stellten sich freiwillig unter das Joch der Parteieinpeitscher. ...
Ich berichtete ihm, daß sich die Lage in Deutschland jetzt nach der Abdankung des Generalstabschefs[4] völlig verändert hat. Sogar Hauptmann Wiedemann[5], Hitlers persönlicher Adjutant, ist in Ungnade gefallen ... Brückner[6], Hitlers anderer persönlicher Adjutant, der seit

zehn Jahren in seinen Diensten stand und den Mut hatte, Hitler zu sagen, er setze sein ganzes Vaterland aufs Spiel, wurde erschossen . . . Sie haben recht: Sir John Andersons[7] Bericht vermittelt den Eindruck, daß nichts vorbereitet wurde und daß man keine Ahnung hat, wie man es bewerkstelligen soll[8]. Zugleich hat England seine ganze Machtposition im Fernen Osten verloren. Wenn es Japan gelingt, seinen Einfluß auf Siam wieder geltend zu machen, und wenn es das französische Indochina bedroht, wird Singapurs[9] Lage sehr gefährlich . . . In Frankreich erkennt man jetzt, daß man mit der Einstellung auf die Rüstungsproduktion in Friedenszeiten im Vergleich zu Deutschland dermaßen im Rückstand ist, daß man mindestens zwei Jahre braucht, um Deutschland einzuholen . . .

(1) Ähnliche Eindrücke finden sich in Harold Nicolsons Buch *Diaries and Letters 1930–1939*, London 1966, bes. S. 396. (2) James B. Conant, Rektor der Harvard-Universität 1933–1952. (3) W. R. Matthews, der lange Zeit eine Volksabstimmung im Sudetenland befürwortet hatte. (4) Generaloberst Ludwig Beck, Generalstabschef 1935–1938, war am 17. August zurückgetreten; der Rücktritt wurde am 27. August wirksam, doch erst Ende Oktober wurde die Öffentlichkeit davon unterrichtet. (5) Hauptmann Fritz Wiedemann, Adjutant des Führers, wurde 1939–1941 Generalkonsul in San Francisco. (6) Oberleutnant a. D. Wilhelm Brückner, Adjutant des Führers; das Gerücht, er sei erschossen worden, war irrig. (7) Später Viscount Waverly (1882–1958), trat 1905 in den Kolonialdienst ein, Staatssekretär im Innenministerium 1922–1932, Gouverneur von Bengalen 1932–1937, Vorsitzender des Geheimen Rats (Unabhängiger) 1940–1945, wurde im November 1938 Mitglied des Kabinetts als Verantwortlicher für die Zivilverteidigung. (8) Sein Bericht über Evakuierung und andere Maßnahmen für den Fall eines Angriffs aus der Luft war am 26. Juli eingereicht, aber erst Ende Oktober veröffentlicht worden. (9) Der wichtigste britische Stützpunkt im Fernen Osten war Singapur, das in den dreißiger Jahren sehr weitgehend ausgebaut worden war. Mangelhaft mit Material ausgerüstet und mit zu wenigen Truppen besetzt, fiel Singapur im Februar 1942 den Japanern in die Hand.

* *21. November, Lowell House, H. B. an W. R. Forrester*[1]

. . . Natürlich ist es sehr schwierig, eine Meinung zur derzeitigen internationalen Lage abzugeben, besonders wenn dabei erwogen werden muß, ob Großbritannien eine deutschfreundliche oder deutschfeindliche Haltung einnimmt. Daher werden Sie mir sicher verzeihen, wenn ich auf Ihre Fragen im Zusammenhang mit der gegenwärtigen britischen Außenpolitik nicht eingehe. Selbstverständlich hoffte ich, Mr. Chamberlain werde mit der Laisser-faire-Tendenz in der Außenpolitik brechen. Ich glaube, er war am Anfang des Sommers auf einem sehr guten Wege. Wenn er noch Mitte August Deutschland ein verläßliches Angebot auf stufenweise Autonomie für die Sudetendeutschen unterbreitet und gleichzeitig die britische Flotte mobilisiert hätte, bin ich überzeugt, daß er Herrn Beneš Illusionen und Großbritannien die Demütigung erspart und die Möglichkeit gehabt hätte, mit Nazideutschland in vielen anderen lebenswichtigen Punkten eine Übereinkunft zu finden. In internationalen Angelegenheiten kann man nie einen Pakt schließen, wenn der Partner alle Konzessionen, zu denen man bereit ist, kennt, ehe man selbst weiß, wie weit seine eventuellen Konzessionen reichen würden.

Mr. Chamberlain übernahm jedoch ein sehr schwieriges Erbe. Der Wendepunkt der internationalen Politik war das Frühjahr und der Sommer des Jahres 1932. Nie seit dem Krieg – ich könnte sogar in der Geschichte noch weiter zurückgreifen – bestand berechtigtere Hoffnung auf konstruktive Lösung der dringlichsten Probleme der Zeit. Erstmals versuchten die Vereinigten Staaten, parallel zur Politik des Völkerbundes eine Politik der Wahrung des gesetzlichen Prinzips in internationalen Angelegenheiten einzuschlagen, und drängten auf konstruktive, friedliche Lösungen. Aber sowohl Frankreich als auch Großbritannien ließen den günstigen Augenblick ungenutzt verstreichen . . . Seither brachte mich der Trend in der britischen Politik schon im Frühjahr 1936 zu dem Schluß, daß die britische Regierung die Gefahr für das Empire nicht erkannte und geneigt war, mit dem totalitären Gedanken auf dem europäischen Festland zu liebäugeln. Dies beschränkte sich natürlich nicht auf Großbritannien. Seit 1935 beobachte ich es bis zu einem gewissen Grad auch hier in der Wall Street; die zunehmende Furcht vor der sogenannten kommunistischen Gefahr wurde von einer äußerst geschickten Propaganda geschürt. Inzwischen hat sie sich sehr weit verbreitet, vor allem in katholischen Kreisen in England und hier, und zwar durch General Francos Propaganda. Diese Tendenz ist, wie Sie sagen, wahrscheinlich am stärksten vorhanden bei Geschäftsleuten, die die Weltkrise tatsächlich sehr kurzsichtig betrachten. Sie werden sich nicht bewußt, daß sie den Weg für ein faschistisches Regime bereiten, wenn sie ihren Blick vor der Realität verschließen, wie sie es in Deutschland taten. Am Ende bedeutet es ihren eigenen, vollständigen Ruin. Diese Haltung habe ich in den letzten drei Jahren in England, vor allem in der Londoner Gesellschaft, um sich greifen sehen. Jetzt fürchte ich, daß trotz Mr. Chamberlains Optimismus die Bemühungen, das britische Weltreich zu retten, so geartet sein müssen, daß eine Einschränkung der persönlichen Freiheiten und der traditionellen Rechte des Parlaments unvermeidlich ist. Ich versuchte, meine Vorlesungen in Oxford auf diesen Punkt auszurichten, und heute bereue ich, daß ich sie nicht drucken ließ, wie man mir nahelegte. Alle Länder werden gezwungen sein, in einem Zustand ständiger Mobilmachung zu leben, nicht nur einer Mobilmachung der Streitkräfte, sondern auch ihrer gesamten industriellen und landwirtschaftlichen Produktion. Das kann eine traditionelle Demokratie nicht leisten . . . Ich kehre im Februar nach England zurück – höchstwahrscheinlich zum letztenmal –, um in Oxford zu lesen[2] . . .

(1) Professor für praktische Theologie und christliche Ethik an der St. Andrew's University; er hatte am 5. November mit anderen „Regierungsanhängern" eine ernsthafte Kritik „der Politik des Premierministers" verbreitet. (2) H. B. kehrte 1939 nicht nach Oxford zurück. Am 23. Mai 1940 schrieb er an J. Marschak: *„Es besteht kein Zweifel, daß ich während der Zeit, die ich in Oxford war, genau überwacht wurde. Freunden war es Ende Mai 1938 gelungen, mich durch eine Botschaft zu warnen, ich solle sehr vorsichtig sein; mein Aufenthalt in Oxford hatte sehr schmerzhafte Konsequenzen für einige meiner früheren politischen Freunde; als ich zum Frühjahrssemester 1939 nicht zurückkehrte, hörte diese Verfolgung sofort auf."

** 24. November, Lowell House, H. B. an Mona Anderson*

. . . Ich habe zwei Dramen von Euripides gelesen . . . Die griechischen Tragödien verstehe ich immer besser. Sie bieten ein großes Beispiel dafür, wie man ein schweres Geschick schweigend und mit Würde annimmt. Das vergangene Jahr erscheint mir wie der Beginn der letzten Phase meines Lebens. Ich sehe keine große Möglichkeit mehr, mein Leben zu ändern oder den Nationen zu helfen, daß sie dem Niedergang entrinnen, den ich seit sechs Jahren kommen sehe. Nirgends sind Männer an der Macht, die die schweren, die Welt bedrohenden Probleme lösen könnten. Alle sind so schwach. Sie reden viel, aber sie haben keine konstruktive Phantasie. Und wenn sie sie besäßen, würden sie nicht wagen, Risiken einzugehen. Meine letzte Unterredung mit Winston Churchill hat bei mir eine große Ernüchterung bewirkt. W[inston] hat Weitblick, aber er ist nicht konstruktiv, weil sein Temperament nicht ausgeglichen ist . . .

** 5. Dezember, Lowell House, H. B. an Mona Anderson*

... Heute morgen las ich M. Pirows[1] Bemerkungen, und ich bin überzeugt, daß er recht hat, wenn er sagt, die Gefahr eines Konflikts sei seit München akuter geworden, aber ich glaube nicht, daß der Krieg unvermeidlich ist, wenn Sie einen Kurs einschlagen, der die Regierungen in Deutschland und Italien überzeugt, daß Sie nicht weiter zurückweichen werden ... Ich bekam aus verschiedenen Quellen Nachricht über die Stimmung in Deutschland; aus allen Berichten geht hervor, daß die Verfolgung der Juden überall Unwillen erregt[2] ... Das bedeutet aber nicht, daß eine Möglichkeit bestünde, die Nazis zu stürzen; ihre strategische Position ist seit München sehr stark, aber nicht stark genug für einen langdauernden Krieg mit Frankreich und England. Ich bekam nun so viele Meldungen, die alten Veteranen hätten sich geweigert, gegen die Tschechoslowakei zu kämpfen, daß ich die Echtheit der Information nicht mehr bezweifeln kann. Wenn aber Ihre Regierung nicht aufhört, von Frieden um jeden Preis zu reden, könnten die Diktatoren durchaus einen Schlag riskieren, der Sie schließlich doch zwingen würde, ihnen den Krieg zu erklären. Sie wissen, daß dies seit 1936 mein Alptraum ist ... Seit General Becks „Rücktritt" ist niemand mehr in der Wehrmacht, der dem aus der Politik von [M.] Bonnet[3] und Mr. Chamberlain erwachsenden Größenwahn der Nazis Widerstand leisten könnte ...

Es wundert mich nicht, daß viele Menschen mit dem Faschismus liebäugeln. Das ist sehr bezeichnend für das dekadente Bürgertum, das bis in den Grund seines Herzens verweichlicht ist und der Gewalt gehorchen möchte. So war es auch mit uns nach dem Krieg. Jetzt merkt man allmählich, daß der Faschismus mit Bolschewismus endet ...

(1) Oswald Pirow (1890–1959), südafrikanischer Justizminister (Nationalpartei) 1929–1933, Verteidigungsminister 1933–1939, gründete 1940 eine faschistische Partei. Im November/Dezember 1938 besuchte er Rom und Berlin. (2) Die Verhaftungen und Übergriffe im März in Wien kamen denen von 1933 in Deutschland gleich. Im April wurde das jüdische Eigentum in ganz Deutschland zwangsweise registriert, im Juni wurden in Berlin und anderen Großstädten überraschend Juden verhaftet. Den ganzen Herbst über wurden immer mehr Juden aus dem Geschäftsleben und den freien Berufen entfernt, in verstärktem Maß wurde jüdisches Eigentum konfisziert, und schließlich kam es zu der Zerstörung und Gewaltanwendung des 10. November, wobei schätzungsweise 35000 Juden verhaftet wurden. Kaum jemand wird Harold Macmillans Ansicht in Frage stellen, daß nämlich die Ereignisse vom 10. November mehr als alles andere dazu beitrugen, die Beschwichtigungspolitik in Mißkredit zu bringen (vgl. Harold Macmillan, *Winds of Change*, New York 1966, S. 534). (3) Georges Bonnet (* 1889), französischer Haushalts-

minister (Radikalsozialist) 1925, Finanzminister 1933–1934, Handelsminister 1935–1936, Außenminister 1938–1940.

9. Dezember, Lowell House, H. B. an Maria Brüning

... Wie schade, daß ich Dich vor meiner Abreise nicht mehr sehen konnte. Ich hatte so lange gewartet. Aber es muß ein Mißverständnis obgewaltet haben, das ich mir nicht erklären kann. Es geht mir trotz der vielen Arbeit unendlich viel besser als im Sommer. Dazu trägt das Klima viel bei, obwohl es augenblicklich nicht sehr verschieden ist von Nordwesteuropa um diese Jahreszeit ... H[ertha]s Besuch[1] hat mir große Freude gemacht. Sie ist immer gleichmäßig munter und fröhlich und sehr fleißig. Sie hat das Herz aller Bekannten gewonnen. Im Februar werde ich wieder von hier fortgehen, wenn alles klappt. Ich hoffe Dich bald zu sehen und werde rechtzeitig schreiben ...

(1) Hertha Tennstedt war im Sommer 1938 auf einer englischen Schule und oft bei den Andersons und H. B.

** 20. Dezember, Lowell House, H. B. an Mona Anderson*

... Ihr Volk ist keineswegs degeneriert. Im Gegenteil, es ist zu jedem schweren Opfer fähig, wenn man ihm nur sagen könnte, wofür, und wenn die Regierungsmitglieder den Eindruck machen würden, daß sie wüßten, was sie wollten. Es macht einen sehr schlechten Eindruck, daß Sir John Anderson ein System freiwilliger Registrierung eingeführt hat, das er jederzeit in ein System der Zwangsregistrierung umzuwandeln bereit ist[1] ... Da er nicht handeln kann, wie er will, täte er besser daran, nicht in seinem Ministeramt zu bleiben. Ich bekomme immer stärker das Gefühl, daß Baldwin für den Fall einer Krise eine neue Regierung vorbereitet und versucht, einen Übergang zu finden, der Englands Prestige nicht noch mehr beeinträchtigt und zugleich eine persönliche Rache vor und hinter den Kulissen verhindert[2] ...

(1) Man stellte ein „Nationalregister" aller möglichen Kriegstätigkeiten von Zivilisten auf freiwilliger Basis auf. (2) Seit Edens Rücktritt hatte Baldwin privat und bei halböffentlichen Anlässen wiederholt seine Unzufriedenheit mit Chamberlain und seine Vorliebe für eine Eden- oder Churchill-Regierung durchblicken lassen (vgl. Middlemas und Barnes, *Baldwin*, und Harvey, *Diplomatic Diaries*).

** 30. Dezember, Lowell House, H. B. an Mona Anderson*

... Ihr Brief erläuterte weitgehend schon im voraus die Niederlage der Duchess of Atholl[1]. Es ist immer sehr schwierig, gegen eine Parteimaschinerie zu kämpfen, und die Leute leisten nur zögernd Hilfe, weil sie fürchten, man halte sie für Verräter und Deserteure. Das war Tres bittere Erfahrung, die ich ihm zu ersparen versuchte, aber vergeblich[2]. Die Herzogin lieferte jedoch trotz allem einen prächtigen Kampf. Ich verfolgte ihn Tag um Tag im *Manchester Guardian.* Sie wissen, daß ich mit ihren franzosenfreundlichen Neigungen nicht übereinstimmte, aber sie ist eine der wenigen Persönlichkeiten in Ihrem Land, die noch fundamentale Prinzipien vertreten. Es tut mir leid für sie, besonders weil ich glaube, daß sie in ihrem Wahlkreis auf lange Zeit hinaus erledigt sein wird. In einem rein landwirtschaftlichen Wahlkreis kann man nichts unternehmen, wenn man, wie Sie sagen, die großen Familien gegen sich hat und sie einen einfältigen jungen Bauern als Kandidaten aufstellen, der die aristokratenfeindlichen Instinkte der Kätner und Pächter anspricht. Diese Methode wandten die Nationalisten und die Nazis an, um hervorragende Männer vom Parlament fernzuhalten, und sie paßt zu einer Parteiführung, die über jedes Parlamentsmitglied nach Belieben verfügen möchte. Dazu brauchen sie einfältige Kandidaten ohne Urteilsvermögen ... Ich höre, daß auch Winston Churchill in seinem Wahlkreis Schwierigkeiten hat. Die Störung seiner Versammlungen, wenn Leute nach jedem seiner Sätze „Traut Chamberlain!" brüllen, geschieht ebenfalls nach dem Vorbild der Nazis. Lord Cranborne[3] wurde im Parteikomitee seines Wahlkreises besiegt ...

Lord Lothian war hier. Ich vermied es, ihn zu treffen. Er sagte, die Politik des Kabinetts werde zusehends härter, aber er beleidigte den klugen, würdigen Präsidenten Lowell mit der wiederholten Bemerkung: „Dieses Jahr haben Sie die Hosen herunter, letztes Jahr waren wir dran." Sie können sich nicht vorstellen, wie das kesse Gerede britischer Besucher über politische Dinge die alten Familien hier abstößt[4]. Die einzigen Ausnahmen waren Sir Horace Rumbold und der junge Mr. [Graeme] Haldane. Nicht so sehr die Einzelheiten von Mr. Chamberlains Politik werden kritisiert als vielmehr die zynische Einstellung zu Recht und Gesetz und humanitären Idealen, für die die Amerikaner in den Krieg zogen und die sie wohl auch heute noch mit der Plötzlichkeit eines Präriefeuers zu entzünden vermögen. Ich erhielt einen Brief von der sehr alten Witwe eines großen Wissenschaftlers; sie fragte mich darin, ob es wirklich wahr sei, daß „die britische Nation schwach geworden" sei. Ich werde ihr mitteilen, was Lord Lothian berichtete, daß es nämlich „bei jeder Tischgesellschaft in London, bei der die Leute über Politik sprechen, blutige Nasen gibt", und ihr damit Hoffnung auf eine Veränderung machen . . .

Der Ausgang des Kampfes in Katalonien ist wichtiger als alles andere. Wenn Franco nicht so weit vorrückt, daß die Barcelona-Regierung abdanken muß, wird der Friede – wenigstens was Italien betrifft – für das nächste Jahr gesichert sein. Falls es Hitler gelingt, Polen zu unterwerfen, wird sich niemand rühren, um Polen zu helfen, und ich werde mich von Herzen freuen, wenn er den Korridor ohne Krieg zurückbekommt . . .

Wenn ich die Fotografien von den armen [jüdischen] Kindern sehe, die in England ankommen, spüre ich, daß ich es kaum ertragen kann, Zeuge solchen Elends und solcher Brutalität zu sein. Viele Leute aus Deutschland besuchen mich, und alle berichten, daß die ganze Bevölkerung, auch die Nazis, sich der Greuel zutiefst schämt.

. . .

(1) Aus Protest gegen die Außenpolitik der Regierung war die Herzogin von ihrem Sitz im Parlament zurückgetreten und hatte sich als Unabhängige zur Wiederwahl gestellt. Am 21. Dezember fiel sie in ihrem alten Wahlkreis durch. Mona Anderson hatte ihr bei ihrer Wahlkampagne geholfen. (2) Treviranus brach im November 1929 entgegen H. B.s Wunsch mit der DNVP. (3) Robert A. J. Gascoyne-Cecil, Marquis of Salisbury, als Viscount Cranborne parlamentarischer Staatssekretär im Außenministerium (Konservative Partei) 1935–1938, trat zusammen mit Eden zurück. Minister für Dominions 1940–1942 und 1943–1945. (Zu seiner Einstellung Deutschland gegenüber siehe Bernd Jürgen Wendt, *Economic Appeasement*, Düsseldorf 1971, S. 328.) (4) Auch Roosevelt war über Lothians Äußerungen aufgebracht (vgl. u. a. Harvey, *Diplomatic Diaries*).

1939

H. B.s Ernennung für die Littauer-Professur für öffentliche Verwaltung in Harvard erfolgte Anfang 1939 und sollte im September in Kraft treten. Dies bedeutete ein Bruttogehalt von 5000 Dollar im Jahr und eine sichere Existenz in einem Augenblick, als das persönliche Leben vom nahenden Krieg überschattet war. Nachdem H. B. das Semester in Harvard beendet und eine Vortragsreihe an der University of Virginia gehalten hatte, kehrte er Anfang März nach England zurück. Wie im Jahr 1938 besuchte er Belgien und Holland im März und die Schweiz Ende April. Am 11. Mai war er wieder in London, wo ihn zahlreiche Besucher aus Deutschland aufsuchten. Abgesehen von einer kurzen Reise im Juli in die Schweiz blieb H. B. in England bis zum 26. August, als er nach Amerika fuhr, „lieber auf dem letzten Schiff vorher als auf dem ersten Schiff nachher".

Harvard war – wie Oxford – stolz auf seinen Einfluß in politischen Angelegenheiten, aber Boston war vor dem Krieg eine wirtschaftlich zurückgebliebene Stadt, weit weg von der Nachrichten-Hauptachse New York–Washington. Obwohl H. B. Manhattan stets bedrückend fand, wurde die Bahnfahrt von Boston nach New York ein regelmäßiger Teil seines Lebens. Er hielt es für wichtig, solange die Vereinigten Staaten noch nicht in den Krieg eingetreten waren, zur ernsthaften Diskussion der Nachkriegsprobleme beizutragen und „an Dämmen gegen die Gefahren von späterhin aufgepeitschten Leidenschaften mitzubauen", obwohl die Haltbarkeit solcher Dämme zweifelhaft war.

Im Januar wurden bedeutende Erhöhungen der amerikanischen Verteidigungsausgaben von allen Parteien begrüßt. Francos Streitkräfte nahmen Barcelona ein, und Ende Februar erkannten Großbritannien und Frankreich seine Regierung an. Mit der Einnahme von Madrid und Valencia im März endete der spanische Bürgerkrieg.

Bis hin zu dem Tag, an dem die deutschen Truppen Prag besetzten, hörten sehr prominente britische und französische Politiker nicht auf, in der Öffentlichkeit ein glänzendes Bild von der kommerziellen Zukunft in Südosteuropa zu malen. Am 15. März wurde das Protektorat Böh-

men und Mähren errichtet, und die Slowakei wurde unabhängig. In England fragte sich der „Mann auf der Straße": „Der Hitler, dieser Bursche, wird er als nächstes die kleinen Prinzessinnen wollen?" Am 23. März wurde Memel an Deutschland angegliedert. Am 31. März garantierte die britische Regierung öffentlich die Unabhängigkeit Polens. Ähnliche Garantien wurden im April für Rumänien und Griechenland ausgesprochen, und im Mai wurde ein britisch-türkischer Beistandspakt unterzeichnet. Am 27. April brach die britische Regierung mit der Tradition und führte die Wehrpflicht für Zwanzigjährige zu einer sechsmonatigen militärischen Ausbildung im Frieden ein. Mit der „Karfreitagsinvasion" vom 7. April besetzte Italien Albanien und verstärkte damit seinen Anspruch auf Einflußnahme in den Balkanstaaten. Am 22. Mai wurde ein deutsch-italienisches Militärbündnis proklamiert. Die emsige diplomatische Tätigkeit seit Besetzung Prags bis zum Ausbruch des Krieges wurde lediglich durch sensationelle Meldungen unterbrochen. Den ganzen Sommer über fanden schwere Kämpfe statt zwischen Mongolen- und Mandschustreitkräften – in Wirklichkeit zwischen russischen und japanischen Truppen.
Um den 20. August erreichte die nazistische Agitation in Danzig für eine Wiedervereinigung mit Deutschland einen Höhepunkt. Ein Nichtangriffspakt zwischen Deutschland und der Sowjetunion wurde in Moskau am 23. August unterzeichnet. Am 25. August verlangte Hitler freie Hand für seine Ansprüche in Polen. Der deutsche Angriff auf Polen begann am 1. September. Großbritannien und Frankreich erklärten am 3. September Deutschland den Krieg. Italien blieb neutral. Die Neutralität der USA wurde am 5. September offiziell erklärt, und am 4. November wurde das Neutralitätsgesetz dahingehend abgeändert, daß Waffenverkäufe, aber keine Kredite an die kriegführenden Mächte gestattet wurden. Rußland marschierte am 17. September von Osten in Polen ein. An diesem Tag flüchtete die polnische Regierung nach Rumänien. Am 27. September ergab sich die Garnison Warschau. Rußland errichtete Militärbasen in den drei Baltenländern. Da es durch Abkommen keine Militärbasen in Finnland erhalten konnte, erklärte es am 20. November Finnland den Krieg, der erst im März 1940 endete.

** 11. Januar, Lowell House, H. B. an Mona Anderson*

... Die Nazis verkünden öffentlich, ihre neue Mobilmachung werde in der zweiten Februarhälfte beginnen[1]. Ich glaube nicht, daß sie Rußland angreifen werden ... Die Gerüchte, daß sie zuerst versuchen werden, Holland zu unterwerfen, verdichten sich. Seit drei Wochen transferiert die holländische Regierung große Goldbestände nach New York ... Jeder, der direkte Informationen bezieht, sagt, daß ... das englische Kabinett nicht länger als bis April bestehen wird, daß Heer und Marine sich vollkommen im klaren darüber sind, daß jede Verzögerung der dringenden Beschleunigung der Rüstung eine Katastrophe für das Empire bedeuten kann. Roosevelts Rede[2] hat den Leuten hier gefallen, aber die alten Führer der republikanischen Partei versuchen, daraus Kapital zu schlagen ... Wenn die Nazis nicht den Fehler machen, Belgien gleichzeitig mit Holland anzugreifen, wird Frankreich dieses Mal erst in den Krieg eintreten, wenn England es getan hat ... Ich glaube fast, ich sollte meine Abreise bis etwa 20. Februar hinausschieben. Es wäre schrecklich, wenn ich vierzehn Tage nach meiner Ankunft in London wieder zurückfahren müßte ...

(1) Die deutschen Truppenbewegungen an der holländischen Grenze, die man je nachdem als Mobilmachung oder Manöver deutete, wurden Ende Januar vom britischen Militär als „direkte Bedrohung“ für das Empire bezeichnet. Dies scheint die offizielle britische Planung so stark beeinflußt zu haben, wie die Besetzung Prags sechs Wochen später die öffentliche Meinung beeindruckte (vgl. *The Times*, 27. Januar; Colvin, *Chamberlain Cabinet*, S. 178–182; *Documents on British Foreign Policy*, 3rd Series, Bd. IV). (2) Am 4. Januar hatte Roosevelt die amerikanischen Neutralitätsgesetze als „unfair“ angeprangert, neue, „an Krieg grenzende“ Maßnahmen gegen Aggressionen befürwortet und eine drastische Erweiterung der Luftwaffe vorgeschlagen.

** 3. Februar, Lowell House, H. B. an Mona Anderson*

... In Virginia[1] verlebte ich eine hektische Zeit. J[ohn] W[heeler-]B[ennett] war reizend und behauptet, ich hätte großen Erfolg gehabt.

Wir fuhren zusammen nach Philadelphia, wo ich Vorlesungen hielt ... Letzten Samstag waren wir beide sehr müde und erschöpft, deshalb versuchten wir, einen Tag lang in Philadelphia „nichts zu tun". Er schleppte mich ins Kino, und danach kauften wir Würfel und würfelten mehrere Stunden lang, wie in den Schützengräben nach einer Schlacht. Am Sonntag gingen wir nach Washington und speisten mit dem Vertreter Australiens in Washington[2]. Später ging er [Wheeler-Bennett] ins Weiße Haus, wo er den Abend verbrachte, und ich begab mich zu Messersmith, dem Assistant Secretary of State. Aber ich war es nicht, der Roosevelts neue Politik vorschlug[3], die im Land heftiges Aufbegehren auslöste. Die Baumwollsenatoren[4] möchten mit Deutschland, Italien und Japan ein großes Geschäft machen. Deshalb erheben sie und – aus anderen Gründen – die Hoovergruppe[5] Einwände gegen den Verkauf von Flugzeugen an Frankreich[6]. Ich fürchte, Roosevelt ging in seiner temperamentvollen Art zu weit. Am Montag und Dienstag las ich in Huntington ...
In New York war ich ein paar Stunden mit Mr. [George] Shuster und [Hamilton Fish] Armstrong[7] zusammen, der mich auf Stimsons Anregung hin bat, für *Foreign Affairs* einen Artikel über die derzeitige Lage in Europa zu schreiben. Ich mußte ablehnen, weil ich nichts sagen will, das wie ein Affront für mein Land aussehen könnte. Ich möchte im Augenblick auch den P[remier]M[inister] nicht kritisieren, scheint er doch jetzt einzusehen, was vor uns liegt. Ich bin zu dem Schluß gekommen, daß es gegenwärtig keinen anderen Mann gibt; das ist Englands größte Tragödie. Hitlers Rede[8] klang defensiv. Seine ehrgeizigen Pläne, eine aus Japan, Italien, Polen und so weiter bestehende Gruppe anzuführen und die holländischen und belgischen Kolonien sowie weitreichende strategische Konzessionen zu verlangen, scheint er vorläufig zurückgestellt zu haben. Aber es gilt immer noch der Geheimbefehl, daß kein Mann unter 50, der militärisch ausgebildet ist, nach dem 1. März das Land verlassen darf ...
Gestern ... sprach ich bei einem Essen für Marine- und Heeresoffiziere, die schrecklich nett zu mir waren ... Ein junger Marineoffizier von dem amerikanischen Kanonenboot „Panay", das in Schanghai von den Japanern bombardiert wurde[9], war anwesend. Er hatte den Kampf aus einer Entfernung von 500 Metern miterlebt und berichtete höchst anschaulich und realistisch von seinen Eindrücken. Er schilderte, wie Tausende von Leichen chinesischer Männer und Frauen, die von japanischen Soldaten massakriert worden waren, den Fluß hinuntertrieben,

die Hände auf dem Rücken gebunden und eine Kugel im Kopf. Zwei Stunden vorher hatte mich ein junger Japaner der besten Art besucht[10], vornehm, bescheiden, erfüllt von moralischer Begeisterung für die alten Traditionen seines Landes. Welch ein Unglück, daß diese prachtvollen jungen Leute – genau wie bei uns – nicht mehr wissen, daß selbst im Krieg gewisse elementare menschliche Grundsätze gewahrt werden können und müssen . . .

(1) An der University of Virginia hatte H. B. die jährlichen Page-Barbour-Vorlesungen über „The Changing Background of Democracy" (Der sich wandelnde Hintergrund der Demokratie) gehalten. Er warnte davor, pessimistische, in Europa entwickelte politische und soziologische Theorien auf die Vereinigten Staaten anzuwenden: *„Diktaturen entstehen nur in Nationen, die eine Reihe von Krisen durchgemacht haben, welche die normalen, traditionellen Denkweisen umstürzen." Der verschärfte Rüstungswettlauf erschwere die traditionelle demokratische Überwachung des Finanzgebarens der Regierung und führe zu Einschränkungen der persönlichen Freiheit, die früher nur nach Ausbruch eines Krieges eingetreten seien. Er habe auch ein neuartiges, von Furcht beherrschtes diplomatisches Spiel zur Folge. Ein Zermürbungskrieg in Europa sei wahrscheinlicher als ein Überraschungskrieg; es sei zweifelhaft, wie lange die Diktaturen ihre militärischen Vorbereitungen fortsetzen könnten, ohne ans Ende ihrer Hilfsmittel und Moral zu kommen. Es sei banal, aber wahr, daß die Stärke gemäßigter und verantwortungsbewußter, „vermittelnder" Elemente für eine demokratische Regierung entscheidend sei. (2) F. Keith Officer, Legationsrat an der britischen Botschaft, von 1940 an bei der neuen australischen Gesandtschaft in Washington. (3) Besonders die Politik der Genehmigung des Verkaufs von Kriegsmaterial an „Mächte, die der Aggression Widerstand leisten". (4) Die Bundesstaaten, die am stärksten vom Baumwollexport abhängig waren, waren politisch am konservativsten. Getreulich wählten sie ihre Abgeordneten immer wieder und hatten infolge des Senioritätssystems im Kongreß unverhältnismäßig großen Einfluß. (5) Ex-Präsident Hoover, Quäker und Pazifist, verlangte eine „Klarstellung" von Roosevelts Absichten. Senatoren wie Robert Taft und Arthur Vandenberg sowie eine Reihe von Diplomaten wie Hugh Gibson und Hugh Wilson teilten Hoovers Befürchtungen einer „messianischen" Politik, die zu einem amerikanischen Imperialismus führen könnte. Das Buch *Problems of Lasting Peace* von Hoover und Gibson, New York 1942, verdeutlicht ihre Ansicht. (6) Anfang 1938 war die französische Regierung in Verhandlungen wegen des Kaufs amerikanischer Militärflugzeuge eingetreten, und im Herbst hatte Jean Monnet über das amerikanische Finanzministerium eine 65-Millionen-Dollar-Bestellung auf 1000 Flugzeuge aufgegeben. Der Verkauf, der im Januar bekannt wurde, als ein französischer Beobachter bei einem Testflug verletzt wurde, war beim amerikanischen Heer und im Kongreß unpopulär (vgl. John M. Haight, *American Aid to France 1938–1940*, New York 1970; John Blum, *From the Morgenthau Diaries 1938–1941*, Boston 1965). (7) Seit 1922 Chefredakteur der Vierteljahresschrift *Foreign Affairs*, Mitglied des Advisory Committee on Postwar Foreign Problems im State Department 1942–1944. (8) In seiner Reichstagsrede am 30. Januar legte Hitler besonderen Nachdruck auf die Unterstützung der italienischen Ansprüche, auf die Umorganisierung der Reichsbank, um sie vom „internationalen Einfluß" zu befreien, und auf die Tatsache, daß Deutschland keine Forderungen an Großbritannien habe. (9) Am 12. Dezember 1938. (10) Euchi Kanematsu.

* *N März, Eindrücke in England*

Als ich am 2. März abends in London ankam, stand ich noch unter dem Eindruck, daß England die Politik der Beschwichtigung fortführen würde, falls die Nazis nicht – wie ich gehört hatte – im Mai Holland angriffen. Am nächsten Tag war ich zum Essen bei Gerald Palmer, der ein paar Freunde hinzugeladen hatte, darunter auch Mr. Geoffrey Lloyd[1], dessen parlamentarischer Privatsekretär er geworden war. Mr. Lloyds Anwesenheit war eine Überraschung [für mich], und Gerald Palmer entschuldigte sich später sehr dafür.
Nach dem Essen saßen wir fast drei Stunden zusammen, und Geoffrey Lloyd stellte mir eine Menge Fragen. Es war ziemlich lachhaft, daß er auch nach den intimsten Einzelheiten von Hitlers Leben fragte. Ich ermahnte ihn, den Geschichten über Hitlers Privatleben nicht zu glauben, da solche Geschichten gewöhnlich übertrieben sind, insbesondere wenn es sich um einen Diktator handelt. Ich versuchte die Überzeugung zu vermitteln, daß nur der gleichzeitige Gebrauch von „Zuckerbrot und Peitsche" den Krieg verhindern könne. Eine friedliche, konstruktive Lösung in Europa sei unmöglich, solange die legitimen Ansprüche Deutschlands nicht befriedigt seien. Lloyd fragte mich nach solchen legitimen Ansprüchen, und ich entgegnete: „Die einzige Frage, die noch gelöst werden muß, ist die des Korridors. Ohne eine Bereinigung dieses Problems wird es keinen gesicherten Frieden geben."
G. Lloyd: „Was wird geschehen, wenn man zu keiner Lösung kommt?"
Brüning: „Ich fürchte, daß Hitler annimmt, England und Frankreich würden im letzten Augenblick keinen entscheidenden Schritt wagen, und eines Tages plötzlich in Polen einmarschiert. Ich könnte mir vorstellen, daß Bonnets Haltung und das Gespräch[2] zwischen Bonnet und Ribbentrop ihn ermutigen."
G. Lloyd: „Was geschieht mit Holland?"
Brüning: „Militärisch gesehen kann Hitler immer noch erfolgreich in Holland einmarschieren. In einem halben Jahr wird es sehr riskant sein, falls die Aufrüstung in England und Frankreich so vorangeht, wie es die Regierungen bekanntgaben. Ich glaube auch, es könnte gefährlich für ihn sein, ehe die Tschechoslowakei und Polen vollständig unterworfen sind. Wenn er Holland jetzt angriffe, würde sich der ganze europäische Osten erheben."
G. Lloyd: „Was wird Rußland tun?"
Brüning: „Rußlands einziges Interesse ist ein langer Krieg in Europa,

der jede andere Macht schwächt. Während des Krieges wird es versuchen, seine Position im Westen und im [Fernen] Osten zu festigen."
G. Lloyd: „Welche militärische Bedeutung hat Rußland?"
Brüning: „General von Hammerstein sagte stets[3] ‚In der Offensive ist Rußland schwach; in der Defensive kann es stark sein.' Das gilt auch heute noch unter der Voraussetzung, daß die Qualität des Generalstabs und der mittleren und unteren Offiziersränge verbessert wurde. General von Hammerstein vertrat immer die Ansicht, nur die Kavallerie sei gut, die Ausbildung der Artillerie sei schlecht und in der taktischen Ausbildung der Infanterie beständen große Lücken."
G. Lloyd: „Würde Hitler mit Rußland zusammengehen?"
Brüning: „Was meinen Sie mit ‚zusammengehen'? Der Berliner Vertrag von 1926 sollte, wenn er nicht gekündigt wurde, jeweils fünf Jahre gültig sein. Im Jahr 1931 wurde der Vertrag erstmals erneuert. Ich bestand darauf, daß er in Zukunft jährlich erneuert werden sollte. Ich hegte die Hoffnung, mit den Polen wegen des Korridors zu einer Regelung zu kommen. Ich wollte mit der ganzen Politik freie Hand haben und vielleicht nach einer Übereinkunft mit den Polen über den Korridor zu einer Konsolidierung des ganzen östlichen Europas kommen, und zwar auf der Linie der Unterhandlungen über einen Nichtangriffspakt, die damals zwischen Rußland und seinen westlichen Nachbarn geführt wurden. Der erneuerte Pakt mit Rußland wurde vom Reichstag nicht ratifiziert, da der Reichstag nach jeder Wahl aufgelöst wurde, ehe er irgendwelche Geschäfte tätigen konnte. Nach dem Ermächtigungsgesetz vom März 1933 war Hitler berechtigt, den Pakt ohne Zustimmung des Parlaments zu ratifizieren, was er auch tat[4]. Er hatte nun schon fünfmal die Gelegenheit, den Vertrag aufzulösen; da er ihn nicht gekündigt hat, schließe ich, daß er mit Rußland nicht ganz brechen will."
G. Lloyd: „Wie wird die Wehrmacht reagieren?"
Brüning: „Für das Heer war es stets ein Dogma, gute Beziehungen zu Rußland zu unterhalten. Sie sind überzeugt, daß wir den letzten Krieg nur wegen Deutschlands Entfremdung von Rußland in den zwei Jahrzehnten vor dem Krieg verloren."
G. Lloyd: „Welche allgemeine Politik wird die Wehrmacht verfolgen?"
Brüning: „Die Wehrmacht wird nichts gegen Hitler unternehmen. In den letzten drei Jahren hat Hitler unerhörte außenpolitische Erfolge erzielt. Die Wehrmachtsoffiziere sind zu gute Patrioten, um diese Erfolge abzustreiten. Skepsis und Opposition bei den wenigen politisch denkenden, führenden Generälen entstammen nur der Furcht vor einem

neuen Weltkrieg, der die Zerstörung Deutschlands für mindestens zwei Generationen bedeuten und damit enden könnte, daß Deutschland bolschewistisch würde. Die Generäle sind freilich in ihrem Widerstand gegen Hitlers Außenpolitik sehr vorsichtig geworden. Immer wenn sie prophezeiten, daß die Westmächte mit einer Kriegspolitik gegen Hitler beginnen würden, hatten sie unrecht. Manche Generäle von einigem Einfluß und einem gewissen politischen Weitblick wurden in den Ruhestand versetzt, und die übrigen nehmen Hitlers Politik völlig ruhig hin."

G. Lloyd: „Wie ist die Stimmung in Deutschland?"

Brüning: „Ein echter Widerstand von einiger Bedeutung besteht nur bei denen, die sich dem Regime aus rein religiösen Gründen widersetzen. Die übrigen sind fügsam. Das Bürgertum bewundert allenthalben den Erfolg. Dies gilt besonders für das sogenannte liberale Bürgertum in Deutschland. München hat ihren letzten Widerstandswillen gebrochen. Die Bauern und die Großgrundbesitzer streben nach besseren Verhältnissen und äußern deshalb von Zeit zu Zeit Kritik. Die Arbeiter in den Rüstungsindustrien erhielten Lohnerhöhungen. Den unteren Mittelschichten geht es schlecht, aber das ist bei ihnen persönliches Schicksal, und deshalb kann hier keine größere Oppositionsbewegung entstehen. Die einzigen Arbeiter, die im Widerstand hart blieben, sind die, die es aus religiösen Gründen tun. Bei den früheren Sozialdemokraten gibt es nur einzelne Oppositionsgruppen. Auch bei den früheren sozialdemokratischen Arbeitern ist die Stimmung wechselhaft und hängt davon ab, ob es ihnen gutgeht. Die Sozialdemokraten im Exil haben nicht den geringsten Einfluß mehr auf sie."

G. Lloyd: „Dann komme ich zu dem Schluß, daß das Regime nur gestürzt werden kann, wenn wir Krieg führen. Ist das nicht auch Ihre Meinung?"

Brüning: „Gerade das möchte ich verhindern. Nur aus diesem Grund bin ich nach England zurückgekommen. Ich bin immer noch davon überzeugt, daß eine rasche, wirkungsvolle Aufrüstung Englands, ein klarer, konstruktiver Gedanke zur Situation in Europa und eine feste, offene Sprache von seiten Mr. Chamberlains den Krieg verhindern können. Aber ich fürchte, daß keine dieser Voraussetzungen gegeben ist. Die Situation ist genauso, wie sie vor dem letzten Krieg war. Aus diesem Grund kommt es zum Krieg. Wenn Sie sechs Monate Zeit gewinnen und sofort die allgemeine Wehrpflicht einführen und Ihre Rüstung auf mindestens das Dreifache ihrer jetzigen Kapazität beschleunigen und klarstellen, daß Sie zum Kampf bereit sind, falls Holland oder irgendein anderes, für Großbritanniens Sicherheit wesentliches Land bedroht wird – dann werden Sie den Krieg verhindern. Wenn Sie das nicht leisten können, wird der Krieg ausbrechen, denn die Nazis werden erkennen, daß sie in einem Jahr keine Chance mehr haben, ihre expansionistischen Pläne zu verwirklichen."

Geoffrey Lloyd berichtete mir daraufhin, wie gut sie vorbereitet seien. Ich sagte, ich hätte nicht diesen Eindruck und ich könne mir zum Beispiel nicht denken, warum sie so viel Zeit und Geld aufwendeten, um sich auf einen Großangriff mit Gas vorzubereiten, statt sich auf die Herstellung von Flakgeschützen usw. zu konzentrieren. Er wurde nachdenklich und gab mir zu verstehen, er sei besser informiert. Daraufhin berichtete ich ihm, was mir Haber[5] im Januar 1933 über die [Un]möglichkeit eines Gasangriffs auf eine Großstadt wie London erläutert hatte. Er glaubte es nicht.

Das ganze Gespräch bestätigte meinen ersten Eindruck eines leichtherzigen Umschlags in England von Beschwichtigung zu Kriegslust ohne klare Vorstellung von der deutschen Kriegsmaschine und der Klugheit, die die Nazis entfalteten, um die für einen Krieg günstigsten politischen Verhältnisse herbeizuführen[6]. Dieser Eindruck hatte starken Einfluß auf meine späteren Unterredungen mit Sir Alexander Cadogan[7] und Lord Halifax.

Ich sah Sir Joseph Ball und machte ihm wiederum nachdrücklich klar, daß noch Zeit verbleibe, um Deutschland ein maximales Angebot von Konzessionen zu unterbreiten. Im Blick auf das, was ich über Becks Rücktritt und die Schritte wisse, die Beck unternommen habe, um Gamelin[8] die Gefährlichkeit der Situation vor Augen zu führen, sei ich sicher, dies könne den Krieg verhindern und zur Auflösung des Regimes führen. Winston Churchill rief in Old Surrey Hall an und brachte eine Einladung zum Essen vor, aber ich sagte den Andersons, sie sollten nur für sich selbst annehmen. Aus seinen Reden und aus allem, was ich nach meiner Rückkehr gehört hatte, erkannte ich, daß ich die Admiralität und die Gruppe um Winston Churchill nicht daran hindern konnte, den Krieg um jeden Preis zu befürworten.

(1) Geoffrey Lloyd, Bergbauminister (Konservative Partei) 1939–1940, war als parlamentarischer Staatssekretär im Innenministerium für die Vorbereitungen zur zivilen Verteidigung verantwortlich. (2) Ribbentrop war im Dezember 1938 zur Unterzeichnung der deutsch-französischen Freundschaftserklärung in Paris gewesen. Über seine zwei völlig privaten Unterredungen mit Bonnet wurde sehr viel spekuliert (vgl. John Wheeler-Bennett, *Munich*, London 1948, S. 306–309). (3) Generaloberst Kurt von Hammerstein-Equord, Chef der Heeresleitung 1930 bis Januar 1934. (4) Am 4. Mai 1933. (5) Der

Chemiker Fritz Haber. (6) Siehe auch *The Liddell Hart Memoirs*, Bd. II, London 1965, S. 220: „Von März 1939 an befand ich mich in der paradoxen Lage, eine Verwegenheit, die die Realitäten nicht berücksichtigte, eindämmen zu müssen. Einige der kriegerischsten Äußerungen kamen von früheren Beschwichtigern." (7) Botschafter in Peking 1933–1936, Unterstaatssekretär im Foreign Office 1936–1937, Staatssekretär 1938–1945. (8) General Maurice Gamelin, Stabschef des französischen Heeres von 1931 an, Generalstabschef seit 1935, Chef des nationalen Verteidigungsrats seit 1938, Kommandeur der französischen Bodenstreitkräfte 1939–1940. In seinen Memoiren berichtet Gamelin, Beck habe ihn im Sommer 1937 eine Woche besucht, und stellt die Frage: „Was lag am Grunde dieser indirekten Eröffnungen?" Statt einer Antwort bringen die Memoiren den dramatischen Ausruf: „Schreckliches Deutschland" (vgl. Maurice Gamelin, *Servir*, Bd. 2, Paris 1946, S. 284).

9. März, London, H. B. an Dannie Heineman

... Sie fragten mich am Telefon, was ich denke über den Brief, den der König an den belgischen Ministerpräsidenten geschrieben hat[1]. Ich habe den Brief mit größtem Interesse mehrere Male gelesen. Er ist ausgezeichnet formuliert und, soweit ich die Dinge von außen her beurteilen kann, im richtigen Augenblick veröffentlicht. Die gegenwärtige Lage in Belgien erinnert sehr stark an die politische Malaise in Deutschland zwischen dem Sommer 1929 und dem Sommer 1930. Ähnlich wie jetzt in Belgien waren sich damals die Führer aller deutschen Parteien im Herzen darüber einig, daß durchgreifende finanzielle und wirtschaftliche Reformen unbedingt sofort durchgeführt werden mußten. Aber fast alle Parteien weigerten sich, die Initiative zu ergreifen oder die Verantwortung für unpopuläre Forderungen auf sich zu nehmen ...
Wenn die Parteien statt an die entscheidenden Aufgaben heranzugehen sich in einen Streit stürzen, der für den Augenblick die öffentliche Meinung faszinieren kann, aber sie nur hinwegtäuscht über die Tatsache, daß das parlamentarische Regime in Gefahr ist, so ist es die Pflicht des Staatsoberhauptes als Hüter der Verfassung, sich an die Nation zu wenden und rechtzeitig vor den Gefahren zu warnen, die einer verfassungsmäßigen Entwicklung drohen, wenn die Parteien ihre konstitutionellen Pflichten nicht erfüllen ...
Ich weiß nicht, ob S. M. beim Abfassen seines Briefes sich der Vorgänge in Deutschland bewußt gewesen ist. Eines ist sicher: Durch die Betonung seines Willens, seinen Eid auf die Verfassung zu halten, hat der König allem Gerede vorgebeugt, als ob er beabsichtige oder mit dem Gedanken spiele, wie es die Ratgeber Hindenburgs getan haben, ein persönliches Regime einzuführen. Das ist von der allergrößten Bedeu-

tung für die Zukunft. Nach meiner Auffassung hat der König in geradezu klassischer Weise die Pflichten und Aufgaben eines konstitutionellen Herrschers definiert und sich damit die Möglichkeit geschaffen, mit voller Autorität in der Zukunft in die innerpolitische Entwicklung Belgiens eingreifen zu können als unparteiischer Mittler zwischen den Parteien.

Nach den Berichten in den Zeitungen bin ich geneigt anzunehmen, daß die Wirkung des Briefes schon heute eine gute ist. Die Erklärung der Frontkämpfer-Organisationen, daß sie im Augenblick nicht weiter den Fall Maertens[2] in der Öffentlichkeit diskutieren werden, spricht für diese meine Auffassung. Es ist in Zeiten wie der jetzigen von größter Bedeutung, daß von der dazu berufenen Stelle der Nation ins Gedächtnis zurückgerufen wird, was die wesentlichen Aufgaben und Pflichten des Parlaments und einer parlamentarischen Regierung sind. Das Volk wird darüber nachdenken, und es wird davor behütet, einer Ideologie anheimzufallen, die an sich überall in der Welt zu einer wachsenden Verachtung parlamentarischer Regierung[sformen] geführt hat. Ich hoffe, daß der Brief des Königs bei Ihnen im Lande die Luft reinigen wird und daß die Parteien nach den Wahlen bereit sein werden, an einschneidende, wenn auch unpopuläre Reformen heranzugehen in der Einsicht, daß eine Verschiebung solcher Reformen, wie es 1929 in Deutschland der Fall war, leicht zu einer Situation führen kann, in der automatisch das parlamentarische System sich festlaufen muß . . .

(1) Am 6. März, König Leopold an Hubert Pierlot, Ministerpräsident (katholisch) 1939–1945. (2) Die Aufnahme von Dr. Adrian Maertens (einem flämischen Arzt, der wegen Kollaboration mit der deutschen Besatzungsmacht im Ersten Weltkrieg verurteilt und später amnestiert wurde) in die königliche Akademie der Medizin war der Anlaß für den Rückzug der liberalen Partei aus der Koalition und das Ende der Regierung Spaak.

** 29. März, London, H. B. an John Wheeler-Bennett*

. . . Zumindest instinktiv hat sich überall das Gefühl der Notwendigkeit, um den Bestand des britischen Weltreichs zu kämpfen, ausgebreitet; natürlich wird es von Zeit zu Zeit von Träumen und Hoffnungen auf so etwas wie ein Wunder durchbrochen, die mich sehr stark an eigene ähnliche Gefühle beim Anbruch eines sehr kritischen Tages während des Krieges erinnern. Nur so kann man die Stimmung in offiziellen Kreisen erklären. Kurz vor der Unterwerfung der Tschechoslowakei [15. März], zu der Zeit, als ich aus den Vereinigten Staaten zurückkehrte, befanden sich mehrere sehr gut unterrichtete Deutsche in London, und zwei von ihnen suchten mich auf. Sie begaben sich auch zu Vansittart und erteilten ihm jede erdenkliche Warnung. Daher war ich außerordentlich überrascht, als ich optimistische Äußerungen hörte – von Mr. Chamberlain drei Tage vor dem Beginn der Überrumpelung der Tschechoslowakei[1] und von Sir Samuel Hoare[2] am Vorabend des neuen Nazi-Vorstoßes[3].

Ich kann es mir auch nicht versagen, Ihnen zu gestehen, daß mich Mr. Chamberlains Presseerklärung, nachdem er Dr. [Robert] Ley[4] gesehen hatte, schrecklich belustigte. Er sagte, er sei sehr erfreut, aus einer langen Unterredung mit Dr. Ley, der ihm stets als einer der radikalsten Nazis beschrieben worden sei, erfahren zu haben, daß die Zeit für eine echte, dauerhafte Verständigung mit Deutschland reif sei. Der einzige meiner Freunde, dem es unter sehr großen Schwierigkeiten gelungen war, über die Grenze zu kommen, und ich verbrachten einen vergnügten Abend, als wir [in Holland] den britischen Rundfunk hörten und diese Erklärung vernahmen. Nur wenige Stunden zuvor hatte mein Freund mir berichtet, Leys Karriere in der Nazipartei sei unwiderruflich zu Ende, da seine Trunksucht, seine Bestechlichkeit und die offenen Skandale um sein Privatleben sogar für das Fußvolk der Nazipartei zuviel seien! Ich finde, die Leute in der deutschen Botschaft, die Mr. Chamberlain daran hinderten, Ley dem König vorzustellen, wie es in der britischen und der kontinentalen Presse zwei Tage vorher angekündigt worden war, und die es gleichzeitig irgendwie fertigbrachten, Ley in völlig nüchternem Zustand zu Chamberlain zu bringen, verdienen den Hosenbandorden!

Sir Samuel Hoares Rede, in der er das unmittelbar bevorstehende Eldorado im internationalen Handel beschrieb, war für mich natürlich nicht so erheiternd. Mir kommen tatsächlich Zweifel, ob einige Kabinettsminister hier noch bei vollem Verstand sind. Es steht fest, daß Mr. Chamberlain und seine engen Freunde davon träumten, binnen kurzem die berühmte Konferenz der fünf Premierminister zu erleben, die ich Präsident Hoover im Dezember 1930 vorgeschlagen hatte und die in regelmäßigen Abständen – wie das Ungeheuer von Loch Ness – in der Diskussion auftaucht.

Nach all diesen Illusionen war der Schock, den die öffentliche Meinung hier durch die Besetzung Böhmens erhielt, entsetzlich, aber, wie ich auch jetzt noch befürchte, nicht groß genug für einige Kabinettsmitglieder und die Mehrzahl der Tories ... Es fiel mir auf, daß man sich hier schon ganz auf die Nachkriegsgeneration verlassen muß; die Kriegsgeneration scheint, wie bei uns, völlig aus dem Rennen auszuscheiden. Leute zwischen dreißig und vierzig haben es mit Siebzigjährigen zu tun, und diejenigen, die normalerweise zwischen ihnen stehen, scheinen im Krieg umgekommen zu sein oder keinen Einfluß zu haben[5].

... Bei Dannie H[eineman] in Brüssel las ich das Resümee vieler Unterredungen im letzten Monat zwischen G[oerdeler] und Leuten, die die Quintessenz der Gespräche nach London trugen. Mir schien, als sei G[oerdeler] wie so viele andere von den Nazis absichtlich irregeführt worden, was die unmittelbare Gefahr für Holland und die Schweiz betrifft, die er für Februar vorhersagte. Der Bericht über eine Teilmobilmachung gegen Holland, den mir meine Freunde um die Weihnachtszeit gaben, war völlig richtig. Damals, das heißt in der ersten Februarwoche, fanden aber nur Truppenmanöver statt. In fünf Divisionen mußten alle Offiziere bis herab zum Bataillonführer an der ganzen holländischen Grenze entlang taktische Übungen durchführen zur Vorbereitung auf ein Unternehmen später im Sommer, damit jeder seinen Ausgangspunkt und den Weg, den er einschlagen mußte, kannte. Damit, daß sie dies ziemlich offen taten, täuschten sie die öffentliche Meinung und die ausländischen Geheimdienste, um im Osten freie Hand zu haben.

Das bedeutet jedoch nicht, daß der Gedanke, die holländischen Provinzen Limburg, Geldern und Drente zu besetzen, aufgegeben worden wäre; er wurde lediglich auf einen späteren Zeitpunkt verschoben. Die niederländische Regierung ist sich der Gefahr bewußt, aber vielleicht nicht ganz ihrer Pflicht, Vorbereitungen zu treffen, um diesen Angriff abzuwehren. Zweifellos wurde ihre Aufrüstung in den letzten vier Wochen gewaltig beschleunigt. Unter Dr. P[oels'] Schutz fuhr ich von N[ijmegen] nach H[eerlen], wo er wohnt. Sie bauen sehr starke Unterstände in fast jedem Dorf und Panzerfallen bei allen Eisenbahn- und Kanalbrücken. Ich konnte mich selbst davon überzeugen, daß diese hochmodern sind. Am Westufer der Maas, der ganzen belgischen Grenze entlang, werden fast alle 500 Meter Bunker gebaut. Der südliche Teil von Limburg wird im Angriffsfall selbstverständlich aufgegeben werden, aber die Brücken und Straßen will man sprengen. Als ich in H[eerlen] war, wurden besondere Einheiten dazu ausgebildet, diese Aufgabe jederzeit tags oder nachts auszuführen. Die Straßenüberwachung durch die Gendarmerie und Militärpatrouillen ist sehr streng.

Fast alle acht Kilometer werden sämtliche Wagen angehalten und die Namen der Insassen und die Zulassungsnummern aufgeschrieben. Solange ich in N[ijmegen] war, erhielten sämtliche Haushaltungen Merkblätter mit Anweisungen für die Frauen, was und wieviel sie in Vorrat nehmen sollten, da die Regierung bei einer Krise nicht imstande sei, sie zu versorgen. Die Leute dort überwiesen allmählich ihre Bankeinlagen nach Amsterdam und Rotterdam. In Wirklichkeit herrscht schon ein Kriegszustand. Es war genauso, wie wenn man im letzten Krieg einige Tage vor einem Großangriff durch das Land hinter der Frontlinie fuhr.
In Brüssel erfuhr ich von van Zeeland, die britische Regierung habe fest versprochen, im Angriffsfalle den Holländern zu Hilfe zu kommen. Das beruhigte die Nerven der holländischen Regierung, aber selbstverständlich ist alles reine Illusion. Während ich in N[ijmegen] wartete, brütete ich über den Karten. Es gibt keinen Zweifel, daß die Nazis die Maas überqueren und die Zuidersee in 48 Stunden erreichen können, wenn sie bereit sind, das Risiko schwerer Truppenverluste einzugehen. Dann wird es zu einer Ansammlung von Menschen in dem kleinen Dreieck zwischen Amsterdam, Rotterdam und Utrecht kommen; die holländische Regierung hat bis jetzt noch keine Versorgung geplant und hat dazu auch keine Möglichkeit, wenn der Angriff stattfindet. Das bedeutet Kapitulation. Die einzige Chance, Holland zu retten, besteht darin, daß in den ersten drei Tagen 25 britische Divisionen auf den Kontinent gebracht werden; aber leider existieren sie nur auf dem Papier! Die Franzosen können es nicht wagen, ohne britische Hilfe für Holland zu kämpfen. Dies scheint man in der letzten Woche hier in London bis zu einem gewissen Grad eingesehen zu haben. Aber statt einer Einberufung haben sie wiederum die Bevölkerung aufgefordert, sich zum freiwilligen Wehrdienst zu melden, was den Nazis einen weiteren raschen Erfolg sichern wird, falls es ihnen gelingt, Polens beharrlichen Widerstand gegen ihre Lockungen zu untergraben.
Die holländischen Vorbereitungen in den Ostprovinzen werden nicht in vollem Umfang wirksam werden, da die Nazis in den letzten acht Monaten riesige Fortschritte im Unterminieren der Moral gewisser führender Leute in der Verwaltung und der Gendarmerie gemacht haben. Der Bürgermeister einer Kleinstadt, in der ich war, mußte vor einigen Wochen von der holländischen Regierung abgesetzt werden, weil er öffentlich befürwortet hatte, daß seine Stadt Deutschland einverleibt werden sollte. Er gehört dem niedrigen holländischen Adel an. Meine Freunde in Deutschland hatten mich gewarnt, daß eine Bande von 20 Gestapo-

leuten wenige Tage vor meiner Ankunft nach Holland hineingekommen sei und in enger Fühlung mit führenden Leuten in der Gendarmerie und der Polizei stehe. Deshalb blieb ich die ganze Zeit in meinem Zimmer und bemühte mich, holländische Polizeikontrollen zu umgehen. Das alles wird Ihnen sicher einen Eindruck vom derzeitigen Zustand Europas vermitteln.

Andererseits glaube ich auch heute noch, daß es nicht zum Krieg kommen wird, wenn England eine starke Politik verfolgt und tut, was Mr. Eden und seine Freunde in dem Antrag, den sie gestern im Unterhaus vorbrachten, anraten[6]. In Deutschland schreitet der Verfall der Moral, der Industrieproduktion und der Heeresorganisation rasch fort. Es ist kaum erklärlich, warum trotz der ungeheuren Erfolge der Nazis in der Außenpolitik der Defätismus in Deutschland bei allen Bevölkerungsschichten, auch bei Naziführern, zunimmt. Aber ich fürchte, die schwankende, zögernde Politik hier und in Frankreich wird noch einige Zeit anhalten. Daher kann keine Voraussage der Ereignisse im Sommer und Frühherbst auf einer vernünftigen Begründung aufgebaut werden. Es könnte sich zufällig ergeben, daß die Vorbereitungen hier und in Frankreich eine gewisse Wirksamkeit erreichen und daß die Regierungen der beiden Länder bereit sind, Risiken einzugehen, genau in dem Augenblick, in dem die Nazis erkennen müssen, daß der Verfall ihres Landes zu weit fortgeschritten ist. Es ist eine Frage von vielleicht drei Wochen, bis wir vor einer solchen Abschätzung von Krieg oder Frieden stehen.

Europa ist ein Tollhaus. Nach dem Zusammenbruch der Tschechoslowakei veröffentlichte die Agence Havas einen Artikel, der in französischen Zeitungen nicht gedruckt werden durfte und der der polnischen und der rumänischen Regierung anriet, sich den Nazis anzuschließen, da Frankreich ihnen in einem Kriege nicht helfen könne. Gestern hielt Flandin eine Rede[7], in der er das gleiche sagte und sogar Einspruch erhob gegen das neue Sicherheitssystem, das jetzt bei der britischen und anderen Regierungen im Gespräch ist. Alle meine Eindrücke der letzten drei Wochen brachten mich zu der Ansicht, daß es, wenn diese Stimmung anhält, den Nazis knapp vierzehn Tage, ehe sie automatisch zusammenbrechen würden, schließlich doch gelingen könnte, Polen, die Schweiz, Holland und sogar noch andere Länder zu unterwerfen. Es war heute morgen sehr interessant, festzustellen, daß keine Zeitung die Meldung brachte, die gestern in den britischen Spätnachrichten kam, nämlich daß Franco nördlich von Gibraltar Truppen zusammengezogen und mit der Befestigung der Hügel genau gegenüber dem Zugang zu Gibraltar begonnen hat. Ich frage mich, ob dies bedeutet, daß er Großbritannien und Frankreich hinters Licht führt. Wenn ja, ist die Herrschaft der faschistischen Mächte unter Hitlers Führung in Europa befestigt. Andererseits werden die Nazis, wenn sie auf festen Widerstand stoßen, nachgeben oder zusammenbrechen müssen. In diesem Fall fürchte ich, daß niemand in der Lage sein wird, mein armes Land zu retten. Der Haß hier gegen das deutsche Volk nimmt ungeheuer zu, und der Brauch, alles Deutsche in Filmen auszupfeifen, scheint in ganz England fast überall verbreitet zu sein . . .

(1) Am 10. März sprach Chamberlain von einer „Periode der Ruhe" und kommender Abrüstung. (2) Am 10. März sprach Hoare in seinem Wahlkreis und am 12. März vor der kanadischen Handelskammer über eine große Ausweitung des internationalen Handels, „befreit von politischen Krisen". Am 13. März reiste eine vielköpfige britische Industriedelegation nach Deutschland ab. (3) Der tschechische Präsident löste die slowakische Regierung am 9. März auf und verkündete am 10. März das Kriegsrecht. Die Befehle für das deutsche militärische Vorgehen gegen Böhmen und Mähren ergingen am 11. März. Die abgesetzte slowakische Regierung verkündete am 14. März die slowakische Unabhängigkeit. Das Reichsprotektorat Böhmen und Mähren wurde am 15. März proklamiert. (4) Leiter der deutschen Arbeitsfront. (5) Das Chamberlain-Kabinett zerfiel in ausgeprägte Altersgruppen. Von den zehn Ministern, die im September 1938 für die Ablehnung von Hitlers Godesberger Bedingungen stimmten, waren nur zwei über 50 Jahre alt; von den elf Ministern (der Premierminister inbegriffen), die für Annahme stimmten, waren nur zwei unter 50 Jahre alt. (6) Der Antrag, von über 30 meistens konservativen Parlamentsmitgliedern gezeichnet, verlangte einen sofortigen nationalen Notstand zwecks maximaler Rüstungsproduktion. (7) Flandin, der die Münchener Politik befürwortet und begrüßt hatte, erklärte am 28. März in einem Interview die Pleite seiner Verbindung von „wirtschaftlichem Internationalismus mit politischem Nationalismus"; gegen die „deutsche Politik der Hegemonie" sei keine kollektive Sicherheit möglich, weil für Polen und Rumänien Rußland nicht weniger gefährlich sei als Deutschland; Frankreich und Großbritannien müßten ihre militärischen Kräfte stärken und Mussolini entgegenkommen; ein eventueller Krieg dürfe keinen ideologischen Charakter tragen, sondern nur einen ausschließlich antideutschen (vgl. *Le Temps*, 29. März 1939).

30. März, London, H. B. an Hans Schäffer

. . . Die Welt ist aus ihren letzten Illusionen aufgewacht. Man findet sich mit der Unabwendbarkeit eines Krieges ab. Ich bin darin noch immer optimistischer. Es ist wieder ein Ringen um die letzten 100 Meter. Wenn die anderen rapide Anstrengungen mit ihren Rüstungen machen und durch politische Kombinationen den Nazis in den nächsten vier Monaten Teilangriffe unmöglich machen, ist die Kriegsgefahr vorüber, da die Armee und die Wirtschaft die Dinge, so wie sie jetzt sind, nicht weiter aushalten. Die Armee geht nach all meinen Nachrichten langsam einer Auflösung der Moral und der Organisation entgegen. Aber ich stimme mit Ihnen überein, daß diese Gefahr im letzten Augenblick noch zu einem neuen Abenteuer führen kann, das dieses Mal voraussichtlich den allgemeinen Krieg auslösen würde. Daß dabei im Augenblick Polen das erste Objekt sein wird, ist wohl anzunehmen ... Man muß sich nun einmal daran gewöhnen, daß die guten Zeiten für ein bis zwei Generationen vorbei sind. Die Illusionen, daß im Falle eines Umschwungs die Monarchie ausgerufen wird und dann alles schnell und schön in Ordnung kommt, werden bald verfliegen, falls ein solcher Umschwung kommt. Etliche Leute, die Sie und ich gut kennen, und die eine solche Politik von innen und im Auslande betreiben, sind zu naiv; dazu gönnen sie sich gegenseitig nicht die Führung in diesen Bestrebungen[1]. Der Landesverrat scheint bei ihnen genau wie im vorigen Herbst das einzige zu sein, was sie wirklich verstehen. Ich kann schon kaum verstehen, daß sich Leute darnach drängen, die Führung nach einem großen Kladderadatsch zu bekommen, zumal wenn sie nur Klischees haben, die früher einmal hätten gebraucht werden können. Wir werden ja sehen. Aber das Bürgertum ist überall müde und unschöpferisch. Auch hier und in Amerika, wenigstens soweit die Politik in Frage kommt. Es ist schon eine Glanzleistung der Bourgeoisie aller Länder, aus Angst vor dem Kommunismus jahrelang eine Politik zu betreiben, die zum Schluß Rußland die letzten Trümpfe in die Hände spielt ...

(1) Dies bezieht sich wohl zum Teil auf Schachts Rivalität zu Goerdeler. Im Dezember 1938 zum Beispiel unterhielt sich Schacht vertraulich mit Chamberlain, und zwar nur wenige Tage nachdem sich Chamberlain geweigert hatte, sich mit Anregungen von Goerdeler zu befassen (vgl. *Diaries of Sir Alexander Cadogan*, S. 130).

* *N April, London, Stanley Baldwin*

Als ich mich mit Sir Geoffrey Fry[1] traf, fragte er, ob ich nicht Lord Baldwin besuchen wolle. Da dieser nicht mehr im Amt war, sagte ich, ich würde es mit dem größten Vergnügen tun, und die Zusammenkunft wurde vereinbart. Mein Besuch am Eaton Square verlief höchst erfreulich. Baldwin erinnerte sich noch gut an unser Gespräch in der deutschen Botschaft, nachdem ich von Chequers kam [8. Juni 1931], und sagte, er habe nicht vergessen, daß ich auf dem Gipfel meiner Schwierigkeiten kein Wort über Politik mit ihm gesprochen hätte[2]. Ich sagte, es sei immer noch möglich, den Krieg zu umgehen, wenn man nüchternen Wehrmachtsführern die Gewißheit vermitteln könne, daß England kämpfen werde. Ribbentrops verhängnisvoller Einfluß und in noch größerem Maß die Atmosphäre bei seinen Freunden in London habe einen vollkommen falschen Eindruck hervorgerufen. Selbstverständlich würden die Nazis dem Heer vorreden, England werde nicht zuschlagen, wenn Polen überrumpelt werde. Ich bat ihn inständig, den Einfluß, den er wohl bei der britischen Regierung besitze, einzusetzen, um sie davon zu überzeugen, daß nur eine offene, ja schroffe Erklärung ihres Kampfeswillens eine Wiederholung der Katastrophe vor dem letzten Krieg verhüten werde[3].

(1) Baldwins Privatsekretär seit 1923. (2) Sie unterhielten sich über die Bedeutung von Ortsnamen in Shropshire und in Westfalen. (3) H. B. schrieb am 13. Dezember 1939 an Jerome Greene in Harvard: *„Es besteht kein Zweifel daran, daß Groeners Ansichten von den führenden Heeresoffizieren mit Ausnahme von Blomberg geteilt wurden. Es war Blomberg, der zuerst in England als Kriegsminister Sympathie fand. Im letzten Mai sagte Lord Baldwin zu mir, er wünschte, Blomberg wäre noch im Amt, da er der eine Mann in Deutschland sei, mit dem England eine dauerhafte Verständigung erreichen könnte. Ich wollte Lord Baldwin seine Illusionen nicht rauben, aber ich hatte den Eindruck, daß es nur wenige Epochen in der Geschichte gibt, in denen falsche Beurteilungen von Menschen und Ereignissen allgemeiner verbreitet waren als in den letzten dreißig Jahren."

* *6. April, London, H. B. an Mona Anderson*

... Sir Will Spens kam von Lord Baldwin, der ihm meine Adresse gegeben hatte. Zweck seines Besuches war, mich zu überzeugen, daß sie alles Vernünftige unternehmen würden, um sämtliche legitimen Forderungen, die ich für mein Land stellen könne, zu befriedigen, wenn eine Regierung bestünde, bei der sie sich darauf verlassen könnten, daß sie Vereinbarungen, auch hinsichtlich des Korridors, einhielt. Er wollte eine Zusammenkunft mit Vansittart vermitteln. Ich gab meiner Ansicht Ausdruck, daß dies im Augenblick nutzlos sei, da ich überhaupt keine sicheren Verbindungen besäße, sagte aber, ich würde es mir überlegen. Das gleiche sagte ich zu Sir Geoffrey Fry, der ein Treffen mit Sir Horace Wilson[1] herbeiführen wollte ...

(1) Staatssekretär im Arbeitsministerium 1921–1930, Oberster Industrieberater des Premierministers 1930–1939, Staatssekretär im Schatzamt 1939–1942, Chamberlains bevorzugter Berater in der Außenpolitik.

8. April, London, H. B. an Hermann Rauschning

. . . Ihre in Ihrem Briefe niedergelegten Bemerkungen veranlassen mich, Ihnen ein paar Zeilen zu schreiben, die Ihnen nur sagen sollen, daß ich mir nicht im geringsten in meinem letzten Briefe eine Kritik an Ihren Auffassungen erlauben wollte. Man kann über diese Fragen sich nur mündlich aussprechen, um zu einer Verständigung zu gelangen. Ich habe angenommen, daß Sie mit Münzenberg und Genossen nicht zusammenarbeiten wollten. Deshalb befremdete es mich, daß Münzenberg in Schreiben und Telegrammen überall frei über Ihren Namen verfügt, als ob Sie restlos mit seinem Tun und Lassen einverstanden seien. Ich würde es im Interesse Ihres Einflusses in Deutschland sehr bedauern, wenn Ihr Name mit dem von Münzenberg in Verbindung gebracht würde. Denn ich habe mich in Holland vor drei Wochen und jetzt wieder überzeugt, wie stark der Eindruck Ihres Buches[1] in Deutschland ist, vor allem bei der jüngeren Generation.

Diese Generation verlangt nach einer Ideologie und nicht nach Konspirationen von Emigranten, die sich in allem Negativen, aber darüber hinaus über nichts verständigen können. Es ist leicht, eine nur kritische Zeitschrift oder Kundgebungen zusammenzubringen. Aber das hilft nichts. Im Gegenteil: Im Innern wird das Regime dadurch nur wieder gestärkt. Von dieser Auffassung kann ich nicht abgehen. Die italienischen Emigranten, mit denen ich in USA häufig zusammenkomme[2], haben dieses Lehrgeld auch geben müssen.

Es kommt hinzu, daß solche Kundgebungen in England eine andere Wirkung haben, als meistens angenommen wird. Die Kundgebungen werden natürlich weidlich für die Propaganda ausgenützt; über die Verfasser rümpft man die Nase[3]. In Frankreich sind solche Gruppen willkommene Instrumente, um später mit ihnen die Propaganda für einen noch schlimmeren Friedensvertrag zu betreiben. Sollte es zum Kriege kommen und er am Ende für Deutschland ungünstig verlaufen, so wird man uns nicht verschonen, weil ein paar Emigranten gegen die Nazipolitik protestiert haben.

Im übrigen bin ich noch nicht so sicher, daß es zum Kriege kommt, trotz aller Defensivbündnisse. Weder Mussolini will einen Krieg wegen Polen noch M. Bonnet und die alten Leute im britischen Kabinett. Das wissen die Russen ganz genau und handeln dementsprechend. Stalin macht eine sehr schlaue Politik. Er wartet, bis alles für ihn ausschließlich reift. England bezieht seine Positionen im Mittelmeer, weiter nichts.

M. Bonnet, der neue Papst [Pius XII.] und sehr einflußreiche Kreise arbeiten fieberhaft an der Vorbereitung einer Stimmung, die zunächst einmal in der Danziger Frage Hitler einen neuen Erfolg verschaffen wird, sosehr nach außen hin das auch verbrämt werden wird. Noch für einige Zeit wird die Angst vor dem Weltbolschewismus die Sorge vor den Nazis überschatten. Wie dem auch sein mag, unsere Aufgabe ist es, für eine weitere Zukunft des deutschen Volkes zu arbeiten. Diese Arbeit ist so, daß von der lärmenden Emigration kaum etwas dazu beigesteuert werden kann. Blätter wie die *Zukunft*[4] mögen hier und da in Deutschland gelesen werden; aber sie haben keinen Einfluß, nicht einmal bei den Kommunisten in Deutschland . . .

(1) *Revolution des Nihilismus*. (2) In Harvard las Gaetano Salvemini italienische Geschichte und George La Piana Kirchengeschichte. (3) Zum Beispiel die Bemerkung von Hugh Wilson, daß deutsche Emigranten „kein neues Problem" seien; er habe im Ersten Weltkrieg in der Schweiz nur zu viele gekannt, „die meisten sich zum Landesverrat anbietend" (vgl. Hugh Wilson, *Diplomat Between Wars*, New York 1941, S. 15). (4) 1938 in Paris gegründete Wochenschrift der „Freunde der sozialistischen Einheit" (siehe Groß, *Willi Münzenberg*).

* *13. April, London, H. B. an John Wheeler-Bennett*

. . . Ich glaube, es war ein großer Fehler, mit Polen allein in einer Art Panik ein Defensivbündnis abzuschließen, statt zugleich alle Balkanländer zusammenzuschließen und eine Reserve-Widerstandslinie mit Rußland aufzubauen. Wenn die Nazis und Musso beschließen, Jugoslawien zu zermalmen, können sie es nach der Besetzung von Albanien[1] innerhalb von zwei Wochen tun, ohne daß Frankreich und Großbritannien imstande wären, die geringste Hilfe zu leisten, nicht einmal mit Munition. Wenn sich Hitler entschließt, Polen anzugreifen, und sich darauf vorbereitet, jeden Augenblick an der holländischen Grenze loszuschlagen, kann England auch Polen nicht helfen, weil die Nazis den Seeweg nach Polen abzuriegeln vermögen; natürlich ist der Weg durchs Mittelmeer nicht ganz sicher, solange Mussolinis und Francos wahre Absichten unbekannt sind. Wenn England wegen des hastig abgeschlossenen, vereinzelten Bündnisses mit Polen[2], in das jetzt anscheinend auch Rumänien und Griechenland einbezogen werden sollen, gezwungen ist, Deutschland den Krieg zu erklären, hat Hitler einen wunderbaren Vorwand zur Invasion Hollands. Seit drei Tagen scheint sich das holländische Kabinett der Gefahr voll bewußt zu sein. Ich glaube, es hängt von den kommenden drei Wochen ab, ob dieses Jahr ohne einen großen Krieg vorübergeht ... Ich überlege mir immer noch, ob ich zehn oder vierzehn Tage nach Lugano gehen soll oder nicht ...

(1) Am 7. April. (2) Großbritannien gab am 31. März eine Garantieerklärung für die Grenzen Polens ab, die allerdings erst am 25. August ratifiziert wurde. Garantien für Rumänien und Griechenland folgten am 13. April und ein Abkommen mit der Türkei im Mai. Die unbefriedigenden Verhandlungen Englands mit Polen beschreibt Christopher Thorne in *The Approach of War*, London 1969.

18. April, London, H. B. an Hermann Rauschning

... Man muß jetzt abwarten, was Hitler in der Reichstagssitzung sagen wird. Ich vermute, daß er ein Maximalprogramm aufstellen wird: Danzig, Korridor, Oberschlesien und Elsaß-Lothringen ... Falls Ch[amberlain] noch in seiner jetzigen Position ist oder seinen jetzigen Einfluß behält, wird er sehr leicht oder sogar wahrscheinlich die Forderungen Hitlers als Grundlage zu einer Diskussion anzunehmen bereit sein; er sucht schon verzweifelt nach so etwas. Gegen diese Auffassung Ch[amberlains] ist allerdings eine starke Gegenbewegung im Gange, die in den nächsten Tagen schon zu überraschenden Ergebnissen führen kann. Winston scheint vor der Türe zu stehen, falls Ch[amberlain] wieder wackelt ...

* *21. April, London, H. B. an John Wheeler-Bennett*

... Mein Freund[1] sagt, die volle Mobilmachung gegen Polen werde frühestens am 10. Mai einsetzen. Möglicherweise kann das Heer sie um weitere sechs Wochen hinauszögern, aber Hitler ist entschlossen, um der Unterwerfung Polens willen einen allgemeinen Krieg zu riskieren. So wie die Dinge liegen, ist dieser Entschluß unerschütterlich. Hitler ist sich im klaren, daß er angesichts der neuen Außenpolitik Englands nach dem Sommer keine Chance mehr hat. Er und Mussolini werden versuchen, ein verschleiertes Protektorat über Jugoslawien zu errichten, ehe die Mobilmachung gegen Polen beginnt. Ich nehme an, daß Mussolini in den Balkanländern ein Gegengewicht gegen die neue britische Politik aufbauen will, daß er aber nicht weitergehen wird. Nach seiner und Cianos Rede[2] zu schließen, scheint er nicht geneigt zu sein, mehr zu unternehmen, als einen großen Teil der französischen mit den italienischen Streitkräften zu binden und seinen Preis zu erhöhen – oder im trüben zu fischen. Das würde ihn natürlich nicht daran hindern, Hitlers Kampflust anzustacheln, was seine Macht vergrößern und ihn von der Bedrohung durch das strategische Übergewicht Nazideutschlands an seiner Nordgrenze befreien würde[3].

Ich vermute, daß er in dieser Politik durch Roosevelts Botschaft[4] bestärkt wurde sowie durch die Erkenntnis, daß Mr. Chamberlain in der britischen Außenpolitik nur noch ein Strohmann ist. Winston Churchill wurde mit tosendem Beifall begrüßt, als er kam, um bei einem Essen britischer Industrieller zu sprechen. Der Beifall war so beschaffen, daß er wie eine Demonstration gegen Mr. Chamberlain wirkte. Ich glaube, Präsident Roosevelts Botschaft zusammen mit dem Auslaufen der Flotte in Richtung Pazifik hatte eine sehr heilsame Wirkung auf die Japaner. Tatsächlich ist ihre Lage mindestens so verzweifelt wie die Hitlers; beiden bleibt nichts anderes übrig, als die ganze Zukunft ihrer Länder aufs Spiel zu setzen oder klein beizugeben, mit unvermeidlichen innenpolitischen Reaktionen. Mussolini ist der einzige, der noch imstande ist, der Gefahr, zwischen Szylla und Charybdis zu geraten, zu entgehen.

Manche gut unterrichteten und ernsten Menschen in Deutschland glauben, es komme zu Unruhen, sobald die Mobilmachung beginne[5]. Ich bin dessen natürlich nicht so sicher, aber nach dem ersten militärischen Rückschlag werden Aufstände ausbrechen. Die Zahl der Deserteure an der polnischen Grenze ist bereits außergewöhnlich hoch. Die Polen behaupten, vor vierzehn Tagen sei die Mannschaft einer ganzen Batterie einschließlich der Unteroffiziere von Schlesien nach Polen desertiert. Wie dem auch sei, es besteht kein Zweifel, daß der französische Geheimdienst, insbesondere M. Comert[6], zusammen mit deutschen Emigranten verbissen daran arbeitet, das Fundament einer großen Donau-Konföderation „von der Mündung bis zur Quelle" zu errichten. Es ist das Schema, das schon einmal in den Jahren nach dem Krieg ausprobiert wurde. Gerald Palmers Freunde und andere versicherten mir, England werde mit solchen Plänen nichts zu tun haben wollen, aber ich habe meine Zweifel. Sobald die ersten deutschen Bomben auf London geworfen werden, werden auch hier tierische Instinkte die Oberhand gewinnen, und vernünftige Menschen werden in dieser Beziehung machtlos sein . . .

(1) Vermutlich Rudolf Pechel, der 1939 dreimal in London war. (2) Der italienische Außenminister Graf Galeazzo Ciano sprach am 15. April über die Besetzung Albaniens.

Mussolini sprach am 20. April anläßlich der Vorbereitungen für die Weltausstellung in Rom 1943 ironisch über Roosevelts letzte Note. (3) Die Breite der Möglichkeiten, die Mussolini vor sich sah, zeigt sich in Galeazzo Ciano, *The Ciano Diaries*, New York 1946, Eintragungen vom 16. bis 19. März 1939. (4) Am 15. April forderte Roosevelt Hitler und Mussolini auf, die Versicherung abzugeben, daß sie in den kommenden zehn Jahren keinen Angriff auf irgendeinen europäischen oder nahöstlichen Staat unternehmen würden. Dies sollte die Vorbereitung zu einer internationalen Wirtschafts- und Abrüstungskonferenz sein. Gleichzeitig verlegte er die US-Flotte aus dem Atlantik in den Pazifik als Geste gegen Japan. (5) Solche Gerüchte bilden den Hintergrund von Lord Lloyds Botschaft an das Foreign Office vom 19. Juni, daß Brauchitsch am ersten Tag der Mobilmachung imstande sei, „mit dem Naziregime fertigzuwerden" (vgl. Harvey, *Diplomatic Diaries*, S. 298). (6) Pierre Comert, Leiter des Pressedienstes am Quai d'Orsay 1933–1938, seit Oktober 1938 in der amerikanischen Abteilung des Ministeriums.

* *N 22. April, London, Roland de Margerie*

Als meine Sekretärin[1] M. de Margerie anrief, um sich wegen eines Visums für mich zu erkundigen, sagte er, ich solle gleich zu ihm kommen, und ich sprach 20 Minuten mit ihm, solange das Visum in meinen Ausweis eingetragen wurde. Er redete viel über München und die vergangenen Monate. Von ihm hörte ich erstmals zu meiner Verblüffung, daß, als Daladier und Bonnet zweimal [18. und 26. September 1938] nach London gekommen seien mit General Gamelin [26. September], Mr. Chamberlain und Sir John Simon bereit gewesen seien, für die Tschechoslowakei zu kämpfen, aber gern gewußt hätten, ob die Franzosen wirklich wünschten, daß sie kämpften ... Margerie sagte, er sei dabeigewesen, um die Unterredung mitzuschreiben, und es sei sehr deprimierend gewesen, die Reaktionen von Daladier und Bonnet zu beobachten. Keiner habe dem anderen getraut, und so hätten sie bei beiden Gesprächen versucht, eine endgültige Antwort auf die britischen Fragen zu umgehen.

Er fragte mich, ob ich glaube, daß noch irgend etwas unternommen werden könne, um den Krieg zu verhindern. Ich sagte, das sei sehr schwierig, da der Kampf um den Korridor in Deutschland populär sei. 80 Prozent des deutschen Volkes seien ganz und gar gegen jeden weiteren Krieg. Deshalb müsse ihnen und der Wehrmacht und den Nazis klargemacht werden, daß nach den britischen und französischen Garantien für Polen jeder Angriff auf Polen den Krieg bedeuten würde. Dies hätte aber natürlich keine Wirkung ohne eine Regelung der Korridorfrage, die gelöst werden müsse. Ich sagte ihm, in der jetzigen Lage könne die Wehrmacht Hitlers aggressiven Plänen keinen Widerstand mehr entgegensetzen. Seit General von Fritschs Entlassung und Becks Rücktritt sei das vorbei. Es sei die größte Tragödie, daß die britische und die französische Regierung nicht begriffen hätten, daß sie rechtzeitig mit einer gerechten Lösung aller äußeren, aus den Friedensverträgen erwachsenen Probleme an die Wehrmacht hätten herantreten sollen, was ihnen ermöglicht hätte, die Nazis zu stürzen. Er könne von den deutschen Generälen nicht erwarten, daß sie einen Bürgerkrieg vom Zaun brächen, nur um eine weitere Zeit der Unterdrückung von außen einzuleiten.

Margerie entgegnete: „Ich weiß, daß das deutsche Heer demoralisiert ist; deshalb betrachte ich die Lage als viel hoffnungsvoller für die Alliierten." Ich war so betroffen von dieser Bemerkung, die von einem vollkommenen Mangel an Verständnis für die wahre Situation zeugte, daß ich nicht darauf einging, sondern sagte, ich müsse mich eilen, um mein belgisches Visum für die Rückreise zu bekommen. Ich verließ ihn mit dem schrecklichen Eindruck, daß die Franzosen glaubten, das deutsche Heer würde im Falle eines Krieges mit England und Frankreich nicht kämpfen.

(1) Margaret Dunk Mann.

* *24. April, London, H. B. an John Wheeler-Bennet*

. . . Nach allem, was ich von den Besuchern erfahren habe, kann kein Zweifel mehr daran bestehen, daß der Schlag gegen Polen frühestens am 10. Mai und spätestens Anfang Juli geführt wird. Das Heer kann sich einem zu frühen Datum widersetzen, aber nicht dem Abenteuer als solchem. Generaloberst [Fedor] von Bock, Oberbefehlshaber einer Heeresgruppe, wurde ebenfalls auf die Pensionsliste gesetzt[1]. Er war noch gut. Jetzt stimmen die Generalstabsoffiziere mit Ausnahme einiger weniger dem zu, was Hitler sagt. Einer der jüngeren Generalstabsoffiziere, den ich noch kannte und der einige Erfahrung aus dem letzten Kriege hat, sagte kürzlich, er habe aufgehört, Kritik zu üben, als er erfahren habe, daß Frankreich und England nichts unternommen hätten im Anschluß an die Besetzung Böhmens und Mährens, die ihnen [den Deutschen] doch Gewehre, Munition und Ausrüstung für 40 bis dahin weitgehend als Kader bestehende Divisionen verschafft habe. Er sagte, wenn er der britische oder der französische Premierminister gewesen wäre, hätte er eher Selbstmord begangen, als sich mit dieser neuerlichen Eroberung ohne weitere Reaktion abzufinden.

Diese anständigen Menschen müssen verstört sein. Ich habe gehört, Bonnet habe im Januar mit Ribbentrop vereinbart, Deutschland 1,2 Mio. Tonnen Weizen zu verkaufen. Der Export von Eisenschrott und Nichteisenmetallen von England nach Deutschland hat sich während der letzten drei Monate auf Rekordhöhe gehalten. In Deutschland befinden sich so riesige Getreidevorräte, daß, obwohl man die Turnhallen der Schulen als Speicher verwendet, die großen Güter ihre Ernte nicht verkaufen konnten, weil die Regierung keinen Platz zur Lagerung mehr hat.

Im demokratischen Lager liegt die Führung der internationalen Politik heute unzweifelhaft bei Frankreich. Ich sprach mit Margerie, als ich mein französisches Visum für die Reise in die Schweiz holte. Er teilte meinen Pessimismus voll und ganz und sagte, es bestehe kaum noch eine Chance, den Krieg zu vermeiden. Er war jetzt überzeugt, daß sich die französischen Generäle auf einen langen Zermürbungskrieg vorbereiteten – zehn Jahre, sagte er lächelnd –, und daß die Hoffnung auf einen schnellen Sieg zerstört sei, abgesehen von der Vermutung, daß die Moral des deutschen Heeres entsetzlich tief gesunken sei. Dies scheint leider wahr zu sein. Er versuchte, mir zu erklären, die Hauptschuld für die Panik im September liege bei den französischen Politikern, die sich geweigert hätten, eine Antwort zu geben, auch nicht auf Suggestivfragen von Ch[amberlain] und Sir John Simon, ob sie zum Kampf bereit seien, falls Hitler mehr verlange als Autonomie für die Sudetendeutschen. Er meinte, wenn der Krieg wirklich ausbreche, was er nicht mehr bezweifle, würden kaum genügend junge Franzosen für eine Siegesparade auf den Champs-Elysées übrigbleiben. Was mich so sehr bedrückt, ist, daß Menschen wie er, die sehr anständig sind, solche Dinge ohne offenkundige Bewegung sagen, vielleicht weil ihnen ein Ende der Spannung der letzten Jahre lieber ist als eine schwache Hoffnung, das Leben von Hunderttausenden zu retten.

Was Sie über Ihre Unterredung mit Beneš schrieben, interessierte mich sehr[2]. Ich freue mich, daß er mit Ihnen hinsichtlich des Wendepunkts 1932 übereinstimmte . . . Die Tschechen tun sich hervor in Demonstrationen mit der Wirkung von Nadelstichen. Sie haben dafür die größte Begabung. Wenn aber Mussolini und Hitler Jugoslawien überwinden und sich gegen Polen und Rumänien konzentrieren können, werden die Tschechen lange warten müssen, bis sie ihre Freiheit zurückerhalten.

Was Mussolinis Politik betrifft, habe ich gelinde Zweifel, ob sie sich tatsächlich in loyaler Übereinstimmung mit Hitlers Politik befindet. Ich war immer ganz sicher, daß Mussolini entschieden eine Politik der Steigerung seiner eigenen Macht im Verhältnis zu den Nazis betrieb, und zwar bis heute, als ich es in der *Times* las. Die *Times* hatte immer unrecht, was in England eine wesentliche Voraussetzung dafür zu sein scheint, daß man die politische Gunst der Öffentlichkeit behält . . . Die Franzosen haben bereits beschlossen, das Deutsche Reich für immer zu zerstören, und das ist auch die Befürchtung all der aufrichtigen Patrioten, die mich aufgesucht haben. Im Krieg, als ich so oft auf fast wunderbare Weise dem Tod und der Gefangenschaft entging, entgegen den Erwartungen meiner Vorgesetzten, sagte ich mir häufig, daß ich dafür mein Leben lang das Fegefeuer erleiden sollte[3] . . .

(1) Bock war 1939 erst 59 Jahre alt. (2) Als Beneš die University of Virginia einen Tag lang besuchte, war Wheeler-Bennett sein Begleiter und unterhielt sich ausführlich mit ihm, insbesondere über die Aussichten für ein deutsch-österreichisch-tschechisches Zollabkommen im Jahr 1932. (3) Wheeler-Bennett übersandte Kopien dieses Briefes und des Briefes von H. B. vom 21. April an Messersmith und auch an Roosevelt, der sie am 5. Mai als „ungeheuer interessant" an Hull und Welles weiterleitete (vgl. Messersmith Collection, University of Delaware; Roosevelt Papers, F. D. Roosevelt Library, Hyde Park).

* *29. April, Melide, H. B. an Mona Anderson*

. . . Die letzten fünf Tage brachten eine Menge Neuigkeiten, die sehr beunruhigend sind. Der letzte Widerstand in der Wehrmacht gegen ein kriegsähnliches Abenteuer wurde dadurch gebrochen, daß weitere führende Generäle entlassen wurden und daß in die Umgebung anderer Generäle Gestapospitzel eingeschleust wurden, so daß sie sich nicht mehr frei bewegen können. Manche kamen zu dem Schluß, wie mir [Helmuth James] von Moltke[1] sagte, daß Ch[amberlain] und seine Leute das, was sie über die Defensivbündnisse sagen, nicht ernst meinen. Sie glauben, die Tatsache, daß man zugelassen habe, daß Hitler für 40 Divisionen in Prag die modernste Rüstung bereitfand, könne nur damit erklärt werden, daß Chamberlain die Nazis gegen Rußland kämpfen lassen wolle . . . Dieser Gedanke wird noch verstärkt werden durch Nevile Hendersons plötzliche Rückkehr nach Berlin[2] und durch die gestrige Beschwichtigungsrede des parlamentarischen Privatsekretärs des P[remier]M[inisters][3] . . . Nichts konnte Hitler mehr nützen als dieser

Schritt. Wenn er schlau ist – und ich habe keinen Zweifel daran, daß er es ist –, wird er dem deutschen Volk sagen, Chamberlain habe eingesehen, daß er auf dem falschen Wege ist; so kann er sich darauf konzentrieren, Roosevelt zu verleumden.
Hitler hat sich entschlossen, den Angriff auf Polen zu wagen, weil er sich auf private Informationen verläßt, Chamberlain werde im letzten Augenblick zögern, für Polen zu kämpfen. Dazuhin hofft er, . . . daß Mussolini wieder wie vor München die Vermittlerrolle übernehmen wird. Gewisse Leute (auch die *Times*) scheinen tatsächlich an die Möglichkeit eines Friedens von Rom nach dem Vorbild von München zu glauben . . .
Was ich über Veränderungen in Mussolinis Privatleben und Befinden gehört habe sowie einige andere Meldungen lassen mich zweifeln, ob Mussolini noch über einen sehr energischen Willen und eine fruchtbare Phantasie verfügt. Die führenden Nazis in Berlin behaupten, er habe am Tag vor Ostern einen Schlaganfall gehabt. Ich hörte die Aufzeichnung seiner Rede anläßlich der Grundsteinlegung zur Weltausstellung in Rom. Mir fiel dabei die Veränderung seiner Stimme gegenüber seiner letzten Rede vor einigen Wochen auf. Natürlich erzählen die Nazis noch andere häßliche Dinge über ihn, womit sie zeigen wollen, daß sie glauben, er sei ganz in ihrer Hand. Wie dem auch sei, eines ist sicher: Seit drei Wochen fahren Züge über die Alpen und bringen einen Teil der tschechoslowakischen Beute nach Italien, von wo aus sie teilweise nach Libyen verschifft wird . . . Ich teilte Gerald Palmer das Datum der Mobilmachung mit und bat ihn, noch einmal von der geplanten Reise des Königs nach Kanada[4] abzuraten. Ich fürchte, es wird nichts nützen . . .

(1) Er war damals 32 Jahre alt und in Berlin zusammen mit Karl von Lewinsky als Jurist für internationales Recht tätig und erwarb gleichzeitig die Qualifikation für die Berufsausübung in England. H. B. traf Moltke um die Jahreswende 1933/1934 zum letzten Mal in Deutschland und im Jahr 1937 zum erstenmal in England. Moltke kam im April 1939 nach England, ehe H. B. auf den Kontinent reiste, und Mona Anderson lernte ihn in Old Surrey Hall kennen. (Die Daten konnten durch Vergleich von H. B.s zahlreichen Bemerkungen in späteren Briefen mit Freya von Moltkes Kalender von den Reisen ihres Mannes festgestellt werden.) (2) Der Botschafter war nach der Besetzung Prags aus Berlin zurückberufen worden, kehrte aber am 24. April dorthin zurück. (3) Captain Harry Crookshank, Financial Secretary of the Tresury 1939–1940, rechtfertigte bei der Debatte über das neue Verteidigungsbudget den Beschluß der Regierung, die Einkommensteuer nicht zu erhöhen und keine koordinierte, langfristige Planung der Verteidigungsproduktion zu unternehmen, mit dem Argument, daß sich die Situation möglicherweise in den allernächsten Monaten ändern werde (vgl. *The Times*, 27. April 1939). (4) Das Königspaar reiste im Mai mit dem Schiff nach Nordamerika und kehrte am 22. Juni nach England zurück.

* *8. Mai, Melide, H. B. an Mona Anderson*

... Hier werden die militärischen Vorbereitungen in jeder Hinsicht bis zur Vollkommenheit ausgeführt. 200 Meter von hier entfernt ist ein großes Haus mit Freiwilligen belegt ... Merkwürdig, die Leute sind überhaupt nicht aufgeregt, obwohl die Männer sogar bis zum Alter von 45 Jahren für ein Vierteljahr zu den Waffen gerufen wurden. Dieses Volk ist so an die Pflicht gewöhnt, in der Miliz zu dienen, daß es nicht murrt und alles als unvermeidlich hinnimmt. Ich glaube, sie werden tatsächlich kämpfen, ohne viel Aufhebens zu machen ...
Der Mailänder Pakt[1] könnte sich im Blick auf ein vorläufiges Vermeiden des Krieges als günstig erweisen. Jeder Pakt – vor allem ein Militärpakt – mit sorgfältig im einzelnen bestimmten Bedingungen ist weniger gefährlich als eine Entente mit allgemeinem und zweideutigem Wortlaut ... Sobald die Nazis einmal Danzig haben, wird Polen große Schwierigkeiten haben, den Korridor zu verteidigen, und es würde mich nicht wundern, wenn die Geschichte wie die der Tschechoslowakei endete. Das scheint auch schon das Gefühl der kleinen Baltenländer und Dänemarks zu sein, die willens sind, die Naziangebote eines Nichtangriffspakts anzunehmen, womit sie ihre Situation in der Zukunft sehr prekär machen[2] ... Praktisch gesehen wird Deutschland in etwa zehn Tagen vollständig mobilgemacht sein. Die Nervenanspannung in ganz Europa wird eher zunehmen als abnehmen, trotz der Atempausen für Menschen, die nicht ohne optimistische Einstellung jeder leichten Veränderung gegenüber leben können.
Die Schwierigkeiten Chamberlains und des Kabinetts mit dem russischen Pakt[3] sind mir klar. Hätten sie die russischen Vorschläge angenommen, so wäre Japan vielleicht dem Militärbündnis in Mailand beigetreten. Andererseits kann man von Rußland nicht erwarten, daß es für Polen kämpft, nur weil England und bis zu einem gewissen Maß auch Frankreich unfähig und teilweise nicht willens sind, es mit genügender Stärke zu tun. Der P[remier]M[inister] muß noch viel tun, wenn er die Welt überzeugen will, daß er nicht wieder unehrlich spielt. Das Mißtrauen gegenüber der britischen Politik ist allen festländischen Nationen eigen geworden ... Haben Sie Flandins Artikel in der gestrigen *Sunday Times* gelesen?[4] Er ist der Gipfel der Heuchelei, aber sehr bezeichnend für das gegenwärtige französische Bürgertum ...

(1) Das deutsch-italienische Zehnjahresbündnis, das am 22. Mai formell abgeschlossen wurde, wurde am 7. Mai bei dem Treffen zwischen Ribbentrop und Ciano in Mailand

angekündigt. (2) Die deutschen Nichtangriffspakte mit Lettland und Estland, die am 7. und 8. Juni formell abgeschlossen wurden, wurden am 4. Mai angekündigt. Die skandinavischen Ländern debattierten über die von Deutschland vorgeschlagenen Pakte bis zum 17. Mai; an diesem Tag willigte Dänemark ein, während die drei nördlichen Länder ablehnten. (3) Die britische Regierung hatte Rußland aufgefordert, sich zur Hilfeleistung für jeden europäischen Nachbarstaat, der eventuell Opfer einer Aggression würde, zu verpflichten. Rußland antwortete am 18. April mit dem Vorschlag eines echten Militärbündnisses zwischen Rußland, Großbritannien und Frankreich. In seiner sorgfältig vorbereiteten Reichstagsrede vom 28. April sagte sich Hitler vom deutsch-polnischen Abkommen von 1934 und vom deutsch-englischen Flottenabkommen von 1935 los und forderte für sich freie Hand in Osteuropa. Eine vorläufige Antwort auf den russischen Vorschlag wurde am 6. Mai durch den britischen Botschafter in Moskau übersandt. (4) *Sunday Times*, 7. Mai, „Twenty Years After Peace Treaty Still Resisting Domination". In diesem Artikel verdammte Flandin den „ewigen deutschen Imperialismus" und verlangte gleichzeitig einen „friedlichen Wiederaufbau Europas".

8. Mai, Melide, H. B. an Hermann Rauschning

. . . Mein letzter Brief sollte nur eine Warnung sein gegenüber der infamen Methode von Mü[nzenberg], der, wie ich rein zufällig an vier oder fünf Stellen hörte, mit Ihrem Namen hausieren geht . . . Was ich in London und jetzt wieder hörte, ist etwa, was die Stimmung [in Deutschland] angeht, folgendes: Die allgemeine Demoralisation macht in hohem, vorstellbarem Maße Fortschritte. In der Jugend beginnt nun in stärkerem Maße die Reaktion dagegen. Das ist die entscheidende Tatsache, auf die ich so lange gewartet habe. Aber diese Jugend ist skeptisch gegenüber allen früheren Politikern und Parteien. Das ist verständlich und eine natürliche Vorstufe für weitere Entwicklungen. Ein vager Kommunismus ist im Wachsen begriffen, der aber mit der früheren kommunistischen Partei und ihren Vertretern im Auslande nichts zu tun haben will, dagegen stark auf Rußland hofft. Bei den nichtkommunistischen Gruppen wächst die Tendenz, auch ideologische Vergleiche zwischen jetzt und früher zu ziehen. Dabei sind die Leute mehr kritisch als positiv, was dem Charakter der Deutschen durchaus entspricht.

In London hörte ich von verschiedenen Besuchern, daß die Leute langsam von der Reichswehrpsychose geheilt werden. Sie beginnen zu überlegen, daß sie eines Tages die Dinge selbst in die Hand nehmen müssen. Hier kommt die Sehnsucht nach einem ideologisch fundierten Programm. Sie sagen, kritisieren und schimpfen können wir selber, dazu brauchen wir keine Hilfe von außen. Aber wir wollen wissen, ob es möglich ist, ein stabiles Verfassungsleben aufzubauen und der späteren finanziellen und wirtschaftlichen Schwierigkeiten Herr zu werden.

Hier müßte die Zeitschrift einsetzen, von der wir sprachen. Ich habe mich durch das Lesen Ihres Buches mehr denn je davon überzeugt, daß Sie der richtige Mann für eine solche Zeitschrift sind und daß die Zeit dafür reifer ist als vor einem Jahr . . .

* *Mai, London, Memorandum für das zentraleuropäische Subkomitee der Weltordnungsgruppe in Chatham House*[1]

Ich habe mir die Vorschläge [vom 18. Mai] zur Diskussion zentraleuropäischer Probleme im Rahmen einer mit Chatham House in Verbindung stehenden Gruppe gründlich überlegt. Ich glaube kaum, daß sich bei der Diskussion rein wirtschaftlicher Probleme Schwierigkeiten ergeben werden. Hinsichtlich der konstitutionellen Probleme kam ich jedoch zu dem Schluß, daß sich die Diskussion auf die Untersuchung der Hauptzüge in der konstitutionellen Entwicklung Zentraleuropas beschränken sollte. Ziel der Diskussion sollte sein, im Ausland Verständnis zu wecken und bestimmte Grundsätze festzulegen, die später parallel verlaufende konstitutionelle Entwicklungen ermöglichen und so die Anwendung der rein wirtschaftlichen Empfehlungen fördern könnten.
Aus vielen Gründen halte ich es nicht für ratsam, endgültige Vorschläge für eine zukünftige Verfassung Deutschlands auszuarbeiten. Sollten sie bekanntwerden, so würden sie nur zur Folge haben, daß die Nazis sie benutzen, um ihre Macht zu festigen, oder daß sie jetzt schon Maßnahmen ergreifen, um die Verwirklichung dieser Vorschläge später zu verhindern. Es gibt verschiedene Möglichkeiten zur Anpassung des jetzigen konstitutionellen Lebens Deutschlands und einiger Nachbarvölker, die eines Tages vielleicht einen vereinigten Wirtschaftsblock bilden werden. Welche dieser Möglichkeiten einmal die einzig praktikable sein wird, hängt von den dann herrschenden Verhältnissen ab.
Deshalb halte ich es nicht für ratsam, eine Alternativkonstitution zu entwerfen. Um eine Wiederholung der Fehler, die Präsident Wilson mit den Vierzehn Punkten[2] beging, zu verhindern, liegt die Hauptaufgabe des Komitees in dem Nachweis, daß jede föderative Union in Zentraleuropa auf Prinzipien beruhen sollte, die im Blick auf die zentraleuropäische Geschichte ganz anders geartet sein müssen als die, die heute im britischen Empire oder in den USA gültig sind. Diese Methode ist meines Erachtens günstiger als jede andere, um den Weg zu einer dauerhaften, friedlichen Regelung in Europa zu ebnen. Sollte die jetzige Krise

unglücklicherweise zum Krieg führen, so fürchte ich, daß sonst ein System eingeführt wird, das mit den Traditionen und wahren Bedürfnissen dieses Teils von Europa völlig unvereinbar ist. Deshalb möchte ich vorschlagen, daß das Programm dieser Gruppe weniger definitiv und ehrgeizig formuliert wird. Folgenden Wortlaut würde ich empfehlen: „Es wird vorgeschlagen, daß eines der Subkomitees wichtige deutsche und zentraleuropäische Probleme unter politischen, konstitutionellen und wirtschaftlichen Gesichtspunkten untersucht im Blick auf die Entwicklung eines politischen Systems in diesem Teil Europas, das sich dazu eignen könnte, später in ein neues, auf dem Gedanken einer föderativen Weltunion beruhendes Weltsystem einbezogen zu werden." Ich würde den Punkt, der mit „der eigentliche Zweck" beginnt[3], aus dem Programm streichen.

Weiterhin möchte ich anregen, die Themenkreise wie folgt zu gliedern[4]:

I. Die konstitutionellen und politischen Probleme einer zentraleuropäischen Union.

II. Die wirtschaftlichen Probleme einer zentraleuropäischen Union.

III. Politische und konstitutionelle Probleme, die sich aus der Einbeziehung einer zentraleuropäischen Union in eine neue, auf föderativen Grundsätzen aufgebaute Weltordnung ergeben.

IV. Probleme, die sich aus einer zentraleuropäischen Wirtschaftsunion für die finanzielle und wirtschaftliche Zusammenarbeit der Weltmächte und für eine dauernde, enge finanzielle und wirtschaftliche Zusammenarbeit mit der übrigen Welt ergeben.

(1) Synonym für das dort untergebrachte Royal Institute of International Affairs. (2) Woodrow Wilsons Erklärung der Kriegsziele vom 8. Januar 1918. (3) Der erwähnte Punkt lautete: „Der eigentliche Zweck sei, eine alternative Verfassung und einen Wirtschaftsplan für Deutschland zu entwerfen und die politischen und wirtschaftlichen Maßnahmen festzustellen, durch die Großbritannien, Frankreich und die Vereinigten Staaten eine neue Ordnung in Deutschland herbeiführen könnten." (4) Die ursprünglich vorgeschlagenen Themenkreise waren: „Regierungsform Deutschlands; wirtschaftliche Organisation Deutschlands; politische und wirtschaftliche Organisation Deutschlands; politische und wirtschaftliche Beziehungen zwischen Deutschland und den anderen zentraleuropäischen Ländern; politische Spannungen zwischen den zentraleuropäischen Ländern und den Demokratien; wirtschaftliche Spannungen zwischen den zentraleuropäischen Ländern und den Demokratien" (siehe auch Jones, *Diary with Letters*, S. 438).

* *23. Mai, London, H. B. an George Messersmith*

... In den letzten sechs Wochen war ich in Holland und in der Schweiz. Es mag Ihnen eine Vorstellung davon vermitteln, wie weit die

Infiltration der nazistischen Geheimpolizei – wenigstens in Holland – schon vorgedrungen ist, wenn ich Ihnen sage, daß Freunde aus Deutschland mich vor meiner Abreise nach Holland warnten, ich könne dort keine Besucher aus Deutschland empfangen, wenn meine Anwesenheit nicht vor der holländischen Polizei geheimgehalten würde, und ich dürfe dort keine Briefe zur Post geben . . .

In Holland, in der Schweiz und hier habe ich viele Menschen aus Deutschland getroffen, darunter einige sehr kluge Beobachter und andere mit den besten Beziehungen zu führenden Nazis. Um es ehrlich zu sagen: Ich muß gestehen, daß ich zu keinem endgültigen Schluß über die künftige Politik der Nazis kommen kann. Niemand konnte mir sagen, warum im Februar an der holländischen Grenze Truppenmanöver stattfanden oder warum einige höchst einflußreiche Nazis unter dem Einfluß von Alkohol Einzelheiten von Plänen gegen Holland verraten hatten. Vom 15. Januar ab wurde an der holländischen Grenze beobachtet, daß riesige Lebensmittel- und Munitionsvorräte herangeschafft wurden, und etwa drei Wochen lang hielten sich mehrere Panzergrenadierdivisionen an der holländischen Grenze auf. Ich persönlich bin zu dem Schluß gekommen, daß mit all diesen Vorbereitungen die Absicht verfolgt wurde, einesteils den Angriff auf die Tschechoslowakei zu vertuschen und andernteils eine künftige Situation anzubahnen. Als mich in der Woche, in der ich aus den USA hierher zurückkehrte, die Nachricht von dem geplanten Angriff auf Prag erreichte, fand ich die Leute hier in sehr optimistischer Stimmung. Später hörte ich, daß die gleichen Personen, die ich in meinem Exposé, das ich Ihnen im Januar persönlich übergab[1], erwähnt habe, in London gewesen waren und die britische Regierung vor den kommenden Ereignissen gewarnt hatten. Aber am Vorabend des Einmarschs in Böhmen sagte der britische Militärattaché in Berlin[2] zu seinen deutschen Gästen, er freue sich, daß die angedrohte Unternehmung gegen Böhmen abgeblasen worden sei.

Ich habe beschlossen, nicht zu sehr auf all diese Informationen zu hören, die mich erreichen, sondern lieber wie früher bei der Beurteilung kommender Ereignisse von der Voraussetzung auszugehen, daß Hitler seinen nächsten Schlag dort führt, wo es allgemein politisch und militärisch gesehen am besten für ihn ist. Natürlich kann ich die Möglichkeit nicht ausschließen, daß er schwankt zwischen seinem höchsten Ehrgeiz, sein militärisches Genie in einer großen, entscheidenden Schlacht zu bezeugen, und seiner Furcht, alles zu verlieren, falls der Krieg tatsächlich ausbricht. Abgesehen von diesem letzteren Gesichtspunkt kann ich nur sagen: Ich bin überzeugt, daß Hitler sich endgültig entschlossen hat, Danzig und den Korridor vor dem Winter einzunehmen. Der „Tag" ist jetzt auf den 15. Juni festgesetzt. Am 1. Juni wird eine große Zahl von Reservisten und am 15. ein weiterer Schub zu den Fahnen gerufen werden. Tag und Nacht fahren Munitionszüge an die Ostgrenze. Die meisten Eisenbahnlinien sind für diesen Zweck belegt, so daß die Truppen meist zu Fuß an die Ostgrenze marschieren. Man schätzt wohl kaum daneben, wenn man vermutet, daß bereits etwa eine Million Soldaten an der Ostgrenze zusammengezogen sind.

Hitler versucht zwar, sämtliche Vorbereitungen zu beschleunigen, doch die Wehrmacht bemüht sich, ihn davon zu überzeugen, daß sie mit ihren Vorbereitungen nicht vor Ende Juli fertig sein wird. Wieweit sie damit Erfolg hat, bleibt abzuwarten. Nach dem Einmarsch in Prag [15. März] war das Heer fast einmütig überzeugt, Hitlers politische und militärische Voraussicht sei unfehlbar, aber es steht zweifelsfrei fest, daß sie jetzt viel weniger siegesgewiß sind. Im Augenblick ist der Defätismus wieder sehr stark im Heer. Bis vor vierzehn Tagen war er sogar noch deutlicher spürbar, weil der deutsche Generalstab den Eindruck hatte, Mussolini werde nicht länger als ein halbes Jahr zur Achse halten. Natürlich ist das Vertrauen zu Italien jetzt wieder gewachsen, obgleich man wohl zu Recht annehmen kann, daß ein neuer Vertrag zwischen Italien und Deutschland Hitlers Maßnahmen eine Bremse anlegen wird. Wie wirkungsvoll diese Bremse sein wird, kann ich wiederum nicht einmal erraten.

Der englisch-türkische Defensivvertrag [12. Mai] beeindruckte die Generäle des deutschen Heeres sehr stark. Es ist eine weitgehend gefühlsmäßige Reaktion wie die auf die englisch-russischen Unterhandlungen. Es besteht kein Zweifel daran, daß seit sechs Wochen vom deutschen Generalstab Anstrengungen unternommen werden, um zu einem besseren Verhältnis mit Stalin zu kommen. Man sagte mir, diese tastenden Unterhandlungen würden von General Syrovy[3] durchgeführt. Das mag seltsam erscheinen, aber im inneren Leben der Tschechoslowakei ist im Augenblick alles seltsam. Eine einflußreiche Gruppe wünscht noch engere Beziehungen zu den Nazis. Bis jetzt hat das englisch-polnische Bündnis weder auf die Nazis noch auf den Generalstab großen Eindruck gemacht. In der britischen Politik kommt alles zu spät, um den Krieg zu vermeiden oder wenigstens Hitler daran zu hindern, weitere Risiken einzugehen. Ich kann nicht glauben, daß Hitler wirklich beabsichtigt, einen kühnen militärischen Streich gegen Polen zu führen. Er wird die

Danziger Frage klüglich von der Stadt selbst aus angehen, und zwar so, daß Danzig politisch und militärisch ein Nazibollwerk wird, ohne Feindseligkeiten oder eine formelle Auflösung des bestehenden Vertrags. Danach wird Polen den Korridor nicht mehr verteidigen können. Es ist denkbar, daß die Polen den Korridor zu gegebener Zeit lieber räumen und versuchen, sich auf der alten russischen Verteidigungslinie 45 Kilometer westlich von Warschau zu halten. Ich glaube nicht, daß Hitler dorthin folgen wird; wenn er den Korridor zurückerlangt hat, wird er sich still verhalten.

Eine solche Politik wäre für Hitler ratsam, nicht nur unter rein militärischen Gesichtspunkten, sondern auch im Blick auf die Lage hier in London. Es herrscht immer noch großes Zaudern in der britischen Politik, und man hat die [Versuche zur] Beschwichtigung noch nicht aufgegeben. Falls Hitler die oben erläuterte Politik verfolgt, könnte er an jedem Wendepunkt hier in England und in Frankreich einige Unterstützung finden ... Soweit wird die Wehrmacht mit ihm übereinstimmen. Sie wird natürlich ganz anderer Ansicht sein, sobald sie zu dem Schluß kommt, daß Deutschland trotz anfänglicher militärischer und diplomatischer Erfolge zu einem langen Krieg gezwungen werden könnte, an dessen Ausgang sie nicht den geringsten Zweifel hegt. Ich glaube, daß sich die Generäle diese Dinge überlegen und deshalb schwanken und zögern. Daher fürchte ich, trotz vieler optimistischer gegenteiliger Meldungen, daß sie sich nicht rechtzeitig rühren werden, um einen Krieg zu verhindern. Menschen, die schwanken und keinen festen Entschluß gefaßt haben, werden nie im günstigsten Augenblick die richtige Entscheidung treffen. Das ist der eigentliche Grund meines Pessimismus. So sehr ich auch wünsche, daß die Korridorfrage auf die einzig natürliche Weise im Interesse Deutschlands gelöst wird, kann ich mich doch nicht mit einer Lösungsmethode einverstanden erklären, die schließlich zu einem langdauernden, allgemeinen Krieg führen könnte.

Die Mobilmachung verläuft seit einiger Zeit in Deutschland so, daß ich nicht glaube, daß die zu den Fahnen gerufenen Soldaten oder die Zivilbevölkerung bedeutenden Widerstand leisten werden. Große neue Konzentrationslager für über 150000 Menschen werden derzeit gebaut; inhaftiert werden sollen die örtlichen Führer der früheren Parteien, frühere Beamte und geachtete Gewerkschaftler und ein großer Teil der katholischen und protestantischen Pfarrerschaft. Der Zweck ist natürlich, den Leuten selbst in abgelegenen Dörfern jeden potentiellen Führer zu nehmen ...

Ich habe gehört, daß ein sogenannter Friedensschritt des neuen Papstes[4] auf Mussolinis eindringlichem Rat an Hitler beruhte, der sich plötzlich entschloß, ihn zu befolgen. Für mich besteht natürlich kein Zweifel daran, daß die Tendenzen des jetzigen Papstes sehr proitalienisch und profaschistisch geprägt sind. Ich wunderte mich über die gegenteiligen Meldungen in allen wichtigen Zeitungen der Welt. Zur Stimmung hier in London kann ich nur sagen, daß fast jeder mit der Möglichkeit des Kriegs im Juli rechnet . . .

Darf ich ganz offen eine Anregung geben? Ich glaube nicht, daß ein neuerlicher Schritt von Präsident Roosevelt wie sein Telegramm an Hitler und Mussolini[5] in den kommenden Wochen sehr hilfreich wäre. Die Antwort, die die Nazis erteilen werden, könnte das deutsche Volk verwirren. Anders wäre es vielleicht, wenn der Präsident eventuell Ende Juli öffentlich Schritte unternehmen würde, um eine Konferenz der fünf oder sechs großen Mächte abzuhalten; Hitler würde wohl ablehnen, aber Mussolini vielleicht nicht. Selbstverständlich müßte das so geschehen, daß Hitler nicht auf die Vermutung kommt, ein neues München werde vorbereitet. Er muß sich vor den Folgen einer schroffen Weigerung auf die Moral des deutschen Heeres und des Volkes fürchten. Der Vorschlag sollte nicht zu früh kommen, und ich möchte dafür keine zu große Eile empfehlen. Mein Wunsch und meine Hoffnung ist, daß Präsident Roosevelt eine Position wahren wird, die es ihm ermöglicht, weit wichtigere Vermittler- und Schiedsrichterdienste in einer gegebenen Phase nach Ausbruch des Krieges zu leisten. Wenn ich diese Meinung zum Ausdruck bringe, berücksichtige ich die wahren Gefühle der Mehrheit des Heeres und der großen Mehrheit des deutschen Volkes, die gegen jeden Krieg ist. Selbstverständlich werde ich nicht die geringste diesbezügliche Andeutung fallenlassen, wenn ich Ihren Botschafter [Joseph Kennedy] treffe, der mich gebeten hat, ihn in der nächsten Woche irgendwann zu besuchen. Ich zögerte lange, aber jetzt möchte ich herausfinden, ob all die Geschichten über seine Einstellung zu den Nazis, die durch die Londoner Presse gehen, auf Wahrheit beruhen[6] . . .

(1) Siehe Anhang VII. (2) Generalleutnant Sir Noel Mason-MacFarlane. (3) Johann Syrovy, tschechischer Verteidigungsminister 1926 und 1938–1939, Ministerpräsident 1939. (4) Kardinalstaatssekretär Pacelli war am 2. März Papst geworden und begann als Pius XII. sein Pontifikat damit, daß er der deutschen und der italienischen Regierung gegenüber einen versöhnlichen Ton anschlug. Am 4. Mai machte er den Vorschlag einer Konferenz zwischen Großbritannien, Frankreich, Deutschland, Polen und Italien, die Deutschlands Ansprüche gegenüber Polen und Italiens Ansprüche gegenüber Frankreich untersuchen sollte. Diese Anregung wurde im darauffolgenden Monat Gegenstand weit-

verbreiteter Gerüchte (vgl. Auswärtiges Amt, *Akten zur deutschen auswärtigen Politik 1918–1945,* Serie D, Bd. VI, 533/239012, F 13/386-90, 535/239038, 2196/473581-85, 533/239067-69; *Documents on British Foreign Policy*, 3rd Series, Bd. V, London 1952, Nr. 356, 363, 399). (5) Die Botschaft vom 15. April. (6) Amerikanischer Botschafter in London 1938–1940. Kennedy stand wie das State Department der britischen Garantie für Polen kritisch gegenüber. Er war der Ansicht, daß es besser gewesen wäre, wenn die polnische Regierung ihre Unterhandlungen mit Berlin fortgeführt hätte, und daß weder Großbritannien noch die Vereinigten Staaten für einen Krieg genügend gerüstet seien (vgl. Langer und Gleason, *Challenge to Isolation*, S. 76).

* 2. *Juni, London, H. B. an John Wheeler-Bennett (Entwurf)*

... Seit ich aus der Schweiz zurück bin, habe ich mich mit verschiedenen Persönlichkeiten getroffen, auch mit dem Herrn, der vor eineinhalb Jahren in Charlottesville krank wurde [Goerdeler]. Die Kritik meiner Freunde an seinen Methoden scheint einen tiefen Eindruck auf ihn gemacht zu haben. Er verhielt sich hier sehr vorsichtig und hat weniger Illusionen. Glücklicherweise faßte er Verdacht gegen seinen jungen Mann in Wanginton [Spencer Miller] und den anderen hier [Reinhold Schairer]. Ich erzählte ihm von dem Anruf des einen in Washington, als ich im Januar bei Ihnen in Charlottesville war. Er sagte, er habe ihm in den letzten zwölf Monaten keine Informationen mehr zukommen lassen und sei insgesamt sehr von ihm enttäuscht.

Um seine Informationen zusammenzufassen: Er stimmt mit mir darin überein, daß Hitler wenigstens versucht, den Eindruck zu vermitteln, er werde nicht vor Anfang August losschlagen; das ist aber keine absolute Garantie, denn der Marsch auf Böhmen wurde den Heereskommandeuren erst 48 Stunden, ehe er stattfand, bekanntgegeben. Natürlich dauert der passive Widerstand der Heeresführer gegen den Krieg fort. Sie haben einige Persönlichkeiten, die in enger Verbindung zu Hitler stehen, so weit beeinflußt, daß sie ihm die Notwendigkeit, den Krieg mit allen Mitteln bis zum nächsten Frühjahr hinauszuschieben, eindringlich vor Augen führen. Für den Erfolg dieser Politik hielt mein Besucher gewisse Schritte der britischen und französischen Regierung für unbedingt erforderlich. Nach gründlichem Nachdenken über diese Vorschläge mußte ich ihm leider sagen, ich hielte es nicht für möglich, daß die derzeitige britische Regierung willens wäre, solche Schritte in den nächsten sechs Wochen zu unternehmen[1] ...

(1) Nach Goerdelers Besuch in England im Mai sah ihn H. B. nicht wieder. Am 21. Juni schrieb Goerdeler aus Kairo an Andersons Adresse, er sei „zwischen dem 12. Juli und dem

22. Juli" einen Tag im St.-Gotthard-Hotel in Zürich und werde das genaue Datum so rechtzeitig telegrafisch mitteilen, daß H. B. ihn dort treffen könne. H. B. scheint nach Zürich gefahren zu sein, ohne auf das versprochene Telegramm zu warten. Goerdeler telegrafierte dann aus Ankara und gab ein späteres Datum an. Um nicht ein zweites Mal vergeblich zu reisen, bat H. B. die Züricher Detektive, die ihm seit 1936 wiederholt ihre Hilfsbereitschaft bewiesen hatten, ihn zu benachrichtigen, sobald Goerdeler ankomme. Sie berichteten, Goerdeler sei nicht aufgetaucht. Obwohl er die Möglichkeit nicht ausschloß, daß von Papen in Ankara das Treffen verhindert hatte, kam H. B. „schweren Herzens zu der Ansicht, daß die Opposition in der Armee nicht in der Lage war, etwas zu unternehmen" (H. B. an Dr. Heinrich von zur Mühlen am 13. Mai 1948. Im selben Brief schrieb H. B.: „Ich möchte nicht gern mein Urteil abgeben über die Arbeit der Opposition in den letzten Monaten vor Ausbruch des Krieges."). Goerdeler telegrafierte am 27. August aus Stockholm, wie üblich an Andersons, er sei dort im Grand-Hotel bis zum 30. August und erwarte H. B. Da sich H. B. am 27. August schon auf dem Atlantik befand, wurde ihm das Telegramm per Post nach Harvard nachgesandt. (Diese Chronologie ergibt sich völlig klar aus H. B.s vorhandenen Akten. In eiligen Bemerkungen H. B.s ein Dutzend und mehr Jahre danach gehen die Monate Mai, Juni und Juli etwas durcheinander.)

* *N Juni, Staatssekretär und parlamentarischer Staatssekretär des Foreign Office*

Im Frühjahr und Sommer 1939 verbrachte ich ab und zu einen Abend mit [Gerald E.] Coke von der Barrow-Haematite-Stahlgesellschaft. Er hatte eine wunderbare Anlage, mit der man klassische Musik mit zwei Lautsprechern spielen konnte, und wir verbrachten schöne Stunden miteinander. Eines Tages fragte er mich, ob ich Sir Alexander Cadogan sprechen wolle. Ich wußte damals nicht, daß er mit Sir Alexander Cadogans Tochter verlobt war. Er sagte, er gebe mir Bedenkzeit. Eine Ablehnung wäre unhöflich gewesen, da ich Sir Alexander schon bei gesellschaftlichen Anlässen und bei den Unterhandlungen in Genf begegnet war. So speisten wir eines Abends [22. Juni] zusammen in Gerald Cokes schönem alten Haus, und nach dem Essen sprachen wir über die internationale Lage.

Das Gespräch kam auf Göring. Ich sagte, ich könne nicht begreifen, warum sie so großes Vertrauen auf Göring setzten und vor allem, warum der britische Botschafter in Berlin so sehr von ihm eingenommen sei. Es sei gefährlich anzunehmen, daß die Möglichkeit eines Zusammengehens von Göring mit der Wehrmacht, die 1935 bestand, heute noch bedeutsam sei. Er werde nicht wagen, jetzt einen Aufstand gegen Hitler anzuzetteln, und in den inneren Angelegenheiten Deutschlands werde er stets versuchen, sich auf die Seite des Siegers zu schlagen[1] . . . Ich hielt es nicht für klug, meine Skepsis hinsichtlich der englischen Garantie für Polen und Rumänien zum Ausdruck zu bringen. Das Gespräch berührte Rußland nur oberflächlich[2].

Sir Alexander fragte, was ich von der Wehrmacht hielte. Ich sagte: „In ihrem Herzen sind sie gegen den Krieg, dessen bin ich sicher. Aber sie können nichts unternehmen, um einen Krieg zu verhindern, wenn sie nicht ein Angebot erhalten, das es ihnen ermöglicht, von sich selbst zu behaupten, sie hätten alle legitimen Ziele des deutschen Volkes erreicht." Wir sprachen danach kurz über die Möglichkeit einer Abrüstungsformel, falls eine solche Regelung mit der deutschen Wehrmacht getroffen werden könnte. Sir Alexander schien über die technische Seite einer solchen Formel sehr im Zweifel zu sein, und ich sagte, die Unterhandlungen müßten sich auf die Abschaffung schwerer Angriffswaffen konzentrieren, wie ich es schon in Mr. Stimsons Haus in Bessinge vorgeschlagen hatte. Daraufhin machte er eine sehr interessante Bemerkung: „Haben Sie einen Durchschlag Ihrer spezifischen Vorschläge von damals? Wir haben keine Niederschrift von dem Gespräch in Bessinge, wir haben auch von Mr. MacDonald keine Einzelheiten jener berühmten Zusammenkunft."[3] Ich gab meiner Verwunderung Ausdruck und sagte, ich hätte keinerlei Dokumente aus Deutschland herübergerettet, aber Mr. John Wheeler-Bennett habe [am 15. November] 1932 die wichtigsten Punkte meiner Vorschläge in einem Brief an die *Times* veröffentlicht. Sir Alexander sagte, er wolle versuchen, sich ein Exemplar zu beschaffen. Ich begriff sofort, daß Sir Alexanders Vorgänger keinen schriftlichen Bericht über Mr. MacDonalds Annahme meiner Vorschläge gewollt hatte, die die Regierungen der Vereinigten Staaten und Italiens im April 1932 ebenfalls angenommen hatten[4].

Diese Erkenntnis übte eine gewisse Wirkung auf mich aus und ließ mich zögern, in Einzelheiten zu gehen. Das Gespräch wandte sich den persönlichen Eigenschaften von Generälen und Naziführern zu, bis Sir Alexander ins Außenministerium zurückkehren mußte, nicht ohne zu sagen, er würde gern in vier Wochen ein längeres Gespräch mit mir führen.

In diesem Frühjahr hatte ich mehrmals Nussbaum gesehen, den sehr intelligenten Londoner Direktor der Schweizerischen Creditanstalt, und zwar in Oberst Bons[5] Wohnung im Grosvenor [Hotel]. Beide kamen zu einer Cocktailparty, die ich in meiner Wohnung veranstaltete, und unterhielten sich sehr oft telefonisch mit mir. Nussbaum war ganz mit mir einig, daß angesichts der Unbestimmtheit und des Schwankens des britischen Kabinetts der Krieg spätestens im August ausbrechen werde. Er und Oberst Bon legten mir immer wieder nahe, mit ihrem Freund Richard Austen Butler[6] zu sprechen, und ich willigte schließlich ein, Mr. Butler Ende Juni bei einem Essen in Oberst Bons Räumen zu treffen. Im letzten Augenblick sagte er zu, auf eine halbe Stunde zu kommen, wurde aber vor dem Essen weggerufen.

Ich sagte Mr. Butler, ich würde mich zwar freuen, ihn zu sehen, hätte es aber seit meiner letzten Zusammenkunft mit MacDonald im Juni 1934 abgelehnt, mich mit britischen oder französischen Kabinettsministern zu unterhalten. Ich bezweifle, ob es klug sei, daß ich diese Regel durchbreche, und ich könne nur mit ihm sprechen, wenn er die Unterredung streng vertraulich behandle. Er fragte, ob er nicht die Hauptzüge des Gesprächs seinem Chef Lord Halifax mitteilen und sich Notizen machen dürfe. Ich entgegnete, mit Lord Halifax zu sprechen sei seine Pflicht, aber ich könne nicht damit einverstanden sein, daß er irgend etwas schriftlich festhalte und in die Akten des Außenministeriums bringe.

Zuerst griff er die Korridorfrage auf. Ich sagte, ohne eine Lösung dieser Frage werde niemals Friede in Europa einkehren, und ich hätte meine Meinung nie verschwiegen.

Im April 1932 in Genf hatte mich Zaleski dreimal aufgesucht und war in der Andeutung einer Lösung so weit gegangen, daß ich sehr zurückhaltend wurde, weil ich nicht begriff, wie er so weit gehen konnte, und glaubte, es könne sich um ein diplomatisches Manöver handeln, um mich in eine schwierige Lage zu bringen. Herr von Bülow, der nicht anwesend war, mit dem ich aber jeweils sofort über die Punkte in den Unterhaltungen mit Zaleski sprach, teilte diese Ansicht voll und ganz. Mr. Wheeler-Bennett war jedoch, als er *The Wooden Titan* schrieb, nach Warschau gefahren und hatte den Abteilungsleiter im polnischen Außenministerium aufgesucht, der 1932 Zaleskis engster Mitarbeiter war. Er hatte Mr. Wheeler-Bennett bestätigt, daß mein Eindruck völlig richtig sei. Mr. Butler fragte, ob er wenigstens diese Tatsache verwenden dürfe. Ich entgegnete: „Mit Vorbehalten. Wenn Sie diese Tatsachen veröffentlichen, ohne gleichzeitig den Nazis klarzumachen, daß Sie kämpfen werden, wenn sie im Korridor einmarschieren, wird keine friedliche Lösung zustande kommen. Sie müssen beides kombinieren, um das Spiel zu spielen, und sich dabei bewußt sein, daß der Friede und jede Aussicht auf Freiheit in Europa davon abhängen, wie das Spiel gespielt wird.“ Ich hatte nicht den Eindruck, daß mich Mr. Butler ganz verstanden hatte, und zögerte daher, diesen Punkt weiterzuverfolgen[7], besonders da er meinen persönlichen Eindruck von Heeresführern und Nazipersönlichkeiten hören wollte.

Er fragte nach Brauchitsch und Raeder[8], die ich kannte. Militärisch gesehen waren sie hervorragende Männer; in der Außenpolitik fehlte es ihnen an Phantasie. Ich sagte ihm, er solle nicht glauben, daß die Heeresführer jetzt eine Revolution gegen Hitler in Gang setzen könnten oder daß sie dazu bereit wären. Die letzte Chance für eine solche Lösung habe 1938, vor München, bestanden. Ich glaubte, sie hätten große Furcht vor einem Krieg mit Frankreich und England, aber sie seien Menschen, die nach dem letzten Krieg entsetzlich gedemütigt worden seien und seit München angefangen hätten, an Hitlers Stern zu glauben. Solange sie auf eine Verständigung mit Rußland hoffen könnten, würden sie nicht zögern, Hitlers Befehle auszuführen. Er fragte nach Hitler selbst, und ich erwiderte: „Persönlich ist er der einzige in der ganzen Bande, der nicht korrupt ist. Die meisten medizinischen Größen halten ihn für einen Psychopathen.“ Ich hatte mich darüber mit bedeutenden Psychiatern beraten, auch mit einem, der Hitler seit Jahren kannte. Der einzige persönliche Eindruck, den ich vor 1930 von ihm erhalten konnte, war 1922 entstanden, als ich ihn in einem Klub in Berlin traf; ich beobachtete, daß er sich im Gespräch hysterisch erregte, auf einen Punkt an der Decke starrte und redete, als spreche er zu einer Massenversammlung. Ich übernahm stets die Taktik, ruhig zuzuhören und nach einer halben Stunde mit leiser Stimme Fragen zu stellen. Binnen weniger Minuten verwandelte er sich in den gerissensten Verhandlungspartner und versuchte, die Antwort auf meine klaren Fragen zu umgehen. Ich merkte, daß er sich über meine Taktik ärgerte, und bei zwei oder drei Gelegenheiten sprang er plötzlich auf und lief weg. Daraus schloß ich, daß seine hysterischen Ausbrüche weitgehend geschauspielert waren, da er ihren Erfolg bei vielen Menschen erlebt hatte. Die Psychiater erklärten mir, gerade das sei ein Zeichen dafür, daß er wahnsinnig sei, aber das half mir nicht weiter. Vertreter ausländischer Regierungen sollten sich in der Verhandlung mit ihm nicht zu sehr von diesen hysterischen Ausbrüchen erschrecken lassen; gleichzeitig sollten sie sich aber darüber im klaren sein, daß Hitler mit fast mystischer Zähigkeit Gedanken entwickelte, die nicht seine eigenen waren, sondern die er von anderen übernahm. Ich sagte, ich sei sicher, wenn der richtige Mann, der sich nicht von hysterischen Ausbrüchen bluffen ließe, im Auftrag der britischen Regierung mit ihm unterhandeln würde, könne dies auch im jetzigen Zeitpunkt noch günstig wirken. Sonst hielte ich es für besser, sich nicht auf Gespräche mit ihm zu verlassen. Ich ließ meinen Zweifel an Sir Nevile Hendersons Fähigkeiten durchblicken, aber Butler wollte nicht weiter darauf eingehen[9].

Wir sprachen auch über Göring. Ich sagte, er sei der brutalste von ihnen allen. Leider mußte ich gestehen, daß der Gedanke, Göring könne eines Tages an Hitlers Stelle treten, aus Gesprächen erwachsen sei, die ich im Jahr 1935 in Brüssel mit dem belgischen König und mit van Zeeland geführt hatte. Damals bestand die echte Chance, daß Göring mit Hilfe des Heeres Hitler verdrängen könnte. Diese Möglichkeit blieb bis zur militärischen Besetzung der entmilitarisierten Zone im März 1936 bestehen, dann nicht mehr. Ich hatte dem jungen belgischen König bei späteren Gelegenheiten gesagt, er möge keine Hoffnung mehr auf die Göring-Lösung setzen, die ich 1935 für möglich gehalten hatte. Butler fragte noch nach anderen Naziführern und begann dann über Rußland zu sprechen.

Da ich annahm, das britische Außenministerium habe im Augenblick eine echte Verständigung mit Rußland im Sinn und mache bei den Unterhandlungen in Moskau Fortschritte, sprach ich ziemlich optimistisch von der Möglichkeit, den Krieg zu verhindern. Butler brachte keine Skepsis zum Ausdruck und wurde dann ins Unterhaus abgerufen. Beim Abschied sagte er sinngemäß: „Ich freue mich sehr, daß Sie eine gewisse Hoffnung sehen, und auch über das, was Sie mir im Blick auf Hitlers Persönlichkeit gesagt haben." Ich versuchte, diesen Eindruck zu berichtigen, aber er war in Eile. Ich war verblüfft von dieser oberflächlichen Art der Gesprächsführung und sagte Oberst Bon und Nussbaum, sie möchten verhindern, daß Butler annehme, ich sei hinsichtlich der Vermeidung des Krieges in irgendeiner Beziehung optimistisch. Wenn ich Optimismus gezeigt hätte, so nur wegen Butlers optimistischer Bemerkungen über die britischen Unterhandlungen mit Rußland. Später, nachdem der russisch-deutsche Vertrag verkündet worden war [23. August], sagte ich zu Nussbaum, ich würde nie wieder in eine derart überstürzte Unterredung einwilligen, die abgebrochen wird, ehe die Hauptpunkte ernsthaft zur Sprache gekommen sind.

(1) Chamberlain dachte noch im November 1939 an eine „dekorative Rolle für Göring" in einer Übergangsregierung (vgl. Ian Macleod, *Neville Chamberlain*, London 1961, S. 281). (2) Damals war Cadogan fast sicher, daß sich Molotow mit nichts einverstanden erklären würde und daß Rußlands Neutralität für Deutschland beinahe so vorteilhaft wäre wie ein deutsch-russisches Bündnis. Nachdem er ständig die Erklärungen der Minister „gesteift" und „gegen Horace Wilson manövriert" hatte, zog er sich für den Juli erschöpft aufs Land zurück (vgl. *Diaries of Sir Alexander Cadogan*). (3) Am 26. April 1932. Siehe H. B., *Memoiren*, S. 557–562. (4) Der Vorgänger schrieb in seinen eigenen Memoiren: „Brüning errang beinahe wertvolle und gefährliche Konzessionen" (vgl. Vansittart, *Mist Procession*, S. 433). Die Behandlung dieses Punktes in den veröffentlichten britischen Akten fällt um so mehr auf, weil Stimsons Berichte aus Genf 1932 MacDonalds Initiative betonen. Die veröffentlichten amerikanischen Akten beweisen auch das Drängen der Amerikaner und ihre

Erkenntnis, daß sich im Mai 1932 eine einmalige Gelegenheit bot (vgl. *Foreign Relations of the U.S. 1932*, Bd. I, Washington 1948, S. 106–115, 125f., 137). (5) Der schweizerische Oberst Hans Bon war ein Bruder von Anton Bon, dem Besitzer von Luxushotels in Berlin, Zürich, London, St. Moritz. (6) Parliamentary Secretary im Foreign Office (Konservative Partei) 1938–1940, Unterrichtsminister 1941–1945. (7) Es ist charakteristisch für die Laufbahn dieses bedeutenden Politikers, daß er der Garantie für Polen skeptisch gegenüberstand und daß selbst Mitarbeiter ihn um diese Zeit „rätselhaft" fanden. Am 13. März 1940 hatte Butler mit dem amerikanischen Diplomaten Moffat eine längere Unterhaltung folgenden Inhalts: „Der leichteste Weg, das Spiel zu gewinnen, wäre, zu einem Umsturz innerhalb Deutschlands beizutragen"; Horace Wilson, E. L. Woodward und Butler hätten sich große Mühe gegeben mit Chamberlains Rede in Birmingham vom 24. Februar 1940, die die Deutschen zum Staatsstreich ermuntern sollte; Butler befürchte, daß auch ein echter deutscher Friedensversuch in England und Frankreich keinen Glauben mehr finden würde (vgl. J. P. Moffat, *Diaries*, Mss, Harvard University Library). (8) Großadmiral Erich Raeder, Oberbefehlshaber der Kriegsmarine 1935–1943. (9) Der Botschafter, unheilbar krank, erwartete die Ernennung eines Nachfolgers; er hatte sich schon im Herbst 1938 einer ersten Krebsoperation unterzogen.

24. Juni, Bad Nauheim, Maria Brüning an H. B.

. . . Mit all meinen Beschwerden der letzten Zeit wollte ich Dich eigentlich nicht auch noch belasten, denn ich weiß nur zu gut, daß die Sorge noch weit größer ist, wenn man so weit voneinander entfernt ist . . . Der Arzt glaubt nicht, daß es eine Arteriosklerose ist, trotz der typischen Beschwerden, sondern konstitutionelle Hypertonie . . . Die langen Jahre der Überarbeitung und besonders der Sorgen werden wohl die Hauptursache sein. Und wieviel mehr noch bei Dir! . . . Ich freue mich nun ganz besonders, daß Du Hertha bald wieder dort hast. Sie bringt doch so viel Frohsinn ins Haus . . . Auf der Herfahrt traf ich die Bekannten[1] und konnte ihnen endlich alles ausrichten, was Du mir aufgetragen. Die Freude war groß, auch die meine . . .

(1) Vermutlich Letterhaus in Köln und Oberpostrat Gustav Olef in Wiesbaden.

* *N 24./26. Juni, Treffen in Blickling Hall*[1]

David Astor[2] bat mich, ein verlängertes Wochenende nach Blickling Hall zu kommen, um ein paar von Lord Lothians Freunden und Mitarbeitern zu treffen. Lord Lothian, Lord Astor und David Astor, Lionel Curtis, Sir Edward Grigg[3], Sir James Grigg[4], Professor [E. H.] Carr[5], zwei Herren vom Royal Institute of Foreign Affairs und der Sekretär waren anwesend[6].

Am Samstag führten wir ein langes Gespräch, weniger über den kommenden Krieg als darüber, wie man in Zukunft Krieg vermeiden könne. Lionel Curtis trug seinen Gedanken einer föderativen Union vor, für den ich verständnisvolle Sympathie zeigte, wobei ich aber vor seinem utopischen Charakter warnte. Dann konzentrierte sich das Gespräch auf die Möglichkeiten des Völkerbundes oder eines neuen, wirkungsvolleren Instruments der gleichen Art. Ich beteiligte mich wiederholt an der Diskussion und bemühte mich leidenschaftlich, sie davon zu überzeugen, daß ein Bund mit einer permanenten Bürokratie nie funktionieren werde. Ich schlug eine regionale Gruppierung von Mächten, die an den gleichen Problemen interessiert sind, vor.

Ich sagte, als ich im April 1932 mit Zaleski gesprochen und ihn eingeladen hatte, nach der Lausanner Konferenz im Juli nach Berlin zu kommen, hätte ich ihm mitteilen wollen, daß Deutschland bereit sei, eine enge Konföderation Polens mit den drei Baltenländern zu dulden, und willens, ihnen Memel, einen praktisch das ganze Jahr über eisfreien Hafen und einen Freihafen an der Weichselmündung zu überlassen unter der Bedingung, daß der eigentliche Korridor wieder zu Deutschland komme. Das bedeute nicht, daß die Polen die frühere Provinz Posen oder die Teile Oberschlesiens, die sie 1921 erhalten hatten, abtreten sollten; aber eine Rückkehr zu natürlicheren Verhältnissen an der Grenze in Posen und Oberschlesien sei im Interesse beider Länder notwendig. Ich sei bereit gewesen, eine Ostseekonferenz vorzuschlagen und den Berliner Vertrag zwischen Deutschland und Rußland in einen Nichtangriffspakt mit allen Ländern an der Ostsee umzuwandeln. Um zu einer solchen Lösung zu finden, hätte ich viel über ähnliche Regelungen für andere Teile der Welt nachgedacht und sei zu dem Schluß gekommen, daß der Locarnopakt erweitert werden und größere Sicherheit gewährleisten könnte, wenn die Franzosen bereit wären, den größeren Teil von Elsaß-Lothringen neutral zu machen wie Luxemburg und die Schweiz. Ich hätte versucht, die militärische Bedeutung dieser Regelung für Frankreich herauszustellen.

Dann regte ich an, zusätzlich zu regionalen Vereinbarungen alle vier Jahre eine europäische Konferenz, eine panamerikanische Konferenz, eine Mittelmeerkonferenz und eine Fernostkonferenz abzuhalten. Das sollte später andere Zusammenkünfte in regelmäßigen Abständen nicht ausschließen, aber diese Konferenzen sollten nicht häufiger stattfinden als alle vier Jahre. Ich entwickelte die folgenden Vorschläge für ihre Organisation im einzelnen. Angenommen, die erste europäische Konferenz trete im Jahr 1940 zusammen. Für die nächsten vier Jahre würde Großbritannien dann einen Konferenzsekretär abstellen und einen sehr erfahrenen Diplomaten in diese Position berufen. Er müßte alle Einzelheiten für die nächste Konferenz regeln und in der Zwischenzeit reisen, um die Dinge zu klären und Vorschläge zu machen. Ein Mann wie Sir Robert Vansittart zum Beispiel würde der Geschichte seinen Stempel aufprägen, wenn er vier Jahre lang allein für diese höchst wichtige Aufgabe verantwortlich wäre. In seinem eigenen Interesse würde er sein möglichstes tun, um Probleme zu lösen und ein friedliches, konstruktives Ergebnis zu erzielen. Die nächste Konferenz könnte dann in Paris abgehalten werden mit einem französischen Sekretär für die folgenden vier Jahre usw.

Das würde die kleinlichen Intrigen der permanenten Bürokratie des Völkerbunds ausschalten, die jeden echten Erfolg verhindern. Ein für vier Jahre bestellter französischer Konferenzsekretär wäre in einer ganz anderen Lage als ein französischer Generalsekretär des Völkerbunds. Er würde von allen Konferenzmitgliedern genau beobachtet, müßte sich sehr objektiv verhalten und müßte jede große Parteilichkeit vermeiden, die den Argwohn der anderen Großmächte wecken könnte. Es kam zu einer hitzigen Debatte. Gegen Ende des Abends und am andern Morgen gelang es mir, ihnen diese Ideen einsichtig zu machen und die Idee eines Bundes oder der föderativen Union von Lionel Curtis auszuscheiden. Das letztere war besonders schwierig, da ich große persönliche Sympathie für ihn hegte, aber ich war überzeugt, daß er nicht realistisch war und keine Erfahrung mit internationalen Verhandlungen in Europa hatte. Ich stellte deutlich heraus, daß das britische Weltreich, das überall Besitzungen hat und somit an allen Regionalkonferenzen beteiligt wäre, bei dieser Regelung sehr viel gewinnen würde. Ihre große de-facto-Aufgabe der Koordinierung würde den Briten gestatten, viele Verdächtigungen zu zerstreuen, und sie zwingen, wachsam und konstruktiv zu sein. Das würde sie daran hindern, nach jedem Versuch wieder in Unbestimmtheit und Unentschlossenheit zurückzufallen.

Nach dem Abendessen und bis spät in die Nacht hinein führte ich ein privates Gespräch mit Sir James Grigg, den ich bei der Londoner Konferenz im Jahr 1931 kennengelernt hatte, als er Lord Snowdens[7] Privatsekretär war. Wir sprachen darüber, wie verbohrt und unkonstruktiv die Franzosen seien und wie vage die britische Politik in diesen kritischen Wochen sei. Er fragte mich, was geschehen würde, wenn es zum Krieg käme, und hinterher. Ich sagte, in jedem Fall würde die Krise, die

entweder einem Krieg oder dem Ende der raschen Wiederaufrüstung folgen werde, die Völker zwingen, das wirtschaftliche Leben auf Jahre hinaus im einzelnen zu planen. Er meinte: „Aber das bedeutet Sozialismus!" Ich entgegnete: „Der einzige Weg zurück zu einem freieren Wirtschaftssystem führt durch eine Periode der Planung, die aber nicht den Sozialismus bedeutet." Ich erläuterte, daß unsere ganze Politik in der Zeit von 1930 bis 1932, als wir die Planung einsetzen mußten, auf einen freieren Güteraustausch und am Ende auf ein freieres Wirtschaftssystem für Europa gerichtet gewesen sei.
Er sprach sich sehr betrübt und kritisch über die britische Politik der Vergangenheit aus und sah – vielleicht mehr als alle anderen – im Kriegsfall sehr große Schwierigkeiten für das britische Weltreich voraus. Ich beschrieb ihm Einzelpersönlichkeiten und Typen in Deutschland sehr eingehend und sagte, die Abstellung eines Mannes wie Sir Nevile Henderson nach Berlin sei eine Katastrophe für Großbritannien gewesen, und Montagu Norman nehme tatsächlich jeden Ratschlag von Schacht an. Das habe nicht nur das britische Weltreich in Gefahr gebracht, sondern auch den Optimismus jenes großen Teils der deutschen Bevölkerung zerstört, der stets nach einer annehmbaren Verständigung mit England strebte. Wir sprachen über die Schwierigkeiten einer parlamentarischen Regierung in derart kritischen Zeiten und stimmten darin überein, daß die Wirren nicht unbedingt eine Folge der parlamentarischen Regierung seien. Wenn die Kabinettsminister, die ihr Leben im Amt verbringen wollten, die nur danach trachteten, die Stufenleiter bis zum Premierminister hinaufzusteigen, und die deshalb jede Verantwortung mieden, weiterhin schwankten und wenn der permanente öffentliche Dienst keine klare, beständige Politik gewährleisten könnte, erschiene mir die Zukunft des britischen Weltreichs sehr dunkel.
Wir sprachen im einzelnen über Möglichkeiten der Verbesserung, und ich nahm die Gelegenheit wahr zu sagen, wenn Sir John Simon gestattet werde, den gleichen zweideutigen Einfluß wie in den Wochen vor dem letzten Krieg auszuüben, käme es ganz gewiß zum Krieg. Die Nazis verstünden nur eine klare, feste Sprache, unterstützt von einem starken Willen. Sie verachteten alles andere und würden jedes Risiko eingehen. Sie würden auch nicht begreifen, daß eine britische Regierung, die die Zusicherung an Polen brechen würde, von der öffentlichen Meinung hinweggefegt würde. Darin waren wir einig, und Sir James sagte, bei den höheren Staatsbeamten, von denen einige an der Zukunft verzweifelten, herrschten bereits sehr bittere Gefühle.

In diesen Tagen war Lord Lothian in Hochform. Er hoffte immer noch auf einen friedlichen Ausgang und darauf, eine sicherere und bessere Welt zu erleben. Andererseits war er sehr fest und nicht bereit, einen Kompromiß, der nicht zu dauerhafter Sicherheit und Stabilität in Europa führen würde, auch nur zu erwägen. Er sagte, er habe das Amt des Botschafters in Washington angenommen, weil er, falls die Nazis einen Krieg anfingen, seine letzte Kraft einsetzen wolle, um sie zu zerschmettern. Es war das letzte Mal, daß ich ihn sah.

(1) Lord Lothians Haus in Norfolk. (2) Sohn von Viscount Astor, mit Adam von Trott befreundet. (3) Später Viscount Altrincham, konservatives Parlamentsmitglied seit 1933, parlamentarischer Staatssekretär im Kriegsministerium 1940, Minister für den Mittleren Osten 1944–1945. (4) Persönlicher Referent des Schatzkanzlers 1921–1930, im Jahr 1939 Staatssekretär im Kriegsministerium. (5) Trat 1936 aus dem auswärtigen Dienst aus und wurde Professor für internationale Politik am University College, Wales. Eintritt ins Informationsministerium 1939, in das Political Warfare Executive 1940. (6) In Tom Jones' Bericht sind auch Robert Brand und der Österreicher Dr. Richard Schüller genannt (vgl. *Diary with Letters*, S. 438). (7) Philip Viscount Snowden, Schatzkanzler (Labour Party) 1924 und 1929–1931.

* *N 26. Juni, Die britischen Generalstabschefs*

Mitte Juni war ich bei Sir Horace Rumbold zum Essen eingeladen und traf dort zu meiner großen Freude General [Sir James] Marshall-Cornwall, der Militärattaché in Berlin gewesen war[1], und seine Gattin an. Der parlamentarische Sekretär am Kultusministerium [Kenneth Lindsay] und Harold Nicolson[2] waren ebenfalls anwesend. Lady [Marjorie] Marshall-Cornwall lud mich sehr herzlich ein, einmal zum Essen zu ihnen zu kommen. Ich nahm die Einladung sehr gern an, denn ich erinnerte mich an die große Sympathie, die sie beide bewiesen hatten in der Zeit, als Deutschland darniederlag. Sie schrieb, sie habe auch Lord Gort[3] und andere, darunter Lady Rumbold, eingeladen. Bei diesem und bei einem späteren Essen traf ich einen Admiral a. D. [Sir Aubrey Smith], der im letzten Krieg eine wichtige Rolle gespielt hatte, und einen sehr alten Zivilisten, der entweder noch in der Admiralität war oder in den aktiven Dienst zurückberufen worden war. Er schien im politischen Nachrichtendienst zu sein, wo er seine Erfahrungen aus dem letzten Krieg zur Verfügung stellte.

Bei Tisch drehte sich das Gespräch mit General Marshall-Cornwall meist um die Reaktionen der deutschen Wehrmacht. Man fragte mich,

was ich davon hielte, wenn deutsche Generalstabsspezialisten nach England eingeladen würden, um die englischen Vorbereitungen zu besichtigen. Ich sagte, das wäre sehr gut, wenn klargestellt würde, daß es ernst gemeint und kein gesellschaftliches Höflichkeitstreffen sei. Sonst hätte es die gegenteilige Wirkung, da die Menschen aus Ostdeutschland bei solchen Gelegenheiten oft die englische Haltung nicht begriffen[4].
Auf die Frage nach meiner Ansicht zur Vermeidung des Krieges entgegnete ich, es sollte zwar die Bereitschaft bestehen, in der Korridorfrage zu vermitteln, aber Hitler dürfe nicht im Zweifel gelassen werden darüber, daß England kämpfen werde, sobald die Nazis Polen angriffen. Ich sei sicher, daß Hitler die britische Mentalität nicht verstehe und daß Ribbentrop eine sehr geringschätzige Meinung von England hege, da er nur mit einem bekannten Mayfair-Typ zusammenkomme. Es bestehe auch die Gefahr, daß Ribbentrop grolle, weil er boykottiert wurde, als die Leute von seinen wahren Gefühlen erfuhren. Die Informationen Ribbentrops über England seien die einzigen, die Hitler annehme.
Lord Gort fragte, wer nach Berlin gehen solle, um Hitler klarzumachen, daß England kämpfen werde, falls Polen angegriffen würde. Ich sagte, wenn Sir Horace Rumbold nicht verfügbar sei, sollten sie einen General entsenden, der eine unmißverständliche Sprache spreche und vielleicht bessere Gelegenheiten bekomme, Führer des deutschen Heeres zu treffen. Wenn der Krieg jetzt verzögert werden könne, bestehe große Hoffnung, ihn ganz zu vermeiden, aber die Hauptvoraussetzung für den Erfolg sei eine sehr klare, bestimmte Haltung seitens aller Mitglieder des britischen Kabinetts. Sie fragten nach meinem persönlichen Eindruck von Hitler.
Das Essen mußte rasch beendet werden, denn Hore-Belisha[5] bat die beiden Generäle, ihn sofort im Kriegsministerium zu treffen. Ich blieb noch eine halbe Stunde lang bei den Damen, und sie redeten viel über den Korridor. Sie sagten, es sei doch möglich, Ostpreußen den Polen und das linke Weichselufer den Deutschen zu geben. Ich wandte ein, dieser Plan könne keinen Erfolg haben, denn kein Deutscher werde Ostpreußen aufgeben; das sei genau die Lösung, die das deutsche Volk hinter Hitler vereinigen würde. Lady Marshall-Cornwall bat mich dringend, wiederzukommen und Lord Gort noch einmal zu sprechen; sie bedauerte sehr, daß er und ihr Gatte abgerufen worden waren.
Mein allgemeiner Eindruck war, daß all die Leute im Kriegsministerium die Lage vom militärischen Standpunkt aus zu optimistisch betrachteten. Sie schienen sich auf die Informationen zu verlassen, die sie

vom französischen Generalstab erhielten, und auf die eingehenden Vorbereitungen, die sie dieses Mal für eine enge Zusammenarbeit mit dem französischen Oberkommando getroffen hatten, falls der Krieg in den Niederlanden und in Nordfrankreich beginnen würde. Gleichzeitig vermittelte Hore-Belishas übertriebene Aktivität, die er damit bewies, daß er den Generälen kein ungestörtes Essen gönnte, keinen besonders guten Eindruck.

(1) Militärattaché in Berlin 1928–1932; 1939 „zur besonderen Verwendung" im Kriegsministerium als Stellvertreter von Gort; veröffentlichte *Geographic Disarmament*, London 1935, in dem er vorschlug, die Entmilitarisierung des Rheinlandes durch die Entmilitarisierung Elsaß-Lothringens zu ergänzen, eine Lösung, die H. B. damals für „vielleicht nach 20 Jahren möglich" hielt. (2) Diplomat und Journalist, Parlamentsmitglied (National Labour) 1935–1945, parlamentarischer Staatssekretär im Informationsministerium 1940–1941. (3) John Viscount Gort, Chef des britischen Generalstabs 1937–1939, Oberbefehlshaber der britischen Bodenstreitkräfte 1939–1940, Generalinspekteur 1940. (4) Marshall-Cornwall und Godfrey speisten am 6. Juli mit Oberst Gerhard Graf Schwerin, der am 3. Juli mit Godfrey und einem Beamten des Foreign Office gesprochen hatte. Schwerin trug die gleichen Vorschläge vor, die Adam von Trott schon englischen Bekannten gegenüber gemacht hatte: Einladung an General Milch zur Inspektion der neuen englischen Luftwaffe; sofortige Bildung eines Koalitionskabinetts mit Churchill; eine „dramatische Geste" wie einen Besuch von General Gort oder General Ironside bei Hitler (vgl. *Documents on British Foreign Policy*, 3rd Series, Bd. VI, London 1953, Nr. 269, 277; Jones, *Diary with Letters*, S. 436; Christopher Sykes, *Troubled Loyalty*, London 1969). (5) Leslie Baron Hore-Belisha (1895–1957), Verkehrsminister (Liberale Partei) 1935–1937, Heeresminister 1937–1940. Die Reibungen zwischen Gort und Hore-Belisha führten zum Rücktritt des Ministers.

* *7. Juli, London, H. B. an Sidney Fay*

... Ich habe alles so geordnet, daß ich im Notfall sofort in die Vereinigten Staaten zurückkehren kann. Dieses Jahr ist es sehr schwierig, irgendetwas zu prophezeien. Die Pläne der Nazis wurden zum zweitenmal im vergangenen halben Jahr geändert. Selbstverständlich wurde nichts von ihren letztgültigen Zielen aufgegeben; bei den Veränderungen handelt es sich bis jetzt nur um sehr rasche und kluge Anpassungen an neue Verhältnisse. Eine solche plötzliche Umkehrung von Plänen ist nur in einem totalitären Staat möglich. Das Datum für die allgemeine Mobilmachung wurde jetzt auf Ende August festgesetzt. Es hat den Anschein, als werde die Zwischenzeit dazu benutzt, vor dem Schlag gegen Polen die militärische Position in der Slowakei, Ungarn und Bulgarien zu stärken. Die Forderungen der Nazis, die der britischen Regierung aus privater Quelle angedeutet wurden, erstrecken sich nicht auf das ganze

Gebiet im Osten, das durch den Versailler Vertrag verlorenging. Sie können sich vorstellen, wie sehr das ganz Deutschland anspricht, aber praktisch bedeutet es natürlich die Zerstörung Polens. Daher hat die Andeutung nur dazu beigetragen, das Kabinett hinter Lord Halifax' fester Rede letzte Woche[1] zu vereinigen.

Außerdem versteift sich das Volksempfinden hier in England zusehends gegen Deutschland und gegen jede Revision der jetzigen Grenzen. Der psychologische Vorgang gibt mir hinsichtlich der Geschwindigkeit des Wandels große Rätsel auf. Tag für Tag bekommen alte, auf der Propaganda aus der Kriegszeit beruhende Argumente immer mehr die Vorherrschaft im Denken der Leute hier. Es würde mich nicht wundern, wenn sich die öffentliche Meinung binnen weniger Wochen so verhärtete, daß es auch für eine dazu bereite Regierung unmöglich wäre, zu einer allgemeinen Abmachung mit dem derzeitigen Deutschland zu kommen. Die Gefahr, die in diesem Nationalgefühl liegt, bleibt natürlich einer sehr einflußreichen Gruppe gründlich nachdenkender Briten nicht verborgen. Ich freute mich sehr über die Einladung zu ihren Diskussionen über die Möglichkeit einer konstruktiven Neuordnung Europas im Falle eines Krieges oder des Zusammenbruchs des Naziregimes. Obwohl ich in den letzten vier Wochen ohne Vorbehalt mit dieser Gruppe zusammengearbeitet habe, hege ich doch Zweifel, ob sie stark genug ist, um das englische Volk mitzureißen, sobald einmal die ersten Bomben in London gefallen sind ...

In Frankreich und anderswo sind sehr einflußreiche Leute damit beschäftigt, wie im Jahr 1918 die Europakarte neu zu gliedern. Eine ihrer Ideen besteht darin, Ostpreußen Polen zuzuteilen, um im Kriegsfall die Ostfrage endgültig zu regeln. Die andere in weiten Kreisen – insgeheim auch in Österreich und der Tschechoslowakei – verfochtene Idee besagt, nach dem Krieg einen Donaustaatenbund „von der Quelle bis zur Mündung" zu gründen, der auch Schlesien und die alten österreichischen Gebiete bis Basel umfassen würde. Sie können sich denken, wie mich die Erkenntnis deprimiert, daß diese Tendenzen Boden gewinnen, daß es unmöglich zu sein scheint, den derzeitigen Heeresführern und führenden Mitgliedern der Nazipartei klarzumachen, daß alle diese Pläne ernst gemeint sind und daß die militärische Übermacht gegen Deutschland von Monat zu Monat größer wird.

Ich bin auch sehr deprimiert von der höchst unglücklichen diplomatischen Haltung des neuen Papstes, der in der Illusion zu leben scheint, er könne zu einem dauerhaften Abkommen mit Hitler kommen und gleichzeitig eine große geschichtliche, mehr oder weniger profaschistische Rolle spielen. Vom rein religiösen Gesichtspunkt aus verwirrt und bedrückt diese neue Politik die Katholiken wie die Protestanten in Deutschland. International gesehen befürchte ich, daß der neue Papst die gleichen Enttäuschungen und Schwierigkeiten erleben wird wie bei allen seinen diplomatischen Unternehmungen seit 1917 . . .

(1) Beim jährlichen Festessen des Royal Institute of International Affairs am 29. Juni sagte Halifax, friedliche Verhandlungen über alle wichtigen internationalen Fragen würden nur durch die Androhung militärischer Gewalt verhindert.

8. Juli, London, H. B. an Anna Herzog[1]

. . . Mir hilft ein Tag auf dem Lande, wo ich dünne Stämme fälle und den Vögeln lausche, besser als jede Medizin. Wenn Sie Peter [Fritz König[2]] im Herbst sehen, so raten Sie ihm doch, sich hinzusetzen und seine Erinnerungen über seine letzten Kriegsjahre und die darauffolgende Zeit allmählich niederzuschreiben. Am Anfang ist eine gewisse Überwindung nötig. Aber ich habe es an mir selbst gespürt und inzwischen an vielen anderen, die unter den Ereignissen leiden, die Beobachtung gemacht, daß so etwas ungeheuer befreiend wirkt . . . Die Schweizer haben mir mit ihren militärischen Vorbereitungen und mit ihrer Ruhe und Selbstverständlichkeit sehr imponiert. Nur so kann man die Freiheit retten . . .

(1) Lehrerin in Unter-Engstringen bei Zürich. Sie und ihr Bruder, Dr. Carl Herzog in Kalifornien, leiteten H. B. während des ganzen Krieges Botschaften von engen Freunden in Deutschland zu. (2) Gymnasialdirektor in Gießen, mit H. B. seit der gemeinsamen Studienzeit in Straßburg befreundet.

* *N 10. Juli, Lord Tyrrell*

Sir Louis Greig[1] besuchte mich in meiner Wohnung und sagte, Lord Tyrrell habe auch kommen wollen, fühle sich aber nicht wohl. Er fragte, ob ich nicht zu ihm gehen wolle, und wir vereinbarten ein Treffen in der nächsten Woche. Ich traf mich mit Louis Greig am Admiralty Arch, von wo wir zu Tyrrells Haus fuhren. Lord Tyrrell sprach von der Zeit, als er oberster Filmzensor gewesen war. Er hatte mehrere jüdisch-amerikanische Filme über die Nazis abgewiesen; sie paßten nicht zur englischen Mentalität, sie seien roh und abstoßend gewesen. Natürlich bekam er Schwierigkeiten, wenn er solchen Filmen die Lizenz verweigerte. Er sprach auch über die politische Lage. Die Mächte hätten nach dem Krieg versucht, mit Deutschland Fußball zu spielen. Das habe zwangsläufig eines Tages die schwersten Folgen zeitigen müssen, und nicht nur in Deutschland. Die letzte Chance, die europäischen Probleme auf konstruktive, friedliche Weise zu lösen, sei mit meiner Entlassung verstrichen. Er habe nie begriffen, warum die Franzosen dermaßen verbohrt und unnachgiebig seien, aber natürlich seien die französischen Politiker korrupte Kleinbürger geworden. Die französische Politik und Diplomatie könne keinen einzigen konstruktiven Gedanken hervorbringen. Wie ich wisse, habe er mich bekämpft, als er Botschafter in Paris gewesen sei, aber er habe auch schon den Augenblick kommen sehen, in dem dieser Kampf aufhören und ich von der französischen und britischen Regierung eifrig unterstützt werden sollte. Ich äußerte keinen Zweifel an seiner Aussage.

Lord Tyrrell fügte hinzu, ich solle mit führenden Mitgliedern des britischen Kabinetts sprechen. Ich erklärte ihm, warum ich es mir zur Regel gemacht hatte, in keinem Land, in dem ich mich aufhielt, eine Unterredung mit einem amtierenden Regierungsmitglied zu führen. Ich erzählte ihm von meinem Gespräch mit Lord Baldwin. Er sagte: „Die größte Tragödie ist, daß MacDonald auf Sie eifersüchtig war und seine schottischen katholikenfeindlichen Instinkte nicht überwinden konnte." Er und Sir Robert Vansittart hätten MacDonalds diesbezügliche Hemmungen während meiner ganzen Amtszeit beobachtet . . .

Er brachte seine Befürchtungen hinsichtlich des Einflusses, den Rußland in einem Krieg zwischen Deutschland und den Westmächten gewinnen könnte, zum Ausdruck. Ich bestätigte seine Ansicht und drückte meine große Verwunderung darüber aus, daß die Garantien an Polen und Rumänien ohne vorhergehende oder gleichzeitige Beratungen mit Rußland erteilt worden waren. Lord Tyrrell stimmte zu und sagte, er fürchte, Unterhandlungen mit Rußland seien schwierig und würden kaum zu einem positiven Ergebnis führen. Ich entgegnete, wenn dem so sei, sähe ich die einzige Chance, den Krieg zu vermeiden, darin, sofort unmißverständlich klarzustellen, daß England kämpfen werde, wenn Polen angegriffen würde, daß es aber eine Bitte um Vermittlung in der Korridorfrage nicht ablehnen würde. Lord Tyrrell sagte, das sei ganz richtig, aber er könne keine Hoffnung machen, daß eine solche Politik durchgeführt werde; die Kabinettsminister seien wesensgemäß nicht für eine kühne, entschlossene Politik geeignet. Aus diesem Grund legte er mir noch einmal dringend nahe, mit führenden Kabinettsmitgliedern zu sprechen.

Ich erzählte ihm von meinen Gesprächen mit Lothian und Churchill im Juni und August 1938, als die einzige Wirkung meines Rats gewesen war, Optimismus zu erzeugen. Ich berichtete ihm, daß mich Sir John Simon zwar im Mai 1938 um eine Unterredung gebeten habe, aber nicht bereit gewesen sei, sich ernsthaft zu unterhalten, und die Zeit mit Banalitäten vergeudet habe. Ich fürchte sehr, daß Sir John Simon in seiner jetzigen herrschenden Position den Fehler wiederholen werde, den er in den letzten Tagen vor Kriegsausbruch 1914 beging, nämlich die Rettung in juristischen Formeln zu suchen. Lord Tyrrell stimmte erregt zu[2] . . . Ich ergriff die Gelegenheit, ihn nach Sir Johns Schwanken bei der Interpretation der belgischen Neutralität zu fragen, da dieses in der Korrespondenz um die Dokumente von Sir Austen Chamberlain und Lord Curzon durchgesickert war[3]. Lord Tyrrell entgegnete, Sir John Simon habe sich an den letzten Strohhalm geklammert, um die Hürde einer Entscheidung zu vermeiden. Ich sagte ihm, ich hielte dieses Zögern und Sir John Simons Interpretationen des Neutralitätsvertrags von 1839[4] für die Hauptgründe von [Generaloberst Helmuth von] Moltkes Entscheidung gegen Groeners Alternativplan, der den Angriff auf Lüttich vermieden hätte. Dann kam Lord Tyrrell auf die letzten Stunden vor der Kriegserklärung zu sprechen, in denen Simon zu Sir Edward Grey gekommen sei und ihn gefragt habe, wie er, der aus einer pazifistischen Familie stamme, die Kriegserklärung und vielleicht die Einberufung akzeptieren könne; Sir Edward Grey habe ihm kühl entgegnet, diese Frage müsse er mit seinem Gewissen regeln, aber er dürfe nicht vergessen, daß er eine öffentliche Verantwortung trage. Ich sagte, ich hätte das Gefühl, die Ereignisse von 1914, als das britische Kabinett keinen Entschluß fassen konnte, könnten sich wiederholen, solange Sir John Simon die Politik beeinflusse. Tyrrell sagte: „So ist es wahrscheinlich, aber der Krieg wird kommen, wenn die Nazis Polen angreifen." Deshalb forderte er mich erneut auf, mit Lord Halifax und einigen anderen Kabinettsministern zu sprechen.

Lord Tyrrell hatte gefragt, ob ich einen Vorschlag machen könne. Ich entgegnete, die einzige Möglichkeit, gewisse von Sir Nevile Henderson in Berlin vermittelte Eindrücke zu berichtigen, bestehe darin, daß man einen Mann wie Sir Horace Rumbold schicke. Sollte er aber privat nach Berlin reisen, so müsse man sich versichern, daß Hitler ihn empfangen und nicht plötzlich nach Berchtesgaden abreisen und niemanden vorlassen würde, was die Lage verschlimmern würde. Ich würde nicht empfehlen, Sir Horace Rumbold als persönlichen Vertreter des Königs nach Berlin zu entsenden, da dies als Zeichen der Schwäche und Furcht aufgefaßt werden könne. Ich teilte Lord Tyrrell mit, daß ich im Vorjahr zu Winston Churchill gesagt hatte, er sei der einzige, der unverblümt mit Hitler sprechen könne und keinen Zweifel daran ließe, daß die Engländer gegebenenfalls kämpfen würden und daß ihnen die allgemeinen Pläne der Nazipartei bestens bekannt seien.

Ich hatte Winston Churchill diesen Vorschlag gemacht, weil ich verzweifelt war über den Eindruck, der in Deutschland entstanden war durch die schmeichelnde, ja sogar unterwürfige Haltung vieler Prominenter Engländer gegenüber den Nazis und besonders gegenüber Hitler persönlich. Ich sagte Churchill, daß ich Leute wie Lord Hardinge[5] und andere, die beim Aufbau einer politischen Koalition gegen Deutschland in den zehn Jahren vor 1914 sehr einflußreich gewesen waren, mehrmals mit höchstem Lob von Hitler und der Nazipartei hatte reden hören. Mit den größten Befürchtungen hatte ich den Einfluß der Herzogin von Braunschweig[6] und des Herzogs von Sachsen-Coburg-Gotha[7] auf den Königshof und auf viele Leute der Aristokratie und der Mayfair-Gesellschaft beobachtet. Ich sagte, ich hätte vergeblich versucht, durch die wenigen Freunde, die es noch wagten, mich von Zeit zu Zeit in Holland oder England aufzusuchen, [die Ansicht zu verbreiten], daß Schmeichelei von seiten der Mayfair-Gesellschaft nichts bedeutet, daß in letzter Instanz die Admiralität, das Heer und das Außenministerium die Lage entscheiden würden und daß das britische Empire zu gegebener Zeit zusammen mit Frankreich zuschlagen würde. Natürlich konnte ich den Nazis und dem deutschen Volk nicht zum Vorwurf machen, daß sie glaubten, dieses Mal sei England wirklich von dem Regime in Deutschland fasziniert, da sich damit genau wiederholte, was vor dem letzten Krieg geschehen war. Der Deutsche kann diese Haltung nicht verstehen; er kommt nach dieser Behandlung zu dem Schluß, daß er etwas riskieren kann. Es war eine Tragödie, daß besonders die Ostdeutschen nichts von England und dem englischen Charakter wußten.

Lord Tyrrell sagte, er erinnere sich sehr gut an die Woche vor Kriegsausbruch, als Ballin[8] nach London kam – wahrscheinlich vom Kaiser gesandt, um herauszufinden, wie die Lage wirklich war – und von der Gesellschaft gefeiert wurde. „Aber“, so sagte Tyrrell, „er war ein kluger Mann.“ Vor seiner Abreise hatte er Lord Tyrrell besucht und ihn gefragt, was das alles bedeute. Er wußte ganz gut, daß gewisse Vorbereitungen für sofortige Mobilmachung getroffen worden waren, und andererseits hatte jeder, den er in den vergangenen drei Tagen in der City und in der Gesellschaft getroffen hatte, versichert, Krieg sei Unsinn, die Leute seien sehr gegen Rußland eingestellt und würden die Macht des britischen Weltreiches nicht dazu hergeben, die Wünsche französischer Extremisten zu erfüllen. Lord Tyrrell sagte ihm unverblümt, er solle kein einziges Wort, das er in der Londoner Gesellschaft und bei City-Leuten höre, glauben. Sie redeten solchen Unsinn, weil sie bis zum letzten Augenblick nicht wirklich glauben wollten, daß die Möglichkeit eines Krieges bestand. Aber er, Tyrrell, könne ihm sagen, daß der Krieg ausbreche, und das solle er in Berlin berichten, dem Kabinett und allem, was er in der City und anderswo in London hörte, zum Trotz. Seiner Auffassung nach war Ballin sehr stark beeindruckt, aber wegen Ballins Selbstmord am 10. November 1918 gab es keine Möglichkeit zu erfahren, was er dem Kaiser berichtet hatte. Lord Tyrrell gab zu, daß es schwierig ist, den Charakter der Engländer in so kritischen Situationen zu begreifen.

(1) Adjutant des Königs seit 1924. (2) Daß Sir John seinem Temperament und Werdegang nach für internationale Verantwortung ungeeignet war, scheint die allgemeine, fast einhellige Überzeugung gewesen zu sein. (3) Der erste Band von Sir Charles Petrie's *Life and Letters of Austen Chamberlain* und *Records and Reactions* von Curzons Kollege Midleton erschienen in London 1939. (4) Vertrag, durch den die niederländische Regierung die Unabhängigkeit Belgiens anerkannte und die Neutralität Belgiens garantiert wurde. (5) Charles Baron Hardinge of Penshurst, Vizekönig von Indien 1910–1916, Staatssekretär im Foreign Office 1906–1910 und 1916–1920, Botschafter in Paris 1920–1923. (6) Victoria Louise, Tochter von Kaiser Wilhelm II., deren Mann Ernst August von Braunschweig auch mit dem englischen Königshaus verwandt war. (7) Charles Edward von Sachsen-Coburg-Gotha, Enkel von Königin Victoria. Seine Berichte an Göring und Hitler über seine familiären und gesellschaftlichen Beziehungen in England kann man in den *Akten zur deutschen auswärtigen Politik 1918–1945,* Serie C, 1936, 5482/E382057-78, nachlesen. (8) Albert Ballin, Direktor der Hamburg-Amerika-Linie.

* *N 14. Juli, Der Bischof von Chichester*

Da ich eine Woche in Old Surrey Hall gewesen war, hatte ich den Brief des Bischofs von Chichester nicht sofort erhalten. Ehe wir uns trafen, war die Sache, wegen der er mich um Rat fragen wollte, schon erledigt: Das Komitee für ausländische Beziehungen der anglikanischen Bischöfe hatte beschlossen, an den Papst heranzutreten mit der Bitte um eine gemeinsame Erklärung über ein religiöses und ethisches Programm zum friedlichen Wiederaufbau der Welt. Er zeigte mir die Antwort, die er über den apostolischen Delegierten erhalten hatte. Es war ein kritisches, undiplomatisches Schreiben, in dem der Brief der anglikanischen Bischöfe Punkt für Punkt widerlegt wurde mit weitschweifigen Ausführungen, daß der Papst früher schon die gleichen Gefühle zum Ausdruck gebracht habe. Ich sah, wie enttäuscht der Bischof von Chichester war, und sagte ihm, es tue mir sehr leid, daß ich seinen Brief nicht rechtzeitig genug erhalten hätte, um ein solches Vorgehen zu verhindern. Meiner Ansicht nach seien der Vatikan und der jetzige Papst nicht zur Mitarbeit bereit, und ich fürchte, die politische Situation im Vatikan könne von außen nur zu leicht falsch beurteilt werden, und es gebe dort zu viele Leute, die immer noch den Faschismus für das einzige Bollwerk gegen den Bolschewismus hielten. Sie seien sich nicht darüber im klaren, daß eine Zeit kommen könne, in der nichts bleiben würde als eine tiefe, religiöse Überzeugung, und daß die einzige Sicherung Europas gegen kommunistische Ideen oder wenigstens gegen eine bolschewistische Herrschaft in einem Wiederaufleben der auf dieser Überzeugung basierenden Moralbegriffe liege. Ich sagte ihm, der Papst sei leider kaum in der Lage, die Situation zu erfassen; seine Erfahrungen in München während der zeitweiligen Bolschewistenherrschaft von 1919 hätten ihn so stark beeinflußt, daß man darin zweifellos eine Erklärung für das Konkordat mit den Nazis sehen müsse.

** N 28. Juli, bei General Marshall-Cornwall*

Bei unserem zweiten Treffen Ende Juli wurden Lord Gort und General Marshall-Cornwall sogar noch vor dem Essen von Hore-Belisha ins Kriegsministerium zurückgerufen. Deshalb unterhielt ich mich weitgehend mit Lady Marshall-Cornwall und dem Leiter des Marinenachrichtendienstes [Admiral Godfrey]. Er beeindruckte mich sehr stark mit seinem Ernst, seinem kühlen Urteilsvermögen und seiner taktvollen Zurückhaltung. Er versuchte nicht, meine Meinung zu militärischen Aspekten der gegenwärtigen Lage zu hören, sondern sprach nur über Persönlichkeiten. Auf diese Weise ersparte er mir die Verlegenheit, Dinge erwähnen zu müssen, die in einem so großen Kreis nicht nutzbringend erörtert werden können. Der Earl of Munster[1] war anwesend, und auch der ältere Herr von der Admiralität war wieder da. Ich hatte den Eindruck, er denke noch in den Kategorien des letzten Krieges. Ich tat mein Bestes, um die Überzeugung zu vermitteln, daß – was auch geschehen möge – der Versuch, den Krieg zu vermeiden, der Mühe wert sei, daß dies aber nur bewerkstelligt werden könne, wenn man ein definitives politisches Angebot unterbreite und ihm, falls es abgelehnt würde, die Mobilmachung sämtlicher britischer Streitkräfte folgen ließe.

(1) Parlamentarischer Sekretär im Kriegsministerium 1939; Adjutant von Gort 1939–1941.

* *N Anfang August, Treffen mit dem Außenminister*

Da die Lage immer kritischer wurde, willigte ich ein, Lord Halifax in Oberst Bons Privatwohnung im Grosvenor zu treffen. Leider kam er wegen dringender Geschäfte im Außenministerium zu spät, und die Unterredung dauerte nur 40 Minuten.

Ich hatte den Eindruck, er wolle erfahren, ob ich irgendeine Möglichkeit sähe, den Krieg zu verhindern. Wie bei allen derartigen Gesprächen im Frühjahr und Sommer 1939 sagte ich, der Krieg könne nur unter drei Bedingungen vermieden werden. Erstens: Die britische Regierung müsse sofort bekanntgeben, daß jede Invasion der Nazis auf polnischem Boden automatisch den Krieg mit England und Frankreich auslösen werde, vielleicht sogar ohne formelle Kriegserklärung. Zweitens: Diese Erklärung müsse von einem Angebot auf einen ehrlichen Handel in der Korridorfrage begleitet sein. Drittens: England müsse sich um ein Übereinkommen mit Rußland bemühen, ohne das von jetzt an alles andere keinen Erfolg haben werde.

Da Lord Halifax unter Zeitdruck stand und gleich zu Beginn gesagt hatte, er wolle sich wieder mit mir treffen, brachte ich in diesem Gespräch keine Kritik an den Garantien für Polen und Rumänien vor. Er fragte wiederholt, ob ich sicher sei, daß diese Vorschläge den Krieg verhindern könnten. Ich versuchte zu erklären, die einzige Lösung bestehe darin, daß das Heer gestärkt und die Nazis geschwächt würden, was nur durch Befriedigung einiger legitimer Forderungen hinsichtlich des Korridors und durch Abschluß eines englischen Abkommens mit Rußland möglich sei. Ich glaube nicht, daß es jetzt schon zu spät sei, aber in vierzehn Tagen könne es bereits zu spät sein. Wenn die Nazis in Polen Krieg führen wollten, müßten sie es vor September tun, denn später könnten Panzerdivisionen auf dem morastigen Gelände in Polen nicht mehr vorrücken.

Lord Halifax fragte, ob die Bevölkerung sich für einen Krieg begeistern könnte. Meine Antwort lautete: „Der einzige in Deutschland populäre Krieg ist ein Krieg gegen Polen." Auf seine Bitte erläuterte ich kurz die deutsche Politik in Polen während des letzten Kriegs. Ich versuchte, die psychologische Reaktion in Deutschland auf die britische Politik zu erklären. Immer wenn Hitler einen Schlag führte, erwarteten das Heer, alle, die politisch tätig sind, und die meisten Naziführer, daß England und Frankreich handeln würden. Jedesmal war der einzige Mann, der einer solchen Möglichkeit kein Gewicht beimaß, Hitler selbst. Da er faktisch recht behielt, hatte sich sogar bei seinen Gegnern die Überzeugung gebildet, er müsse entweder Geheiminformationen oder einen untrüglichen Instinkt besitzen. Das deutsche Volk und ganz gewiß alle Veteranen des letzten Krieges haßten den Krieg. Die meisten Gründe für ihren einstigen Groll waren beseitigt worden, nur die Korridorfrage stand noch aus. Lediglich ein sehr kleiner Prozentsatz des Volkes sei willens, weiter zu gehen. Was die Menschen in Deutschland mit großem Interesse erörterten, sei nicht der Krieg, sondern die Möglichkeit eines europäischen Staatenbundes, in dem Deutschland selbstverständlich eine wichtige Rolle spielen und nicht wie im Völkerbund gedemütigt werden sollte.

Ein sehr alter Freund [Rudolf Pechel][1], der der Deutschnationalen Partei angehört hatte, hatte mich besucht. Als Offizier im letzten Krieg war er dreimal in Berichten des Generalhauptquartiers genannt worden, was sehr selten vorkam, außer bei Piloten und U-Boot-Kommandanten. Er hatte die Gefühle seiner alten Freunde und Kameraden beschrieben. Unter großen Gefahren war er eigens nach London gekommen, um mich zu bitten, den britischen Ministern zu sagen, sie müßten Hitler klarmachen, daß sie wirklich Krieg führen würden, falls er versuchte, die Korridorfrage mit Gewalt zu regeln. „Wir wollen den Korridor, aber wir wollen wegen des Korridors nicht Krieg mit der ganzen Welt." Er sagte, diese Ansicht herrsche in der Wehrmacht bis in die obersten Ränge, aber die Wehrmachtsführer hätten ihre Autorität verloren, weil jedesmal, wenn sie vor einem Krieg gewarnt hätten, Hitler bewiesen habe, daß sie unrecht hatten. Er hatte mich dringend gebeten zu sagen, wenn man noch weitere vierzehn Tage zögere, sei es zu spät. Ich teilte Lord Halifax mit, daß ich eine verschlüsselte Botschaft von ihm erwartete; er hatte befürchtet, die Botschaft sehr bald abschicken zu müssen, falls die Briten keine definitive Position einnähmen[2]. Die Möglichkeit von Deutschlands Erfolg im Krieg hielten kommandierende Offiziere

für nicht ganz ausgeschlossen; deshalb müsse man ihnen das ganze Risiko klarmachen und sie nicht im Zweifel darüber lassen, daß die Invasion auf polnischem Boden Krieg mit England und Frankreich bedeuten würde. Lord Halifax hörte aufmerksam zu.
Da ich über die Tendenz von Sir Nevile Hendersons Depeschen informiert war[3], hielt ich es für nötig, ihn vor dem Gedanken zu warnen, Göring werde Hitler daran hindern, Krieg zu führen. Auf seine Frage nach Hitlers persönlicher Einstellung entgegnete ich, soweit ich Hitlers Charakter beurteilen könne, beabsichtige er, nicht nur als sehr erfolgreicher Staatsmann, sondern auch als einer der größten Militärführer in die Geschichte einzugehen. Das sei bei ihm ein Minderwertigkeitskomplex, und er sehe es gern, wenn man seinen strategischen Dilettantismus für sehr ernsthafte, weitblickende Planung halte ... Er sei immer sehr für militärische Spiele und Diskussionen über strategische Operationen, was anfänglich ebenfalls ein militärisches Spiel gewesen sei. Ich sähe die größte Gefahr in seinem Temperament und in diesem Komplex. Die Wehrmachtsführer als ausgebildete Strategen betrachteten seine Pläne sehr skeptisch, und die meisten hegten auch Zweifel am erfolgreichen Ausgang eines Krieges mit Großbritannien und Frankreich. Wenn es durch ein Abkommen zwischen England, Frankreich und Rußland möglich wäre, das Kriegsrisiko ins Ungeheure zu steigern, sei ich sicher, daß der Krieg wenigstens hinausgeschoben werden könne. Wenn er bis zum Frühjahr 1940 verzögert werden könne, würde sich die Übermacht der Aufrüstung langsam gegen die Nazis wenden.
Lord Halifax bat mich immer wieder zu erklären, warum ich einer Verständigung zwischen den Westmächten und Rußland so große Bedeutung beimesse[4]. In der Annahme, ich könne ihm meine Kritik an den Garantien für Polen und Rumänien anläßlich eines späteren Gesprächs, das nach seinem Vorschlag in ein paar Tagen stattfinden sollte, vortragen, erörterte ich diese Frage nur unter einem Blickwinkel. Ich erklärte, das deutsche Heer habe im letzten Krieg gelernt, daß der große Fehler in der ganzen Politik nach Bismarck die Lockerung der politischen Bande zwischen Deutschland und Rußland war. Eine britische Blockade, die schließlich dazu führte, daß Deutschland den letzten Krieg verlor, konnte nur wirkungsvoll sein, weil Rußland auf Englands Seite stand. Wenn Rußland neutral oder Deutschland freundlich gesonnen geblieben wäre, hätte die Blockade den Ausgang des Krieges nicht wesentlich beeinflußt. Außerdem: So schwach das russische Heer auch sein mochte – ein Krieg gegen Rußland, England und Frankreich

zugleich würde so viele Divisionen beanspruchen, daß kein verantwortungsbewußter Wehrmachtsführer eine solche Situation akzeptieren könne. Lord Halifax blieb skeptisch und bat mich, diesen Punkt weiter auszuführen. Ich wußte, daß seit Mai in Moskau Unterhandlungen mit Rußland im Gange waren und bemühte mich deshalb zu erklären, daß Krieg oder Frieden vom Ausgang dieser Unterhandlungen abhingen. Wenn es Großbritannien gelingen würde, mit Rußland eine Vereinbarung zu erzielen, und wenn es gleichzeitig eine gewisse Bereitschaft zeigte, eine Lösung der Korridorfrage anzustreben, würde die deutsche Wehrmacht alles tun, um zu verhindern, daß Hitler im August einen Krieg vom Zaun breche. Ich stellte klar, daß ich seit Januar 1936 keine Verbindung mehr zur Wehrmacht hatte, daß ich mich aber nicht scheue, diese Ansicht aufgrund meiner Kenntnis von Temperament und Einstellung der führenden Persönlichkeiten abzugeben. Ich hatte das Gefühl, daß meine Worte Lord Halifax stark beschäftigten, aber für ihn nicht ganz annehmbar waren. Als er gehen mußte, sagte ich noch einmal: „Alles hängt davon ab, ob Sie wenigstens so weit kommen, daß Sie ein russisch-deutsches Bündnis verhindern. Damit hätten Sie den Frieden bis zum Frühjahr gesichert. Im nächsten Frühjahr wird, wenn die britische und die französische Regierung ihre Pflicht tun, ein militärisches Mächtegleichgewicht eintreten. Wenn die Korridorfrage dann friedlich geregelt wird, bleibt der Welt vielleicht eine Katastrophe erspart."

Ich sagte Lord Halifax, ich würde spätestens am 2. September, möglicherweise schon eine Woche früher, in die Vereinigten Staaten reisen. Ich wolle meine Schwester in Holland treffen, da es vielleicht das letzte Mal sei, daß ich sie sehen könne, und das werde mit der Reise drei Tage in Anspruch nehmen. Lord Halifax sagte, er würde es sich merken und eine Nachricht wegen eines nächsten Treffens, falls Sir Louis Greig – der anwesend war – dann in Schottland sein werde, über seinen Privatsekretär an Ian Anderson schicken.

Einige Tage später verbrachte ich ein Wochenende[5] bei Lord Bessborough[6]. Es waren die letzten angenehmen Stunden in England. Beim Essen am Sonntag war Lord Ponsonby[7], der Pazifist, anwesend, der ein Vetter von Lord Bessborough ist, außerdem McKenna, den wiederzusehen ich mich riesig freute, und eine Dame [Lady Worsley], die die engste Freundin von Lady Halifax war und fast die ganze Zeit, in der Lord Halifax Vizekönig von Indien war, bei ihr in Delhi gewesen war. Lord Bessborough sagte, er habe diese Dame wegen ihrer Freundschaft zu Lady Halifax mit eingeladen, und er hoffe, ich würde auch ihr meine Ansichten über die Möglichkeit, den Krieg zu vermeiden, erläutern. Beim Essen hörte ich, daß McKenna auf der anderen Seite der Tafel kritisch wie immer von Montagu Norman und MacDonald sprach; er sagte, die Tragödie von 1931 und 1932 sei gewesen, daß sich keiner von ihnen in Währungsfragen ausgekannt habe und daß deshalb ich als der einzige Ministerpräsident, der die Folgen von Währungsproblemen begriff, stets gegen eine Wand redete. Ich unterhielt mich mit Lady Halifax' Freundin.

Unser Gastgeber, der mich auf politische Themen bringen wollte, sagte über den Tisch, [Lady Worsley] solle doch ein Treffen zwischen Lord Halifax und mir vermitteln. Die Tischgesellschaft war so groß, daß alles, was ich über eine Zusammenkunft mit Lord Halifax gesagt hätte, in London die Runde gemacht und möglicherweise, wenn es nach Berlin berichtet worden wäre, eine schlimme Wirkung gehabt hätte. Um das zu vermeiden, sagte ich hastig, ich hielte es für unklug, mich mit Lord Halifax zu treffen, denn wenn es bekannt würde, würde es Hitler in Wut versetzen und ihn möglicherweise noch radikaler stimmen; ich sei überzeugt, daß sich Lord Halifax der Lage voll bewußt sei und sie in vieler Beziehung wie ich sehe. Zwei Tage später rief Lord Halifax' Privatsekretär Ian Anderson an und sagte, Lord Halifax wolle nicht, daß ich mich länger als geplant in London aufhielte, wenn es nur wegen des vorgeschlagenen Treffens sei; er meine, das Risiko, daß unsere Zusammenkunft bekanntwerde, sei zu groß, aber er wolle mich gern sehen, wenn ich irgendwelche neuen Gesichtspunkte vorzutragen hätte. Ich bat Ian, ihm zu sagen, ich stimme ganz mit ihm überein und ich hätte an unserem ersten Gespräch nichts zu ändern und ihm auch nichts hinzuzufügen.

Als der russisch-deutsche Pakt bekanntgegeben wurde [23. August], entschloß ich mich, noch in der gleichen Woche nach Amerika zu reisen. Ich war mir nie ganz im klaren, warum das zweite Treffen abgesagt worden war. Im Augenblick dachte ich, es sei ohnehin zu spät. In den nächsten drei Monaten kam ich zu der Überzeugung, daß ich auf ein zweites Treffen mit Lord Halifax hätte drängen sollen, um meine Ansichten klarer darzulegen; aber ich bin sicher, daß Görings Seitenhieb auf mich in seiner Rundfunkrede[8] bei Ausbruch des Krieges darauf beruhte, daß er von meiner Unterredung mit Lord Halifax Kenntnis erhalten hatte, und unter diesen Umständen war es klüger, ein weiteres Treffen zu vermeiden.

(1) Herausgeber und Redakteur der Monatszeitschrift *Deutsche Rundschau* 1919–1942, im KZ 1943–1945. (2) Auf Pechels Postkarte aus Berlin vom 5. August stand, daß es „leider jetzt zu spät" sei für eine Reise durch die Schweiz, die vielleicht „Ende September oder im Oktober" wieder möglich sei. (3) 1938 hatte Henderson die Taktik verfolgt, „Hitler nicht zum Äußersten zu treiben", und 1939 vermied er eine „Einschüchterung, die Hitler in eine Lage bringen würde, aus der er sich nicht befreien könnte". Er warnte vor Deutschen, die auf den Krieg als Mittel zum Sturz der Naziregierung hofften; er beharrte dem Foreign Office gegenüber nachdrücklich darauf, daß die Wehrmacht auf Befehl wirklich marschieren würde; er wartete ungeduldig auf die Wiederaufnahme der deutsch-polnischen Unterhandlungen, die für die Dauer der englisch-russischen Unterhandlungen unterbrochen worden waren. Erst Mitte August machte er sich auf „das Schlimmste" gefaßt (vgl. *Documents on British Foreign Policy,* 3rd Series, Bd. VI, besonders Anhang I). H. B. scheint Sir Horace Wilsons Alternativverhandlungen mit Helmut Wohlthat von Juni bis Ende August wegen eines weitreichenden englisch-deutschen Abkommens und eines großen englischen Darlehens an Deutschland keine große Bedeutung beigemessen zu haben (vgl. Colvin, *Vansittart in Office,* S. 329–332; Wendt, *Economic Appeasement*). (4) 1938 war Chamberlain überzeugt, Stalin „setze alle Hebel in Bewegung", um Großbritannien in einen Krieg mit Deutschland zu verwickeln. Im Juni 1938 war Halifax ängstlich darauf bedacht, zu verhindern, daß die Russen von tschechischem Territorium aus Deutschland angriffen, was vermutlich zur Unterstützung Rußlands durch Frankreich und zur Unterstützung Frankreichs durch England geführt hätte. Anfang 1939 stellte Cadogan besorgt Anzeichen einer russisch-deutschen Annäherung fest; andere Diplomaten im Foreign Office schieden diese Möglichkeit noch im Juni aus. Im April 1939 zweifelten die britischen Stabschefs – wie ihre französischen Kollegen ein Jahr früher – am Wert der russischen Militärmacht. Als sie im Mai 1939 den strategischen Wert Rußlands als eines Verbündeten hervorhoben und betonten, wie wichtig es sei, eine Unterstützung Deutschlands durch Rußland zu unterbinden, vermochten sie damit die zivilen Minister nicht zu beeindrucken (vgl. Macleod, *Neville Chamberlain,* S. 266; Middlemas, *Diplomacy of Illusion,* S. 255; *Diaries of Sir Alexander Cadogan,* S. 179f.; Colvin, *Vansittart in Office,* S. 323–326, und *Chamberlain Cabinet,* S. 211–213; Strong, *Men of Intelligence,* S. 51). (5) Das Wochenende vom 5./6. August. Die undatierte Unterhaltung mit Halifax fand wahrscheinlich am 1. August statt. (6) V. B. Ponsonby, Earl of Bessborough. (7) Arthur Baron Ponsonby, Oppositionsführer im Oberhaus 1931–1935. (8) Göring sagte in einer Sendung aus den Rheinmetall-Borsig-Werken bei Berlin am 9. September 1939: „Wenn heute die Flugblätter, die englische Flugzeuge abwerfen, in einem richtigen Deutsch verfaßt sind, so ist das ein Zeichen dafür, daß nicht ein Engländer sie geschrieben hat, sondern daß sie von einem jüdischen Emigranten oder von Leuten vom Schlage eines Herrn Treviranus oder Brüning oder wie sonst die Gesellschaft heißt . . . geschrieben wurden." (Keesing, *Archiv der Gegenwart,* 1939, S. 4221).

* *N 10. August, Der Schweizer und der holländische Minister in London*

Ehe ich im April in die Schweiz reiste, hatte ich dem Schweizer Minister Markgraf Paravicini[1] versprochen, einmal mit ihm und dem holländischen Minister in London, Graf Limburg Stirum[2], zu speisen; letzteren hatte ich seit 1932, als er Minister in Berlin war, nicht mehr gesehen. Beide schienen sich wegen der drohenden Gefahr viel größere Sorgen zu machen als die meisten prominenten Engländer. Als Graf

Limburg Stirum fragte, was ich hinsichtlich Hollands im Kriegsfalle erwarte, sagte ich offen, ich hegte für Holland größere Befürchtungen als für jedes andere Land. Ich hätte erfahren, daß Nazifreunde einflußreiche Posten in der holländischen Polizei und in den holländischen Ministerien besetzten und daß die holländische Regierung nichts gegen sie unternommen habe. Ich könne mir nicht vorstellen, daß die Befestigungen an der Maas standhalten würden, denn alle Zugänge müßten über der Hochwasserlinie liegen, so daß die deutsche Artillerie von jedem höhergelegenen Punkt der Grenze aus die Verteidiger daran hindern könnte, die Unterstände zu erreichen oder sich mit den rückwärtigen Stellungen in Verbindung zu setzen.
Das Gespräch wandte sich der Politik des britischen Kabinetts zu. Ich sagte, ich befürchtete stark, daß sich das, was in der Woche vor dem letzten Krieg geschehen war, wiederholen werde. Nach vielen Erfahrungen mit Sir John Simon würde ich jede Wette eingehen, daß er bis zum letzten Augenblick schwanken und auch bekanntmachen würde, daß er schwankte. Einen Typ wie Hitler könne das nur ermutigen, den Krieg zu riskieren. Beide Herren teilten aufgrund ihrer langjährigen diplomatischen Erfahrung diese Befürchtungen. Es sei verhängnisvoll, daß das britische Kabinett versuche, im letzten Augenblick die öffentliche Meinung für sich zu gewinnen, und damit den Eindruck der Unentschlossenheit vermittle, der nur auf eine kleine Minderheit im Kabinett zutreffe. Sie würden nie lernen, wie das auf die andere Seite wirkte. Wir schieden in sehr düsterer Stimmung und mit geringer Hoffnung, daß der Krieg verhindert werden könne.

(1) Charles Paravicini, seit 1920 schweizerischer Gesandter in London. (2) Dr. Johan Graf van Limburg Stirum, seit 1937 niederländischer Gesandter in London.

* *27./31. August/1. September, „Empress of Australia", H. B. an Mona Anderson*

... Ich versuche, den Bittgottesdienst zu hören, der aus der Westminster Abbey übertragen wird. Der Raum ist voll von einer Menge lärmender Damen, die begierig auf den Beginn des Tanzes warten. Daher ist es schwierig, den Worten zu folgen, wie ich es so gern täte, bin ich doch sicher, daß Sie alle in O[ld] S[urrey] H[all] und auch andere Freunde ebenfalls zuhören. Wir bekommen jetzt alle drei Stunden die Nachrichten ... Ich fürchte, daß nach der Einführung von Lebensmittelkarten ... Hitler sich nicht gut zurückziehen kann ohne einen ziemlich aufse-

Charges to pay

_____ s. _____ d.

RECEIVED

Garbutt

waited me m

From _____

in Cambridge

was

POST OFFICE TELEGRAM

No. 58

OFFICE STAMP

CONFIRMATION TUNBRIDGE WELLS 27 AUG.39 KENT

Prefix. Time handed in. Office of Origin and Service Instructions. Words.

8

208 C 1135 27 MYRDAL 20

[illegible] m

To [illegible]

ANDERSON OLD FURRY HALL EAST GRIMSTEAD LONDON =

AM MONDAY TILL WEDNESDAY STOCKHOLM GRANDHOTEL
AM AWAITING FOR OUR FRIEND THERE = ULRICH

28 – 30

For free repetition of doubtful words telephone "TELEGRAMS ENQUIRY" or call, with this form at office of delivery. Other enquiries should be accompanied by this form and, if possible, the envelope.

B or C

henerregenden Erfolg. Wie schade, daß die Botschaft[1] des P[remier]; M[inister]s H[itler] nicht schon vor drei Wochen übersandt wurde, wie ich es dem schlanken Herrn [Halifax] so dringlich nahegelegt hatte! Jedenfalls kann ich mir nicht vorstellen, daß Sie klein beigeben werden. So wird alles geschehen, wie ich es seit dem Frühjahr 1935 befürchtet habe . . .

Wie Sie merken werden, bin ich von widerstreitenden Empfindungen hin- und hergerissen. Es scheint verkehrt zu sein, in einer solchen Stunde der Drohung meiner eigenen Regierung entkommen zu wollen . . . Wir liefen gestern früh um 9 Uhr aus Cherbourg aus. Mengen von Passagieren drängten sich, viele Autos wurden verladen, die Leute schliefen in Notbetten, Gepäck stand vor den Kabinen. Es tut mir so leid, daß ich Sie verfehlte, als Sie an Bord zurückkamen . . . Ich blieb auf meinem Platz, bis ich die Lichter von Ians Wagen zum letztenmal aufblitzen sah. Es war so schön, daß Sie alle mit mir kamen und daß ich die letzte Nacht in O[ld] S[urrey] H[all] verbringen durfte. Als ich am Samstagmorgen aufwachte, kam mir jener wunderbare Morgen im Juni 1935 in den Sinn, an dem ich aus dem Gedächtnis Goethes „Früh, wenn Tal, Gebirg und Garten Nebelschleiern sich enthüllen . . .“ niederschrieb. Man kann kaum erfassen, wie vieles sich in den vier Jahren seit damals verändert hat . . . Ich bin von tiefem Dank erfüllt für all diese Jahre Ihrer Freundschaft und für all die Güte, mit der Sie mich umgeben haben, so daß der letzte Tag einem hoffnungsvollen, goldenen Sonnenuntergang vor einer langen, dunklen Nacht glich. In Gedanken werde ich stets bei Ihnen und den Jungen sein . . .

Gerade kommt die Belle-Isle-Straße in Sicht . . . Dies war die ruhigste Überfahrt, die ich je erlebte – ganz im Gegensatz zu den politischen Ereignissen. Am Dienstagabend hatte ich noch Hoffnung, aber jetzt glaube ich, daß der Krieg unvermeidlich ist. Ich werde in meine Kabine gehen und Emile Dards Buch *Napoleon und Talleyrand*[2] lesen. Darin finden sich erstaunliche Parallelen zu dem, was in den letzten Jahren geschehen ist und jetzt geschieht . . .

Ich kann nicht kabeln; Kabel nach England werden nicht angenommen. Zwei Tage lang müssen alle Bullaugen geschlossen bleiben und darf kein Licht sichtbar sein. Seit 24 Stunden stecken wir in dem ungeheuren Golf, und jetzt nimmt das Schicksal seinen Lauf. Die Polen scheinen den Korridor nicht ernsthaft zu verteidigen, was sehr klug ist. Auch M[ussolini]s Haltung ist – militärisch gesehen – klug. In vier Wochen, wenn die Alpenpässe vom Schnee versperrt sind, ist er sicher.

Was er dann tun wird, bleibt abzuwarten ... Wenn Hitler die alten deutschen Grenzen erreicht, wird er vielleicht anhalten und Mussolini um Vermittlung bitten, was sehr schwer gelingen wird, wenn der britische Löwe einmal erwacht ist. Die Nazidiplomatie der letzten drei Tage ist nicht gerade bewundernswert[3] ... Ich habe den Eindruck, daß die taktischen Pläne für ganz andere Verhältnisse ausgearbeitet wurden. Es tut mir so leid um all die, die schon gefallen sind. Es ist eine so prächtig aussehende Generation ...

(1) Chamberlains Botschaft, daß alle britischen Streitkräfte Polen unterstützen würden, wurde Hitler am 23. August übergeben. Der Inhalt wurde von Lord Halifax am 24. August im Rundfunk veröffentlicht. (2) London 1937. (3) Hitler antwortete Chamberlain am 24. August mit der neuerlichen Forderung, in Osteuropa freie Hand zu bekommen, und eine zweite englische Botschaft vom 28. August wurde am 29. August im gleichen Sinn beantwortet. Als der polnische Botschafter Joszef Lipski unter britischem Druck am 31. August an Ribbentrop herantreten wollte, weigerte sich dieser, ihn zu empfangen.

* *19. September, Lowell House, H. B. an Mona Anderson*

... Ich habe mich nun in meinen neuen Räumen mehr oder weniger eingerichtet, und meine Arbeit beginnt nächste Woche. Es war mir vorher nicht ganz klar, wie schwierig das Leben jetzt für mich werden würde, obwohl ich mich vier Jahre lang darauf vorbereitet hatte. Aber ich hoffe, die innere Spannung durch Konzentration auf meine Arbeit zu überwinden ...

* *21. September, Lowell House, H. B. an Raymond L. Buell*[1]

... Ich habe den sehr interessanten Artikel[2], den Sie für die Novembernummer von *Fortune* geschrieben haben, durchgelesen ... Ich möchte Sie beglückwünschen, besonders zum zweiten Teil, den ich wirklich für hervorragend halte ... Was die Abrüstungsfrage betrifft, besteht nach meiner Erfahrung von 1932 kein Zweifel, daß der Einfluß der Schwerindustrie auf dem Kontinent, die ihre Kapazität im Vergleich zu 1914 verdoppelt hatte, stark genug war, um ein Ultimatum gegen die deutsche Wiederaufrüstung und ebenso jegliche allgemeine Abrüstung der europäischen Nationen zu verhindern. Das „furor teutonicus“ ist sehr viel älter, wie Sie wissen, als der preußische Staat, der einen Adel hervorbrachte aus einer Mischung von slawischen, westdeutschen und süddeutschen Familien . . . Die Nationalliberale Partei des 19. Jahrhunderts erstrebte eine totalitäre bürokratische Regierung und setzte sich der religiösen Freiheit und der Toleranz entgegen. Hitler konnte viele Menschen gewinnen, die konservativ im englischen Sinne waren und den deutschen Liberalismus als widerspruchsvoll empfanden. Gleichzeitig war Hitler selbst ein Produkt dieser Art von Liberalismus, der sich nach der Vereinigung der deutschen Bundesstaaten durch Bismarck das gleiche für alle deutschsprachigen Völker Europas erträumte. Hitlers Ausdrücke kommen von Schönerer und Wolf[3]. Sie schreiben: „Wäre das deutsche Volk politisch reifer und kritischer gewesen . . .“ Ich glaube, die Deutschen waren reifer und kritischer gegenüber Hitler als die westlichen Demokratien. Sie bewiesen es damit, daß sie 1933 zur Mehrheit gegen Hitler stimmten, obwohl fast jede Versammlung das Feuer der SA auf sich zog und die Führer anderer Parteien verprügelt oder eingesperrt wurden. Ich möchte nur ein Beispiel zur Verdeutlichung anführen. Ein früherer Leiter des Geheimdienstes der britischen Admiralität[4] war bis vor sechs Wochen Präsident von „The Link“, einer Gesellschaft zur Förderung der deutsch-britischen Freundschaft. Der Vizepräsident, ein bekannter Universitätsprofessor, mußte, nachdem er im Parlament von Sir Samuel Hoare angegriffen wurde, zugeben, daß er von Goebbels zu Propagandazwecken Geld erhalten hatte, die lebenswichtigen britischen Interessen zuwiderliefen[5]. Als ich von England wegging, herrschte bei Leuten, die etwas über die Geschichte der Nachkriegsdiplomatie wußten, ein tiefes Gefühl der Beschämung wegen des Mangels an Intuition in der britischen Politik. Was Frankreich angeht, so bringt der dritte Band von Briands Biographie[6] genug über den parlamentarischen Betrieb, um zu zeigen, daß mit dieser Art von Demokratie eine konstruktive Lösung immer blockiert, nicht aber durchgesetzt werden kann; es ist leichter, diplomatische Niederlagen, die schließlich zum Krieg führen, anzunehmen, als positive, aber schwierige Maßnahmen durchzusetzen. Im Laufe der letzten 15 Jahre bin ich mehr und mehr zu der Erkenntnis gelangt, daß die Demokratie in Europa, ausgenommen die kleineren Staaten in Nord- und Westeuropa, nichts mit dem demokratischen Ideal zu tun hat . . .

(1) Redakteur, Dozent, Präsident der Foreign Policy Association. (2) „The End of the Armistice“ (Das Ende des Waffenstillstands), *Fortune*, November 1939. (3) Georg Ritter von Schönerer und Karl Wolf waren alldeutsche, antisemitische, antikatholische, ursprünglich liberale Parteiführer im habsburgischen Reich. (4) Admiral Sir Barry Domville. (5) Obwohl der Organisation „The Link“ so prominente Mitglieder wie der ehemalige Luftfahrtminister Londonderry angehörten, beschrieb sie Hoare auf Anfragen im

Parlament als Organisation „für pronazistische und antisemitische Propaganda" (am 30. März) und „Instrument der deutschen Propagandadienststellen" (am 3. August) und erklärte: „Die Aktivitäten dieser Organisation werden streng überwacht" (am 23. Juni; vgl. *Debates, House of Commons* 1939). (6) Georges Suarez, *Briand,* Bd. III (1914–1916), Paris 1939.

* *23. Oktober, Lowell House, H. B. an Mona Anderson*

. . . Die letzten fünf Wochen verliefen für mich sehr hektisch. Zweimal war Tre[viranus][1] eine Woche lang da, gleichzeitig John [Wheeler-Bennett][2] ein paar Tage. Mein holländischer Gastgeber [Mommersteeg][3] kam ebenfalls eine Woche, und drei Tage lang mußte ich ihm Neuengland zeigen, wie ich es ihm seit Jahren versprochen hatte. Auch Dr. Brettauer[4] besuchte mich ein paar Tage . . . Ich wußte wirklich nicht, wie ich sie alle zwischen meine Pflichten und meine Arbeit einschieben sollte, die, wie Sie wissen, in den ersten vier Wochen des Semesters am umfangreichsten ist[5] . . . Tre ärgert sich ein bißchen über die Art und Weise, wie die Leute das weitersagen, was er in kleinem Kreis äußert. Dieser Zug des [amerikanischen] Nationaltemperaments tritt jetzt deutlicher als je hervor. Ich selbst hatte ein höchst unerfreuliches Erlebnis nach einem Gespräch in einem Klub[6] in New York, als einige Leute hinterher das Gegenteil dessen berichteten, was ich gesagt hatte. Das rührt sehr weitgehend davon her, daß so wenige Menschen vertiefte Kenntnisse von den europäischen Angelegenheiten besitzen. Diese werden nur gefühlsmäßig beurteilt, was sehr gefährlich ist und mich sehr deprimiert. Aus den europäischen Zeitungen ersehe ich, daß es bis zu einem gewissen Grad in Europa schon das gleiche ist. Ich bin zu dem Schluß gekommen, daß es besser für mich ist, wenn ich mich so weit wie möglich von Treffen und Gesellschaften fernhalte, besonders da die Nachrichten so entsetzlich lauten, daß es ohnehin sehr schwierig sein wird, eine konstruktive Lösung zu finden, wenn der Krieg vorbei ist . . .
Am letzten Wochenende bekam ich die erste Direktinformation aus meinem Land durch einen Herrn [Adam von Trott zu Solz[7]], der erst Mitte September das Land verließ. Er blieb drei Tage hier. Über meine Freunde konnte er mir nichts Genaues berichten . . . Aus seinen Worten zu schließen kann kein Zweifel daran bestehen, daß bei den Gesprächen, die ich diesen Sommer in London führte, ein gewisser Mangel an Diskretion herrschte, und jetzt müssen meine Freunde darunter leiden. Sie werden verstehen, daß dies mehr an meinen Nerven zerrt als irgend etwas sonst, aber in einer solchen Zeit hat jeder seine eigenen Sorgen.

Derzeit scheinen die Menschen nur bestrebt zu sein, einander größten Schaden und Schmerz zu verursachen.
... Vor vierzehn Tagen verbrachte ich das Wochenende mit Higginsons, die grüßen lassen. Higginson und Murnane haben sich von den Londoner Higginsons getrennt, und das Geschäft wird jetzt in viel kleinerem Rahmen weitergeführt. Murnane, den ich seit 1937 nicht mehr gesehen hatte, schien sich sehr zu freuen, daß ich ihn besuchte ... Ich kam nicht auf die Meinungsverschiedenheiten zurück, die wir vor zwei Jahren hatten, denn er sagte selbst, er habe erkannt, daß die Leute, denen er damals vertraut habe, Schurken seien. Er läßt grüßen. Nächsten Sonntag werde ich ihn und seine Frau sowie meine guten Freunde in Huntington besuchen ...

(1) Treviranus besuchte im Herbst 1939 die USA; er wanderte Anfang 1940 nach Kanada ein. (2) Wheeler-Bennett war seit Kriegsausbruch bei der British Library of Information in New York beschäftigt. (3) Mommersteeg befand sich im Sommer 1939 zufällig auf Reisen in Amerika und konnte erst 1945 nach Holland zurückkehren. (4) Brettauer hatte in den vorhergehenden Jahren immer mehr Zeit auf Reisen verbracht und siedelte 1939 in die USA über. (5) H. B. leitete mit W. Y. Elliott ein Seminar über „Government Regulation of Industry". (6) H. B. schrieb am 18. März 1940 an Kaplan H. A. Reinhold in Seattle: „Im Oktober im Harvard Club in New York habe ich die verschiedenen Möglichkeiten auseinandergesetzt, die Hitler noch zur Verfügung standen. Es war am Tage vor seiner Rede im Reichstag [6. Oktober]. Die Leute fragten mich, was ich erwartete. Ich habe gesagt, darauf könne ich keine Antwort geben. Es gebe verschiedene Möglichkeiten für ihn auch noch in diesem Augenblick. Wenn er ein Angebot mache, das für die Alliierten akzeptabel sei, und mit ihnen gemeinsame Front gegen Rußland mache, was ich für die Zukunft nicht für ausgeschlossen hielte, so könne er sich noch retten. Am folgenden Tage erzählte man schon in Chicago, ich sei alldeutsch und Nazi geworden. Diese Leute wollen eben lieber eine Herrschaft Rußlands in Europa als eine Rettung unseres alten Vaterlandes." (7) Adam von Trott zu Solz, im Jahr 1939 30 Jahre alt, wurde als Legationsrat in der Informationsabteilung des Auswärtigen Amtes im September 1939 zwecks Mitarbeit am Institute of Pacific Relations nach den USA geschickt. Er fuhr am 21. September von Berlin weg. Am 4. Oktober stellte er sich in einem längeren Brief aus New York H. B. vor, der ihn nicht kannte. Trott schrieb, daß Helmuth von Moltke ihn „vor 14 Tagen" beauftragt habe, ihre „gemeinsamen Anliegen" mit H. B. zu besprechen, und bat ausdrücklich um eine Gelegenheit, mit H. B. allein zu reden. Sein Hauptanliegen war die Putschbereitschaft der Generäle Alexander von Falkenhausen und Kurt von Hammerstein. (H. B. hat u. a. am 13. März 1946 an Johannes Maier und am 10. Oktober 1946 an Josef Ersing darüber geschrieben.) Falkenhausen war stellvertretender kommandierender General des IV. Armeekorps, und Hammerstein wurde Anfang September Oberbefehlshaber der Armee Abteilung A im Westen. In der vierten Oktoberwoche gingen durch die Züricher, Pariser, Londoner Presse Gerüchte über Entlassungen von deutschen „Generälen mit monarchistischen Sympathien". Ob und wann Hammersteins Entlassung Mitte Oktober H. B. als Tatsache bekannt wurde, ergibt sich nicht aus seinen Papieren. Es ist gelegentlich behauptet worden, daß H. B. Trott mit Reserve behandelte und seinem Urteilsvermögen mißtraute. H. B.s Akten bieten keine Bestätigung für diese Ansicht. Eine mögliche Erklärung liegt in H. B.s Kritik an einem Memorandum über Friedensziele, das mit Trott identifiziert wurde, obwohl es die Arbeit von älteren Deutschen, die in Amerika lebten,

war (vgl. Hoffmann, *Widerstand, Staatsstreich, Attentat,* und Sykes, *Troubled Loyalty,* wo Hans Rothfels' *Dokumentation* in: *Vierteljahrshefte für Zeitgeschichte,* Juli 1959, herangezogen wird). Ganz allgemein schlug das Memorandum vor, die Alliierten sollten unverzüglich einen Kompromißfrieden anbieten als Ermutigung für Deutsche, die mit der Naziregierung unzufrieden waren. H. B. hielt den Vorschlag für taktisch falsch: erstens, weil ein Angebot der Alliierten in jenem Augenblick Hitlers Stellung befestigen mußte; zweitens, weil die Aufstellung von Friedensbedingungen seitens Deutscher im Ausland Widerspruch und Gegenbedingungen von anderen hervorrufen mußte. Nach dem deutschen Sieg in Polen wurden viele Friedensvorschläge gemacht. In seiner Zeitungsspalte riet der einflußreiche Walter Lippmann, Mitverfasser der Vierzehn Punkte von 1918, Großbritannien und Frankreich, sie sollten verkünden, daß sie nicht an den zentraleuropäischen Grenzen „von 1919 oder von 1939" festhielten und nicht um Wiederherstellung „des Versailler Systems" kämpften (vgl. *New York Herald Tribune,* 10. Oktober 1939). Am 23. Oktober brachte James Mooney den amerikanischen Botschafter in Paris dadurch in Verlegenheit, daß er ihn drängte, für Göring ein Treffen mit Vertretern Frankreichs und Englands zu arrangieren. Im Oktober fürchtete Chamberlain ein Friedensangebot „mehr als einen Luftangriff", während Roosevelt, der der französischen und der britischen Regierung mißtraute, „ein zweites München" befürchtete. Das Angebot von Königin Wilhelmine und König Leopold (7. November), zwischen den kriegführenden Mächten zu vermitteln, wurde allgemein verübelt. Bis zum 22. November, als die Gestapo unverkennbar eingriff, konnte das britische Foreign Office immer noch glauben, es habe eine direkte Verbindung mit dem deutschen Oberkommando des Heeres (vgl. *Foreign Relations of the U.S. 1939,* Washington 1956, Bd. I, S. 5, 9, 20; Macleod, *Neville Chamberlain,* S. 278; Robert Sherwood, *Roosevelt and Hopkins,* New York 1948, S. 126; Nancy H. Hooker, *The Moffat Papers,* Cambridge 1956, S. 272; *Diaries of Sir Alexander Cadogan*).

* *13. November 1939, New York, Memorandum vermutlich für Dannie Heineman*

... Über die Zweckmäßigkeit einer Politik, welche die Dinge mehr oder minder treiben läßt, soweit die Alliierten in Frage kommen, ist man hier verschiedener Ansicht. Auf der einen Seite wird gesagt, daß es notwendig ist, die Initiative zu ergreifen und zum Angriff gegen den Feind vorzugehen, sowohl militärisch [wie] auch diplomatisch und psychologisch ... Auf der anderen Seite wird darauf hingewiesen, daß die zunehmende Überlegenheit an Kriegsmaterial und ausgebildetem Menschenmaterial mit einer gewaltigen Progression jeden Monat zunimmt; daß der innere Zersetzungsprozeß in Deutschland rapide fortschreitet; daß zahlreiche diplomatische Erfolge durch die Außenpolitik, zu der [die] Nazis gezwungen werden, den Alliierten fast zwangsläufig in den Schoß fallen müssen; und daß die Ergreifung einer militärischen Initiative die psychologische Position der Alliierten, insbesondere in den neutralen Ländern, aber auch in Deutschland selbst, schwächen würde. Es ist schwierig, sich ein Urteil darüber zu bilden, welche dieser zwei Ansichten richtig ist. Für die abwartende Haltung läßt sich sehr viel sagen, unter der Voraussetzung, daß man sich darüber klar ist, daß man damit um eine militärische Entscheidung wahrscheinlich nicht herumkommt, sondern diese nur hinausschiebt; fernerhin muß man sich darüber klar sein, daß jeder Tag neue Opfer in Deutschland und neue Konzessionen an die Russen kostet. Von wesentlicher Bedeutung scheint mir zu sein, daß diese Wartezeit doch zahlreichen Stimmen Gelegenheit gibt, mahnend und warnend darauf hinzuweisen, daß diesmal nicht nur der Krieg, sondern auch der Friede gewonnen werden muß . . .

Eine nähere Formulierung von Kriegszielen oder Friedensplänen wird hier vorläufig abgelehnt. Ich glaube, jede offiziöse oder offizielle Äußerung könnte unter den heutigen Umständen doch nur ein Kompromiß zwischen den von Frankreich vertretenen radikalen Plänen und den von den Engländern als vernünftig angesehenen sein. Auch in Deutschland würde wohl heute ein offiziell von England verkündetes Programm in erster Linie als eine kluge Propaganda aufgefaßt werden und kaum wirkliches Vertrauen erwecken. Es wird aber hier viel ernsthafte Arbeit in dieser Beziehung geleistet, und man bemüht sich vielerorts, die Probleme wirklich in ihrer richtigen Größenordnung zu sehen, ohne voreilige Lösungen zu suchen. Natürlich gibt es auch hier viele Leute, die nach irgendwelchen Patentlösungen Ausschau halten. Die Idee einer „Föderation" z[um] B[eispiel] gilt mehr und mehr als populäres Allheilmittel.

Die meisten Leute, die diese Idee propagieren, benutzen irgendwelche Formeln, um sich damit ein Nachdenken über die wirklichen Probleme zu ersparen; in diesem Sinne ist diese Idee nachgerade eine wirkliche Gefahr geworden. Meiner Ansicht nach kann heute nur an zwei Dingen nützlich gearbeitet werden: einmal daran, die Probleme herauszustellen, vor die ein nachnationalsozialistisches Deutschland und Mitteleuropa sich gestellt sehen wird. Die Herausarbeitung dieser Probleme und ihre Erörterung von den verschiedensten Gesichtspunkten her ist wohl auch die einzige fruchtbare Propaganda, die heute gemacht werden kann. Keine Versprechungen oder Zusagen können beim deutschen Volk eine solche Wirkung haben wie die Erkenntnis, daß man in England beginnt, die wirklichen Probleme im mitteleuropäischen Raum zu sehen. Die zweite Sache, an der gearbeitet werden kann, ist die Herausstellung der Ideale und Normen, um deren Erhaltung und Verwirklichung der Kampf nun geht, sowie eine Erörterung der verschiedenen Methoden und Organisationsformen, mit denen eine Behandlung der vorhandenen Probleme möglich erscheint. Unter diesen Organisationsformen hat wohl auch eine europäische Föderation als eine der verschiedenen Möglichkeiten ihren Platz, aber weder als die einzige Möglichkeit noch als eine Patentlösung.

Die Nachrichten aus Deutschland sind ziemlich widerspruchsvoll. Zweifellos sind die Spannungen in den Kreisen des Militärs, der Bürokratie und der Wirtschaft, insbesondere aber auch der Partei, außerordentlich groß. Grob gesprochen, kann man wohl eine radikale Nazigruppe, eine gemäßigte Nazigruppe und eine konservative Antinazigruppe in diesen Kreisen unterscheiden, da die kommunistischen Parteigänger weitgehend mit den radikalen Nazis zusammengehen und die Anhänger bürgerlich-liberaler Ideen in diesen Kreisen machtmäßig kaum eine Rolle spielen. Ein Konflikt zwischen diesen drei Gruppen kann jeden Augenblick ausbrechen, aber unvermeidlich erscheint er heute noch keineswegs. In der Bevölkerung selbst hat sich anscheinend eine aus Illusionen und Fatalismus gemischte Stimmung entwickelt, die vorläufig den Spaltungen in den führenden Schichten keinen genügenden Hintergrund gibt, der große potentielle Kräfte bereitstellen könnte, sei es für eine Tempoänderung durch eine Machtergreifung seitens der Göring-Gruppe oder für eine Kursänderung durch eine Machtergreifung seitens der konservativen Gruppe. Auch die wirtschaftliche Lage scheint, trotz zahlreicher Gerüchte über einzelne Mängel und Störungen, keinesfalls so schlecht zu sein, daß im Laufe der nächsten Monate von dieser Seite her die Bevölkerung einen unerträglichen Druck zu erleiden haben wird.

Die Agitation der gemäßigten Nazis ist im Augenblick sehr stark. Insbesondere in den neutralen Ländern wird mit dem Schreckgespenst des drohenden Bolschewismus in Mitteleuropa ein großer Einfluß zugunsten eines baldigen Friedensschlusses auf der Basis eines Regimes von Göring mit Billigung und Unterstützung militärischer Kreise ausgeübt[1]. Von dieser Ecke her offeriert man heute die Wiederherstellung eines unabhängigen Böhmens und Polens, fernerhin den Kopf Ribbentrops, eventuell auch Himmlers, und man läßt mehr oder weniger ausgesprochen durchblicken, daß auch der Kopf Hitlers selbst ein diskutabler Preis für einen solchen Frieden sei. Auch in Deutschland selbst wird für eine solche Alternative unter dem Leitmotiv agitiert: „lieber ein Regime vernünftiger Verbrecher als ein Regime wahnwitziger Verbrecher" und fernerhin mit dem Hinweis darauf, daß ein gemäßigtes Naziregime unter Göring langsam zu einem konservativen Regime erzogen werden könnte.

Diese Ideen können außerordentlich gefährlich sein. Mir scheint, daß die Probleme, die nach dem Sturz eines radikalen Naziregimes behandelt werden müssen, so außerordentlich schwierig sein werden, daß ihre Überwindung nur möglich sein kann, wenn dafür neue moralische Kraftquellen im deutschen Volk erschlossen werden. Die Erschließung starker sittlicher Kraftquellen ist aber doch unter einem gemäßigten Naziregime unmöglich. Dazu ist nicht nur die Wiederherstellung der christlichen, humanen, europäischen Normen und die Aufrichtung fruchtbarer Symbole und Parolen notwendig, sondern es bedarf auch Männer, die von den Untaten des jetzigen Regimes nicht beschmutzt sind und die sich aufrichtig und nicht aus opportunistischen Motiven in einen Protest gegen Wesen und Wirklichkeit des Nationalsozialismus stellen können, um ihn teilweise zu zerstören und teilweise zu überwinden.

Wenn es stimmt, daß ein gemäßigtes Naziregime die Probleme tatsächlich nicht lösen kann und daß unter seinem Zeichen auch eine führende Schicht nicht allmählich zu einer Kursänderung auf konservative Ziele hin beeinflußt werden kann, und daher ein solches Regime abgelehnt werden muß, dann ist die im Augenblick auf eine Etablierung eines solchen Regimes betriebene Agitation sehr gefährlich. Es besteht nämlich die Gefahr, daß diese Agitation einer späteren Bewegung zugunsten einer vorübergehenden Militärdiktatur das Wasser abgräbt und gewisse Elemente diskreditiert, welche wesentliche Bestandteile der Idee einer konservativen Restauration sein müssen.

(1) Noch am 1. Januar 1940 berichtete *Petit Parisien* aus Italien, daß Hitler bereit sei, zugunsten Görings als Reichskanzler zurückzutreten.

* *30. November, Lowell House, H. B. an George Messersmith*

... Ich habe in der Zwischenzeit viel über das nachgedacht, was wir zuerst unter uns und danach mit dem anderen Herrn [Roosevelt] besprochen haben[1]. Soweit ich die Lage beurteilen – ich sollte lieber sagen: „erraten“ – kann, ist der ganze Gedanke jetzt etwas skeptischer zu behandeln. Ich nehme an, Sie haben in der *New York Herald Tribune* vor etwa zwölf Tagen eine Depesche aus Berlin[2] gelesen, die mir eine Art Versuchsballon zu sein scheint und die fast das gleiche vorschlägt, was wir eine Woche vorher besprochen hatten. Was bedeutet das, und von wem stammt es? Sind Herr von W[eizsäcker][3] und seine Freunde in der

Wehrmacht spontan zu demselben Schluß gekommen? Ist es eine Botschaft von Dannie Heinemans Freund G[oerdeler] an mich? Er sagte mir im Juni, wenn der Krieg ausbreche, solle ich die Depeschen der Associated Press und der *Herald Tribune* sehr aufmerksam lesen, da dies in einem Notfall die einzige Möglichkeit sein könne, mich wissen zu lassen, was er und seine Freunde von der Situation hielten. Oder ist es eine Information, die in der Absicht erteilt wurde, jede eventuelle Vermittlung zu töten? Vorläufig kann ich nicht herausfinden, was es bedeutet. Vielleicht können Sie es, wenn Ihr Militärattaché zurückgekehrt ist. Falls er die Sache aufzuklären vermag, können Sie entscheiden, ob es noch lohnt, daß ich etwas zu formulieren versuche, wie Sie es wünschten, und zwar rechtzeitig vor Weihnachten. Ich wäre Ihnen sehr dankbar, wenn Sie mir einen Wink geben könnten.

Auf jeden Fall glaube ich, daß wir den Gedanken erst ernstlich erwägen können, wenn wir erfahren haben, wie weit die Russen in Finnland gehen[4] und wie stark die Gruppe führender Nazis ist, die den Wunsch hegt, daß die Russen anschließend ihre Bemühungen darauf konzentrieren, den nördlichen Teil Norwegens, insbesondere die Hafenstadt Narvik, zu bekommen. Da die Nazis um einer momentanen Erleichterung willen und trotz des größten Risikos für die spätere deutsche Position das Spiel mit Rußland begonnen haben, würde es mich nicht wundern, wenn sie jetzt einen Schritt weiter gingen. Sollte es ihnen gelingen, die Russen zu überreden und ihnen dazu zu verhelfen, daß sie Narvik erobern, so wäre Englands Position im Atlantik schwer bedroht. Die Nazis kalkulieren vielleicht, daß ein solcher Zug die Briten veranlassen werde, rasch mit ihnen zu einer Vereinbarung zu kommen, so daß Hitler die Schwenkung gegen Rußland ausführen könnte, die er sicher eines Tages zu machen hofft. Das alles bringt mich zu der Überzeugung, daß es besser ist, wenn ich mit dem Entwurf einer Formel warte, bis ich von Ihnen Nachricht bekomme . . .

(1) Den Samstag und Sonntag , 11. und 12. November, verbrachte H. B. als Messersmiths Gast in Washington, wobei er zuerst Messersmith und dann Roosevelt das Wesentliche von Trotts Information mitteilte. H. B. schlug vor, daß Roosevelt in einer Weihnachtsbotschaft sämtliche kriegführenden Mächte auffordern sollte, ihre Friedensbedingungen offen darzulegen, zu dem Zweck, Hitlers Position herauszustellen und den deutschen Wehrmachtsführern Gelegenheit zu geben, gegen ihn vorzugehen. (H. B. hat u. a. im August 1946 an Freya von Moltke und im Juni 1947 an Hermann Pünder darüber geschrieben.) Am Tag nach H. B.s Besuch erhielt Messersmith von einem Stabsmitglied der Foreign Policy Association eine Kopie des sogenannten „Trott"-Friedensmemorandums, die er bei einer beträchtlichen Zahl von Regierungsbeamten und Beratern in Umlauf setzte. Das löste zwangsläufig und rasch feindselige Reaktionen und zunehmenden Argwohn gegen-

über Trott als „Beschwichtiger“ und Nazi-Agent aus. Daß Trott bei seinem ersten Treffen mit Messersmith am 20. November betonte, das Memorandum sei zur Unzeit verfaßt worden und sein eigener Beitrag dazu sei unbedeutend, daß der FBI später richtig berichtete, Trott habe „versucht, die Hilfe von Amerikanern zum Sturz einer ausländischen Regierung zu gewinnen“, konnte die Atmosphäre nicht mehr reinigen und auch das nicht verhindern, was H. B. später „einen wilden Kampf zwischen Amateurgruppen“ um Einfluß auf mögliche Friedensbedingungen nannte. Der Adjutant, den Roosevelt am 12. November um detaillierte Vorschläge von H. B. nach Cambridge schicken wollte, erschien nicht (vgl. Sykes, *Troubled Loyalty*). (2) Am 14. November hatte Beach Conger aus Berlin berichtet, die Verwirrung in Deutschland sei durch das militärische und diplomatische Zögern größer geworden als seit Anfang 1933; das konservative OKW habe jeden Angriff auf neutrale Länder abgelehnt (vgl. *New York Herald Tribune*, 15. und 18. November 1939). Eine Depesche aus Paris vom 17. November wiederholte einen United-Press-Bericht aus Zürich, daß „zahlreiche deutsche Generäle“ meinten, der Nazismus sei überholt und müsse durch ein Wiederaufbauregime abgelöst werden, um den Krieg zu beenden. Deutschland wäre bereit, auf Böhmen, Mähren und Polen zu verzichten und eine Abstimmung in Österreich zu erlauben, würde aber das Sudetenland behalten; Ribbentrop könne durch Weizsäcker ersetzt werden, der als Görings „Strohmann“ dargestellt wurde. Im OKW wurde der Tag eines Generalangriffs im Westen am 11. November auf den 19. November, am 13. November auf den 22. November und am 20. November nochmals verschoben. In den folgenden Wochen kamen aus neutralen Ländern Berichte (die leicht als Kriegspropaganda bewertet werden konnten), daß die Deutschen Polen, die Tschechoslowakei und Österreich evakuieren würden und Göring Hitler ersetzen würde (vgl. u. a. *The Observer*, 21. Januar 1940). (3) Ernst von Weizsäcker, seit 1920 im auswärtigen Dienst, Staatssekretär im Auswärtigen Amt 1938–1943, Botschafter am Vatikan 1943–1945. (4) Der russische Angriff auf Finnland begann am 30. November 1939 und endete mit dem Friedensvertrag vom 12. März 1940.

19. Dezember, Lowell House, H. B. an Anna Herzog

. . . Ich war natürlich unendlich froh, endlich eine Nachricht zu haben und eine viel bessere, als ich erwartete[1]. Merkwürdigerweise kam auch einen Tag später über Schweden eine Nachricht von meiner Schwester. Direkte Briefe habe ich nicht erhalten, obwohl meine Schwester viermal geschrieben hat. Es war sehr gütig von Ihnen, sich all diese Mühe zu machen, und ich bin Ihnen von Herzen dankbar . . . Ich werde Weihnachten in Ruhe und Einsamkeit in der Nähe von New York verbringen. Das Leben ist hier sehr zermürbend. Die Leute nehmen sehr lebendigen Anteil an den Geschehnissen, fast mit mehr Leidenschaft als in Europa, und sehen alles als in sehr primitiver Form lösbar an. Man muß dauernd die unmöglichsten Fragen über sich ergehen lassen, und jeder will von mir zu jedem Ereignis einen Kommentar haben. Ich sehe noch nicht viel Gründe für einen baldigen Frieden und bin selbst pessimistischer in dieser Beziehung als vor einigen Wochen . . .

(1) Über Maria Brüning und die Familie Tennstedt.

** 22. Dezember, Lowell House, H. B. an George Messersmith*

... Ich bin ganz mit dem einig, was Sie in Ihrem Brief über Friedensfühler zu diesem Zeitpunkt sagen[1]. Ich glaube wie Sie, daß die Autorität und das Prestige dieses Landes absolut intakt bleiben müssen für die Zeit, in der echte Friedensverhandlungen möglich sein werden. Das ist auch für die Autorität des Präsidenten in diesem Lande notwendig. Leider beobachtete ich bei mehreren Gelegenheiten hier, daß es Menschen gibt, die auf irgendeinen Mißerfolg des Präsidenten lauern, um ihre Endkampagne gegen ihn zu starten.
Zugleich scheint mir die Atmosphäre in den europäischen Ländern derzeit sehr verworren zu sein. Ich bekam einen Brief von einem Schweizer Freund, der im allgemeinen in seinen Aussagen sehr vorsichtig ist. Er berichtet, es fänden Gespräche zwischen gewissen Nazis oder Menschen, die eng mit dem Regime verbunden sind, und ähnlichen Gruppen in Frankreich und England statt. Er schreibt, welche Verdienste oder welche Bedeutung derartige Gespräche auch hätten, müßten sie doch zweifellos die Hoffnung der führenden Nazis, mit ihren Plänen schließlich Erfolg zu haben, bestärken. Natürlich ist ihnen nicht klar, daß das Temperament solcher Kreise in Großbritannien und Frankreich sehr wechselhaft ist und daß deshalb derartige Unterredungen wahrscheinlich nur den Krieg verlängern werden, was letzten Endes die völlige Niederlage des deutschen Volkes bedeutet.
Aus all diesen Gründen glaube ich nicht, daß ich vorläufig irgendwelche Vorschläge machen kann. Wenn Sie meinen, es gebe eine Möglichkeit, daß ich mich in dieser Beziehung nützlich machen könnte, stehe ich Ihnen jederzeit zur Verfügung.
Ich hoffe nur, daß sich der Papst aus den ganzen Friedensverhandlungen so weit wie möglich heraushält, abgesehen von rein humanitären Problemen. Sonst werden die Probleme noch komplizierter und verliert der Papst selbst weiter an Ansehen, vor allem wenn er unter dem Einfluß von Mussolini handelt, der einen Prestigeverlust oder eine Schwächung seiner hervorragenden Position nicht riskieren wird.
Es war sehr freundlich von Ihnen, mit meinem jungen Freund [Trott zu Solz] zu sprechen[2]. Er hat viel gesehen, und er wird zweifellos seinen Freunden von seinen Eindrücken berichten. Die Pläne, die er und seine Freunde haben, sind gut. Nach ähnlichen Erfahrungen in den Jahren 1935 und 1936 bezweifle ich jedoch, daß sie den richtigen Augenblick für einen Anfang erkennen werden ...

(1) Messersmith schrieb am 15. Dezember aus Washington, er sei nun überzeugt, daß der Augenblick für eine amerikanische Initiative nicht opportun sei. (2) Trott hatte am 8. Dezember eine zweite Unterhaltung mit Messersmith. In Messersmiths amtlichen Notizen wird Trott nur als „ehrlich" bezeichnet. Als Postskriptum seines Briefes an H. B. schrieb Messersmith, er habe Trott „die beste Information" gegeben, die er geben konnte; Trotts amerikanische Beobachtungen sollten „seinen Freunden" in Deutschland sehr nützlich sein; er finde Trott „sehr vernünftig und fähig". Wheeler-Bennett hatte inzwischen mit Trott ein einfacheres Memorandum verfaßt, das an Trotts englische Freunde ging (veröffentlicht von Hans Rothfels, „Trott und die Außenpolitik des Widerstands", in: *Vierteljahrshefte für Zeitgeschichte*, Juli 1964; vgl. auch Sykes, *Troubled Loyalty*, S. 318). Trott scheint H. B. Mitte Dezember gesehen zu haben. Ehe er über China nach Deutschland zurückfuhr, besuchte Trott H. B. nach Weihnachten im Priesterseminar in Huntington, wo man sich noch lange an ihn als „den jungen Mann, der vom FBI verfolgt wurde", erinnerte. Wie er in zahlreichen späteren Briefen schrieb, sprach H. B. ausführlich mit Trott, wie sonst nur mit Goerdeler, über die einzelnen Persönlichkeiten, die für eine Regierung nach Hitler in Frage kommen könnten.

Dezember, Münster, Maria Brüning an H. B.

... Wir haben hier seit einigen Tagen Frost nach endlosen, trüben Regenwochen, und nun freuen wir uns, daß der gute Mond etwas Licht in die Finsternis bringt. Gesundheitlich geht es mir leidlich. Eigentlich sollte sich ja jetzt der Erfolg der Kur bemerkbar machen, aber er läßt wohl noch auf sich warten ... Von hier ist nicht viel zu erzählen. Den Verwandten und Bekannten geht es gut ... Alle lassen Dich besonders herzlich grüßen und Dir alles Gute wünschen ...

* *25. Dezember, Huntington, H. B. an Mona Anderson*

... Ich kam gestern abend rechtzeitig zur Vesper hier an. Dann gingen wir in die Kälte hinaus, um die berühmte Konstellation von Mars, Jupiter und Saturn anzusehen. Alle drei schienen sehr hell. Wir hatten Glück; eine Stunde später brach ein schwerer Schneesturm los ... Um 4 Uhr morgens wachte ich auf wie im Traum – die Jungen zogen durch das ganze Haus und sangen mittelalterliche Weihnachtslieder ... Um 5 Uhr war ein wunderbares Hochamt, ich dachte an Europa und an die wenigen guten Freunde, die ich dort noch habe ...

Der Schneesturm wütete weiter, die Zimmer waren nicht geheizt, deshalb deckte ich mich mit Wolldecken zu, um warm zu werden. Erinnerungen wurden lebendig. Wie wenige glückliche, normale Weihnachtsfeste habe ich doch in 25 Jahren erlebt! 1914 war ich enttäuscht, weil ich als Freiwilliger abgewiesen worden war. Weihnachten 1915 in der Kaserne, gerade nach der Rückkehr vom Offiziersausbildungslager und auf den nächsten Transport wartend, um mich meinem Regiment in der Champagne anzuschließen. 1916 in einem Dorf bei Laon. 1917 ein eiliger Besuch zu Hause. 1918 zu Hause, in tiefster Niedergeschlagenheit. 1919 zwei Tage zu Hause in der hektischsten Zeit ... 1923 zu Hause nach dem allerschwierigsten Jahr, erschöpft, aber des Hochkommens meines Landes sicher – ein Telegramm mit der Nachricht vom Tode meines Bruders. 1924 sehr traurig ohne meine Mutter[1]. Deshalb 1925 mit meiner Schwester bei Freunden; am Neujahrsabend läuteten alle Glocken am Rhein für die Befreiung der ersten Rheinlandzone[2]. 1926 Kabinettskrise, ein Tag bei meiner Schwester. 1927 ebenfalls. 1928 ruhig und glücklich bei einem Freund in Bayern. 1929 im Hause Willisen; Erklärung führender Männer, ich müsse das Amt übernehmen, um dem heraufziehenden Sturm Einhalt zu gebieten. 1930 einige Ruhetage in Badenweiler. 1931 hörte am Heiligen Abend das Glockengeläut von den alten deutschen Domen und war überwältigt nach zwei Jahren voller Stürme und Spannungen. 1932 im Schwarzwald, das Unvermeidbare nahe bevorstehend. 1933 Rückkehr nach Berlin, nachdem ich mich sechs Wochen lang versteckt hatte; am nächsten Tag suchte mich die Geheime Staatspolizei ... 1935 am 23. Dezember in Old Surrey Hall, vereiste Straßen, den Zug versäumt, eine ganze Nacht und einen ganzen Tag im Zug nach Lugano. 1936 krank in New York. 1937 in Virginia; 1938 in Connecticut. Heute abend die einzige lebende Seele in diesem großen Hause, und draußen rast der Sturm. Aber in meinem Herzen ist Stille ...

Ich war zum Essen bei Murnanes und verbrachte anschließend ein paar angenehme Stunden bei Stimsons. Morgen habe ich einen sehr ruhigen Tag. Übermorgen werde ich die alte Mrs. [William H.] Moore besuchen, die Sammlerin chinesischer Kunst und Förderin der Maya- und Persienausgrabungen. Ihre Nichte hat einen Grafen [Friedrich Wilhelm von] Keller geheiratet, den ich 1923 während des Kampfs um die Ruhr kennenlernte ...

Es war sehr schön von Ihnen, in die schottische Kapelle in der Westminster Kathedrale zu gehen. Ich sehne mich danach, wieder dort zu sein. Aber wann wird das sein? Vorläufig sehe ich keinen Ausweg. Roosevelts Botschaft[3] ist nur eine Geste, um sich von dem inneren Druck gewisser mächtiger Kreise zu befreien ... Im Blick auf die Möglichkeit eines baldigen Friedens fühle ich mich sehr bedrückt und hoffnungslos ...

(1) Am 8. Mai 1924 in Münster an den Folgen eines Schlaganfalls gestorben. (2) Die Räumung der ersten Zone wurde am 1. Februar 1926 vollzogen, infolge der Locarno-Verträge vom Oktober 1925. (3) Eine unverbindliche Weihnachtsansprache am 23. Dezember.

1940

H. B.s normale akademische Tätigkeiten in den ersten Monaten des Jahres 1940 wurden im Mai von seiner Krankheit und von den sich überstürzenden Ereignissen in Europa unterbrochen. International gesehen und im emotionellen Klima der neutralen USA war der Mai 1940 ein weitaus entscheidenderer Wendepunkt als der Kriegsausbruch neun Monate zuvor. Für H. B. bedeuteten die deutschen Erfolge in Norwegen, den Niederlanden und Frankreich, daß er die bis dahin noch möglichen Hoffnungen für Deutschland und Europa aufgeben mußte. Das Schicksal deutscher politischer Emigranten, die in Frankreich gelebt hatten, trug zu seiner Niedergeschlagenheit bei. H. B. erlebte auch zum erstenmal die lähmende Sommerhitze einer amerikanischen Großstadt, die ihm wie den meisten Nordeuropäern sehr stark zusetzte. Um so mehr schätzte er die Zeit, die er als Gast von Monsignor Barry in der frischen Luft von Huntington verbringen konnte.

Die norwegischen Gewässer, durch die Eisenerzladungen nach Deutschland kamen, waren sowohl für die Briten als auch für die Deutschen von unmittelbarem Interesse. Am 9. April 1940 marschierten die deutschen Truppen in Dänemark und Norwegen ein. Es kam zu Kämpfen zwischen Briten und Deutschen bei Narvik und zwischen Alliierten und Deutschen in Südnorwegen. Der reguläre norwegische Widerstand endete am 30. April; der König und das Kabinett flohen nach London. Die deutsche Invasion in den Niederlanden, Belgien und Luxemburg setzte am 10. Mai ein, und am 14. Mai ergab sich das niederländische Heer. Die holländische Königin und das Kabinett zogen sich nach London zurück. Am 26. Mai fiel Boulogne, und das belgische Heer ergab sich. Der Abzug britischer Truppen aus Frankreich über Dünkirchen begann am 28. Mai. Verdun fiel am 15. Juni, und am 17. Juni bat die französische Regierung um Waffenstillstand, der am 22. Juni unterzeichnet wurde. Zur gleichen Zeit gründete de Gaulle in London das französische Nationalkomitee.
Italien erklärte am 10. Juni Frankreich und England den Krieg und schloß am 24. Juni mit Frankreich einen Waffenstillstand. Am 3. Juli

versenkte oder eroberte die britische Flotte die französischen Kriegsschiffe bei Oran in Algerien; die französische Regierung, seit dem 2. Juli in Vichy, brach daraufhin die Beziehungen zu England ab. Die „Schlacht um England" wurde im September von den Engländern gewonnen, als ein konzentrierter deutscher Versuch, in Vorbereitung der Invasion die Royal Air Force zu schlagen, mißlang. Rumänien trat im Juni Bessarabien und die nördliche Bukowina an die Sowjetunion ab, im August Siebenbürgen mit einer Bevölkerung von 2,4 Millionen an Ungarn und im September weite südliche Gebiete an Bulgarien. Im Oktober marschierten deutsche Truppen in Rumänien ein, und im November traten Rumänien und Ungarn dem deutsch-italienischen Bündnis bei. Ende Oktober fiel Italien in Griechenland ein, das Nachschub aus Rußland und Verstärkung aus Großbritannien erhielt. In Nordafrika waren italienische Truppen im September in Ägypten einmarschiert. Die erste von mehreren britischen Wüstenoffensiven begann im Dezember und endete mit der Einnahme des Hafens Tobruk und dem vollständigen Aufreiben der italienischen zehnten Armee Anfang Februar 1941.

Im September 1940 handelten die USA, die schon Garnisonen auf Grönland und Island errichteten, Pachtverträge auf 99 Jahre für britische Militärstützpunkte im Karibischen Meer und im Westatlantik gegen 50 Zerstörer ein. Das US-Verteidigungsbudget war für 1940 und 1941 sehr stark erhöht worden, und im September wurde die allgemeine Wehrpflicht eingeführt. Im gleichen Monat begann Japan mit der Besetzung von Französisch-Indochina, mit vorläufiger Zustimmung der französischen Regierung. Mit einem Abkommen vom November 1940 wurden die amerikanischen und britischen Waffen und Ausrüstungsnormen vereinheitlicht.

** 20. Januar, Lowell House, H. B. an Hendrik Poels*

... Ich hoffe, Sie werden sehr vorsichtig sein; Sie dürfen in Ihrer Wachsamkeit niemals erlahmen. Wenn in Holland etwas geschieht, sind Sie in Antwerpen sicher, wenigstens eine Zeitlang ... Zweifellos kann sich die Lage Ihres Landes später verschlimmern. Im November hegte ich keine Befürchtungen, weil das keine sehr günstige Zeit für einen Angriff ist, aber im Frühjahr dürfte die Situation etwas anders sein.
Selbstverständlich habe ich die neue Enzyklika[1] sehr aufmerksam und eingehend gelesen. Ich erkenne darin viele verschiedene Federn, und es ist nicht schwierig, in jedem Satz zu merken, wer dominierte. Insgesamt ist es eine recht gute Arbeit, der es aber an dem kraftvollen Stil und dem aufrufenden Charakter fehlt, den der alte Papst wahrscheinlich unter den derzeitigen Verhältnissen getroffen hätte. Nicht daß ich mich nicht über die Veröffentlichung der Enzyklika freute. Was mir im Augenblick Sorge bereitet, ist, daß der Name des Papstes fast täglich in den Zeitungen steht, wenigstens hier. Das bedeutet natürlich, daß die Leute große Erwartungen hegen, während in Wirklichkeit nicht sehr viel geschehen wird. Es steigert die Autorität des Heiligen Stuhls nicht. Außerdem stelle ich selbst bei meinen jetzigen eingeengten Verhältnissen und meiner unauffälligen Position fest, daß in einer so kritischen Zeit jedes Wort mißdeutet werden kann. Für den Papst ist das natürlich eine viel ernstere Gefahr. Sie wissen, daß der englische Gesandte[2] den hiesigen Zeitungen zufolge bei einer Audienz um eine Interpretation der letzten Reden[3] des Papstes bat; das könnte lediglich ein taktischer Schachzug gewesen sein, ist aber auf jeden Fall kein erfreuliches Vorkommnis ...
Ich habe viel über die innere Lage Ihres Landes gehört; dies ist freilich eines jener Probleme, die man in Kriegszeiten besser nicht brieflich erörtert.
Sie erinnern sich doch an Maier[4] aus Kattowitz. Nach einer entsetzlichen Flucht erreichte er London. Er ging von Polen über die rumänische Grenze, nachdem er fast den ganzen weiten Weg von Warschau zu Fuß zurückgelegt hatte. Wäre dies nicht der richtige Augenblick, daß

Sie ihm schrieben, damit er bei Fritz [Muckermanns] Zeitung mitarbeiten könnte, falls sie noch existiert? Er hatte einen sehr guten Stil, und er erhält ungeheure Mengen von Nachrichten und Informationen. Sie wissen, wie schwierig es für Emigranten ist, den Mut nicht sinken zu lassen, wenn sie kein Ziel und keine regelmäßige Arbeit haben . . . Mommersteeg ist sehr erfolgreich im Süden; er lernt das Land auf außergewöhnliche Weise kennen. Wie Sie wissen, beabsichtigt er, bis Mitte Mai dort zu bleiben . . .

(1) „Summi Pontificatus", 20. Oktober 1939. (2) Francis D'Arcy Osborne, später Duke of Leeds, britischer Gesandter in Washington 1931–1935, am Vatikan 1936–1947. (3) In einer Ansprache am 24. Dezember 1939 hatte der Papst vom „Niederreißen der Mauern des Hasses", von Berücksichtigung der „wahren Bedürfnisse und gerechten Forderungen der Nationen" und von den sie trennenden, aber „nicht unlösbaren" Problemen gesprochen (vgl. *The Times*, 27. Dezember 1939). Einer am 17. Januar 1940 in der *New York Times* veröffentlichten United-Press-Meldung zufolge hatte Osborne gefragt, ob damit gemeint sei, daß die britischen und französischen Kriegsziele nicht unterstützt würden. J. P. Moffat fand Osborne am 2. Februar 1940 „zutiefst besorgt", daß Roosevelt womöglich eine Vermittlung, zu der Großbritannien nicht bereit war, vorschlagen und den Papst überreden könnte, sich ihm anzuschließen (vgl. Moffat, *Diary*, Mss.). (4) Johannes Maier (Hultschin), Chefredakteur des *Oberschlesischen Kurier*, Königshütte-Kattowitz, 1926–1933, Mitbegründer und Chefredakteur von *Der Deutsche in Polen*, Kattowitz, 1934–1939; leitete im Krieg eine BBC-Sendung für deutsche Katholiken.

3. Februar, Lowell House, H. B. an Eugen Rosenstock-Huessy[1]

. . . Wer das Regime von innen auswerfen will, muß schweigen können, bis der Augenblick reif ist. Bisher ist alles am Palavern und Briefe- und Bücherschreiben gescheitert. Von außen, von im Exil lebenden Deutschen aus ist nichts zu machen. Selbst an sich harmlose Diskussionen, die leider nie vertraulich bleiben unter Deutschen, sind schädlich, weil sie gewisse Entwicklungsmöglichkeiten in Deutschland selbst hemmen können – wenn sie nicht viel mehr Schaden anrichten. Deshalb lehne ich es prinzipiell ab, mich an Friedensdiskussionen zu beteiligen. Meine Auffassungen über eine zukünftige Gestaltung Europas sind denen bekannt, die damit etwas praktisch anfangen können, vorausgesetzt, daß der Verlauf der militärischen Ereignisse und die auf lange Sicht unberechenbaren Volksstimmungen eine Durchführung solcher Ansichten ermöglichen. Ebenso bekannt ist auch allen maßgeblichen Stellen, daß ich mich nicht aktiv an irgendwelchen Verhandlungen oder an der Politik Deutschlands beteiligen will und werde. Der Zeitpunkt dieses meines

Entschlusses liegt viele Jahre zurück, und deshalb habe ich den Vorzug, daß mir allein der Glaube geschenkt wird, daß ich es auch damit ernst meine. Es ergibt sich auch daraus, daß ich mich nicht in Einzelheiten einer Diskussion einlassen kann, wie Sie es begreiflicherweise vielleicht erwarten könnten.

Ein anderer Grund ist dieser: Wenn ich alle zum Teil an sich sehr interessanten Friedensvorschläge und Pläne auf künftige Gestaltung der Innen- und Außenpolitik Deutschlands, die mir täglich von Europa und hier zugeschickt werden, eingehend durchlesen und beantworten würde, so brauchte ich mehrere Sekretärinnen und würde zu nichts anderem mehr die Zeit finden. Zudem nutzen alle solche Vorschläge nichts, wenn nicht zuvor eine tiefgehende und nachhaltige moralische Gesundung beim deutschen Volk eintritt. Aus diesen Gründen kann ich auch nicht das Heil von Jünger[2] und ähnlichen Persönlichkeiten erwarten, deren Schwanken ich seit vielen Jahren zu beobachten Gelegenheit hatte und die gerade dann jede „Tuchfühlung" verlieren, wenn der Erfolg schon da ist. Das ist leider so oft das Schicksal deutscher politischer Reformer, soweit sie vom Abstrakten herkommen. Es ist vielleicht auch das ewige Schicksal der deutschen Intellektuellen und damit des deutschen Volkes . . .

(1) Professor für Rechtsgeschichte und Soziologie an der Universität Breslau 1923–1933; am Dartmouth College in New Hampshire seit 1935. (2) Ernst Jünger, Schriftsteller; hatte 1939 in Hamburg die Erzählung *Auf den Marmorklippen* veröffentlicht.

* *3. Februar, Lowell House, H. B. an John Wheeler-Bennett*

Das Dokument, das Sie mir übersandten, hat mich tief beeindruckt[1]. Ich hoffe, ich werde Gelegenheit haben, bei Ihrem Aufenthalt hier mit Ihnen im einzelnen darüber zu sprechen . . . Da ich heute einige ruhige Stunden habe, möchte ich versuchen, ein paar Gedanken niederzuschreiben, die ich während meiner ganzen Amtszeit vor Augen hatte und die die Hauptrichtung meiner außenpolitischen Pläne weitgehend bestimmten.

Sie wissen, wie klar Groener das Patt in jedem modernen Krieg in Europa vorhersah. Mit erstaunlicher Hellsicht erkannte er auch, daß Raum und Zeit nicht mehr die gleiche Bedeutung in der Strategie haben, sobald einmal ein Wettlauf um die Macht in der Luft und um alle schweren, modernen Angriffswaffen eingesetzt hat. Ich hoffe, daß ihm der jetzige Krieg endgültig recht gibt. Dann wird eindeutig bewiesen sein, daß eine Sicherheit in dem Sinn, wie die Franzosen sie immer auffaßten, nicht möglich ist. Sollten sie nochmals versuchen, Deutschland zu entwaffnen und gleichzeitig das deutsche Wirtschaftsleben zu zerstören unter dem Vorwand, das Zunehmen von „Kriegspotentialen“ zu verhindern, so würde das ganze Spiel wieder von vorne anfangen. Ich würde selbst nach Deutschland gehen, um das Notwendige in Gang zu bringen, um ihr Vorhaben zu vereiteln, was nicht schwierig ist . . . Da die zwei Ziele Sicherheit und Ausschaltung Deutschlands nicht gleichzeitig verwirklicht werden können, schließen sie einander aus. Andererseits braucht ganz Europa eine lange Zeit echter Ruhe und eine Abrüstung bis zurück zu der Grenze, die durch eine mögliche Aggression von außerhalb Mittel- und Westeuropas gesetzt ist. Das ist der vernünftige Hintergrund der ständigen französischen Befürchtungen, der aber stets von Franzosen mißbraucht wird, die eine dauerhafte Hegemonie in Europa errichten wollen, oder von Männern im französischen Generalstab, die unter einem fatalen Mangel an intuitiver Phantasie leiden. Was kann unternommen werden, um die vernünftigen Befürchtungen zu zerstreuen? Eine neue militärische Gruppierung ist keine befriedigende Lösung. Strategische Grenzen werden die Probleme nicht besser lösen können; wegen des Faktors des Kriegspotentials würden sie zu neuen und noch schädlicheren Formen des wirtschaftlichen Nationalismus führen, was jede echte wirtschaftliche Erholung in Europa verhindern würde. Die Verhältnisse würden noch chaotischer werden als zuvor. Dann würden vielleicht innere Revolutionen die äußerlich stärksten Grundlagen eines Regimes zerstören, dessen Prinzipien vorwiegend von phantasielosen militärischen Erwägungen beeinflußt werden.

Ich sehe nur eine Lösung – die gleiche wie vor neun oder zehn Jahren. Es muß zu einer Verzahnung der strategischen und ökonomischen Interessen der verschiedenen Machtgruppen kommen, die sich aus dem Krieg ergeben werden . . . Anfang 1931 führte ich erstmals mit Dannie Heineman Gespräche über das alte Projekt, einen großen Staudamm im Flußtal [der Mosel] an der Grenze zwischen Luxemburg, Frankreich und Deutschland zu bauen . . . Er hätte im Lauf der Zeit die Kosten der Elektrizitätserzeugung um 30 Prozent gesenkt, und zwar in einem Gebiet, das ganz West- und Süddeutschland bis zur Elbe und bis Wien, die Niederlande und ganz Frankreich nördlich der Seine umfaßt hätte . . . Was bedeutete das unter dem Gesichtspunkt der Sicherheit? Sobald die

Energieversorgung ganz Westeuropas gemeinsam organisiert gewesen wäre (es bestand die Möglichkeit, auch England einzubeziehen), wäre der Krieg für alle zu einem großen Risiko, ja vielleicht zu einer Unmöglichkeit geworden ... Daß der französische Generalstab sein Veto gegen diesen Plan einlegte, bedeutet nicht, daß er falsch gewesen wäre ...
Das ist eine Möglichkeit der Verzahnung. Die nächste muß ich theoretischer erläutern. Sie erinnern sich, daß ich bei den Vorlesungen in Charlottesville sagte, Grenzen, die darauf angelegt seien, ein Land strategisch zu begünstigen und ihm permanentes militärisches Übergewicht zu verleihen, könnten zur Falle werden, wenn die andere Seite genügend politische und militärische Phantasie besitze, um neue Methoden zu ersinnen. Der Polenfeldzug hat das bewiesen. Grenzen sollten strategisch gesehen ein angemessenes Gleichgewicht zwischen benachbarten Ländern schaffen ... Wenn es möglich wäre, Polen so zu begrenzen, wie ich es vor einigen Monaten mit Ihnen besprach, und zu einer Habsburglösung oder einer Art Staatenbund zwischen Polen, Ungarn und der Slowakei zu kommen, hätte Polen so viel „strategischen Spielraum", daß eine Wiederholung seiner derzeitigen unglücklichen Lage verhindert würde und daß jede künftige deutsche Regierung lange zögern würde, einen Angriff zu wagen ... Für sich allein wäre das nicht wirkungsvoll, wenn es nicht von einer wirtschaftlichen Verzahnung begleitet wäre, damit das sehr erschreckende Problem der Kriegspotentiale gelöst würde ... Würde man wirtschaftliche Schranken abbauen, so würden die Industrie der Tschechoslowakei und die Deutschlands einander allmählich ergänzen; damit würde die künstliche Erzeugung von Kriegspotential beendet und die Wahrscheinlichkeit eines Krieges zwischen den beiden Ländern herabgesetzt ... Wendete man das gleiche Prinzip auf ganz Mitteleuropa an, so würde in Europa eine Atmosphäre entstehen ähnlich der, von der der Bestand des alten Heiligen Römischen Reiches Deutscher Nation abhing; vor der Personalunion mit Spanien war es nicht stark genug, um sich auszudehnen, aber doch so stark, daß es sich verteidigen oder wenigstens die Tendenz zur Zentralisierung um militärischer Zwecke willen abmildern konnte. Um in Europa zu einer Föderation zu kommen, ist der erste Schritt, derartige strategische und ökonomische Verzahnungen zu schaffen. Dann wird sich allmählich die richtige Atmosphäre herausbilden, die allein Europa Stabilität zu verleihen vermag ...

(1) Eine Fortsetzung der Arbeit der Weltordnungsgruppe in Chatham House, siehe Mai 1939, S. 244. H. B.s ausführlicher Kommentar zu dieser Arbeit, siehe Anhang VIII.

** 9. März, Lowell House, H. B. an Mona Anderson*

... Ich war sehr beschäftigt. Mein neuer Kurs[1] begann vor vier Wochen. So mußte ich zahllose Bücher lesen und viel Zeit mit den Studenten verbringen ... Ich fühlte mich auch sehr niedergeschlagen, und diese Stimmung wurde nicht von Tres zwei astrologischen Büchern zerstreut ... Er ist ein solcher Optimist, daß dieser Unsinn ihn eine Zeitlang all seine Sorgen vergessen lassen kann. Ich bekam einen Brief von Herthas Mutter. Hertha liegt schwerkrank im Krankenhaus in der Nähe ihres Arbeitslagers, wo die Mutter sie nicht besuchen darf. Es ist die Folge der Kälte und der harten Arbeit. Noch nie im Leben bekam ich einen so hoffnungslosen Brief. Andere schlechte Nachrichten erreichten mich über Poels. Nur meiner Schwester scheint es ziemlich gut zu gehen; anscheinend wird sie von den Leuten ungewöhnlich achtungsvoll behandelt ... Die Ereignisse Tag um Tag sehr aufmerksam zu beobachten und nicht imstande zu sein, irgend etwas zu tun, ist für mich schlimmer, als wenn ich selbst im Krieg wäre. Obwohl die Leute im allgemeinen sehr nett zu mir sind, ist es oft sehr ermüdend, immer die gleichen Fragen zu hören, wenn man jemanden auf der Straße trifft. Die Leute ändern ihre Ansicht so häufig und übertreiben alles emotional ...
Vor drei Wochen brach an dem Abend, an dem ich mein Seminar halten mußte, ein fürchterlicher Schneesturm los. Jetzt weiß ich, was ein echter Schneesturm ist – ein Sturmwind mit einer Geschwindigkeit von 100 bis 120 Stundenkilometern, der einem den Schnee ins Gesicht peitscht, so daß man kaum atmen kann, und der um Lowell House herum den Schnee zu riesigen, 1,50 bis 1,80 Meter hohen Wehen anhäufte ... Eine Woche lang war es sehr schön ... Letzte Woche hatten wir das merkwürdigste Wetter, das ich je erlebt habe, ein Wetter, wie es Stifter als Hintergrund der Handlung in einem unserer besten Romane beschreibt[2]. Dieser Roman hat mich stets gefesselt; ich habe ihn wieder gelesen. Bei uns hier war es genau das gleiche. Der Schnee auf den Bäumen begann zu schmelzen, ein Regen-Schnee-Gemisch kam herunter, und nachts wurde es sehr kalt. Alle Bäume waren mit dickem Eis bedeckt. Sie bogen sich unter dem schweren Gewicht, und sogar aus der Ferne konnte man sie krachen und brechen hören. An manchen Orten ist der Schaden schlimmer als der, den der Hurrikan [September 1938]

anrichtete. In der Erinnerung an die kalten Winter meiner Knabenzeit in den frühen neunziger Jahren beklagte ich mich immer, daß die Winter, außer Anfang 1928, so „mild“ geworden seien. Jetzt stellen alle alten Menschen hier und ich fest, daß dieser Winter der strengste unseres Lebens war . . .
Ich freue mich sehr, daß Ian zurück ist. Der Gedanke, daß Sie auch mit dem CVJM nach Frankreich gehen wollten, gefiel mir gar nicht. Ich glaube, Sie sollten bleiben, wo Sie sind, und die gute Arbeit fortsetzen, die Sie in Ihrem Entbindungsheim leisten . . .

(1) Ein Seminar über Probleme der internationalen Beziehungen. (2) Adalbert Stifter, *Die Mappe meines Urgroßvaters,* Wien 1899.

** 25. März, Lowell House, H. B. an Mona Anderson*

. . . Ich hätte sehr gern Ostern in Huntington verlebt, aber die Osterferien beginnen erst nächste Woche. Die Unitarier und die Kongregationalisten[1] feiern Ostern kaum. Die Messe in der hiesigen katholischen Kirche [St. Anthony's] war in keiner Weise erhebend. Im Gedanken an die Ostermorgen in meiner Heimatstadt war ich sehr bedrückt. Ich fuhr immer mit dem Nachtzug, meine Mutter und meine Schwester holten mich um 4.30 Uhr am Bahnhof ab, und wir gingen sofort in den prachtvollen alten Dom und nahmen an den schönsten Zeremonien des ganzen Jahres teil. Lange dachte ich an meinen Pfingstausflug mit Tre zu den Kathedralen von York und Durham und an den letzten Sonntag in England, an dem wir mit Hertha [Tennstedt] und Barbara [Treviranus] nach Ely, Norwich, Boston und Peterborough fuhren . . . Es tut mir immer noch leid, daß wir nie dazu kamen, mit Fiona [Anderson] nach Winchester oder – wie wir es einmal geplant hatten – nach Bath und Exeter zu fahren. Sie sehen, wie sehr ich mich nach dem Schönsten sehne, das Europa zu bieten hat und das ich hier so sehr vermisse. Wenn der Frühling kommt, wird es noch schlimmer. Es ist merkwürdig, daß ich, da die Völker Europas vom Krieg zerrissen sind, die Kathedralen in Deutschland, Frankreich und England als ein einheitliches Symbol gesammelter Schönheit, Glücklichkeit und tiefer, wahrer Religion sehe. Sofort wird auch die Erinnerung an die wunderbaren Wälder in den Bergen meines Wahlkreises wach. Der Wind in den Blättern der Bäume unter den Felsen, auf denen ich stand und über ausgedehnte Wälder blickte, so weit das Auge reichte, vermittelte ein großes Glücksgefühl ... Morgen muß ich an die Wesleyan University gehen und zwei Tage lang lesen. Nächste Woche werde ich an der Johns Hopkins University in Baltimore und am St. John's College in Annapolis lesen ... Im Mai muß ich die acht Todd-Vorlesungen an den Lehrerbildungsanstalten in ganz Massachusetts halten ... Der Bruder der besten Freundin meiner Schwester kam letzte Woche hier an[2]. Ein amerikanischer Freund, der ihn traf, sagte, er solle mir wenigstens schreiben, da er doch meine Schwester vor sechs Wochen noch gesehen habe. Er sagte aber, er könne mich weder besuchen noch mir schreiben. Sehr mutig! Ich hoffe, daß Archie Church jetzt, da Baronin von Einem von einem französischen Gericht verurteilt worden ist[3], einsehen wird, warum ich die Verbindung zu ihm abbrechen mußte. Sie hat mir und meinen Freunden größeres Unheil zugefügt als sonst jemand. Die Leute in London würden mir nicht glauben ...

(1) Die unabhängigen Kirchengemeinden der puritanischen Tradition der ersten Siedler von Neuengland bilden zusammen die Kongregationalistische Kirche. Am Anfang des 19. Jahrhunderts trennten sich Gemeinden, die das Dogma der Trinität ablehnten, von den älteren Gemeinden ab und schlossen sich zur Unitarischen Kirche zusammen. Die ursprünglich kongregationalistische Harvard University gründete 1816 die erste völlig interkonfessionelle Theologieschule Amerikas. (2) G. Alois Westrick, Rechtsanwalt, dessen Schwestern Maria und Fanny und dessen Bruder Ludger mit Maria und Heinrich Brüning lebenslang befreundet waren. Im März 1940 kam Westrick als deutscher „Handelsberater" nach New York, um den Nachkriegshandel vorzubereiten. Bei Zeitungsinterviews machte er den Vorschlag, die USA sollten Großbritannien, Frankreich und Deutschland eine Nachkriegsanleihe von 5 Milliarden Dollar zum Wiederaufbau gewähren. Im Sommer 1940 wurde er zur Zielscheibe feindseliger Demonstrationen und verließ die Vereinigten Staaten im August. (3) Die im Juli 1939 in Paris gegen Frau von Einem erhobene Anklage wegen Spionage wurde erst im Februar 1940 offiziell bekanntgegeben (vgl. *New York Times*, 15. Februar 1940). Vor Kriegsende wurde sie in Deutschland vom Volksgerichtshof zum Tode verurteilt, um schließlich 1948 von einem französischen Militärgericht freigesprochen zu werden.

* *25. April, Boston, Harvey H. Bundy*[1] *an den deutschen Konsul Herbert Scholz*

... Dr. Heinrich Brüning hat mich gebeten, Ihnen zu schreiben und Ihnen in seinem Namen für die Übersendung der Fotokopie eines Artikels zu danken[2], der angeblich von ihm verfaßt worden sein soll. Dr. Brüning bedauert sehr, nicht mit Ihnen persönlich oder mit einem in offizieller Eigenschaft hier weilenden Deutschen in Verbindung treten zu können[3]. Diesen Entschluß faßte er im Hinblick auf die Verfolgungen von seiten der Gestapo, die im Einvernehmen mit gewissen Beamten der deutschen Regierung gegen ihn vorging. Dr. Brüning bittet mich, außerdem zu betonen, daß seine Weigerung, direkten Kontakt zu Beamten der deutschen Regierung aufzunehmen, nicht bedeute, daß sich seine Sympathie und Liebe zum deutschen Volk in irgendeiner Weise geändert hätten. Hinsichtlich des Artikels in der französischen Presse bittet mich Dr. Brüning, Ihnen mitzuteilen, daß er diesen Artikel nicht geschrieben und auch an seiner Abfassung und Veröffentlichung keinen Anteil gehabt hat . . .

(1) Bostoner Rechtsanwalt, Unterstaatssekretär im State Department (Republikaner) 1931–1933; Assistent von Kriegsminister Stimson 1941–1945. (2) Nachdem H. B. auf die Versuche des Konsuls, im Oktober an ihn heranzutreten, nicht reagiert hatte, übersandte ihm dieser am 6. April per Einschreiben einen Artikel aus der *République du Sud-Est* vom 15. Januar 1940: „Un Allemand en juge un autre" par H. Brüning, ex-chancelier d'Allemagne („Ein Deutscher urteilt über einen anderen Deutschen" von H. Brüning, deutscher Ex-Kanzler) mit routinemäßigem Propagandainhalt. (3) Eine Aufforderung der deutschen Botschaft in London vom 4. Juli 1939, mit Botschafter von Dirksen zu sprechen, ließ H. B. unbeantwortet.

* *14. Mai, Massachusetts General Hospital, H. B. an Mona Anderson*

... Seit einer Woche bin ich hier. Das alte Leiden hat sich bemerkbar gemacht, und schließlich mußte ich nachgeben. Die Ärzte sind erstklassig und geben sich riesige Mühe. Organisch ist mein Herz gesund, aber der Blutdruck ist niedrig, und der Herzmuskel ist schwach . . . Natürlich ist das alles nicht wichtig angesichts des Entscheidungskampfes in Europa[1]. Gott beschütze Sie alle! Lassen Sie den Mut nicht sinken! Arbeiten Sie viel, das ist das beste . . . Der arme Mommersteeg macht sich Sorgen um die Familie seiner alten Mutter . . .

(1) Der deutsche Einmarsch in Belgien, Holland und Luxemburg fand am 10. Mai statt. Am 14. Mai besaßen die deutschen Panzerstreitkräfte Brückenköpfe südlich der Maas.

* *19. Mai, Lowell House, H. B. an Mona Anderson*

. . . Ich kann es mir nicht versagen, jede Phase [des Kampfes in Europa] sehr aufmerksam zu verfolgen. Ganz plötzlich ist hier ein gewaltiger Umschlag in der Stimmung eingetreten. Wie die Schlachten auch aus-

gehen mögen – ich habe jede Hoffnung auf einen konstruktiven Frieden danach verloren . . .
Am Samstag bekam ich mit Luftpost einen kurzen Brief aus London, der erst am 13. Mai aufgegeben wurde, und heute einen mit gewöhnlicher Post, der am 6. Mai gestempelt ist. Ihre Luftpostbriefe brauchen immer mindestens drei Wochen, während die *Times* jetzt durchschnittlich nach zwölf Tagen ankommt[1]. Der Frühling ist nun auf seinem Höhepunkt. Der Hof von Lowell House ist sehr schön. Der Flieder vor meinen Fenstern steht in voller Blüte, ebenso die Rhododendronhecke auf der anderen Hofseite. Ich muß mich allerdings zwingen, das Blühen anzusehen . . .

(1) Von dieser Zeit an machte die Zensur jeden spontanen Gedankenaustausch in H. B.s Korrespondenz mit England unmöglich, und an Freunde in Amerika, die er häufig sah, schrieb er wenig.

* *24. Mai, Lowell House, H. B. an George Messersmith*[1]

. . . Natürlich erwartete ich nicht, daß sich die Dinge militärisch so rasch entwickeln würden. Nach dem, was ich in Holland gesehen hatte, wunderte ich mich nicht, daß die Grenzbefestigungen überrollt wurden, da das Land nicht rechtzeitig überflutet wurde . . . Holland ist hinsichtlich der Befestigungswerke in einer schlechten Lage, sogar schlimmer als Flandern im letzten Krieg. Wegen des hohen Grundwasserspiegels kann man nicht tief graben; daher standen die Bunker gelegentlich hoch über dem umgebenden Gelände. Anscheinend hat die holländische Regierung mit der Überflutung begonnen und sie dann wieder eingestellt, als die Nachricht kam, der Angriff werde vielleicht noch einmal hinausgeschoben. Als der Angriff kam, stand das Wasser so niedrig, daß es kaum ein Hindernis war.
Was ich noch nicht verstehe, ist die rasche Einnahme des belgischen Forts Eben Emael[2] bei Maastricht. Ich bin sehr oft dorthin gefahren. Es war die beste Festung, die während der letzten zehn Jahre in Europa gebaut wurde, uneinnehmbar, außer von Westen her. Da ich nicht an eine sogenannte „neue Waffe“ glaube, kann ich nur vermuten, daß unter den Soldaten Verrat geübt wurde. Ich befürchtete natürlich stets, daß ein kombinierter Überraschungsangriff aller modernen Waffen zusammen die Moral jedes Verteidigers einen Augenblick erschüttern

könnte. Im letzten Krieg erlebten wir das oft. Wo kombinierte Panzer- und Luftangriffe auf Truppen ausgeführt wurden, die daran gewöhnt waren, schlugen sie fehl; wurden sie aber gegen Divisionen aus dem Osten gerichtet, die so etwas noch nie erlebt hatten, so lösten sie Panik aus, sogar bei Divisionen, die sich während des ganzen Rußland- oder Balkankrieges sehr tapfer geschlagen hatten.
Noch mehr wundert mich das Versagen des französischen Generalstabs. Der deutsche Vormarsch folgt genau den Linien, die Groener in seinen zwei klassischen Büchern über den Schlieffen-Plan[3] beschrieb. Ich erinnere mich noch sehr gut an die Gespräche, die von Zeit zu Zeit bei Einladungen in Gang kamen und bei denen Hammerstein und andere Generäle mit Groener über die Gedanken in seinen Büchern diskutierten. Stets waren sie voll und ganz mit ihm einig, außer in einem Punkt: daß nämlich ein Angriff von Süden auf die Flanke von Truppen, die an dem Fluß Semois entlang durch Luxemburg vorrücken, unbedingt vollen Erfolg haben werde. Dieses Problem wurde auch in der französischen Militärliteratur erörtert, und deshalb erwartete ich, daß ein solcher Angriff sofort, in der ersten Stunde, stattfinde. Man ließ die Truppen jedoch ganz im Gegenteil von Südwesten nach Nordosten umschwenken, und sie kamen zu spät, um Lüttich oder Holland zu retten. Im entscheidenden Augenblick wurde nichts unternommen. Es ist eine Wiederholung unserer Erfahrung von 1914: Zu viele Diskussionen und zu detaillierte Vorbereitungen im Generalstab auf einen bestimmten Plan lähmen die Initiative, wenn unerwartete Faktoren ins Spiel kommen . . .

(1) Seit Anfang 1940 war Messersmith Botschafter in Havanna. (2) Das Fort wurde am Morgen des 10. Mai von deutschen Luftlandetruppen eingenommen. (3) *Das Testament des Grafen Schlieffen; Der Feldherr wider Willen.* Beide Bücher werden in dem Artikel von H. B. „Deutsche Strategie: 1914 und 1940", in: *Foreign Affairs,* April 1941, S. 505–510, erwähnt.

** 11. Juni, Lowell House, H. B. an Mona Anderson*

. . . Ich hoffe und bete, daß Sie gute Nachrichten von John[1] bekommen. Bei Schlachten dieser Art dauert es oft viele Wochen, bis man zuverlässige Nachrichten oder direkte Informationen erhält. Ich spüre, wie sehr Sie unter der Unsicherheit wegen Ihres geliebten Sohnes und unter all den Geschehnissen leiden. Sie können sich vorstellen, wie sehr auch ich von den Ereignissen erschüttert werde. Ich sehe kaum jemanden und schließe mich in meinen Zimmern ein. Langsam erhole ich mich von der Herzattacke, und schon folgen neue Beschwerden . . . Ich mußte mich der Entscheidung zweier führender Zahnärzte beugen, all meine Zähne ziehen zu lassen . . . Ich hoffe, es wird nicht zu heiß werden und der ganze Prozeß wird mich nicht zu sehr anstrengen, damit ich alles tun kann, was ich vorhabe . . . Zu meiner großen Freude sehen Sie auf den Fotos gesund aus. Die Hingabe an Ihre wohltätige Arbeit scheint Ihnen gutzutun, trotz aller Angst und Sorge. Diese zu überwinden ist leichter, wenn man den ganzen Tag beschäftigt ist, einem barmherzigen, nützlichen Zweck zu dienen. Ich leide sehr darunter, daß ich den Ereignissen tatenlos zusehen muß . . . Als Dr. Brettauer hörte, daß ich wieder ins Krankenhaus muß, kam er von Oregon herüber und bleibt freundlicherweise bei mir, bis die Operation vorüber ist . . .

(1) John Anderson wurde am 4. Juni bei Abbeville schwer verwundet und aus St. Nazaire evakuiert.

* *27. Juni, Lowell House, H. B. an Mona Anderson*

. . . Ich mache mich mit dem Gedanken vertraut, niemals mehr in östlicher Richtung über den Atlantik zu fahren. Aber wie Sie weigere ich mich, die Hoffnung aufzugeben. Im letzten Vierteljahr hat sich in mir ein großer Wandel vollzogen, zum Teil wegen meiner Krankheit, die in vieler Beziehung ein Segen war, konnte ich doch den meisten törichten Fragen und den rasch umschlagenden, höchst emotionellen Reaktionen entgehen. Während ich im Krankenhaus war und jetzt in den Wochen, in denen ich keine Gespräche führen konnte, fand mein Gemüt zu einer Art losgelöster Ausgeglichenheit zurück . . . Sie fragten, ob ich überrascht gewesen sei. Nur einen Tag lang; dann sah ich klar. Es war der zweite Tag der Invasion in Holland und Belgien. Was da geschah, widersprach den Erwartungen aller Experten, mit denen ich mich früher über das Problem unterhalten oder deren Artikel und Bücher ich gelesen hatte. Es gibt historische Stunden, in denen die Phantasie, das seelische Gleichgewicht oder vielleicht auch das Wohlbefinden eines einzigen Mannes entscheidend ist und niemand die Konsequenzen verhindern kann, wenigstens nicht die unmittelbaren Konsequenzen. Nun ist allerdings die Zeit der Nachgiebigkeit und Unentschlossenheit vorüber . . . Sie erinnerten mich an vieles, was ich Ihnen vor Jahren

schrieb. Am schrecklichsten sind für mich jene Jahre, in denen ich die Vorboten des langsam heraufziehenden Unwetters erkannte und alle sich weigerten, mir zu glauben oder selbst die Augen zu öffnen. Wenn der Sturm in voller Stärke wütet, bin ich weniger bedrückt, denn dann beschäftige ich mich im Geist schon mit der ferneren Zukunft . . .
Ehe ich Ihren Brief erhielt, hatte ich mir überlegt, wie schön es wäre, wenn Fiona hier ein Jahr lang ein Mädchencollege besuchen könnte . . . Wenn ich anrege, daß Ian seine amerikanischen Geschäftsfreunde nicht vernachlässigen sollte, liegt dem nicht nur der Wunsch, Sie beide wiederzusehen, zugrunde, sondern in erster Linie der Gedanke an die Zukunft, den Sie hoffentlich nicht leichtfertig abtun werden. Ich hoffe auch, daß Sie nicht vergessen, was ich Ihnen über das Verhalten in einem Notfall gesagt habe. Sorgen Sie rechtzeitig für alles, besonders für Briefe und so weiter[1]. Ich habe in der *Times* ein Bild von den Bombenkratern im Piltdown Forest gesehen . . . Solche Dinge werden hier eifrig aufgegriffen. Die Veränderung ist ungeheuer. Willkies Ernennung[2] ist bedeutsamer als Senator Pittmans Interview[3] . . .

(1) Papiere, die H. B. bei Andersons hinterließ, wurden in einem Badehaus versteckt, das 1944 vollständig zerstört wurde. (2) Wendell Willkie, Rechtsanwalt und Leiter einer großen Elektrizitätsgesellschaft, bis 1940 nicht als Politiker tätig, wurde am 27. Juni als republikanischer Präsidentschaftskandidat für die Wahlen im November 1940 aufgestellt. Willkie war als „Interventionist" bekannt, im Gegensatz zu den älteren Politikern der republikanischen Partei, die dazu neigten, den deutschen Sieg in Frankreich für dauerhaft zu halten. (3) Key Pittman, Senator aus Nevada (Demokrat), Vorsitzender des Senatsausschusses für auswärtige Beziehungen 1933–1941, erklärte in einem Zeitungsinterview am 25. Juni, der Kongreß werde eine amerikanische Intervention im europäischen Krieg gewiß nicht gestatten, Widerstand in Europa sei nutzlos, und Churchill solle unverzüglich die britische Marine nach Amerika schicken.

* *19. August, Lowell House, H. B. an Patrick Barry*

. . . Sollte sich die Notwendigkeit einer Reise nach W[ashington] ergeben, so würde ich sehr gern einen oder zwei Tage in Huntington Aufenthalt machen. Ich war vier Wochen lang sehr beschäftigt, denn ich versuchte, den früheren deutschen Politikern zu helfen, die in den unbesetzten Teil Frankreichs flohen und sich unter falschen Namen versteckt halten. Sie sind alle auf der Auslieferungsliste genannt, die die Nazis der Vichy-Regierung[1] übergeben haben, und gehen mit Gewißheit der Folter und einem schrecklichen Tod entgegen, wenn die französische Polizei sie findet und ausliefert. Es war schwierig, sie ausfindig zu machen, und seit Wochen hatte ich die Hoffnung aufgegeben. Vor zehn Tagen wurden jedoch am gleichen Tag über England und über die Schweiz Kontakte hergestellt. Nun arbeite ich beim Unitarian [Service] Committee mit, das mit der Rettung mehrerer 100 Menschen aus dem besetzten Prag eine so hervorragende Leistung vollbrachte. Sie haben die gleichen Leute wieder in Europa, und innerhalb von drei Wochen haben sie eine funktionierende Organisation aufgebaut. Sie stehen auch mit Mr. Hull in Verbindung, und möglicherweise muß ich mich zu ihm begeben, um die Identität einiger dieser Deutschen zu bestätigen und mich für ihre politischen Ansichten zu verbürgen, während Dr. Brettauer freundlicherweise eine finanzielle Bürgschaft übernahm . . .

(1) Die französische Regierung war am 2. Juli nach Vichy ausgewichen. Am 9. Juli hatte sich die Nationalversammlung aufgelöst und Pétain durch Abstimmung sämtliche Vollmachten übertragen.

* *6. September, New York, H. B. an George Messersmith*

. . . Die französische Gendarmerie ist verpflichtet, die deutschen politischen Flüchtlinge in Südfrankreich den Präfekten der Departements, in denen sie sich aufhalten, zu melden, worauf die Präfekten sie nach Vichy melden müssen. Vichy seinerseits meldet sie der Waffenstillstandskommission in Wiesbaden, was natürlich bedeutet, daß sie der Gestapo ausgeliefert werden müssen. Es gibt keine Aussicht auf Rettung für sie, wenn es ihnen nicht gelingt, in den nächsten zwei oder drei Wochen Lissabon zu erreichen. Die Vertreter des Unitarian Service Committee in Südfrankreich und Lissabon haben ihrem Komitee in Boston telegrafiert, sie könnten die Flüchtlinge nur dann aus Frankreich heraus und durch Spanien nach Lissabon bringen, wenn sie in ihren Pässen ein amerikanisches Visum haben . . . Der Grund, aus dem ich Ihnen das alles schreibe, ist zu fragen, ob Sie nicht entweder zu Minister Hull oder zu Unterstaatssekretär Long[1] ein Wort über das bedrohliche Schicksal dieser unglücklichen Flüchtlinge – nicht meiner Partei – sagen könnten, das mir Tag und Nacht schwer auf der Seele liegt. Ich kann mich nicht damit abfinden, und ich bin willens, alles zu ihrer Rettung zu versuchen . . .

(1) Breckinridge Long, Rechtsanwalt, alter Parteifreund Roosevelts, Unterstaatssekretär im State Department 1917–1920, Botschafter in Rom 1933–1936, persönlicher Assistent des Außenministers 1939, Nachfolger von Messersmith als Unterstaatssekretär im State Department 1940–1944.

** 18. September, Lowell House, H. B. an George L. Warren*[1]

... Ich erhielt einen Brief von Pater [Bernhard] Strasser [O.S.B.][2], in dem er mich bittet, Ihnen über den Charakter und die politischen Tendenzen seines Bruders Otto Strasser[3] zu schreiben. Nachdem ich die Sache mit Dr. Dexter[4] besprochen habe, bin ich gern bereit, mit diesem Brief zu erklären, daß ich persönlich keinen Grund sehe, an Otto Strassers unbedingter Aufrichtigkeit in seinem Widerstand gegen Hitler und das Naziregime zu zweifeln. Wie ich Ihnen schon sagte, kenne ich Otto Strasser nicht persönlich und stand noch nie mit ihm im Briefwechsel, aber ich habe seine Schriften und Abenteuer und die verschiedenartigen Verfolgungen durch die Gestapo aufmerksam beobachtet. Sein offener Angriff auf Hitler begann im Jahr 1930, als ich noch im Amt war ... Gewisse Gruppen innerhalb der Nazipartei brachten ihm Sympathie entgegen und tun es vielleicht heute noch. Dies beruht weitgehend auf der Annahme, er allein widersetzte sich tatkräftig der Korruption und den Methoden Himmlers und Major Buchs[5]. Ich glaube nicht, daß er als großer politischer Führer galt ... Aus allem, was ich gehört und in offiziellen Berichten gelesen habe, ziehe ich den Schluß, daß er ein großer Idealist war und ist, daß er an eine Planwirtschaft für Deutschland glaubt und die Ansichten unterstützt, die Wichard von Möllendorf[6] als Staatssekretär im Reichswirtschaftsministerium schon 1919 und 1920 darlegte. Damals hing auch der Wirtschaftsminister Wissel, ein gemäßigter Sozialdemokrat, und ein großer Teil der SPD diesen Ansichten an. In Otto Strassers späteren Schriften fand ich diesbezüglich nichts Neues ...

Die Partei, die Strasser und sein älterer Bruder [Gregor][7], den ich gut kannte, nach Hitlers Gefangennahme 1924 aufzubauen begannen, unterschied sich stark von der früheren NSDAP, aber auch von der späteren NSDAP. Zweifellos zeigte sie eine gewisse antisemitische Haltung, aber alle Parteien außer der meinen – wenn auch nicht ihre Führer – spürten die kurzlebige Welle des Antisemitismus im Land nach der Inflation. Die Brüder Strasser standen damals nicht grundsätzlich der demokratischen und parlamentarischen Regierung entgegen, aber ihr Programm war eine merkwürdige Mischung aus demokratischen Ideen und vagen Korporativbegriffen ... Gregor setzte seinen Kampf innerhalb der NSDAP um Teilnahme an einer normalen Regierung bis Herbst 1932 fort; dann trat er ebenfalls aus der Partei aus. Von da an waren beide, Otto und Gregor, die „bêtes noires“ der offiziellen Partei.

Mit ihrer Verurteilung des gewalttätigen Antisemitismus und der Kirchenverfolgung machten sie sich bei allen führenden Parteimitgliedern verhaßt.
Seit Otto Strasser Deutschland verlassen hat, wird er ständig von der Gestapo verfolgt. Beneš stellte eine Polizeibewachung zu seinem Schutz auf, und mehrmals entging er mit knapper Not der Gefangennahme und dem Tod. Ich habe nie gehört, daß die tschechische Regierung Schwierigkeiten mit ihm gehabt hätte. Die Schweizer Behörden legten ihm nahe, nach Frankreich zu gehen, aber nur, weil sie nach dem letzten Mordanschlag auf ihn in der Schweiz befürchteten, ihn nicht schützen zu können . . . Ich halte es deshalb für nötig, eindeutig festzustellen, daß ich fest überzeugt bin, daß Strasser . . . nichts unternehmen würde, was bei den Behörden in diesem Lande Anstoß erregen könnte. Andererseits möchte ich unzweideutig ausdrücken, daß ich die gleiche Garantie für Strassers frühere Mitarbeiter nicht aussprechen würde, wie zwei sehr humanitär gesonnene Herren mich gebeten haben. Strasser hatte nie eine sehr glückliche Hand bei der Wahl seiner Sekretäre und anderer Mitarbeiter . . .

(1) Geschäftsführender Sekretär des President's Advisory Commitee on Political Refugees, der besonders gefährdete Personen für ein Notvisum empfahl. (2) Benediktiner in Collegeville, Minnesota, Bruder der bayerischen Politiker Gregor und Otto Strasser. (3) Als sozialistischer Nationalsozialist trat Otto Strasser 1930 aus der Partei aus und gründete die Schwarze Front. Er emigrierte 1933, wartete 1940 in Lissabon auf Einreiseerlaubnis nach Amerika und erreichte 1940 Argentinien und 1941 Kanada, wo er die Frei-Deutschland-Bewegung leitete und eine „deutsche Legion" gründete, mit der er „die preußische Machtphilosophie bis an die Wurzeln ausrotten" wollte. (4) Robert Dexter, Vertreter des Unitarian Service Committee (Hilfswerk der Unitarischen Kirche) in Europa. (5) Major a. D. Walter Buch, Leiter der Parteigerichtsbarkeit der NSDAP. (6) Beging zusammen mit seiner Frau 1937 in der Schweiz Selbstmord. (7) Mitglied des Reichstags, NSDAP, 1924–1933, legte Ende 1932 seine Parteiämter nieder, wurde im Juni 1934 ermordet.

** 27. September, Lowell House, H. B. an George Shuster*

. . . Ich glaube, die Geschichte, die McDonald[1] Ihnen erzählt hat, ist vollkommen falsch. Welche politischen Ansichten Breckinridge Long auch vertreten mag – er war sehr hilfsbereit[2]. Als ich Mr. [Shepard] Morgan[3] die Adresse von Hilferding und Breitscheid[4] gegeben hatte und ihn daraufhin bat, das Außenministerium um ein Visum für sie beide, ihre Familien und Hermann Müllers[5] Tochter [Erika] anzugehen, gab es überhaupt keine Schwierigkeiten. Breckinridge Long sagte sogar einige Tage später zu einem meiner Freunde, er sei mir nur zu gern in jeder Weise behilflich ... Vielleicht erinnern Sie sich, daß ich Ihnen erzählte, ich hätte versucht, McDonald persönlich zu interessieren ... Es war schwierig, eine Vereinbarung zu treffen. Als ich ihn in der New School of Social Research aufsuchen wollte und in Alvin Johnsons[6] Büro ging, sagte mir Alvin Johnson, McDonald bedaure sehr, keine Zeit zu haben, mich zu empfangen. Ich hatte einen heftigen Streit mit Alvin Johnson über die ganze Angelegenheit. Einige Flüchtlinge, die an der New School lehren, hatten offenbar Johnson nahegelegt, Hilferding nicht dorthin ins Lehramt zu berufen, da das Licht ihres eigenen Ruhms verblassen könnte, wenn ein Mann wie Hilferding da wäre. Alvin Johnson sagte, seiner Ansicht nach sei Hilferding ein verworrener Charakter, er sei weder Marxist noch Liberaler. Was Breitscheid betreffe, so könne er ohnehin nichts leisten. Ich fragte ihn, ob das so sei, weil Breitscheid kein Jude sei. Er lächelte und sagte: „O nein, das ist nicht der Grund. Schließlich genoß er in der deutschen Politik seit 1930 keinen guten Ruf." Ich entgegnete: „Sie meinen also, weil er mich unterstützte. Aber wissen Sie, Mr. Johnson, mit diesem Vorgehen tun Sie Unrecht" ... Johnsons Gesicht lief rot an, und er sagte: „Ich kann alle diese Fragen nicht allein entscheiden. Ich muß die Ansicht der Fakultät in Betracht ziehen." ...

(1) James G. McDonald, Vorsitzender der Foreign Policy Association 1919–1933, Hochkommissar für Flüchtlinge aus Deutschland beim Völkerbund 1933–1935, Redakteur der *New York Times* 1936–1938, seit Mai 1938 Vorsitzender des President's Advisory Committee on Political Refugees. (2) Bis 1941 lag die Erteilung oder Verweigerung von Visen in der ausschließlichen Verantwortung der US-Konsuln, war jedoch komplizierten, wechselhaften, manchmal widersprüchlichen Bestimmungen unterworfen. Die Gesetze von 1917 und 1924 zur Festsetzung der jährlichen Einwandererquoten für Amerika wurden erst 1965 abgeändert. Die jährliche Quote für Einwanderer aus Deutschland, Österreich und der Tschechoslowakei zusammen betrug ungefähr 30000; die offizielle Politik jedoch, die sich am Anfang der Depression durchsetzte, bestand darin, die Einwanderung auf einem Stand weit unter dem gesetzlichen Höchstmaß zu halten. Diese Politik wurde im Frühjahr 1938 gelockert, um die Einwanderung aus Deutschland zu erleichtern. Im Sommer 1940 wurde sie aus Furcht vor nazistischen und kommunistischen Agenten jedoch wieder verschärft, so daß die Einwanderung aus Gebieten, die von den Nazis beherrscht wurden, fast unterbunden wurde. 1941 wurden Einwanderer abgewiesen, deren Verwandte „unter deutscher Herrschaft" lebten. Verwaltungsmäßig war Unterstaatssekretär Long für dieses schwierige politische Problem zuständig. Obwohl er nach Hulls und Roosevelts Wünschen handelte, wurde er als antisemitischer Reaktionär abgestempelt und von der Gästeliste des Weißen Hauses gestrichen (vgl. David S. Wyman, *Paper Walls*, Amherst, Massachusetts, 1968, bes. S. 143–147; *The War Diary of Breckinridge Long*, hrsg. von Fred Israel, Lincoln, Nebraska, 1966). Als Anfang 1944 ernsthaft versucht wurde, Juden aus Südosteuropa zu retten, bildete Roosevelt einen Kriegsflüchtlingsausschuß außerhalb des State Department unter der Leitung von John Pehle, einem Assistenten des Finanzministers Morgenthau

und Direktor des Foreign Funds Control. Der Kriegsflüchtlingsausschuß schickte eigene Vertreter nach Europa, als erste den großzügigen Vorstandsvorsitzenden der University in Exile, Ira Hirschmann. (3) Bankier, Mitglied der Reparationenkommission in Berlin bis 1930, seitdem in der Chase Manhattan Bank. (4) Rudolf Breitscheid, Redakteur, Mitglied des Reichstags (SPD) 1920–1933. (5) Hermann Müller (Franken), 1876–1931, Reichsaußenminister (SPD) 1919–1920, Reichskanzler 1920 und 1928–1930. (6) Leiter der New School of Social Research in New York seit 1923 und Gründer der University in Exile für emigrierte deutsche Gelehrte (siehe Joachim Radkau, *Die deutsche Emigration in den USA*, Düsseldorf 1971, S. 35–39).

** 4. Oktober, Lowell House, H. B. an Mona Anderson*

... Es war eine große Überraschung und Freude, als John W[heeler]-B[ennett] plötzlich in mein Zimmer trat, lächelnd, optimistisch, gesund aussehend. Selbstverständlich brauchte es keine drei Minuten, bis das Gespräch auf Sie und die Familie in O[ld] S[urrey] H[all] kam. Von hier aus ist es wirklich schwierig, vieles zu begreifen, obwohl ich eine ziemlich lebhafte Phantasie habe und ein sehr kritischer Leser und Hörer der täglichen Nachrichten bin ... Er überbrachte mir auch sehr herzliche Wünsche von Sir Neill Malcolm, Gerald P[almer], der jetzt Kanonier ist, was ihm mehr Spaß macht als sonst etwas in seinem bisherigen Leben, von meinem Beethoven-Freund [Gerald Coke] und von Robert V[ansittart], den ich, wie Sie wissen, seit fünf Jahren nicht mehr gesehen habe ... Ich habe einen schlechten Sommer verbracht ... Die Anzüge, die letztes Jahr in England gemacht wurden, sind viel zu weit geworden. Am Ende ließ mich die Behandlung zusammen mit der Hitze und der Angst um einige meiner Freunde in Südfrankreich wochenlang in eine Art Lethargie verfallen ...

Monsignor Poels wurde am 10. Juni südlich der Loire zum letztenmal gesehen ... Von dem halben Dutzend Menschen, die mich manchmal abends besuchten, wenn ich in Nijmegen bei Momm[ersteeg] war, sind vier sofort von den Nazis verhaftet und in Konzentrationslager gesteckt worden. Merkwürdigerweise ist Cornelissen, um den ich besonders in Sorge war, bis jetzt nichts passiert. Nach seiner Entlassung aus dem Militärdienst traf er sich mit meinem Freund [Letterhaus]; sie verbrachten eine schöne Zeit zusammen. Die Gestapo drang sofort in Momm[ersteeg]s Zimmer ein, war zornig, als sie erfuhr, er sei in diesem Lande, und nahm seine Bücher, Bilder und Papiere mit. Alles Geld, das er noch zu Hause hatte, wurde enteignet, das Geschäft eines seiner Brüder wurde geschlossen. Das Haus seiner Schwägerin in Rotterdam wurde vollständig zerstört, aber sie und ihre Kinder kamen davon. Die Lage der politischen Flüchtlinge in Südfrankreich ist entsetzlich. Gestern erhielt ich einen vom 16. September datierten Luftpostbrief von Hilferding . . . Der Brief ist ein beispielhaftes Dokument der Freundschaft, Loyalität und nüchternen Gefaßtheit auf einen schrecklichen Tod[1] . . . Von der Schweizer Dame[2] bekam ich einen kurzen Brief, in dem sie mir mitteilt, meine Heimatstadt sei oft bombardiert worden, und meine Schwester habe „wegen eines Brandes" ihr Haus verlassen müssen[3]. Das ist alles . . . Tre hat kein Visum für die USA bekommen, obwohl ich alle Hebel in Bewegung gesetzt habe . . . Dr. Brettauer erhält keinen Pfennig von seinen Kapitalanlagen in England, Frankreich und der Schweiz. In New York traf ich Dannie Heineman. Er entkam an dem Morgen, an dem die Bombardierung von Brüssel begann, und hat jetzt sein halbes Büro in Lissabon, die andere Hälfte in New York . . .

Die Stimmung hier entwickelt sich rasch auf eine erweiterte Teilnahme am Krieg zu . . . Ich habe mich damit abgefunden, daß ich wahrscheinlich nie mehr nach Europa zurückkehren werde. Manchmal gleicht dieses Gefühl einem schweren Stein auf meiner Brust . . . Europa ist so anders. Diese Tatsache wurde mir stärker denn je bewußt, als John [Wheeler-Bennett] mit frischen Eindrücken hereinkam und etwas von der Atmosphäre einer anderen Welt mitbrachte . . .

(1) Hilferding schrieb aus Arles: „In den letzten Tagen ist unsere Situation noch schwieriger geworden. Am 13. September erhielten wir [in Marseille] die Order, noch am gleichen Tag nach Arles zu fahren, wo wir bleiben müssen . . . Ich brauche Ihnen meine Lage nicht erst zu schildern. Die Gefahr der Auslieferung ist sehr groß, trotzdem wir der deutschen Staatsbürgerschaft längst verlustig sind. Aber wir bedürfen der Erlaubnis der französischen Regierung, das Land zu verlassen! Die Hoffnung, dies zu erreichen, ist bis jetzt allerdings minimal. Mich hat noch ein besonderes Unglück betroffen. Meine Frau, die nicht mit mir fahren konnte, sollte mir in zwei Tagen folgen; es wurde zu spät, und sie befindet sich im besetzten Gebiet; seit Mitte Juli habe ich keinerlei Nachricht. Sie können sich denken, wie sehr mich das deprimiert und zeitweise fast gelähmt hat. Ich wäre Ihnen sehr dankbar, wenn Sie Erwin [Brettauer] und Shepard Morgan von mir erzählten. Die Portokosten fallen bei meiner allmählich eng gewordenen materiellen Lage ins Gewicht. Lieber Freund, ich bin Ihres Interesses gewiß; vielleicht finden Sie auch einen Weg, aber meine Hoffnung ist gering. Nach dem ungeheuren Geschehen frage ich mich oft, ob das Leben für unsereinen noch Sinn hat. Aber ich möchte doch noch versuchen, gerade auf Grund der Erfahrungen, die nur unsere Generation besitzt, gewisse Schlußfolgerungen zu ziehen und die Kritik der früheren Auffassungen zu geben, und das könnte vielleicht einmal von Nutzen sein! Leben Sie wohl! Ich habe mich oft in letzter Zeit gefragt, wie Sie die Dinge sehen, und es wäre zu schön, wenn wir wie in früheren Zeiten uns gegenübersäßen." (Die nur skizzierten „Schlußfolgerungen" wurden von Benedikt Kautsky herausgegeben in dem Artikel „Das historische Problem", in: Zs. f. Pol. I, 1954.) (2) Anna Herzog.

(3) Zwischen Mai 1940 und April 1945 war die Stadt Münster Ziel von 102 Bombenangriffen, der schwerste im September 1944.

* *12. November, Lowell House, H. B. an Mona Anderson*

... Das letzte Wochenende verbrachte ich mit John [Wheeler-Bennett] bei den Teddy Roosevelts[1] in Oyster Bay [Long Island]. Sie sind außerordentlich reizende, interessante Leute. Sie hatten sehr viele Gäste, darunter André Maurois und seine Gattin. Madame Maurois ist eine Enkelin von Anatole France. Lustig war, daß er alle alten Freunde meiner Mutter in der Normandie kannte und sie vor 30 Jahren schon über mich reden hörte. Oberst Roosevelt ist jetzt Leiter eines großen Verlags [Doubleday], nachdem er Gouverneur auf den Philippinen und in Puerto Rico war. Ich kam zu einer vorläufigen Vereinbarung mit ihm über die Veröffentlichung meiner Memoiren, unter bestimmten Bedingungen, später ... Vor 14 Tagen besuchte ich Higginsons auf dem Lande. Es war die letzte, leuchtende Herbstwoche. Jeden Morgen sah ich vom Bett aus die Sonne aufgehen, sie verlieh den roten Ahorn- und Eichenblättern eine wunderschöne Farbe. Ich bekam einen sehr fröhlichen Brief von Hertha, aber vielleicht wollte sie mich aufmuntern. Es ist jetzt sehr riskant, von dort zu schreiben, denn jedermann muß seine Briefe offen zur Post bringen, wo sie durchgelesen und Empfänger und Absender registriert werden ...

(1) Theodore und Eleanor, ältester Sohn und Schwiegertochter des früheren amerikanischen Präsidenten Theodore Roosevelt. Mit Präsident F. D. Roosevelt entfernt, mit seiner Frau näher verwandt, nannten sie sich in den New-Deal-Jahren „the wrong Roosevelts". Theodore Roosevelt war 1921–1924 Unterstaatssekretär im Marineministerium, 1921–1932 Gouverneur von Porto Rico, 1932–1933 Generalgouverneur der Philippinen, 1934–1936 Vorsitzender des nationalen Republikanischen Klubs.

24. November, New York, H. B. an Anna Herzog

... Es ist ein wunderbares Gefühl, unter den heutigen Verhältnissen die Handschrift lieber alter Freunde wieder vor sich zu sehen. Mir geht es seit vier Wochen wieder erheblich besser. Die radikale Operation scheint wirklich geholfen zu haben ... So kann ich alles viel leichter ertragen, auch das Anhörenmüssen von viel Unsinn und ungewollten

Unfreundlichkeiten. Letztere lassen sich in einer solchen Zeit nun einmal nicht vermeiden. Bewußt sind die Leute alle sehr nett zu mir und auch um meine Gesundheit sehr besorgt. Ich habe sehr viel Arbeit, aber sie macht mir wieder Freude ... Ich nehme an, daß in so schweren Zeiten der Zwang, fern von Europa zu leben, für alle, die mit ihrem Herzen dort sind, eine dauernde Belastung ist. Ich kann jetzt verstehen, wie mein verstorbener Bruder unter gleichen Umständen[1] diese Zeit als die schwerste seines Lebens bezeichnete. Mein persönliches Schicksal bedrückt mich kaum; in dieser Beziehung bin ich heiterer als je. Aber wenn meine Gedanken in die Zukunft schweifen, so legt sich eine schwere Last auf das Gemüt ... Ab und zu bekomme ich sogar von Freunden hier eine Nummer der *Neuen Zürcher Zeitung* zur Einsicht. Aber leider kommen die Zeitungen sehr unregelmäßig. Die Bibliotheken lassen die europäischen Zeitungen in Europa sammeln und beabsichtigen, sie erst nach Kriegsende hierher kommen zu lassen ...

(1) Als Deutscher in den USA während des Ersten Weltkrieges.

* *1. Dezember, Lowell House, H. B. an Henry Stimson*

... Mit größter Anteilnahme und Bewunderung habe ich Ihren Entschluß verfolgt, ins Kabinett einzutreten und eine so umfangreiche und wichtige Arbeit im Interesse dieses Landes zu übernehmen[1]. Ich bin sicher: Trotz aller Anstrengung wird Ihnen das Amt sehr große Befriedigung verschaffen ... Seit dem letzten Winter habe ich nichts von Freunden und Verwandten in Deutschland gehört mit Ausnahme einer Postkarte vor zwei Monaten aus Schweden, auf der mir mitgeteilt wurde, wie es meiner Schwester geht ... Die Nachrichten sind unzuverlässig und widersprüchlich. Aus dem offiziellen Bericht des deutschen Oberkommandos über die Schlacht in Belgien und Frankreich entnahm ich, daß mit einer Ausnahme alle Heeresführer Schüler von General Groener sind. Mehrere der Heereskommandeure, die von Hitler [nach] 1933 und 1934 als Nazifeinde entlassen wurden, sind jetzt zu meiner großen Verblüffung in den höchsten Rängen der deutschen Wehrmacht aufgetaucht. Ihre politische Macht ist jedoch nicht groß ... Ich befürchte deshalb, daß jegliche Opposition wie auch jegliche Unzufriedenheit noch lange unterdrückt werden wird, was wohl jede Möglichkeit für einen Frieden auf längere Zeit hinaus ausschließt ...

(1) Am Tage des Waffenstillstands in Frankreich, 21. Juni 1940, gab Roosevelt bekannt, daß er die Ministerien für Heer und Marine zwei Republikanern, Stimson, der schon 73 Jahre alt war, und Frank Knox, anvertraut hatte.

* *4. Dezember, Lowell House, H. B. an Shepard Morgan*

... Dr. Dexter vom Unitarian Committee hat soeben ein Telegramm von seinem Vertreter in Lissabon erhalten, der bis vor einer Woche in Südfrankreich war. Es lautet: „Habe Hilferding $ 100 gegeben. Breitscheid und Hilferding empfangen beide Wochengeld. Haben amerikanische Visen, keine Ausreise- oder spanisch-portugiesische Visen. Indirekt geschützt französische Regierung[1]. Keine Antwort auf ihre Anfrage Ausreisevisen. Unklug Fall verfolgen bis deutsche Kommission zweitesmal vorbei. Brauche vielleicht Druck State Department für Ausreisevisen." Ich schließe aus dem Telegramm, daß die Gestapo schon in Arles war und Hilferding und seine Freunde verhört hat.

Dr. Dexter berichtete mir von einem Gespräch, das er mit einem Freund des neuen französischen Botschafters in Washington[2] geführt hat. Der Botschafter sagte, er sei bereit, seiner Regierung 50 Namen von derzeit in Südfrankreich weilenden politischen Verbannten vorzulegen und die französische Regierung zu ersuchen, ihnen Ausreisevisen zu erteilen. Dr. Dexter meinte, es wäre sehr gut, wenn Sie an Ihre Freunde im State Department schreiben und sie bitten würden, ein solches Vorhaben zu unterstützen. Dr. Dexter schreibt heute selbst an seine eigenen Freunde im State Department und regt an, daß Dr. Hilferding und seine Gattin sowie ihre Freunde in Arles in diesem Zusammenhang besonders berücksichtigt werden. Von dem Geld, das ich dem Unitarian Committee gab, händigte dessen Vertreter nur $ 100 an Hilferding aus. Dr. Dexter glaubt, ein Grund sei Hilferdings Bescheidenheit, und ein anderer, daß sein Vertreter sich scheute, mehr auf einmal zu übergeben, weil er sonst möglicherweise gegen Beschränkungen des US-Finanzministeriums verstoßen hätte. Das tut mir sehr leid.

Ich erhielt einen Brief von einem deutschen Verbannten in New York. Er hatte einen anderen Verbannten getroffen, der gerade von Frankreich gekommen war und Hilferding in der letzten Oktoberwoche gesehen hatte. Er sagte, Hilferdings finanzielle Lage sei erbärmlich. Ich weiß jedenfalls nicht, wie er für sich und seine Frau Fahrkarten von Arles nach Lissabon kaufen soll, falls er das Ausreisevisum bekommt. Ich weiß auch nicht, ob Sie feststellen können, ob das Geld, das Sie ihm geschickt haben, ihn erreicht hat. Es ist sehr wichtig, ihn in die Lage zu setzen, sofort abzureisen, sobald er das Ausreisevisum und das spanische und portugiesische Durchreisevisum bekommt . . .

(1) Durch Pierre Laval, der bis 14. Dezember Außenminister in Vichy war (H. B. an Lavals Schwiegersohn René de Chambrun, 3. Januar 1950). (2) G. Henri Haye, Botschafter in Washington 1940–1942.

* *16. Dezember, Lowell House, H. B. an Rudolf Katz*[1]

. . . Was Thomas Mann[2] betrifft, so habe ich selbstverständlich nichts dagegen einzuwenden, daß er eingeladen wird, der Gruppe[3], die Sie in Ihrem Brief erwähnen, beizutreten. Niemand sonst genießt in diesem Lande so große Popularität wie er, aber ich frage mich, wie es auf die Menschen in Deutschland wirken würde. Es würde das Bild ändern, das ich mir nach meinem Gespräch mit Ihnen von der Gruppe gemacht habe. Es ist schwierig, im einzelnen brieflich auf dieses Problem einzugehen. Ehe eine solche Gruppe geschaffen wird, muß meines Erachtens eine sehr klare Vorstellung von ihrer Arbeitsweise und ihrer eigentlichen Funktion herausgearbeitet werden. Sonst fürchte ich, daß sie ihr Ziel nicht erreicht. Wenn ich nach Weihnachten einen Tag in New York bin, würde ich gern die Sache mit Ihnen persönlich besprechen. Ich glaube, das wäre sehr hilfreich und würde unsere Gedanken klären. Wenn Sie Leute wie Thomas Mann zum Beitritt auffordern, muß die Tendenz der Gruppe anders sein, als ich dachte, aber das braucht keine unerwünschte Wirkung zu zeitigen, wenn die Ziele des lockeren Zusammenschlusses eindeutig umrissen sind.
Gewiß würde ich nicht zögern, Sir Walter Citrine[4] zu sprechen, aber zuerst muß ich eine Unterredung mit Ihnen führen. Wie in den vergangenen Jahren möchte ich keinen falschen Eindruck von dem mir verbliebenen Einfluß in Deutschland und von meinen Ansichten zur Zukunft erwecken. Ich fürchte, eine ganze Reihe der entsetzlichen Ereignisse, die wir erleben, rühren von der Tatsache her, daß viele politische Flüchtlinge einflußreichen Persönlichkeiten in fremden Ländern unabsichtlich eine falsche Vorstellung von ihrem tatsächlichen Einfluß in ihrer alten Heimat vermittelten. Ich persönlich bin in dieser Beziehung bei den deutschen Katholiken in einer besonders schwierigen Lage. Ein großer Teil der Katholiken erinnert sich vielleicht wohlwollend an mich. In den Parteien, die früher gegen mich opponierten, sowie in der Verwal-

tung sind nicht wenige Menschen, die mir ebenfalls wohlgesonnen sind. Aber mit einer oder zwei Ausnahmen sind die offiziellen Autoritäten der katholischen Kirche alle gegen mich. Aus ihrer Einstellung mir gegenüber, bis ich Deutschland verließ, und aus allem, was ich später erfuhr, mußte ich schließen, daß jede öffentliche Stellungnahme meinerseits außerhalb Deutschlands vom katholischen Episkopat abgelehnt würde, was die ohnehin große Verwirrung der Masse der Gläubigen noch verstärkt hätte. Wenn sich Sir Walter Citrine über meine persönliche Situation im klaren ist und wenn er mich trotzdem sprechen möchte, bin ich gern bereit, ihn aufzusuchen; aber aufgrund meiner Erfahrungen bin ich überzeugt, daß es besser wäre, die Initiative ginge eindeutig von ihm aus.

Heute sprach ich mit einem früheren sächsischen Staatsbeamten, der vor drei Wochen in diesem Lande anlangte[5]. Er erzählte mir, als er aus der Schweiz ausgereist sei, sei die Schiffahrtslinie von Marseille nach Oran und von dort nach Casablanca wieder befahren worden. Er meinte, Hilferding und Breitscheid hätten auf dieser Route keine Schwierigkeiten, sobald sie die Ausreiseerlaubnis von der französischen Regierung erlangen würden. Da die Schiffe nicht sehr regelmäßig fahren und da die Postverbindung zwischen Casablanca und Lissabon ebenfalls sehr unregelmäßig ist, könnte das alles Wochen in Anspruch nehmen. Es würde zu dem Plan des Unitarian Service Committee passen, das State Department um Hilfe zu bitten, Hilferding und seine Freunde über Marokko herauszubekommen. Es wäre vielleicht gut, wenn auch Sie versuchen würden, diesen Plan zu unterstützen und Persönlichkeiten im State Department für diese Lösung zu interessieren. Ich schrieb letzte Woche an Hilferding und deutete an, es werde ihm vielleicht ein neuer Plan vorgelegt, und er solle mit seiner Einwilligung nicht zögern, falls man ihm vorschlage, ihn über Marokko hinauszubringen . . .

(1) SPD-Politiker, seit 1934 in New York, Geschäftsführender Sekretär der German Labor Delegation und Mitherausgeber der *Neuen Volkszeitung*. (2) Seit 1934 jährlich in den USA, wo er sich 1939 niederließ und 1944 die Staatsbürgerschaft erwarb. Dem amerikanischen Publikum galt er als Vertreter der humanistischen, „liberalen" Kultur. Seine monatlichen Sendungen von Oktober 1940 bis Mai 1945 für die BBC wurden 1945 in Stockholm unter dem Titel *Deutsche Hörer!* veröffentlicht. (3) Es handelte sich um eine „Gruppe", die nie zustande kam. Katz' Bemühungen trugen zur Bildung der Association of Free Germans im Dezember 1941 bei, die allmählich in Vergessenheit geriet. (4) Seit 1926 Generalsekretär des britischen Gewerkschaftskongresses und seit 1928 Präsident des Internationalen Gewerkschaftsbundes. (5) F. von Koschembahr.

** 16. Dezember, Lowell House, H. B. an George Shuster*

. . . Als ich ein paar Tage in Cleveland war, wurde ich von Leuten, die wissen, daß ich Sie sehr gut kenne, gefragt, ob ich einer Rede, die Sie irgendwo gehalten hatten, zustimme. Sie hatten in den Zeitungen gelesen, daß Sie gesagt hätten, die öffentliche Meinung in Amerika sei von einer oberflächlichen Propaganda gegen den Versailler Vertrag getäuscht worden, in Wirklichkeit habe das deutsche Volk nichts gegen den Vertrag einzuwenden und so weiter[1]. Ich entgegnete ihnen, ich fürchte, Ihre Rede sei nicht richtig wiedergegeben worden, sonst müsse ich ganz anderer Meinung sein. Es habe außer dem pathologischen F. W. Foerster, Botschafter der Spartakistenregierung von Bayern[2], der stets versucht habe, die Weltmeinung gegen Deutschland aufzubringen, nie jemanden gegeben, der ein gutes Wort über den Versailler Vertrag gesagt hätte. Alle Parteien, auch die Kommunisten, hätten immer gegen den Vertrag protestiert.
In Großbritannien findet man auch heute noch diese Ansicht. Ich fand letzte Woche an auffälliger Stelle in der Londoner *Times* einen am 11. November geschriebenen Brief eines sehr namhaften Herrn, der das ganze derzeitige Unglück als Folge des Versailler Vertrags darstellt[3]. Ich weiß, daß Winston Churchill und seine Gruppe zumindest noch im Juli 1939 das gleiche dachten. Es ist sehr aufschlußreich, daß die *Times* einem derartigen Brief immer noch einen solchen Rang zuweist, unmittelbar nachdem die britischen Städte auf barbarische Weise bombardiert worden sind . . .

(1) Shuster sagte in einer öffentlichen Diskussion, der Versailler Vertrag sei kein Argument für den amerikanischen „Isolationismus", weil manches in der Welt anders aussehen würde, wenn die USA dem Vertrag beigetreten wären und sich für seine rechtzeitige Revision eingesetzt hätten. Dieser Gedankengang war 1940 zu schwierig für die Gemüter. So wurde von Shusters Ansprache berichtet, der schlechte Ruf des Versailler Vertrags sei ein Beispiel mangelnden politischen Verständnisses, selbst die Deutschen hielten den Vertrag nicht für schlecht (vgl. *New York Times*, 15. Dezember 1940). (2) Friedrich Wilhelm Foerster, Redakteur von *Ethik und Kultur*, Berlin; Professor für Sozialwissenschaften, München; Verfasser von zahlreichen Büchern über Jugenderziehung und politische Ethik; lebte seit dem Ersten Weltkrieg in der Schweiz, wo er Mitarbeiter der republikanischen *Freien Zeitung*, Bern, und 1918–1919 Gesandter der bayerischen Regierung von Kurt Eisner wurde (vgl. Hans Thimme, *Weltkrieg ohne Waffen*, Stuttgart 1932). Sein Werk *Europa und die deutsche Frage* erschien 1937 in Luzern und wurde von dem hauptsächlich religiösen Verlag Sheed and Ward in einer neuen englischen Ausgabe 1940 in New York herausgebracht, wo Foerster während des Zweiten Weltkriegs propagandistisch arbeitete (vgl. auch sein Buch *Erlebte Weltgeschichte*, Nürnberg 1953, S. 559–561). Foerster meinte, Deutschland sei am Ersten Weltkrieg allein schuld; das Preußentum finde in Hitler seine Vollendung;

Deutschland sei verhängnisvoll überindustrialisiert; eine Donauföderation mit „slawisch-germanischer Kulturgemeinschaft" wäre eine große, „zukunftsvolle Restauration". Gleichzeitig hob die Ausgabe von 1940 die Gefahr einer „deutsch-russischen Diktatur" hervor und behandelte britisch-französische Siege über Nazideutschland und anschließend über Sowjetrußland als selbstverständlich. Die Norddeutschen sollten wegen seelischer Krankheit isoliert in strenger internationaler Vormundschaft leben. (3) Der außergewöhnlich gedankenreiche Leitartikel „The Two Scourges" (Die zwei Plagen) in der *Times* vom 5. Dezember vertrat die Ansicht, der Krieg sei eine unmittelbare Folge der weltweiten Depression, und wahre „kollektive Sicherheit" würde erfordern, daß man bereit sei, sich um eines gemeinsamen internationalen Zieles willen mit geringerem Gewinn oder niedrigeren Löhnen abzufinden. Die Reaktion in Briefen an den Herausgeber hielt einige Tage an, war aber längst nicht so stark, wie man offenbar erwartet hatte.

* *16. Dezember, Lowell House, H. B. an Hans Simons*[1]

... Vielen Dank für Ihren Brief und den Aufriß eines Buches über die politische Polizei in Deutschland ... Ich fürchte, daß sich die meisten Menschen eine völlig falsche Vorstellung von der Arbeitsweise der Gestapo im Ausland und von der Fünften Kolonne machen. Da ich die Gestapo all die Jahre, seit die Nazis an der Macht sind, auf den Fersen hatte, muß ich leider sagen, daß das, was veröffentlicht wird, das Wesen ihrer Methoden nicht wiedergibt ... Der Gestapochef in Basel, der meine Bewegungen in der Schweiz überwachte, war kein anderer als der Berliner Detektiv, der Stresemann und mich immer begleitet hatte, wenn wir nach Genf gingen. Er galt als äußerst loyal und stand bei der Schweizer Polizei in hohem Ansehen. Deshalb konnte ich ihn in Basel nicht verhaften lassen. Die einzige Polizei in der Schweiz, die auf der Höhe war, war die im Kanton Zürich ... aber die Baseler Polizei war nicht zur Mitarbeit bereit, auch die Polizei von Neuchâtel nicht.
Ich erwähne diese Dinge, um die Verbindungen aufzuzeigen, die sich aus langjähriger Zusammenarbeit zwischen der politischen Polizei in Berlin und der in der Schweiz bei der Überwachung von kommunistischen Organisationen ergeben hatten. Das ist das eigentliche Geheimnis für den Erfolg der Gestapo in europäischen Ländern. Die ausländische Polizei, auch die französische, schenkte den alten deutschen Polizeibeamten wegen ihrer früheren demokratischen Haltung und ihrer Tüchtigkeit im Einsatz gegen die Kommunisten großes Vertrauen ... Meine Erfahrungen in England kann ich hier nicht aufführen. Zweimal hatte ich dort Schwierigkeiten. Es konnte nachgewiesen werden, daß sie von Engländern ausgingen, die entweder im Sold der Nazis standen oder britische Faschisten waren. Scotland Yard drängte darauf, sie zu verhaf-

ten, aber das Innenministerium wollte offenbar kein Aufsehen erregen ... Ich kenne niemanden, der ein solches Buch schreiben könnte, aber ich werde die Sache im Auge behalten und Sie wissen lassen, wenn ich auf jemanden stoße, der dazu imstande sein könnte ...

(1) Beamter im preußischen Innenministerium 1924–1930, Regierungsrat in Stettin und Liegnitz 1931–1932, seit 1935 Professor, anschließend Dekan und Vizepräsident der New School for Social Research; wurde 1943/1944 Berater des amerikanischen Geheimdienstes.

* *23. Dezember, Lowell House, H. B. an John Wheeler-Bennett*

... Die traurige Nachricht vom Tode Lord Lothians [12. Dezember] hat mich sehr betrübt. Obwohl ihn seine Pflichten in den vergangenen Monaten zwangen, alles zu unternehmen, um England in seinem Kampf gegen mein Land zu helfen, möchte ich doch meine Sympathie und meine Hochachtung vor seinen Fähigkeiten, seinem Charakter und dem guten Willen, den er Deutschland gegenüber in der Nachkriegszeit bewies, zum Ausdruck bringen ... Trotz der jetzigen Situation zwischen Deutschland und England glaube ich, meine Landsleute sollten ihm zutiefst dankbar sein, denn er war einer der ersten, die die Frage einer baldigen Revision des Versailler Vertrags in Angriff nahmen ... Wie so viele Menschen dieser Generation in allen europäischen Ländern hat Lord Lothian sein Leben beendet, ohne den Erfolg seines Kampfes um eine gute Ordnung in Europa zu sehen, aber ich kann nicht glauben, daß all dieser gute Wille umsonst gewesen sein soll. Ich bin fest davon überzeugt, daß der unbeirrbare Glaube und die guten Taten einzelner eines Tages schon in dieser Welt belohnt werden, auch wenn sie es selbst nicht mehr erleben, sondern erst ihre Nachfolger ...

* *Weihnachten, Huntington, H. B. an Mona Anderson*

... Hier bin ich wieder in meinen alten Räumen. Es ist ein herrlicher Tag. Eine Luft wie im Frühling, sogar die Stare zwitschern. In der vergangenen Nacht wachte ich um 2 Uhr früh auf. Ein starker Nordwestwind wehte. Ich machte die Fenster auf und bewunderte den strahlenden Sternenhimmel bis 4 Uhr. Da kamen die Jungen durch das ganze Haus und sangen „Adeste fideles". Die Messe war sehr schön ... Ich war in den letzten sechs Wochen sehr beschäftigt, immer noch mit der konzentrierten Bemühung, wichtige Flüchtlinge aus Südfrankreich zu retten. Sowohl am Hunter College als auch in Cleveland mußte ich lesen . . . Ich hoffe, daß ich mein permanentes Visum[1] bekomme. Viele Leute bemühen sich jetzt darum . . . Das Elend der Flüchtlinge in Frankreich und derer, die hierherkommen, ist entsetzlich. Ich bin dauernd geneigt, meine Taschen ganz zu leeren. Ich muß an so viele andere Menschen herantreten, das ist die bedrückendste Aufgabe für mich . . .

(1) Als Universitätsprofessor konnte H. B. mit Besuchervisum in den USA arbeiten; um ein „permanentes" Einwanderungsvisum zu erhalten, mußte er nochmals das Land verlassen.

1941

Obwohl die isolationistische Strömung immer noch stark war, beteiligten sich die Vereinigten Staaten nach Roosevelts Wiederwahl im Jahr 1940 aktiver am Krieg in Europa. Deutsche politische Emigranten versuchten, eine eigene Rolle im Krieg zu spielen, und H. B. führte über dieses unerfreuliche Thema eine ausgedehnte Korrespondenz. Er hielt weiterhin gelegentlich Vorlesungen außerhalb Harvards – im März in Baltimore und in Iowa. Im Mai unternahm er eine Reise nach Florida und Havanna, um sich ein permanentes Einwanderungsvisum für die USA zu verschaffen. H. B. bewarb sich nie um die US-Staatsbürgerschaft; dies machte ihm, wie er es empfand, seine ehemalige Position unmöglich. Schon ehe die USA im Dezember in den Krieg eintraten, verschwanden viele Harvard-Kollegen in beratende Stellungen nach Washington, und nach Pearl Harbor wurden Studenten und jüngere Angehörige des Lehrkörpers eingezogen. Marineoffiziersanwärter exerzierten unter H. B.s Bürofenstern – was ihn ständig an seinen Status als „feindlicher Ausländer" erinnerte.

Der lebhafteste Kriegsschauplatz Anfang 1941 war Nordafrika, wo die Briten die libysche Hauptstadt Bengasi am 7. Februar einnahmen. Danach wurden sämtliche verfügbaren britischen Streitkräfte in Ägypten für das erwartete Vorgehen auf dem Balkan zusammengezogen. Am 1. März schloß Bulgarien, am 25. März Jugoslawien ein Bündnis mit Deutschland und Italien. In Jugoslawien war die unmittelbare Folge ein Staatsstreich der Offiziere, den später Col. William Donovan sich zum Verdienst anrechnete. Die deutsche Invasion in Jugoslawien sowie die erwartete Invasion in Griechenland folgten am 6. April. Jugoslawien ergab sich am 17. April, Griechenland am 23. April, die britischen Streitkräfte verließen Kreta endgültig am 31. Mai. Ein deutsch-italienischer Vorstoß, der am 31. März von Tripolis ausging, erreichte Ende Mai die ägyptische Grenze, während die Briten den Irak besetzten. Anfang Juni eroberten britische und freie französische Streitkräfte Syrien gegen den Widerstand Vichy-französischer Streitkräfte.
Am 22. Juni marschierten deutsche Truppen in Rußland ein, und am

13. Juli schlossen die Sowjetunion und Großbritannien einen Beistandspakt. Im September begann die Belagerung Leningrads, die erst 1943 endete. Im Oktober wurde Moskau belagert. Die deutschen Truppen hatten zu diesem Zeitpunkt auch die Krim erreicht, wo man sie für eine direkte Bedrohung des Nahen Ostens hielt. Die zweite britische Wüstenoffensive begann im November, und im Dezember fiel Bengasi zum zweitenmal.

Die amerikanische Lend-Lease-Gesetzgebung vom März 1941 ermöglichte es dem Präsidenten, die Alliierten nach Belieben mit Nachschub aller Art ohne Bezahlung zu versorgen; die effektive Produktion von Kriegsgütern jedoch war im neutralen Amerika noch nicht sehr groß. Im Oktober wurde der Sowjetunion ein Kredit von einer Milliarde Dollar gewährt. Am 7. Dezember griff Japan amerikanische Streitkräfte auf Hawaii und den Philippinen an, und am 11. Dezember erklärten auch Deutschland und Italien den Vereinigten Staaten den Krieg. Bei britisch-amerikanischen Stabsgesprächen war man längst übereingekommen, daß die militärische Hauptauseinandersetzung in Europa stattfinden sollte, wo sich der Krieg entscheiden würde. Amerikanische Autoritäten glauben, daß die Stimmung im Volk es Roosevelt unmöglich gemacht hätte, Europa die Priorität gegenüber dem Pazifik einzuräumen, wenn nicht die deutsche Kriegserklärung erfolgt wäre. Historiker des State Department, die 1945 und 1946 in Deutschland arbeiteten, bezeichneten die prompte Kriegserklärung an die Vereinigten Staaten als „die verwirrendste Frage in der ganzen Nazigeschichte“.

** 6. Januar, Lowell House, H. B. an Mona Anderson*

... Ich nehme an, Sie sind jetzt alle in besserer Stimmung, trotz der Zerstörung der Innenstadt[1] und all der schönen, alten Gebäude. Es betrübt mich sehr; ich kann es nicht ertragen, die Einzelheiten zu lesen. Es ist für alle Länder so sinnlos, und die Menschen wurden rechtzeitig gewarnt, daß es so kommen werde. Ich glaube, daß wir in fünf Monaten absehen können, wie das alles schließlich ausgehen wird, nur noch nicht genau wann. Freilich muß man lernen, geduldig zu sein. Ich bekam Nachricht über meine Schwester. Sie wohnt wieder in ihrem Haus, nachdem sie sechs Wochen bei Herthas Eltern lebte, solange das Haus repariert wurde ...

(1) Die Londoner City erlitt schwere Schäden durch Brandbomben am 29./30. Dezember 1940.

7. Januar, Lowell House, H. B. an Anna Herzog

... Ich freue mich außerordentlich, daß es Ihnen noch gut geht und daß Ihr Land soviel Ausdauer und ruhigen Mut zeigt. Ich wünsche Ihnen von ganzem Herzen, daß Sie auch in diesem Jahr von den unmittelbaren Wirkungen des Krieges bewahrt werden. Mittelbar haben Sie, wie ich von hier aus verfolgen kann, genug zu leiden. Ich kann mir wohl vorstellen, daß die Freunde die Lage schwer beurteilen können. Das lange Abgeschlossensein von allen Nachrichten muß sich auf die Dauer selbst bei den urteilsfähigsten Leuten bemerkbar machen. Die Hoffnung, noch einmal im Leben in der schönen Heimat tätig sein zu können, kann ich natürlich sehr gut verstehen. Aber es wäre natürlich gefährlich, schon jetzt oder überhaupt eine feste Lebenshoffnung darauf zu bauen. Im übrigen ist es im Augenblick kaum möglich, etwas über die Zukunft zu sagen, außer, daß dieses Land in verhältnismäßig kurzer Zeit ebenfalls im Krieg sein wird, und daß zum mindesten hier im Osten die Stimmung gegen alles Deutsche sich rapide verschlechtert ...

Was aus mir weiter hier wird, wenn die Dinge kritischer werden, vermag ich natürlich noch nicht zu sagen. Aber ich bin auf alles vorbereitet . . . Im übrigen habe ich eine große Sehnsucht nach Europa. Wie gerne würde ich wieder einmal im Tessin wandern! . . .

* *10. Januar, Lowell House, H. B. an Karl E. Kempski*[1]

. . . Was die „Frei-Deutschland-Bewegung" betrifft[2]: ich habe nichts mit ihr zu tun. Mein Name wurde ohne mein Wissen verwendet. Ich habe davon Abstand genommen, irgendeiner der verschiedenen politischen Organisationen deutscher Emigranten beizutreten, wenn ich auch früher versuchte, eine gewisse freundschaftliche Beziehung zwischen den Gruppen aufrechtzuerhalten . . . Sie haben sicher festgestellt, daß nur sehr selten in der Geschichte Emigranten noch Einfluß in ihren Heimatländern haben, außer vielleicht insofern, als sie im Gedächtnis der älteren Generation überleben. Im allgemeinen tun sie besser daran, sich der öffentlichen Diskussion fernzuhalten. Ich fürchte stets, daß die verschiedenen Versuche, deutsche „Exilregierungen" zu bilden, überall die öffentliche Meinung hinsichtlich ihrer tatsächlichen Bedeutung täuschen werden. Wenn Hitler gestürzt werden soll, muß es aus dem Innern Deutschlands geschehen. Die Leute, die es unternehmen, sind dann die einzigen, die einen gewissen legitimen Anspruch darauf haben, eine Übergangsregierung zu bilden, bis so etwas wie eine Nationalversammlung einberufen worden ist . . .

(1) Ministerialdirektor a. D. Professor Dr. Kempski lebte in Misiones, Argentinien, als Landwirtschaftsberater. (2) Kempski hatte nach Otto Strassers Vorstellung von einem deutschen Nationalrat unter Teilnahme von H. B. gefragt.

* *13. Januar, Lowell House, H. B. an Fritz Ermarth*[1]

. . . Welchen Ausgang der Krieg und die Teilnahme dieses Landes am Krieg auch nehmen mag – zweierlei muß vermieden werden: erstens das Entstehen vieler verschiedenartiger deutscher Flüchtlingsgruppen, die miteinander wetteifern und möglicherweise in der Öffentlichkeit uneins sind; zweitens die Übernahme eines Programms durch irgendeine dieser Gruppen, das eine mögliche Friedensvereinbarung mit dem deutschen Volk beeinträchtigt. Um beides zu verhindern, ist es notwendig, daß all die verschiedenen Gruppen untereinander Verbindung aufnehmen, ihre Ansichten abstimmen und so gut wie möglich versuchen, ein einheitliches Komitee zu gründen. Ich habe zufällig erfahren, daß Leute von der Deutschen Arbeitsdelegation[2] eifrig versuchen, Mitglieder anderer Parteien als der SPD zu erreichen, um ihre Ansichten zu beeinflussen. Ich halte es für äußerst wichtig, daß Persönlichkeiten wie Sie mit ihnen über die Ziele und möglichen Aktivitäten eines Komitees korrespondieren . . .

(1) Deutscher Emigrant, Dozent für politische Wissenschaften an der University of Chicago. In seinem Buch *The New Germany,* Washington 1936, analysierte er die Nazidiktatur soziologisch als Instrument, das entweder zur Neuverteilung des Reichtums im Inland oder zur Expansion über die Grenzen angewandt würde. 1941 war er geschäftsführender Sekretär des neugebildeten Council for Democracy, dessen Mitglieder – meist deutsche Emigranten, die an Universitäten lehrten – die öffentliche Meinung für einen konstruktiven Frieden zu gewinnen versuchten. Unabhängig davon führte Ermarth mit Briefen und Artikeln einen Feldzug zur Verteidigung der Interessen eines nichtnazistischen Deutschlands, bis er 1944 vorübergehend vom FBI in Gewahrsam genommen wurde. (2) Die German Labor Delegation, die 1939 unter dem Vorsitz von Albert Grzesinski als Ausschuß der American Federation of Labor ins Leben gerufen worden war, vertrat den Exilvorstand der SPD in Europa.

* *19. Januar, Lowell House, H. B. an Mona Anderson*

. . . Seit fünf Wochen ist Dr. Poels in Lugano, ohne Geld . . . Mein erster Besuch in O[ld] S[urrey] H[all], nachdem Sie es gekauft hatten, steht mir klar vor Augen . . . Es war ein ziemlich kühler, dunstiger Tag, und ich fühlte mich nicht besonders wohl, aber etwa eine Viertelstunde lang brach eine warme Sonne durch den Nebel und offenbarte den ganzen Reiz des schönen Anwesens . . . Ich erinnere mich auch sehr lebhaft an eine wunderbare Mainacht in P[ortman] C[ourt]; das Feuer brannte im Kamin, und ein grüner Himmel färbte die Fenster. Erst später im Leben, wenn nichts wieder so ist, nehmen diese schönen Eindrücke eine gewisse bleibende Realität an . . .

* *21. Januar, Lowell House, H. B. an Werner Thormann*[1]

. . . Ich kann mir gut vorstellen, daß die englische Regierung nicht mit den österreichischen Sozialdemokraten zusammenarbeiten möchte. Sie trugen stark dazu bei, daß England seine Sympathie von Österreich abwandte, und ihre Freunde in England intrigierten stets gegen Schuschnigg. Was die deutschen sozialdemokratischen Verbannten betrifft, so trifft es wohl zu, daß die Briten vorläufig mit ihnen in Verbindung bleiben wollen, aber Sie wissen ja, daß das alles nach einem oder zwei weiteren Kriegsjahren vielleicht keine Bedeutung mehr haben wird.

Ihrer Ansicht über Sollmann[2] kann ich nicht zustimmen. Es ist ein gutes Zeichen, wenn sich ein Verbannter weigert, sich politisch übereifrig zu betätigen. Sollmann besitzt ein sehr klares Urteilsvermögen und erkennt die Zwecklosigkeit vieler Unternehmungen der Verbannten. Er hatte sein ganzes Leben lang einen gewissen Hang zur Zurückhaltung, aber dies verhalf ihm weitgehend zu seinem richtigen Urteil. Sie dürfen auch nicht vergessen, daß Sollmann besonders schwere Zeiten durchmachen mußte. 1918 und 1919 bekleidete er einen der schwierigsten Posten; er war der persönliche Vertreter von Reichspräsident Ebert beim Generalhauptquartier in Kolberg. Dort leistete er hervorragende Arbeit, die ihm aber mehr abforderte als das Reden vielen anderen Politikern in jener Zeit.

Dr. Wirth[3] habe ich in all den Jahren nicht gesehen; ich habe daher von ihm keinen persönlichen Eindruck und kann mir kein Urteil erlauben . . . Zweierlei hat es mir mehr oder weniger unmöglich gemacht, mit Dr. Wirth persönlich in Verbindung zu bleiben. Zum einen besuchte er ständig die Vertreter Deutschlands im Ausland, erteilte ihnen Ratschläge und telefonierte sogar mit Herrn von Bülow, als er Staatssekretär war. Das entfremdete ihm leider die Menschen, die der Ansicht waren, ein Mann in seiner Position dürfe so etwas nicht tun und müsse dem Naziregime in Deutschland vollkommen reserviert gegenüberstehen. Außerdem wurden seine Gespräche von ausländischen Geheimdiensten gemeldet und zerstörten damit das Ansehen, das er bei ausländischen Regierungen genoß. Zum anderen verließ er Deutschland zur gleichen Zeit wie Kaas, ohne jemandem zu sagen, daß es eine Flucht war und daß er nicht die Absicht hatte, wieder zurückzukommen. Da Kaas der Führer der [Zentrums-]Partei und Wirth der exponierte Vertreter des mehr links stehenden Flügels der Partei war, trug ihre frühe Flucht aus Deutschland [April 1933] sehr stark dazu bei, daß die Verwirrung in der Partei wuchs und daß einige Arbeiterführer einen weiteren Widerstand gegen die Nazis nicht mehr für ratsam hielten. Es ist nicht leicht für mich, Dr. Wirth diese Haltung zu verzeihen, aber das würde mich nicht daran hindern zu versuchen, ihm zu helfen, wenn er sich tatsächlich hinsetzen und auf irgendeine Arbeit konzentrieren würde . . .

(1) Früher Redakteur der *Rhein-Mainischen Volkszeitung,* emigrierte 1933; 1934–1938 Mitarbeiter im Pressedienst der österreichischen Gesandtschaft in Paris; 1939–1940 Berater im französischen Informationsministerium; fuhr Ende 1940 über Lissabon nach New York. (2) Wilhelm Sollmann (1881–1951), Reichsinnenminister (SPD) 1923, Chefredakteur der *Rheinischen Zeitung;* 1933 von Kölner Nazis schwer mißhandelt; gehörte seit 1937 der Quäker-Akademie „Pendle Hill" bei Philadelphia an. Schon seit Jahrzehnten versuchte er, zusammen mit seinem Kollegen Georg Beyer von der *Rheinischen Zeitung,* Verständnis für die katholische Soziallehre innerhalb der SPD zu wecken. Für H. B. blieb er „der sympathischste" aller politischen Emigranten in den USA. Sollmann schrieb für volkstümliche amerikanische Zeitschriften und hielt Vorträge in allen Landesteilen, weniger vor Akademikern als vor Arbeitern und den Mitgliedern von Rotary International. Er teilte H. B.s Meinung, daß „jede Emigration eine Zeit neuer Erfahrung und Reifung sein muß, wenn sie etwas zur Zukunft entweder der Heimat oder des Gastlandes beitragen soll" (H. B. an Carl Friedrich, 9. Mai 1941). Unter den „übereifrigen" politischen Emigranten in New York und den „umgekippten Pazifisten" fühlte sich Sollmann „sehr gesinnungsfremd"; er bedauerte ihre „rein deutschfeindliche" Haltung und „bedenkliche Überschätzung der angelsächsischen Position". 1941 beklagte er besonders Grzesinskis „reine Polizeipolitik", die auf „ein Über-Versailles" gerichtet zu sein schien. (3) Josef Wirth (1879–1956), Reichsfinanzminister (Zentrum) 1920–1921, Reichskanzler und Außenminister 1921–1922, Minister für besetzte Gebiete 1929–1930, Reichsinnenminister 1930–1931; emigrierte 1933, lebte in Luzern.

** 23. Januar, Lowell House, H. B. an Erwin Brettauer*

. . . Gestern traf ich Mrs. [Waitstill] Sharp, die sechs Monate lang die Vertreterin der Unitarians in Südfrankreich war und alle Internierungslager besichtigt hat. Ich verstehe jetzt, warum sie Hilferding nicht mehr als $ 100 auf einmal aushändigten. Sie berichtete, alle „Nichtarier" aus Südwestdeutschland, auch aus Stuttgart, seien mit Lastwagen nach Südfrankreich gefahren worden, wo man sie einfach auf den Boden geworfen habe, ohne die geringsten sanitären Einrichtungen[1]. Wenn sie $ 25 im Monat erhalten, können sie davon in einem Häuschen in einem Dorf in Frankreich leben, und wenn sie das Geld haben, lassen die französischen Behörden sie gern aus dem Internierungslager hinaus. Mrs. Sharp sagte, alle Spender wollten jetzt für niemand anderen mehr als für diese Ärmsten Geld geben, um sie vor dem Hungertode in den Lagern zu erretten. Da es für Hoegner[2] gefährlich sein könnte, ein Telegramm mit meiner Unterschrift zu erhalten – könnten Sie ihm telegrafieren? Das Telegrafenamt hier nimmt nur Telegramme mit dem vollen Namen des Absenders an. Sobald Sie – hoffentlich – mit Dr. Katz und Shepard Morgan gesprochen haben, wäre es am besten, Sie würden

Hoegner direkt telegrafieren, welche Regelung getroffen werden konnte. Wie ich aus einem Brief, den Herr Weichmann[3] mir gestern übersandte, schließe, besteht in der Arbeitsdelegation eine sehr starke Tendenz, Hilferding und Breitscheid fallenzulassen und das Geld zu verwenden, um Braun[4] in die Vereinigten Staaten zu bringen. Selbstverständlich wünsche ich Braun sehr, daß er in Sicherheit gebracht wird, aber Weichmann wird, wie ich ihn kenne, eine Position mit Braun als Strohmann aufbauen in der Hoffnung, die Herrschaft über alle Emigranten hier zu erringen. Es sind schreckliche Burschen . . .

(1) Ein erster Massentransport von Juden war im Februar 1940 aus Stettin abgegangen. Die Wahl von Südfrankreich als Ziel der zweiten Deportation im Herbst stand mit dem Plan der Ansiedlung der Juden auf Madagaskar in Zusammenhang. (2) Dr. Wilhelm Hoegner, früher Mitglied des Reichstags und des bayerischen Landtags (SPD), lebte im Exil in Zürich. (3) Dr. Herbert Weichmann, bis 1932 Ministerialrat im preußischen Staatsministerium, lebte 1933–1940 in Paris als Journalist; er wurde 1941 Redakteur der New Yorker Emigrantenzeitung *Aufbau*. (4) Otto Braun (1872–1955), preußischer Landwirtschaftsminister (SPD) 1918–1920, preußischer Ministerpräsident 1920–1921, 1921–1925, 1925–1932, lebte in Zürich.

** 27. Januar, Lowell House, H. B. an Fritz Ermarth*

. . . Ich freue mich, daß Sie mit Herrn Sollmann und einigen seiner Freunde schon Fühlung genommen haben. Vor einiger Zeit sprach ich mit Dr. Katz. Er wünschte sehr, mit Verbannten, die nicht Angehörige der linken Parteien waren, in Verbindung zu treten. Ich glaube, sie merken, daß eine Gruppe, die nur aus früheren Sozialdemokraten und noch weiter links stehenden Leuten besteht, in diesem Lande möglicherweise kein großes Ansehen genießt, obwohl ich meine, daß Grzesinski, der Anführer dieser Gruppe, persönlich einigen Einfluß in Washington ausübt. Mein Hauptvorschlag ist, daß Sie und Ihre Gruppe alles unternehmen sollten, um die linke Gruppe in New York zu beeinflussen, da diese sonst eine ideologische Richtung einschlagen könnte, die auf die Dauer jede Zusammenarbeit unmöglich machen würde. Eine solche Zusammenarbeit muß von Anfang an bestehen, schon bei der Entstehung dieser Gruppen. Sobald sie einmal ein Programm aufgestellt haben, ist es zu spät, wenigstens bei Deutschen. Es ist sehr wichtig, daß die Ziele dieser Gruppen von Anfang an sehr klar umrissen werden. Eines muß unter allen Umständen vermieden werden. In dem Bestreben, das Naziregime zu stürzen und der amerikanischen Öffentlichkeit zu erklären, daß viele Deutsche in Deutschland und außerhalb ganz gegen das Naziregime sind, könnten sie der amerikanischen Öffentlichkeit so sehr zu gefallen trachten, daß sie sich selbst von jeder denkbaren Einflußnahme auf die künftige politische Entwicklung in Deutschland ausschließen . . .

Der jetzige Krieg kann auf zweierlei Weise enden. Wenn er sehr lange andauert, ohne daß das Naziregime einen aufsehenerregenden Erfolg erringt, wird die Macht der Nazis eines Tages zerfallen und eine radikale Revolution stattfinden. In diesem Fall bleibt – nach all meiner Erfahrung von 1918 – der Wehrmacht keine Autorität; sie hätte auch keine Ahnung, wie sie mit einer neuen Lösung an das deutsche Volk herantreten sollte. Die Offiziere sind gedanklich so ausgerichtet, daß sie den Krieg bis kurz vor dem endgültigen Zusammenbruch weiterführen werden; erst dann überlegen sie sich, welche Zivilisten sie mit der Aufgabe betrauen könnten, einen Waffenstillstand und einen Frieden zu schließen. Damit könnte das Heer wieder wie nach dem letzten Krieg im Hintergrund bleiben und jede Verantwortung für die Geschehnisse ablehnen. Ich bin entschieden nicht willens, an dieser Lösung teilzunehmen. Falls das Heer die Notwendigkeit erkennt, Hitler früher zu stürzen, wird es versuchen, sich Görings Hilfe dazu zu versichern; wenn das nicht zu bald geschieht, besteht sogar die Aussicht, daß eine Zusammenarbeit zwischen dem Heer und Göring zwecks Abschluß eines Waffenstillstands oder sogar eines Friedensschlusses [für die Alliierten] annehmbar wäre. Aber hinterher würde eine rein politische Reaktion gegen ein solches Regime einsetzen. Sie würde von der jüngeren Generation ausgehen, und ich kann mir kaum vorstellen, daß dann einer der früheren Parlamentarier oder Minister als Führer möglich wäre. Ich glaube, ich muß Ihnen das ganz klar vor Augen führen. Es gibt Menschen meines Alters oder sogar noch ältere Menschen in Deutschland, die schon sehr verantwortungsvolle Posten bekleideten, ehe die Nazis an die Macht kamen, und die all die Jahre darauf warteten, eine entscheidende politische Rolle zu spielen . . . Sie glauben, sie hätten die Lösung in der Tasche und brauchten den Rat irgendwelcher Verbannter nicht. Deshalb möchte ich Ihnen noch einmal sagen, daß zwar wir von der älteren Generation mit unserem Rat vielleicht Hilfe leisten können, daß aber die Hauptaufgabe auf den Schultern der jüngeren Generation liegen wird . . .

Was Sie und ähnliche Gruppen tun können und müssen, falls Ihnen die Zusammenarbeit gelingt, ist, der britischen und anderen Regierungen klarzumachen, daß gewisse Tendenzen der in London lebenden Polen, Tschechen und freien Franzosen für alle Deutschen im Exil unannehmbar sind . . . Ich weiß, daß Beneš insgeheim schon wieder seinen alten Gedanken aufnimmt, einen Teil von Sachsen und Schlesien zu einer wiederaufgebauten Tschechoslowakei hinzuzubekommen. Ich weiß auch, daß nach der Besetzung Ostpolens und der Baltenländer durch Rußland starke Einflüsse am Werk waren zugunsten der Abtretung Ostpreußens an Polen und in geringerem Maß zugunsten der Aufteilung Schlesiens zwischen Polen und der Tschechoslowakei. Bei den Habsburgern bestehen Tendenzen, ganz Deutschland zu opfern, wenn es ihnen gelingt, das Habsburgerreich in Gestalt einer lockeren Föderation einschließlich eines Teils von Bayern wiederherzustellen. Dagegen bringen sie zum Ausdruck, sie seien mit einer Aufteilung des übrigen Deutschland in eine Reihe kleiner, halb unabhängiger Staaten einverstanden. Die Vertreter linker Gruppen in diesem Lande würden gewiß gegen solche Versuche protestieren, und aus diesem Grund möchte ich Ihnen raten, in einen Austausch der Ansichten mit ihnen einzutreten. Sie sollten auch Otto Strasser und ähnliche Leute drängen, den Gedanken der Bildung eines Kabinetts aus Exilierten fallenzulassen. Das macht einen ziemlich lächerlichen Eindruck und ist eine bloße Nachahmung dessen, was die Polen und Tschechen in völlig anderen Verhältnissen unternehmen . . .

* *30. Januar, Lowell House, H. B. an Bernhard Strasser*

. . . Ich halte es für notwendig, daß all die verschiedenen Gruppen deutscher Exilierter in diesem Teil der Welt in irgendeiner Weise zusammenarbeiten und über gewisse nationale Mindestziele Einigkeit erreichen. Dazu könnte Ihr Bruder vielleicht einen großen Beitrag leisten, wenn er durch die Vereinigten Staaten reisen und einige Leute besuchen würde, insbesondere Sollmann, der sehr großen Einfluß besitzt, da jedermann weiß, daß er keinen Ehrgeiz hat, und dessen Charakter ihn zur Vermittlerrolle bestimmt . . . Soweit ich etwas unternehmen kann, zielt es in diese Richtung, und ich bemühe mich nach besten Kräften, Kontakte zwischen den verschiedenen Gruppen herzustellen. Weiter kann ich nicht gehen, und ich muß wiederholen, daß der Gedanke eines Nationalrats deutscher Flüchtlinge zumindest verfrüht ist. Ich sagte Ihnen schon, daß vorläufig keiner der politischen Flüchtlinge in Deutschland Gehör findet, wenigstens nicht bei den Gruppen und Einzelpersonen, die eines Tages vielleicht imstande sein werden, das Hitlerregime dort zu stürzen. Ein solcher Sturz ist nur nach einer großen, militärischen Niederlage möglich ... Ich kann von den Friedensbedingungen, die die Sieger einer nach dem Sturz der Nazis gebildeten Regierung in Deutschland diktieren, nur das Schlimmste für das arme deutsche Volk befürchten ...

* *4. Februar, Lowell House, H. B. an Wilhelm Sollmann*

... Ihre Scheu, mit Professor Carl Friedrich über die Zusammenarbeit verschiedener Emigrantengruppen zu sprechen, verstehe ich voll und ganz[1]. Als ich Ihnen seinen Wunsch, Sie zu treffen, weiterleitete, hatte ich nur im Sinn zu vermeiden, daß hier in den USA viele verschiedene Gruppen auftauchen, die je behaupten, die echte „Opposition" in Deutschland zu vertreten. Ich glaube, trotz Ihrer Scheu und Ihrer Skepsis könnten Sie etwas beitragen, wenigstens dazu, daß sich diese Gruppen verantwortungsloser Erklärungen und Aktionen enthalten. Mehr erwarte ich nicht von ihnen ...
Faktisch ist zu meinem Gespräch mit Dr. Rudolf Katz folgendes zu bemerken: Er fragte, ob ich es für gut hielte, wenn Braun in die Vereinigten Staaten käme [von der Schweiz]. Ich sagte, nichts wäre mir lieber, als Braun hier zu haben, und sei es nur um seiner Sicherheit willen. Zusammen mit Ihnen könnte er der Vertreter der ehemaligen Sozialdemokraten in diesem Lande werden ... Wenn die Situation reif sei – was ich nur für mich selbst entscheiden könne und sicherlich nicht, ehe ich mit Braun gesprochen habe – sei ich in einem äußersten Notfall willens, eine öffentliche Erklärung an das deutsche Volk abzugeben. Ich würde das, falls die militärische Entscheidung endgültig gegen Deutschland gefallen sei, nur tun, wenn ich auf diese Weise die öffentliche Meinung in diesem Lande daran hindern könnte, mein Schweigen zu einer Streitfrage zu erheben. Es würde, wie Ihnen selbstverständlich klar ist, nichts mit irgendwelcher Propaganda zu tun haben, ich würde auch nie zugunsten irgendeiner Bestrafungsaktion oder eines Bestrafungsfriedens im Rundfunk sprechen. Genau das Gegenteil würde ich tun ...

(1) Auf Friedrichs Einladung hatte Sollmann an einer Diskussion über Rundfunksendungen für Deutschland, die der Council for Democracy plante, teilgenommen. Dort hatte er gegen „einen Kolonialstatus des deutschen Reiches" gesprochen und gesagt, der „Rat"

wäre leistungsfähiger, wenn nicht emigrierte Politiker, sondern Amerikaner daran teilnähmen.

* *15. Februar, Lowell House, H. B. an Mona Anderson*

... Ich glaube, es ist klug von Ihnen, die Lärchenwälder abzuholzen und das Nutzholz und einige weiter vom Haus entfernte Eichen zu verkaufen ... Ich hoffe, daß sich Ihre Landwirtschaft auszahlen wird; sie sollte es unter den derzeitigen Verhältnissen. Sicher wird sie Ihnen viel Freude bereiten ... Ich kann mir vorstellen, wie Ian auf den Kampf brennt. Nun, das nächste halbe Jahr wird genug Aufregung und Angst bringen. Danach wird man das Ende vorhersehen können ...

* *N Erwin Respondeks*[1] *Berichte*

Im Februar lud mich Mr. [Harold G.] Moulton ein, an der Brookings Institution in Washington einen Vortrag über ein Thema, das ich selbst vorschlagen sollte, zu halten. Ich konnte mir diese ganz unerwartete Aufforderung nicht erklären. Vor dem Vortrag [6. März][2] fand ein Essen statt, an dem der Unterstaatssekretär Long teilnahm. Er fragte, ob ich am andern Morgen in der Brookings Institution ein Gespräch mit ihm unter vier Augen führen wolle, was ich natürlich bejahte. Am andern Morgen erschien er mit einem Bündel Akten und fragte, was ich davon halte. Als ich ein paar Sätze gelesen hatte, merkte ich, daß es sich um einen jener Berichte handelte, die mir Respondek regelmäßig alle sechs Monate durch den Handelsattaché[3] der US-Botschaft in Berlin übersandt hatte. Sie spiegelten die sehr skeptischen Ansichten von Generaloberst Fromm[4] und seinem Stab zur Wehrwirtschaft wider. Zuletzt hatte ich im Jahr 1940 einen solchen Bericht von der Schwester eines Herrn in der US-Botschaft [in Berlin] erhalten. Ich sagte Breckinridge Long, es gebe keinen Zweifel hinsichtlich des Verfassers, den ich sehr gut und als sehr zuverlässig, wenn auch meines Erachtens als leicht zum Pessimismus neigend, kenne.
Ich sagte, ich nähme an, daß sie die vorhergehenden Halbjahresberichte auf die gleiche Weise erhalten hätten wie ich. Long sagte, sie hätten bis jetzt noch nie einen bekommen, wenigstens sei in ihren Akten nichts davon zu finden[5]. Daher wolle er meine Meinung hören. Ich versprach, ein paar Seiten von meinen früheren Berichten zu schicken. Das F[ede-

ral] B[ureau of] I[nvestigation] prüfte sie und stellte fest, daß der neue Bericht auf der gleichen Schreibmaschine geschrieben worden war. Die angeblichen Dokumente, von denen Minister Hulls Memoiren[6] so dramatisch sprechen, waren nicht erwähnt.

(1) Dr. Erwin Respondek, Reichstagsmitglied (Zentrum) 1932–1933, bearbeitete 1917–1925 im Reichsfinanzministerium und anschließend im Auswärtigen Amt Finanzfragen und nahm an mehreren internationalen Finanzkonferenzen teil. 1925–1930 war er Geschäftsführer des Reichsverbands der Industrie und ab 1930 freier Wirtschaftsberater und Privatdozent in Berlin. Zu den sehr wenigen persönlichen Freunden, denen er in den Nazijahren vertraute, gehörten Hermann Muckermann und Paul Legers. Er nützte seine Bekanntschaft mit vielen Persönlichkeiten in Regierungs- und Industriekreisen aus, um sich eine begründete Meinung von finanziellen und wirtschaftlichen Entwicklungen in Deutschland zu bilden. Vom Sommer 1934 an übersandte er H. B. eingehende Analysen, ohne jedoch selbst Schlüsse daraus zu ziehen; er erwartete, daß der informierte Leser die Hauptlinien der Wirtschaftsentwicklung selbst erkennen würde. (2) Der Vortrag „Democratic Reorientation“ (Demokratische Neuorientierung) wurde vervielfältigt und vom Vorsitzenden Dwight Davis und Präsident Moulton von der Brookings Institution in Umlauf gesetzt. (3) Douglas Miller, der nach 14 Jahren in Berlin Ende 1938 als Leiter der europäischen Abteilung im Handelsministerium nach Washington zurückkehrte. Sein Nachfolger in Berlin, Sam E. Woods, übernahm von ihm die Bekanntschaft mit Respondek. (4) Friedrich Fromm, seit 1938 Leiter des Wehramts. (5) Millers eigene Jahresberichte aus Berlin wurden 1945 allgemein bekannt durch seine Veröffentlichung *Via Diplomatic Pouch,* New York. (6) *The Memoirs of Cordell Hull,* Bd. II, New York 1948, S. 967–969. Hull führt die amerikanische Warnung an Stalin vor dem bevorstehenden deutschen Angriff und damit den russisch-japanischen Nichtangriffspakt vom April 1941 direkt auf Woods Berichte von Respondek zurück. Dies ist um so erstaunlicher, als andere, darunter auch Staatssekretär Welles, behaupten, sie hätten im Februar sogar das Datum des deutschen Angriffs auf Rußland gewußt. Die Darstellung von Respondeks Berichten in *The War Diary of Breckinridge Long,* S. 182–184 und 188f., ist übertrieben und wurde geschrieben, ehe Long selbst die Berichte in einer englischen Übersetzung gelesen hatte, aber sie erklärt Hulls Version. Longs Darstellung zufolge verlieh Respondeks Wirtschaftsanalyse den bereits eingegangenen Meldungen von einem unmittelbar bevorstehenden deutschen Angriff auf Rußland Plausibilität. Respondek selbst betonte die Unmöglichkeit, die für Marine und Luftwaffe geplante Produktion 1941 zu erzielen, außerdem die Erschöpfung der erbeuteten Rohstoffmengen bis Sommer 1941, die kritische Knappheit an Metallfacharbeitern und an gewissen Legierungen, die Nachteile der Verpflichtung, Italien versorgen und Exportaufträgen nach Rußland Priorität einräumen zu müssen, und Deutschlands Abhängigkeit von Rußland auf dem Gebiet des Gummitransports und vor allem der Erdölversorgung. Aus dem Vergleich mit veröffentlichten Informationen schloß H. B., daß Respondek die deutsche Knappheit an Schrott und Erdöl leicht übertrieb. In diesen Berichten taucht ein Angriff auf Rußland als eine, immerhin wahrscheinliche Möglichkeit auf. In seinem Artikel „What It Costs Hitler“ (Was es Hitler kostet) in: *Atlantic Monthly* vom September 1941 bestritt Douglas Miller energisch, daß eine Materialknappheit den deutschen Angriff auf Rußland, den er für präventiv hielt, motiviert haben könnte. Vom Augenblick des Angriffs auf Rußland an sah Miller den Krieg für Deutschland endgültig verloren. Er schrieb: „Hat eine Nation schon jemals ihre Trümpfe so vollständig weggeworfen?“ Falls Respondek sich Anfang 1941 eine Hoffnung erlaubte, so die, daß bessere Einsicht in den Zustand der deutschen Wehrwirtschaft zu einer westlichen Friedensoffensive führen könnte. In Briefen nach dem Kriege erklärte ihm H. B. schonend, wie unbegründet diese Hoffnung war.

* *12. März, Lowell House, H. B. an Edmond Lincoln*[1]

. . . Es war mir ein Vergnügen, mich mit Ihnen zu unterhalten, und ich bin gern bereit, Ihre Fragen, soweit ich es vermag, zu beantworten.

1. Ich kann nur sagen, daß niemand versuchen wird, mit Hitler Frieden zu schließen, solange er noch stark ist, da es keine denkbare Garantie dafür gibt, daß er den Frieden auch hält. Wenn andererseits die Briten und dieses Land die polnischen und tschechischen Kriegsziele unterstützen, werden die Deutschen weiterkämpfen bis zum letzten Mann. Herr Beneš und seine polnischen Freunde scheinen bis jetzt nichts dazugelernt zu haben und spielen das gleiche Spiel wie 1919, ja noch schlimmer.

2. Es ist sehr schwierig zu sagen, ob die Moral in Deutschland gesunken ist. Ich würde eher sagen: Es gibt gar keine Moral, es herrscht Apathie. Die Leute erkennen, daß sie nichts unternehmen können, um die Regierung zu wechseln, der jetzt, wie ich überzeugt bin, mindestens 70 Prozent der Bevölkerung ablehnend gegenüberstehen. Ein echter Zusammenbruch wird erst nach einer großen militärischen Niederlage erfolgen – zum Beispiel nach dem Fehlschlag eines großangelegten Invasionsversuchs in England. Sonst könnte sich ein Zusammenbruch auch aus Gründen der Materialknappheit, besonders des Benzinmangels, ergeben. Das könnte frühestens nächstes Frühjahr eintreten; das wird zweifellos im Jahr 1942 deutlich spürbar werden, wenn die Nazis nicht größere Lieferungen aus Rußland bekommen oder neue Nachschubquellen im Nahen Osten erschließen.

3. Es stimmt, daß sich sehr wenige Menschen in Deutschland heute noch an das erinnern, was Sie das gemütliche, glückliche, „alte" deutsche Leben nennen. Aber ich kann Ihnen versichern, daß es nur sehr wenige Menschen gibt, die an eine scheinbare „Erlösung" durch Hitler glauben. Es sind diejenigen, die unter dem Naziregime sehr viel Geld gemacht oder sehr lukrative Positionen bekommen haben. Sie sind es, die der ausländische Besucher zu Gesicht bekommt; alle andern werden von Ausländern ferngehalten. Weder das „alte" Deutschland noch das „alte" Frankreich, noch das „alte" England wird jemals wiederkehren . . .

4. Freilich sind die größenwahnsinnigen Aspirationen Hitlers und seiner Genossen unbegrenzt. Aber ich nehme an, Sie haben in Heer und Marine genug Stabsoffiziere, die ihre einst erworbenen mathematischen Grundkenntnisse nicht vergessen haben und daher leicht ausrechnen können, wie viele Millionen Tonnen Benzin für eine Invasion in den

Vereinigten Staaten erforderlich wären. Es wäre schwierig, dieses Öl außerhalb Amerikas zu finden. Realistisch gesprochen wird der Kampf, falls es zu einem Kampf kommt, nur um Ihre vorgeschobenen Stützpunkte im Atlantik und Pazifik und vielleicht um gewisse Teile von Südamerika gehen . . .

(1) Ökonom, 1914–1922 Dozent an der Harvard University, Verfasser von zahlreichen Lehrbüchern, seit 1931 bei E. I. Du Pont de Nemours & Co.

* *21. März, Lowell House, H. B. an Mona Anderson*

. . . Die vergangenen drei Monate brachten viel Arbeit. Ich mußte einen anonymen Artikel schreiben und sende Ihnen ein Exemplar[1]. Ich brauchte eine Woche dazu. Es ist eine Kurzfassung eines Vortrags, den ich in „The Club" hielt, dem ältesten Club der Harvard-Professoren, der von dem Philosophen [William] James gegründet und auf zwölf Mitglieder auf Lebenszeit beschränkt wurde[2]. Seit meiner Berufung hierher bin ich Mitglied ... Die Meyer-Katz-Vorträge für Johns Hopkins in Baltimore zu entwerfen, bereitete mir viel Mühe, da sie sich mit möglichen Nachkriegslösungen des Sicherheitsproblems befassen[3] . . . Nächste Woche muß ich an der Iowa School of Religion in Davenport, Iowa, Vorträge halten und werde einen oder zwei Tage bei Mommersteeg in Dubuque zubringen. Von dort aus fahre ich direkt nach Baltimore zu einem weiteren Vortrag ... Ende Mai gehe ich nach Havanna, um mein Dauervisum zu holen. Es ist alles erledigt, ich werde keine Schwierigkeiten haben . . . Dr. Brettauer reiste im Januar nach Mexiko, um ein Dauervisum zu bekommen, aber . . . er wartet immer noch auf die Wiedereinreiseerlaubnis . . . Dr. Poels will die Schweiz nicht verlassen. Er ist sehr optimistisch im Blick auf die Zukunft der Schweiz und seine Sicherheit dort. Er schreibt ein umfangreiches Buch über „etwas, was man beim heiligen Thomas von Aquino nicht findet", was nur ein polemisches Buch über die Kirchenpolitik in den vergangenen zehn Jahren bedeuten kann . . . Ich staune über das, was ich von vielen Verbannten über die Stimmung in der Heimat höre. Sie ist entweder apathisch oder religiös utopisch . . . Ich bin immer noch sehr betrübt, daß Hilferding von der Vichy-Regierung an die Nazis ausgeliefert wurde. Es ist ein Skandal und eine unmenschliche Grausamkeit . . .

(1) „German Strategy: 1914 and 1940" (Deutsche Strategie: 1914 und 1940), in: *Foreign Affairs*, April 1941. (2) Einmal jährlich mußte jedes Mitglied die Gruppe zu einem Essen

einladen und dabei eine Rede halten über ein Thema außerhalb seiner augenblicklichen akademischen Arbeit. Diese Regel trug dazu bei, daß sehr herzliche persönliche Beziehungen entstanden. Sidney Fay war der Spiritus rector des Klubs, dem auch die Dekane der medizinischen, juristischen, betriebswirtschaftlichen und theologischen Fakultät angehörten. (3) In diesen drei Vorträgen sprach H. B. über die Möglichkeit einer allgemeinen Abrüstung und einer internationalen Sicherheitstruppe nach dem Krieg, von der Notwendigkeit größerer Handelsbereiche und freieren Handels und vom Einsatz der Schwerindustrie zur Entwicklung industriell rückständiger Gebiete. Er trug die Möglichkeiten einer Organisation internationaler Beziehungen in regionalen Gruppen vor, die er schon im Juni 1939 ausgearbeitet hatte, und empfahl dringend, in den ersten Jahren nach dem Krieg keine permanente Friedensregelung anzustreben, sondern erst dann, wenn die jetzt noch herrschende Macht von „Furcht und Haß und ausschließlich militärischem Denken" im Lauf der Zeit gebrochen sein sollte (siehe auch Anhang VIII). Die Vorstellung von regionalen Gruppierungen, besonders eines Europarates, wurde von einflußreichen englischen Kabinettsmitgliedern unterstützt, aber innerhalb des Foreign Office und in Washington fand sie wenig Sympathie. Als die Konferenz, die die UN-Charta entwarf, im August 1944 zusammentrat, herrschte die Vorstellung einer universalen, völkerbundähnlichen Organisation vor, in der Großbritannien, die USA und die UdSSR eine Weltpolizei bilden sollten.

* *27. März, Lowell House, H. B. an John Wheeler-Bennett*

. . . Ich hatte einen hervorragenden Eindruck von Lord Halifax' Rede[1]. Vor allem gefiel mir der Stil; es war der klare Oberhausstil, den ich, wie Sie wissen, sehr schätze. Manche Ausdrücke waren sehr treffend. Es war ein Vergnügen für mich, seine gemäßigte Oxford-Aussprache zu hören. Bedenkt man seine Möglichkeiten, zum jetzigen Zeitpunkt überhaupt etwas über Friedensziele und ähnliche Fragen zu sagen, so glaube ich, daß man es nicht besser hätte ausdrücken können. Er konnte nichts Konkreteres sagen, er konnte auch dem anderen Teil des deutschen Volkes nicht mehr Hoffnung machen, als er es tat. Ich weiß nicht, ob er Aufsehen erregen wollte; es ist ihm jedenfalls nicht gelungen. Die Öffentlichkeit hier achtet kaum darauf. Man kann mit einer von Vernunft geprägten Rede die hier herrschende emotionelle Siedetemperatur nicht erreichen. Mit dem, was Sie möglicherweise zu der Rede beitrugen, haben Sie gute Arbeit geleistet . . .

(1) Bei einem Bankett in New York am 25. März hielt Halifax seine erste öffentliche Rede als Botschafter. Er kam auf die britischen Kriegsziele zu sprechen und stellte dabei den Grundsatz der persönlichen Freiheit unverrückbar in den Vordergrund. Er betonte die Notwendigkeit engerer internationaler wirtschaftlicher Zusammenarbeit nach dem Krieg. Wheeler-Bennett war zu jener Zeit Leiter des britischen Pressedienstes in New York und wurde kurz danach Leiter des britischen Informationsdienstes in New York.

* *7. April, Lowell House, H. B. an Dannie Heineman*

... Im Zug auf der Rückfahrt nach Cambridge überdachte ich, was Sie über unseren Freund G[oerdeler] sagten. Als Sie erwähnten, er habe sich jedesmal mit Göring getroffen, war ich im Augenblick so verblüfft, daß ich nicht mit Ihnen über die Sache sprach. Er hat mir nie gesagt, daß er überhaupt mit Göring in Verbindung stand. Allerdings sprach er, wie ich Ihnen schon erzählte, über seine anderen Verbindungen. Ich glaube nicht, daß die Tatsache, daß er in engem Kontakt zu Göring stand, ein anderes Licht auf seinen Charakter wirft, bin aber trotzdem etwas überrascht. Ich kann mir jetzt das Telegramm erklären, das er mir ganz offen von Stockholm aus in den letzten Tagen vor dem Kriege schickte[1] ... Ich war erschrocken, daß er dieses Telegramm offen sandte. Jetzt kann ich mir auch gewisse heftige Bemerkungen gegen mich in Görings Rede[2] am Samstag nach dem Ausbruch des Krieges erklären. Es ergibt sich daraus, daß unser Freund zu Göring gesagt hatte, ich sei möglicherweise in der Lage, dazu beizutragen, daß der Krieg mit England vermieden würde, nachdem die Invasion Polens begonnen hatte, was natürlich vollkommen illusorisch war. Beim Überdenken der Sache komme ich zu dem Schluß, daß unser Freund eben doch ein bißchen naiv ist; dies ist – ich wiederhole es – keine Kritik an seinem Charakter.
Die Haltung seines Londoner Vertreters und seine Verbindungen zu Sir Robert Vansittart werden um so mysteriöser. Im Jahr 1940, ehe Sie in dieses Land kamen, besuchte mich Ashton-Gwatkin[3]. Er hielt einen Vortrag hier und bestand darauf, mich zu sehen. Fast zwei Stunden lang unterhielten wir uns über unseren Freund und seine Verbindungen in England und Deutschland. Er fragte mich, welche Art von Regierung man in Deutschland nach dem Krieg erwarten könne. Ich entgegnete, nur eine Regierung von Personen, die nicht im Exil, sondern die ganze Zeit in Deutschland gewesen seien. Danach bat er, ihm offen zu sagen, was ich von G[oerdeler] halte. Er brachte so viele zweifelhafte Punkte vor, daß ich überrascht war. Insbesondere fragte er mehrmals, ob ich glaube, daß G[oerdeler] Sir Robert [Vansittart] absichtlich getäuscht habe, was ich verneinte[4]. Er teilte mir mit, [Reinhold] Schairer werde in England vom Geheimdienst beobachtet, der sehr mißtrauisch gegen ihn geworden sei. Hätte ich gewußt, daß G[oerdeler] in ständigem Kontakt zu Göring stand, so hätte ich mich nicht mit ihm getroffen ...

(1) Siehe oben Seite 261. (2) Siehe oben Seite 284. (3) Frank Ashton-Gwatkin trat 1913 in den britischen diplomatischen Dienst ein. Er wurde 1934 Berater am Foreign Office, gründete eine Wirtschaftsabteilung im Foreign Office und befürwortete im Spätherbst 1938 Goerdelers Vorschläge. (4) Ende August 1939 bestand innerhalb des Foreign Office der Eindruck, daß die Hitler-Regierung an der Opposition in der Nazi-Partei und in der Bevölkerung scheitern würde (vgl. Harvey, *Diplomatic Diaries*, S. 310).

* *7. April, Lowell House, H. B. an Christian Gauss*[1]

... Wenn ich Ihnen und Ihrem Komitee irgendeinen Dienst erweisen kann, werde ich es sehr gern tun, aber ich kann Ihrem Komitee nicht beitreten. Von den Regierungen aller europäischen Länder, in denen ich mich in den Jahren meiner Verbannung aufhielt, wurde mir geraten, von öffentlichen Erklärungen gegen das Naziregime, die ihnen Unannehmlichkeiten bereiten könnten, abzusehen. Ich mußte mich auf Universitätsvorlesungen beschränken, in denen ich natürlich das derzeitige Regime offen kritisiere, aber nicht in propagandistischer Form. Ich kann von diesem Grundsatz auch jetzt nicht abweichen. Außerdem fürchte ich, daß zum jetzigen Zeitpunkt die Reaktion in Deutschland auf jede Art der Propaganda von außen nicht sehr stark wäre, wenn die Propaganda von deutschen Emigranten ausgeht. Die Zeit ist noch nicht reif für ein solches Eingreifen in die inneren Angelegenheiten Deutschlands. Sie wird aber gewiß kommen ... Die französische Provinzpresse hat – mit meiner Unterschrift und meinem Bild – einen gefälschten Artikel veröffentlicht, der von deutschen Verbannten verfaßt wurde und nicht nur die Nazis, sondern das deutsche Volk als solches schmäht. Abdrucke dieses Artikels wurden massenweise über die deutschen Linien geworfen, so daß mein Name derzeit der verhaßteste aller Verbannten ist ... Daraus und aus ähnlichen Erfahrungen habe ich den Schluß gezogen, daß es besser ist, ich bleibe vollkommen unabhängig in meiner Entscheidung, wann und wie ich eine öffentliche Erklärung gegen das gegenwärtige Regime abgebe, die dann auch tatsächlich jene Teile des deutschen Volkes erreicht, die bei einer solchen Gelegenheit Bedeutung haben ...[2]

(1) Professor für romanische Sprachen und Dekan am Princeton College, aktiver Förderer vieler liberaler Organisationen, zum Beispiel des National Committee for Democracy and Intellectual Freedom. Er schrieb H. B. im Namen der Loyal Americans of German Descent, deren Ehrenpräsident er war. 1944 wurde Gauss Vorsitzender der American Association for a Democratic Germany, die den von Paul Tillich und Paul Hagen (alias Karl Frank) geleiteten Council for a Democratic Germany unterstützte. (2) Am selben

Tag schrieb H. B. an Hubertus Prinz zu Löwenstein: *„Ich glaube nicht, daß es klug wäre, eine ‚Gruppe' von Emigranten aufzubauen. Ich bin sicher, daß all die kleinen Gruppen noch viele traurige Erfahrungen sammeln müssen, ehe es wirklich möglich ist, sie zu vereinigen."

* *7. April, Lowell House, H. B. an F. Demuth*

... Sie werden inzwischen gelesen haben, daß sowohl Hilferding als auch Breitscheid von der französischen Polizei verhaftet ... und der Gestapo in Paris ausgeliefert wurden. Die Damen wurden nicht belästigt, und wir versuchen jetzt, sie herüberzubringen. Selbstverständlich habe ich die Hoffnung nicht aufgegeben, etwas für Hilferding zu tun[1] ...

Ich kann mir vorstellen, welch tiefen Eindruck die hervorragende Moral und der Kampfgeist der Briten auf Sie gemacht haben ... Ich halte Bücher wie das von Haffner[2] in ihrer Wirkung auf weite Sicht für höchst verhängnisvoll. Was Sie über die verschiedenen Emigrantengruppen[3] sagen, wundert mich nicht. Hier ist es genau das gleiche ... Dr. Oscar Meyer[4] und seine Gattin sind in New York; sie reisen diese Woche für einige Zeit nach Kalifornien ...

(1) Breitscheid und Hilferding waren am 8. Februar verhaftet worden. Einzelheiten darüber finden sich in Varian Fry, *Surrender on Demand,* New York 1945. (2) In *Germany Jekyll and Hyde,* New York 1941, schrieb Sebastian Haffner, die letzten 75 Jahre der deutschen Geschichte müßten „ausradiert" werden, und nach dem Krieg solle das Reich in acht getrennte Staaten aufgeteilt werden. Er warnte dringend vor einer Verständigung mit deutschen Militärs, die „eine Katastrophe für Europa und für Deutschland" bedeuten würde (S. 276). H. B. scheint Haffners anderes, weniger pessimistisches Buch, *Offensive Against Germany,* London 1941, nicht gekannt zu haben, das den Briten riet, Deutschland als eines unter vielen von den Nazis besetzten Ländern zu betrachten und ihre Propaganda auf die gemeinsamen Nachkriegsinteressen aller europäischen Völker zu richten. (3) Demuth empfand als peinlich den Gegensatz zwischen der alltäglichen Ruhe der Londoner Bevölkerung und den aufgeregten gegenseitigen Verdächtigungen der kleinen Gruppen von politischen Emigranten, die bei den verschiedenen Sozialisten besonders ausgeprägt waren, als sie im Frühjahr 1941 eine „Union" bildeten. (4) Vor 1933 Reichstagsmitglied (Demokrat), früher Syndikus der Industrie- und Handelskammer Berlin.

* *8. April, Lowell House, H. B. an Mona Anderson*

... In Iowa City war ich überrascht, am ersten Morgen vom wunderbaren Gesang vieler Vögel geweckt zu werden. Als ich hier wegfuhr, lag immer noch etwas Eis und Schnee auf den Straßen. In Iowa kommt der

Frühling eine Woche früher, und in Baltimore, wo ich hinging, ehe ich nach Cambridge zurückkehrte, war es so warm wie im Juni in England. Ich erlebte eine sehr hektische, aber interessante Zeit. Ich sprach in der Sonntagsvesper an der School of Religion des Staates [Iowa], und ich fürchte, es war ein bißchen zu gelehrt für das große Publikum, mit dem ich überhaupt nicht gerechnet hatte. Es herrschte jedoch eine sehr würdige Atmosphäre, viele Kirchenmänner, darunter zwei Bischöfe, Freunde meines Bruders, und Mommersteeg ... Später nahmen mich die beiden Bischöfe nach Davenport mit und setzten mir die allerbesten deutschen Weine vor ... Wir fuhren am folgenden Morgen durch den halben Staat Iowa zum Essen bei einem sehr alten Freund meines Bruders [Hubert Holsters]. Das Land war für mich eine große Überraschung. 1937, auf dem Weg nach Kalifornien, war mir das mit Schneematsch bedeckte Land im fahlen Licht eines halbversteckten Mondes sehr eintönig und bedrückend erschienen. In Wirklichkeit ist es eine schöne, wellige Landschaft, die mich sehr an die Somme erinnerte. Es gibt ziemlich viele Bäume, sogar kleine Wälder. Die Bauern aus Skandinavien und Westfalen scheinen Wert darauf zu legen, jenes Bild des von mächtigen Bäumen umstandenen Bauernhauses, an das sie gewöhnt waren, neu erstehen zu lassen ...

Wir fuhren zuerst nach New Vienna. Es ist eine schöne, saubere, aufstrebende Stadt auf einem Hügel, in der mein Bruder den Rest seines Lebens verbringen wollte. Ich verstehe jetzt, warum er dort leben wollte. Es ist eine Neuausgabe einer der reizendsten Landstädte des Münsterlandes [Angelmodde]. Die alte Kirche wurde nachgebaut und ist wie dort von hohen Tannen umgeben. Diesen Ort liebte meine Mutter. Oft machte sie mit uns, als wir noch Kinder waren, einen langen Spaziergang von acht Kilometern dorthin ... All die Farmer in New Vienna trugen die vertrauten Namen, die nur in meiner engen Heimat vorkommen ... Am Nachmittag vorher besuchten wir ein Ausflugsziel außerhalb von Dubuque, 75 Meter über dem Mississippi, von wo aus wir einen sehr eindrucksvollen Blick auf den mächtigen Fluß hatten, der ziemlich rasch zwischen Hügeln dahinfloß. Viele Leute, die meinen Bruder gekannt hatten, besuchten uns. Es war sehr tröstlich für mich, daß der Bischof von Davenport[1] am Abend vorher lange mit großer Zuneigung und Bewunderung von meinem Bruder sprach.

... [In Baltimore] hielt ich einen Vortrag im Priesterseminar und blieb einige Zeit bei den Fakultätsmitgliedern, die gern von meinen Schwierigkeiten mit dem jetzigen Papst hören wollten ...

Die Stimmung im Mittelwesten ist natürlich ganz anders als an der Atlantikküste. Sehr scharfe Kritik an der Politik des Präsidenten und sehr antisemitisch, obgleich es dort kaum Juden gibt, außer in Chicago. Die Farmer in Iowa freuten sich über den eben veröffentlichten Entschluß, verhältnismäßig hohe Mindestpreise für Schlachtschweine festzusetzen . . .
Leider konnte ich John Baillie[2] nicht mehr sehen, ehe er abreiste. Ich fürchte, er wird gerade dann zurück sein, wenn der Krieg seinen Höhepunkt erreicht. Monatelang wird alles in der Schwebe sein, die Waagschalen werden sich auf- und abbewegen, bis sie endgültig zum Stillstand kommen. Es ist für alle in Europa schwer. Es ist unerwartet schwierig, als tatenloser, fernstehender Beobachter hier zu sitzen. Ich hatte nicht gewußt, wie quälend das sein kann . . . Im Augenblick ist es nicht leicht, zu einem vernünftigen Urteil über die Lage zu kommen . . .

(1) Henry P. Rohlman, der 1944 Weihbischof von Dubuque wurde. (2) Professor der Theologie, Universität Edinburgh, Vetter von Ian Anderson. Er beteiligte sich aktiv an der Bildung des Weltkirchenrates und war oft in Amerika. Von seinen vielen theologischen Schriften fand *Diary of Private Prayer*, New York 1949, die größte Verbreitung.

* *10. April, Lowell House, H. B. an Eric Voegelin*[1]

. . . Ich glaube, Sie haben eine sehr interessante und realistische Perspektive eröffnet[2]. Der Faktor Rußland, den Sie als wesentlich für den Bau eines neuen Europa darstellen, ist von überragender Bedeutung. Leider denkt hier niemand darüber nach . . . Ich halte Ihre soziologische Analyse des Fehlens einer neuen Herrscherschicht in der Gesellschaft Deutschlands nach dem letzten Krieg für sehr wichtig. Ich wünschte, Sie würden erwähnen, daß das konservative Bürgertum, mit dem man in normalen Zeiten einen starken, konstruktiven Block hätte bilden können, finanziell und gesellschaftlich durch die Inflation vollkommen ruiniert war. Es wurde in seiner ganzen Ideologie proletarisch. Dies ist einer der erstaunlichen Faktoren, die es den Nazis ermöglichten, verarmte Fürsten, arbeitslose Arbeiter und bankrotte Bauern in der SA und der SS zusammenzufassen. Welcher gesellschaftlichen Schicht sie auch vorher angehörten – sie waren alle arm und verstanden sich auf nichts außer darauf, Krieg zu führen . . .
An einer Stelle sagen Sie, die religiöse Auffassung von den individuellen

Rechten sei in Deutschland fast ganz verloren gewesen. Ich glaube, das ist der wichtigste Punkt. Wenn die Auffassung vom einzelnen in Recht und Verfassung letztlich auf einer sehr materialistischen Sicht beruht, ist es natürlich unmöglich, die Demokratie zu retten oder an die Entwicklung zu glauben. Das ist auf die Dauer eine Gefahr für dieses Land und die anderen Demokratien, die vielleicht überdauern, genau wie es für Deutschland eine Gefahr war – aber natürlich nicht in normalen Zeiten. Leider bricht sich die plötzliche Erkenntnis, daß an einer ganzen Ideologie etwas vollkommen verkehrt ist, nur in sehr ernsten nationalen Notständen Bahn, wenn es gewöhnlich zu spät ist, einen revolutionären Ausgang verhindern zu wollen . . .

(1) Dozent für politische Wissenschaften, nach der Auswanderung 1938 zuerst an der Harvard University 1938–1939, an der Universität Alabama 1941. (2) H. B. kommentiert hier Voegelins Artikel „Some Problems of German Hegemony" (Einige Probleme der deutschen Hegemonie) in der Vierteljahresschrift *Journal of Politics*, Gainesville, Florida, Mai 1941, der den Schluß zog, daß der Krieg kaum anders als mit einer vollkommenen Niederlage Deutschlands oder Englands enden könne.

* *11. April, Lowell House, H. B. an Luigi Sturzo*[1]

. . . Das einzige, was den Vormarsch der totalitären Mächte zum Stillstand bringen kann, ist der Mangel an Erdöl. In jeder anderen Hinsicht werden sie imstande sein, den Krieg noch weitere zwei oder drei Jahre fortzuführen . . . Ich habe keine Nachrichten aus Deutschland. Seit fast 14 Monaten habe ich auch von meiner Schwester nichts mehr gehört. Zufällig erfuhr ich, daß Herr Joos, an den Sie sich vielleicht erinnern – er war ein Führer des katholischen Arbeiterverbands –, im Juli verhaftet wurde und seitdem in den Kellern der Gestapo in Berlin gefangengehalten wird. Man hört gerüchtweise vom ähnlichen Schicksal anderer politischer Freunde, aber ich habe nichts Genaues erfahren . . .

(1) Sizilianischer Priester, erst seit 1940 in den USA; Führer der Italienischen Volkspartei (Partito Popolare Italiano) 1919–1923, verließ Italien 1924. Er gründete 1925 in Paris ein „internationales Sekretariat christlich geprägter demokratischer Parteien", in London die Gruppe People and Freedom. Veröffentlichte u.a. *Essai de Sociologie*, Paris 1935, *L'Eglise et l'Etat*, Paris 1937, *The True Life*, Washington 1943.

** N 24. April, Kriegsziele mitteleuropäischer Länder*

Beim Essen im Hotel Commander sprach sich Dr. [Richard] Schüller[1] sehr skeptisch über die Unterredungen zwischen Polen und Tschechen in London aus. Eine Föderation erfordert ein gemeinsames Heer und eine gemeinsame Außenpolitik, und damit wäre Beneš nie einverstanden. Auch die Tschechen, deren Mehrheit einen großen Haß auf Beneš hegt, würden dem nicht zustimmen. Er glaubte nicht, daß Beneš Sympathien finden würde bei den Tschechen, die zu Hause geblieben waren und die ganze Verfolgung der Nazis erlitten hatten, es sei denn, er käme mit den paar tausend Angehörigen der tschechischen Legion zurück und wäre der einzige Mann mit militärischer Macht.
Ich fragte, ob er in den vergangenen Monaten in London etwas von einem Abkommen zwischen Tschechen und Polen gehört habe, nach dem Ostpreußen an Polen gehen, Schlesien zwischen den beiden aufgeteilt und ein Teil von Sachsen der Tschechoslowakei gegeben würde. Er sagte, er glaube nicht, daß die britische Regierung diesen Vorschlag schon angenommen habe, aber er wisse, daß Beneš darauf hinarbeite und daß die Briten und andere, weil sie nichts von den komplizierten politischen, geschichtlichen und wirtschaftlichen Verhältnissen in diesen Gebieten wüßten, eines Tages in Beneš' Falle gehen würden; das würde in 30 Jahren einen weiteren Krieg bedeuten oder eine Periode der Revolution in ganz Europa. Er habe gehört, daß einige Mitglieder des britischen Kabinetts eine Massenaustreibung von dreieinhalb Millionen Sudetendeutschen aus Böhmen befürworteten, was natürlich auch auf Beneš zurückzuführen sei, der schon vor 20 Jahren mit Frankreich ähnliche Pläne erörtert habe. Ich sagte, ich wunderte mich nicht, weil Beneš und Hitler vom gleichen Schlag seien. Ich hätte den Eindruck, mit den Abmachungen zwischen Polen und Tschechen werde die Absicht verfolgt, die öffentliche Meinung in Amerika und die britische Regierung zu blenden, um möglichst viel deutschen Boden zu erringen, und meiner Meinung nach würden die Polen und Tschechen hinterher genauso uneins sein wie vorher. Schüller stimmte zu und begründete diese Überzeugung im einzelnen.
Beneš' Macht über die Tschechen sei seiner Information nach auch heute noch sehr gering. Vor seiner Abreise aus London habe er mit dem jungen [Jan] Masaryk gesprochen. Masaryk unterstütze Beneš offiziell, aber es sei ganz klar gewesen, daß er ihn nicht leiden könne und an seiner politischen Zukunft zweifle. Masaryk habe Schüller auch gesagt,

Österreich könne tun, was es wolle, es könne sogar wieder einen Habsburger haben, wenn es nur nicht versuche, bei Deutschland zu bleiben oder im Donaubecken wieder die Führung zu übernehmen. Ich fragte ihn, wie er die Chancen einer Restauration der Habsburger beurteile. Er hielt sie im Blick auf eine umfassende Lösung für sehr gering. Die sudetendeutschen Führer in London hatten der britischen Regierung mitgeteilt, sie würden nicht auf einer Union mit Deutschland beharren, sondern eine Union mit Österreich und der Tschechoslowakei vorziehen, nur nicht unter einer Habsburgerherrschaft.

(1) Oberster Wirtschaftsberater des österreichischen Außenministeriums 1917–1938, österreichischer Vertreter beim Völkerbund 1932–1938.

** 2. Mai, Lowell House, H. B. an John Wheeler-Bennett*

. . . In Notzeiten wie der gegenwärtigen kommt es immer zu einer Verwirrung von Hoffnungen und Illusionen. Um zu überleben, muß man sie von Zeit zu Zeit scheiden. In der Vergangenheit hat Ihr Volk häufig versäumt, diese chirurgische Operation vorzunehmen, und damit vielleicht die derzeitige Krise herbeigeführt. Für Hoffnung gibt es wohl verschiedene Gründe. Von einem sofortigen Konflikt zwischen den Nazis und Rußland kann ich mich selbst nicht überzeugen, aber später kann es zu einem Konflikt kommen, der jedoch nicht unbedingt zu einem Krieg führen muß. Vielleicht ist auch dieses Jahr schon ein Teil der Aufmerksamkeit, der Militärmacht und der Planung der Nazis von ihrer ungewissen Beobachtung der letztgültigen Politik Rußlands gebunden . . .
Die andere Hoffnung besteht darin, daß die Überorganisation des deutschen Nachschubsystems im Laufe des nächsten Winters vielleicht ernsthaftere Schwierigkeiten bereitet. Man muß sich aber darüber im klaren sein, daß Engpässe in der Versorgung und Knappheit wichtiger Materialien die Nazis 1942 oder 1943 nicht zur Kapitulation zwingen werden, doch könnten sie Sie nicht mehr besiegen, außer im Überraschungsangriff, falls Sie nicht wachsam sind. Andererseits würden Sie selbst mindestens weitere zwei Jahre brauchen, um die Nazis militärisch zu besiegen. Selbst wenn sich ihre Produktion von Kriegsmaterial verlangsamt, können sie eine Defensivpolitik weiterführen. Der Gedanke, die Opposition in Deutschland [durch einen Aufruf von Emigranten] aufzurütteln, ist pure Illusion . . .

Eine weitere Möglichkeit liegt in den seltsamen geistigen Komplexen der Wehrmachtsgeneräle und der Nazis selbst. Die übrige Bevölkerung wird bis nach einem Waffenstillstand überhaupt keinen Einfluß auf die Ereignisse haben. Die Schwankungen zwischen Optimismus und Pessimismus bei Wehrmachtsleuten sowie bei den oberen Rängen und beim Fußvolk der Partei seit 1937 sind Jahr für Jahr stärker und heftiger geworden . . . Es besteht aber keine Hoffnung mehr, daß die Wehrmachtsführer Hitler zwingen werden, abzudanken oder die Regierungsmethode zu ändern oder in ernsthafte Friedensverhandlungen einzutreten. Zum einen wüßten sie nicht, wie sie einen solchen Zug psychologisch vorbereiten sollten. Zum anderen bin ich sicher, daß sie sich längst eine Rückversicherung geschaffen haben – wie sie es 1917 und 1918 taten –, nämlich durch Aufzeichnung ihrer Warnungen an Hitler, so daß sie später – genau wie 1919 – imstande sind, die Verantwortung für die Katastrophe abzulehnen . . .

. . . Es gibt Menschen – in hohen Wehrmachtspositionen, unter den Naziführern, im auswärtigen Dienst und der inneren Verwaltung, unter den früheren Politikern –, deren Leben von einem fast pathologischen Machtstreben beherrscht wird . . . Das ist leider bezeichnend für einen zwar verhältnismäßig kleinen, aber einflußreichen Teil des deutschen Volkes, und es ist sozusagen der konstante Typus der einstigen nationalliberalen und deutschnationalen Gruppen. Ich bin überzeugt, daß Leute wie Papen, Neurath und die übrigen zwar ihre Loyalität zu Hitler lautstark verkünden, aber Tag und Nacht auf eine Gelegenheit warten, selbst einzuspringen, ohne eine klare Vorstellung davon zu haben, was sie tun müssen, außer mögliche Konkurrenten verdrängen. Diese Leute benützen die Flauten zwischen militärischen Siegen, um sehr vorsichtig Skepsis zu verbreiten, aber in Wirklichkeit sind sie Nihilisten . . . Ich bin sicher, daß viele von denen, die den Gedanken einer deutschen Legion befürworten, vom gleichen pathologischen Ehrgeiz angetrieben werden. Zweifellos würden sie jedes Abkommen schließen, das die polnische und tschechische Exilregierung wünscht. Aber das würde Ihnen nicht helfen – im Gegenteil. Es würde das Volk hinter Hitler zusammenschließen, und Goebbels könnte sich zu einem unerwarteten Erfolg gratulieren . . .

Es gibt natürlich Möglichkeiten, die deutsche öffentliche Meinung zu beeinflussen, aber ich fürchte, solche Möglichkeiten werden der jetzige Informationsminister [Duff Cooper] und auch der Premierminister nicht ausnützen können. Es wird ihnen kaum einfallen, alle ihre Reden und Veröffentlichungen so zu kontrollieren, daß sie nicht jede Hoffnung auf eine gesunde und glückliche Entwicklung in Deutschland nach dem Kriege zerstören . . .

T 20. Mai, Jacksonville, Florida[1]

Morgens Besuch bei Don Sturzo im Vincenz-Krankenhaus. Bewegte sich unter Schmerzen. Das edle Gesicht erschien jung. Er hat stark unternormale Temperatur. Einsam! In acht Monaten ich der zweite Besucher, mit dem er sich unterhalten konnte über das, was ihm naheliegt. Bald wird er müde. 18 Jahre im Exil, sieben weniger als Grotius. Kein Haß, immer abgeklärt, voll Sorge und Liebe für sein Vaterland. Wie einsam werde ich nach weiteren zehn Jahren Exil sein. Wie leicht ist es, auf dem Schlachtfelde zu fallen.
Nachmittags mit Moreland[2] nach St. Augustine und Oceanum. Außer Fort wenig von spanischer Kultur erhalten. Um die alte Kirche noch Bänke und Pflöcke für Sklavenmarkt, wie in Münster auf dem Neuplatz für Pferde. Bedrückt über Symbol dieser Gemeinschaft. Abends mit [Gilchrist B.] Stockton, früherer USA-Minister in Wien [März 1930 bis September 1933], in Club House an dem Beach. Großes Verständnis für die deutsche Lage. Aber was bedeutet das für die Massenhysterie?

(1) H. B. fuhr nach Havanna, um als Immigrant, nicht mehr als Besucher, wieder in die USA einzureisen. (2) Alan Moreland nahm als Student an H. B.s Harvard-Seminaren teil, war 1941 in der Stadtverwaltung von Jacksonville.

T 21. Mai, Jacksonville, Florida

Morgens wieder Don Sturzo. Spricht gegen Wiederholung des Experiments katholischer Parteien. Aber bejaht aktiven politischen Einfluß sozial fortschrittlicher Katholiken. Wir beide wenig hoffnungsfroh für Verständnis im Vatikan . . .

** 23. Mai, Miami, Florida, H. B. an Mona Anderson*

. . . Von New York kommend erwartete ich, daß die Veränderung der

Flora dem abrupten Wechsel beim Alpenübergang gleichen würde. Nichts davon. Der Wandel ist langsam. In Jacksonville, das immerhin auf der geographischen Breite von Kairo liegt, findet sich ein eindrucksvolles Gemisch von immergrünen Pflanzen, Palmen, Pinien und nördlichen Laubbäumen, von schönen Blumen in unerhörter Farbenvielfalt, wie ich es nur einmal in Madeira gesehen hatte. Es gibt hier Mengen von Oleander und wilden roten und purpurnen Blumen, die in den vornehmsten europäischen Gärten als Seltenheiten gezeigt werden. Es ist völlig anders als die Mittelmeerlandschaft. Die nördlicheren Bäume sind voll der frischesten grünen Blätter, und die Palmen verschwinden fast in diesem überwältigend grünen Blattwerkdickicht . . . Überall sah man viel schönes Vieh . . . Mein Freund von Jacksonville fuhr mich nach St. Augustine, der ältesten Ansiedlung in den USA. Der Ort wurde von Ponce de León gegründet, als er auszog, um den Jungbrunnen zu suchen, und in das schlimmste Verhängnis geriet. So kann es geschehen, daß ein romantischer Wunsch, ein reiner Traum, zu einer großen historischen Entwicklung führt, während berechnete Pläne zu Chaos und Zerstörung führen können . . . 35 Kilometer weiter besichtigten wir ein sehr großes Meeresaquarium mit einer ungeheuren Vielfalt von Delphinen, Haien, Tarponen und einer Menge wunderbar farbiger kleiner Fische. Wie immer konnte ich es mir nicht versagen, den gefrorenen Ausdruck gewisser Fische mit manchen menschlichen Gesichtern zu vergleichen. Das Schönste, was wir sahen, war ein großer Park außerhalb von Jacksonville. Auf Fotos von großen, südländischen Bäumen sieht man langes, graues Moos von den Zweigen herabhängen, und auf den Bildern macht das einen häßlichen Eindruck. In Wirklichkeit vermittelt es einen tiefen Eindruck von Friedlichkeit und Heiterkeit . . .
Don Sturzo kam letzten Sommer in die USA. Er litt an Nieren- und Herzbeschwerden und konnte nicht mehr in London leben. Ein paar Freunde taten sich zusammen, um ein ungewöhnlich hohes Honorar für monatliche Artikel, die er für Zeitschriften verfaßt[1], zu vereinbaren; er hatte keine Ahnung davon, sonst hätte er nichts angenommen. Man merkte, daß er wochenlang in dem schäbigen kleinen Raum eines Hausmeisters in einem Etagenhaus lebte; die Frau des Hausmeisters war das Mädchen seiner Mutter gewesen und ermöglichte ihm die Existenz. Sein Herz ist sehr schwach, und deshalb ist sein Blutdruck so niedrig, daß er schon beim leichtesten, erfrischenden Lüftchen fröstelt. Er sitzt mit einem dicken, wollenen Morgenrock und einer dicken, wollenen Kniedecke in einem Sessel . . . Die Zukunft der Religion und die Kirchenre-

form beschäftigen seinen Geist und sein Gemüt. Er ist so weise und abgeklärt; ich hätte am liebsten den ganzen Tag bei ihm zugebracht ... Ich bin froh, daß ich die politischen und militärischen Ereignisse einige Tage lang nicht verfolgte. Ich brauche solche Schnaufpausen immer nötiger, und ich kann nicht leugnen, daß rein religiöse Gedanken in steigendem Maß meinen Sinn beherrschen, wenn ich einmal eine Stunde für mich habe. Nachts im Zug, als ich vom Norden herfuhr, las ich das ganze dritte Buch der *Imitatio Christi*, und mehrmals das Kapitel, aus dem uns meine Mutter ... jeden Abend vorlas, als wir noch klein waren[2]. Es enthält die größte Weisheit und ist nicht verdorben von einer Theologie, die allein an die Logik glaubt und nicht weiß, daß sie die tiefsten Wahrheiten nicht erfaßt ...

(1) Drei kurze Artikel erschienen in *Commonweal* am 10. Januar, 21. Februar und 11. April 1941. Der letzte, „Has the Italian Character Changed?“ (Hat sich der italienische Charakter verändert?) war ein sehr herzlicher Gruß an Freunde in Italien. (2) H. B. schrieb am 18. Dezember 1950 an Hermann Ullmann: „Am Niederrhein und in meiner Heimat haben wir nie mit den heimischen Protestanten Schwierigkeiten gehabt, denn beide, Katholiken und Protestanten, lebten innerlich von dem täglichen Lesen der *Nachfolge Christi*, und darin fanden sie sich.“

T 24. Mai, Havanna

... Zum drittenmal Fingerprinting ... Nachmittags nahmen mich die guten Messersmiths auf eine Fahrt durch die Landschaft ... Straße schmal, aber in erquickendem, dichtem Schatten von Bäumen mit bizarr verzweigten Stämmen. Überall schöne, wechselvolle, grüne Landschaft. Saubere Dörfer und intensiver Feldbau. Zucker, Mais ... Messersmith erzählte von seinen Erfahrungen, hat große Achtung für Batista[1]. Letzte Revolution war nötig und Messersmith vorher bekannt. Batista will große soziale Reformen schnell durchführen, beeinflußt von Nazivorbild auf Umweg über Spanien. Messersmith sucht, ihm am 70jährigen deutschen Experimentieren klarzumachen, daß Nazileistungen nur propagandamäßige Aufmachung lang existierender Einrichtungen sind ... Sahen Haus Batistas und Kasernen. Letztere luxuriös wie die neuen Nazikasernen.

(1) Fulgencio Batista, Mitglied einer Gruppe kubanischer Heeressergeanten, die 1933 die Diktatur Machados stürzten. Er wurde 1940 zum Präsidenten von Kuba gewählt und verbesserte das öffentliche Gesundheits- und Bildungswesen sowie die Arbeitsverhältnisse ganz erheblich. Da er sich nicht zur Wiederwahl stellen konnte, verließ er Kuba 1944. Im

Jahr 1952 führte er einen zweiten Staatsstreich durch und begann 1954 eine zweite Präsidentschaft, in deren Verlauf er seinen einstigen guten Ruf verlor.

T 25. Mai, Havanna

... Mittags zum Klub. Sah früheren englischen Geschäftssekretär am Vatikan, später mit Nevile Henderson in Berlin[1]. Sehr sympathisch ... Nachmittags langes Gespräch mit Messersmith über Welles' Mission nach Europa Anfang 1940[2]. Erlaubte mir zu sagen, daß Welles' Mission genau das Umgekehrte gewesen sei von dem, was ich dem Präsidenten [Roosevelt] in der Unterredung im November vorgeschlagen habe. Mein Vorschlag einer öffentlichen Weihnachtsbotschaft an alle kriegführenden Mächte mit dem Ersuchen, ihre Maximalfriedensbedingungen persönlich mitzuteilen, hatte den Zweck, Hitler festzulegen oder vom hohen Roß herunterzubringen. Das war der einzig vielleicht mögliche Ausgangspunkt von Verhandlungen für einen Frieden. Statt dessen „hörte" Welles nur, und seine Reise konnte bei den Nazis angesichts ihres Charakters nur den Eindruck von Furcht und Ohnmacht erzeugen. Messersmith bejahte unbedingt die Richtigkeit meiner Auffassung. Er war sehr besorgt über den Mangel an Stabilität und Erfahrung überall. Keine Kenntnis vom wirklichen Europa, weder in Washington noch in London[3] ...

(1) Sir George Ogilvie-Forbes, englischer Chargé d'affaires am Vatikan 1930–1932, in Berlin 1937–1939, Gesandter in Havanna 1940–1944. (2) Sumner Welles, Staatssekretär im State Department 1937–1944, persönlicher Freund Roosevelts, machte zwischen dem 25. Februar und 21. März 1940 eine Rundreise Rom – Berlin – Paris – London – Paris – Rom. Sowohl Daladier als auch Chamberlain versicherten ihm, sie würden einen Frieden mit Deutschland begrüßen und nicht darauf bestehen, daß die tschechoslowakischen oder polnischen Grenzen von 1919 wiederhergestellt würden. Chamberlain sah keinerlei Möglichkeit, mit der Naziregierung zu verhandeln. Nur Winston Churchill schlug Maßnahmen vor, „um Deutschland hundert Jahre zu beherrschen" (vgl. Langer und Gleason, *Challenge to Neutrality,* S. 368–370). Roosevelts Absicht war, wie er Anfang März Long erklärte, die deutsche Offensive im Westen einige Wochen aufzuhalten und vielleicht etwas Information zu gewinnen (vgl. *War Diary of Breckinridge Long,* S. 64). Streiflichter auf Welles' Reise werfen Hooker, *The Moffat Papers,* und George Kennan, *Memoirs 1925–1950,* Boston 1967, bes. S. 115–121. (3) Messersmiths in den späten fünfziger Jahren offensichtlich nur beiläufig diktierten und unveröffentlichten „Memoiren" zufolge umfaßte das Gespräch Nachkriegspläne für Deutschland: „Zum ersten Male" stellte Messersmith ernsthafte Meinungsverschiedenheiten mit H. B. fest (vgl. Mss. University of Delaware).

T 26. Mai, New York

. . . [Wilhelm] Roth wurde viele Tage lang verhört wegen Beziehungen zur I. G. [Farben] und seiner Ablehnung, sich 100 prozentig für die Forderungen der Polen einzusetzen. Er erklärte der kanad[ischen] politischen Polizei, daß er die Behandlung seines Vaters seitens der Haller Legionäre[1] nicht vergessen habe . . .
Valeriu Marcu[2] wie immer explosiv mit neuen glänzenden antimarx[istischen] Formulierungen. Die ersten Kapitel seines neuen Buches[3] sind faszinierend. Aber es wird sich hier kein Verleger finden . . .

(1) Der polnische General Jozef Haller befehligte 1914 polnische Truppen im österreichischen Heer. Von Februar 1918 an kämpfte er in Polen gegen deutsche Streitkräfte. In Frankreich rekrutierte er polnische Soldaten, die dort kriegsgefangen waren, kehrte 1919 nach Polen zurück und kämpfte 1920 dort gegen die Russen. (2) Journalist, gehörte 1919 zum Stab des kommunistischen ungarischen Diktators Bela Kun, verließ 1921 die Kommunistische Partei. Wurde in Deutschland besonders mit den Werken *Lenin*, Leipzig 1927, und *Das große Kommando Scharnhorsts*, Leipzig 1928, bekannt. (3) Das Buch, bei Marcus Tod Ende 1942 nicht vollendet, sollte *Die Legende des Proletariats* heißen und setzte u. a. Gedanken über die Bedeutung von „Stimmungen" in der Politik fort, die Marcu in einem vielbeachteten Artikel „Mythus der Diktatur", *Berliner Tageblatt* vom 15. Februar 1930, entworfen hatte.

T 27. Mai, New York

Morgens Wheeler-Bennett. Fragte ihn, was er von meinem Brief über die Möglichkeit einer russ[ischen] Kampagne denke. Zurückhaltend.

T 1. Juni, Lowell House

Herrlicher Pfingstgottesdienst in H[untington]. Nachmittags zurück Boston. Schöne Junitage. Schwanke noch immer, ob Angriff gegen Rußland kommt.

T 13. Juni, Lowell House

Groton School Commencement Address[1], war erstaunt über günstige Aufnahme meiner Ansprache. Abends Pater [Emile] Bouvier[2], S. J., erzählte von Agitation unter Geistl[ichen]: Ich habe Anleihe genommen für Deutschland zu abnorm hohen Zinsen, vor allem für Kirchen, wie sie bewußt nachher nicht mehr zu bezahlen waren!

(1) Groton ist eine der alten, privaten, angesehenen, sehr teuren Heimschulen, die für Neuengland typisch sind. H. B.s Ansprache steht in *Groton School Quarterly*, Dezember 1941.
(2) Mitglied von H. B.s Seminar in Harvard, später Leiter der Ecole des Relations Industrielles, Universität Montreal, veröffentlichte in der kanadischen Monatsschrift *Relations* im Juni 1941 ein längeres Interview „En Causant avec Brüning".

* *16. Juni, Lowell House, H. B. an Josef Fisahn*[1]

... Wenn Sie mich jetzt fragen würden, ob Sie – da Sie nun eine Stellung in Chile haben, wenn es auch keine gute ist – in dieses Land kommen sollen, würde ich Ihnen ernstlich raten, noch zu warten. Die Stimmung gegen deutsche Emigranten, die nicht jüdischer Herkunft sind, wird von Monat zu Monat ungünstiger ... Meine ganze Erfahrung der vergangenen sieben Jahre zeigt, daß es kaum möglich sein wird, alle Emigranten oder auch nur eine Mehrheit von ihnen unter einen Hut zu bringen ... Emigranten können sich nur über eines einig werden, nämlich darüber, daß alles, was in der Vergangenheit getan wurde, falsch getan wurde, und daß sie wissen, wie man alles besser tun könnte ... Man kann lediglich versuchen, Gruppen von Deutschen im Exil daran zu hindern, daß sie sich billig ausländischen Regierungen anbieten und entweder aus Rache oder aus Naivität vorschlagen, Deutschland solle aufgeteilt oder verstümmelt werden ... Außerdem möchte ich, daß Sie begreifen, daß angesichts der Entwicklung der Lage in den vergangenen zwölf Monaten die Friedensbedingungen nach einem deutschen Zusammenbruch so geartet sein werden, daß der Versailler Vertrag im Vergleich dazu gnädig erscheinen könnte ... Es gibt viele naive Menschen, die glauben, mit öffentlichen Erklärungen könnten sie irgend etwas ändern. Das wird natürlich nicht möglich sein ... und eines sollten die Deutschen lernen: Mit dem Bilden von Gruppen und der Abgabe von Erklärungen macht man keine Politik ...

(1) Generalsekretär der Zentrumspartei in Ostpreußen 1928–1933, emigrierte über Wien und Rom nach Chile, wo er sich als Redakteur und Lehrer durchschlug.

T 19. Juni, Lowell House

Commencement Day ... Sah Prozession von ferne. Die Oxforder Gewänder herrlich ... Lord Halifax' Rede klug und so objektiv, wie es mehr nicht möglich war. Abends mit Mrs. [Theodore] Roosevelt und Quentin[1]. Verfehlte so Robert Brand, der nach mir suchte und den ich so gerne immer wiedersehe.

(1) Sohn von Theodore Roosevelt, studierte in Harvard.

T 20. Juni, Lowell House

... Komme immer mehr zum Ergebnis, daß Hitl[er] notwendige Auseinandersetzung mit Stalin nicht auf nächstes Jahr verschieben kann. Aber in Erinnerung an 1915 könnte es klimatisch schon zu spät sein, nur noch drei Monate, bis daß im Norden Kampf und Nachschub schwierig werden.

T 21. Juni, Lowell House

... Wanderte spät in der Nacht um den Hof herum, die Sterne über mir. Heilige Stille, wie wenn in der Lindenblüte ich für einen Tag nach Münster zurückkam und über Königstraße, über den Hof vom Paulinum wanderte, von dem Domplatz, Spiekerhof, Markt, Klemensstraße, Loerstraße, an Ludgerikirche vorbei, heim.

T 22. Juni, Lowell House

Der weltgeschichtliche Zug hat begonnen. Unendlich kühn, in der politischen Konzeption weiter wirkend als alles Bisherige. Die Völker werden alle in sich gespalten. Der Vatikan muß passiv bleiben, aber innerlich für Hitler sein. Jetzt ist der Papst geistig der Gefangene im Vatikan. Bis 1929 war er „gefangen", aber geistig ungeheuer frei. Werden die Russen Fehler d[er] Franzosen und Engl[änder] wiederholen und Deutschen entgegenziehen, dann sind sie verloren. Nur eines kann sie retten. Ein Rückzug wie unserer Oktober 14 wäre die Rochade: alles zerstören, Straßen, Brücken, Eisenbahnen, und kleine, starke Sperrnester zurücklassen. Hauptwiderstandslinie Düna, Pripjetsümpfe, Stochod, Karpaten.

** 23. Juni, Lowell House, H. B. an Fritz Ermarth*

... Was den Gedanken betrifft, Rupprecht von Bayern[1] später zu einer Art Regent zu machen, so stimme ich mit Ihnen darin überein, daß es eine sehr poetische Lösung wäre, und mir scheint, sie könnte so beginnen und enden wie der Hindenburggedanke, der von Leuten der gleichen Art vorgetragen wurde. Ich hoffe, Sie bleiben mit Sollmann in Verbindung. Er hat den unparteiischsten, objektivsten Blick und kennt den Charakter all der Emigranten ...

(1) Kronprinz und Generalfeldmarschall (1869–1955).

Juni, Münster, Maria Brüning an H. B.

... Mache Dir nur keine Sorge, wir wollen weiter uns Gottes Schutz anvertrauen und hoffen, daß wir uns in nicht zu ferner Zeit gesund wiedersehen. Zuweilen fällt es allerdings schwer, diese Hoffnung ganz lebendig zu erhalten. Und dennoch! ... Hermann [Thoma[1]] ist sehr alt geworden, und bei Toni [Thoma] machte sich ihr altes Herzleiden wieder sehr übel bemerkbar ... Mancherlei Aufregungen waren für sie auch mit der schweren Erkrankung der nun bald 91jährigen Tante verbunden. Aber die Tante Marie [vom Hove] ist von zäher Natur. Wenn Sie eine sehr üble Attacke eben überwunden, durch die, wie Hermann sagt, der stärkste Soldat umgeworfen würde, dann erklärt sie: So, nun möchte ich aber frühstücken! Und mit großem Appetit verzehrt sie ihr Frühstück mit Ei etc. Da müssen wir doch an eine sehr zähe Rasse glauben und brauchen uns nicht leicht zu beunruhigen. Allerdings hat sie ein selten geruhsames Leben hinter sich und viele Kräfte aufgespeichert. Das kann man von uns und besonders von Dir nicht gerade behaupten ...

(1) Oberst a.D. Hermann Thoma, ehem. Infanterieregiment Graf Werder (4. Rhein.) Nr. 30, mit Toni vom Hove verheiratet.

** 14. Juli, Lowell House, H. B. an Edmund Stinnes*[1]

... Ich bin sehr traurig über das Schicksal von Münster. In der letzten Woche habe ich alle englischen und französischen Rundfunksendungen von London und die deutschen Sendungen gehört. Die neueren Stadtteile wurden schon in den ersten beiden Nächten ganz zerstört. Der französische Sender aus London meldete, in der dritten Nacht [7. Juli] hätten die Engländer ihre Bomben auf die wunderschöne Altstadt abgeworfen, weil sie kein anderes Ziel gefunden hätten, und berichtet, die Stadt habe wie Zunder gebrannt ... Die Zerstörung Münsters und des Doms Karls des Großen in Aachen ... wird Haß erwecken, aber nicht gegen Hitler, sondern gegen die Briten. Psychologie und Phantasie sind eben nicht gerade die stärkste Seite des britischen Charakters. Was mich am meisten bedrückt, ist die moralische Einstellung. Alle Londoner Kirchen zusammen besitzen weder das Alter noch die Schönheit der Kirchen in meiner Heimatstadt, aber die Zerstörung wird sowohl von den Engländern als auch in der hiesigen Presse als große Heldentat gerühmt und nicht als Barbarei, da sie sich ja gegen andere richtete ...

(1) Sohn des Industriellen Hugo Stinnes, Dozent für politische Wissenschaften am Haverford College, Pennsylvania.

** 27. Juli, Lowell House, H. B. an Mona Anderson*

... Gestern kam ich von Duxbury, Massachusetts, zurück, wohin ich mit Fiona gefahren war, damit sie ein paar Tage bei Herrn und Frau Professor Arthur Holcombe verbringt ... Duxbury liegt an der Plymouth Bay, nördlich vom Cape Cod Canal, nicht weit von der Stelle entfernt, an der die Pilgerväter einst landeten. Es ist ein ziemlich gutes Beispiel einer alten Neuengland-Stadt, die die ursprüngliche Verwaltungsform beibehalten hat. Die Holcombes, eine große Familie, besitzen dort ein einfaches Haus. Sie haben viele Freunde mit Töchtern in Fionas Alter ... Ich glaube, sie hat es sehr schön dort, den ganzen Tag kann sie schwimmen, segeln, tanzen und Tennis spielen ... Vor einigen Wochen bekam Frau Hilferding die Erlaubnis, aus Frankreich auszureisen und in dieses Land zu kommen ... Sie ist eine sehr intelligente, hochgebildete Dame, und ich hoffe, sie wird Fiona die Museen so zeigen, daß ihr Interesse geweckt wird ... Fiona ist in vieler Beziehung ihrem Vater erstaunlich ähnlich, fast stumm, wenn sie neue Menschen kennenlernt, später sehr fröhlich, wenn sie sie besser kennt. Ich finde, sie hat ihren guten Charakter behalten, den sie natürlich auch von ihrem Vater hat! Ich glaube, Sie brauchen sich keine Sorgen zu machen ... Mrs. Malloch bat mich, ihr klarzumachen, sie solle sich mehr aufs Lernen konzentrieren. Ich versuchte es, aber ich glaube, der Erfolg war nicht groß. Die Schule ist ihr verhaßt; ich erinnere mich, daß es bei jemand anderem in der Familie im gleichen Alter ebenso war. Sie ist im Gespräch eine gute Zuhörerin, aber ich glaube, Sie sollten ihr Interesse für viele Dinge wecken, mit denen sich ein Mädchen ihres Alters befassen sollte ... Ich glaube, Fiona sehnt sich nach Hause; zuerst dachte ich, sie habe echtes Heimweh. Aber meiner Meinung nach sollte sie nicht heimreisen, außer mit dem Flugzeug[1] ...

(1) Im Juli 1940 hatten Andersons ihre Tochter zu einem Aufenthalt bei Mrs. Kate Malloch in Kingston, Ontario, geschickt; im Juli 1941 drängten sie darauf, das Mädchen nach England zurückzubekommen, ehe sie „amerikanisiert" wurde.

30. Juli, Lowell House, H. B. an Anna Herzog

... Menschen, denen alles sehr nahe geht, haben natürlich viel mehr zu erdulden als die Gleichgültigen. Ich hoffe, daß Peter [Fritz König] sich nicht einem gewissen Optimismus hingibt. Es ist besser, auf alles mögliche vorbereitet zu sein. Sie haben wohl recht, wenn Sie schreiben, daß die aus dem Brief sprechende Gelassenheit wahrscheinlich vieles andere verbergen soll. Sagen Sie ihm, daß ich wiederholt in dem vergangenen Jahre den „Spaziergang" gelesen habe. Die Worte „und die Sonne Homers, siehe sie lächelt auch uns" haben dabei für mich eine neue Bedeutung bekommen. Man muß erst das Augenlicht für das Gegenwärtige verloren haben, um mit so erblindetem Auge die volle Schönheit ferner Dinge zu erschauen.

Wie sehr hoffe ich, einmal wieder in der Schweiz mit den alten Freunden zusammenzutreffen. Aber das Vergangene wird dann leider kein böser Traum sein. Die Folgen des Vergangenen werden wie eine fürchterliche Last auf uns liegen, so lange wir leben ... Für Sie in der Schweiz kommen stolze Tage des Gedenkens[1]. Die Gedenkfeiern werden Ihnen allen weiter Mut und Kraft geben, auch die Wirren unserer Zeit glücklich zu überstehen ...

(1) Der 650. Jahrestag der Eidgenossenschaft der Kantone Uri, Unterwalden und Schwyz (für die *New York Times* „das erste freie Land") wurde am 31. Juli gefeiert.

** 5. August, Lowell House, H. B. an F. W. Sollmann*

... Was den beratenden Ausschuß für Rundfunksendungen im Council for Democracy betrifft, so glaube ich, Sie sollten sehr offene Kritik üben. Diese Emigranten und ihre hiesigen Freunde haben eine schlechtere Meinung vom deutschen Volk als alle europäischen Nationen. Das deutsche Volk als solches zu schmähen, ist ihre einzige Möglichkeit, hier Einfluß zu gewinnen. Zusätzlich zu ihren sonstigen Untugenden haben sie alle einen Größenwahnkomplex. Ich weiß nicht, woher die dem Rat erteilte Empfehlung stammt, keine früheren deutschen politischen Führer zu Deutschland sprechen zu lassen; ich habe jedenfalls alle derartigen Aufforderungen abgelehnt und den Leuten im Justiz- und Finanzministerium gesagt, es sei der größte Unsinn, Persönlichkeiten von Rang zu Deutschland sprechen zu lassen ...
Hinsichtlich der Friedensvorschläge der Deutschen Arbeitsdelegation[1] und ihrer Freunde bin ich ganz Ihrer Ansicht. Es ist schändlich, einseitige Angebote zu machen, denn bei der Friedenskonferenz werden mindestens 200 Prozent dessen, was sie angeboten haben, als Minimum gefordert werden. Ich weiß, daß einige Mitglieder der Delegation mit den Agenten fremder Mächte zusammenarbeiten, die das deutsche Volk für immer vernichten wollen. Ich werde Katz schreiben, vor allem, um ihn zu warnen, aber auch, um klarzustellen, daß meine Mitarbeit bei der Hilfe für Flüchtlinge keine Gleichheit der Ansichten bedeutet. Wissen Sie, daß [Karl] Spiecker in diesem Lande ist? Man sagt, er sei von Gruppen in der britischen Regierung abgesandt worden ...

(1) Im Laufe ihrer Versuche, „das Schicksal zu meistern", veröffentlichten sozialistische Flüchtlinge verschiedener Länder am 2. August 1941 in der *Neuen Volkszeitung*, New York, „Kriegs- und Friedensziele". Nach dem „völligen Sieg über die militärischen Kräfte der Achsenmächte" war ihr Hauptziel „eine dauernde Sicherheit der zivilisierten Welt" durch die völlige Entwaffnung Deutschlands. Sollmann meldete bei dieser Gelegenheit seinen Austritt aus der German Labor Delegation. H. B. setzte Rudolf Katz auseinander, daß er die Tendenz, die territoriale Einheit Deutschlands zu erhalten, zwar schätze, das Angebot der einseitigen Entwaffnung aber für „einen gefährlichen Anfang" halte.

** 28. August, Lowell House, H. B. an Fritz Ermarth*

... Ich glaube nicht, daß sich zum jetzigen Zeitpunkt oder in naher Zukunft eine Gelegenheit bietet, Hitler von innen zu stürzen. Es gibt hervorragende Generäle. Ich kenne sie alle von früher her sehr genau.

Keiner von ihnen besaß je den geringsten politischen Spürsinn. Deshalb werden sie keinen Ansatz finden, Hitler rechtzeitig zu beseitigen, und ganz gewiß können sie es nicht unternehmen, solange die Wehrmacht siegreich ist. Wird sie besiegt oder sinkt die Moral, so fürchte ich, daß kein Engel vom Himmel die Alliierten daran hindern könnte, Deutschland auf die Dauer der nächsten zwei Generationen zu zerstören. Zu dieser Alternative habe ich mich schon vor langer Zeit durchgerungen. Bei der derzeitigen Stimmung der meisten Leute hier und in England ist es zwecklos, davon auch nur zu reden. Aber solche emotionellen Wellen kommen und gehen. Das ist der einzige Trost . . .

* *15. September, Lowell House, H. B. an Mona Anderson*

. . . Ich habe die Hitze viel besser ertragen als letztes Jahr; es war allerdings auch nicht so heiß . . . Von Zeit zu Zeit ging ich übers Wochenende ans Meer oder nach Vermont, das mir am besten gefällt. Am letzten Wochenende war ich in Huntington, am Montag reiste ich in drückender Hitze und Schwüle nach New York. Die zweieinhalb Tage dort waren eine Qual . . . Meiner Schwester, Hertha und ihren Eltern ging es vor sechs Wochen gut. Sie alle verließen Münster nach der zweiten Bombennacht und entgingen damit vielleicht dem Schlimmsten in den zwei folgenden Nächten. Nichts ist erhalten von all der seltenen Schönheit, deren Erinnerung mir so oft eine halbe Stunde Glück vermittelte. Auch das ist dahin – für nichts! . . . In 14 Tagen wird Dr. Brettauer übers Wochenende kommen. Er gehört zu den vielen, die sich damit quälen, daß sie zeitweilig allen Zeitungs- und Rundfunkberichten glauben und sich in der Hoffnung auf Heimkehr wiegen und dann plötzlich in Verzweiflung stürzen, wenn die wahren Verhältnisse durchsickern . . . John [Wheeler-Bennett] erzählte mir lebhaft von dem fröhlichen Leben, das man diesen Sommer in London führt. Ob es wohl um E[ast] G[rinstead] herum das gleiche ist? Ich fürchte stark, daß ein solches Leben in gefährlicher Weise die volle Energie und Anstrengung beeinträchtigt, die Sie so dringend brauchen . . .

* *17. September, Lowell House, H. B. an Pierre Cot*[1]

. . . Am Radcliffe College sagte ich ungefähr, daß schon Jahre, ehe die

demokratische Regierung in Deutschland gestürzt wurde, im kontinentalen Europa bei Bankiers und Industrieführern die Tendenz bestand, überall faschistische oder halbfaschistische Neigungen zu fördern. Ich erläuterte, in vielen Ländern habe dies weitgehend auf dem Schock beruht, den der linkssozialistische Putsch in Wien 1927[2] dem wohlhabenden Bürgertum versetzte ... Reichspräsident Hindenburg war zuerst sehr erfreut über meinen Erfolg in Genf [April 1932], doch dies änderte sich vollständig, als er von einem deutschen Industriellen erfuhr, die französische Schwerindustrie zöge die Wiederaufrüstung Deutschlands jeder multilateralen Abrüstung aller Nationen vor[3] ... François-Poncets Rolle in Berlin nach seiner Ernennung zum Botschafter [21. August 1931] war höchst unheilvoll. Wir stimmten seiner Ernennung sehr widerwillig zu und hätten lieber M. [Pierre] de Margerie[4] behalten, der zwar schwierig war, aber nie etwas unternommen hätte, um den Aufstieg der Nazis zu begünstigen[5]. Vielleicht erinnern Sie sich an das berühmte „Dokument 7"[6] im letzten Krieg, das mit der Feststellung, für Frankreich sei eine extremistische Regierung in Deutschland immer besser, so viel dazu beitrug, die Stellung von Reichskanzler Bethmann-Hollweg zu untergraben ...
Ich glaube, Sie haben völlig recht mit der Vermutung, daß die französische Schwerindustrie und gewisse mit ihr verbundene französische Banken überall faschistische Tendenzen unterstützten ... Bei der [Wahl-]Kampagne [im Mai 1932] gab der Bürgermeister von Le Creusot[7] sehr vieles preis. Warum er später verstummte und unseren Sozialdemokraten jede weitere Auskunft verweigerte, konnte ich nie feststellen ... Die deutschen Beteiligungen an tschechoslowakischen, polnischen und anderen Industrien mußten nach dem Londoner Ultimatum vom Mai 1921 verkauft werden. Über Herrn Mannheimer, einen früheren Vertreter von Mendelsohn in Amsterdam[8], wurden sie von einem Zusammenschluß holländischer, belgischer und französischer Bankiers übernommen und an zwei französische Banken zugunsten französischer Schwerindustriebetriebe verkauft. Wenn man diese Transaktionen nicht genau kennt, kann man nicht verstehen, was 1938 in der Tschechoslowakei geschah. Die Beteiligungen der französischen Schwerindustrie in der Tschechoslowakei wurden zu relativ hohen Preisen an deutsche Firmen verkauft, und die deutsche Regierung gestattete – entgegen ihrer sonstigen Gepflogenheit – die Überweisung des Kaufpreises an die Verkäufer in Frankreich. Nachdem dieses Arrangement getroffen worden war, änderte die französische Presse ihren Ton, und die Nazis wußten,

daß sie die Tschechoslowakei ohne fremde Einmischung besetzen konnten. Dies sind nur einige kurze Bemerkungen; das Problem ist viel breiter und komplizierter . . .

(1) Französischer Luftfahrtminister (Radikalsozialist) 1933–1934, 1936–1938, nach 1940 Dozent an der Yale University. 1937 fiel Cot die Aufgabe zu, die Vergrößerung der französischen Luftflotte in Gang zu setzen. Seine Erlebnisse sind in seinem Buch *Triumph of Treason*, New York 1944, festgehalten. Cot war Mitglied der französischen Delegation bei der Abrüstungskonferenz; im Frühjahr 1933 befürwortete er mit Premierminister Daladiers Billigung eine Streitmacht nach dem Modell der Schweizer Bürgerwehr sowohl für Frankreich als auch für Deutschland, was den damaligen Inspekteur Weygand wegen „des Risikos eines Übereinkommens" erschreckte. Cot beobachtete, wie die gleichen Leute „die gleiche demagogische Methode, nämlich Furcht", anwandten, zuerst, um eine Verständigung mit der deutschen Republik zu vereiteln, und dann, um die Zusammenarbeit mit der Nazidiktatur zu fördern (vgl. *Triumph of Treason*, bes. S. 28f.). (2) Generalstreik und Unruhen in Wien am 15. Juli 1927 infolge Spannungen zwischen der christlich-sozialen österreichischen Regierung und der sozialistischen Stadtverwaltung von Wien. (3) Auf den Vorwurf, der bei seiner Entlassung im Mai 1932 eine Rolle spielte, nämlich: er habe die günstigste Gelegenheit für eine deutsche Aufrüstung verpaßt, ging H. B. in seinen 1970 veröffentlichten *Memoiren* nicht ein. Vermutlich hätte er, wenn er selbst seine *Memoiren* für den Druck vorbereitet hätte, seine ausführlichen Aufzeichnungen über diesen Punkt herangezogen. (4) Trat 1883 in den französischen diplomatischen Dienst ein, war Botschafter in Berlin von 1922 bis zu seiner Pensionierung 1931. (5) François-Poncet war kein Berufsdiplomat – erst nachdem er schon sechs Monate als Botschafter in Berlin fungiert hatte, verzichtete er auf sein Mandat als Abgeordneter der reaktionären Alliance Démocratique –, und er übte die traditionelle diplomatische Zurückhaltung nicht, ob er nun die Meinung vertrat, daß die Zukunft den Nazis gehöre, oder ob er sich auf eine Hohenzollern-Monarchie einrichtete (vgl. u.a. Keßler, *Tagebücher*, 9. Dezember 1931; *New York Times*, 30. August 1932). Daß Papen und Schleicher im Sommer 1932 eine weitgehende Verständigung mit Frankreich erwarteten, für die die französische Regierung wenig Bereitschaft zeigte, und daß François-Poncet deutsch-französische Verhandlungen über eine deutsche Aufrüstung befürwortete, geht aus den Akten hervor (vgl. u. a. Wilhelm Deist, „Schleicher und die deutsche Abrüstungspolitik im Juni/Juli 1932", in: *Vierteljahrshefte für Zeitgeschichte*, 1959, S. 167–169, 175; *Foreign Relations of the U.S. 1932*, Bd. I, Washington 1948, S. 417). Die Veröffentlichung der französischen diplomatischen Akten fängt mit Juli 1932 an. Als Staatssekretär Bülow bei einer Unterredung mit François-Poncet am 17. November 1932 einwandte, daß die Rüstungsbegrenzung eine Rüstungsreduzierung mit sich bringen müsse, berichtete François-Poncet nach Paris, er habe monatelang nichts in dieser Art gehört, nicht seit Deutschland begonnen habe, nach einer Verständigung mit Frankreich und einer „positiven Lösung" der Abrüstungsverhandlungen zu streben (vgl. Ministère des affaires étrangères, *Documents diplomatiques français*, 1. Serie, Bd. II, Paris 1966, S. 17). Gegen Ende Juni 1934 klagte Schleicher bei Franz Halder in Münster, daß die „Vorverhandlungen" mit den Franzosen über die Erweiterung der Wehrmacht ihm nun aus den Händen genommen würden (vgl. Heidemarie von Schall-Riaucour, *Aufstand und Gehorsam*, Wiesbaden 1972). (6) *Geheimbericht Nr. 7, Februar 1917, Die Innenpolitik Deutschlands als Instrument der Außenpolitik Frankreichs*, frz. u. dt., hrsg. von Conrad Haussmann, Berlin 1921. Der französische Bericht „L'Allemagne véritable" beschrieb Bethmann-Hollwegs pandeutsche Kritiker als unschätzbare Verbündete Frankreichs und die deutschen pazifistischen Revolutionäre als unersetzliche Verbündete der Pandeutschen und kam zu dem Schluß, daß Deutschland sich innerlich selbst zerstöre (vgl. Konrad Jarausch, *The Enigmatic Chancellor*, New Haven, Connecticut, 1973, S. 370). Nach der Erbeutung des Doku-

ments nützten es beide Seiten im Kampf um die Position Bethmann-Hollwegs für ihre Zwecke aus. Es wurde zeitweilig für eine Fälschung erklärt, später glaubte man – unter anderen auch H. B. –, es stamme von François-Poncet. (7) Paul Faure (1878–1960), Minister ohne Geschäftsbereich (Sozialist) 1937, Generalsekretär der französischen sozialistischen Partei bis 1938. (8) Fritz Mannheimer wickelte als Agent von Mendelsohn in Amsterdam während des Ersten Weltkriegs Devisentransaktionen für die deutsche Regierung ab. 1920 gründete er eine eigene holländische Firma (unter dem Firmennamen Mendelsohn & Co., Amsterdam), war aber weiterhin als Agent für die Reichsbank tätig und erwarb die holländische Staatsangehörigkeit erst 1936. Es ergab sich, daß Eugène Schneiders Holdinggesellschaft, die Union Européenne Industrielle et Financière, über die die Großaktionäre der französischen Schwerindustrie die Schwerindustrie des früheren österreichischen Reiches beherrschten, im gleichen Jahr gegründet wurde wie Mannheimers Bank. Bis zur Ruhrbesetzung 1923 konnten sowohl die genauen Summen der deutschen Reparationszahlungen als auch die Währungen, in denen die Zahlungen zu leisten waren, kurzfristig beschlossen werden, was den Verkauf (durch Mannheimer) von Beteiligungen und Wertpapieren, die sich in deutschem Besitz befanden, notwendig machte. Bei der Finanzierung des Dawes- und des Young-Plans spielte Mannheimer eine zentrale Rolle, und auf Grund seiner langjährigen Bekanntschaft mit deutschen Beamten hatte er leichten Zugang zu Vorausinformationen. Höchst erfolgreich organisierte er holländisch-schweizerische Banksyndikate zur Unterzeichnung von französischen Regierungsanleihen. Der Erfolg von Poincarés Finanzpolitik wurde auf Mannheimers Unterstützung zurückgeführt, und er galt als enger Berater von Paul Reynaud. Mannheimers Bankrott und Selbstmord im August 1939 brachte zwei Jahrzehnte internationalen Finanzwesens zu einem dramatischen Ende (vgl. *The Times* im August 1939; *Fortune*, März 1934).

* *27. September, Lowell House, H. B. an Patrick Barry*

... Das tragische Ende des guten Hilferding, das für mich nicht unerwartet kam, erschütterte mich sehr und zwang mich, mich um die Zukunft seiner Witwe zu kümmern[1]. Ich glaube, für das kommende Jahr haben wir nun eine Möglichkeit für sie gefunden, in der Bostoner Klinik psychotherapeutisch zu arbeiten und ihren Lebensunterhalt zu verdienen. Wie immer genoß ich die zwei Tage in Huntington sehr. Dort herrscht stets eine so friedvolle Atmosphäre, und ich vergesse, was mich sonst bedrückt ...

(1) Hilferdings Tod im Gefängnis im Februar 1941 wurde erst im September bekannt. H. B. schrieb am 14. Oktober an Edmund Stinnes: *„Selbstverständlich nehme ich an, daß Hilferding Selbstmord beging, da sein Tod einen Tag nach seiner Auslieferung durch die Vichy-Regierung erfolgte. Ich kann mir vorstellen, daß er, weil er nicht wußte, wo seine Frau war, und weil er erkannte, daß er in der Hand der Gestapo war, nur weil er den stets zögernden Breitscheid nicht hatte alleinlassen wollen, einen Augenblick von Verzweiflung überwältigt wurde.“

** 29. September, Lowell House, H. B. an Carl Landauer*[1]

... Deutsche Verbannte befinden sich in einer ganz anderen Lage als sonstige Emigranten. Emigranten aus besetzten und unterdrückten Ländern kämpfen um ihre nationale Unabhängigkeit. Für deutsche Emigranten ist die Situation völlig anders. Eine deutsche „Exilregierung" würde nur anerkannt, wenn ihre Mitglieder bereit wären, die harten Bedingungen anzunehmen, die sich wahrscheinlich aus dem vagen Programm der Atlantik-Charta[2] entwickeln werden; diese läßt die Tür für alles offen, auch für eine noch schlimmere Wiederholung des Versailler Vertrags ... Natürlich ist es verhängnisvoll, daß all die Gruppen sich nicht über ein eher defensives Programm einigen konnten, das das Lebensinteresse des deutschen Volkes wahren würde. Ich fürchte, daß die radikalsten Gruppen – wie stets in unserer politischen Geschichte – den Ton angeben und die Politik vieler anderer Gruppen bestimmen werden ...

(1) Dozent für Ökonomie an der Universität Berlin 1926–1933, seit 1936 Professor an der University of California. (2) Churchill und Roosevelt gaben am 14. August 1941 eine Erklärung gemeinsamer Grundsätze ab: Freie Selbstbestimmung für alle Nationen; gleicher Zugang zu Rohstoffen; Freiheit der Meere; internationale wirtschaftliche Zusammenarbeit; Abrüstung von Aggressoren.

** 15. Oktober, Lowell House, H. B. an F. W. Sollmann*

... Ich stimme Ihrer Stellungnahme voll und ganz zu. Ich besprach die Angelegenheit mit Grzesinski, der mich letzten Mittwoch besuchte. Ich machte ihm sehr klar, daß ich mit all diesen Leuten nichts zu tun haben will[1] ... Ich versuchte, ihn zu beeinflussen, und zeigte ihm die Auslegung der Atlantik-Charta in britischen Zeitungen. Die Londoner *Financial News* hat jetzt mehrere Artikel über die Abrüstung Deutschlands veröffentlicht, in denen die bleibende Zerstörung nicht nur der ganzen Schwerindustrie, sondern auch der Werkzeug- und teilweise der Maschinenindustrie gefordert wird. Ich sagte Grzesinski, das würde permanent mehrere Millionen Arbeitslose bedeuten, aber ich fürchte, das macht ihm oder sonst jemandem von denen, die Sie erwähnen, keinen Eindruck ...

(1) Albert Grzesinski (1879–1947), preußischer Innenminister (SPD) 1926–1930, Polizeipräsident in Berlin 1924–1926 und 1930–1932; Präsident der German Labor Delegation

1939–1941; gründete Ende 1941 die Association of Free Germans; ab 1942 beim Office of Strategic Services.

* *28. Oktober, Lowell House, H. B. an Richard Kuenzer*[1]

. . . Ihre Ansichten zu erfahren, interessierte mich sehr. Sie sind etwa so, wie ich sie mir von hier aus vorgestellt hatte. Ich bin jedoch nicht so optimistisch in der Hinsicht, daß gewisse Leute einen Ausweg finden werden, und noch weniger, daß sie es auf die richtige Weise tun werden. Eine optimistische Antwort auf Ihre Frage hängt völlig von der gewählten Zeit und Methode ab. Es könnte mit einer entsetzlichen Katastrophe enden.

Der Haß nimmt hier in so großem Maße zu, daß ihn auch der weiseste Staatsmann in dem Augenblick, in dem es wesentlich wäre, nicht mehr zügeln könnte. Das wäre tatsächlich jenseits des Ozeans einfacher. Aber auch dort bin ich nicht optimistisch, besonders im Hinblick auf das Schicksal der östlichen Provinzen. Selbst wenn es dort zu einer Lösung käme, würden die aufgezwungenen wirtschaftlichen Einschränkungen die Aussicht auf eine erträgliche Zukunft verdunkeln.

Wenn Sie unseren gemeinsamen Freund G[oerdeler] sehen, übermitteln Sie ihm bitte meine Grüße und besten Wünsche und sagen Sie ihm, wenn er seine Rückkehr an den Ort, an dem ich vergeblich auf ihn wartete[2], nicht hinausgezögert hätte, wäre es vielleicht möglich gewesen, die Katastrophe zu vermeiden. Sein späteres Telegramm erreichte mich erst hier. Sagen Sie ihm auch, er möge meine Warnungen vor gewissen Leuten, die er als nützlich für sich oder freundlich gesonnen betrachtet, nicht vergessen; er weiß, wen ich meine. Eine Aktion zur rechten Zeit in der richtigen Form, ohne einen sofortigen psychologischen Zusammenbruch – nur diese Punkte sind wichtig . . .

(1) Legationsrat a.D., früher Mitarbeiter der *Germania*, mit verschiedenen Widerstandskreisen in Verbindung, hatte H. B. das letzte Mal im Juli 1939 in London gesehen, machte im Herbst 1941 einen Besuch in der Schweiz und schrieb, gleichzeitig im Auftrag Goerdelers, mit einer gewissen Hoffnung auf „Einsicht und Courage an der Stelle, auf die allein es ankommt“. (2) Siehe oben S. 261.

** 17. November, Lowell House, H. B. an Neill Malcolm*

. . . Ich dachte kürzlich häufig an Sie, als ich von einem Freund in der Schweiz ein Buch mit Briefen und Notizen von Moltke[1] erhielt. Sie sind sehr faszinierend und vermitteln einen umfassenden Eindruck von der ganzen langen Zeit mit ihren großen militärischen und politischen Veränderungen. Sie erinnern sich sicher, daß ich vor drei oder vier Jahren einmal mit Ihnen darüber sprach, wie wichtig es sei, der Zukunft ein genaues Bild vom Krieg und von der Nachkriegszeit zu hinterlassen. Ein großer Teil dessen, was zu einer verhältnismäßig raschen Erholung und zu einer Überbrückung der durch den Krieg zwischen den Völkern geschlagenen Kluft führte, war das Werk einiger weniger Menschen, die wegen ihrer Stellung und wegen der Schwierigkeit ihrer Aufgabe mehr oder weniger im Hintergrund blieben. Es gab einige Männer wie Sie, deren Einstellung höchst wichtig war . . . Ich sprach mit John [Wheeler-Bennett] darüber, und er ermutigte mich sehr, Ihnen noch einmal zu schreiben und Sie zu fragen, ob Sie nicht die Zeit nach Ihrer Genesung dazu verwenden möchten, Ihre Erinnerungen aufzuschreiben. Ob Sie sie veröffentlichen oder nicht – sie werden für spätere Historiker eine höchst wertvolle Quelle sein. Ich persönlich wünsche sehr, daß Sie es tun, denn es könnte sehr viel dazu beitragen, die psychologischen Folgen des jetzigen Geschehens zu überwinden und allmählich zu einer konstruktiven Atmosphäre zurückzufinden . . .

(1) *Moltke. Leben und Werk in Selbstzeugnissen,* hrsg. von Max Horst, Leipzig, Sammlung Dietrich, o. J. Sir Neill hatte den Band *Bohemia 1866* in Callwells Serie „Campaigns and Their Lessons“, London 1912, geschrieben.

** 21. November, Lowell House, H. B. an Fritz Ermarth*

. . . Über eines müssen Sie sich im klaren sein: Wenn die Wehrmacht jemals tatsächlich beschließen würde, Hitler und die Nazis zu stürzen, müßte sie es auf einen Schlag tun, ohne darüber zu reden, auch nicht unter Korpskommandeuren. Ich kann mir nicht vorstellen, daß irgendein General so handeln wird, solange die Wehrmacht siegreich ist. Vielleicht würden sie es gerne tun, wenn sie in einem oder zwei Jahren erkennen, daß die wirtschaftliche Grundlage für die Kriegführung zu schmal geworden ist, aber dann wird es wahrscheinlich zu spät sein. Es besteht kein Zweifel daran, daß die Macht der Partei – abgesehen von der Gestapo – in Deutschland allmählich abgenommen hat, aber das bedeutet nicht, daß einige Generäle, um Hitler zu beseitigen, das Risiko auf sich nehmen würden, die Moral des deutschen Volkes vollständig zu brechen und sich dann mit Bedingungen auseinandersetzen zu müssen, die in der Praxis schlimmer sind als die des Versailler Vertrags . . .

* *21. November, Lowell House, H. B. an Frederick May Eliot*[1]

. . . Mit der größten Bewunderung beobachte ich nun seit über einem Jahr die große humanitäre und barmherzige Arbeit der Unitarier in Frankreich und anderswo in Europa . . . Ich erinnere mich noch sehr genau an die unmittelbare Wirkung auf das deutsche Volk, als die ersten Quäker 1919 nach Deutschland kamen . . .

Ich weiß, daß es aus politischen Gründen jetzt schwierig sein wird, das Unterstützungssystem wieder aufleben zu lassen, das am Anfang des letzten Krieges in Belgien begonnen und von Mr. [Herbert] Hoover verwaltet wurde . . . Aber ich kann mir nicht vorstellen, daß es unmöglich sein soll, die Lieferung von Arzneimitteln, Vitaminen und Kondensmilch in die besetzten Länder zu organisieren. Es wäre einfach, Kinder im Entwicklungsalter jeden Monat von Ärzten ihrer Nationalität untersuchen zu lassen. Die Ärzte müßten feststellen, welche Kinder Sonderzuteilungen an Milch, Vitaminen, Arzneien und so weiter brauchen . . . Die Überwachung dieser Zuteilungen – damit sie nicht in die Hände der Nazis fallen – wäre verhältnismäßig leicht zu bewerkstelligen. Ich kann mir nicht denken, daß ein solches begrenztes praktisches Angehen des ganzen Problems durch eine unpolitische Gruppe wie das Unitarian Service Committee in England auf unüberwindliche Hindernisse trifft . . . Ich glaube, wenn dieser Krieg vorüber ist – derzeit ist noch kein Anzeichen für ein baldiges Ende vorhanden –, werden die Verhältnisse viel schlimmer sein als nach dem letzten Krieg. Dieser Krieg ist nicht nur ein Krieg zwischen Nationen; es ist ein Krieg zwischen Ideologien und zugleich in jedem Land – offen oder versteckt – ein Bürgerkrieg . . .

(1) Präsident des amerikanischen Unitarierbundes.

** 26. November, Lowell House, H. B. an Mona Anderson*

... Ihre guten Wünsche für einen glücklicheren Geburtstag nächstes Jahr nehme ich so an, wie sie gemeint sind, aber ach, nur wenn ich meinen 60. Geburtstag erlebe [1945], werde ich vielleicht alle Lieben jenseits des Ozeans wiedersehen ... Johns [Anderson] schwere Prüfung und seine Erfahrungen haben gewiß sein Urteil sehr reifen lassen ... Ihre Bemerkung, Männer seien viel beherrschter als Frauen, trifft auch hier zu; oft ist es schwierig, ihnen zuzuhören. Deshalb nehme ich kaum mehr Einladungen an. Natürlich gibt es bemerkenswerte Ausnahmen. Schlimmer als sonst jemand sind die vielen Emigranten aller Nationalitäten; sie sind weit weg von Gefahr und Leiden, und ihr tägliches Brot ist Haß ...
Nie in meinem Leben habe ich so viel gelesen wie im letzten Jahr. Ich sehe jetzt viele Probleme, die mich vor 1914 schon sehr interessierten, bedeutend klarer. Bis jetzt hatte es mir die Zeit nie erlaubt, auf sie zurückzukommen. Als ich mich mit dem Aufstieg des Gedankens der Freiheit und des Rechts befaßte, stieß ich auf etwas sehr Faszinierendes: 100 Jahre lang besaßen die Bürger meiner Geburtsstadt zusammen mit denen einer Nachbarstadt das Vorrecht, Bishopsgate in London zu halten und zu verteidigen[1]. Alle drei Orte haben nun das gleiche Schicksal erlitten. Das ist die Folge des Mangels an Phantasie und des Überwiegens von Haß in den letzten Jahrzehnten. Ich habe einen weiteren Artikel geschrieben, der Ihnen übersandt werden wird[2] ... Allmählich scheinen all die schönen Orte, deren ich mich in England und Europa entsinne, nur noch Bilder in meinem Gedächtnis zu sein, wie Märchen aus meiner Kindheit ...

(1) Eines der Rechte der Hanse-Kaufleute, die sich seit 1250 in London angesiedelt hatten. (2) „Russia and Germany", in: *Foreign Affairs,* Januar 1942. Erst nach dem Krieg erwähnte H. B., daß er die leise Hoffnung gehabt habe, daß ein aufmerksamer Leser in der deutschen Abwehr den Verfasser des anonymen Artikels erkennen und einige seiner Bemerkungen über Rußland auf Deutschland anwenden könnte. Das erklärt den abrupten Schlußabsatz des Artikels mit dem doppelsinnigen Hinweis auf einen möglichen Frieden mit Vorkriegsgrenzen und der Frage, ob es jemanden gebe, der versuchen würde, „Stalin" zu beseitigen.

** 27. November, Lowell House, H. B. an F. Demuth*

... Ich bin froh, daß Vogel[1] in London ist. Er ist ein aufrichtiger, praktisch veranlagter Mann; allerdings fürchte ich, daß er nicht die Gabe besitzt, die persönliche Eifersucht der Mitglieder seiner Partei zu überwinden ... Ich fürchte, [Friedrich] Stampfers Vorschlag, einige Literatur für die Zeit nach Hitlers Sturz vorzubereiten, ist ein wenig verfrüht. Das Schlimmste daran ist, daß die meisten Emigranten nicht wissen, was in Deutschland zwischen dem letzten Krieg und dem Aufstieg der Nazis geschah. Man findet kaum drei Emigranten, die darüber einig sind ... Emigranten haben oft keine Möglichkeit, das wahre Empfinden der Leute zu Hause zu kennen; im allgemeinen weiß jeder etwas von der Stadt oder der Provinz, in der er lebte. Das führt zu völlig irrigen Urteilen. Wir dürfen nie vergessen, daß es selbst mit größter Phantasie nicht möglich ist, sich von außen vorzustellen, was in Deutschland unter der Oberfläche vorgeht ... Jeder Emigrant hat noch einige persönliche Freunde, die ihm treu sind, aber eine neue Generation, die eigene Meinungen haben wird, wächst heran. Sie wird gewiß keine Lektionen beherzigen, die ihr von Menschen erteilt werden, die die Schrecken dieses Krieges nicht miterlebt haben. Aber es gibt viele Zeichen, die mich glauben lassen, daß ein sehr großer Teil dieser jüngeren Generation selbstverständlicher demokratisch und positiv ist als die überwiegende Mehrheit der Emigranten ...

(1) Hans Vogel, Mitglied des Reichstags (SPD) 1920–1933, wurde 1939 Vorsitzender des SPD-Vorstands in Paris, seit Ende 1940 in London.

** 29. November, Lowell House, H. B. an Hubertus zu Löwenstein*[1]

... Ich kann nur sagen, daß gewisse Kreise in der britischen Regierung, wie ich aus London erfahren habe, seit einiger Zeit versuchen, eine Art repräsentative Gruppe von Flüchtlingen, die in England leben, zu bilden. Ich weiß, daß Vogel – Wels' Nachfolger in der Führung der sozialistischen Partei – große Mühe aufwendet, um alle Sozialisten und verwandte Gruppen zusammenzubringen, und auch Stampfer ist von hier dorthin gegangen, sicherlich mit der Absicht, die Verbindung zwischen der englischen Gruppe und der Grzesinski-Gruppe herzustellen. Ich nehme an, sie wären ungefähr die Art Regierung, die die britische und die amerikanische Regierung in Deutschland haben möchten, falls Hitler verschwindet. Natürlich weiß ich nicht im einzelnen, wer dazugehört, außer Mitgliedern der früheren SPD. Aber ich weiß, daß einige Mitglieder der früheren demokratischen Partei sich in London seit drei oder vier Jahren der britischen Regierung als die einzigen Leute darstellen, die noch Einfluß in Deutschland haben. Natürlich kann ich ihren Einfluß nicht beurteilen, aber eines ist, glaube ich, ganz bestimmt wahr – alle Emigranten ohne Ausnahme sind in Deutschland mehr oder weniger vergessen, und es ist ein müßiger Traum, daß sie mit Hilfe der Bajonette einer Besatzungsarmee wieder an die Macht gebracht werden könnten . . .

(1) Dr. Hubertus Prinz zu Löwenstein, Journalist und Dozent, emigrierte 1933, seit 1937 in den USA.

* *2. Dezember, Lowell House, H. B. an Fritz Ermarth*

. . . Ich fürchte, Sie können nicht darauf hoffen, daß das deutsche Heer das Regime stürzt, ehe die militärische und die wirtschaftliche Lage kritisch wird . . . Niemand würde mir glauben, wie naiv diese Leute in der Politik sind. Das ist gut für den Durchschnittsgeneral, aber in der Lage, in der sie sich, wie ich fürchte, eines Tages automatisch befinden werden, könnte es katastrophal sein. Die gegen das Naziregime eingestellten Leute, die sie beraten, sind sehr wohlmeinend, aber sie haben die Chancen, die sie hatten und die sich ihnen fast jedes Jahr boten, verstreichen lassen. Wenn man zuviel über solche Möglichkeiten spricht, könnte die einzige Folge später sein, daß die Heeresführer einer nach dem anderen beseitigt werden, und das wäre noch schlimmer.

Ich fürchte sehr, daß das politische Denken in Deutschland sogar noch naiver ist. Die Leute waren ständig verwirrt und sind jetzt ganz unpolitisch geworden. Sie flüchten in eine Welt der Träume und der Utopie. Sie haben keine Ahnung, daß alles, was im Januar 1940 noch möglich war, jetzt nicht mehr möglich ist und immer weniger möglich sein wird, wenn sich der Krieg noch zwei oder drei Jahre hinzieht. Ich möchte aber meinen diesbezüglichen Pessimismus niemandem sonst einflößen. Es ist Vorrecht und Pflicht einer jüngeren Generation, von Hoffnung und Optimismus beseelt zu sein . . .

* *8. Dezember, Lowell House, H. B. an Max Brauer*[1]

. . . Es tut mir sehr leid, daß Sie den Gedanken verworfen haben, einen Zeitraum von fünf Jahren zu lassen und nicht zu versuchen, jedes Problem sofort zu lösen. Ich bin fest davon überzeugt, daß das die einzige Lösung wäre. Nur wenn der Haß abgeflaut ist, können stabile Friedensverhältnisse herbeigeführt werden; das ist die Lehre aus der ganzen Geschichte. Ich freute mich sehr, daß Sie sich so heftig gegen die Forderung der Zerstörung der ganzen Schwerindustrie in Deutschland auflehnten. Was die Grenzen betrifft, so wird alles von weiteren militärischen Entwicklungen und von der Weisheit und Mäßigung der Staatsmänner bei Kriegsende abhängen . . . Eines steht fest: Das Maximalangebot, das irgendeine Emigrantengruppe hier für einen Friedensvertrag unterbreitet, wird die Minimalforderungen der anderen Seite bei Kriegsende nicht erfüllen. Wenn Sie die Grenzen von 1918 verlangen, werden die Polen und andere mehr fordern, vor allem Ostpreußen und Oberschlesien bis Brieg, wie sie es schon taten. Ich fürchte, diese Forderungen sind von der britischen Regierung mehr oder weniger angenommen worden . . .

(1) Oberbürgermeister in Altona (SPD) 1924–1933, emigrierte 1933 über Wien, Berater für Kommunalfragen in Nanking, seit 1936 in den USA.

* *10. Dezember, Lowell House, H. B. an Henry Mann*[1]

. . . Ich habe viel über das nachgedacht, was Sie sagten. Dabei kam mir immer stärker die Vermutung, daß die Leute, die Sie trafen, möglicherweise bei ihren Gesprächen in Ihrem Beisein nicht ganz aufrichtig waren. Seit dem Frühjahr 1938 habe ich den Eindruck, daß manche von ihnen vielleicht ein Spiel treiben mit Wissen führender Nazis, denen daran gelegen ist, einflußreiche Kreise im Ausland zu täuschen, indem sie den Eindruck einer ständigen, starken Meinungsverschiedenheit zwischen dem Heer und Hitler erwecken, die entweder nicht vorhanden ist oder, wie sie wissen, nicht zu einem Wechsel des Regimes führen kann . . . Ich wäre Ihnen sehr dankbar, wenn Sie diesem meinem Verdacht nachgehen, Ihre Erinnerung an all diese Gespräche prüfen und mir mitteilen könnten, ob es denkbar ist, daß mein Argwohn begründet ist[2] . . .

(1) Langjähriger Vertreter der National City Bank of New York in Berlin, setzte ursprünglich große Hoffnung auf eine Naziregierung, wurde 1934 zutiefst ernüchtert, war im State Department als „Mittelsmann" für den deutschen und den französischen Militärstab bekannt, besuchte H. B. im November 1941 (vgl. *Ambassador Dodd's Diary;* Moffat, *Diplomatic Diary,* Mss.). (2) Mann antwortete auf diese Frage, daß seine Informanten ihn nicht bewußt irregeführt hätten, aber von den „jeweiligen Entwicklungen" beeinflußt worden seien.

** 22. Dezember, Lowell House, H. B. an Henry Stimson*

. . . Dieses Neujahr wird besonders traurig sein für diejenigen, die teilhatten an den historischen Bemühungen, eine dauerhafte Lösung zu finden, die einen konstruktiven Frieden garantiert hätte, ehe es zu spät war. Aber der Vorzug, Mensch zu sein, besteht darin, daß ewig neue Hoffnung aufkeimt und schließlich auch erfüllt wird . . . Aus dieser Entfernung beobachte ich mit großer Bewunderung, wie Sie die ungeheure Aufgabe, die Ihr Los geworden ist, erfüllen. Ich selbst fühle mich viel besser als letztes Jahr. Ich hatte die Freude, nach langer Pause einige Zeilen von meiner Schwester zu erhalten. Glücklicherweise ist sie der anscheinend völligen Zerstörung meiner Heimatstadt entronnen. Sonst bekam ich keine Nachricht aus Deutschland . . .

27. Dezember, Maria Brüning an H. B.

. . . Nun liegen die Weihnachtstage, von denen so lange vorher geredet [wird] und für die man so viel Vorbereitungen trifft, schon hinter uns. Die vertrauten Räume daheim, in denen wir lange, lange Jahre die schönen Feste gemeinsam verlebten, stimmen jetzt doch sehr wehmütig. Ich habe daher das Weihnachtsfest hier in friedlich stiller Einsamkeit verbracht, und die Schwestern[1] tun alles, uns die Tage recht festlich und behaglich zu machen. In Gedanken war ich bei Dir und wüßte nur zu gern, wo und wie Du die Tage verlebt hast. Hoffentlich hattest Du recht liebe Menschen bei Dir, mit denen Du von daheim sprechen und erzählen konntest . . . Mache Dir nur nicht zuviel Gedanken und Sorgen . . . Eben kommen wir heim von einem herrlichen Spaziergang durch Sonne und frischen Schnee. Nun die Tage anfangen, länger zu werden, kommt auch wieder mehr Mut und die Hoffnung auf das Frühjahr. Wie gut, daß die dunkelsten Tage nun hinter uns liegen. Ich schrieb Dir wohl schon, daß ich im Januar Hertha erwarte . . . Du weißt wohl, daß Onkel Paul [Simon] schwer krank war, aber jetzt scheint er die Krankheit überwunden zu haben, er ist wieder in voller Tätigkeit. Er läßt Dich herzlich grüßen, auch August [Winkelmann], der sich kürzlich sehr nach Dir erkundigte. Und noch sehr viel Grüße und Wünsche habe ich Dir auszurichten von allen lieben, treuen Freunden und Bekannten . . .

(1) Vermutlich die Elisabeth-Schwestern in Freudenstadt, obwohl Maria Brüning die Feiertage gelegentlich auch im Kloster der armen Klarissen in Münster verbrachte, wo sie mit Maria Antonia Tecklenborg besonders befreundet war.

* *31. Dezember, Lowell House, H. B. an Patrick Barry*

. . . Die Tage in Huntington und das günstige Wetter haben mir sehr gutgetan, und ich war dort in Ihrer Gesellschaft sehr glücklich . . . Ich bekam einen reizenden Brief von Mr. [Henry] Stimson, der mir seine Hilfe anbot, falls ich irgendwelche Schwierigkeiten hätte. Der Brief freute mich auch deshalb so sehr, weil er beweist, daß es noch echte Gentlemen auf dieser Welt gibt . . .

1942 bis 1945

Während die meisten Universitätsprofessoren irgendeine „Kriegstätigkeit" übernahmen, konnte H. B. seinen akademischen Interessen freier nachgehen als in den vorangegangenen dreißig Jahren, und er kam in den Genuß der hervorragenden Bibliotheken der Harvard University. Er hegte den Gedanken, eventuell eine Wirtschaftsgeschichte Deutschlands zwischen den beiden Kriegen zu schreiben, und arbeitete unter diesem Gesichtspunkt die gebundenen Zeitungen und Zeitschriften der Weimarer Republik durch. Verfassungsgeschichte und die verschiedenartige Entwicklung von Verwaltungseinrichtungen in verschiedenen Ländern beanspruchten mindestens ebensoviel von seiner Zeit. Der Krieg schränkte seine Vortrags- und gesellschaftlichen Verpflichtungen ein, und Gespräche über frühere Zeiten mit anderen Emigranten, wie Rosa Hilferding, wurden seine wichtigste Erholung. 1942 führte sein letzter Versuch, den Sommer über in Cambridge zu arbeiten, zu einem Kreislaufversagen; danach schloß er sich den Gebräuchen des Landes an und verbrachte einen Teil des Sommers an der Küste oder in den Bergen. Im Sommer 1943 war er in Huntington, in New Hampshire und Maine; den August 1944 verbrachte er mit Treviranus in New Bedford, New York, und den August 1945 mit der Familie Treviranus in Woodstock, New York. 1944 war und blieb „das schwerste Jahr" in H. B.s Leben. Die Verhaftungen und Hinrichtungen in Deutschland nach dem 20. Juli und die Annahme des Morgenthau-Plans zur gleichen Zeit übertrafen seine bangen Vorahnungen. Sein Miterleben und seine Aufmerksamkeit galten gleichermaßen seiner Arbeit in Amerika und den Verhältnissen in Europa; im Herbst 1944 überwog die Niedergeschlagenheit wegen der zahllosen persönlichen Tragödien in Deutschland, die mehr als nur private Bedeutung hatten. Die Möglichkeit, indirekt zu Hilfsmaßnahmen beizutragen und damit zusätzliches Elend zu verhindern, ließ andere Interessen zurücktreten. Obwohl die allgemeine Stimmung kaum ermutigend war, befaßte sich H. B. Anfang 1945 aktiv mit dem Gedanken an Mittel zur Nachkriegshilfe. Britische und amerikanische Offiziere und Beamte in Deutschland übersandten H. B. die ersten Nachrichten von überlebenden Freunden. Häufig – wenn auch unregelmäßig – beförderten sie persönliche Briefe und Antworten. Lange ehe der Briefverkehr mit dem Ausland in Deutschland wieder gestattet war, erhielt und beantwortete H. B. Fragen und Berichte, die mehr die Politik der fünfziger als die der dreißiger Jahre betrafen und über den Rahmen dieses Buches hinausgehen.

Gemäß einem Abkommen vom März 1942 waren die USA verantwortlich für militärisches Vorgehen im Pazifik, Großbritannien für das Gebiet westlich von Burma bis zum Mittelmeer, Großbritannien und die USA gemeinsam für den Nord- und Südatlantik. Die Japaner hatten Malaya, die Philippinen, Borneo, Indonesien und Südburma eingenommen. Da Japan in schweren Seeschlachten bei den Salomoninseln und Midway Island im Mai und Juni 1942 große Verluste erlitten hatte und da es ihm in der zweiten Hälfte des Jahres 1942 nicht gelang, auf Neuguinea fest Fuß zu fassen, geriet es 1943 in die Defensive gegenüber der amerikanischen Strategie des „Hüpfens von Insel zu Insel".
Im Januar 1942 mußten die Briten Bengasi aufgeben. Der dritte Achsenvorstoß durch die Wüste begann im Mai und wurde im Juli bei El Alamein, westlich von Alexandria, aufgehalten. Die letzte britische Wüstenoffensive begann im Oktober 1942 und endete mit Rommels Rückzug nach Tunesien und dem Zusammentreffen der britischen mit den von Algerien kommenden amerikanischen Streitkräften im April. Tunis und Biserta fielen im Mai 1943 an die Alliierten. Der November 1942 mit der erfolgreichen Landung der Alliierten in Algerien und Marokko am 8. November, dem Rückzug der Achsenmächte von El Alamein und der Einkesselung der deutschen sechsten Armee in Stalingrad ist der offenkundigste Wendepunkt des Krieges.
Sizilien wurde im Juli 1943 von den Alliierten besetzt. Mussolini wurde am 25. Juli zum Rücktritt gezwungen. Ihm folgte General Badoglio, der die faschistische Partei auflöste. Auf den italienischen Waffenstillstand vom 3. September 1943 folgte Mussolinis Flucht und die Gründung der faschistischen Republik in Norditalien. Die alliierten Streitkräfte erreichten Rom von Süden her erst im Juni 1944. Am 6. Juni 1944 landeten die Alliierten in der Normandie, und am 27. Juni eroberten sie Cherbourg. Paris wurde am 25. August befreit. Am 2. September waren die alliierten Truppen in Brüssel, und am 12. September überschritten die ersten US-Truppen die deutsche Grenze. Athen wurde im Oktober von den Alliierten eingenommen, und im Januar 1945 wurde im griechischen Bürgerkrieg ein zeitweiliger Waffenstillstand geschlossen. Vom

16. bis 25. Dezember 1944 fanden noch schwere Kämpfe in den Ardennen statt. Sowjetische Truppen marschierten am 12. Januar 1945 in Warschau ein. Am 5. März waren die Alliierten in Köln. Beneš kehrte im April mit einer provisorischen Regierung aus Moskau nach Prag zurück. Die polnische provisorische Regierung in Moskau schloß am 21. April mit der Sowjetunion einen Beistandspakt auf zwanzig Jahre. Am 25. April berührten sich die sowjetischen und die amerikanischen Truppen an der Elbe. Nach der Eroberung Berlins durch sowjetische Truppen beging Hitler am 30. April Selbstmord. Am 7. Mai ergab sich die provisorische deutsche Regierung von Admiral Dönitz in Reims. Am 5. Juni trat der alliierte Kontrollrat die uneingeschränkte Herrschaft über Deutschland an. Die Kapitulation Japans wurde am 2. September angenommen. Allein unter dem Militär forderte der Krieg 15 Millionen Tote. Die größten absoluten Verluste unter den Kriegsteilnehmern hatte die Sowjetunion; proportional gesehen hatten die Sowjetunion und Deutschland die größten Verluste.

Die Einstellungen und Absichten der Siegermächte im Jahr 1945 waren das Produkt der Erfahrungen und der Konferenzen des Krieges. Die wichtigsten Treffen zwischen Churchill, Roosevelt und Stalin fanden im Januar 1943 in Casablanca, im Dezember 1943 in Teheran und im Februar 1945 auf Jalta statt. Die Finanz- und Kreditpolitik der Nachkriegszeit wurde bei der erweiterten Konferenz von Bretton Woods im Juli 1944 in die Wege geleitet, und die Charta der Vereinten Nationen wurde bei der Konferenz von San Francisco im Mai und Juni 1945 angenommen. Als sich die Sieger in Europa im Juli 1945 in Potsdam trafen, hatten sie Gelegenheit, das Ausmaß ihrer Meinungsverschiedenheiten abzuschätzen.

** 5. Januar, Lowell House, H. B. an Mona Anderson*

... Der arme Dr. Brettauer und sein Sohn [Alfred] sind interniert worden. Nachdem er so viel getan hat, um anständige Antinazikräfte zu unterstützen, muß er das als einen entsetzlichen Schlag empfinden. Ich habe mich sehr bemüht, ihm zu helfen, aber ich glaube, ich kann nicht sehr viel tun. Ich bekomme sehr höfliche, aber sonst ziemlich ausweichende Antworten. Nach über einem Jahr erhielt ich einen Brief von meiner Schwester, der natürlich nichts enthielt außer Bemerkungen über ihre Gesundheit und über einige Familienmitglieder. In den nächsten zwei oder drei Jahren werde ich wohl keine Nachrichten mehr bekommen ... Zufällig hörte ich auch von einem alten [Zentrums-] Parteimitglied[1]. Er deutet an, er könne nicht einmal mit seinen alten Freunden in Verbindung bleiben. Sollte ich diesen Krieg überstehen und eines Tages lebend nach Hause zurückkehren können, so würde ich kaum jemanden antreffen, der sich noch an mich erinnert ...
Jetzt muß ich eine Woche im voraus um Genehmigung bitten, um Cambridge verlassen zu können, was an sich eine kluge Maßnahme ist angesichts der Millionen Ausländer, die in diesem Lande leben[2]. Ich muß gestehen, daß die Ereignisse im Fernen Osten[3] bis jetzt in diesem überraschungsreichen Krieg die größte Überraschung waren ...

(1) Oberpostrat Gustav Olef in Wiesbaden. (2) Im Jahr 1940 waren fast fünf Millionen Ausländer beim US-Justizministerium registriert; mehr als eine Million davon waren Deutsche, Italiener und Japaner und von diesen wiederum 700000 Italiener. Anfang 1942 wurden feindliche Ausländer aufgefordert, sich noch einmal besondere Ausweise ausstellen zu lassen und bei den US-District Attorneys die Genehmigung für Reisen von mehr als einigen Meilen zu beantragen – in H. B.s Fall für Reisen außerhalb des Stadtbezirks Boston. (3) Die Japaner hatten Hongkong und Manila eingenommen, waren in Nordborneo gelandet und näherten sich Singapur.

** Januar, Lowell House, H. B. an Henry Stimson*

... Natürlich würde ich Sie sehr gern sehen, und ich weiß Ihren Vorschlag sehr zu schätzen, aber ich fürchte, ich werde einige Zeit nicht nach Washington kommen können. Meine Reisen werden so genau überwacht – nicht nur von deutschen Emigrantengruppen, sondern auch von manchen aus den besetzten Ländern –, daß jede Bewegung neue Angriffe in der Presse auslöst[1]. Ich glaube, mein Entschluß, Washington fernzubleiben, war im ganzen gesehen richtig. Mir wäre nichts unangenehmer, als die Schwierigkeiten zu vermehren, die das Außenministerium gelegentlich mit politischen Flüchtlingen hat. Ich faßte diesen Entschluß mit Bedauern, denn ich wünschte aufrichtig, mich eine Stunde lang mit Ihnen zu unterhalten; vielleicht ergibt sich später einmal eine Gelegenheit . . . Ich hielt es stets für unmöglich, daß ich nach der Niederlage der Nazis in irgendein Amt zurückkehre, denn inzwischen ist eine ganze Generation herangewachsen, der der Haß auf mich eingeimpft wurde. Wenn Sie aber, sobald die Situation reif ist, mit mir über eine Regelung zu sprechen wünschen, wäre ich nur zu gern bereit, zu Ihnen zu kommen . . .

(1) Der deutsche Emigrant und Journalist Johannes Steel (ursprünglich: von Stahl), der seit 1934 Berichterstatter der Tageszeitung *New York Post* war, sagte am 29. Oktober 1941 in einer Rundfunksendung des WMCA, daß H. B., der „nie den Nazismus oder irgendeinen seiner Greuel verurteilt" habe, als Haupt einer zukünftigen deutschen Regierung „der Kandidat aller Reaktionäre und Konservativen in der Welt" sei. Die liberale New Yorker *PM*, eine Tageszeitung der vornehmen Welt, druckte die Sendung ab. Am 29. November berichtete die *New York Post* von einer „Friedensverschwörung", an der H. B., General Keitel, Hermann Rauschning, Milan Hodža, Tibor von Eckhardt, Hubertus von Löwenstein und Otto von Habsburg teilgenommen hätten. Steel brachte eine weitere Sendung über die „gigantische Beschwichtigungsverschwörung" am 30. November, die am 1. Dezember in *PM* gedruckt wurde. Genannt wurden H. B., Karl Spiecker, Gottfried Treviranus, Otto Strasser, Tet Arnold von Borsig und Wilhelm Sollmann; es hieß, die zentrale Führung liege bei Msgr. Ludwig Kaas in Rom. Das tatsächliche Bestehen dieser „Gruppe" wurde sogar von sonst sachlichen Zeitungen, z. B. dem *Christian Science Monitor* (14. November 1942, Boston), als erwiesen angesehen. Gerüchte, daß Friedrich Stampfer London „im Auftrag H. B.s" besucht habe, um mit deutschen Generälen „über den Frieden zu verhandeln", zwangen Stampfer im April 1942, seinen Londoner Freunden eine formelle Erklärung zu übersenden, daß H. B. nichts von seiner Reise gewußt habe. Steels nächste Bücher, *Men Behind the War,* New York 1943, und *The Future of Europe,* New York 1945, sind voll von grenzenloser Bewunderung für sowjetrussische Persönlichkeiten und Politik und zeigen einen besonderen kirchenfeindlichen Akzent. Seine Berichte über H. B. verfaßte er wahrscheinlich in vorbeugender Absicht, denn im Dezember 1941 hatte die neu zusammengestellte Special Activities Section der Organisation, die bald darauf zum Office of Strategic Services wurde, den Vorschlag gemacht, „als eine Front" für Spionage und Sabotage in Deutschland ein deutsches Emigrantenkomitee zu gründen, das aus H. B., Treviranus und Paul Hagen (Karl Frank) bestehen sollte. Das State Department lehnte den Vorschlag ab, ohne daß H. B. je davon gehört hätte, doch erklärt sich damit wahrscheinlich Longs Bemerkung über eine „unverlangte" Warnung des sowjetischen Botschafters Litwinow am 10. Januar 1942 vor H. B., Otto Strasser, Carol von Rumänien und anderen (vgl. Smith, *OSS*, S. 208f., und *War Diaries of Breckinridge Long*, S. 241).

* *10. Januar, Lowell House, H. B. an James K. Pollock*[1]

... Ich bin sehr froh, daß Sie Sir Robert Vansittarts Ideen[2] ablehnen, und ich freue mich über das, was Sie auf Seite drei über den sehr großen Einfluß sagen, den die Deutschen nach einer Niederlage, und selbst wenn sie vollständig abgerüstet werden, auf die Zukunft Mitteleuropas ausüben werden ... Ich sprach von der ungeheuren Bedeutung der Tatsache, daß die Bestimmungen des Young-Plans zwar nominell die ganze Verantwortung auf die deutsche Regierung übertrugen, jedoch dieser Regierung nicht erlaubten, eine freie und unabhängige Währungs- und Kreditpolitik zu verfolgen. So ist die parlamentarische Demokratie in Deutschland bis jetzt noch nicht wirklich erprobt worden. Ich stimme Ihnen darin zu, daß nach Hitlers eventueller Niederlage die Menschen in Deutschland ihre Regierungsform finden müssen ... Sie werden verstehen, daß ich es mir versage, zum jetzigen Zeitpunkt positive Vorschläge zu machen, und zwar aus zwei Gründen. Zum einen kann ich die Dauer des Krieges nicht vorhersagen. Zum anderen besteht – im Gegensatz zu dem Gerede in diesem Lande und anderswo – keine Aussicht, daß ich nach Hitlers eventueller Niederlage ins Amt zurückkehre. Ich bin bei der großen Mehrheit des deutschen Volkes in Vergessenheit geraten, nur Angehörige der älteren Generation haben sich einiges Wohlwollen für mich bewahrt. Außerdem sah ich stets große Schwierigkeiten voraus, wenn ein Katholik die führende Position in Deutschland bekleidet ... Es besteht kein Zweifel daran, daß eine gewisse Anzahl von Stimmen im protestantischen Mitteldeutschland den Nazis zufiel, nur weil ich Katholik bin ...

(1) Amerikanischer Professor für politische Wissenschaften an der University of Michigan, 1945 Beobachter der amerikanischen Militärregierung in Deutschland. Er hatte H. B. ein kurzes Referat über die Nachkriegsregierung in Deutschland übersandt, das er für die Jahresversammlung der American Political Science Association im Dezember 1941 ausgearbeitet hatte. Für die gleiche Versammlung hatte H. B. einen Aufsatz über „Wirtschaftsplanung in Deutschland zwischen den Weltkriegen" geschrieben, in dem er die den Amerikanern fremden Begriffe Genossenschaft und Zweckverband erläuterte. (2) Obwohl Botschafter André Corbin im Oktober 1939 beim Foreign Office gegen die in der britischen Propaganda getroffene Unterscheidung zwischen Hitler und dem deutschen Volk protestierte, behielt die Chamberlain-Regierung diese Unterscheidung bei. Im November 1940 begann Vansittart eine Reihe von Rundfunkvorträgen, in denen er die seither als „Vansittartismus" bekannt gewordene Doktrin, daß Personen deutscher Geburt „raubgieriger" seien als andere Menschen, in reinster Form darlegte. Sein Biograph Colvin bezeichnet Vansittarts Motiv als „heftige Enttäuschung" – vermutlich Enttäuschung wegen des Ausbleibens des Bürgerkriegs in Deutschland. Die ersten Sendungen wurden von Kollegen im Foreign Office als „absurd und vulgär" abgelehnt und von der *New York*

Times als rassistisch verurteilt. Als am 18. Februar 1941 im Oberhaus über ihre „Angemessenheit" debattiert wurde, äußerte sich nur ein Mitglied übereinstimmend mit Vansittart. Als aber die Rundfunksendungen 1941 in London unter dem Titel *The Black Record* veröffentlicht wurden, war Goebbels rasch bei der Hand, Zitate daraus für seine eigene antibritische Propaganda zu verwenden, und auch Roosevelt begrüßte sie. Meinungsumfragen vom Herbst 1941 ergaben, daß nur sechs Prozent der Amerikaner das deutsche Volk mit Hitlers Diktatur identifizierten, und Roosevelt ließ seinen Propagandachef wissen, daß Vansittarts Nachdruck auf der Kollektivschuld des deutschen Volkes „sehr viel Gutes stiften könnte". Auch Roosevelts Freund, Staatssekretär Sumner Welles, betrachtete „das deutsche Volk in der Masse als zersetzenden Faktor der modernen Zivilisation". Im Sommer 1944 fand Hull Roosevelt unerschütterlich in seiner Auffassung, daß „das deutsche Volk als Ganzes in eine gesetzlose Verschwörung verwickelt ist" (vgl. *Diaries of Sir Alexander Cadogan*, S. 222; Louis P. Lochner, *Always the Unexpected*, New York 1956, bes. S. 266 hinsichtlich Vansittarts Beziehung zu James Mooney im Herbst 1939; George Gallup, *The Gallup Poll 1935/71*, Bd. I, New York 1972; R. H. B. Lockhart, *Comes the Reckoning*, London 1947, S. 158; F. D. Roosevelt, *His Personal Letters*, Bd. II, New York 1950, S. 1234f.; Sumner Welles, *The Time for Decision*, New York 1944, S. 110; Cordell Hull, *Memoirs*, Bd. II, New York 1948, S. 1603).

* *25. Januar, Lowell House, H. B. an Mona Anderson*

... Ich muß fleißig an der Vorbereitung eines neuen Vorlesungszyklus für dieses Trimester arbeiten. Beim ersten Mal muß ich die Vorlesungen schriftlich ausarbeiten. Sowohl im Sommer als auch im Herbst werde ich zusätzlich 24 Vorlesungen halten müssen. Das alles nimmt mich ganz in Anspruch. In vieler Beziehung ist es gut für mich. Ob ich hier weitermachen kann, ist natürlich noch nicht sicher[1] ... Gestern erhielt ich einen Brief von Herthas Vater mit vielen Grüßen von seinen und meinen Freunden. Hertha scheint es sehr gut zu gehen; sie beabsichtigt, mich mit ihrem Vater nach dem Krieg hier zu besuchen, vielleicht zu meinem 60. Geburtstag! Ich glaube, sie sind ein bißchen zu optimistisch ... John Wheeler-Bennetts Schwester[2] schrieb mir einen sehr munteren Brief. Ich staunte, daß ihr Sohn schon 18 1/2 ist und in die R[oyal] A[ir] F[orce] eintreten wird. Ihre Tochter ist im W[omen's] A[uxiliary] S[ervice]. Das sind alle Nachrichten, die ich von drüben bekommen habe ... Haben Sie „Père Josef"[3] von Aldous Huxley gelesen? Tun Sie es! Es ist das faszinierendste Buch, das er je geschrieben hat, und es scheint einen großen Wandel in seiner ganzen Einstellung zu offenbaren. Nur ein Kapitel gefällt mir nicht. Mommersteeg reist für die Missionen in Holländisch-Ostindien und wird drei Monate in N[ew] Y[ork] sein. Ich hoffe, ihn dort von Zeit zu Zeit zu sehen ...

(1) Die Universitätsbehörden teilten H. B. mit, es sei unklug, wenn ein feindlicher Ausländer Verfassungsgeschichte lese, und so wurden die Vorlesungen nie gehalten. H. B. war darin dem Gedanken nachgegangen, daß sich jede demokratische Regierung mit dem sich wandelnden Charakter und den wechselnden Lebensumständen des Volkes ändern muß, und hatte die Prinzipien oder absoluten Werte zu definieren versucht, die für jede annehmbare Regierung, bei der die Stabilität den Fortschritt nicht ausschließen soll, erforderlich sind, wobei er besonderen Wert darauf legte, die Bedeutung der „Vermittlung" bewußt zu machen. (2) Irene Heaton, Mrs. Trevor Heaton, in Oxford. (3) *Grey Eminence*, London 1941.

* *29. Januar, Lowell House, H. B. an Edward Carter*[1]

... In der Anlage erhalten Sie einen an Sie adressierten Brief, den Sie dem Justizminister zusenden können, wenn Sie ihn für geeignet halten[2]. Andernfalls vernichten Sie ihn bitte, und machen Sie mir Vorschläge, wie der Brief abgefaßt sein sollte.

Zu Ihrer persönlichen Information möchte ich zweierlei hinzusetzen. Erstens: Trotts sämtliche Ideen fußten auf der Ansicht, die in der Wehrmacht und überall in Deutschland vorherrschte, als er im September 1939 wegging, daß nämlich bald ein Massenangriff britischer und französischer Bomber von ihren Basen in Lothringen aus gegen die Rüstungsindustrie in Westdeutschland unternommen werde, und zwar mit katastrophalen Ergebnissen, da Flakgeschütze die einzige Kriegsausrüstung bildeten, die man noch bei Ausbruch des Krieges vernachlässigt hatte. Außerdem glaube ich, die Wehrmacht wußte zu jener Zeit, daß Hitler schwankte. Ich war etwas überrascht, von Trott, als ich ihn zum letztenmal sah [im Dezember 1939], zu hören, daß er mit allen möglichen Emigranten Gespräche führte in der Annahme, er werde bei ihnen die gleiche Art von Menschen finden wie bei den jüngeren Gruppen der Sozialdemokratischen Partei in Deutschland. Es war ihm nicht bewußt, daß in Deutschland eine neue Generation herangewachsen ist, die sehr selbstbeherrscht ist und das, was sie hört, verschweigen kann, und daß die Emigranten, die Deutschland verließen, sofort nachdem die Nazis an die Macht kamen, nicht die gleichen Eigenschaften besitzen ...

(1) Seit 1926 Sekretär des American Council of the Institute of Pacific Relations, seit 1933 am Institute of Pacific Relations, wurde 1941 Präsident des Russian War Relief. Adam von Trotts Freund Hasso von Seebach war als „verdächtiger Ausländer" interniert worden, und Carter sammelte Aussagen zu seiner Verteidigung; von Seebach wurde im Februar 1942 freigelassen. (2) Siehe Anhang IX.

** 10. März, Lowell House, H. B. an F. Demuth*

... Frau Hilferding war von Ihrer Freundlichkeit sehr gerührt. Sie hat sich hier in Boston in der Klinik sehr gut eingearbeitet. Das einzige Mittel, ihren Kummer zu überwinden, war eine Arbeit, die sie den ganzen Tag in Anspruch nimmt. Natürlich war es schlimm für sie, als sie hörte, daß Breitscheid in Berlin in Freiheit ist und daß seine Frau zu ihm gehen konnte. Der arme Weismann[1] starb vor ein paar Wochen. Er kam letztes Jahr im Spätherbst in diesem Lande an. Ich verbrachte am Altjahrsabend mit ihm und Frau Weismann in New York ein paar sehr schöne Stunden ... Er starb sehr friedlich innerhalb von zwei Minuten an einem Herzschlag. Die Tatsache, daß seine zwei Söhne, die beide sehr fähig sind, im Dezember ihre guten Stellen verloren, trug dazu bei ... Leider wurden viele sehr ehrbare Leute interniert. Manche von ihnen wurden bedingt entlassen ... Daß ein Mann wie Georg Bernhard jetzt Mitglied von Grzesinskis Exilregierung ist[2], wird Sie und mich bestürzen, die Nazis aber freuen. ...

(1) Dr. Robert Weismann, Staatssekretär im preußischen Innenministerium 1923–1932.
(2) Die mit den Achsenmächten Krieg führenden Länder unterzeichneten am 1. Januar 1942 eine Erklärung, mit der die allgemeinen Grundsätze, die zwischen Churchill und Roosevelt in der Atlantikcharta vom August 1941 vereinbart worden waren, übernommen wurden. „Andere Autoritäten", wie zum Beispiel der Free French Council, durften der Erklärung „beitreten", und das tat Grzesinski sofort namens seiner Association of Free Germans, ebenso Otto Strasser im Namen seiner Frei-Deutschland-Bewegung. Die Grundsätze der Atlantikcharta wurden jedoch nicht auf Deutschland angewandt, und im Jahr 1944 wurden alliierte Propagandisten angewiesen, jegliche Andeutung darauf, daß sich diese Grundsätze auf Deutschland erstrecken könnten, zu vermeiden (vgl. *Propaganda in War and Crisis*, hrsg. von Daniel Lerner, New York 1951, bes. S. 243f.).

** 15. März, Lowell House, H. B. an Patrick Barry*

... Ich merkte, daß man schon beim vorhergehenden Dekan Einwände gegen meine Ansichten über Rußland erhoben hatte. So dachte ich, die einzige Möglichkeit, einen offenen Konflikt zu vermeiden, bestehe darin, daß ich vertraulich erklärte, ich würde die Harvard Corporation für den Rest des Krieges um Beurlaubung bitten. So stehen die Dinge jetzt. Bis jetzt sind nur drei Personen eingeweiht, und ich möchte Sie ernstlich bitten, mit niemandem darüber zu reden. Es besteht jedoch kaum mehr ein Zweifel daran, daß ich vom 1. Oktober an ohne Einkommen sein werde. Leider habe ich ziemlich leichtherzig fast mein ganzes Geld ausgegeben, um Flüchtlingen zu helfen, die von Frankreich herüberkamen, oder um sie hierherzubekommen. Früher übernahmen Dr. Brettauer und zwei andere wohlhabende Flüchtlinge einen großen Teil dieser Verpflichtungen, aber ihre Bankkonten sind alle gesperrt. Ich kann kaum erwarten, daß sie von den $ 500, die sie monatlich abheben dürfen, jetzt noch etwas für Flüchtlinge abgeben. Dr. Brettauer wurde erst vor einer Woche bedingt freigelassen; er war seit 10. Dezember in Bismarck, North Dakota, interniert und ist körperlich sehr geschwächt.

So wälze ich noch Zukunftspläne, bei denen ich berücksichtigen muß, daß die bolschewistische Kampagne gegen mich fortdauert. Vor drei Wochen brachten die billigen Sonntagszeitungen in England hämische Angriffe auf die Flüchtlinge, die früher politische Verantwortung trugen, auch auf mich . . . Was mich noch mehr bedrückte, ist, daß eine Reihe sehr anständiger Menschen, die in Deutschland heute noch sehr gute Stellungen hätten, wenn sie den Nazis auch nur ein bißchen entgegengekommen wären, ihre Arbeit verloren haben oder interniert wurden aufgrund von Denunziationen linksradikaler deutscher und österreichischer Emigranten. Ich mußte eine Menge Erklärungen schreiben, um diese armen Menschen aus den Internierungslagern herauszubekommen . . .

* *25. März, Lowell House, H. B. an A. R. Elliott*[1]

. . . Herzlichen Dank für Ihren Brief und für die Mitteilung über Adam Trott zu Solz. Natürlich würde mich sehr interessieren, was er zu Ihnen sagte. Ich achte ihn sehr hoch, aber ich fürchte stets, daß er ein bißchen zu optimistisch ist. Ich glaube auch, daß seine Freunde eine Gelegenheit zum Handeln versäumt haben, aber trotzdem wäre es für mich sehr wertvoll, von Ihnen seine derzeitigen Ideen zu erfahren. Da ich technisch gesehen feindlicher Ausländer bin, ist für mich das Reisen gegenwärtig sehr schwierig. Ich habe um eine Genehmigung, nächste Woche nach New York zu reisen, nachgesucht, und wenn sie ohne Schwierigkeiten erteilt wird, werde ich am Donnerstag und Freitag, dem 2. und 3. April, in New York sein . . .

(1) Vertreter des National Council of Student Christian Associations, war kurz zuvor aus der Schweiz zurückgekehrt.

* *25. April, Lowell House, H. B. an Edward Carter*

... Vor Ostern war ich anderthalb Tage in New York. Ich wollte eigentlich eine Woche bleiben, doch bekam ich meine Reiseerlaubnis zu spät, so daß ich Sie leider nicht anrufen konnte, wie ich es beabsichtigt hatte. Ich machte einen Blitzbesuch bei Dr. Elliott und hatte einen etwas merkwürdigen Eindruck. Aus dem, was Dr. Elliott mir über sein Gespräch mit unserem Freund [Trott] berichtete, schloß ich, daß er entweder nicht richtig begriff, was unser Freund meinte, oder daß unser Freund während des Gesprächs merkte, daß es klüger wäre, wenn er nicht in Einzelheiten ginge. Falls Sie mit Dr. Elliott gesprochen und einen anderen Eindruck gewonnen haben, würde es mich interessieren, gelegentlich davon zu hören ...

* *25. April, Lowell House, H. B. an Robert Gannon*[1]*, S. J.*

... Es tat mir leid, daß ich Sie nicht sprechen konnte, ehe ich von dem Essen des Massachusetts-Ausschusses der Conference of Christians and Jews[2] am Donnerstagabend wegging. Ich wollte Ihnen sagen, wie sehr ich Ihre Worte zu schätzen weiß. Ich bewunderte nicht nur wie alle Anwesenden Ihre große Rednergabe, sondern ich halte es in diesem Lande vor allem für wesentlich, klar herauszustellen, daß eine verschwommene Auffassung von Toleranz äußerst gefährlich ist. Man muß Menschen gegenüber tolerant sein, Ideen gegenüber kann man es nicht sein. Die Verwirrung darüber ist eine der größten Gefahren für eine demokratische Entwicklung in Europa gewesen. So war die von unseren Richtern weitgehend übernommene Ansicht, die Verfassung gestatte es den Leuten, am Sturz der Verfassung zu arbeiten, solange sie keine subversiven Aktionen unternehmen, eine Verdrehung der Toleranz. Ein vager Toleranzbegriff zusammen mit einer positivistischen Schule gesetzlichen Denkens ist für jede Demokratie eine große Gefahr. Ich möchte in wenigen Worten meine große Anerkennung zu Ihren diesbezüglichen Aussagen zum Ausdruck bringen ...

(1) Rektor der Fordham University, New York. (2) Fünfte Jahresversammlung.

* *3. Juni, Lowell House, H. B. an Paul Schwarz*[1]

... Rundstedt ist sicherlich im Herzen heftig antinazistisch. Natürlich ist er deutschnational. Ich möchte aber nicht, daß Sie seinen politischen Charakter veröffentlichen. Sein Haupteinwand gegen die Nazis ergab sich stets daraus, daß sie die Kirchen verfolgten. Im Herzen ist er natürlich Monarchist ... Er hat seine antinazistischen Gefühle nie verborgen und wurde von der Gestapo sehr streng überwacht. Als die Gestapo mich in Holland zu entführen versuchte ..., wollte sie herausfinden, ob ich mit ihm in Verbindung stand, wie einer von ihnen nach seiner Verhaftung gestand. Ich erfahre jetzt von Herrn [Gans] von Putlitz[2], daß die Gestapomänner, die im November 1939 die beiden britischen Agenten in Venlo[3] schnappten, den gleichen Trick anwandten und behaupteten, von Rundstedt zu kommen.

... Canaris' Organisation ist immer noch von der Gestapo unabhängig. Er spielt ganz gewiß nicht das Spiel der Gestapo, aber welche Endziele er verfolgt, weiß ich nicht. Er hat viele Menschen geschützt, die von der Gestapo gesucht wurden. Dies wiederum nur zu Ihrer persönlichen Information. Der Zweck dieses Schutzes ist mir ebenfalls unklar. Ich kann mir nicht vorstellen, daß er wirklich für die Nazis ist, aber vielleicht ist er für Hitler. Zweifellos ist er für seine Arbeit wie geschaffen, er ist Oberst Bauer[4] und anderen, die wir im letzten Krieg hatten, bei weitem überlegen. Welches Spiel er auch treibt – ich kann mir nicht denken, daß er imstande sein wird, Hitler zu stürzen, oder daß er es beabsichtigt. So wie sich die Lage entwickelt hat, glaube ich, daß auch die schärfsten Nazigegner unter den Generälen nicht mehr fähig sind, eine erfolgversprechende Aktion gegen ihn zu unternehmen ...

(1) Bis 1933 deutscher Generalkonsul in New York, sammelte für das amerikanische Justizministerium Informationen über deutsche Emigranten. (2) Wolfgang Gans, Edler von Putlitz, früher im deutschen auswärtigen Dienst, dann im englischen Informationsdienst, später in der DDR (vgl. Otto John, *Zweimal kam ich heim,* Düsseldorf 1969). (3) Im einzelnen geschildert von einem der beiden Engländer, Sigismund Payne Best, *The Venlo Incident,* New York 1950, und von Walter Schellenberg, *The Labyrinth,* New York 1956. (4) Max Bauer, politischer Vertrauter Ludendorffs, im Ersten Weltkrieg in der Operationsabteilung im Kriegsministerium mit der Innenpolitik beschäftigt.

** 15. Juni, Lowell House, H. B. an Archibald MacLeish*[1]

. . . Ich hätte gern länger mit Ihnen gesprochen, besonders nachdem ich erfuhr, daß der Präsident selbst Sie gebeten hat, die Namen früherer Mitglieder des deutschen Reichstags, die in diesem Lande leben, zusammenzustellen. Natürlich weiß ich nicht, zu welchem Zweck diese Information gewünscht wird, aber ich war etwas bedrückt, als ich darüber nachdachte, was Sie zu mir gesagt hatten. Ich möchte Ihnen ganz im Vertrauen sagen, daß jeder Versuch, das deutsche Volk mit einer in Zeitungen veröffentlichten oder im Rundfunk gesendeten Erklärung, die von einstigen, jetzt im Exil lebenden Mitgliedern des Reichstages unterzeichnet ist, zu beeindrucken, eine verhängnisvolle Wirkung auf die Stimmung in Deutschland ausüben würde . . .
Es ist nicht so einfach, große Teile der Bevölkerung für eine Anregung oder einen Appell von außerhalb Deutschlands einzunehmen. Die Menschen reagieren gewiß nicht auf rein politische Appelle. Die Entwicklung, die sich in Deutschland vollzieht, ist viel tiefer. Es ist ein Kampf um eine politische Konzeption auf der Grundlage von Moralprinzipien, die von religiösen Idealen abgeleitet werden. Ich erwartete stets, daß dies eines Tages geschehen werde, aber nach dem, was ich von einer zuverlässigen Quelle in London[2] erfahre, geht es jetzt viel rascher und intensiver vor sich, als ich je vermutet hätte. Meine ganze Hoffnung ist, daß diese Bewegung nicht von Emigranten gestört wird . . .

(1) Amerikanischer Schriftsteller, Leiter der Kongreß-Bibliothek 1939–1944, stellvertretender Direktor im Office of War Information 1941–1943. (2) Johannes Maier (Hultschin) berichtete laufend aus London über den Kirchenkampf in Deutschland.

** 15. Juni, Lowell House, H. B. an Alan Valentine*[1]

. . . So kann ich zum Beispiel zu Ihrer Rede vor dem American Council of Education nur sagen, daß ich Ihre kritische Einstellung zum derzeitigen Bildungswesen voll und ganz teile. Ich wünschte, Sie hätten diese Rede im Jahr 1927 in Deutschland halten können; damals wäre sie höchst angebracht gewesen. Die Erziehung unserer Jugend nach dem letzten Krieg war zu stark vom „quantitativen“ Prinzip beeinflußt und beruhte auf psychologischen Experimenten und auf psychologischen und pädagogischen Theorien, die sich alle drei Jahre änderten. Eine ganze

Generation versäumte es, irgend etwas gründlich zu lernen, und verlor sehr weitgehend die wichtigste Fähigkeit, die die Schulen bei Jungen und Mädchen entwickeln sollten, nämlich die Konzentration. Das Ergebnis war eine emotionell unstabile Jugend, der es an rationalem Urteilsvermögen fehlte und die nach jemandem Ausschau hielt, der ihr sagte, was sie tun sollte . . .

(1) Seit 1935 Rektor der University of Rochester, New York, hatte H. B. eine Sammlung seiner Reden übersandt, *Dusty Answers*, Rochester 1941.

* *13. Juli, Lowell House, H. B. an Willard L. Sperry*[1]

. . . Herzlichen Dank für die Übersendung Ihres ausgezeichneten Artikels „Our Moral Chaos" . . . Ich möchte Ihnen sagen, daß ich in den letzten zwei Jahren kaum etwas gelesen habe, was mir so große Freude bereitete. Ihr Artikel ist eine rechtzeitige Ermahnung. Ich fürchte, daß ethische Prinzipien wiederum für propagandistische Zwecke mißbraucht werden. Wenn die Welt diese Todsünde nicht überwindet, besteht noch auf lange Zeit hinaus keine Hoffnung auf eine friedliche und konstruktive Ordnung. Stark beeindruckt war ich auch von dem, was Sie über die Notwendigkeit religiösen Glaubens als Hintergrund zur Wiederbelebung moralischer Allgemeinbegriffe sagten. Freunde in London sandten mir vor einiger Zeit Auszüge aus einer Rede, die der große Physiker Professor [Max] Planck im Februar dieses Jahres in Köln hielt[2].
. . . Noch nie habe ich die Grenzen der Naturwissenschaft in wenigen Sätzen so gut erklärt gefunden wie in diesen Auszügen. Ich lege deshalb eine Übersetzung bei . . .

(1) Dekan der Harvard Divinity School, hatte in *Fortune* vom Mai 1942 einen Artikel veröffentlicht, in dem er feststellte, daß es noch nie in der Geschichte der Christenheit so sehr an universellen sittlichen Grundsätzen und religiöser Demut gefehlt habe wie zu seiner Zeit. (2) Vermutlich *Sinn und Grenzen der exakten Wissenschaft*, Leipzig 1942, 1947.

* *11. August, Lowell House, H. B. an Barbara Morgan*[1]

. . . Ich stimme ganz mit Ihnen darin überein, daß Niemöllers[2] Predigten nicht zu einer philosophischen Auffassung von Religion beitragen; das ist auch nicht ihr Ziel. Da ich erlebt habe, daß trotz großer Fortschritte im religiösen Denken die Religion selbst nach dem Kriege weitgehend formal wurde, auch bei regelmäßigen Kirchgängern, wurde ich sehr skeptisch. Man muß eine Revolution miterlebt haben, um zu erkennen, was in dieser Hinsicht geschieht. Als jede religiöse Überzeugung bedroht war, schwankten diejenigen am meisten, die sich in der Formulierung philosophischer Aspekte der Religion ziemlich hervorgetan hatten. Es ist tatsächlich notwendig, daß die Kirchen von Zeit zu Zeit verfolgt werden, damit die Spreu vom Weizen geschieden wird. Mit sehr wenigen Ausnahmen war die Haltung anglikanischer und katholischer Bischöfe in allen europäischen Ländern – obwohl einige von ihnen große Führer im religiösen Denken waren – ein Skandal für religiöse Menschen. Ich kenne einen führenden anglikanischen Bischof, der seine Einstellung zu den Nazis in den Jahren, als ich in England war, mindestens zehnmal änderte, weil ihm das eine fehlte, das in der Religion nottut, nämlich das Gefühl für die Absolutheit der religiösen Wahrheit, die jeden Kompromiß ausschließen muß. Was die Völker wieder religiös macht, ist immer die Erfahrung von Männern wie Niemöller, die mitten in Verfolgung und Leiden in einfachen, zu Herzen gehenden Worten die absoluten Forderungen der Religion verkünden. Ich stellte fest, daß dieses Problem in vielen europäischen Ländern, auch in den neutralen, sehr lebendig ist. Es ist sehr leicht, über Religion zu predigen und zu schreiben, aber wenn es darum geht, daß man sein Ansehen vor der Welt, seine Familie oder seine Freiheit um des klaren Wortes des Evangeliums willen aufgeben muß, erkennt man, wie wenige – abgesehen von sehr einfachen Menschen – bereit sind, die einzig mögliche Wahl zu treffen . . .

(1) Mrs. Shepard Morgan, die damals an ihrem Buch *Sceptic's Search for God*, New York 1944, schrieb. (2) Martin Niemöller, Kapitänleutnant a. D., Leiter der Inneren Mission in Westfalen 1924–1931, Pastor in Dahlem 1932–1937, Gründer des Pfarrernotbundes 1933, seit 1937 im KZ.

* *31. August, Lowell House, H. B. an Patrick Barry*

. . . Da ich die Genehmigung zehn Tage im voraus beantragen muß, bin ich gezwungen, Sie zu bitten, einen Brief an den U[nited]S[tates]-District Attorney zu diktieren. Der Brief muß in zwei Ausfertigungen, beide mit Ihrem vollen Namen und Titel unterzeichnet, eingereicht werden. In diesem Brief müssen Sie erklären, daß ich alljährlich einige

Zeit Ihr Gast war, wie lange Sie mich kennen und daß Sie von meiner vollkommenen Zuverlässigkeit überzeugt sind, auch daß Sie mich einladen, zum Zwecke der Erholung bei Ihnen zu weilen . . . Dazuhin müssen Sie mir (nicht dem US-District Attorney) die Zulassungsnummer des Wagens mitteilen, mit dem Sie mich am Bahnhof in Huntington abholen. Ich brauche sie, um Fragen auf dem Antragsformular zu beantworten . . .

* *16. September, Lowell House, H. B. an Patrick Barry*

. . . Ich freue mich, Sie in der zweiten Oktoberwoche zu sehen. Was ich befürchtete, ist geschehen. Am Sonntag bekam ich plötzlich einen sehr schlimmen Anfall, von dem ich mich jetzt zu erholen versuche. Professor [Siegfried] Thannhauser kam, sobald er von meiner Krankheit erfuhr. Jetzt weiß ich endlich, woran ich leide. Die Herzkrämpfe sind nur sekundär. Jedesmal ist es ein Krampf des vasomotorischen Systems, der natürlich auch die Herzarterien befällt. Das Herz selbst ist ganz normal. Aber er sagt, eine echte Herzkrankheit, für die es spezifische Mittel gibt, sei ihm lieber . . .

1. Dezember, Lowell House, H. B. an F. W. Sollmann

. . . Mein Alptraum ist natürlich nicht, daß die verschiedenen Exilregierungen und Emigrantengruppen in Europa Einfluß gewinnen könnten, wenn die Besatzungsarmee oder die internationale Polizei zurückgezogen wird, sondern daß der angestaute Haß zwischen den verschiedenen Gruppen in jedem Land explodieren wird und daß der Bolschewismus die Früchte erntet. Da die Nazis die Möglichkeit, die Leute mit der Gefahr des Kommunismus in Europa zu beeindrucken, bis zum äußersten strapaziert haben, wird es schwierig sein, die Leute hier und in England zu überzeugen, daß die Gefahr nun zum erstenmal seit 1923 Wirklichkeit werden könnte . . .

** 29. Januar 1943, Lowell House, H. B. an Patrick Barry*

... Ich dachte sehr an die herrliche Zeit in Huntington, als gestern abend die Jungen in der Wohnung nebenan die „Brandenburger Konzerte" spielten. Das ist wahrhaftig „beseligende Musik". Ich hoffe, daß Sie bald den zweiten Teil der „Missa solemnis" bekommen. Das „pacem, pacem" im Agnus Dei ist wohl die vollkommenste Offenbarung menschlicher Natur in der Kunst, die ich kenne ...

** 20. Februar, Lowell House, H. B. an F. W. Sollmann*

... F. W. Foersters neuerliche Tirade gegen Sie und mich[1] wundert mich nicht. Ich meine auch, daß man keine Maßnahmen gegen solche Leute ergreifen kann. Das ehrgeizige Streben von einzelnen und Gruppen unter den Emigranten, die öffentliche Meinung in diesem Lande und die verschiedenen Ministerien in Washington zu beeinflussen, ist so abscheulich geworden, daß ich nur hoffe, daß sich in Deutschland keine Parallele entwickeln wird, sobald die Nazis offenkundig in Schwierigkeiten stecken oder das Regime zusammengebrochen ist. Aber auch das würde mich nicht überraschen. Vielleicht interessiert es Sie, daß eine Londoner Zeitung berichtete, Sikorski[2] sei es bei seinem Besuch in Washington gelungen, die Unterstützung der Regierung für seine Forderung zu erringen, daß die gesamten Provinzen Ostpreußen und Oberschlesien Polen zugesprochen und die [ca. zehn] Millionen Deutschen dort evakuiert werden[3]. Ich vermute, daß sogar das – falls es stimmt – die deutschen Emigranten keineswegs daran hindern wird, sich am deutschen Volk rächen zu wollen ...

(1) In einer Ansprache im New World Club hatte Foerster vor einer „deutschen Kamarilla" gewarnt und Sollmann und H. B. als die Hauptmitglieder genannt. (2) General Ladislaus Sikorski (1881–1943), polnischer Ministerpräsident und Innenminister 1922–1923, Kriegsminister 1924–1925, seit November 1939 Ministerpräsident der polnischen Regierung im Exil. (3) Im November 1939 berichtete der polnische Botschafter in London von einem allgemeinen Einverständnis, daß Ostpreußen nie wieder als „deutsche Militärbasis" dienen solle, und im Februar 1940 konnte er mitteilen, es herrsche in einflußreichen Kreisen der englischen öffentlichen Meinung Übereinstimmung, daß Ostpreußen und das Gebiet um Oppeln polnisch werden sollten. Stalin schlug Eden im Dezember 1941 die Oder-Neiße-Grenze vor. Als Außenminister Eden im März 1943 erstmals die Nachkriegsregelungen mit Roosevelt besprach, hatten sie „keine Schwierigkeiten hinsichtlich der polnischen Frage" und waren sich einig, daß Ostpreußen und ein Teil von Schlesien polnisch werden sollten und daß die früher ansässige Bevölkerung umgesie-

delt werden sollte. Im März 1944 wünschte Roosevelt die polnische Westgrenze „dreißig Meilen von Berlin entfernt" und die Umsiedelung der deutschen Bevölkerung. Die einzigen Proteste kamen von polnischen Persönlichkeiten (vgl. u. a. Polish Institute of International Affairs, *Western Frontier of Poland,* hrsg. von Andrzy Lesniewski, Warschau 1965; Anthony Eden, *The Reckoning,* Boston 1965, S. 431; Sherwood, *Roosevelt and Hopkins,* S. 709f.; Henry Wallace, *The Price of Vision,* hrsg. von John M. Blum, Boston 1973, S. 308; Jaksch, *Europe's Road to Potsdam*).

* *25. Februar, Lowell House, H. B. an Patrick Barry*

. . . Treviranus[1], dem zuerst versichert wurde, er könne bis Oktober hierbleiben, wurde plötzlich benachrichtigt, er und seine Familie müßten am Montag New York verlassen. Er wird nach Cambridge reisen und bleiben, bis er das kanadische Wiedereinreisevisum bekommt. Ich kann bis jetzt den Sinn des Ganzen nicht begreifen. Ich hoffe, klarer zu sehen, wenn ich mit ihm gesprochen habe. Davon hängt es ab, ob ich Reisepläne für die nahe Zukunft schmiede. Ich würde Sie sehr gern wieder besuchen . . .

(1) Treviranus kam im September 1942 mit einem sechs Monate gültigen Besuchsvisum aus Kanada nach New York und kehrte später als naturalisierter Kanadier zurück. Seine Anwesenheit in New York ließ anscheinend die Gerüchte vom Winter 1941/1942 wieder aufleben, die in dem Artikel „Mr. Treviranus Goes to Washington" im *Protestant* vom August/September 1943 ausführlich behandelt wurden und die behaupteten, Treviranus arbeite für den amerikanischen militärischen Geheimdienst mit den alten deutschen Freikorps Consul und Oberland zusammen.

* *4. März, Lowell House, H. B. an Erwin Straus*[1]

. . . Es ist zu früh, um im einzelnen darüber zu spekulieren, was geschehen wird, denn alles hängt davon ab, wie der Krieg mit Deutschland ausgeht und ob, wie Sie richtig sagen, die Russen oder die Alliierten eine beherrschende Stellung einnehmen. Meine persönliche Ansicht ist, daß die Emigranten sich weigern sollten, so zurückzukehren wie die französischen Emigranten nach den Napoleonischen Kriegen, nämlich unter dem Schutz der Bajonette der alliierten Armeen . . . Man kann nicht sagen, es herrsche im ganzen Land eine latente kommunistische Gefahr, aber in sehr großen Teilen Ost- und Mitteldeutschlands besteht sie zweifellos. Welche Vorstellungen die amerikanische Regierung hat, weiß ich nicht, und ich kann zu dieser Frage keinen Kommentar abgeben, da jede Aussage von mir übel aufgenommen würde. Nach der englischen Presse zu urteilen, scheint eine starke Tendenz vorhanden zu sein, Deutschland mit einer Art internationaler Kolonialverwaltung zu segnen . . .

(1) Deutscher Emigrant, seit 1938 Professor für Psychologie am Black Mountain College in North Carolina, hatte H. B. seine Gedanken über das Nachkriegsdeutschland geschrieben.

* *19. März, Lowell House, H. B. an F. W. Sollmann*

. . . Letzte Woche bekam ich den privaten und persönlichen Besuch eines Mitglieds des Außenministeriums[1]. Eine seiner Fragen betraf die Möglichkeit, daß deutsche politische Flüchtlinge bei der Besetzung Deutschlands eine Rolle spielen. Ich sagte ihm, ich sähe für die meisten Flüchtlinge, auch für mich, keine Möglichkeit, nach dem Kriege ins Amt zurückzukehren, und Otto Braun in der Schweiz teile meine Ansicht, wenigstens als ich ihn das letztemal drei Monate vor Kriegsausbruch sah. Ich schlug ihm vor, sich gelegentlich mit Ihnen über das Problem zu unterhalten. Deshalb möchte ich Sie darauf vorbereiten, früher oder später, daß vielleicht ein Mitglied des Außenministeriums Fühlung mit Ihnen aufnimmt . . .

(1) Ray Atherton, seit 1940 Chef der Abteilung für Europa im State Department, aktiv im beratenden Ausschuß für die Außenpolitik der Nachkriegszeit, ab Juni 1943 Gesandter in Ottawa.

* *4. Juni, Lowell House, H. B. an Mona Anderson*

. . . Es ist sehr freundlich von Ian, mich einzuladen, meinen 60. Geburtstag bei Ihnen in O[ld] S[urrey] H[all] zu feiern, aber ich fürchte, ich werde nicht kommen können . . . Die Zeit ist vorüber, in der ich einigen Einfluß auf die Ereignisse nehmen konnte, und ich bin eigentlich ganz zufrieden damit, daß man mich vergessen hat. Sie wissen, daß ich immer gern das Unvermeidliche mutig auf mich genommen habe. Hätte ich es nicht schon früher gelernt, so müßte ich jetzt damit anfangen . . . Bitte arbeiten Sie nicht zu schwer auf dem Hof. Es scheint mir nicht sehr vernünftig zu sein, daß Sie einen großen Traktor fahren, obwohl ich Ihre Energie kenne. Ich las von John Baillies Einsetzung als

Moderator der Church of Scotland. Bitte übermitteln Sie ihm meine aufrichtigen Glückwünsche. Ich bin sicher, daß er viel Erfolg haben wird . . . Ich habe [Maurice] Bowras Buch[1] noch nicht gelesen, aber ich werde es tun, sobald die Bibliothek [von Harvard] es bekommt. Ich konnte Bowra stets sehr gut leiden, und ich erinnere mich mit großem Vergnügen an die zwei Sonntagsessen in seinen Zimmern in Oxford.
Wir haben jetzt drei Trimester, wie Oxford. Das erlaubt mir, dem schwülen Sommer in Cambridge zu entgehen, aber ich muß von Ende Oktober bis zum nächsten Juni ohne Pause durchhalten. Ich hoffe, ich werde es können, denn ich glaube – und der Arzt stimmt zu –, daß mein Herz viel besser ist . . . Ich traf mich mit Erwin Brettauer ein paar Stunden in New York. Das war eine große Freude für mich, besonders da ich ihn seit über zwei Jahren nicht mehr gesehen hatte . . . Tre werde ich treffen, wenn er von Kanada herkommt, um in New York Material für das Buch, das er schreibt, zu sammeln[2]. Es ist stets ein Vergnügen, den einzigen alten Freund zu sehen, den ich hier habe . . . Schrieb ich schon, daß Neill Malcolm dem Harvard-Museum einen Teil seiner Sammlung geliehen hat? Ich war mehrmals dort, teils um die kostbaren Siegel und Schnitzereien aus Jade und Gold zu bewundern, teils weil ich mich gern an ihn erinnern lasse als an einen der ritterlichsten Charaktere, die ich in einer unritterlichen Zeit kennenlernte.
Ich habe keine Nachrichten von meiner Schwester oder meinen Freunden. Heute vor neun Jahren ! ! fuhr ich mit Ihnen und Ian nach Eton. Ich erinnere mich noch sehr gut daran. An dem Tag, an dem ich vor neun Jahren über die Grenze entkam, war ich zufällig bei den [F. L.] Higginsons, und es ist keine wehmütige Erinnerung . . .

(1) *The Heritage of Symbolism,* London 1943. (2) *Revolutions in Russia,* New York 1944.

* *17. Juni, Lowell House, H. B. an F. W. Sollmann*

. . . Vielen Dank für die Übersendung Ihres Artikels in der *Dalhousie Review*[1]. Es ist ein sehr schöner, mutiger Artikel, und die Lektüre bereitete mir große Freude. Auf die Dauer wird nur diese Haltung in diesem Lande respektiert werden. Darf ich einen Vorbehalt anbringen? Obwohl ich nach Hitlers Machtübernahme versuchte, eine Verschmelzung der christlichen Gewerkschaften mit den anderen herbeizuführen, glaube ich nicht, daß wir eine solche Frage von hier aus entscheiden können.

Wenn nicht die antireligiöse Einstellung mancher Sozialisten die religiösen Protestanten und Katholiken aus den Gewerkschaften, die sie sehr weitgehend gegründet hatten, vertrieben hätte, wären die christlichen Gewerkschaften nicht entstanden. Eine Verschmelzung wird deshalb davon abhängen, wie die Agitation weitergeführt wird und ob eine vereinigte Gewerkschaftsbewegung davon Abstand nimmt, religiöse Empfindungen zu mißbrauchen . . .

(1) „Facing the German People“, *Dalhousie Review*, April 1943.

** 24. Juni, Lowell House, H. B. an F. W. Sollmann*

. . . Wissen Sie von dem Treffen der Sozialdemokraten mit Mitgliedern sozialistischer Gruppen aus anderen Ländern in New York zwischen dem 1. und 4. Juli? Ich hoffe, sie werden nicht alles verraten und verkaufen. Sie luden mich dazu ein, aber ich kann natürlich nicht gehen. Haben Sie gelesen, daß die britische Labour Party mit großer Mehrheit eine Resolution verfaßte, die das deutsche Volk für Hitler verantwortlich macht?[1] Das sollte wirklich die letzten Illusionen über eine Sympathie der britischen Sozialisten zerstören. Es ist die alte Geschichte. Als ich Breitscheid und Wels[2] in der Krise im Juli 1931 bat, die Führer der Labour Party aufzusuchen, war [Arthur] Hendersons einziger Rat, allen Forderungen nachzukommen, die Frankreich an Deutschland stellen könnte . . .

(1) In einer heißen Debatte beim jährlichen Parteitag der Labour Party wurde ein Antrag von Richard Stokes, der sich der „falschen Identifizierung des Volks mit schlechten Regierungen“ und einem „Friedensvertrag der Rache“ widersetzte, mit großer Mehrheit abgelehnt (vgl. *The Times*, 18. Juni 1943). (2) Otto Wels, Mitglied des Reichstags und der Nationalversammlung (SPD) 1912–1933, Vorsitzender der SPD 1931–1933.

** 17. August, Lowell House, H. B. an Patrick Barry*

. . . Ich erlebte hier eine oder zwei Überraschungen. Die eine war ein Brief des Apostolischen Gesandten [Cicognani] mit einer Botschaft von einem Arzt in einem deutschen Kriegsgefangenenlager, das er besucht hatte. Der Ton des Briefes war ungewöhnlich herzlich. Die andere ist, daß ich zum Mitglied des Fakultätsausschusses gewählt wurde und bei allen Fakultätssitzungen anwesend sein muß . . .

** 30. August, Bethel, Maine, H. B. an Mona Anderson*

... Mein Aufenthalt auf Long Island besserte meine Gesundheit nicht, trotz all der Fürsorge und Freundlichkeit, die mir erwiesen wurden. Das Wetter war heiß und äußerst feucht ... Professor Thannhauser war sehr enttäuscht, als er mich nach meiner Rückkehr nach Cambridge untersuchte, denn mein Blutdruck ist immer noch sehr niedrig. Er lud mich ein, mit ihm nach New Hampshire zu fahren ... und brachte mich hierher nach Bethel, einer reizenden, kleinen New-England-Stadt mit schönen alten Ulmen und einer faszinierenden Umgebung. Die Luft ist jetzt, an meinem zweiten Tag hier, sehr gut und belebend. Alles ist so schön wie damals, als ich vor genau acht Jahren zum erstenmal in diese Gegend der USA kam ... Ich bin so froh, daß Sie Nachricht bekamen und daß Ihnen bange Wochen des Wartens auf Nachricht nach der Vermißtmeldung von John[1] erspart blieben. Natürlich kann ich mir vorstellen, daß es einem so guten Soldaten Kummer bereitet, in Gefangenschaft zu geraten; aber er hat sich ja in Frankreich und Nordafrika so glänzend bewährt, daß er sich mit seinem Schicksal aussöhnen wird ... Es tut mir leid, daß Sie Reinhold Niebuhr[2] in London nicht sahen. Er ist ein sehr interessanter Mann und zweifellos einer der führenden Theologen ... Mit großer Zustimmung las ich Harold Nicolsons Artikel über Sir Stephen Gaslee[3] ..., der mir instinktiv sympathisch war, als ich ihn erstmals aus der Ferne in Antoine's Restaurant sah ... Die Londoner Zeitungen, die meinen Namen erwähnen, erweisen mir keinen Dienst, weder hier noch anderswo. Aber ich kann sie nicht daran hindern, und ich kümmere mich nicht um den Unsinn ...

(1) John Anderson war auf Sizilien in Gefangenschaft geraten. (2) Amerikanischer evangelischer Geistlicher, seit 1930 Professor für angewandtes Christentum am Union Theological Seminary in New York, Herausgeber der vierzehntägig erscheinenden Zeitschrift *Christianity in Crisis,* veröffentlichte u. a. *Christianity and Power Politics*, New York 1940, und *The Nature and Destiny of Man,* Bd. I und II, New York 1941 und 1943. (3) Bibliothekar des Foreign Office von 1920 bis zu seinem Tod 1943.

** 4. September, Bethel, Maine, H. B. an Marianne Breslauer*[1]

... Ich möchte vorschlagen, daß Sie Ihrem Vater [Hans Schäffer] etwa folgendes schreiben: Ich sei sehr überrascht von dem Ansinnen, wieder in die alte Firma einzutreten[2]. Daran hätte ich nie gedacht. Auf Grund all meiner Erfahrungen in den vergangenen Jahren und nach der Lage hier zu urteilen, fürchte ich, daß die Bedingungen des Wiederaufbaus so schwierig sein würden, daß ich sie nicht erfüllen möchte. Ich habe hier stets unmißverständlich erklärt, daß ich keiner neuen Geschäftsleitung beitreten würde. Es sei auch viel Wirbel gemacht worden um einen alten Gegner [Hjalmar Schacht] von Ihrem Vater und mir, den die früheren Gläubiger derzeit zu begünstigen schienen. Ich würde lieber privater Ratgeber bleiben, was mir größere Freiheit geben würde. Außerdem wisse ich nicht, ob meine Gesundheit einer erneuten Belastung standhalten würde. Einer anständigen Lösung zum Wiederaufbau der Firma gelte jedoch meine ganze Sympathie . . .

(1) Wohnhaft in New York City. Sie hatte Fragen ihres Vaters, Staatssekretär a. D. Hans Schäffer in Schweden, nach H. B.s Plänen weitergeleitet. Im August 1943 war Goerdeler optimistisch im Blick auf eine Initiative von Feldmarschall Kluge und wandte sich über Markus und Jakob Wallenberg in Schweden neuerlich an London (vgl. Ritter, *Carl Goerdeler,* S. 330f., 356–358, und Allen Dulles, *Germany's Underground,* New York 1947, S. 144f.). (2) In seiner Korrespondenz mit H. B. bezeichnete Schäffer gewöhnlich Deutschland als „die Firma", die deutsche Regierung als „die Direktion", die Öffentlichkeit als „die Aktionäre" und die Westmächte als „die Gläubiger".

** 9. September, Bethel, H. B. an Patrick Barry*

. . . Meine Sekretärin[1] war vier Tage lang hier, und ich habe ihr eine Menge diktiert. Gestern dachte ich, ich könne einen längeren Spaziergang wagen. Wir stiegen auf einen Hügel, von dem man einen schönen Blick über das Tal und die umgebenden Berge genießt. Wir gingen langsam, legten aber insgesamt acht Kilometer zurück. Erst am Schluß bekam ich leichte Schmerzen und ein Schwächegefühl in den Beinen. Ich werde noch einige Tage hierbleiben . . . Die Ereignisse überstürzen sich[2]. Natürlich bin ich sehr besorgt. Diese Artikel über mich bereiten mir zwangsläufig unangenehme Momente. Sie sind zweifellos nicht von Menschen veranlaßt, die mir freundlich gesonnen sind. Aber ich kann nichts tun und muß dem unvermeidlichen Lauf der Ereignisse zusehen mit dem Geist des Mannes in antro Platonis[3] . . . Ich habe *Kingship and Law*[4] von Fritz Kern gelesen. Es ist ein ausgezeichnetes Buch . . .

(1) Claire Nix. (2) In Rußland zogen sich die deutschen Streitkräfte auf einer 500-Meilen-Front zurück; am 6. September hatte Churchill die anglo-amerikanische „gemeinsame Staatsbürgerschaft" vorgeschlagen; am 8. September war der Waffenstillstand zwischen

Italien und den Alliierten verkündet worden. (3) Platos Vorstellung von Gefangenen, die in einer Höhle angekettet sind und deren einzige Kenntnis der Realität von den schwankenden Schatten stammt, die draußen vorbeigehende Gestalten werfen, wird im 7. Buch der *Politeia* entwickelt. (4) Fritz Kern, *Kingship and Law,* Oxford 1939, Nachdruck New York 1956, eine Übersetzung von „Gottesgnadentum und Widerstandsrecht im frühen Mittelalter" und von „Recht und Verfassung im Mittelalter" (letzteres in: *Historische Zeitschrift,* 1919).

* *1. November, Littauer Center*[1]*, H. B. an Rudolf Katz*

... Aus all meiner Erfahrung in der Vergangenheit, auch in den anderthalb Jahren, die ich unter dem Naziregime verlebte, habe ich geschlossen, daß es nicht so einfach ist, das Regime zu stürzen, wie Ausländer häufig annehmen. Die Proklamation einer „Regierung" im Ausland würde der Nazimaschine die Gelegenheit verschaffen, die Menschen zu beseitigen, die für die Zukunft Deutschlands wirklich wertvoll sein können, und die jetzt seit über zehn Jahren Verfolgung, Armut und entsetzliche geistige Belastungen ausgehalten haben. Ich kann mir vorstellen, daß Hitler, Göring und Himmler, ehe sie abtreten, auf jeden Fall versuchen werden, eine zweite Bartholomäusnacht zu veranstalten. Das zu verhindern, war für meine ganze Haltung in den Jahren meines Exils bestimmend.

Außerdem können meiner Meinung nach nur Menschen, die in Deutschland sind, in einer zukünftigen Regierung Verantwortung übernehmen. Sie müssen frei sein, so zu handeln, wie es ihnen am besten dünkt. Ich bin überzeugt, daß Mitglieder aller einstigen Parteien – ausgenommen Nazis und Kommunisten – mit gewissen Leuten in der Armee zusammenarbeiten. Selbst wenn sie von unserem Standpunkt aus gesehen Fehler machen, dürfen sie nicht von außen behindert und gestört werden. Selbstverständlich kann es für sie im gegebenen Augenblick höchst wichtig werden, die Sicherheit zu haben, daß sämtliche anständigen Emigranten aller Parteien sie von außen nach besten Kräften unterstützen.

Wie ich bei unserem Gespäch mehrmals erwähnte, halte ich es für äußerst wichtig, daß Sie mit der American Federation of Labor zusammenarbeiten und sie von den Grundvoraussetzungen für einen friedlichen Wiederaufbau in Europa nach dem Krieg überzeugen. Darf ich noch eine Bemerkung anfügen? Jede Gruppe sollte alles vermeiden, was darauf hindeuten könnte, daß sie genau zu den gleichen politischen Verhältnissen zurückzukehren wünscht, die in den zwanziger Jahren herrschten . . . Ich frage mich, ob Sie wohl irgendeine Erklärung zu Lord Halifax' Bemerkungen über die Konferenz in Moskau[2] gehört haben, daß die Frage der „Reduzierung der Größe Deutschlands" erörtert worden sei . . .

(1) Das 1939 vollendete Gebäude, in dem sich H. B.s Büro befand, war nach Lucius Littauer benannt, der schon als Kind aus Schlesien in die Vereinigten Staaten eingewandert war und mit H. B.s Ermutigung einen großen Teil zur Ausstattung der Harvard Graduate School of Public Administration beitrug. (2) Bei einer Pressekonferenz in Washington am 31. Oktober war Halifax nach der Moskauer Konferenz der Außenminister der Alliierten im Oktober gefragt worden, die Vorbereitungen für ein Treffen zwischen Roosevelt, Churchill und Stalin im Dezember in Teheran getroffen hatte. In Teheran befürworteten Roosevelt, Churchill und Stalin eine permanente Teilung Deutschlands, erließen aber keine bindenden Richtlinien. (Das „Prinzip" der deutschen Teilung wurde „im Prinzip" bei der Konferenz von Jalta im Februar 1945 bestätigt.) Der Inhalt der Vereinbarung von Teheran bezüglich Deutschland war im State Department und im Kriegsministerium in Washington nicht bekannt. Erst im August 1944 erfuhr man mit einiger Überraschung davon (vgl. Stimson, *Diary;* Blum, *From the Morgenthau Diaries,* Bd. III, Boston 1967, S. 342).

* *24. November, Lowell House, H. B. an Rudolf Katz*

. . . Bitte verzeihen Sie, daß ich meine Warnung vor dem Versuch, eine Exilregierung zu gründen, wiederhole. Ich habe lange genug unter der Naziherrschaft gelebt und war bis 1939 in so enger Verbindung mit den jüngeren Führern in Deutschland, daß ich weiß, daß die jüngeren Mitglieder aller Parteien nicht willens sind, eine Regierung von Emigranten anzunehmen. Diese Ansicht teilte übrigens auch der einstige [Reichstags-]Präsident [Paul] Löbe. Ich wäre Ihnen dankbar, wenn Sie mich vom Fortschreiten Ihrer Pläne laufend unterrichteten . . .

* *3. Dezember, Littauer Center, H. B. an F. Demuth*

. . . Das Menne-Pamphlet wurde hier im Kongreß und bei verschiedenen anderen Gruppen verbreitet, vermutlich von den Leuten der Fight for Freedom[1]. Ich weiß nicht, wer es finanziert, ich habe mich auch nicht besonders dafür interessiert. Man sandte mir auch einen Brief zu, den Vansittart Anfang Oktober an den *Daily Telegraph* schrieb[2].
Es besteht unter den einstigen Sozialdemokraten neuerlich die Tendenz, ein Komitee und vielleicht später so etwas wie eine Exilregierung zu

gründen. Die führende Gestalt ist wenigstens nach außen Max Brauer, der frühere Bürgermeister von Harburg. Er ist ein sehr ordentlicher Mann und steht mit dem „Ausschuß für die Grundlagen eines gerechten und dauerhaften Friedens" des Federal Council of Churches in Verbindung. Selbstverständlich werde ich nicht mitmachen. Ich habe ihnen klargemacht, daß ich nicht danach strebe, nach dem Krieg in Deutschland ins Amt zurückzukehren . . .

(1) Bernhard Menne, *The Case of Dr. Brüning,* eine Veröffentlichung der internationalen Gruppe Fight for Freedom, deren bekannteste deutsche Mitglieder Curt Geyer und Walter Loeb waren, beide früher auf der äußersten Linken der SPD, beide in Opposition zum SPD-Vorstand in London. Menne, ein früherer Redakteur der *Roten Fahne,* wurde 1928 aus der KPD ausgeschlossen und trat später der SPD bei. Sein Pamphlet prangerte in klischeehafter Weise den aggressiven Nationalismus des deutschen „politischen Katholizismus" an und bezeichnete die „deutsche katholische Partei" als Instrument der rußlandfeindlichen Politik des Vatikan. H. B. nannte er „typisch" für eine Gruppe, die „Kaas, von Papen, Spahn, von Lüninck und Bracht" umfaßte. Er wiederholte die übliche Kritik an H. B.s Kanzlerschaft, sprach aber dazuhin die ungewöhnliche Kritik aus, H. B. habe „unterlassen, die Preise wirksam zu senken". Das Pamphlet enthielt lange Zitate aus Wheeler-Bennetts *Wooden Titan* und Kommentare, die H. B. Archibald Church zuschrieb, der damals die Londoner Wochenzeitung *Newsletter* herausgab. (2) Im *Daily Telegraph* vom 6. Oktober 1943 pflichtete Vansittart Mennes „brillanter Schrift" bei und warnte vor der großen Gefahr, deutschen Emigranten wie H. B. Einfluß im Nachkriegsdeutschland einzuräumen. In einem langen Artikel in der *New York Times* vom 16. Januar 1944 warnte Vansittart vor „Anti-Nazis, die nicht antimilitaristisch sind", und betonte dabei ebenso die Klassenzugehörigkeit wie die Nationalität; deutsche „Militaristen, Junker, Schwerindustrielle" sollten „als Klasse wie auch als politische Kräfte liquidiert werden". Die Befürchtungen, daß ein Abkommen zur Beendigung des Krieges geschlossen würde, erreichten einen Höhepunkt, als die *Prawda* Gerüchte über geheime Verhandlungen zwischen Ribbentrop und England veröffentlichte. Churchill hielt es für notwendig, am 22. Februar 1944 im House of Commons zu erklären, daß „Hitler und seine Polizei immer noch im Vollbesitz der Macht sind". In dieser Stimmung führte Vansittart am 23. Januar 1944 eine Demonstration der Bewegung „Win the Peace" gegen jede Art von Kompromißfrieden an. In derselben Woche veröffentlichte Johannes Steel in der amerikanischen Monatsschrift *Click* vom Februar einen Artikel „Germany's Plot to Steal the Peace", in dem er behauptete, alle Zeichen antinazistischer Aktivität in Deutschland seien Teil eines langfristigen Plans des deutschen Generalstabs, die Niederlage hinzunehmen, „die kommende deutsche Revolution zu zerschmettern" und den Dritten Weltkrieg unter günstigeren Verhältnissen anzufangen. Außer den schon in seinen Berichten von 1941 genannten Personen zählte er folgende „Alldeutsche" zu den Verschwörern in Amerika: Paul Scheffer, Carl Friedrich, Arnold Bergstrasser, Fritz Wiedemann, „Putzi" Hanfstaengl, Max Brauer und Rosie Waldeck (Goldschmidt). Über dem Bericht war ein schwer erkennbares Porträt von H. B. abgebildet, das früher in Nazi-Propagandablättern verwendet worden war.

** 13. Dezember, Littauer Center, H. B. an Louis Lyons*[1]

... Wenn Mr. Lippmann[2] diese Version des hl. Augustinus verwenden will[3], muß er das französische Volk – wie ich es nicht tue – wegen der Tatsache verurteilen, daß Napoleon einen noch größeren Teil Europas unterjochte als die Nazis ... Abgesehen von den Konflikten mit den Wenden im Nordosten verlief die großangelegte deutsche Kolonisierung im heutigen Polen, in der Tschechoslowakei und sogar in Rußland vollkommen friedlich. In der gleichen Zeit führten Frankreich und England den Hundertjährigen Krieg und fanden ständig Kriege zwischen den skandinavischen Ländern, zwischen Portugal und Spanien, zwischen Rußland und Schweden, zwischen Rußland und Polen und so weiter statt. Die Tatsache, daß Deutschland in seiner Geschichte die geringste Zahl von Angriffskriegen aufweist, ist unbestreitbar. In den vielen Kriegen des 17. und 18. Jahrhunderts wurde Deutschland zum Schlachtfeld Europas gemacht. Mr. Lippmann könnte sich auf den französischen Historiker [Ernest] Lavisse beziehen, der das Überleben des deutschen Volkes unter der systematischen Zerstörung des Dreißigjährigen Krieges eines der hoffnungsvollsten Ereignisse der Menschheitsgeschichte nennt ...
Tatsache ist, daß von Ende 1928 an Tausende, die in den durch Reparationslieferungen oder Währungsspekulation entstandenen verworrenen Verhältnissen ein Vermögen gemacht hatten, ihren Reichtum in Gefahr sahen ... Deshalb wurde das Naziregime in Deutschland aktiv oder passiv unterstützt, gegen die Mehrheit der Menschen überall ... Heute gibt es viele, die dem deutschen Volk die Schuld an allen Geschehnissen zuschieben möchten, um ihre eigene, schwere Verantwortung aus dem Buch der Geschichte zu tilgen. In den internationalen Beziehungen seit dem letzten Krieg wurden alle internationalen Rechtsgrundsätze und sämtliche allgemeinen ethischen Prinzipien für materielle Zwecke mißbraucht. Verträge wurden nicht eingehalten; Vereinbarungen wurden entgegen ihrem ursprünglichen Sinn ausgelegt. Das Vertrauen auf internationale Abkommen wurde allmählich verdrängt von dem Vertrauen auf Macht und dem Glauben, ein totalitäres Regime könne die abbröckelnde moralische Basis der europäischen Gesellschaft bewahren ...

(1) Amerikanischer Journalist, seit 1939 Leiter der Nieman Foundation (für Journalisten) an der Harvard University. (2) Einflußreicher Kommentator der *New York Herald Tribune*, besonders bekannt geworden durch *Preface to Politics*, New York 1913, *Public Opinion*, New

York 1922, *The Good Society*, New York 1937. (3) In seinem Artikel hatte Lippmann Anfang Dezember aus einer Erklärung der Catholic Association for International Peace eine Zeile des hl. Augustinus zitiert über das „Versäumnis einer Stadt, die Sünden ihrer eigenen Bürger zu bestrafen". Auf diese Weise begründete er die „moralische Verantwortung der Nation für die Taten des Staates". Für Lippmann (*US War Aims*, Boston 1944) war es Amerikas Absicht und Aufgabe, Japan in Asien und Deutschland in Europa daran zu hindern, über ein Gleichgewicht der Mächte zu entscheiden, und vor allem „ein kontinentales, von Deutschland beherrschtes Regionalsystem" zu verhüten.

** 11. Februar 1944, Lowell House, H. B. an John Wheeler-Bennett*[1]

... Vielen Dank für Ihren Brief vom 9. Februar. Er erklärt die Gerüchte. Es war mir nicht recht, daß verbreitet wurde, ich sei für den betreffenden Posten abgelehnt worden, wenn doch, wie Sie wissen, die Wahrheit ist, daß ich seit 1934 stets gesagt habe, ich würde den Posten nicht übernehmen und würde nicht dazu aufgefordert werden. Ich habe das in England gesagt und zu Leuten hier, die sich halboffiziell und offiziell erkundigten. Ich habe es auch zu einem Mitglied Ihres Außenministeriums gesagt, das mich Anfang 1940 hier besuchte[2]. Ich habe es öffentlich in einem Brief gesagt, der vom *American Mercury* abgedruckt wurde[3]. Das unterscheidet sich sehr von dem, was hier und anderswo behauptet wird. All das ist nicht der Hauptgrund für meine Schwierigkeiten, vielmehr Vansittarts Agitation und die Tatsache, daß Ihre Vertreter sowohl in anderen amerikanischen Staaten als auch hier das Menne-Pamphlet et alia in großen Mengen verteilen. Es widerstrebt mir, diese Methode mit den Worten zu bezeichnen, die sie verdient ...

(1) Wheeler-Bennett war zu jener Zeit Leiter des New Yorker Büros der British Political Warfare Mission in den USA. Er hatte H. B. geschrieben, daß er ganz persönlich (nicht öffentlich) geäußert habe, die Alliierten wünschten nicht, daß H. B. einer deutschen Nachkriegsregierung vorstehe. (2) Frank Ashton-Gwatkin. (3) Monatsschrift *The American Mercury*, New York, Januar 1942, S. 122. Der Herausgeber hatte um Auskunft über Hubertus von Löwensteins Artikel „Union Now with Germany" im *American Mercury* vom November 1941 gebeten, in dem die Bildung einer freideutschen Regierung in Tanganjika mit den emigrierten Kanzlern, Ministern, Staatssekretären und anderen deutschen Beamten befürwortet wurde. H. B. antwortete, solche Vorschläge seien für Goebbels sehr nützlich; außerdem sei der Einfluß der Emigranten in ihren Heimatländern stets unbedeutend, es sei denn, sie wären vor einer fremden Besatzungsmacht geflohen.

** 28. Februar, H. B. an Mona Anderson*

... Ich freue mich sehr, Bruce [Hopper] zu sehen und von ihm direkte Nachrichten über Sie und Ian und einige andere Freunde zu bekommen. Ich bin tief gerührt von Ians freundlicher Einladung, aber angesichts der derzeitigen Verhältnisse werde ich noch nicht so bald nach Europa zurückkehren können ... Es ist jedoch ein sehr tröstliches Gefühl, bei wahren Freunden nicht vergessen zu sein und zu wissen, daß sie sich nicht geändert haben ...

** 4. März, Littauer Center, H. B. an Patrick Barry*

... Lassen Sie mich zuallererst für die wunderbaren Tage danken, die ich wiederum in Huntington verlebte. Ich genoß die drei schönen Tage von Herzen, und sie halfen mir, zwei anstrengende Tage bei fürchterlichstem Wetter in New York zu überstehen. Die Zusammenkunft dort war sehr gut, obgleich ich nicht glaube, daß sie sehr wichtig war, denn Mr. [Isaiah] Bowman war nicht dabei[1]. Jedenfalls hoffe ich, daß sie eine gute Wirkung hat; sie verlief in freundschaftlicher Atmosphäre. Ich muß am 27. März und im April noch einmal hin.
Ich freute mich sehr, Busch[2] zu treffen, und das Essen am Dienstag verlief höchst erfreulich. Er ist ein sehr angenehmer, natürlicher Mensch. Ich freue mich, daß er dieses Frühjahr und nächstes Jahr ganz ausgebucht ist und daß alle Intrigen fehlgeschlagen sind. Die Agentur möchte einen Fünfjahresvertrag mit ihm abschließen. Das ist weitgehend auf Dannie Heinemans Fürsprache zurückzuführen; ihn traf ich dort ebenfalls. Er möchte, daß ich ihn das nächste Mal, wenn ich nach New York komme, zu Hause besuche, und er wird dann Busch und Serkin[3] zum Spielen einladen. Danach müssen wir unbedingt vereinbaren, daß Sie sich einmal in New York mit mir treffen und beide kennenlernen.
Leider konnte Bruno Walter[4] abends nicht kommen. Er hatte Halsbeschwerden und wollte bei dem schrecklichen Wetter nicht aus dem Hause gehen. Aber ich traf Kurt Wolff[5] und seine Frau [Helen], die Verleger der Péguy- und Stefan George-Ausgaben, die Sie besitzen; beide sind reizende Menschen. Stefan George verkauft sich nicht sehr gut, aber Péguy ist ein großer Erfolg ...

(1) Professor für Geographie, seit 1935 Rektor der Johns Hopkins University, Mitglied des Advisory Committee on Postwar Foreign Policy beim State Department, stellvertretender Vorsitzender des im Januar 1944 gegründeten Advisory Council. Bowman entwickelte Pläne, die denen Morgenthaus entgegengesetzt waren. Wie Stimson hatte er im wirtschaftlichen Chaos der Jahre 1918–1923 die Quelle der späteren Übel erkannt und setzte sich für die raschest mögliche Wiederherstellung der Grundproduktion und der wichtigsten Dienstleistungen nach dem Krieg ein. Bowman befürwortete eine besondere internationale Kommission für das Ruhr- und Saargebiet, unbeschadet der „Souveränität des deutschen Staates", um die Produktion und Versorgung wieder anzukurbeln und um die Briten daran zu hindern, daß sie versuchten, die Ruhrproduktion auszuschalten, und die Franzosen, daß sie versuchten, einen gesonderten linksrheinischen Staat zu errichten (vgl. Stimson, *Diary*, bes. 8. September 1944). Die erwähnte „Zusammenkunft" fand am 28. Februar bei dem New Yorker Council of Foreign Relations statt, in Anwesenheit von Vertretern des Advisory Committee beim State Department und des Office of Strategic

Services unter dem Vorsitz von H. F. Armstrong. Die Protokolle vom 28. Februar und von einer zweiten Zusammenkunft am 27. März erweisen, daß H. B. zur derzeitigen Lage Stellung nahm und über Nachkriegsprobleme nur sprach, wenn er direkt gefragt wurde: Er hoffe, daß sich die Naziregierung den Alliierten ergeben werde; er sei sehr skeptisch im Blick auf die Möglichkeit eines politischen Zusammenbruchs oder einer Revolution in Deutschland vor einer militärischen Niederlage. Er erwähnte den Selbstmord von General Fritz Lindemann (von der *New York Times* am 27. Februar irrtümlich berichtet). Obgleich die letzten zuverlässigen Informationen über Betriebsratswahlen im Ruhrgebiet acht Jahre alt seien, sei er sicher, daß es noch nazifeindliche Gruppen unter den alten Gewerkschaftlern gebe. Er glaube, daß die kommunistische Organisation in Deutschland wenig Bedeutung erlangen werde. Die Ereignisse überstürzten sich viel zu sehr, als daß eine allgemeine, abstrakte Behandlung der Nachkriegsprobleme möglich sei. Als Antwort auf die Frage, mit welchen Gruppen die Alliierten nach dem Krieg verhandeln sollten, meinte H. B., die Russen und die anderen Alliierten würden vielleicht verschiedene Gruppen vorziehen. Er bat um größere Diskretion bei der Debatte über Gruppen, die Repressalien von seiten der Nazis oder der Sowjets ausgesetzt seien. Er gab der bestimmten Hoffnung Ausdruck, daß eine militärische Besetzung Deutschlands unter vereinigtem, interalliiertem Kommando einschließlich der Russen stehen werde, und sagte, jegliche erzwungene Teilung Deutschlands werde allgemeine Instabilität und Unsicherheit hervorrufen. Die Besatzungsoffiziere sollten mehr für die Zusammenarbeit mit der deutschen Verwaltung als für eine unabhängige Verwaltung ausgebildet werden; ihre wichtigste Aufgabe sei es, die Unabhängigkeit der Gerichte zu gewährleisten. H. B. lobte den Beschluß des französischen Befreiungsausschusses, die Zivilregierung in Algerien zuerst in den Städten, wo die Kandidaten persönlich bekannt seien, wieder aufzurichten. Eine zentrale deutsche Regierung solle nicht sofort, sondern erst nach Wiederherstellung der Lokalverwaltungen gebildet werden. H. B. erwartete, daß die Mitglieder der Gestapo und die aktiven Mitglieder der Nazipartei bei der Besetzung Deutschlands „verschwinden" würden. Er hielt damals die Pressemeldungen von Exekutionen in Polen für stark übertrieben. Er glaubte, wenn Polen die drei östlichen Provinzen von Ostpreußen sowie das Memelland bekomme und einen Bund mit Litauen gründe, werde es gute militärische Grenzen haben und seinen Nutzen daraus ziehen. Die USA seien in einer besseren Position als jedes andere Land, um die Initiative für Vermittlung und Versöhnung zu ergreifen. H. B. bedauerte die britische Tendenz, in Europa mit Billigung, aber ohne aktive Teilnahme der USA zu handeln, was dazu führen könne, daß die USA effektiv keinen Einfluß hätten. Die Artikelreihe „Principles of Trade" im *Economist* vom 1. Januar bis 19. Februar 1944, die die geplante Expansion des britischen Handels und den Gebrauch der Sterlingzone zur Schaffung günstiger Handelsbedingungen befürwortete, bedeute eine aufschlußreiche Absage an lange gültige Überzeugungen. Die Drosselung des „wirtschaftlichen Kriegspotentials" könne irreführend sein, da die Überwachung gewisser Rohstoffe genügen würde, um die deutsche Rüstung zu überwachen. (Seit April 1943 hatte das britische Ministerium für wirtschaftliche Kriegführung damit argumentiert, daß eine Kontrolle von Deutschlands wirtschaftlichem Kriegspotential die dauernde Teilung des Landes erfordere. Vgl. Llewellyn Woodward, *British Foreign Policy in the Second World War*, London 1962, S. 443.) H. B. hoffte, man werde Bündnisse oder militärische Gruppierungen vermeiden, die jede internationale Organisation, sei sie regional oder weltweit, schwächen würden. Da die Entwicklung des Luftkriegs die ganze Welt in Alarmbereitschaft halten und kein Gefühl der Sicherheit aufkommen lassen werde, sei eine internationale Luftpolizeitruppe wesentlich. (2) Adolf Busch, Violinist, seit 1940 in den USA. (3) Rudolf Serkin, Pianist, seit 1933 in den USA. (4) Bruno Walter, Dirigent, seit 1939 in den USA. (5) Verleger, Verlagspartner von Ernst Rowohlt, trennte sich 1913 von Rowohlt und gründete den Kurt Wolff Verlag, der Ende der zwanziger Jahre aufgelöst wurde; er emigrierte 1941 nach New York und gründete noch im selben Jahr „Pantheon Books".

** 20. April, Lowell House, H. B. an Patrick Barry*

. . . Ich konnte Ihnen nicht früher schreiben, weil ich sehr beschäftigt war und außerdem viel Unannehmlichkeiten hatte in der Richtung, die ich die beiden letzten Male, als ich das Vergnügen hatte, Sie zu sehen, angedeutet habe. Hoffentlich kann ich Ihnen in acht Wochen mehr darüber erzählen. Ich bezweifle wirklich, ob ich noch länger hierbleiben kann[1]. Gegen mich scheint ein Haß genährt zu werden, dem ich meine hiesige Position opfern muß. Obgleich es unwichtig ist, ob ich noch ein Jahr oder länger lebe, sehe ich doch nicht ein, warum ich willkürlich Demütigungen erleiden soll, die ich um eines höheren Zweckes willen ertragen könnte . . . Ich hatte die große Freude, über eine amerikanische Dame in Philadelphia etwas von meiner Schwester zu erfahren. Die amerikanische Dame erhielt einen Brief aus Schweden, in dem ihr eine schwedische Dame berichtete, ein Landsmann habe im November 1943 von meiner Schwester gehört. Ihr Haus mit allem, was darin war, sei abgebrannt, aber sie sei unverletzt davongekommen und lebe nun bei Freunden auf dem Lande. Nicht einmal die Familienbilder habe sie retten können. Das scheint das Los der meisten Menschen in Westdeutschland zu sein, sogar in Kleinstädten . . .

(1) Obwohl H. B. selten auf persönliche Feindschaft stieß, litt er doch unter der allgemeinen Verschlechterung der Einstellung gegenüber Deutschland (siehe z. B. Raoul de Roussy de Sales, *The Making of Yesterday,* New York 1947; Louis Nizer, *What to Do with Germany,* Chicago und New York 1944). Er reagierte damit, daß er die Künste in Deutschland und deutsche Institutionen lobte. Als er im Oktober 1942 in einer deutschsprachigen katholischen, in Oregon veröffentlichten Schrift las, daß der deutsche Episkopat dem Nazismus erst sehr spät Widerstand entgegengesetzt habe, schrieb er an den Herausgeber und protestierte gegen diese „Fehlinformation"; er legte dar, daß diese Kritik nur auf zwei Bischöfe zutraf und hob besonders den Mut und die Beliebtheit von Bischof Bares in Berlin und die mangelnde Unterstützung durch den Nuntius hervor. Der Vergleich zwischen englischer und deutscher Verwaltungspraxis in H. B.s langem Artikel „Wartime Administration in Germany and Great Britain", in: *The British Commonwealth at War,* hrsg. von W. Y. Elliott und H. D. Hall, New York 1943, fiel zugunsten der deutschen Verwaltung aus. – Was Außenminister Hull „blinde Rache" nannte, fand Befürworter in Harvard und sogar an der Harvard Law School (vgl. Blum, *From the Morgenthau Diaries,* Bd. III, S. 343). Stimson schrieb im Hinblick auf die Zukunftsvorstellungen in Washington im März 1944 in seinem *Diary:* „Die ganze Atmosphäre macht es notwendig, sein Gleichgewicht sorgfältig zu bewahren." Dank der berüchtigten übertriebenen Reaktionen der McCarthy-Anhänger in den fünfziger Jahren sind die Ausschreitungen und die heftigen Widersprüche der vorangehenden „antifaschistischen" Einstellung nie wissenschaftlich untersucht worden.

** Juli, Lowell House, H. B. an Eleanor [Mrs. Theodore] Roosevelt*

... Die Nachricht von General Roosevelts plötzlichem Tode an der Front[1] erschütterte mich zutiefst. Mein herzliches Mitgefühl gilt Ihnen und Ihrer Familie in dem Leid, das über Sie gekommen ist. Obgleich Sie seit der Landung in Afrika gewiß täglich um sein Schicksal bangten, muß die plötzliche Nachricht ein entsetzlicher Schlag für Sie gewesen sein.

In den letzten Wochen dachte ich so oft an die Briefe, die Sie mir vorgelesen haben. Sie waren nicht nur lebendige, hervorragende Schilderungen der Schlacht, wie nur wenige Soldaten sie mitten im Kampfgetümmel zu schreiben vermögen, sondern sie bewiesen mir auch seine Liebe zu Ihnen, weiß ich doch, was es für einen Mann mit drückender Verantwortung bedeutet, nach schwerem Kampf und großer Anstrengung allabendlich wenigstens einige Zeilen nach Hause zu schreiben. Es war für mich wunderbar zu beobachten, wie stark Sie in Gedanken verbunden waren, obwohl Sie getrennt und beide von schweren Pflichten in Anspruch genommen waren ...

Ich möchte mich mit dem Ausdruck meines herzlichen Beileids seinen zahlreichen Freunden und Bewunderern anschließen. Die Begeisterung, mit der er alles angriff, seine Aufrichtigkeit und Treue, die jeder, der ihn kennenlernte, sofort empfand, sein Mut und seine Vaterlandsliebe, still, aber tief und opferbereit, und sein ausgeprägter Sinn für Humor mußten alle einnehmen, die mit ihm in Berührung kamen. Ich fühlte mich in Gesellschaft Ihres Gatten vom ersten Augenblick an froh und frei, wie es mir selten geschieht, vor allem unter den Verhältnissen der vergangenen zwölf Jahre ...

(1) Er starb am 12. Juli in der Normandie, nachdem er sich bei der 4. Infanterie-Division ausgezeichnet hatte.

** N Juli bis September, Vor der zweiten Konferenz in Quebec*

Am 12. Juli schrieb Mr. [Constantine] McGuire[1], den ich seit einigen Jahren nicht mehr gesehen hatte, er komme in den Ferien nach Cambridge und wolle mich gern treffen. Ich schlug ihm vor, in Professor [Ambrose] Vernons Haus in Hanover, New Hampshire, zu kommen, wo ich mich 14 Tage aufhielt. In Mr. Vernons Garten unterhielt ich mich einige Stunden lang mit McGuire. Wir sprachen über die Möglichkeit eines Aufstands gegen Hitler im deutschen Heer. McGuire war sehr darauf aus, das Gespräch fortzusetzen. Er sagte, er komme von einer Gruppe von Generälen im Kriegsministerium, die Mr. Stimson nahestünden, besonders General [George] Strong[2], den ich von Genf her kannte und dessen freundliches Interesse für eine ordentliche Regierung in Deutschland mir seit langem bekannt war. Ich sah keinen Grund, Mr. McGuire gegenüber Zurückhaltung zu üben.

Ich berichtete ihm, ich hätte Präsident Roosevelt im November 1939 gesprochen, nachdem mich Herr Trott zu Solz über die Stärke und die Pläne des Widerstands im deutschen Heer informiert hatte. Ich nannte Hammerstein[3], Falkenhausen[4], Beck, Fromm und andere. Ich sagte, Hammerstein wäre der beste Mann für die Aktion gewesen, Beck sei der beste Mann für die Planung und Fromm der beste Mann für die sofortige Übernahme der Verwaltungsmaschinerie, da er der Chef der Heimatarmee sei und daher alle Truppen außer den Fronttruppen befehligen könne. Ich hatte einige Namen künftiger Führer mit Goerdeler und einige mit Trott zu Solz besprochen, und mit beiden hatte ich die Funktionen erörtert, die die Armeeführer, die ich noch aus langjährigem persönlichem Kontakt kannte, bei einem Aufstand gegen Hitler übernehmen sollten.

Ich sagte ihm, ich hätte einem Mitglied meines Seminars, einem Nieman-Fellow in der Redaktion der *Chicago Daily News*, gestattet, einige Bemerkungen zu meinen Ansichten über Friedensverträge zu veröffentlichen[5], wobei ich besonders hervorhob, daß alle extremen Verträge – wie der Westfälische Friede von 1648 – nur zu einer Folge neuer Kriege geführt hätten, im Gegensatz zum Wiener Vertrag von 1815. Im Entwurf des Reporters brachte ich einige Änderungen an in der Hoffnung, er würde Canaris[6] zur Kenntnis gebracht und dieser werde verstehen, was ich meinte: Der Widerstand im Heer müsse erkennen, daß die Alliierten, wenn er nicht sofort handelte, noch vor Kriegsende die Dinge untereinander durch Vereinbarungen regeln würden, und zwar auf eine für Deutschland entsetzliche Weise; in diesem Falle wäre es besser, keinen Versuch zu unternehmen, der, wenn er fehlschlüge, sowohl Deutschlands Position als Verhandlungspartner schwächen als auch zur Beseitigung all jener Personen führen könnte, auf die ich meine ganze Hoffnung für die Zukunft setzte.

Mr. McGuire war eifrig bemüht, sich die Namen zu merken, die ich ihm genannt hatte. Ich bat ihn, diese Namen unter keinen Umständen in irgendeinem Dokument festzuhalten, das im Kriegsministerium oder im O[ffice of] S[trategic] S[ervices] oder im Weißen Haus zirkulieren könnte[7], denn ich war überzeugt, daß an allen diesen Stellen Personen saßen, die die Ausrottung des deutschen Volkes wünschten und die Rußland sorglos begünstigten, ohne die Zukunft Europas und der Vereinigten Staaten in Erwägung zu ziehen. McGuire sagte, ich solle mir keine Sorgen machen, seine Freunde im Kriegsministerium seien nur zu erpicht auf eine Vereinbarung, die dem Widerstand in Deutschland eine Chance geben und Europa vor dem Bolschewismus retten würde. Ich habe nie ein Wort über dieses Gespräch aufgeschrieben, nicht einmal über das Zusammentreffen mit Personen wie McGuire.

McGuire fragte, ob ich bereit sei, mit Sekretär Stimson oder mit einem der Generäle vom Kriegsministerium zu sprechen. Ich entgegnete, ich würde es nur zu gern tun, aber ich müsse klarstellen, wie bei dem Gespräch mit Ray Atherton im letzten Jahr, daß ich kein Kandidat für die Regierungsübernahme in Deutschland sei. Ich brachte folgende Gründe vor: Erstens: Kein Emigrant in der Geschichte, der nach vielen Jahren in seine Heimat zurückkehrte, um aus der Hand fremder Mächte die Regierung zu übernehmen, hatte je Erfolg. Zweitens: Ich war in Deutschland mehr oder weniger in Vergessenheit geraten, außer bei Leuten meiner eigenen Partei und bei einigen Sozialistenführern, die mit Moltke und Trott in Verbindung standen, und bei jenen Menschen der einstigen Rechten, die Treviranus mehr oder weniger gefolgt waren ... Drittens: Nachdem ich eine Verständigung über die Rüstung erzielt hatte, die geeignet gewesen wäre, den Frieden und die Stabilität Europas zu retten, und nachdem ich Deutschland von den Reparationen befreit und Vorgespräche über die Rückgabe des polnischen Korridors an Deutschland angefangen hatte, war ich nicht bereit, die Verantwortung für destruktive und demütigende Waffenstillstandsbedingungen zu übernehmen.

Ich war überzeugt, daß der letzte Augenblick gekommen war, in dem der Präsident durch eine Andeutung, daß der Friede mild ausfallen werde, den Widerstand noch zu einer erfolgreichen Aktion anstacheln konnte. McGuire sagte, genau das sei die Frage, und eben deshalb wollten seine Freunde im Kriegsministerium meine Ansichten zu weiteren Schritten hören. Ich sagte, ich stünde jederzeit zur Verfügung und würde alles tun, nur nicht eine Regierung in Deutschland übernehmen.

Anfang September ging ich nach Huntington. Dort besuchte mich der Herr[8], den mir McGuire als seinen persönlichen Botschafter genannt hatte für den Fall, daß er selbst die Verbindung mit mir nicht halten könne. Er sagte, im Kriegsministerium und im Außenministerium sei die Lage günstig, und ich solle mich darauf gefaßt machen, in ein paar Tagen von McGuires Freunden im Kriegsministerium zu hören. Am Freitag, 8. September, telefonierte Dekan [Paul] Buck von Harvard und bat mich, sofort Mr. Harvey Bundy, den Sondervertreter des Kriegsministers, anzurufen. Dekan Buck war aufgeregt und machte es sehr dringend; er sagte, er habe einige Zeit gebraucht, um herauszufinden, wo er mich erreichen könne. Ich rief Harvey Bundy an, und er fragte, ob ich über den Samstag und Sonntag in Huntington bleiben könne. Mr. Stimson fliege am Samstag, nachmittags oder abends, nach Mitchell Field (auf Long Island) und wolle mich dringend sprechen. Er werde einen Offizier schicken, der mich am Samstagabend oder Sonntagmorgen zu seinem Haus fahren werde. Ich erwiderte, ich hielte mich jederzeit für Mr. Stimson bereit.

Es kam kein Anruf. Da ich nach Cambridge zurückkehren mußte, rief ich am Montag im Kriegsministerium an. Die Telefonistin sagte, Mr. Bundy sei übers Wochenende aus Washington weggefahren, und Mr. Stimson sei auch fort, sie wisse nicht wo. Sie gab mir Mr. Bundys Telefonnummer in Manchester, Massachusetts, und ich erreichte ihn dort. Ich sagte, wenn das beabsichtigte Treffen noch zustande kommen solle, müsse ich es wissen, da ich in Cambridge erwartet würde und Vereinbarungen treffen müßte, falls ich noch länger hierbliebe. Mr. Bundy entschuldigte sich. Er sagte, es sei die Schuld des Ministeriums, mich nicht davon benachrichtigt zu haben, daß das Treffen nicht stattfinden könne, und setzte schroff hinzu: „Wir werden Fühlung mit Ihnen aufnehmen, wenn wir Sie brauchen.“[9] Als ich am nächsten Tag aus Huntington wegfuhr, war die ominöse Nachricht von der Konferenz in Quebec bereits in den Zeitungen, aber ihre volle Bedeutung erfaßte ich noch nicht[10].

(1) Amerikanischer Volkswirtschaftler, gab mit Harald Moulton zusammen ein einflußreiches Buch heraus: *Germany's Capacity to Pay,* New York 1923. Als Wirtschaftsberater der Regierung von Venezuela führte McGuire eine ausgedehnte Korrespondenz mit H. B. über die Ansiedlung deutscher Emigranten. (2) Generalmajor George V. Strong, US Army, technischer Berater der Abrüstungskonferenz 1927–1934, Chef der Kriegsplanungsabteilung 1940, seit Juni 1942 Leiter des militärischen Abwehrdienstes, vertrat das Kriegsministerium beim Advisory Committee on Postwar Foreign Policy und ähnlichen die Ministerien übergreifenden und internationalen Organisationen (vgl. US Department of State, *Postwar Foreign Policy Preparation,* Washington 1950). Im Januar 1944 befürwortete Strong mit britischer Unterstützung eine Invasion der Alliierten von Spanien aus, was

Rußland ablehnte (vgl. *The Times*, London, 19. Mai 1949, Bericht aus Madrid). Obgleich er der Gruppe angehörte, die ursprünglich – im Mai 1942 – für „bedingungslose Kapitulation" eintrat, zeichnete Strong offiziell verantwortlich für die Empfehlung der US Army vom März 1944, man solle die Formel nicht so streng fassen (vgl. Herbert Feis, *Churchill, Roosevelt and Stalin*, Princeton 1957, S. 108; Wallace Carroll, *Persuade or Perish*, Boston 1948, S. 319f.). Fast unmittelbar nachdem die „bedingungslose Kapitulation" im Januar 1943 angekündigt wurde, übten die russische und die britische Regierung sowie die amerikanischen Streitkräfte Druck auf Roosevelt aus, er solle Ausnahmen zulassen. Er scheint an der Formel festgehalten zu haben, weil sie sein bestes Mittel war, beides zu gewährleisten: Vollmachten, „die bei weitem über die normale militärische Besetzung nach internationalem Recht hinausgehen", und einen fortdauernden amerikanischen Einfluß auf die Nachkriegspolitik der Alliierten. Selbst die dem italienischen Heer am 16. Juli 1943 angebotene „ehrenhafte Kapitulation" wurde zwei Wochen später zurückgezogen, und US-Offiziere stellten auf eigene Initiative am 30. Juli 1943 über den Rundfunk ihre Bedingungen an Italien, nachdem die Regierung ihre Zustimmung verweigert hatte. Das britische Kabinett beschloß im Frühjahr 1941, keine weiteren Friedensangebote oder Annäherungsversuche von seiten Deutschlands mehr anzunehmen. Die Verfahrensweise des britischen Geheimdienstes zur damaligen Zeit wird lebhaft geschildert in James Douglas Hamiltons Buch *Motive for a Mission*, London 1971, in dem er den Flug von Rudolf Heß zum Duke of Hamilton von dessen Standpunkt aus untersucht. Am 1. April 1944 erklärte Roosevelt seine Mißbilligung jeglichen deutschen Friedensangebots und seine Abneigung, bekanntzugeben, daß „wir nicht beabsichtigen, die deutsche Nation zu vernichten". Als die Army und das State Department im April weiterhin dringend zu bedenken gaben, daß man mit Hilfe einer Garantie der Alliierten für Recht und Ordnung im Reich die Krise im deutschen Heer ausnutzen und die Invasion erheblich erleichtern könne, befahl Roosevelt, man solle die Debatte über dieses Thema abschließen. Im Mai wurde General Becks letzter, über das Office of Strategic Services in der Schweiz vorgetragener Vorschlag von der britischen und der amerikanischen Regierung abgelehnt, und Trott erhielt auf sein letztes Angebot durch das OSS in Schweden keine Reaktion aus Washington. Am 17. Juli 1944 gab Roosevelt nur so weit nach, daß er dem Gedanken beipflichtete, eine Erklärung der Alliierten könne eventuell später, „mit mehr Aussicht auf Vorteil für unseren Angriff", abgegeben werden (vgl. William, Lord Strang, *Home and Abroad*, S. 209; Woodward, *British Foreign Policy in the Second World War*, Bd. II, S. 183; James McG. Burns, *Roosevelt the Soldier of Freedom*, New York 1970, S. 440f.; Carroll, *Persuade or Perish*, S. 313f.; Feis, *Churchill, Roosevelt and Stalin*, S. 354f.; (Kenneth) Strong, *Men of Intelligence*, S. 125; Calvin Hoover, *Memoirs of Capitalism, Communism and Nazism*, Durham, North Carolina, 1965, S. 217; *Memoirs of Cordell Hull*, Bd. II, S. 1578, 1581; Anne Armstrong, *Unconditional Surrender*, New Brunswick, New Jersey, 1961). In den folgenden Monaten wurden britische und amerikanische Vorschläge für eine ähnliche Modifizierung der bedingungslosen Kapitulation wie im Falle Italiens mehrfach an Roosevelt herangetragen, blieben jedoch ergebnislos (vgl. Robert Murphy, *Diplomat Among Warriors*, New York 1964, S. 240). Die jüngste der vielen Verurteilungen von Roosevelts Festhalten an der bedingungslosen Kapitulation findet sich in Charles Bohlen, *Witness to History*, New York 1973. (3) Mündliche Grüße Hammersteins erreichten H. B. zum letzten Mal über Professor Hopper in Stockholm. Hammersteins Tod im April 1943 wurde in der amerikanischen Presse als das Ende eines „führenden Antifaschisten" ausführlicher behandelt als in der deutschen Presse. Daß sein Name hier genannt wird, deutet darauf hin, daß es bei H. B.s Gespräch mit McGuire vor allem um H. B.s eigene Erfahrungen während der vergangenen Jahre ging. (4) General Alexander von Falkenhausen, militärischer Berater in China 1930–1938, H. B. seit 1923 näher bekannt und von ihm geschätzt. Falkenhausen wurde im Mai 1940 zum Militärgouverneur von Belgien ernannt und am 13. Juli 1944 seines Postens enthoben. (5) Charles S.

Jennings, „Brüning Denies He Will Become Chancellor of Reich", Cambridge, 17. Juni, North American Newspaper Alliance (vgl. *Boston Sunday Globe* vom 18. Juni 1944). Die zwei wichtigsten Sätze des langen Artikels geben H. B.s Ansicht wieder, daß eine Regelung wie der Wiener Friede von 1815 für „weich" gehalten würde und daß die „harte" Politik Rußland und nicht England zugute kommen würde. (6) Canaris' Entlassung als Abwehrchef im Februar 1944 scheint in der englisch-amerikanischen Presse nicht gemeldet worden zu sein; möglicherweise wußte H. B. nichts davon. (7) Zum Vergleich seien auch die Erfahrungen von George Kennan erwähnt. Als er 1942 aus Deutschland nach Washington zurückkehrte, erkannte er, daß es angesichts des vorherrschenden Mangels an Diskretion unklug gewesen wäre, seine Kontakte mit Nazigegnern in Deutschland auch nur zu erwähnen (Balfour, *Helmuth von Moltke,* S. 168). Ebenso Carl J. Burckhardt: Als von Hassell im Jahr 1941 Burckhardt bat, die Namen seiner Mitverschwörer in London bekanntzumachen, lehnte Burckhardt ab mit der Begründung, daß sie „vom BBC innerhalb der nächsten 24 Stunden gesendet würden" (Harold C. Deutsch, *The Conspiracy against Hitler in the Twilight War,* Minneapolis 1968). (8) Dr. W. A. Baumert, Equitable Life Assurance Society. Das Memorandum von McGuire, das Baumert überbrachte und das vom 3. September datiert war, enthielt folgendes: Man wußte, daß Rußland im August ein weitreichendes deutsches Angebot auf Beendigung der Feindseligkeiten an der deutsch-polnischen Grenze erhalten hatte; Churchill sei entschlossen, bei seiner kommenden Besprechung mit Roosevelt auf eine Modifizierung der bedingungslosen Kapitulation zu drängen; die Briten seien enttäuscht über das Mißlingen der „Verschwörung der Generäle" gegen Hitler und befürchteten, wenn Hitler stürbe, könnte Himmler sofort ein Abkommen mit Rußland erzielen; selbst wenn die russische Front aktiv bleibe, erwarte man, daß das deutsche Heer die Westfront noch monatelang halten werde. Diese Erwartung war jedoch umstritten, denn die Alliierten waren viel schneller gewesen, als man gedacht hatte. Am 21. Juli hatte Eisenhower geschrieben, daß seine Stellung im Verhältnis jetzt stärker sei, als in der nächsten Zukunft zu erwarten sei. Anfang September jedoch erwartete das Oberste Hauptquartier, daß „der organisierte Widerstand unter der Kontrolle des deutschen Oberkommandos" im Dezember zusammenbrechen würde. Wie ernst die Stabschefs in Washington im August das kommende politische und militärische Vakuum in Europa sahen, zeigt sich deutlich in ihrem Memorandum für Außenminister Hull, das in *Foreign Relations of the U.S. 1944,* Bd. I, Washington 1965, S. 700ff., veröffentlicht wurde (vgl. *Papers of D. D. Eisenhower, The War Years,* Bd. III, Baltimore 1970, S. 2018; Lyman Kirkpatrick, *Captains Without Eyes,* London 1970, S. 204f.). Gegenseitige Verdächtigungen wegen geheimer Unterhandlungen waren natürlich nichts Neues unter den Alliierten (siehe z. B. für 1943 Wallace, *The Price of Vision,* S. 175; Strang, *Home and Abroad,* S. 200). Ende Juli 1944 hielt der Amerikaner William Phillips, der damals Eisenhowers politischer Berater war, Himmler und Göring für rußlandfreundlich und blickte mit Argwohn auf das rasche Vorrücken der russischen Truppen; im August verursachten Gerüchte über russische Unterhandlungen mit Deutschland erhebliche Beunruhigung im State Department. Im September kamen die Befürchtungen der Briten, daß die russischen Truppen an der deutschen Grenze haltmachen würden, wieder zum Vorschein (vgl. Wm. Phillips, *Diary,* Mss., Harvard University Library; *War Diaries of Breckinridge Long,* S. 320; Strang, *Home and Abroad,* S. 23; Churchill, *Second World War,* Bd. VI, Boston 1953, S. 236). Am 9. September 1944 erließen die britischen Stabschefs die formelle Empfehlung, Westdeutschland solle für immer von Ostdeutschland getrennt und in eine westeuropäische Nationengruppe als Versicherung gegen Rußland eingeschlossen werden. Die Planer im britischen Foreign Office hatten diese Lösung schon 1943 erwogen und verworfen, kamen aber 1944 darauf zurück mit der strategischen Bedingung, eine Verteidigung „so weit östlich wie möglich auf dem Kontinent" aufzurichten. (Die Stellungnahme der Stabschefs ist vermerkt in Llewellyn Woodward, *British Foreign Policy in the Second World War,* London 1962, S. 469; sie wird ausführlicher in Bd. V, Kap. LXIV des ungekürzten

Werkes gleichen Titels behandelt werden. Die Einstellung des Foreign Office ergibt sich aus *The Memoirs of Lord Gladwyn,* S. 115, 135, 140f.). (9) Wären die Ereignisse der vorhergegangenen zwei Wochen zu H. B.s Kenntnis gelangt, so hätte er mehr Anspannung und Erschöpfung als Schroffheit aus Bundys Worten herausgehört; Stimson, der in Wirklichkeit in Huntington war, „schlief" den ganzen Sonntag, 10. September, „weiter". Mitte August hatten Finanzminister Henry Morgenthau und sein Sonderassistent Harry D. White ihren Feldzug mit dem Ziel, Deutschland in ein Agrarland zu verwandeln, eröffnet, wobei sie auf Roosevelts Unterstützung zählten und von Harry Hopkins aktiv unterstützt wurden (siehe Henry Morgenthau, *Germany is Our Problem,* New York 1945; *The Forrestal Diaries,* hrsg. von Walter Millis, New York 1951). Ein früherer Finanzbeamter, der als Verwaltungsoffizier in Eisenhowers Hauptquartier diente, übersandte Morgenthau die Direktive, die das Kriegsministerium und das State Department für amerikanische Besatzungsoffiziere in Deutschland ausgearbeitet hatten. Morgenthau protestierte bei Roosevelt; dieser verwarf am 26. August empört die Direktive. Eine Ersatzdirektive „JCS 1067", die Maßnahmen zur Wiederherstellung der deutschen Wirtschaft untersagte, wurde im September 1944 vorbereitet und schließlich ausgegeben, und zwar auf Grund eines Kompromisses zwischen dem State Department, dem Kriegs- und dem Finanzministerium nach Roosevelts Tod (siehe Paul Hammond, „Directives for the Occupation of Germany", in: *American Civil-Military Decisions,* hrsg. von Harold Stein, University of Alabama 1963). In den zwei Wochen vor Roosevelts und Churchills geplantem Treffen in Quebec am 11. September, bei dem sie über die Nachkriegspolitik entscheiden sollten, mobilisierte Stimson alle seine persönlichen und politischen Verbindungen und trug alle erreichbaren Meinungsäußerungen von Juristen und Finanzleuten zusammen gegen „übertriebene Strafmaßnahmen". (In *Entmilitarisierung und Wiederbewaffnung in Deutschland 1943–1955,* München 1967, schildert Gerhard Wittig das Drama der täglichen Konfrontationen.) Von vielen wichtigen Gesprächen ist vielleicht am bezeichnendsten eine Unterredung am 7. September zwischen Stimson, seinem Stellvertreter John McCloy und Jean Monnet. Monnet äußerte die Ansicht, eine internationale Treuhänderschaft würde das Ruhrgebiet und das Saargebiet vor dem Rückfall in den Zustand reiner Agrargebiete bewahren, und McCloy überraschte Stimson und Monnet mit dem Einwand, daß die Teilnahme an einer solchen Treuhänderschaft Rußlands Macht gefährlich steigern würde. Stimsons Eindruck, daß die Verwaltung „Amok laufe", erhält Grundlagen aus einigen Vorschlägen in Morgenthaus Tagebuch, zum Beispiel der Empfehlung, deutsche Kinder von ihren Eltern zu trennen und in Anstalten zu erziehen, die von amerikanischen, englischen und russischen Heeresoffizieren geleitet werden sollten, damit die Kinder „den wahren Geist der Demokratie" erlernten. Für Morgenthau und Hopkins waren Stimsons Appelle an sittliche und rechtliche Prinzipien und an wirtschaftlichen Verstand pathologische Symptome eines veralteten Kapitalismus. Am 9. September erbrachte ein letztes Treffen vor der Konferenz von Quebec keine formelle Entscheidung von Roosevelt und entmutigte Stimson zutiefst (vgl. Stimson, *Diary;* H. Stimson und McG. Bundy, *On Active Service in Peace and War,* Bd. II, New York 1948; *Memoirs of Cordell Hull,* Bd. II, S. 1602–1622; Blum, *From the Morgenthau Diaries,* Bd. III, bes. S. 344, 360). (10) Die Eröffnung der Konferenz von Quebec wurde in der *New York Times* vom 12. September 1944 mitgeteilt. In der gleichen Nummer las H. B. von der Hinrichtung von Carl Goerdeler, Ulrich von Hassell, Wolf von Helldorff, Paul Lejeune-Jung, Wilhelm Leuschner, Josef Wirmer und Adam von Trott. (Tatsächlich waren Goerdeler und Leuschner zu dieser Zeit noch am Leben.) Daß Churchill und Roosevelt am 15. September den Morgenthau-Plan angenommen hatten, wurde in der amerikanischen Presse erst am 21. September gerüchtweise angedeutet. Am 23. September wurden Morgenthaus Vorschläge ausführlich veröffentlicht, und am 24. September wurde allgemein bekannt, daß sich das State Department und das Kriegsministerium dieser Politik widersetzten. Die Reaktion in der Presse war sehr kritisch. Der Morgenthau-Plan wurde nie populär; selbst im Frühjahr

1945, als 40 Prozent der Öffentlichkeit eine permanente Teilung Deutschlands befürworteten, waren nur 13 Prozent für die Vernichtung der deutschen Industrie (vgl. Gallup, *The Gallup Poll 1935/71*, Bd. I). In Antworten auf Fragen der *Washington Post* am 14. September bezeichneten Außenminister Hull und Robert Murphy, der neuernannte politische Berater Eisenhowers, gewisse Gerüchte, daß H. B. wegen Deutschland zu Rate gezogen werde, als „100 Prozent Gefasel" und „reinen Unsinn". Trotzdem ließen White und Pehle Morgenthau am 19. September, unmittelbar nach seinem Triumph in Quebec, eine Warnung von seiten Foersters vor H. B. zukommen, der „gefährlicher als Hitler" sei. Von dieser Warnung sollte Gebrauch gemacht werden, falls sein Name in einer interministeriellen Ausschußsitzung genannt werden sollte (vgl. *Washington Post*, 15. September 1944; Blum, *From the Morgenthau Diaries; Morgenthau Diary*, Mss., F. D. Roosevelt Library, Hyde Park, New York). 1946, als die Politik Morgenthaus an Einfluß verloren hatte, veröffentlichte Foerster in der *Neuen Zürcher Zeitung* einen radikalen Aufruf zur Erneuerung des Morgenthau-Plans und gründlicherer Entmilitarisierung, Desindustrialisierung und Entpreußung Deutschlands. In Paris wurde Foersters Artikel im *Figaro* von André François-Poncet in voller Länge abgedruckt. Er setzte hinzu: „Wenige Menschen verdienten mehr Gehör als Foerster" (vgl. *NZZ*, 27. Oktober bis 10. November 1946; *Figaro*, 30. Oktober 1946). – Diese Notiz wurde am 17. Juni 1948 in Lowell House diktiert.

* *7. November, Lowell House, H. B. an DeWitt C. Poole*[1]

... Ich habe heute Herrn Sollmann geschrieben und ihn gebeten, sich mit Ihnen in Verbindung zu setzen. Ob mein Brief ihn sofort erreichen wird, weiß ich nicht, denn er verdient sich seinen Lebensunterhalt damit, daß er vor verschiedenen Gruppen im ganzen Land Vorträge hält. Es tut mir leid, daß ich nicht schneller schreiben kann. Ich bin wegen meiner alten Herzbeschwerden wieder zwei Tage ans Bett gefesselt. Darf ich Sie noch einmal bitten, die Verfasserschaft meiner kleinen Beiträge[2] anderen Emigranten gegenüber nicht zu nennen? Mit zwei oder drei Ausnahmen würden sie sofort einen neuerlichen Pressefeldzug gegen mich in Gang bringen ...

(1) Leiter der Abteilung für fremde Nationalitäten im OSS, 1945 Sondervertreter des Außenministers in Europa. Da das Kriegs- und das Finanzministerium hinsichtlich der Besatzungspläne an einem toten Punkt angelangt waren und da zwei wichtige Verwaltungsoffiziere des Heeres die Morgenthau-Politik eifrig unterstützten, war es nur natürlich, daß das OSS Aufgaben übernahm, mit denen sich das Heer früher selbst beschäftigt hätte. (Harald Zink, *The United States in Germany*, Princeton, New Jersey, 1957, S. 171 f., erwähnt kurz die Verbindung des OSS mit der Militärregierung.) Unter den vielen verschiedenen Persönlichkeiten im Office of Strategic Services – der Bankier Shepard Morgan war in der Planungsabteilung, Herbert Marcuse analysierte in der Forschungsabteilung die Struktur der deutschen Gesellschaft – hatte Poole, was die internationalen Beziehungen betraf, den Ruf eines aufgeklärten Konservativen. (2) Siehe Anhang XI.

** 7. November, Lowell House, H. B. an Wilhelm Sollmann*

... Sie werden sich erinnern, daß ich vor über einem Jahr [im Juni 1943] Besuch von einem Beamten aus Washington bekam, dem ich eindringlich empfahl, Verbindung mit Ihnen aufzunehmen. Ich wiederholte meinen Rat, als mich der Herr vor ungefähr vier Wochen wieder besuchte – Mr. DeWitt Poole, Col[onel] Donovans Assistent im O[ffice of] S[trategic] S[ervices]. Ich fand es sehr merkwürdig, daß offenbar andere Mitglieder Ihrer Partei meinen ihm erteilten Rat nicht unterstützt hatten, aber nachdem er Ihren Artikel [in der *American Political Science Review*[1]] gelesen hatte, schrieb mir Mr. Poole, er würde gern so bald wie möglich mit Ihnen Fühlung aufnehmen. Er möchte genauere Erläuterungen zum Inhalt Ihres Artikels erhalten. Ich glaube, es wäre sehr klug, wenn Sie seiner Bitte nachkämen. Sie können ihm in den Metropolitan Club in Washington oder 399 Park Avenue, New York, schreiben. Ich glaube kaum, daß sich große praktische Folgen ergeben aus dem, was man den hiesigen Behörden vorträgt, da sie bei den deutschen Emigranten natürlich mit vielen verschiedenen Gesichtspunkten in Berührung kommen; aber welche Ansichten Sie auch vertreten – ich könnte mir vorstellen, daß Sie einen nützlichen Einfluß auszuüben vermögen.
In meiner Unterredung mit Mr. Poole schlug ich vor (bitte behandeln Sie das streng vertraulich, wie auch den Rest dieses Briefes), beim Beginn der Besetzung eines großen Teils von Deutschland hier einen beratenden Ausschuß von Emigranten zu bilden. Diese Emigranten müßten selbstverständlich Bürger verbündeter oder neutraler Länder sein. Natürlich schlug ich außer Ihnen auch Leute wie [Friedrich] Stampfer, [Max] Brauer und [Gerhart] Seger[2] vor. Soweit ich es beurteilen kann, wird etwas Derartiges tatsächlich unternommen werden, und auch aus diesem Grund wünschte ich, Sie könnten mit Mr. Poole Verbindung aufnehmen. Da ich selbst nicht Bürger eines verbündeten oder neutralen Landes bin, kann ich nicht in einen solchen beratenden Ausschuß aufgenommen werden. Außerdem – wenn ich Mitglied wäre und es bekannt würde, bekäme die hiesige Regierung natürlich Schwierigkeiten. Ich nehme an, daß sich der Ausschuß aus Mitgliedern der SPD und der früheren demokratischen Partei sowie möglicherweise aus Leuten ohne bestimmte Parteizugehörigkeit zusammensetzen wird ...

(1) November 1944. In seinem Artikel „Military Occupation and German Revolution“ schrieb Sollmann, nach dem Ersten Weltkrieg seien neun Zehntel der rheinischen Bevölke-

rung dankbar gewesen, daß die alliierte Besetzung eine gewalttätige Revolution verhinderte, und die einzige klar vorhersehbare Notwendigkeit im Deutschland der Nachkriegszeit sei weitgehende Zusammenarbeit zwischen sozialen Gruppen, politischen Anschauungen und religiösen Konfessionen. (2) Reichstagsmitglied (SPD) 1933, Chefredakteur des *Volksblatts*, Dessau, 1928–1933, seit 1935 Redakteur der *Neuen Volkszeitung*, New York, war 1940 Mitbegründer des German-American Congress for Democracy.

* *8. November, Lowell House, H. B. an Mona Anderson*

... Sie können sich vorstellen, wie sehr mich die Nachricht von dem Blutbad unter so vielen meiner alten Freunde und Mitarbeiter erschütterte. Sie erinnern sich sicher noch an Goerdeler, der mich [1939] in Old Surrey Hall besuchte. Es wird keiner von denen übrig sein, die ich gut kannte. Der arme Dietrich, der Finanzminister, der mich, wie Sie sich sicher erinnern, im Juni 1939 in London besuchte, starb – man möchte sagen: glücklicherweise – vierzehn Tage vor der Säuberung an einem Herzschlag[1]. Das allgemeine Verhängnis ist furchtbar. Ich glaube, all diese Nachrichten zusammen sind weitgehend für meinen derzeitigen Gesundheitszustand verantwortlich ...
Ich möchte wissen, wie es in Old Surrey Hall aussieht. Es ist schon mehr als fünf Jahre, daß ich wegging ... Ich fürchte, es wird noch einige Jahre dauern, ehe ich Aussicht habe, Europa wiederzusehen. Und manchmal bange ich, daß es nie geschieht ... Ich habe keine Verbindung mehr zu John [Wheeler-Bennett]. Er reiste im Frühjahr nach England, aber ich habe ihn seit Oktober 1943 nicht mehr gesehen ...

(1) In Wirklichkeit lebte er noch fast zehn Jahre länger. Solche falschen Gerüchte sind typisch für das Jahr 1944.

* *29. November, Lowell House, H. B. an Patrick Barry*

... Der doppelte Schock des Blutbads unter meinen Freunden und der körperlichen und geistigen Überanstrengung braucht einige Zeit, um abzuebben, aber ich hoffe, meine Arbeit Ende dieser Woche langsam wieder aufnehmen und bis Weihnachten fortführen zu können, um dann hoffentlich Ihrer freundlichen Einladung Folge leisten zu können. Ich bin nicht der einzige Emigrant, der an diesen Symptomen krankt.
Ich erhielt ein Telegramm von der Schweizer Dame, die mir früher von

Zeit zu Zeit Nachrichten über meine Schwester zukommen lassen konnte. Das Telegramm lautete, alle seien gesund, und war mit „Maria und Anna Herzog" unterschrieben. Da diese Dame keine Schwester hat, muß „Maria" meine Schwester sein. Ich bin nicht so optimistisch wie Tre, der zu dem Schluß kam, meine Schwester sei in die Schweiz geflohen. Wir werden sehen . . .

** 1. Februar 1945, Lowell House, H. B. an F. Demuth*

... Ich konnte dieses Jahr keine Weihnachtsbriefe schreiben; meine alten Herzbeschwerden zwangen mich gegen Ende Oktober, völlige Ruhe zu halten, um wieder zu einem einigermaßen normalen Blutdruck zu kommen. Natürlich kam das von den Sorgen und von einer beängstigenden Sicht der Zukunft, die Sie, Ihrem Brief nach zu urteilen, teilen. Ich konnte überhaupt nicht arbeiten, aber jetzt geht es mir viel besser, und in den letzten vierzehn Tagen hat die Genesung rasche Fortschritte gemacht.
Gedanken, wie Sie sie am Weihnachtsabend[1] ausdrückten, kommen auch mir sehr oft in den Sinn. Mehr oder weniger abgeschnitten von Verwandten und früheren Freunden und nur mit den düstersten Aussichten für Europa, ist es tatsächlich sehr schwierig, den Mut nicht sinken zu lassen. Mit jedem Jahr, das vorübergeht, verschwinden mehr alte Freunde und Bekannte und wird die Kluft zwischen denen in der Heimat und denen im Exil breiter. Das einzige, was wir tun können, ist, durch unser Beispiel zu zeigen, daß Haß und Verzweiflung diese Welt nicht retten werden, sondern Verständnis und eine klare, feste Auffassung von der moralischen Basis von Recht und Politik. Sie, der Sie so viel Gutes an den Intellektuellen, die Deutschland verlassen mußten, getan haben, sollten auch Befriedigung empfinden, denn niemand sonst hätte diese schwierige, anstrengende Aufgabe so meistern können wie Sie – ohne Ehrgeiz und, wie gewöhnlich, ohne die geringste Anerkennung ...

(1) Demuth beklagte, tief niedergeschlagen, die Mißachtung aller seiner Werte.

** 7. März, Lowell House, H. B. an Eugen Rosenstock-Huessy*

... Mit großer Anteilnahme und Befriedigung habe ich Ihren brillanten Essay[1] gelesen. In den langen Wochen meiner Krankheit habe ich mich auch wieder in Homer vertieft, und wie in früheren Jahren kam mir der Gedanke, wie töricht das Leugnen der einzelnen Verfasserschaft ist. ... Ihr Vergleich des Nibelungenlieds mit Homers Epen und dem Wesen der jüdischen Religion ist hervorragend, und die Art, wie Sie ihn dem Leser oder Hörer vortragen, ist wirklich sehr faszinierend. Letzten Sommer las ich *Der Nibelungen Not* wieder, und obwohl ich Ihre Interpretation und ihren heutigen Wert voll und ganz begreife, kann ich mich ihr doch nicht ganz anschließen. Ich glaube, das Nibelungenepos – nicht Wagners Opern – ist Ausdruck des Leidens und der Hoffnungslosigkeit von Stämmen, die stets von feindlichen Völkern umgeben waren und deren Grenzen nie stabil blieben. Der Verfasser mußte natürlich wie Homer eine große, menschliche Tragödie schaffen, in der das ganze Leiden von Jahrhunderten in einzelnen personifiziert werden konnte. Ich frage mich oft, ob nicht das Widerstreben des deutschen Volkes, einer geschickten Diplomatie und einem Geistesblitz im richtigen Augenblick zu trauen, und seine Verbohrtheit, immer mit dem Rücken zur Wand zu kämpfen, nachdem es jede Möglichkeit eines Auswegs versäumt hat, das Ergebnis dieser langen Geschichte und eine Folge seiner eigenartigen geographischen Lage ist. Bis vor kurzem wies die britische Geschichte mehr Blutvergießen und Grausamkeit auf als die deutsche, aber der Nationalcharakter wurde nicht permanent pessimistisch gestimmt, denn es war stets möglich, sich vor bedrohlichen Problemen auf die Insel zurückzuziehen. Für das deutsche Volk gibt es eine solche Möglichkeit nicht. Wir haben nur einen denkbaren Trost. Nachdem der Osten und Schlesien, die wir beide so sehr liebten, verloren sind und das übrige Land verstümmelt ist, könnte die Welt vielleicht in einer oder zwei Generationen beschließen, zu ihrer eigenen Sicherheit wieder ein lebensfähiges Deutschland auferstehen zu lassen . . .

(1) Entwurf einer Vorlesung.

* *7. März, Lowell House, H. B. an Jakob Goldschmidt*

. . . Ich bin in all meinen privaten und öffentlichen Gesprächen stets bei der gleichen Überzeugung geblieben – daß es für politische Emigranten im allgemeinen und für mich im besonderen nicht ratsam ist, auf einen prominenten Posten im öffentlichen Leben Deutschlands zurückzukehren. Manchmal wurde ich bedrängt, von dieser Überzeugung abzugehen, aber ich habe es nicht getan . . . Da ich nach der Landung [der Nazis] in Norwegen keine Illusionen hinsichtlich des zu erwartenden Friedens mehr hatte[1], hielt ich mich von Washington fern. Ich betrachtete dies als die einzig würdige Haltung für mich, da ein offener Protest nicht möglich war. Vielleicht ist es besser, Sie erfahren dies im Vertrauen. Tre weiß es genau, und ich hoffe, daß er nicht mit beiläufigen Bemerkungen einen gegensätzlichen Eindruck hervorruft . . .

(1) Die deutschen Erfolge in Norwegen führten unmittelbar zum Sturz von Chamberlains Regierung im Mai 1940.

* *20. März, Lowell House, H. B. an Jakob Goldschmidt*

... Ich freue mich sehr, Sie hier zu sehen. Ich werde im April durch New York kommen, mich aber nicht dort aufhalten. Von Zeit zu Zeit brauche ich eine Unterbrechung in meinem abgeschnittenen Leben hier, und nächsten Monat reise ich für ein verlängertes Wochenende zu Freunden [Margiana und Edmund Stinnes] in Pennsylvanien. Falls ich unterwegs in New York Zeit habe, werde ich nicht versäumen, mich mit Ihnen in Verbindung zu setzen.
Obwohl wahrscheinlich jetzt niemand mehr die bereits gefaßten Beschlüsse beeinflussen kann, möchte ich doch noch etwas zu dem bemerken, was Sie die „Wiederaufbauarbeit“ in Deutschland nennen. Sehr wenige Menschen in diesem Lande, sogar unter den deutschen Emigranten, sind sich der ganzen Folgen der Beschlüsse bewußt. Aber Sie mit Ihrer Erfahrung und Ihrem klaren Verstand werden sicherlich erkennen, daß die schon veröffentlichten Bedingungen, wenn sie auch nur zeitweilig erzwungen werden, den Hungertod von Millionen Menschen nach sich ziehen werden ... Da Sie die Situation zu erfassen vermögen, glaube ich, Sie sollten, wenn Sie Gelegenheit haben, mit Personen wie Baruch[1] sprechen, der wenigstens ein Problem versteht, wenn man es ihm mit einfachen mathematischen Ausdrücken vorträgt; Sie könnten viel Gutes in der Welt tun. Unter den gegenwärtigen Bedingungen wird es keinen Wiederaufbau geben ...

(1) Bernard Baruch, amerikanischer Börsenmakler, Vorsitzender des Kriegsindustrieausschusses im Ersten Weltkrieg, Berater des Leiters der wirtschaftlichen Mobilmachung im Zweiten Weltkrieg.

* *19. April, Lowell House, H. B. an Patrick Barry*

... Ich glaube nicht, daß große Änderungen bald stattfinden[1]. Die letzten Wochen, in denen täglich eine weitere alte Stadt zerstört wurde, waren schlimmer als gewöhnlich. Tre erhielt eine Beschreibung meiner Geburtsstadt von einem kanadischen Offizier, der nicht einmal den Dom oder das Rathaus oder den schönen Marktplatz finden konnte.

Das alles waren zusammengesunkene Trümmerhaufen[2]. Haben Sie etwas von Rektor Mommersteeg gehört? Sie wissen ja, er versprach, Ihnen zu schreiben, sobald er meine englischen Freunde besucht hätte . . .

(1) Änderungen hätte man nach Roosevelts Tod, am 12. April, erwarten können. Vermutlich will H. B. damit auch ausdrücken, daß keine Änderung der amerikanischen Politik in Deutschland zu erwarten war, nachdem in diesen Tagen die ersten tief schockierenden Berichte über Buchenwald, Belsen und andere Konzentrationslager veröffentlicht worden waren. (2) Siehe F. M. Sallagar, *The Road to Total War: Escalation in World War II*, Santa Monica, California 1969.

** 22. Mai, Littauer Center, H. B. an Clarence Pickett*[1]

. . . Sie erinnern sich gewiß an unser Gespräch in Mr. [Edmund] Stinnes' Haus über den Dreißigjährigen Krieg . . . Die Zerstörung war damals in Deutschland nicht so allgemein wie die jetzige Zerstörung; sie konzentrierte sich auch nicht auf zwei oder drei Jahre . . . Natürlich lag das ganze Problem völlig anders als das heutige. Die Stadtbevölkerung war im Verhältnis zur Gesamtbevölkerung klein. Dort, wo die Bauern nicht von den abziehenden Heeren niedergemetzelt wurden (wie es vielerorts der Fall war), konnte also wenigstens eine normale Brotversorgung innerhalb eines Jahres, nachdem die Streitkräfte ein Gebiet verlassen hatten, wiederhergestellt werden. Heute lebt ein Drittel der deutschen Bevölkerung vom Außenhandel, und die Stadtbevölkerung beträgt etwa zwei Drittel der Gesamtbevölkerung. Da die meisten deutschen Städte zerstört wurden, muß sich der Wiederaufbau bis zu einem gewissen Grad auf sie alle erstrecken. In der letzten Phase des Dreißigjährigen Krieges war ein großer Teil der Zerstörung der frühen Phasen schon wieder behoben worden . . . Ich bezweifle deshalb, daß man eine Parallele zwischen den jetzigen Verhältnissen und den Verhältnissen nach dem Dreißigjährigen Krieg ziehen kann . . .

(1) Seit 1929 geschäftsführender Sekretär des American Friends Service Committee (Quäker).

** 22. Mai, Lowell House, H. B. an Johannes Maier (Hultschin)*

... Es besteht keine Möglichkeit, jetzt irgend etwas in der hiesigen Presse zu veröffentlichen. Die Vorstellungen der Leute sind so verworren, daß kürzlich ein Katholik in einer einflußreichen Position hier forderte, man müsse amerikanische Priester nach Deutschland schicken, damit sie die Kinder tauften und das Volk wieder zum Christentum bekehrten. Was ich ihm als Antwort darauf über die Stellung der protestantischen und der katholischen Kirche sagte, überraschte ihn sehr. Die Unkenntnis von diesen Dingen ist fast grenzenlos ... Ich freue mich, daß Pünder am Leben ist[1]. Ich habe nie daran gezweifelt, daß er seinen Überzeugungen treu bleiben würde. Er lehnte Papens Angebot, ihn in der Kanzlei zu behalten, ab. In meinem letzten Brief ... warnte ich Sie davor, allen Berichten aus Deutschland, auch von sonst zuverlässigen Personen, zu glauben. Ein verhängnisvolles Merkmal eines großenTeils des Volkes ist, alles, was man nicht versteht, bösen Motiven zuzuschreiben ... Da ich vor dem Krieg Jahr für Jahr erfuhr, welche Einstellung gewisse Leute hatten, wußte ich ziemlich genau, wer fest bleiben würde und wer nicht. Wenn Sie alle Menschen im Ausland, die die Nazis begünstigten, obwohl sie ihre Greuel sehr genau kannten, zusammenbringen würden, so würde sich eine sehr große Zahl ergeben. Ich vergesse nie, daß in den ersten Jahren meines Exils in Europa, wenn ich im kleinen Kreis nur ziemlich vorsichtig und ganz gewiß ohne Übertreibung redete, die Menschen nur daraus schlossen, ich sei persönlich verbittert. Die moralische Frage ist sehr klar. Hätte die Welt die Greuel geglaubt, die in den ersten beiden Jahren der Naziherrschaft begangen wurden, und den logischen Schluß daraus gezogen, so wäre dieser Krieg nicht möglich gewesen ...

(1) Hermann Pünder wurde in Münster nach dem 20. Juli 1944 in Haft genommen und in Tirol im Mai 1945 von amerikanischen Truppen befreit.

** 7. Juni, Lowell House, H. B. an Mona Anderson*

... Ich freute mich sehr über die Nachricht, daß John [Anderson] wohlbehalten heimgekehrt ist ... Er wird für Sie sicher ein großer Trost sein. Er ist ein sehr edler Charakter und wird Ihren Schmerz über den Tod des armen Colin[1] voll und ganz begreifen ... Meine Gedanken weilten in der ganzen Zeit sehr oft bei Ihnen. Auch ich bekam sehr traurige Nachrichten, teils von Mommersteeg, teils von anderen. Es scheint, daß die Exekutionen nach dem 20. Juli kaum einen meiner alten Freunde und Mitarbeiter verschonten. Die traurigste Nachricht kam von Mommersteeg über den vielversprechendsten und treuesten meiner Freunde, den einzigen, der es noch 1939 wagte, mich in Holland zu besuchen [Letterhaus][2] ... Von Hertha und ihren Eltern kann ich keine Nachricht bekommen ... Wenn Ian nach Münster kommt, hoffe ich, daß er herausfinden wird, wie es meiner Schwester ergangen ist. Ich habe Mommersteeg ihre letztjährige Adresse gegeben ... Der gute Colin wurde fast an der Stelle begraben, an der ich im August 1939 vergeblich versuchte, mit einem guten Fernglas die Türme von Münster zu sehen ...

(1) Colin Anderson kam im Mai 1945 in Nijmegen ums Leben. (2) Letterhaus verbrachte die letzten Kriegsjahre in der Presseabteilung der Auslandsabwehr in Krampnitz und Zossen. Von den Verschwörern als Wiederaufbauminister und als Beauftragter für Rheinland-Westfalen vorgesehen, wurde er am 25. Juli 1944 verhaftet und im November hingerichtet.

* *2. Juli, Lowell House, H. B. an Patrick Barry*

... Ich erhielt zuverlässige Nachricht, daß meine Schwester bei recht guter Gesundheit ist. Sonst sind die Nachrichten täglich bedrückender. Ein leichtes Erwachen für die Realitäten findet hier statt, aber es wird die kommenden Ereignisse nicht beeinflussen. Man sagt, der Patriarch von Lissabon habe Sondervollmachten bekommen, falls der Vatikan unter einer von Kommunisten beherrschten Regierung in Italien praktisch in einen Belagerungszustand geraten sollte. Der *Economist* schreibt ganz Europa östlich der Elbe ab[1] ...

(1) Siehe „Zones of Occupation“, in: *Economist*, 16. Juni, und die Artikelreihe „Western Association“, 2. Juni bis 7. Juli 1945.

* *N September, nach der Potsdamer Konferenz*

Als ich im September nach Huntington kam, teilte mir Monsignor Barry sofort mit, Mr. Stimson habe ihn nach dem Rückflug von der

Potsdamer Konferenz[1] besucht. Er habe gefragt, wo ich sei, und wolle benachrichtigt werden, sobald ich nach Huntington käme. Monsignor Barry hatte von seinen historischen und theologischen Studien in München [1925–1927] gesprochen und wie sie seine gesamte Einstellung beeinflußt hätten, und Mr. Stimson, der die Ereignisse mit großer Sorge verfolgte, hatte gesagt, es sei eine Katastrophe, wenn das deutsche Volk daran gehindert würde, seinen Beitrag in der Welt zu leisten. Ich rief sofort seine Wohnung an und hinterließ die Botschaft, ich könne ihn jederzeit aufsuchen. Ein paar Stunden später kamen Mr. und Mrs. Stimson ins Seminar, und ich unterhielt mich unter vier Augen mit Mr. Stimson.

Er wirkte sehr niedergeschlagen und war sehr gealtert[2]. Er klagte über zu hohen Blutdruck. Er sagte, glücklicherweise trage er keine Verantwortung für die Beschlüsse der Potsdamer Konferenz. Er und General Marshall[3] und die übrigen Militärs seien von den Diskussionen ausgeschlossen worden. Sie hätten sich für eventuelle rein militärische Fragen in Bereitschaft halten müssen[4]. Er sprach von dem entsetzlichen Eindruck, den ihm die zerstörten Städte und das leidende Volk in Deutschland gemacht hätten. Sehr betrübt sagte er, seine Gesundheit erlaube ihm nicht, im Amt zu bleiben, und er sei wegen der Zukunft sehr bedrückt[5].

(1) 17.–31. Juli 1945. Stimson hatte Berlin am 25. Juli verlassen und war am 29. Juli wieder in Huntington. (2) Stimson war 78 und befand sich „am Rand eines Nerven- und Herzversagens" (vgl. *Diary*). Die Formalitäten seines Austritts aus der Regierung wurden am 21. September beendet. (3) George C. Marshall, US-Stabschef 1939–1945. (4) Stimsons Hauptaufgabe in Potsdam war es, von der ersten erfolgreichen Kernexplosion am 16. Juli in New Mexico zu berichten. (5) Stimson war sich über die Wichtigkeit einer allmählichen Liberalisierung der politischen Verhältnisse in Rußland im klaren und versuchte in den letzten Wochen seiner Amtszeit, dem Kabinett eindrücklich vor Augen zu führen, wie dringlich es sei, daß sich Amerika sofort mit Rußland in Verbindung setzte wegen der gemeinsamen Nutzung der Atomenergie und einer strikten Atomwaffenkontrolle sowie des Ausschlusses von amerikanischen Atombomben (vgl. *Diary;* Stimson und Bundy, *On Active Service,* Bd. II; Gar Alperovitz, *Atomic Diplomacy,* New York 1965). Bei dieser Gelegenheit sprach Stimson erstmals mit H. B. über seinen Widerstand gegen die Morgenthau-Politik im Jahr 1944 wie über seine Proteste in Potsdam (vgl. *Foreign Relations of the U.S., Conference of Berlin,* Bd. I, Washington 1960). Beim Diktat dieser Notiz am 17. Juni 1948 erwähnte H. B. einen Gesprächspunkt nicht, auf den er jedoch in mehreren Briefen einging, z.B. am 3. Januar 1946 an Poels: „Stimson sagte mir dabei besonders, er hoffe, daß ich dieses Land nicht verlassen würde, sondern mit den Gemäßigten zusammen an einer Verbesserung der Friedensbedingungen arbeiten würde."

** 16. September, Lowell House, H. B. an Patrick Barry*

... Die Tage in Huntington waren sehr erholsam für mich. Es tat mir so gut, reden zu können, wie ich wollte. Ich genoß unsere Spaziergänge und unser Billardspiel sehr, ebenso das Zusammensein mit Ihren Besuchern. Ich fühlte mich so wohl, daß ich wirklich erstaunt war, als Dr. [Alfred] Haas sagte, das Herz sei noch sehr nervös, und ich müsse einige Wochen lang wieder die Arznei nehmen, die ich in den letzten beiden Monaten abgesetzt hatte ... Ich sprach mit Mr. Dengler[1], der vom Kriegsministerium für katholische Angelegenheiten nach Deutschland geht; eine eindeutige Verbesserung ... George Shuster suchte sofort meine Schwester und viele Freunde auf ... Auf dem Hof[2] hatte er Schwierigkeiten, bis zu meiner Schwester vorzudringen; ein Mann mit einer Heugabel blieb ihm auf den Fersen ...

(1) Theobald J. Dengler wurde in die Abteilung für religiöse Erziehung bei der alliierten Kontrollkommission berufen. Schon bald nach seiner Ankunft in Deutschland erschienen seine Aufrufe zu einem Wandel der öffentlichen Meinung in Amerika. Er schrieb z. B.: „Keine private Hilfe wird gestattet, bis die Zeitungen in den USA ihre Haßkampagnen aufgeben" (Dengler an die Präsidentin des katholischen Frauenbundes, siehe *Staatszeitung und Herold*, New York, 9. November 1945). (2) Maria Brüning lebte am Ende des Krieges bei der Familie Schulte-Berge in Einem bei Münster.

** 16. September, Lowell House, H. B. an Theobald J. Dengler*

... Ich würde mich sehr freuen, wenn ein Verhältnis des Vertrauens zwischen Ihnen und einigen führenden deutschen Katholiken, besonders Ihren Exzellenzen, den Bischöfen von Berlin [Bares], Münster [Galen] und Mainz [Stohr], hergestellt werden könnte. Durch sie könnten Sie Verbindung bekommen zu den Führern der katholischen Gruppen, die aus Schlesien und Ostpreußen vertrieben wurden, besonders zu den hochwürdigen Domherren [Bernhard] Otte und [F. X.] Seppelt aus Breslau und zu Prälat [Carl] Ulitzka[1], falls er die ständige Verfolgung der Nazis überlebt hat. Es wäre auch gut, wenn Sie mit dem früheren Gouverneur von Oberschlesien, [Hans] Lukaschek, Fühlung aufnähmen; ein Londoner Freund hat mir geschrieben, nachdem er im Juli 1944 für einige Stunden die Regierung Schlesiens übernommen habe, sei ihm wunderbarerweise die Flucht nach Bayern geglückt. Er soll in der Nähe von München leben. In Berlin kann Sie dieser Brief bei Pater Hermann Muckermann einführen. Es wäre äußerst wichtig, Kontakt zu

Hochwürden Hermann Joseph Schmitt, dem früheren Generalsekretär des katholischen Arbeitervereins in Ostpreußen, aufzunehmen. Er wurde letztes Jahr im Juli verhaftet und in Dachau von den amerikanischen Truppen befreit. Er war der zweitwichtigste Katholik, der in all den Jahren die Fäden des Widerstands in der Hand hielt. Seine Adresse werden Sie sicher bei den Militärbehörden in Bayern erfahren, wo er sich vermutlich noch aufhält. Seine Exzellenz, der Bischof von Mainz, dem Sie bitte meine hochachtungsvollen Grüße übermitteln wollen, wird Ihnen die Adresse von [Gustav] Olef angeben können, der Sie seinerseits mit einstigen Führern des katholischen Beamtenbundes zusammenbringen kann . . . In Süddeutschland würde ich vorschlagen, daß Sie den früheren preußischen Ministerpräsidenten [Adam] Stegerwald[2] aufsuchen, der jetzt Bezirkspräsident in Unterfranken ist. In Württemberg kann ich Ihnen im Augenblick keine Adresse nennen, da mein alter Freund [Eugen] Bolz[3], der württembergische Ministerpräsident, hingerichtet wurde. Gerüchten zufolge fürchte ich, daß andere führende Katholiken dort das gleiche Schicksal erlitten haben. Nach Zeitungsberichten ist Seine Exzellenz, der Bischof von Rottenburg, noch nicht an seinen Bischofssitz zurückgekehrt[4]. Sie könnten Bolz' Witwe besuchen und von ihr etwas über andere Persönlichkeiten erfahren. Falls Sie es tun, bitte ich Sie, ihr mein herzlichstes Beileid auszudrücken und ihr zu sagen, ihr Gatte sei einer von den Menschen, die ich nie vergessen werde.

In Baden könnten Sie Prälat [Ernst] Föhr[5] besuchen, der mir freundlicherweise über einen amerikanischen Offizier einen Brief zukommen ließ. Er war lange Zeit Generalsekretär des Volksvereins für das katholische Deutschland und wird alles wissen, was Sie in ganz Baden brauchen. Wie ich Ihnen schon sagte, wünschte ich sehr, daß Sie mit dem Oberbürgermeister von Köln, [Konrad] Adenauer, und durch ihn mit meinen alten Freunden im Rheinland Verbindung aufnähmen. Vielleicht stehen sie in der Zwischenzeit in Fühlung zum Ruhrgebiet und zu Münster.

Einige dieser Herren werden Sie vielleicht fragen, welche Ansichten ich hinsichtlich der Erneuerung der früheren Parteien vertrete. Diese Frage kann ich brieflich nicht im einzelnen beantworten. Ganz allgemein bin ich der Ansicht, daß Windthorsts ursprüngliche Absicht einer engen politischen Zusammenarbeit zwischen Katholiken und religiösen Protestanten nie aufgegeben werden sollte und daß diese Gruppen verfassungsmäßig demokratisch und in sozialen Fragen progressiv bleiben sollten. Außerdem sollten sie im Kampf mit antireligiösen Elementen der Linken um politische und bildungsmäßige Fragen zusammenhalten; diese Fragen werden sich zweifellos erheben, sobald die Besatzungstruppen abziehen. Meine Ansicht von den Emigranten, die die amerikanischen Behörden bei der Berufung von Verwaltungsbeamten in Deutschland berieten, ist, daß sie nichts dazugelernt haben und daß ihre antireligiöse Tendenz die gleiche ist wie in den letzten 70 Jahren . . .

(1) Auch Domherr in Breslau, Vorsitzender des Provinzialausschusses Oberschlesien, Mitglied der Nationalversammlung und des Reichstags (Zentrum) 1920–1930, seit Sommer 1939 Hausgeistlicher am St.-Antonius-Krankenhaus, Berlin. (2) Stegerwald, damals 70 Jahre alt, starb im Dezember 1945; preußischer Ministerpräsident (Zentrum) 1921, Reichsverkehrsminister 1929–1930, Reichsarbeitsminister 1930–1932. (3) Hingerichtet im Januar 1945 im Alter von 64 Jahren; Mitglied des Reichstags (Zentrum) 1912–1933, Ministerpräsident von Württemberg 1928–1933. (4) Bischof Sproll, der sich weigerte, an den Wahlen vom April 1938 teilzunehmen, wurde 1938 von der Gestapo aus seiner Diözese gewiesen und lebte bis 1945 in Bayern. (5) Mitglied des Reichstags (Zentrum) 1928–1933.

17. September, Lowell House, H. B. an Gottfried Treviranus

. . . Ich gebe die Möglichkeit zu, daß [Friedrich] St[ampfer] anders denkt wie seine Genossen. Aber mein erster Eindruck, den ich hier gewann von den Sozen – vor sechs Jahren –, hat sich wieder bei mir festgesetzt. Ihnen war es hauptsächlich darum zu tun, ein absolutes Parteiregime aufzubauen nach dem Fall der Nazis. Und so ist es auch heute noch. St[ampfer]s Ablehnung von Wirth, die Hoffnung auf eine Mehrheit bei den Wahlen und die listigen Fragen an mich bestätigen meine Auffassung . . . Es scheint, daß de Gaulle nur eine Kontrolle Westdeutschlands erreicht hat. Er scheint geschickterweise auf eine rechtlich nicht dauernde, also de facto ewige Besetzung des linken Rheinufers hinzuarbeiten . . . Ich sah gestern abend Sprague, der stark beeinflußt ist von den *Economist*-Artikeln gegen die Ostgrenze[1]. [Charles] Dawes[2] schreibt, [Walter] Lichtenstein[3] würde in die Besetzungs-Kontrollkommission eintreten. A good thing . . .

(1) Im *Economist* vom 11. August 1945 wurde in dem Artikel „The German Settlement“ die Potsdamer Erklärung verurteilt und empfohlen, die russische Zone außer acht zu lassen und das übrige Deutschland in ein „Westeuropa, das sich seiner politischen und wirtschaftlichen Einheit bewußt ist“, einzugliedern. Am 8. September befürwortete der Artikel „A Policy for the Ruhr“ eine „gegenseitige Wiederaufbauhilfe“ und die Entwicklung einer deutschen Wirtschaft, die „vollständig an die Bedürfnisse Westeuropas angepaßt“ sein sollte. (2) Bankier in Chicago, Vizepräsident der Vereinigten Staaten (Republi-

kaner) 1925–1929, Vorsitzender des Expertenausschusses der Reparationenkommission 1924, US-Botschafter in London 1929–1932. H. B. schrieb ein Vorwort zu Dawes' Buch *A Journal of Reparation*, London 1939. (3) Vizepräsident der First National Bank of Chicago, Leiter der Abteilung Banken und Kreditinstitute beim amerikanischen Militärgouverneur in Deutschland 1945–1947.

* *22. September, Littauer Center, H. B. an Hugh Gibson*[1]

... Ich habe mit dem größten Interesse Mr. Hoovers bemerkenswerte Rede[2] gelesen, von der er schon sprach, als ich das Vergnügen hatte, mit Ihnen und ihm zu speisen. Sein Vorschlag ist nicht nur vom finanziellen Standpunkt aus äußerst gesund und konstruktiv, sondern bietet für dieses Land auch die einzige Chance, die politische Haltung von Ländern, die wenigstens eine Zeitlang wirtschaftlich und finanziell von den Vereinigten Staaten abhängen werden, später zu beeinflussen. Es ist tatsächlich die letzte Gelegenheit, etwas von Europa zu retten und eine fortdauernde, zunehmende Beherrschung des Kontinents durch Rußland zu verhindern.
Ich verfolge die Berichte von den Verhandlungen in London[3] genau und befürchte, daß Rußland mit seiner klugen Taktik in jedem Punkt siegen wird. Durch das Vorbringen extravaganter Forderungen wie Besitz von Tripolitanien oder eines Hafens in Eritrea werden die Russen imstande sein, weitere Gewinne auf dem Balkan und in Mitteleuropa zu erzielen. Wenn sie mehr als 100 Prozent ihrer tatsächlichen Ziele erreicht haben, lassen sie vielleicht die Forderungen fallen, die für England am unangenehmsten sind. Ich kann die öffentliche Meinung in diesem Lande nicht begreifen. Sie scheint gleichgültig oder in manchen Fällen sogar begeistert zu sein, daß Rußlands beherrschende Position in Europa und Asien permanent unangreifbar gemacht wird. Ich frage mich, ob es nicht möglich wäre, daß Mr. Hoover in der republikanischen Partei einiges Verständnis für diese Lage weckt, die in England in vollem Umfang erkannt zu werden scheint, obwohl die Briten keine Unterstützung von diesem Lande bekommen. Wenn sich die republikanische Partei damit abfindet, daß Mr. Foster Dulles an den Verhandlungen lediglich teilnimmt[4], wird sie bei den nächsten Wahlen nicht fähig sein, die elementaren Funktionen einer Oppositionspartei auszuüben. Dann fürchte ich, daß eines Tages die Erkenntnis dessen, was geschehen ist, das Land zu einer Reaktion veranlaßt, die weit über die republikanische Partei hinausgreift ...

(1) US-Botschafter in Belgien 1927–1933 und 1937–1938, stellvertretender Vorsitzender der US-Delegation bei der Abrüstungskonferenz 1932; veröffentlichte 1944 in New York das Werk *The Road to Foreign Policy*, in dem er sich mit der amerikanischen Neigung auseinandersetzte, den momentanen Feind „auszurotten". (2) Bei einer Rede in Chicago am 17. September hatte Hoover ein Moratorium für Kriegsschulden an die USA befürwortet, ebenso die Gewährung neuer internationaler Kredite in Form von Waren und die Organisation von Welt-Warenmärkten, um bei der Verteilung von Lebensmitteln und Brennstoffen jede Machtpolitik auszuschließen. (3) Die Konferenz der Außenminister der USA, der UdSSR, Großbritanniens, Chinas und Frankreichs in London vom 11. September bis 2. Oktober war die erste öffentliche Gelegenheit, bei der es den Alliierten völlig mißlang, untereinander zu einer Vereinbarung zu kommen. (4) J. F. Dulles, einflußreicher Republikaner und Vorsitzender des Komitees für einen gerechten und dauerhaften Frieden beim Federal Council of Churches, trat den US-Delegationen für die Konferenzen in San Francisco und London als „Berater" bei, um den „Zweiparteiencharakter" der amerikanischen Außenpolitik zu demonstrieren.

* *24. September, Littauer Center, H. B. an Maria von Bülow*[1]

... Von hier aus habe ich die Ereignisse traurigen Herzens beobachtet und nie bezweifelt, was das Kriegsende bringen würde. So oft dachte ich an Ihren Herrn Vater und an die Tragödie seiner Krankheit in den Jahren 1931 und 1932[2], in dem Augenblick, als sein realistisches Urteil und seine große Vermittlergabe mehr vonnöten gewesen wären als zu irgendeiner anderen Zeit seit 1923. Seine Ansichten über die militärische Zukunft waren völlig frei von Illusionen. Es waren die Ansichten eines wirklich großen Soldaten, der – wie so viele seiner Freunde, die sich im letzten Krieg durch Tapferkeit auszeichneten – seine ganze Hoffnung auf eine lange, friedliche Entwicklung in Europa setzte. Ich war sehr betrübt, als ich erfuhr, wie viele von denen, die seine Ansichten teilten, ihr Leben unter der Verfolgung der Nazis verloren, entweder 1934 oder im letzten Jahr. In gewisser Beziehung mögen sie glücklicher sein als wir, wenn man die auf Generationen hinaus düstere Zukunft Deutschlands bedenkt. Meine Phantasie beschäftigt sich dauernd mit dem verhängnisvollen Geschick derer, die in den kritischen Jahren meine Freunde oder enge Mitarbeiter waren. In den letzten paar Monaten erhielt ich eine ganze Reihe persönlicher Nachrichten, die mit wenigen Ausnahmen sehr betrüblich lauteten ...

(1) Jetzt Gräfin Stolberg-Wernigerode, Tochter von Major Friedrich Wilhelm von Willisen, lebte mit ihren zwei kleinen Kindern in den Trümmern von München, wohin ein amerikanischer Freund H. B.s ihr Post bringen konnte. (2) Willisen, der im Januar 1933 an Halskrebs starb, lag ab Juni 1932 im Krankenhaus.

25. September, Lowell House, H. B. an Anna Herzog

... In meinem letzten Brief schrieb ich Ihnen wegen der Übersetzung des englischen Buches durch unsern gemeinsamen Freund[1]. Leider bin ich mit dem Verfasser [John Wheeler-Bennett] nicht mehr in persönlichen Beziehungen. Der Krieg zerstört vielfach alte Freundschaften. Aber ich werde an den Londoner Verleger in einiger Zeit schreiben ... Die Nazis müssen im Elsaß besonders übel gehaust haben ...
Ich schrieb Ihnen, glaube ich, daß ich Nachricht von Hertha Tennstedt hatte. Sie war in Friedrichroda in Thüringen bei ihrem Schwiegervater und beabsichtigte, nach Bothenheiligen zu gehen, dem Gut, von dem ihr Vater stammt. Unglücklicherweise liegt dieses Gut gerade noch in der russischen (neuen) Besatzungszone, und ich mache mir die schwersten Sorgen um sie und ihre Eltern. Ein amerikan[ischer] Freund, der zur Zeit in Berlin ist, hat alles getan, um den jetzigen Aufenthalt der Tennstedts ausfindig zu machen. Die einzige verläßliche Information ist, daß Hertha u[nd] ihre Eltern, ohne voneinander zu wissen, von Sachsen und Thüringen nach dem Westen geflüchtet sind, wohin, weiß niemand. Es ist eines der Schicksale von mehr als zehn Millionen Deutscher. Es ist schwer, nachts Schlaf zu finden, angesichts der täglich neuen trüben Nachrichten ... Ich habe sechs Wochen auf dem Lande verbracht[2] und mich, soweit mein Herzübel in Frage kommt, sehr erholt. Aber die alte Arbeitskraft habe ich nicht mehr. Es sind jetzt mehr als elf Jahre, daß ich im Exil lebe ... Im stillen hege ich den Plan, nächsten Sommer nach Europa zu fahren – Holland und Schweiz. Nach Deutschland werde ich vor 1948/49 kein Visum bekommen. Vielleicht ist es dann schon zu spät ...

(1) Fritz König wollte *The Wooden Titan* übersetzen. (2) Mit der Familie Treviranus in Woodstock, N. Y., als Gäste von Federico Stallforth und anschließend in Huntington.

* *15. Oktober, Lowell House, H. B. an Mona Anderson*

... Als ich in der *New York Times* von der Einweihung des Friedhofs in Nijmegen las, dachte ich mir schon, daß Sie dort sein würden. Ich glaubte sogar, Sie und Ian auf einem großen Foto, das während der Feier aufgenommen wurde, zu erkennen. Wie lieb von Ihnen, daß Sie all die Mühe auf sich nahmen, um meine Schwester zu besuchen ... Ich

glaube, Sie haben recht, daß sie über den Winter auf dem Bauernhof bleiben sollte. Das Elend im Winter wird alles übertreffen, was Europa seit dem Dreißigjährigen Krieg erlebt hat. Die Sterblichkeitsziffer der Ostvertriebenen, die in der Umgebung von Berlin leben oder vielmehr vagabundieren, beträgt schon 50 Prozent . . .
Sie sahen einen großen Teil der Zerstörung im ganzen Nordwesten. Steht Sanssouci noch? Ich bekam Heimweh, als ich las, daß Sie in Potsdam und am Wannsee waren . . . Ich habe viele Bilder von der alten und neuen Kanzlei gesehen. Beide berühren mich nicht sehr. Ich mochte sie nicht und habe sie nie wiedersehen wollen. Die Verheerungen im Ruhrgebiet und in Hamburg müssen entsetzlich sein. Die größeren Städte sind durchschnittlich zu 50 Prozent zerstört. Fast täglich erhalte ich jetzt Briefe von amerikanischen Freunden, die alte Freunde oder Bekannte von mir in den ärmlichsten Verhältnissen lebend antrafen. Wie sie ohne Kohlen den Winter überstehen sollen, weiß ich nicht. Heute bekam ich einen Brief von einem der führenden Männer meines Wahlkreises. Er verlor drei Söhne. Im Mai flüchtete er mit seiner Gattin und den jüngeren Kindern von Schlesien durch Böhmen über die Elbe bis an den Rhein. Die führenden Mitglieder meiner Partei in Schlesien wurden von den Russen entweder umgebracht oder deportiert . . . Tres Hoffnung, nach London zu kommen, hat sich zerschlagen. Ich bin sehr in Sorge um ihn; zum erstenmal in seinem Leben ist er melancholisch und ziemlich deprimiert. Seine Schwägerin war zwei Jahre im Gefängnis; ein Bruder ist in Rußland und einer in der Tschechoslowakei. Die Antwort auf die Fragen meiner Schwester nach meinen Plänen ist mindestens noch für die nächsten beiden Jahre negativ . . .

16. Oktober, Lowell House, H. B. an Franz Meinow[1]

. . . Die gläubigen Christen beider Konfessionen werden einfach gezwungen werden, politisch zusammenzustehen, um ein Bollwerk aufzurichten gegen die völlige weitere Zersetzung aller ewigen religiösen, sittlichen und rechtlichen Anschauungen. Das bedeutet nicht, daß sie etwa sich bemühen sollen, unter allen Umständen an einer Regierung teilzunehmen, soweit eine solche in absehbarer Zeit überhaupt möglich sein sollte. Unter keinen Umständen darf Ehrgeiz die Haltung der alten Freunde bestimmen. Sie müssen an Windthorst und seine Grundgedanken einer interkonfessionellen, sozial fortschrittlichen, im Tempo konser-

vativen Partei sich erinnern, an seine Hingebung an das ganze Volk, ohne für sich eine Stellung zu suchen, die seinem politischen Genie entsprochen hätte. Arbeiten auf lange Sicht ist entscheidend.
Die Schwierigkeiten in Deutschland werden auf viele Generationen übermenschlich sein. Vielleicht werden Millionen von Menschen in den nächsten Jahren verhungern und verkommen. Deshalb müssen Sie, sehr verehrter Herr Meinow, Geduld haben. Die amerikanischen und englischen Besatzungsbehörden werden allmählich viel beobachten und manche ihrer ursprünglichen Auffassungen ändern. Ich glaube, das beginnt schon jetzt. Aber sie haben es nicht immer ganz leicht angesichts der Propaganda hier im Lande . . . Für mich sehe ich zur Zeit gar keine Möglichkeit, in Deutschland selbst etwas Ersprießliches zu leisten, zum mindesten nicht mehr als hier. Ein Amt in einer Regierung mit den Lasten und Sorgen wie in den zwanziger und dreißiger Jahren könnte ich sowieso wegen meiner Gesundheit nicht übernehmen. Mit Rat und allem anderen, was mir zur Verfügung steht, werde ich immer bereit sein zu helfen, wenn die Zeit dafür kommen sollte . . .

(1) Bürgermeister von Bad Kissingen.

Rückblick

** 13. Juli 1946, Lowell House, H. B. an Hermann Ullmann*[1]

... Ich mußte tagelang mit [Allen Dulles] ringen, um den Eindruck, den Ihr Freund Gisevius[2] mit seinen Schriften und Gesprächen geschaffen hat, wenigstens ein bißchen zu korrigieren. Die Menschen in Europa sollten wissen, daß hier – mindestens in den Großstädten an der Ostküste – viele, viele Jahre vergehen müssen, bis die Öffentlichkeit etwas anderes mit Deutschland verbindet als das Entsetzen und den Abscheu vor den Nazigreueln ... Diese Stimmung zu schüren, ist natürlich vorteilhaft für andere Länder, die zwischen den zwei Kriegen nicht gut wegkommen; selbst eine vollkommen objektive Darstellung der Ereignisse in Deutschland würde für diesen speziellen Zweck ausgenützt ... Hätte man nicht Irrtümer, Zweifel, schwankende Haltungen und sogar zeitweilige Abschwörung des Glaubens in den ersten zwei Jahrhunderten der christlichen Kirche übersehen, so wären nur sehr wenige Märtyrer heiliggesprochen worden.
In den letzten 100 Jahren entwickelte sich oder verstärkte sich vielmehr eine verderbliche Tendenz in Deutschland, sich in negativer, manchmal sehr kleinlicher Kritik zu erschöpfen, statt gutem Willen Achtung zu erweisen. Das führt unmittelbar zur Vergötterung des Erfolgs; es erstickt jede objektive Einschätzung der Zeitgenossen und verdunkelt sehr bedeutsame Tatsachen ... Eine überkritische Darstellung irgendeines großen Ereignisses hinterläßt dann den Eindruck der Zurücksetzung, Fehlkalkulation, Tatenlosigkeit und Verständnislosigkeit. Die ganze Weltgeschichte ist dann nur eine einzige Kette menschlicher Unzulänglichkeit und menschlichen Versagens ...
Memoiren wie die von Bethmann-Hollweg fielen in das Extrem der entgegengesetzten Tendenz und übergingen wichtige Fakten, die den Autoren im Licht der Ereignisse zur Zeit der Abfassung vielleicht für ihr Land unvorteilhaft erschienen ... Ich selbst erfuhr von den Umständen, die zum Ausbruch des Ersten Weltkrieges führten, erst als Groener im April 1932 in Genf sich mir anvertraute ...
Sie können sich vorstellen, wie tief die Furcht, geködert zu werden, noch

1932 und 1933 in den wenigen Personen verwurzelt war, die über diese Umstände Bescheid wußten ... Es herrschte ein starker Verdacht auf eine absichtliche Falle der Briten oder wenigstens auf einen Wankelmut, der Deutschland wieder ins Unglück stürzen könnte. Auch später noch, als Goerdeler und andere Unterhändler zwischen den deutschen Generälen und dem britischen Außenministerium und britischen Kabinettsministern waren, blieb dieser Argwohn bestehen ...
Nachdem Canaris seinen Geheimdienst aufgebaut hatte, ... besaß er eine Monopolstellung im Denken der Generäle. Er ist einer der verwickeltsten, kaum zu begreifenden Männer, von denen ich im Lauf meines Lebens erfuhr. Wie jeder Geheimdienstler von Beruf, sagte er nie die ganze Wahrheit oder seine ganze Meinung. Davor warnte ich Goerdeler und Trott wiederholt; ich kann es Canaris nicht zur Last legen, denn es war berufsbedingt. Wie Schleicher machte auch er Aussagen, die nur einen augenblicklichen Eindruck wiedergaben oder darauf abzielten, andere zu Enthüllungen zu veranlassen. General Lahousens[3] Zeugenaussage in Nürnberg bewies mir, daß ich mit meiner instinktiven Abneigung gegen Canaris recht hatte, obgleich ich nie daran zweifelte, daß er patriotisch gesinnt und bereit war, alles zu tun, um seinem Land auf die Beine zu helfen. Obwohl ich keinen Beweis dafür habe, habe ich das sichere Gefühl, daß Canaris Goerdeler stets vor meinem Rat warnte. Da er jede Stunde eine andere Maske trug, bin ich sicher, daß er manchmal in der Eile unabsichtlich die falsche Maske aufsetzte, und daß dies Zweifel säte im Sinn jener, die vielleicht Macht zu handeln gehabt hätten, während es bei jüngeren Leuten ohne große Erfahrung, die man hätte zurückhalten müssen, übertriebenen Optimismus hervorrief[4] ...
Noch etwas sollte Ihr Freund bedenken. Seit Bismarck haben weder unsere Militärführer noch unsere Beamten, noch unsere Diplomaten gelernt, etwas zu unternehmen, ohne zuvor einen detaillierten Arbeitsplan aufzustellen. Der einzige Mann im Heer außer Groener, der auch ohne dies handeln konnte, war Hammerstein, und deshalb wählte ich ihn als Oberkommandierenden. Dazuhin wurden die Vorhaben derer, die unter gewissen Bedingungen zum Handeln fähig gewesen wären, stets durchkreuzt von dem endlosen Gerede innerhalb und außerhalb von Deutschland über die Verschwörungen, die angezettelt oder vermutet wurden. Journalisten aller Länder waren imstande, in bemerkenswertem Umfang über höchst vertrauliche Pläne zu berichten ...
In meiner Isolierung konnte ich ziemlich leicht erraten, wie sich die Dinge entwickeln würden, hauptsächlich auf Grund meiner persön-

lichen Bekanntschaft mit den Hauptdarstellern, nicht nur in Deutschland, sondern auch anderswo. Es ist wesentlich, daß man sich im Geist wie auf einer Theaterbühne die Taten und Reaktionen lebender Menschen vorstellt. Nur in einem Punkt täuschte ich mich: Ich hatte nämlich erwartet, daß die Alliierten sofort nach der Invasion in Holland und Belgien eine eigene Offensive starten würden. Von da an hatte ich wenig Hoffnung mehr, daß die Generäle handeln würden, es sei denn, die Alliierten schlügen Garantien vor . . . Je länger die Nazis durchhielten, um so entscheidendere Versprechungen mußten die angelsächsischen Mächte, vor allem dieses Land, abgeben, um Rußland und andere Völker im Krieg zu halten . . . Nach Stalingrad war es meine Hoffnung, daß unsere Freunde – in prominenten Stellungen, im Ruhestand oder im Untergrund – verschont würden, um nach der unvermeidlichen Katastrophe Verantwortung zu übernehmen . . . Teils wegen Axelssons besorgniserregender Artikel[5] gewährte ich im Frühjahr 1944 einem Journalisten, der in Harvard studierte, ein Interview, in der Hoffnung, es werde über Canaris an Trott und Goerdeler gelangen und ihnen nahelegen, sich für die Zukunft zu retten . . .
Ich kann mir nicht vorstellen, daß irgendein Mann an irgendeinem Ort unter solchen Verhältnissen wagen würde, ohne Mindestgarantie für Unterstützung von außen eine Revolution in Gang zu setzen, ein Mann, der ein Land auf allen Seiten gegen übermächtige Kräfte aller Art zu verteidigen hat und weiß, daß sich Störungen oder Unentschlossenheit eines einzigen Tages auf die Truppen auswirken und zum sofortigen Zusammenbruch führen können . . . Wenn ich an der Stelle der Heeresführer gewesen wäre, hätte ich keinem meine innersten Gedanken verraten, und ich hätte mich auch nicht in eine Diskussion über Einzelheiten verwickeln lassen mit Personen, die meine Verantwortung nicht teilten[6]. Diese Menschen können nicht mehr für sich selbst reden; sie sind tot. In einer langen Laufbahn fällt schließlich jeder einem Zufall oder einer Zusammenballung widriger Umstände, die man größtenteils nicht vorhersehen kann, zum Opfer. Auch die stärksten Naturen werden nervös und schwankend, wenn sie kein Echo finden, so wie Trott keines fand. Es ist völlig unangebracht, diesen Männern gegenüber eine überkritische Haltung einzunehmen . . . Mir ist klar, daß es gegenwärtig leicht ist für Menschen, die ohne Berücksichtigung der Folgen nach Taten verlangen, ihre Einstellung mit dem Ergebnis zu rechtfertigen, aber es ist wichtig, den Grad der Feindseligkeit in der übrigen Welt – vor allem nach dem schrecklichen November 1938 – richtig einzuschätzen . . .

Daß die verschiedenen Gruppen in gewissem Maße unabhängig voneinander handeln mußten, wundert mich nicht, erfuhr ich doch im Jahr 1939 von Trott, daß er nichts von dem Kreis um Goerdeler wußte. Zuvor waren beide Gruppen an Leuschner[7] herangetreten. Eines bewunderte ich an Leuschner, als ich ihn im Frühjahr 1933 mit Goerdeler und anderen zusammenbrachte: Er war imstande, stillzuschweigen über das, was er von anderen hörte. Das ist in einem totalitären Regime die einzige Möglichkeit . . . Es ist nicht wesentlich, jede Tat einer Verschwörung im voraus zu planen, aber es ist wesentlich, in allen Teilen des Landes in Schlüsselstellungen Männer zu haben, die fähig sind, sofort zu handeln, wenn sie dazu aufgerufen werden. Es ist nicht nötig, sie vorher von allem zu unterrichten; häufig ist es sogar besser, es nicht zu tun, um sie nicht zu gefährden . . . Ich habe bereits so viele unterschiedliche Berichte von verschiedenen Leuten, die vieles von den Plänen, Ereignissen und Persönlichkeiten wußten, gehört, daß ich keinem einzelnen und keiner Gruppe die Schuld beimessen kann. In meinen Augen waren sie alle Helden und haben es unter der Folter bewiesen. Die meisten waren stille Menschen, was mir am besten gefällt . . . Gestalten wie Wirmer[8], ein Mann mit tiefstem moralischem Verantwortungsgefühl, der jederzeit genausogut schweigen wie handeln konnte, der unter der Folter keinen einzigen verriet und erklärte, er würde wieder so handeln, wenn es möglich wäre, werden späteren Generationen ruhmreich erscheinen. Ich wünschte, daß sich die ganze Gruppe aus Männern dieser Art zusammensetzte, unter Ausschluß derer, deren Intrigen einem natürlichen Hang entstammen . . .

(1) Sudetendeutscher Journalist, 1920–1924 Hauptschriftleiter der Tageszeitung *Der Deutsche*, ab 1945 für den Lutherischen Weltbund in Genf tätig. (2) Hans Bernd Gisevius (DNVP), 1933–1935 in der Gestapo, im preußischen und im Reichsinnenministerium, 1935–1939 Regierungsrat in der Zivilverwaltung, ab 1939 in der Auslandsabwehr; er informierte als deutscher Vizekonsul in Zürich bis 1943 den britischen Geheimdienst, dann den amerikanischen Geheimdienst, veröffentlichte 1946 in Zürich *Bis zum bitteren Ende*. Im Mai besuchte H. B. Allen Dulles, um mit ihm über das Material zu Dulles' Buch *Germany's Underground*, New York 1947, zu sprechen. Gisevius war natürlich Dulles' wichtigster Informant und ein bevorzugter amerikanischer Zeuge in Nürnberg. H. B. zweifelte Gisevius' Urteil an und erwähnte sowohl seinen Widerstand im Jahr 1933 gegen jegliche Zusammenarbeit der DNVP mit Parteien der Mitte als auch das Mißtrauen, das sein Temperament und seine rastlose Aktivität schon vor dem Krieg anderen Mitgliedern der Opposition eingeflößt hatten. (Diese persönliche Ablehnung kommt stark zum Ausdruck in Rudolf Pechel, *Deutscher Widerstand*, Zürich 1947.) Wie H. B. am 12. Juni an Treviranus schrieb, bezweifelte er, „ob Dulles mich wiedersehen möchte". Tatsächlich erfuhr Ullmann in Genf nicht lange danach durch einen deutschen Mitarbeiter von Dulles und Gisevius, daß H. B. sich zu sehr „für die Generäle" einsetze. An Alexander Böker,

der an der englischen Übersetzung von Ulrich von Hassell, *Vom anderen Deutschland,* Zürich 1946, arbeitete, schrieb H. B. am 25. Januar 1947: * „Tagebücher sind wirklich eine erschreckende Erfindung. Für jeden, der Hassell gut kannte, ist seines nicht überraschend. Unter starkem Druck jeden Hauch von Enttäuschung bei seinen Mitarbeitern aufzuzeichnen, bedeutete, Deutschland einen ebenso schlechten Dienst zu leisten wie Gisevius. Ich komme zu dem Schluß, daß Hassell keinen Maßstab hatte ... für das ungeheure Problem, die Verwaltungsmaschinerie in Gang zu halten und zugleich Hitler loszuwerden – ein Problem, das die Alliierten nicht gelöst haben." Im rückblickenden Abstand von fast 30 Jahren ist das bemerkenswerteste an Dulles' Buch die Schlußfolgerung, daß, „wenn die Deutschen das Werkzeug entweder des Ostens oder des Westens gegeneinander werden, keine Basis für den Frieden in Europa oder der Welt besteht" (S. 197). (3) Erwin Lahousen, der ranghöchste Überlebende der deutschen Abwehr, der als österreichischer Geheimdienstler besonders mit der Tschechoslowakei zu tun gehabt hatte, trat nach dem Anschluß Canaris' Stab bei. In seiner Aussage in Nürnberg am 30. November und 1. Dezember 1945 bezeichnete sich Lahousen als Mitglied von Canaris' „innerem Kreis", der sich Greueltaten widersetzte, im Unterschied zu „dem viel kleineren Kreis um Oster", der ein Vorgehen gegen Hitler plante. Lahousen wußte von keinen „politischen Motiven oder Zielen" in dem inneren Kreis, dem er angehörte; „das Wichtigste" sei gewesen, Himmler daran zu hindern, daß er an die Macht kam; in Gesprächen zwischen österreichischen und deutschen Geheimdienstlern vor 1938 sei die Nazitätigkeit in Österreich „vollständig übergangen" worden. Von Canaris sagte Lahousen, er sei über den Angriff auf Polen im Jahr 1939 „bestürzt" gewesen und habe geglaubt, „die Sache könne aufgeschoben werden" (vgl. International Military Tribunal, Trial of Nazi War Criminals, *Proceedings,* Bde. II, III, Nürnberg 1947). (4) An seinen Vetter Klemens Baeumker schrieb H. B. am 21. Dezember 1950: „Ich glaube bestimmt, daß Canaris oft wirklich im Einzelfalle nicht gewußt hat, für was er arbeitete. Das war ja öfters der Fall bei uns mit den Leuten, die hinter den Kulissen versuchten, eine dominierende Stellung sich zu erringen." Weitere Briefe an Baeumker und an Admiral Friedrich Hüffmeier lassen erkennen, daß H. B.s Eindruck von Canaris von Jahnke (genannt „Zebu") beeinflußt war, den H. B. für „einen Abenteurer" hielt. Jahnke hatte im Ersten Weltkrieg für die deutsche Marine in Amerika Spionage und Sabotage getrieben und zog nachher einen privaten Nachrichtendienst auf, wobei Stresemann und Schleicher zu seinen Auftraggebern zählten. Er hatte behauptet, er arbeite mit Canaris zusammen. Walter Schellenberg *(The Labyrinth)* nennt Jahnke seinen „engsten Berater". (5) George Axelsson, Stockholmer Korrespondent der *New York Times,* brachte in seinen Berichten häufig Informationen aus Berlin. Im Sommer und Herbst 1943 veröffentlichte die *New York Times* Gerüchte, hauptsächlich aus London, über einen bevorstehenden Staatsstreich seitens „adliger Militaristen". Ein AP-Bericht aus London vom 30. November nannte Rundstedt, Brauchitsch, Beck und Raeder als „Führer der Gruppe". Dagegen berichtete Axelsson am 11. Dezember aus Stockholm, daß alles auf einen „Waffenstillstand zwischen den Nazis und den Generälen" und eine Verzweiflungsstimmung hindeutete. Seine Berichte im Frühjahr 1944 besagten, die deutsche Öffentlichkeit lasse weiterhin die offizielle Propaganda passiv über sich ergehen, und die Polizei sei überall. (6) Siehe dazu Schall-Riaucour, *Aufstand und Gehorsam,* S. 181, 284–292. (7) Dr. Wilhelm Leuschner, hessischer Innenminister (SPD) 1928–1933, stellvertretender Vorsitzender des Allgemeinen Deutschen Gewerkschaftsbundes 1932–1933, vorgesehener Vizekanzler der Regierung Goerdeler, hingerichtet im Oktober 1944. (8) Josef Wirmer, Berliner Rechtsanwalt, früher in der Zentrumspartei tätig, vorgesehener Justizminister der Regierung Goerdeler, hingerichtet im September 1944.

10. August 1946, Andover, H. B. an Freya von Moltke[1]

... Ich fühle auch aus den Zeilen, die Sie mir schreiben, wie stark und mutig Sie in die Zukunft sehen. Das ist das Beispiel, das das deutsche Volk in seinem Elend ohnegleichen braucht, und an dem es sich aufrichten kann. Es drängt mich, Ihnen zu sagen, wie sehr ich Ihren Gatten verehrt habe von dem Tage an, als er als junger Student mit einem Freunde mich in meinem Hotel in Breslau besuchte und mir von seinen ersten Plänen eines Arbeitslagers auf Kreisau für die jungen Waldenburger Bergarbeiter sprach ... Dieser fast melancholische Ausblick einer feinnervigen Natur in die Zukunft, die aus einem unerklärlichen Drang ein schweres Geschick nicht so sehr für sich selbst als für das ganze Volk vorausfühlt, schlug wie ein Funken die Erinnerung wach an meine eigenen Stimmungen in den Jahren 1911 und 1912. Fast unaufmerksam für die Unterhaltung, dachte ich an die Veränderung in mir selbst seit diesen Jahren. War ich doch im Zeitpunkt der Begegnung fest überzeugt, daß in weniger als zehn Jahren Deutschland seine alte Stellung wieder errungen haben würde ...

So vieles, was ich mit Ihrem Gatten, Letterhaus und Trott besprochen hatte, finde ich in den Plänen des Kreisauer Kreises wieder in ausgezeichneter Formulierung und organisch verbunden mit einer Reihe vorzüglicher, mir neuer Gedanken[2]. Das wiederholte Lesen der Dokumente erfüllte mich mit Freude und Schmerz zugleich. Mit Freude, weil hier aus der so zerfaserten, rein kritisch eingestellten Generation, wie uns die Nachkriegsgeneration immer erschien, endlich Gedanken herausgewachsen waren, die gut und konstruktiv sind und gleichzeitig nach der rein rechtlichen und verfassungsmäßigen Seite die Klarheit hatten, die ich allein auf Ihren Gatten zurückführe ... Mit Schmerz, weil ich jetzt sehe, daß eine ältere Generation wieder am Verfassungsmachen ist in Deutschland, die nichts gelernt hat in bezug auf das Wesentliche, die wieder mit positivistischen Auffassungen und Formulierungen Gefahren bannen will, die vorüber sind, genau wie in Weimar ...

Die Wahrheit ist, daß Freisler[3] den Tod Ihres Gatten wollte, weil ein Scheusal wie er einen Mann wie Ihren Gatten hassen mußte, ... daß die Haltung Ihres Gatten Freisler wie ein Spiegel bedrohte, in dem er sich einmal in der Fratze eines Verbrechers erblicken würde. Ich bin Freisler früher begegnet und habe seinen Werdegang im preuß[ischen] Justizministerium verfolgt. Es könnte keine größeren Antipoden geben als Ihren Gatten und ihn. Menschen wie Freisler werden schon durch

die seelische Ruhe und Objektivität von Persönlichkeiten wie Ihrem Gatten auf das äußerste gereizt. Sie fühlen gleich, daß die ausgeglichene, das eigene Ich außer acht lassende Haltung nicht eine angeborene Temperamentssache ist, sondern hervorgegangen ist aus einer Entwicklung und einer von der Gnade beeinflußten Selbsterziehung eines tief empfindenden Menschen, in dem Keime für leidenschaftliche Reaktionen liegen, dessen Feinnervigkeit ihn nicht nur die Schwächen des Gegners fühlen läßt, sondern auch die eigene Zerrissenheit, die in jedem Menschen liegt, der für ein Letztes kämpft, wofür die Menschen kein Verständnis mehr haben, der sich aus einer instinktiven, ursprünglich fast nur dumpf geahnten Voraussicht zum klaren Erkennen und Handeln durchringt und im Augenblick der höchsten Not und Gefahr für das eigene Leben diese wunderbare Ergebenheit und den fast heiteren Gleichmut aufbringt . . .
Ich habe über eine Veröffentlichung der Briefe mit einem mir von früher her bekannten amerikanischen Diplomaten, der jetzt in der Leitung eines großen Verlages ist [Hugh Gibson], . . . gesprochen. Wir sind beide zu dem Ergebnis gekommen, daß man bis zum nächsten Jahre warten muß, obwohl man normalerweise erwarten könnte, daß diese Briefe eine andere Auffassung über das deutsche Volk hervorbringen könnten. Ich glaube nicht zu übertreiben, wenn ich sage, daß im Augenblick es kaum 100 Menschen in diesem Lande gibt, die die volle und tiefe, allgemein menschliche und nicht nur nationale Bedeutung der Aufzeichnungen würdigen können. Es war mir mit vieler Mühe gelungen, den Abschiedsbrief von Nikolaus Gross[4] in den Kirchenblättern der Erzdiözese Boston und Brooklyn zum Abdruck zu bringen, samt einer kurzen Einleitung. Ich hörte später . . ., daß auch nicht ein einziger Brief aus dem Leserkreise eingegangen ist, der das geringste Interesse oder Erschütterung zeigte. Dabei war der Brief des guten Gross ein wunderbares religiöses Dokument einer unkomplizierten Natur. Diese Feststellung machte mich traurig; aber sie zeigte mir die Wirklichkeit . . . Sie glauben nicht, wie stumpf die Menschen hier nach jahrelanger täglicher Greuelpropaganda geworden sind . . .
Ich bin deshalb der Ansicht, daß die Briefe und die Pläne für den Wiederaufbau Deutschlands in einem Büchlein erscheinen sollten, das dem Leser die Natur und Entwicklung Ihres Gatten schildert und den ganzen Hintergrund der Gesamtbewegung . . . Es müßte gleichzeitig das tragische Schicksal dieser jetzigen Epoche herausgearbeitet werden – daß die Edlen und in sittlichen Fragen Unbedingten in dieser moralisch

verrotteten Welt nicht das geringste Verständnis gefunden haben, daß darüber hinaus die Hände, die sich der übrigen Welt entgegenstreckten, mit Hohn zurückgewiesen wurden. Was mich seit 1944 immer in meinem Innern bedrängt hatte, war das Gefühl, daß ich vielleicht dem guten Trott Weihnachten 1939 nicht meine pessimistischen Auffassungen über meine Unterhaltung mit dem Präsidenten Roosevelt in voller Schärfe mitgeteilt hatte. Die Vorschläge, die ich dem Präsidenten nach Überlegung mit Trott flehentlich und leidenschaftlich zugleich unterbreitet habe, blieben im Augenblick nicht ohne Eindruck. Aber schon zwei Tage später kam ich zu dem Ergebnis, daß man die Absicht hatte, die seitens Ihres Gatten und anderer zusammen mit Gruppen in der Armee geplanten Aktionen unmöglich zu machen. In England gab es damals noch einflußreiche Leute, die sich mit diesen Gruppen verständigen wollten. Noch im Februar 1940 war ein hoher Beamter des Foreign Office bei mir, der mich bat, ihm doch genaue Auskunft über Goerdeler, Ihren Gatten, Hammerstein und Falkenhausen zu geben. Aber es gab eben zu mächtige Gruppen, die den Krieg bis zur Vernichtung Deutschlands durchsetzen wollten . . .
Wann und wo Sie dieser Brief erreicht, kann ich nicht ahnen. Wenn er einmal in Ihre Hände kommt, so seien Sie versichert, daß ich Ihrer, Ihres Gatten und Ihrer Kinder dauernd gedenke und Gott bitte, Ihnen weiter die Kraft zu geben, all das Schwere zu tragen, so wie Sie es bislang getan haben . . .

(1) Witwe von Helmuth von Moltke, ging 1946 mit ihren noch kleinen Söhnen nach Südafrika. (2) Vieles in den breitgefaßten, wenig systematischen Gedanken des Kreisauer Kreises mußte H. B. sympathisch sein: die starke Ausprägung der unmittelbaren lokalen Demokratie und der regionalen Selbständigkeit; die indirekte Wahl des zentralen Parlaments und der Exekutive; das Mißtrauen gegenüber dem Parteienwesen und die Stärkung der Exekutive im Verhältnis zum Parlament; der „geregelte Wettbewerb“ und die Arbeiter-Mitbestimmung in der Industrie (vgl. u.a. Balfour und Frisby, *Helmuth von Moltke*, S. 237–257). Trotts Interesse für internationale Entwicklungsprogramme anstelle der Rüstungsproduktion, das er vor dem Krieg bekundete, ist bekannt. Amerikanischen Freunden zufolge befürwortete er 1939 auch eine konstitutionelle Monarchie, gestützt von der Arbeiterschaft, also das „Bündnis zwischen Krone und Arbeit“, das Groener im Ersten Weltkrieg angestrebt hatte (vgl. Sykes, *Troubled Loyalty*, S. 294). (3) Roland Freisler, als Kriegsgefangener in Rußland nach 1915 in der Kommunistischen Partei tätig; von 1923 an als Rechtsanwalt in Kassel in der Nazipartei tätig, trat im März 1933 ins preußische Justizministerium ein, wurde im April 1934 Staatssekretär im Reichsjustizministerium, ab August 1942 Präsident des Volksgerichtshofs. (4) Von Anfang 1927 an Schriftleiter der *Westdeutschen Arbeiter-Zeitung*, im Januar 1945 hingerichtet.

1. Oktober 1946, Lowell House, H. B. an Marianne Hapig[1]

... Besonders interessierte mich, zum ersten Male von Ihrer aufopfernden Tätigkeit in den Berliner Gefängnissen für die vielen Opfer der Nazis zu hören. Sie wissen, wie viele meiner Freunde, an denen ich besonders hing und von denen ich so viel erhofft hatte für die Zeit nach dem Kriege, unter diesen Opfern waren. Es ist eine große Beruhigung für mich zu wissen, daß außer den Geistlichen auch Sie in der Lage waren, diesen guten, aufrechten Menschen Trost und Linderung zu bringen. Leider ist das Opfer aller dieser Männer nicht nur damals vergeblich gewesen. Es hat auch keine dauernde Wirkung in der Welt gehabt. Das liegt zum großen Teil an dem Erbübel der Deutschen, alles, was nicht ganz gelingt, zu kritisieren ...
... Wenn nur noch Letterhaus lebte! Es gibt niemanden in Deutschland, der ihn ersetzen kann. Er wuchs jedes Jahr in ein größeres Format ...

(1) Berliner Fürsorgerin, deren Einsatz nach dem 20. Juli für die Verhafteten und ihre Angehörigen in Gertrud Ehrle, *Licht über dem Abgrund,* Freiburg 1951, und *Alfred Delp, S. J.*, Berlin 1954, dargestellt wird.

10. Oktober 1946, Littauer Center, H. B. an Josef Ersing[1]

... Soeben erhalte ich Deinen Brief, der mir große Freude bereitet hat. Wie oft habe ich an Dich gedacht, vor allem seit dem Juli 1944! ... Hier hat man die Sache so aufgezogen, als ob alles eine SPD-Angelegenheit gewesen sei, an der sich einige Offiziere beteiligt hätten. Ich habe hier schon 1939 in einem wichtigen und noch hoffnungsvollen Augenblick einem maßgebenden Mann gesagt, sie sollten sich keine Sorgen um eine künftige Regierung in Deutschland machen, da eine solche im gegebenen Augenblick bereitstehen würde, einschließlich einiger SPD-Mitglieder ... Gott sei Dank, daß Du und andere, die von vornherein dabei waren, noch leben, damit nicht auch noch diese wesentlichen Dinge völlig verfälscht werden ... Alle diese Toten sind nicht vergeblich gestorben, wenn das deutsche Volk nur den Sinn ihres Opfers verstehen würde. Die Welt versteht diesen Sinn ganz bestimmt nicht ... Alles das rührt daher, daß die meisten Leute in der Welt noch gar nicht sehen, in welcher babylonischen Sprachverwirrung wir in bezug auf religiöse und moralische Werte leben, und daß bei uns alles das, dank besonderer Verhältnisse, sich immer zuerst geltend gemacht hat . . .

(1) Bis 1933 Sekretär des Gesamtverbands der christlichen Gewerkschaften für Südwestdeutschland.

* *4. November 1946, Lowell House, H. B. an Stephanie von Raumer*[1]

. . . Einen Teil meiner Zeit vor dem Krieg verbrachte ich natürlich auch in London, Brüssel, Zürich mit dem Warten auf Freunde, mit denen ich in enger Verbindung blieb und von deren traurigem Schicksal Sie wissen. Die letzte Hoffnung bestand im Winter 1939/40 . . . Von da an war der Fall hoffnungslos, nur wären die Waffenstillstandsbedingungen leichter gewesen, wenn die Verschwörer 1944 Erfolg gehabt hätten, und die entsetzlichen Zerstörungen in Deutschland wären geringer gewesen[2]. Nachdem im Februar 1940 beschlossen wurde, die Verbindung zur Hammerstein-Gruppe nicht aufzunehmen, und nachdem die radikale Ansicht überwog, war ich gezwungen, mich ganz still zu verhalten. Ich hoffe, daß ich Ihnen eines Tages mehr darüber berichten kann. Gewiß war der Tod all dieser Menschen nicht umsonst, nicht einmal vom politischen Standpunkt aus gesehen. Ich bewundere ihre Tapferkeit, insbesondere die unseres gemeinsamen Freundes Lejeune-Jung[3]. Es tut nichts, daß nicht alle von ihnen den für sie vorgesehenen Aufgaben ganz gewachsen waren, da endlich die Aktion unternommen wurde. Von Anfang 1944 an betete ich täglich, daß die meisten von ihnen verschont blieben, weil sie unersetzlich sind . . .

(1) Frau von Hans von Raumer, Reichsschatzminister (DVP) 1920–1921, Reichswirtschaftsminister 1923. (2) Ähnlich schrieb H. B. am 28. Juli 1952 an Heinrich Vockel: „Auch wenn der 20. Juli geglückt wäre, wäre es nicht zu einer Änderung der Politik von Roosevelt gekommen. Es ist mir immer so schmerzlich, wenn ich mit den Hinterbliebenen der Opfer vom 20. Juli in der Heimat spreche, daß ich ihnen mein wirkliches Urteil über die gebrachten Opfer nicht geben kann und versuchen muß, ihren Glauben nicht zu zerstören." Und am 6. August 1954 an Annedore Leber: „Es gab eben einflußreiche Persönlichkeiten, die auch mit dem Deutschland, das die Opfer des 20. Juli repräsentierten, zu keinen Verhandlungen kommen wollten. Das war die wirkliche geschichtliche Tragik!" Obwohl H. B. in vielen Briefen von der „letzten Hoffnung im Winter 1939/40" geschrieben hat, scheint das kein endgültiges Urteil gewesen zu sein. 1946 schrieb er an Goerdelers Freund W. von Baltz: „Die letzte wirklich aussichtsreiche Möglichkeit bestand unmittelbar nach Stalingrad." (3) Dr. Paul Lejeune-Jung, Mitglied des Reichstags (DNVP, später Volkskonservative Partei) 1924–1932.

9. Dezember 1946, Lowell House, H. B. an Hermann Dietrich

... Die Propaganda ist an vielem Unglück schuld. Das Zerrbild des deutschen Volkes, das sie geschaffen hat, geht weit über die entsetzliche Wirklichkeit der Demoralisation in Deutschland, wie sie in den Prozessen enthüllt wurde, hinaus und wird uns auf eine Generation zu schaffen machen ... Was Groener und Hammerstein über den „totalen Krieg" voraussagten, ist nur zu richtig gewesen; er wird auch zu einem Kampf der zivilen Bevölkerung und einer totalen Unsicherheit aller Individuen wie aller sittlichen Begriffe allenthalben ... Der Anschlag auf Hitlers Leben kam für eine wesentliche Verbesserung unserer Lage schon zu spät. Aber vieles an alten Denkmälern und unendlich viele Wohnhäuser hätten noch gerettet werden können. Die Tatsache, daß im Heer doch eine so starke Ablehnung vorhanden war, hat sogar bei vielen hier im Spätsommer die Auffassungen und Pläne günstig beeinflußt ...
In Deutschland hat man anscheinend vielfach eine völlig falsche Vorstellung über meine Stellung hier. Es wäre Wahnsinn gewesen, wenn ich mich herausgestellt hätte. Die Mächte mußten erst selbst die nötigen Erfahrungen machen. Ich habe nie einen Zweifel gehabt, daß das bei der schnellen Auffassungsgabe der wirklichen Amerikaner nicht viel Zeit nehmen würde ... Für mich war es ein Glück, daß mein alter Freund Stimson im Kabinett war. Ich habe ihn nie besucht oder in Anspruch genommen. Erst nach Potsdam hat er mich aufgesucht und mir geraten, vorläufig hier zu arbeiten, was mit meinen Auffassungen in den ganzen Jahren völlig übereinstimmte, nachdem ein wirklich ernsthafter Versuch, von hier aus eine Initiative zur Stärkung der Fronde im Heere einzuleiten, der ursprünglich günstig aufgenommen wurde, im Januar 1940 endgültig scheiterte ...

11. Dezember 1946, Lowell House, H. B. an Eugen Klee[1]

... Daß das Heer, die Diplomatie und die Bürokratie [1933] geschlossen in einen Gesamtstreik gegen Hindenburg eintreten würden, war natürlich ausgeschlossen. Es wäre der erste Fall dieser Art in der Geschichte gewesen. Daraus ergab sich alles weitere von selbst. Später werden die Deutschen und auch das Ausland sehen, wie schwer es war für alle Mitglieder dieser drei Kategorien, sich dem Nazizwange zu entziehen. Ich bewundere jeden, der den Mut gehabt hat, nicht der Nazipartei beizutreten ... Sie, und wir alle, müssen nur Geduld haben. Von vielen Jahren eigener Erfahrung weiß ich, wie schwer es ist, so vieles schweigend ertragen zu müssen. Aber auch das geht vorüber. Man wird menschlich nicht ärmer dadurch ...

(1) Botschaftsrat im Vatikan 1931–1936, anschließend Gesandter in Quito, Ecuador.

* *Dezember 1946, Lowell House, H. B. an A. J. M. Cornelissen*

... Aus meiner Kenntnis Ihres Charakters war ich sicher, daß Sie Mitglied der Widerstandsbewegung waren, und deshalb bangte ich um Sie, besonders da ich überzeugt war, daß diejenigen, die auf der schwarzen Liste der holländischen Nazis standen, in größerer Gefahr waren als die, die nur von deutschen Nazis bedroht waren. Es ist schwer, wenn man zusehen muß, wie Freunde von den eigenen Landsleuten gequält werden, und nichts tun kann ... Ich bat Rektor Mommersteeg, Ihnen die Todesanzeige unserers Freundes Letterhaus zu schicken, der sich, wie ich zu meiner Freude erfuhr, 1940 in Utrecht mit Ihnen traf. Ich stand bis 1942 über die Schweiz mit ihm in Verbindung ... Als Graf Moltkes Freund Trott zu Solz aus diesem Lande abreiste [1940], nannte ich ihm die Namen meiner Freunde, und oben auf der Liste, die er auswendig lernte, stand Bennos Name ... Benno wurde in die Auslandspresseabteilung des Kriegsministeriums versetzt, die zum Zentrum der Verschwörung gegen Hitler wurde, und dort wurde er geschnappt. Einer seiner Freunde schrieb, er hätte sich retten können, wenn er untergetaucht wäre, aber er habe sich geweigert ... Domkapitular Buchholz[1], der Tausenden von führenden Katholiken und Protestanten vor ihrem Tode im Gefängnis geistlichen Beistand leistete, schrieb später, niemand, auch die Geistlichen nicht, habe so großen Gleichmut bewiesen wie Letterhaus; er habe auf dem Gang zum Galgen gelächelt ... Hejo Schmitt wurde in Dachau befreit. Allen Befürchtungen zuwider ist er entronnen ... Ruffini, an den Sie sich gewiß erinnern, starb Anfang dieses Jahres ...

(1) Prälat Peter Buchholz, Berliner Gefängnisseelsorger.

29. Januar 1947, Lowell House, H. B. an Peter Pfeiffer[1]

... Falsche Auffassungen über die Herren des Auswärtigen Amtes sind vielfach verbreitet, was ihre politische Gesinnung angeht. Ich habe mehrere Male in ähnlichen Fällen nach Deutschland geschrieben, um Klarheit über die Folgen der letzten Unterhaltung zu schaffen, die ich mit Herrn von Bülow vor meiner Flucht aus Deutschland hatte. Er, wie so viele andere Mitglieder des Auswärtigen Amtes, hatte die Absicht, nach Hitlers Machtübernahme den Dienst zu verlassen. Ich habe Bülow gebeten, doch zunächst einmal alle Herren, die überzeugte Gegner der Nazis waren, zu überreden, mit solchen Schritten zurückzuhalten und nicht einflußreiche Positionen sofort den Nazis und ihren Freunden zu überlassen. Das sei der einzige Weg – falls Hindenburg völlig versagte – um aggressive Tendenzen Hitlers bis zum Äußersten zu sabotieren. Das ist tatsächlich in starkem Maße geschehen. Daß diese Taktik keinen vollen Erfolg hatte, ist in der Hauptsache die Schuld ausländischer Regierungen, die Warnungen beiseite geschoben und Hitler geradezu gefördert haben. Dafür bin ich in vielen Fällen ein Zeuge gewesen ...

(1) Früherer Generalkonsul in Moskau, Bruder des bayerischen Ministers Anton Pfeiffer.

** Juni 1947, Lowell House, H. B. an Hermann Pünder*

... Seit ich Sie 1935 in Holland zum letztenmal sah, habe ich mich sehr bemüht, in London und Washington klarzumachen, daß stets die Möglichkeit einer Verständigung mit dem Widerstand im Heer bestand. Ich ging dabei vorsichtig zu Werke, da jeder Versuch, in einer solchen Situation bei ausländischen Regierungen die Initiative zu ergreifen, sie gegen mich argwöhnisch gemacht hätte. Meine Regel war, offen zu reden, wenn ich gefragt wurde, und zu schweigen, wenn ich nicht gefragt wurde. Der echte Wendepunkt auf die Katastrophe hin war natürlich jener Novemberabend 1938 ... In Wirklichkeit bestand sogar damals in Engalnd und – wie Sie wissen – auch in Frankreich eine Chance. Im Juni und Juli 1939 führte ich mit Lord Halifax und Lord Gort wichtige Unterredungen ... Ich dachte, meine richtige und einzig mögliche Basis für jede weitere Aktion sei dieses Land.
... 1943 wurde die Lage für mich sehr kritisch. Man trat äußerst diplomatisch an mich heran mit der Frage, ob ich willens sei, nach Washing-

ton zu kommen und als Führer einer Art „Exilregierung“ zu fungieren. Da ich wußte, wie die Pläne für die Zukunft unseres Landes aussehen würden – obwohl sie damals formal noch verschwommen waren –, lehnte ich ab. Spätere Ereignisse erwiesen, daß mein Entschluß richtig war. Die Gruppe, die mich im Amt haben wollte, hätte im Kampf hinter den Kulissen versagt, wie sich im September 1944 herausstellte . . . Sofort nach der Kapitulation horchte mich die russische Presse wegen meiner Pläne aus und zwang mich, eine definitive Erklärung abzugeben, daß die Spekulation um meine Rückkehr nach Deutschland als Oberhaupt einer von den Westmächten geförderten Regierung vollkommener Unsinn sei[1] . . . Dann schwiegen die Batterien, die die mit Rußland Sympathisierenden in diesem Land jahrelang auf mich gerichtet hatten . . .

. . . Vielleicht ist es in Deutschland schwierig, die Möglichkeiten dieser Menschen, hier Einfluß zu gewinnen, richtig zu übersehen, weil man dort kaum weiß, wie nahe Hitler tatsächlich daran war, die Invasion in der Normandie zu vereiteln . . . Nach Luftwaffenmarschall Tedders Ansicht wäre die Invasion am zweiten Tag zusammengebrochen, wenn die V1-Geschütze auf leichten Rampen montiert, getarnt und auf die Kanalhäfen statt auf London gerichtet worden wären. Nur der auffällige Bau permanenter Abschußrampen machte die alliierten Luftstreitkräfte aufmerksam und führte zur Zerstörung der Basen und der Vorräte an Raketenbomben . . .

Die Alliierten waren zu jeder Konzession bereit, um Rußland im Krieg zu halten. Diese Furcht wurde natürlich noch gesteigert durch die Rundfunksendungen von [Walther von] Seydlitz und anderen deutschen Generälen in Rußland[2]. In dieser Atmosphäre wurden sämtliche Vorschläge der Zerstörung der deutschen Industrie aus der Luft usw. angenommen, um eine angelsächsische Niederlage nach einer möglichen Übereinkunft zwischen den deutschen Befehlshabern und Rußland zu vermeiden. So verloren die Gemäßigten hier jeglichen Einfluß . . .

Ich drang nur mit einem Vorschlag durch: daß sofort nach der Besetzung örtliche Wahlen, dann Wahlen auf Länderebene und erst danach nationale Wahlen durchgeführt werden sollten und daß ein arbeitsfähiges Kabinett aus früheren Staatssekretären gebildet werden sollte. Dieser Vorschlag beruhte auf meiner Erfahrung, daß nämlich das deutsche Volk in Lokaldingen und Heimatfragen konservativ ist, aber in nationalen Fragen utopisch. Außerdem wollte ich es Wirth, Spiecker und einigen Sozialisten unmöglich machen, sogleich ein Exilkabinett zu bilden und ihre Unterschrift – selbstverständlich von flammendem Protest begleitet – zu den Bedingungen zu geben, die in Jalta mündlich vereinbart und in Potsdam niedergelegt wurden . . .

(1) Schon vor der Kapitulation, nämlich am 25. März 1945, brachte die *Prawda* einen Artikel von Ilya Ehrenburg über Bestrebungen, das deutsche Heer als Basis „einer starken katholischen deutschen Macht" bestehen zu lassen. Er machte H. B. (den „Führer der deutschen Katholiken"), die Katholiken Amerikas und den „römischen Papst" dafür verantwortlich (vgl. AP-Bericht aus Moskau, 25. März 1945). (2) Der Sender „Freies Deutschland" des Nationalausschusses deutscher Gefangener in Rußland begann im Juli 1943 mit Rundfunksendungen. Seydlitz war Vorsitzender des Bundes deutscher Offiziere, der sich im September 1943 in Rußland gebildet hatte.

* *27. September 1948, Old Surrey Hall, H. B. an John Wheeler-Bennett*[1]

. . . Ich möchte auf einen Punkt zurückkommen, den wir in unserem Gespräch angeschnitten haben, und Sie bitten, wenn möglich Genaueres darüber zu ermitteln. Einen oder zwei Tage vor dem 20. Juli 1944 wartete Feldmarschall [Günther] von Kluge an einem bestimmten Ort an der Front in der Normandie, um mit den alliierten Befehlshabern in Verbindung zu treten und die Kapitulation des deutschen Heeres in die Wege zu leiten. Über 24 Stunden wartete er dort. Gestern hörte ich zufällig . . ., Winston sei von dem Versuch, Hitler zu ermorden, ganz überrascht gewesen und habe nichts von den vorhergehenden Kontakten mit Feldmarschall von Kluge gewußt. Es ist äußerst wichtig, daß größere Aufmerksamkeit gerade auf diesen Punkt gerichtet wird[2] . . .

(1) H. B. hatte Wheeler-Bennett im Herbst 1945 bei gemeinsamen Bekannten getroffen und ihn im September 1948 in Garsington bei Oxford besucht. (2) Im Juli 1944 löste Kluge Rundstedt als Oberkommandierender West und Rommel als Kommandierender der Heeresgruppe B ab. Wheeler-Bennett war zur gleichen Zeit der Vertreter der English Political Warfare Executive bei Eisenhowers Oberstem Hauptquartier. „Ein amerikanischer Geheimdienstoffizier, der 1946 heimkehrte" war H. B.s Quelle für diese Kombination zweier Gerüchte (H. B. an Wheeler-Bennett, Dezember 1948). Das eine Gerücht ist inzwischen längst geklärt: Während Kluges Abwesenheit vom Hauptquartier am 15. August zog Hitler den Schluß, er versuche, sich zu ergeben. Allen Dulles übernahm später diese Folgerung und veröffentlichte sie. Weniger leicht lassen sich die Gründe für Hitlers Verdacht aufhellen. Albert Speers Aussage im Nürnberger Prozeß zufolge ergaben die Ermittlungen nach dem 20. Juli, daß Kluge schon vor dem 20. Juli die Kapitulation angestrebt hatte. Guderian zufolge informierte ihn „ein Luftwaffengeneral" am 18. Juli in Ostpreußen davon, daß Kluge die Kapitulation beschlossen habe. Wilhelm von Schramm zufolge sagte Kluge am 7. Juli zu Falkenhausen, „Unterhandlungen" müßten begonnen werden. (Falkenhausens spätere Korrespondenz mit H. B. enthält keinen Hinweis darauf, ob sie sich je über Kluges Unterredungen mit Falkenhausen am 7. und 26. Juli unterhiel-

ten.) Wheeler-Bennett scheint zu glauben, Rommel sei vor seiner Verwundung am 17. Juli zur Übergabe bereit gewesen, und setzt den persönlichen Kommentar hinzu: „Es war kaum daran zu denken, daß Kluge so etwas tun würde" (*Nemesis of Power*, S. 632). Der britische General Kenneth Strong, seit 1943 Eisenhowers Abwehrchef, erwähnt ohne Kommentar die „oft wiederholte Behauptung" von Kluges Kapitulationsversuch (*Men of Intelligence*, S. 72, 125). Keiner der Autoren spricht von der Wirkung der der Aktion vom 20. Juli anhaftenden Ungewißheit auf einen Kapitulationsbeschluß. Strong schreibt, er selbst habe die Aktion nicht erwartet, und sein Abwehrstab sei „nicht hineinverwickelt" gewesen. Allen Dulles in der Schweiz hatte jedoch am 12. und 13. Juli ausführliche Berichte über die bevorstehende Aktion nach Washington gesandt, und früher im gleichen Monat hatte Otto John in Lissabon „die britischen und amerikanischen Behörden, mit denen er lange in engem Kontakt stand", informiert (Wheeler-Bennett, *Nemesis of Power*, S. 626). Botschafter Phillips notierte am 7. Juli, das Oberste Hauptquartier erwarte den deutschen Zusammenbruch „Armee um Armee" (*Diary*, Mss.). Die im Juni 1944 erlassene „Standing Directive for Psychological Warfare against Members of the German Armed Forces" (verbindliche Direktive für die psychologische Kriegführung gegen Angehörige der deutschen Streitkräfte) bestand jedoch mit den eindringlichsten Worten auf der Entschlossenheit, „nicht nur das Nazisystem, sondern auch den Wehrmachtsgedanken zu zerstören". Als das Office of Strategic Services später im Jahr 1944 vorschlug, man solle an deutsche Befehlshaber, von denen anzunehmen war, daß sie zur Kapitulation neigten, herantreten, wurde von hoher Stelle in Washington Einspruch dagegen erhoben, daß „deutsche Militaristen eingesetzt werden, um den deutschen Militarismus zu unterwerfen" (Smith, *OSS*, S. 226f.). Anfang 1945 bat das Hauptquartier der 12. Armee um Erlaubnis, mit General Graf Schwerin wegen der Übergabe seines Armeekorps in Verbindung zu treten. Die Erlaubnis wurde vom Obersten Hauptquartier verweigert mit der Begründung, jeglicher Kontakt würde die Russen stören. Im April 1945 wurden die Unterhandlungen über die Kapitulation der deutschen Streitkräfte in Norditalien von Washington und London aus abgebrochen, und die deutschen Unterhändler warteten eine Woche lang in der Schweiz, während Washington überredet wurde, die Erlaubnis zur Annahme ihrer Kapitulation zu erteilen. Die amerikanischen Offiziere, die ursprünglich zur „bedingungslosen Kapitulation" geraten hatten, dachten im Jahr 1942, wenn man die Unterhandlungen zwischen einer Reihe von Alliierten über die Waffenstillstandsbedingungen umgehe, würde dies die militärische Kapitulation auf dem Schlachtfeld vereinfachen. Wie schon häufig festgestellt wurde, setzten die Alliierten am 7. Mai 1945 nur ein kurzes Dokument über die militärische Kapitulation auf, während die für den Akt der Übergabe geplante Erklärung der „Deutschland aufzuerlegenden Bedingungen" erst im September 1945 fertiggestellt wurde (vgl. Wilhelm von Schramm, *Rommel, Schicksal eines Deutschen*, München 1949; R. H. B. Lockhart, *Comes the Reckoning;* International Military Tribunal, Trial of Nazi War Criminals, *Proceedings*, Bd. XVI, S. 470; Heinz Guderian, *Erinnerungen eines Soldaten*, Heidelberg 1951; Allen Dulles, *Germany's Underground;* ders., *The Secret Surrender*, New York 1966; Daniel Lerner, *Propaganda in War and Crisis*, New York 1951; Lyman Kirkpatrick, *The Real CIA*, New York 1968, S. 61f.; Strang, *Home and Abroad*, S. 220).

15. Dezember 1955, Hartland, Vermont, H. B. an Ewald Löser[1]

... Oft habe ich Ihrer in den langen Jahren meines Exils gedacht. Im rein politischen Instinkt, wenn Sie mir erlauben, das zu sagen, waren Sie Goerdeler, den ich noch immer sehr hoch schätze und um den ich trauere, weit überlegen. Trotzdem wäre es eine Rettung Deutschlands gewesen, wenn man meinem Vorschlag gefolgt wäre, Goerdeler zu meinem Nachfolger zu machen. Er war auch bei den Sozialdemokraten wegen seiner verständnisvollen Politik mit den Gewerkschaften hoch angesehen, ebenso beim Reichspräsident[en] und beinahe allen übrigen politischen Parteien. Jedenfalls hätte er die Möglichkeit gehabt, so lange sich als Kanzler zu halten, bis daß die schon während meiner Amtszeit sich zeigenden Gegensätze bei der NSDAP [sich] voll ausgewirkt hätten. Sicherlich wäre er nicht ein Werkzeug Schleichers geworden ... Das Versagen Goerdelers im Auslande war nicht ein Einzelschicksal. Auch manche unserer besten Generäle suchten in gutem Glauben vertraulich das Ausland vor Hitlers Plänen zu warnen in der sie ehrenden Auffassung, daß die Geheimdienste der anderen eine ebenso vornehme Gesinnung haben würden wie sie selbst. Darin lag die Tragik der außenpolitischen Entwicklung ...

(1) Bürgermeister von Leipzig unter Goerdeler. Direktor der Firma Krupp, nach dem 20. Juli von der Gestapo, 1947–1949 von den Amerikanern in Haft genommen. An Löser konnte H. B. offen schreiben, im Gegensatz zu den ziemlich kurzen Antworten, die er gewöhnlich auf Fragen nach der Tätigkeit des deutschen Widerstands erteilte. H. B. fürchtete die natürliche Neigung deutscher Autoren, den Einfluß der Führer des Widerstands zu übertreiben, und die Gegenreaktion, die dadurch schließlich ausgelöst würde; seiner Ansicht nach war die internationale Atmosphäre der fünfziger Jahre nicht geeignet für eine objektive Wertung der wahrhaft tragischen Situation des deutschen Widerstandes. Löser hatte H. B. seine Würdigung Goerdelers in: *Der Städtetag,* Februar 1955, übersandt. Darin pries er Goerdelers Offenheit und unterstrich die Eigenschaft, die zu seinem Erfolg in der Kommunalpolitik und seinem Mißerfolg im Ausland beitrug: „Er setzte voraus, daß sein Gegenüber das gleiche Ziel im Auge haben müßte."

Anhang

I

„A Dialogue Between a Foreign Statesman and an English Student of Affairs" (Gespräch zwischen einem ausländischen Staatsmann und einem englischen Finanzfachmann). In: Lloyds Bank Limited Monthly Review, Mai 1935, Band 6, Nr. 63. Auszüge aus Dr. Brünings Beitrag zum Dialog (siehe oben S. 69)

* . . . Etwas von dem, was mich bei meinen jüngsten Besuchen in Ihrem Lande am meisten überraschte, war die Blindheit der meisten Ihrer Landsleute gegenüber dem Schaden, der durch die fortdauernde Entwertung des Sterlings verursacht wird. Sie alle sprechen davon, wie wünschenswert es sei, daß sich „die Dinge von selbst einpendeln" . . . Wenn der Sterling abwärts fluktuiert, werden die Warenmärkte erschüttert. Deflationäre Tendenzen werden freigesetzt. Zugleich werden in den Bereichen, in denen die Handelsbilanz gefährdet ist, neuerliche Beschränkungen über Einfuhrzölle, Kontingente, Erlaubnissysteme und so weiter verfügt . . . Ich stimme mit Ihnen darin überein, daß der Sterling im Jahre 1931 wahrscheinlich ein wenig überbewertet wurde. Wenn Sie das nicht durch Kostensenkungen richtigstellen wollten, wäre es das richtige gewesen, um einen genau festgelegten Satz abzuwerten und sofort zu Gold zurückzukehren. Was Sie in Wirklichkeit getan haben, hat die Schaffung von Handelsbehinderungen mehr begünstigt als irgendein anderes Einzelereignis in der modernen Wirtschaftsgeschichte. Ich kann nicht glauben, daß das auf die Dauer für Großbritannien zum Guten ausschlagen wird, ebensowenig wie für die anderen Völker der Welt . . .

Denken Sie an die Verhältnisse in Deutschland. Dort wurde eine Arbeitsbeschaffungspolitik der öffentlichen Hand mit großem Geschick und großer Energie unter höchst erfolgversprechenden Umständen betrieben – denn Sie werden sich sicher im klaren sein, daß Rüstungsausgaben von allen Formen der öffentlichen Ausgaben diejenigen sind, die mit größter Wahrscheinlichkeit die von einer solchen Politik erwarteten stimulierenden Wirkungen zeitigen. Und was ist das Ergebnis?

Ständig steigende Gefahr für das Banksystem, zunehmende Schwierigkeiten auf den Wechselmärkten und überall schwindendes Geschäftsvertrauen . . .

Unter den nun vorherrschenden Ansichten wünschen die Menschen keine internationale Einheit. Sie wollen keine internationale Verantwortung. Die Beschränkungen, die die Mitgliedschaft in einer internationalen Gemeinschaft der nationalen Politik zwangsläufig auferlegt, sind ihnen lästig. Sie wollen den Goldstandard nicht, denn er zwingt sie, mit anderen Schritt zu halten. Sie lehnen den internationalen Handel ab, denn er erfordert Anpassung an internationale Bedingungen[1] . . .

Der politische Zustand der Welt ist derzeit so verworren, daß jede „endgültige" Stabilisierung der Währungen eine äußerst unsichere Sache ist. Der europäische Kontinent ist ein Vulkan, der jede Minute ausbrechen kann. Wer weiß, was in Mitteleuropa geschehen wird? Kennen Sie in den demokratischen Ländern eine einzige Regierung, auf deren Amtsdauer Sie ernstlich jede Wette eingehen würden? Das alles führt auf den Finanzmärkten zu Verhältnissen, die jederzeit umfangreiche Abwanderungen von flüssigem Kapital auslösen können, angesichts deren dann fast alle denkbaren Währungsvorkehrungen wirkungslos wären.

. . . Wäre die Welt wirklich davon überzeugt, daß die britischen Behörden eine klare wirtschaftliche Linie verfolgen und ihre unbestrittene Macht einsetzen, um weitere Fluktuationen zu verhindern, so würde sich die Gesamtlage bessern. Die Unsicherheit der gegenwärtigen [englischen] Position ist ebensosehr wie die tatsächlichen Handelsbenachteiligungen an einem großen Teil der Schwierigkeiten schuld. Lediglich das Pfund zu stützen, genügt jedoch nicht, um uns Raum zum Atemholen zu geben.

Es muß auch etwas gegen die hervorstechendsten Handelsbehinderungen unternommen werden . . . Die politischen Schulden sind kein Hindernis mehr. Aber die Kontingente und Erlaubnissysteme stehen auf einem anderen Blatt. Ehe man weiß, was mit ihnen geschehen soll, kann man nicht endgültig stabilisieren . . . Die Zölle, die seit der Weltwirtschaftskrise in die Höhe geschnellt sind, kann man nicht mit den vorherigen Zöllen vergleichen[2]. Sie sind vollkommen übertrieben. Ich muß allerdings gestehen, daß ich keine einfache Möglichkeit sehe, sie zu senken . . .

Ich habe mir oft überlegt, daß man mittels regionaler Vereinbarungen erhebliche Fortschritte in gewissen Richtungen erzielen könnte. Wenn angrenzende Gebiete einander gegenseitig Konzessionen hinsichtlich der

Zölle zugestehen könnten auf der Linie der Vereinbarungen, die einst zwischen Belgien, Luxemburg und Holland geplant waren[3], und mit der Bestimmung, daß andere, die zu gleichartigen Konzessionen bereit sind, der Gruppe beitreten sollen, so könnte sich eine sehr beträchtliche Klärung der europäischen Lage ergeben. Natürlich steht die Meistbegünstigungsklausel der bestehenden Handelsverträge im Wege . . . Aber die Zeiten sind nicht normal, und wenn man die Leute keine bedingten Konzessionen – um den ominösen Ausdruck zu gebrauchen – machen läßt, machen sie überhaupt keine. Ich glaube, wenn Sie so etwas in Gang setzen könnten, zum mindesten auf dem europäischen Kontinent, würde das Ausmaß der Ergebnisse Sie überraschen.

. . . Für eine Zollsenkung, die nicht Teil eines Handelsausgleichs ist, werden Sie keine Begeisterung finden. Die Leute würden auf die Verschiebung hinweisen, die ein Fortfall bestimmter Zölle verursachen würde, und ihr Argument wäre politisch sehr stark . . . Wenn Sie für eine allgemeine Reduzierung eintreten, würden Sie längst nicht so sehr gegen den Strom schwimmen, wie wenn Sie nur vereinzelte Reduzierungen verlangen . . .

Wenn nur die Großmächte den Weg einschlagen würden, glaube ich nicht, daß die andern zögern würden, ihnen zu folgen . . . Seit Januar 1934 ist der Dollar, am Gold gemessen, stabil geblieben . . . Reine Tatsache ist, daß der Präsident den Dollar festgehalten hat, und seither ist das Pfund um mehr als zwölf Prozent gesunken . . . Wenn Großbritannien noch einmal bestimmt werden könnte, einen entschlossenen internationalen Belebungsversuch zu leiten, könnte die Lage noch gerettet werden. Ihre Landsleute haben keine Ahnung, was vollbracht werden könnte, wenn sie nur die Führung übernähmen. Sie stellen den größten Markt dar. Sie haben unbestrittene moralische Autorität. Aber die Lage ist kritisch . . .

(1) 1935 betrug der Welthandel im Volumen 80 Prozent des Welthandels von 1929, im Geldwert wenig mehr als ein Drittel von 1929 (vgl. League of Nations, *Review of World Trade,* Genf 1936). (2) Im Jahr 1931, schon ehe das britische Commonwealth Schutzzölle einführte, waren die Zölle auf dem europäischen Festland ungefähr doppelt so hoch wie 1913 und die Zölle der USA noch höher. (3) Mit der „Konvention von Ouchy" vom Juni 1932 vereinbarten Belgien, die Niederlande und Luxemburg, ihre Zölle untereinander um zehn Prozent jährlich zu senken, aber auf Grund von Schwierigkeiten wegen der Meistbegünstigung trat das Abkommen nicht in Kraft.

II

25. Mai 1935, Nijmegen, Fragment: Für meine politischen Freunde im Falle eines Zusammenbruchs des gegenwärtigen Regierungssystems (siehe oben S. 73)

Ich schreibe die nachfolgenden Gedanken nieder für diejenigen Mitglieder des Zentrums, die mit mir bereit waren, den Kampf um den Rechtsstaat im Jahre 1933 bis zum Äußersten durchzuhalten. Ich mache den andern, die gutgesinnt, aber vielleicht schwach waren, keinen Vorwurf. Von denen, die Opportunisten um jeden Preis waren, rate ich, sich für immer fernzuhalten. Diejenigen, an die ich diese Mahnung richte, werden wissen, wen ich im einzelnen meine. Kommt die Stunde der Änderung, so soll man vermeiden, alle Bitterkeiten der Vergangenheit zu enthüllen. Man muß möglichst viel vergessen. Das hat die Partei in ihrem 60jährigen Bestehen groß gemacht. Es war trotz leidenschaftlicher Gegensätze fast immer möglich, im Geiste wirklich christlicher Brüderlichkeit sich zu verstehen und nichts nachzutragen. Wer weiß, wie ungern ich solche Worte in der Politik ausspreche, weiß auch, was dieses Urteil bedeutet.

Will man aber nicht in Schwächlichkeit verfallen, so muß man gewisse Charaktere unter allen Umständen ablehnen. Nehmt niemanden auf, der unter allen Umständen Minister werden möchte oder Geschäfte machen will. Äußerlich allzu fromme Leute sind nach meinen Erfahrungen mit besonderer Vorsicht zu behandeln. Geistliche soll man aus jeglicher Form von Volksvertretung möglichst fernhalten, vor allem solche aus der kirchlichen Bürokratie. Dagegen sind einige wenige, die ihre eigentliche Aufgabe darin sehen, versöhnend zu wirken, und die gleichzeitig wirklich mit dem Volke leben, kaum zu ersetzen. Ich denke dabei an Priester, wie wir sie in der Bayrischen Volkspartei und Zentrumspartei noch zum Schluß gehabt haben (Leicht[1], Ulitzka, Föhr, Schmitt).

Meine Person darf keine Rolle spielen. Ich habe vergeblich gewarnt, mich im Sommer 1932 so stark herauszustellen. So leidenschaftlich auch täglich meine Gedanken um das Vaterland und seine christliche Erneuerung kreisen, so fühle ich doch langsam, wie meine Distanz zu den Ereignissen wächst. Der Mut zum Kampf ist mir geblieben, aber die Neigung wird geringer. Bislang habe ich einigermaßen richtig, wenn auch dunkel, die Ereignisse vorausgefühlt. Wenn meine Voraussicht mich nicht täuscht, so kann ich meinem Volke in der Not am besten als stiller Berater und vielleicht Unterhändler dienen. Dahin zieht mich jetzt am stärksten meine Neigung. Meine Erfahrung zeigt, daß man bei dem Charakter des deutschen Volkes im allgemeinen mehr erreichen kann, wenn man in der Stille die Dinge beeinflußt und Erfolge nicht mit seinem Namen verknüpft. Sonst ist man im Augenblick des Erfolges am meisten verhaßt und angefeindet, zum Schaden des Ganzen. 1930 konnte ich mich nicht entziehen; die Lage war zu ernst, um sie anders als im offenen Kampfe zu meistern.

Aus diesen Überlegungen heraus bedeuten die nachfolgenden Gedanken nichts Bindendes. Selbst wenn sie sachlich in allem richtig wären, kann man nie voraussagen, wie der Nervenzustand des Volkes im entscheidenden Augenblick ist. Politik hat aber gerade dann nur mit den Leidenschaften und Stimmungen der Stunde zu rechnen[.]

(1) Prälat Johann Leicht, Domkapitular in Bamberg, Mitglied der Nationalversammlung und des Reichstags (Bayerische Volkspartei) 1919–1933.

III

31. August 1935, „Duchess of York", für Baronin von Willisen zur Weitergabe an „Friedrich" oder einen von ihm besonders legitimierten Abgesandten (siehe oben S. 87)

Im Gedanken an den unvergeßlichen Gatten von Frau von Willisen, mit dem zusammen ich so oft in besonders kritischen Augenblicken des Vaterlandes Lösungen gefunden habe, habe ich die angefügten Gedanken in einer Nacht niedergeschrieben und sie auf dem Dampfer noch etwas ergänzt. Sie sollen nur gewisse Linien geben. Auf zu viele Einzelheiten habe ich bewußt verzichtet, um das Bild nicht zu verwirren. Ich hoffe, daß verstanden wird, weshalb ich zunächst eingangs sehr allgemein gehaltene Bemerkungen gemacht habe. Sie haben nur den Zweck, den Unterschied der Auffassungen zu betonen, der immer zwischen einem General und einem Politiker bestehen muß, wenn sie beide auf ihrem Gebiet etwas leisten wollen.

Nachfolgend einige Gedanken, die ich auf Wunsch in der Nacht vor meiner Abreise niedergeschrieben habe für den Fall, daß X.[1] handeln *muß*. Ich fürchte, ich muß betonen: *handeln muß*. X. hat kaum mehr die freie Entscheidung, *wann* er eingreifen kann. Aus der Ferne zusehend und überlegend, bin ich seit langem zu der Überzeugung gekommen, daß, wenn nichts Außergewöhnliches eintritt, der bisherige Weg der Wehrmacht weitergegangen wird. Ich möchte nur im Interesse des Vaterlandes hoffen, daß dabei etwas die Überlegung mitspielt, daß immer wieder ein neuer Übergang geschaffen werden soll. Das Ziel muß sein, in der Innenpolitik schrittweise – ohne einen Zusammenbruch des Vaterlandes herbeizuführen – ungefähr zu dem Punkte zurückzukehren, wo wir de facto im Frühjahr 1932 standen, so wie sich die damalige Lage dem Wissenden darstellt. Diese Aufgabe ist schwerer als die der Jahre 1930/1932. Es gibt keine Einschaltung letzter, sicherer Reservestellungen mehr, wie sie damals noch zur Verfügung standen. Werden heute die Wehre auch nur etwas hochgezogen, so gibt es zunächst leichte Strömungen, dann kommt die Gefahr des reißenden Wassers. Das wird immer so sein. So war es auch Ende 1918!

Folgerung: R[eichswehr] muß lernen, auf zehn Jahre hinaus zu denken, was Schleicher beizubringen unmöglich war. Wir werden so oder so in eine Kette von Entwicklungsphasen eintreten, die in großer Linie gesehen unvermeidlich ist. Ich rechne mit einem Zeitraum von mindestens fünf Jahren bis zu einer gewissen Stabilität. Nicht zu früh glauben, man hätte es „geschafft", auch wenn der Jubel des ganzen Volkes im Augenblick hochschlägt. Alles vorübergehend! R[eichswehr] muß sich in eisiger Ruhe an den Gedanken klammern, daß sie sich im Interesse des Vaterlands um jeden Preis intakt und schlagfertig halten muß! Nie mit einer vorübergehenden Entwicklungsphase zu stark oder zu lange sich identifizieren! Das ist patriotisch, wenn es nicht in zersetzende Intrigen oder anarchisches Denken ausartet.

R[eichswehr] muß die Dinge immer weiter vorwärtsdrängen, unbekümmert um Kritik! *Zivilcourage!* Bei dem Charakter des deutschen Volkes ist man durchweg sicher, das für das Vaterland Richtige zu tun, wenn man, an verantwortlicher Stelle stehend, gerade im Augenblick am meisten kritisiert wird.

Es gibt nur *einen* Zeitpunkt, nur *einmal*, wo R[eichswehr] alle psychologischen Chancen hat, wenn sie vor das Volk und die Welt tritt, um Schluß zu machen mit dem Gegenwärtigen. Wann er da ist, kann ich zur Zeit von hier aus nicht definieren. Er kann, allgemein gesprochen, von langer Hand herbeigeführt werden, aber auch über Nacht da sein. *Ist* er da, dann blitzartig und ganz handeln! Nur so können Widerstände von innen und außen her zermalmt werden.

Frage: Wie lange kann dann die Wehrmacht die Dinge allein halten? Schätzungsweise drei bis sechs Monate. So lange *will* und *verträgt* das deutsche Volk unter allen Umständen einen *General* als Inhaber der vollziehenden Gewalt, länger freiwillig und gern nicht. Der Ausweg 1923/24, der darin bestand, mit Hilfe von Willisen den General von Seeckt zu überzeugen, daß er von sich aus Amt und Bürde der vollziehenden Gewalt niederlegen müsse, hat sich glänzend bewährt. Die Kugel blieb noch treffsicher für die nächsten Jahre in der Flinte. Hindenburg hatte kein Verständnis für solche Überlegungen. Dasselbe Manko bei ihm wie im Kriege!

Man kann mit diesem Volke bis zu einem gewissen Grade alles machen, ihm mehr zumuten als irgendeinem andern. Dabei ist es gleichgültig für den Augenblick, ob man eine wirklich konstruktive Idee hat oder nicht oder ob eine vorhandene fast bis zur Vollendung, mit Gewalt oder Überredung, durchgeführt ist. Es will von Zeit zu Zeit von Enthusiasmus oder sogar Illusionen leben. Aber schaltet man auf einen anderen Gang um oder vermindert die Tourenzahl des Motors, so kommt die Nervenkrise!

R[eichswehr] muß sich klar sein, daß dann halbe oder Übergangslösungen nicht mehr möglich sind. Auch die in solchen Augenblicken immer wiederkehrende Parole: „Das Letzte muß eingesetzt werden", wirkt dann nicht mehr. Die Natur des deutschen Volkes ist so, daß dann alles wankt, auch wenn das Volk noch äußerlich alles mitmacht. Wir ertragen nicht wie andere Völker eine kleine Revolution nach der anderen, ohne daß sich die Gesamtlinie der politischen Entwicklung wesentlich ändert. *Wirtschaftlich* erholen wir uns nach einem vollen Zusammenbruch fast ebenso schnell wie andere nach geringfügigen Umwälzungen. *Politisch* fangen wir radikal von vorn wieder an, als ob alles in der Politik erst wieder neu entdeckt werden müßte. *Soweit darf es dieses Mal nicht kommen, weil wir außenpolitisch wieder zu weit zurückgeworfen werden.*

„Schneidigkeit", wenn man zu lange gewartet hat, hilft nicht mehr. Sie ist dann nur noch die Tarnung des Unschöpferischen. Diese Typen in der Armee müssen rechtzeitig kaltgestellt werden. Die Erfahrungen der Jahre 1918, 1923, 1932 haben gezeigt, wie haltlos solche Naturen sind. Darum nochmals: Kommt R[eichswehr] zur Überzeugung, die Marschrichtung ist falsch, und sieht sie, daß der Atmosphärendruck im Innern schon sehr stark ist, so muß sie sich klar sein, daß ein „Halbrechts"- oder „Halblinks"-Manövrieren nichts mehr hilft. Das Volk macht dann von sich aus eine ganze Wendung. Muß R[eichswehr] aber eine radikale Schwenkung vornehmen, so muß sie rechtzeitig die Kräfte sammeln, die dann noch eine gewisse Kontrolle über das Volk haben, um zu verhindern, daß entfesselte Bewegungen über alles Maß hinausschießen. Dieses Sammeln muß schon jetzt erfolgen. Im stillen natürlich! Unmittelbare Verbindung darf nur mit ganz wenigen bestehen und nur solchen, die etwas hinter sich haben. Die Zeit dafür ist reif. Die Menschen sind nach meinen Beobachtungen so willig, wie sie nie waren und – nach einem halben Jahre oder in höchstens zwölf Monaten – nicht mehr sein werden. In diesen Fristen liegen auch die äußersten Spannen für R[eichswehr], sich klar zu entschließen.

Eingangs ist gesagt, daß R[eichswehr] in *Phasen* vorgehen muß und auch auf alle Fälle unter dem Zwang der Verhältnisse wohl vorgehen wird. Angenommen beispielsweise, entscheidender Schlag gegen die Radikalen in Übereinstimmung mit H[itler]. Er selbst wird Reichsverweser, Schacht oder ein ähnlicher Typ in Erfüllung eines ewigen Ehrgeizes Kanzler. O[der] ähnliche Lösungen. Es ist gut möglich, daß H[itler] dazu bereit ist, wenn die Zeit reif ist oder es H[itler] opportun erscheint, den letzten alten Freund, um sich selbst zu retten, zu opfern. Folge: Aufatmen! Großer Jubel überall!

Aber wie lange? Wahrscheinlich nur sehr kurze Zeit! Wenn man ansetzt mit der Sanierung der Finanzen, schießt das Volk in seiner Verständnislosigkeit für die Situation über jedes Maß hinaus. Das ist nicht nur auf das deutsche Volk beschränkt (Necker[2] und Französische Revolution).
Wenn man von der ungehemmten Diktatur zu einer gemäßigten autoritären Regierung übergehen will, kommt nach kurzem eine radikal revolutionäre Stimmung. Wenn man vom jetzigen Willkürstaat zum geordneten Rechtsstaat allmählich überleitet, kommt der Schrei nach der Guillotine oder dem An-die-Wand-Stellen. Das ist natürlich für ein Volk, in dem der Blutrausch jetzt künstlich gezüchtet ist. Deshalb muß R[eichswehr] die zweite Phase schnell herbeiführen. Denn *nur etwas Pressefreiheit, nur etwas Redefreiheit,* und die erste Phase bricht schnell zusammen. H[itler] wird restlos erledigt sein und mit ihm – dies ist meine größte Sorge – auch die R[eichswehr], wenn sie sich nicht rechtzeitig absetzt.
R[eichswehr] muß dann dieser Entwicklung zuvorkommen, unsentimental, kalt und hart sich von H[itler] und ähnlichen befreien. Jetzt voll in den Vordergrund treten! Volle Verantwortung übernehmen. Vollziehende Gewalt muß ausschließlich in den Händen von R[eichswehr] sein. Rücksichtslos Korruption, politischen Betrug und finanziellen Bankrott aufdecken. Durch die oben erwähnten, vorher gesammelten Kräfte gelernte Arbeiterschaft, Intellektuelle, Kreise des Mittelstandes an sich ziehen. Großindustrie wegen ihrer politischen und wirtschaftlichen Verständnislosigkeit einschüchtern. Einheitsgewerkschaften mit Sicherungen aufstellen. Reichsnährstand vorläufig lassen unter andern Führern; den Landwirten größte Freiheit in der Produktion geben, aber noch Preiskontrolle festhalten. Sofort die Universitäten von charakterlosen Professoren reinigen.
Dritte Phase. Möglichst schnell, etwa nach drei Monaten, höchstens sechs, muß R[eichswehr] erklären, daß es nicht ihre Absicht ist, dauernd Politik zu machen, will nur Übergangszustand zu dauernd geordneten Verhältnissen schaffen. Öffentliche Verlautbarung, daß R[eichswehr] sich für diesen Übergangszustand einen *halbkorporativen Beirat* gibt[3]. Da alles an neuen politischen Ideen schon bei uns abgenutzt ist, so wird auch der korporative Gedanke nicht länger als wenige Monate faszinieren oder beruhigen.
Vierte Phase. Einberufung einer Nationalversammlung der Kriegsteilnehmer. Nur Kriegsteilnehmer, deren Witwen und Kinder über 25 Jahre haben Wahlrecht[4]. Wichtig, die beiden letzten Kategorien einzuschlie-

ßen wegen des Auslandes und der Jugend! Entsprechender Aufruf. Liste nach jetzt geltender Art beeinflussen. Auch radikal erscheinende oppositionelle Strömungen in begrenzter Zahl auf die Einheitsliste der Kandidaten nehmen. Es muß sich in der Nationaldebatte eine wirkliche Debatte ergeben, die das Volk leidenschaftlich bewegt. Das ist das einzig mögliche Ventil.

Nach einigem Tasten und Debatten die *Monarchie*, zunächst nur im Prinzip, beschließen lassen. „Im Prinzip" deswegen im Anfang nur, um das Ausland an die unabänderliche Tatsache zu gewöhnen und um sie nicht sofort mit allen unpopulären Dingen, die gleich geschehen müssen, zu belasten. Gleichzeitig in der von der Nationalversammlung zu beschließenden neuen Verfassung, als Gegengewicht gegen unausbleibliche negative Wirkungen der Monarchie, wieder *Parlament* schaffen. Aber ohne Listenwahl. Wahlalter 25 Jahre. Bürgerrecht und damit Wahlrecht an gewisse ehrenhafte Voraussetzungen binden. Keine direkten Wahlen mehr. Wahlmännersystem unter Benützung des Blockwartsystems der Nazis. Wahlmänner wählen die Abgeordneten wie vor dem Kriege in Preußen, nur ohne die damalige plutokratische Grundlage.

Gegengewicht gegen neuen Reichstag, neben Monarchie, in neu zu schaffender *Erster Kammer*. Grundlage am besten für diese in einem Gemisch aus drei verschiedenen Systemen: ein Drittel auf Grund korporativer Auswahl; ein Drittel durch Vertretungen der Provinzen; das letzte Drittel auf Grund von Berufungen seitens der Krone. Erste Kammer soll nur gutachtliche Rechte haben, aber „en bloc" Vetorecht beim Etat.

Kronrat nach englischem Muster als dritte Instanz, um Kontinuität der Staatsführung gemeinsam mit der Krone möglichst zu sichern[5]. Fehlen eines Kronrats mit genügender Resonanz verantwortlich für vieles Unglück in der Zeit zwischen Bismarcks Abgang und dem Weltkrieg. Daher alle früheren Reichsminister, die nicht korrupt oder Mörder waren oder solche Verbrechen veranlaßt oder gedeckt haben, in den Kronrat berufen, um ihre Erfahrung zu sichern, Wunden zu heilen und sie an die Krone zu fesseln. Recht der Notverordnungen ausbilden: Wenn Kronrat unter Vorsitz der Krone es beschließt, hat Kabinett Recht, Notverordnungen zu erlassen in beschränktem Ausmaße. So wird Krone entlastet, ohne an Bedeutung einzubüßen. (Einzelheiten über diese Dinge müssen, wenn gewünscht, von mir wieder ausgearbeitet werden, da meine Entwürfe von 1932 nicht zur Hand.)

Alle diese Sicherungen nur, um den Hang des deutschen Volkes zu utopischem Denken in der Politik möglichst unschädlich zu machen. Aber in diesem Punkt auch nicht zuviel verlangen! Die Grundneigung wird immer wieder von Zeit zu Zeit durchbrechen. R[eichswehr] zieht sich nach Annahme der neuen Verfassung wieder in den Hintergrund zurück. Warne dringend, die neue Verfassung von jungen Gelehrten oder ähnlichen Typen ausarbeiten zu lassen. Nur lange Erfahrung, nicht theoretische Überlegung, kann eine dauerhafte und praktisch wirksame Verfassung schaffen.

Nicht hoffen, daß dann Ruhezustand eintritt! Nur langsam, im Laufe von Generationen, zum mindesten einer, pendeln Völker wieder in eine Ruhelage zurück. Das gilt besonders, wenn die Welt unter Umständen – oder sogar wahrscheinlich – in gewaltige weitere Erschütterungen hineingeht. R[eichswehr] muß in der dritten und vierten Phase ruhig, fast väterlich mitspielen. Muß endlich sehen, daß das militärische und politische Denken grundsätzlich verschieden sein muß[6].

Die *Mischung* ist vom Übel. Nur alle Jahrhunderte gelingt sie vielleicht einmal! Man soll nicht denken, daß das Vorhandensein einer starken Armee und guten Polizei in der Hand der R[eichswehr] genüge, um damit allein einen sicheren Übergang zu schaffen. Gegenüber sich konsolidierenden Volksbewegungen sind die Waffen auf die Dauer stumpf. 400000 Mann sind, wenn man die Volksströmungen nicht rechtzeitig auffängt, weniger wert als die Hälfte. Denn von einer gewissen Ziffer an ist eine Armee wahrscheinlich immer weniger homogen. Sicher ist das richtig, wenn mit einer kleineren Zahl eine schöpferische Führung verbunden ist.

Kann man verlangen, daß R[eichswehr] in jeder Phase kommende Dinge voraussieht? Daß man einmal still und elastisch vordrängen, einmal die Macht kühn und auch mit äußerem Effekt ganz haben muß, um sie dann geräuschlos, rechtzeitig, wenn auch nur scheinbar, wieder abzugeben? Vielleicht nicht. Aber dieses Mal hängt alles davon ab, daß es gelingt und wir nicht zerbrechen! Deshalb müssen innerhalb des allgemein gekennzeichneten Rahmens auch die konkreten Maßnahmen auf den Einzelgebieten in jede der erwähnten Phasen richtig hineingestellt werden.

Die wichtigsten Sonderaufgaben:

A. Wiederherstellung des Rechtsstaats

Wichtiger und entscheidender für die Zukunft als alles andere ist der Zeitpunkt der *öffentlichen* Aufstellung dieser Forderung! Dieser Zeitpunkt

ist gegeben sofort nach Abdrängung des H. [itlers] von der Partei oder deren radikalem Flügel. Die Forderung muß *öffentlich* von R[eichswehr] selbst aufgestellt werden. Nur so kann R[eichswehr] sich im Volksempfinden wieder *dauernd* verankern. Diese Tatsache sollte nie vergessen werden.
Zeitpunkt des *Durchsetzens des Rechtsstaats*: Übergang von der ersten zur zweiten Phase. Es ist der beste Weg, das Abtreten H[itlers] darüber zu erzwingen. In der dritten Phase muß der Rechtsstaat durchgeführt sein, das heißt, soweit nicht noch notwendiger militärischer Ausnahmezustand genau wie früher Einschränkungen auferlegt. H[itler] muß sehr bald vor ein Ultimatum betreffs Rechtsstaat gestellt werden: Er muß selbst ein Triumvirat zur Wiedereinführung des Rechtsstaats ernennen. Das entspricht seinen und Hindenburgs feierlich gegebenen Versprechungen.
Ich sehe nur drei Männer, die für dieses Triumvirat in Frage kommen: der frühere Justizminister Joël[7], der frühere preuß[ische] Kammergerichtspräsident Tigges[8] und der Senatspräsident Schetter[9] in Köln. Sie müssen unbeschränkte Vollmachten haben. Ihre Aufgaben: Neuordnung von Straf- und Zivilgesetzgebung. Rücksichtslose Ausmerzung von charakterlosen Richtern. Starke, mit Joël oft durchgesprochene Anlehnung an die englische Gerichtsverfassung und englisches Richterauswahlsystem. Einzelheiten kann Joël jederzeit mit mir im Ausland besprechen, wenn möglich schon vorher.

B. Ordnung der Finanzen
Es genügt zur Beurteilung des Notwendigen, sich zwei Tatsachen dauernd vor Augen zu halten.
1. Wenn ich von außen her recht schätze, kostet die neue Wehrmacht einschließlich Luftwaffe, wenn beide wirklich auf der Höhe der möglichen Anforderungen gehalten werden sollen, an laufenden und wiederkehrenden Ausgaben jährlich 1,2–1,5 Milliarden RM im ordentlichen Etat, das heißt 54–55 Prozent der im Jahresdurchschnitt der nächsten fünf Jahre eingehenden verfügbaren Steuern. (Die reinen Gemeindeeinnahmen sind nicht gerechnet.)
2. Die durch Arbeitsbeschaffungswechsel und ähnliche Maßnahmen tatsächlich für die Aufrüstung aufgebrachten Summen, im Zusammenhang mit anderen Verpflichtungen für künstliche Arbeitsbeschaffung, können nicht auf einmal abgestoppt werden. Wenn ich die bisher für solche Zwecke getätigten Ausgaben oder Verpflichtungen dieser Art auf

18 Milliarden RM schätze, so müssen bis zur Durchführung normaler finanzieller Zustände (Phase 4) und damit zur Erreichung größerer Anleihen aus dem Auslande und der schweren, sehr langwierigen Wiederanbahnung einer neuen Außenhandelspolitik etwa während 15 Monaten noch monatlich 800 Millionen RM ausgegeben werden – das heißt weiter insgesamt 12–13 Milliarden RM neuer innerer Schulden gemacht werden. Dann ist die Neuschuld (fundierte und schwebende) gleich der Gesamtsumme aller Spardepositen (Sparkassen, Banken, Genossenschaften, Lebensversicherungsgesellschaften usw.).

Ich diskutiere Einzelmaßnahmen im nachfolgenden zunächst nicht oder vielmehr nur so weit, als sie rechtzeitig in die einzelnen Phasen hineingestellt werden müssen.

Eines ist aus Vorstehendem ohne weiteres klar: Wenn man erst an die Ordnung dieser Dinge herangeht nach Ablösung des jetzigen Systems, so wird alles, was nachher kommt, von vornherein unmöglich stark belastet werden und sich nach einiger Zeit nicht mehr halten können. Der Unwille der gesamten Bevölkerung wegen der ungeheuren Ausgaben der letzten drei Jahre muß sich dann nach einiger Zeit ausschließlich gegen die R[eichswehr] entladen. Daher sofort erzwingen, daß sofort mögliche Maßnahmen vom Regime, so wie es ist, durchgesetzt werden.

Eine klare Rechnung muß R[eichswehr] sich ein für allemal aufmachen: Den heutigen öffentlichen Beamten- und Angestelltenapparat und gleichzeitig die Wehrmacht in der heutigen Stärke aufrechtzuerhalten ist auch in guten Zeiten finanziell völlig ausgeschlossen. Es gibt nur zwei Wege: entweder Abbau der Wehrmacht oder Abbau der Beamtenzahl. Deshalb kann sich R[eichswehr] nur retten, wenn sie sofort Beamtenabbau verlangt, und zwar:

1. Alle neu ins Beamtenverhältnis in den letzten zehn Jahren eingesetzten Personen werden, sofern sie im einzelnen nicht eine qualifizierte Vorbildung und entsprechende Leistungen nachweisen können, mit sechs Monaten Übergangsgeld sofort ohne weitere Ansprüche entlassen.
2. Bei allen Verwaltungen, außer den reinen Hoheitsverwaltungen, werden a) jede dritte frei werdende Stelle nicht mehr besetzt; b) sonstige frei werdende Stellen werden bei Neueinstellung nur noch auf Grund von Privatdienstverträgen besetzt; c) bei vorhandenen nachrückfähigen Beamten ist die Beförderung in eine höhere Stelle widerruflich.
3. Die infolge der Reichsreorganisation überflüssig gewordenen Beamten werden in der Regel pensioniert; dabei müssen in dieser Kategorie, im

Beharrungszustand, nach fünf Jahren mindestens 50000 Beamtenstellen eingespart sein.

4. Die Richterbesoldung wird aus der allgemeinen Beamtenbesoldung herausgenommen. Darüber Einzelheiten für eine Besprechung mit Joël vorbehalten.

Für alle diese Aufgaben ein Kollegium heranziehen von wirklich erfahrenen Männern, nicht Theoretikern! Schlage in erster Linie vor: [Hermann] Dietrich, Olscher[10], [Arthur] Zarden[11], Oberst [Friedrich] Fromm und Karmann[12], erfahrene frühere Reichsratsmitglieder wie Tischbein[13] sowie Männer aus der preußischen Zentralverwaltung und solche der kommunalen Selbstverwaltung, die im einzelnen näher auf Wunsch bezeichnet werden können. Nach allen Erfahrungen müssen diese Männer rechtzeitig über ihre Aufgabe informiert werden. Ist die Reorganisation des Beamtentums in den Grundzügen nicht in den ersten vier Monaten nach Erteilung der Vollmachten durchgeführt, kommt ein unmöglicher Kompromiß heraus!

Auch aus anderen Gründen höchste Beschleunigung geboten! Ohne große ausländische Anleihe können wir nicht gerettet werden. Diese ist nicht zu haben, wenn nicht vorher von uns selbst bewiesen wird, daß wir mit der Bankrottwirtschaft rücksichtslos Schluß machen. Sonst kommt Kontrolle über die Einzelausgaben, und R[eichswehr] ist gelähmt. Allgemeine Kontrolle, beratender Art, von seiten irgendeines Gläubigergremiums ist sowieso nicht zu umgehen. Rate, wie wir es 1931 gemacht haben, diesen Dingen zuvorzukommen und selbst sich vorher sogenannte ausländische Berater zu holen. Vorschläge über solche Persönlichkeiten, mit denen R[eichswehr] auskommen könnte, können gemacht werden. Alles das muß noch unter H[itler] und Schacht gemacht werden!

Bis zum Sommerbeginn 1936 muß eine offene, klare Darlegung unserer Finanzlage erfolgen. *Wahrheitsgetreu!* Niemand im Auslande, der auf die Dauer etwas zu bedeuten hat, glaubt noch unseren Schwindeleien. Eine solche Offenheit, die früher oder später doch kommt, ist – wenn sie geschieht – nur dann von Vorteil für uns, solange noch das staatsfinanzielle Zwangssystem einigermaßen vorhanden ist. Dieses System muß auf alle Fälle mit wichtigen Modifikationen noch etwa zwei Jahre aufrechterhalten werden bis zum völligen Abbau. Dieser Abbau muß stufenweise und vorsichtig erfolgen.

Die Lösung der Frage der ungeheuren *schwebenden Schuld* muß damit begonnen werden, daß Schacht noch einmal zu Anfang des nächsten

Jahres erneut eine Zwangsanleihe in Höhe von mindestens 1,5 Milliarden RM auflegt. Wenn sie gelingt, sind etwa 3,5 Milliarden RM neu gemachter Schulden getilgt oder konsolidiert. An sich nicht viel, aber diese Ziffer hat eine besondere Bedeutung! (Ich bitte, hierbei zu berücksichtigen, daß ich keine *internen* Kenntnisse habe und angewiesen bin auf gefälschte Statistiken, die ich nur durch dauerndes monatliches Kontrollieren und durch Vergleich der Einzelziffern gegeneinander auf ihren wahren Wert zurückführen kann.)

Es ist der R[eichswehr] wohl klar, daß die Kaufkraft, auch ohne weitere Preissteigerung, weiter sinken muß. Bei einzelnen Gruppen oder Personen stieg sie, in der Masse nahm sie seit 1932 immer ab, und zwar langsam und manchmal kaum fühlbar. Daher muß die Sparkraft weiter sinken. Geht die Preissteigerung so weiter wie in den letzten Monaten, so wird der Augenblick kommen, wo immer mehr Menschen auf ihre Sparreserven zurückgreifen müssen. Der Ansatz dieser Entwicklung wird zeitlich ungefähr zusammenfallen mit dem Punkte, wo die oben erwähnte Summe von 3,5 Milliarden RM zwangsweise fundiert ist. Ich kann mich dabei nicht auf eine halbe Milliarde genau festlegen. Vielleicht lassen sich auch 4 Milliarden fundieren. Nur eines ist sicher, genau wie im Kriege: Von dem erwähnten Punkte an tritt an die Stelle der Kreditschöpfung die Geldschöpfung! Neue Fundierungen sind nur möglich durch Lombardierung alter fundierter Anleihen seitens der Reichsbank oder eines ihr affiliierten Institutes. M[it] a[ndern] W[orten]: *Die offene Inflation beginnt.*

Diese offene Inflation zeigt sich zunächst äußerlich anders als in den Jahren nach dem Kriege. Der Zwangskurs der Reichsmark kann noch eine ganze Weile künstlich auf dem jetzigen Niveau gehalten werden. Nur der Notenumlauf wird erst langsam, dann schneller steigen. Das Publikum, gewitzigt durch die Erfahrungen der Inflationszeit nach dem Kriege, wird versuchen, schrittweise zunächst, Ersparnisse abzuheben und in Waren anzulegen. Da die Preise staatlich mehr oder minder festliegen, wird sich diese Flucht in die Waren nicht so sehr in einer schnellen und gewaltigen Preissteigerung äußerlich zeigen wie vor zehn Jahren, sondern in einem Schwinden der Waren vom Markt. Schleichhandel wird trotz strengster Strafen einen außerordentlichen Umfang annehmen – das um so mehr, als an sich schon ein großer Teil der gängigen Waren durch die Außenhandelskontrolle knapp ist. Die Waren werden im Schleichhandel bar bezahlt, soweit nicht zwischen Landwirten und Städtern ein unmittelbarer Tauschhandel eintritt.

Man soll sich nicht täuschen über den möglichen Umfang einer solchen Entwicklung. Sie setzt langsam und fast unbemerkt ein. Ich rechne, daß bei einer Reihe von Lebensmitteln die Dinge schon im Spätherbst beginnen. Die Hoffnung, durch sogenanntes scharfes Zufassen die wirklichen Preise im Rahmen der statistischen zu halten und das Abheben von Sparguthaben durch Polizeigewalt zu verhindern, wird zerbrechen! Selbst wenn man die Abhebungsgrenze auf monatlich 100 RM für jedes Konto festsetzt, ist das ein Verlust von rund 2,5 Milliarden RM im Jahr. Sobald man tatsächlich eine niedrigere Grenze anordnet, kommen keine neuen Einzahlungen. Zwangsanleihen sind dann bei Sparkassen und ähnlichen Kreditinstituten nicht mehr möglich. Je mehr die *wirklichen* Preise steigen, um so mehr muß jeder von Ersparnissen leben. Das normale Wirtschaftsleben erstarrt völlig. Stoßweise kommen Bedarfsforderungen, die die Dispositionsfähigkeit der Industrie völlig erschüttern. Am Ende steht der Zusammenbruch des ganzen künstlichen Gebildes. Er kommt dann schlagartig ... Keine Militärgewalt kann dann mehr die Dinge meistern. Daher Schacht *zwingen*, seinen Schwindel rechtzeitig aufzugeben. Das muß spätestens in der ersten Phase geschehen.

Je länger die Währungslösungen aufgeschoben werden, desto radikaler und verzweifelter werden die Lösungen sein müssen, auch wenn man die erwähnten budgetären Maßnahmen inzwischen trifft. Sie wirken ohne gleichzeitige Inangriffnahme der Währungsfragen *rein deflationistisch*. Es ist nicht ein sorgfältiges Anpassen mehr – wie 1930/32 an einen für die Nachkriegszeit normalen Lebensstandard mit einem schon Frühjahr 1932 erreichten Tiefpunkt –, sondern dann handelt es sich um ein rohes Herunterdrücken, ähnlich wie Ende 1923, mit genau den gleichen Folgen, die zur wirtschaftlichen und sozialen Explosion zwingen.

Frage ist nur: Schnelle Abwertung der Währung wie sie ist oder neue Währung. Möglich ist eine *stufenweise* Abwertung, etwa erste Phase Anhängung an das englische Pfund, also Abwertung um rund 40 Prozent. Mieten, Getreide- und Kohlenpreise müssen sofort gesetzlich auf der bisherigen Höhe fixiert werden. Fleisch- und Viehpreise müssen für eine Zeit ebenfalls reguliert werden. Bei der Festsetzung der Preise in diesem Falle ist zu berücksichtigen, daß die Kraftfuttermittel im Durchschnitt um 30 Prozent steigen werden. Textilien müssen selbstverständlich im Preise steigen, nicht um 40 Prozent, aber wahrscheinlich um 30 Prozent. Ich schätze, daß Löhne um 20 Prozent sofort im Durchschnitt erhöht werden müssen; dagegen ist Erhöhung der Beamtengehälter im Anfang nur um sehr geringen Prozentsatz möglich.

Ich glaube aber nicht, daß eine geringe Besserung der Exportlage, die durch eine solche Abwertung eintritt, länger als ein Jahr von Wirkung ist. Dann kommt die zweite Abwertung, die, wenn sie die Mark mit einem Schlage auf 30 Prozent ihres jetzigen nominellen Wertes herunterbringt, ein dauernd mögliches Niveau erreicht. Möglich aber nur dann, wenn eine entsprechend hohe auswärtige Anleihe gesichert werden kann. Diese Anleihefrage ist bei allen Währungsmaßnahmen die entscheidende. Hat die R[eichswehr] darüber Illusionen, so ist nicht viel zu erwarten. Vorgesehen war als Schlußglied in der Kette der Maßnahmen zur finanziellen und wirtschaftlichen Wiederaufrichtung Deutschlands im Frühjahr 1932 eine Abwertung der Mark um 20 Prozent. Um sie durchzuhalten, wäre eine Außenanleihe von 2 Milliarden RM nötig gewesen. Die Verhandlungen darüber waren in Genf im April 1932 erstmals im Gange. Muß man die Mark um rund 70 Prozent abwerten, so ist mindestens eine Anleihe, theoretisch gesprochen, von 4 Milliarden RM nötig. Eine Anleihe in solcher Höhe ist auf einmal in der ganzen Welt nicht zu haben. Nicht einmal eine solche von 2 Milliarden RM. April 1932 konnte man mit dieser Summe noch die ganze weitere Weltkrise aufhalten. Heute haben die meisten Länder, die für eine solche Anleihe in Frage kommen, sehr wenig Interesse an einer großen Anleihe für Deutschland. Inzwischen haben sie sich meistens auf andere wirtschaftliche Prinzipien festgelegt oder haben den Tiefpunkt der Krise in einer solchen Form überwunden, daß sie schwer dahin zurückkommen können, was ihnen Anfang 1932 als eine Erlösung erschienen wäre.
Psychologisch ist die Welt in keiner Weise auf die Größe des deutschen Finanzproblems vorbereitet. Die optimistischen Übertreibungen der Propaganda, die Unaufrichtigkeit des Reichsbankpräsidenten in Besprechungen mit den Leitern der anderen Notenbanken haben die Vorstellung fest verwurzelt, daß Deutschland mit einer Anleihe von einer halben Milliarde dauernd geholfen wäre. Auf der anderen Seite haben sehr einflußreiche Industrien anderer Länder durch den Rückgang des deutschen Exports sich daran gewöhnt, auf die Dauer solcher Geschäfte zu rechnen, und würden einen wirklichen Wiederaufschwung des deutschen Exports mit allen Mitteln bekämpfen. Endlich wird man die Erfahrung machen, daß, sobald man an ernsthafte Anleiheverhandlungen mit dem Auslande herangeht, dieses auf den Rat der Juristen – auf Grund der Erfahrungen der letzten drei Jahre mit den deutschen Rechtsauffassungen – doppelte und dreifache Sicherheiten verlangen wird. Wenn nicht vorher der Rechtsstaat wiederhergestellt wird, ist

daher an eine wirklich durchgreifende Hilfe auf finanziellem Gebiet seitens des Auslandes nicht zu rechnen.
Sind die psychologischen Voraussetzungen besser, so muß man klarmachen, daß man ein Doppeltes braucht: Rohstoffkredite für zwei Jahre, etwa insgesamt bis zu 2 Milliarden RM und sofort eine Anleihe zur Währungsmanipulierung in Höhe von mindestens einer halben Milliarde RM. Man muß dann gegenüber einzelnen entscheidenden Persönlichkeiten der internationalen Finanz sehr offen sein [und] mit ihnen Besprechungen abhalten, ob man durch einmalige starke Abwertung oder durch eine völlig neue Währung die Lage in Deutschland wieder in Ordnung bringen will. Ich glaube, daß man dann erfahren wird, daß eine einmalige starke Abwertung, deren Tiefpunkt man dann unter allen Umständen festzuhalten entschlossen ist, auf größere Sympathien stoßen wird. Eine neue Währung zu schaffen, hat viele Vorteile. Sollte man sich dafür entschließen, so muß ein Budgetplan für eine Reihe von Jahren festgelegt werden, der eine Entschädigung der kleinen Sparer vorsieht und wirklich sichert.
Ich beschwöre die R[eichswehr], diesen letzten Gedanken unter allen Umständen immer im Auge zu behalten. Es war im internen Finanzplan der Jahre 1931/32 festgelegt, daß ein Teil des nach Streichung der Reparationen und der Erhöhung der Umsatzsteuer nach zwei Jahren fälligen Überschusses unserer öffentlichen Finanzen zur besseren Entschädigung der Kriegsanleihegläubiger benützt werden sollte. Das Vertrauen dieser Kreise muß wieder im Interesse der Wehrmacht geschaffen werden mit Rücksicht auf fernere Möglichkeiten. Wenn jetzt außerdem ein zweites Mal diese Kreise alles verlieren und sich darüber klarwerden, daß das eine Folge der gewaltigen Aufrüstung der letzten Jahre ist, so wird sich ein dauernder Haß gegen die Wehrmacht für eine Generation festsetzen.
Man muß sich darüber klar sein, daß das Ausland besondere persönliche und sachliche Garantien verlangen wird, sobald es die volle Tragweite der Dinge erkennt. Keine Illusionen über die jetzige anscheinende Gleichgültigkeit!
Ich fasse zusammen, wie die Maßnahmen zeitlich zu gruppieren sind. Erste Phase bis Sommer 1936: Aufklärung und weiter schrittweise zu schaffende öffentliche Klarheit über die Lage unserer Finanzen; gleichzeitig noch Aufrechterhaltung des staatsfinanziellen Zwangssystems. Will die R[eichswehr] auch nur drei Jahre ihren jetzigen ordentlichen Personaletat durchhalten, so muß sie schon in dieser Phase erzwingen,

daß 30 Prozent am jetzigen Beamtenetat in allen öffentlichen Körperschaften eingespart werden. Dieses wird allein schon die an anderer Stelle angedeuteten Phasen automatisch herbeiführen. Sofortige Einstellung aller Luxusbauten notwendig. Alles auf Wohnungsbau abstellen. Nicht denken, daß auch bei Beschlagnahme aller Rüstungsgewinne bei Aufrechterhaltung der jetzigen Ausgaben im laufenden Etat echte Etatsausbalancierung selbst nur annähernd möglich ist. Nur mit Hilfe von Rohstoff- und laufenden ausländischen Bankkrediten ist Außenhandel wieder anzukurbeln und sind steigende echte Steuerbeträge zu erzielen! Es wird das ein sehr langsamer Prozeß sein.

C. Ordnung der Wirtschaft
Letztes Ziel auf längere Sicht: möglichst Wiederherstellung der Freiheit in der Wirtschaft, um die Initiative des einzelnen, namentlich im Export, wieder zu entfesseln. Diese Initiative ist unsere Stärke, viel mehr, als das sonst mit dem Nationalcharakter übereinstimmt. Daher in der Übergangszeit alles auf dieses Ziel planmäßig abstellen. Übergangszeit wird auch angesichts der Weltwirtschaftslage mindestens drei Jahre dauern. Auch dann nicht etwa Rückkehr möglich zu Zeiten, wie wir sie 1927/28 gehabt haben! Die größte wirtschaftliche Besserung, die in irgendeinem Lande außer England bislang erzielt worden ist, geht nicht über die Lage des Sommers 1931 hinaus. Damals wurde diese Lage als die größte Krise in der neueren Geschichte angesehen! Bei uns Erholung deswegen um so schwieriger, weil normale laufende Arbeit der nächsten zehn Jahre durch künstliche Arbeitsbeschaffung vorweggenommen ist. Freimachen von Schlagwörtern der vergangenen Jahrzehnte! Lohnerhöhungen im Anfang nur möglich in dem Ausmaße, wie durch Währungsentwertung die Lebenshaltungskosten steigen. Vorübergehende staatliche Regelung dieser Frage; später es dem Verhandeln zwischen Arbeitgebern und Arbeitnehmern überlassen. Tarifverträge, wie Unternehmer sich inzwischen besonnen haben, eine Erfindung der Arbeitgeber gegen Schmutzkonkurrenz. Daher wieder einführen, ebenso wie in maßvoller Form Gewerkschaften, aber in der weiteren Phase, außer bei politischen Lohnbewegungen, Einschreiten des Staates vermeiden. Bei Währungsabwertung Mietpreise und Getreidepreise eine gewisse Zeit auf ihrem bisherigen nominellen Niveau festhalten.
Über Wiederingangbringen der Initiative der Banken stehen Einzelpläne auf Wunsch zur Verfügung.
Landwirtschaft: Einsetzen da, wo man im Sommer 1932 den planmäßi-

gen Weg verlassen hat. [Hans] Schlange und Professor [Karl] Brandt[14] sofort holen. Beides die einzigen Männer, die der Aufgabe gewachsen sind. Dabei den Rat von [Hermann] Dietrich heranziehen. Dabei über eines klar sein: Währungsentwertung gibt für eine gewisse Zeit Schutz für heimische Landwirtschaft an Stelle von Zöllen. Senkung der meisten landwirtschaftlichen Zölle möglich und notwendig, um günstige Handelsverträge abzuschließen. Wird vielfach nur eine Senkung auf dem Papier sein, aber beispielsweise den Vereinigten Staaten auch dann sehr willkommen, um im eigenen Lande eine freiere Zollpolitik durchsetzen zu können. Über die Taktik der Politik der Handelsverträge können ebenfalls Pläne aufgestellt werden.
Sozialpolitik: Man muß sich klar sein, daß Arbeitslosenversicherung nur als gesetzlicher Rahmen in den ersten Jahren möglich ist. Dann auf der Basis der gewerkschaftlichen Versicherung bei den höchstqualifizierten Arbeitnehmern allmählich anfangen. Die nicht gelernten Arbeitnehmer müssen auf ein Jahrzehnt auf die Krisenfürsorge und kommunale Wohlfahrtsunterstützung angewiesen bleiben. Über Einzelheiten der anderen Sparten der Sozialversicherung Einzelvorschläge vorbehalten!

D. Außenpolitik

Ziel muß bleiben, wie seit einem Jahrzehnt: Wiedergewinnung besserer Grenzen und größeren Raums im Osten. Wie dieses Ziel taktisch jeweils zu verfolgen ist, ist eine Frage stets wechselnder Entscheidung. Nur keine *brüske* Abwendung von der jetzigen Politik.
Klarheit muß bestehen, daß im Augenblick, wo unsere wirtschaftliche und finanzielle Lage in allen Folgen deutlicher wird, Neigung, sich gegen uns wieder einzustellen, wieder wachsen wird, auch in England. Handelt R[eichswehr] nicht in vorgedachtem Sinne einer sorgfältigen Überleitung und kommt es zu wirklichen revolutionären Spannungen im Innern, ist alles seit 1921 in der Außenpolitik Errungene wieder in Frage gestellt.
Diese Gefahr kann allein aufgehalten werden, wenn man rechtzeitig versucht, die verschiedenen Strömungen im deutschen Volke aufzufangen und im richtigen Augenblick anzusetzen. Dafür ist bei den politischen Gruppen, die im deutschen Volke in stärkerem oder geringerem Maße immer sein werden, zur Zeit ein großes Verständnis und auch Bereitwilligkeit vorhanden, auch zum Beispiel bei den früheren sozialdemokratischen Führern, mit Ausnahme weniger, auch bei den im Ausland lebenden. Voraussetzung [dafür], daß diese Bereitwilligkeit erhal-

ten bleibt, ist nach meinen Beobachtungen, daß R[eichswehr] sich nicht identifiziert mit einzelnen Persönlichkeiten des jetzigen Regimes, wer auch immer es sein mag. Daß ferner sie die Ehre der alten preußischen Armee wiederherstellt durch rücksichtsloses Abrücken und Verurteilung aller an politischen Morden und Mißhandlungen beteiligten Persönlichkeiten, auch aller geistigen Urheber dieser Dinge. Anders kann die Wiederherstellung einer moralischen Einstellung im deutschen Volke nicht erfolgen. Kommt eine moralische Grundeinstellung nicht wieder zum Durchbruch, ist alles andere auf die Dauer erfolglos.

Die Wiedereinschärfung der Grußpflicht der Wehrmacht gegenüber allen NSDAP-Angestellten, SS- und SA-Führern hat nach dieser Richtung in den letzten Wochen verheerend gewirkt. R[eichswehr] muß sich klar sein, daß solche Dinge die Wehrmacht zum Schluß in den Bann der Verachtung und des Abscheus mit hineinziehen.

Vorstehende Gedanken, in einer Nacht hingeschrieben, sind *Anregungen*. Man kann in der Politik wohl längere Entwicklungslinien, aber nicht die Einzelheiten notwendigen Handelns voraussehen. Nichts ist gefährlicher, als nach von anderer Seite angefertigten Klischees arbeiten zu wollen. Die falsche Anwendung der vom vorangegangenen Kabinett fertiggestellten Notverordnungen seitens der Regierung Papen im Sommer und Herbst 1932 hat die jetzige Entwicklung naturnotwendig herbeigeführt. Ebenso kann man mit einer Fülle von einzelnen, nicht sorgfältig auf ihr Zusammenwirken vorher durchdachten Maßnahmen auch nichts retten. Politische Ausarbeitungen junger Theoretiker sind von allem das schlimmste in der Lage eines Landes wie unseres Vaterlandes im Augenblick. Ich gebe diese Überlegungen zum Schluß besonders zu bedenken!

(1) Frau von Willisen hatte freundschaftliche Verbindungen in erster Linie zu Fritsch, aber auch zu Rundstedt; auf sie nimmt H. B. Bezug. (2) Jacques Necker, 1777–1790 wiederholt französischer Finanzminister. (3) Bei einer Vorlesung am Dartmouth College im März 1937 sagte H. B. von der korporativen Vertretung, sie gestatte keine echte Überwachung durch das Parlament, sondern biete nur ein Mittel zum Übergang von der Einparteienherrschaft zu einer demokratischen Vertretung. (4) Bei anderen Gelegenheiten, bei denen nicht wie hier die Notwendigkeit bestand, an militärische Gefühle zu appellieren, sprach H. B. sowohl von seinem Mißtrauen gegenüber der „jungen Nazigeneration“ als auch von seinem fortdauernden Interesse an irgendeiner Form des Wahlrechts, die individuelle Verdienste anerkennen würde. In der eben erwähnten Vorlesung sprach er von der indirekten Wahl als von einem Mittel, die Gefahren der Massenpsychologie in Schach zu halten, und bedauerte das plutokratische Prinzip des alten preußischen Wahlrechts. (5) Zu Mitgliedern des Privy Council (Geheimer Rat) werden auf Lebenszeit des Monarchen prominente Angehörige der freien Berufe und sämtlicher politischer

Parteien ernannt. Die sehr weitreichenden Notstandsmachtbefugnisse der englischen Verfassung werden vom „King-in-Council" ausgeübt. Der kleine richterliche Ausschuß des Privy Council ist das oberste Appellationsgericht des britischen Commonwealth. (6) Bei seinen Vorlesungen von 1938 am Queen's College sagte H. B.: * „Normalerweise sind die militärische und die politische Gedankenwelt und Ausbildung so verschieden, daß sie sich bei einem einzigen Individuum gegenseitig ausschließen." (7) Dr. Curt Joël (1865–1945), Staatssekretär im Reichsjustizministerium, Reichsjustizminister 1924 und 1931–1932. (8) Dr. Eduard Tigges, Präsident des Kammergerichts 1922–1933. (9) Dr. Rudolf Schetter, Mitglied des Reichstags (Zentrum) 1924–1933, Senatspräsident in Düsseldorf, wohnte in Köln. (10) Dr. Alfred Olscher, Ministerialdirektor der Haushaltsabteilung im Reichsfinanzministerium. (11) Dr. Arthur Zarden, Ministerialdirektor der Steuerabteilung des Reichsfinanzministeriums 1925–1932, Staatssekretär 1932–1945. (12) Friedrich Karmann, Oberst in der Heeresverwaltung. (13) Dr. Friedrich Tischbein, Gesandter des Landes Mecklenburg-Schwerin bei der Reichsregierung. (14) Professor für Agrarwirtschaft in Berlin 1929–1933, seit 1933 in New York, ab 1938 Leiter des Institute for Food Research, Stanford, California.

IV

** N Einzelheiten über den Entführungsversuch im März/April 1936, Nijmegen – Melide (siehe oben S. 115)*

... Die zwei „geflohenen Gestapomänner" hatten in regelmäßigem Kontakt mit katholischen und protestantischen Geistlichen gestanden, die sie [wie sie behaupteten] im voraus über beabsichtigte Gestapo-Aktionen informiert hatten ... [Mommersteeg, Cornelissen und ich] besprachen die Situation bis spät in die Nacht hinein. Man sagte mir, Herr Professor [Dr. J. I. J. M.] Schmutzer und seine Frau, die dem katholischen Komitee [für die Opfer der Glaubensverfolgungen] vorstanden, hätten die beiden Männer bestens empfohlen. Ich hatte Poels dazu überredet, das Komitee zu gründen, und man hörte, es sei sehr aktiv, mit einem hervorragenden jungen Flüchtlingslehrer als Sekretär. Zu den interessantesten Flüchtlingen zählte eine Baronin von Plettenberg, die am Tag zuvor zu Fuß in einem Kloster an der holländisch-belgischen Grenze aufgetaucht war. Ich fragte nach der Entfernung von der Stelle, an der sie ihrer Aussage nach die Grenze überschritten hatte; es wäre sogar für einen trainierten Läufer unmöglich, in der von ihr angegebenen Zeit diese Entfernung zurückzulegen; ein fronterfahrener Infanterist ohne Geld und Lebensmittel hätte mindestens zweieinhalb Tage gebraucht. Die zwei Gestapoflüchtlinge wohnten im Stift zum Heiligen Grab, wo Mommersteeg und Cornelissen mit ihnen zu Mittag gegessen hatten. Der eine war katholisch, der andere evangelisch, und der eine von ihnen besuchte Mommersteeg jeden Abend ... Ich erfuhr, daß der Architekt des Stifts mit den beiden Gestapomännern spazierengegangen war und mit ihnen über meine Besucher gesprochen hatte. In Letterhaus' Gegenwart ließ ich Mommersteeg alles wiederholen, was die Männer eventuell erfahren haben konnten. Letterhaus sagte sofort: „Das können nur Agenten sein. Wir müssen Joos benachrichtigen, daß er nicht kommt." Das taten wir.

Ich bat den Polizeipräsidenten, den der holländische Justizminister für meine Sicherheit verantwortlich gemacht hatte, um seinen Besuch. Er hatte die Männer zwei Wochen lang überwacht, wie es seine Pflicht war. Er sagte, sie seien sehr ernst und sehr verängstigt, und einer von ihnen gehe täglich zur Kommunion. Er müsse darauf bestehen, daß ich sie vorließe, denn es stehe im Interesse der holländischen Regierung, daß ich mit ihnen spreche, und er habe vom Generalstaatsanwalt Anweisungen erhalten. Er habe große Erfahrung mit Spionen und Agenten und könne für die Zuverlässigkeit dieser Männer garantieren. Ich kam zu der Ansicht, daß ich selbst herausfinden sollte, was sie waren, und beschloß, an diesem Abend mit ihnen zu sprechen. Der eine kam mit mehreren Empfehlungsschreiben von Leuten, die ich kannte, wenn auch nicht sehr gut. Ich versuchte zuerst zu entdecken, was er von der Untergrundgruppe meiner Partei wußte, und kam zu dem Schluß, daß er keine Mitglieder dieser Gruppe kannte, obwohl er über frühere Verbindungen von mir einiges wußte. Er ließ eine seltsame Bemerkung fallen über einen Mann im Deutschen Gewerkschaftsbund, von dem er annahm, er habe mich gekannt. Nun kam er auf die Wehrmacht und auf Rundstedt zu sprechen, für den er gearbeitet habe und der den Sturz der Nazis vorbereite. Zur Vorsicht gab ich mich als scharfer Rundstedt-Kritiker. Dann berichtete er mir, die Nazis bereiteten gegen den Kardinal [Bertram] von Breslau einen großen Skandal vor, den ich unbedingt verhindern müsse. Am Ende des Abends dachte ich, er sei möglicherweise ein unbedeutenderes Mitglied der Gestapo, er wisse nicht viel, und ich könne vielleicht mehr erfahren, wenn ich mich weiterhin mit ihm unterhielte. Am nächsten Tag sprach ich mit Letterhaus darüber. Er betrachtete alles skeptisch, freute sich aber, daß der Mann nichts von seinen eigenen Verbindungen in Berlin und von der Kette der Untergrundgruppen erwähnt hatte.

Bei unserer ersten Unterredung bot mir [der Mann, der] Müller [hieß,] Zigarren an, von denen er behauptete, Freunde von mir hätten sie ihm gegeben, weil sie wußten, daß ich sie außerhalb Deutschlands nicht bekommen konnte. Ich nahm eine, und am nächsten Tag brachte er weitere und forderte mich immer wieder zum Rauchen auf. Da ich starke Ischiasschmerzen hatte, war mir nicht nach Rauchen zumute, und sein Drängen wie sein ganzes Verhalten irritierten mich. Sonst kam mir kein Verdacht wegen seiner Zigarren ... Ehe ich kam, hatte er gehört, daß Joos und Letterhaus erwartet wurden, und meine größte Befürchtung war, Letterhaus könne bei seiner Rückkehr verhaftet werden. Ich fragte, ob er es für ratsam hielte, daß Joos und Letterhaus mich besuchten, und er empfahl, sie sollten Deutschland nicht verlassen. Ein Agent wäre natürlich darauf aus gewesen, sie an der Grenze zu schnappen.

Ausführlich sprach er über die Vorbereitungen für die Invasion in Holland. Mitglieder einer Generalstab-Sondergruppe in Gronau besuchten Holland täglich, um die Befestigungsanlagen zu untersuchen und Verbindung mit holländischen Nazis aufzunehmen. Er beschrieb auch die Fliegerabwehr in Deutschland. Im Ruhrgebiet, in Berlin und an anderen Orten sei geplant, Geschütze auf großen Stahltürmen zu montieren, damit sie die größtmögliche Reichweite hätten. Er ließ noch andere Bemerkungen fallen, zum Beispiel über das Absetzen von Fallschirmspringern vor den Invasionstruppen, die sich später als richtig erwiesen, obwohl ich damals einige dieser Dinge bezweifelte. Er sagte, er habe früher für die Reichswehr gearbeitet, sei von den Franzosen geschnappt und in Lothringen zu zwei Jahren Gefängnis verurteilt worden. Ich sagte zum Polizeipräsidenten, wenn Müller in Frankreich wegen Spionage verurteilt worden sei, müsse sich ein Protokoll davon in Den Haag befinden. Er teilte mir am nächsten Tag mit, er habe die Akten in Den Haag durchgesehen und keine Erwähnung von Müller gefunden. Das alles war sehr verwirrend.

Die angebliche Baronin von Plettenberg kam zu Besuch, und ich hörte mir ihre Geschichte vom Nebenzimmer aus an. Die Biographie, die sie vortrug, war genau die einer Verwandten von [Graf Lutz] Schwerin-Krosigk. Eine so enge Duplizität zweier Lebensgeschichten war unmöglich; es war klar, daß sie entweder eine Agentin oder eine Hochstaplerin war. Als ich Herrn und Frau Professor Schmutzer warnte, wies die letztere meine Bedenken weit von sich. Sie war sehr stolz darauf, daß sie für ihren Flüchtling vom holländischen Außenministerium einen Diplomatenpaß erhalten hatte, und mit Hilfe dieses Passes wurden Geheimpläne der holländischen Seefestung Einmuden ins Spionagezentrum nach Antwerpen geschmuggelt.

Müller versuchte jetzt, den ganzen Tag im Hause meines Freundes zuzubringen, und ich entschloß mich, Nijmegen zu verlassen und nach Melide zu reisen. Der angedrohte Skandal gegen Kardinal Bertram machte mir Sorgen, und ich wollte, wenn möglich, mit Pater Leiber darüber sprechen. Ich traf alle Vorbereitungen, und früh an dem Tag, an dem ich abfahren wollte, kam Müller wieder ins Haus meines Freundes und bestand darauf, mich zu sprechen. Als ich das Zimmer betrat, in dem er wartete, sah ich eine Reihe von Autos draußen stehen, und Müller war am Fenster und gab ihnen Zeichen. Er wandte sich zu mir um und sagte: „Ich habe furchtbar Angst, daß ich verfolgt worden bin und daß man mich entführen wird!“

Ich hielt es für das beste, nach einem der Detektive zu schicken. Er kam in Begleitung des Polizeipräsidenten, der ebenfalls die Befürchtung aussprach, Müller könne entführt werden. Er sagte, nach den Beweisen, die er jetzt in der Hand habe, könne an Müllers Geschichte kein Zweifel mehr bestehen. Als ich ihnen mitteilte, daß ich abreisen wollte, forderten sie mich dringend zum Bleiben auf, und ich gab vor, noch unentschlossen zu sein. Als der Polizeipräsident gegangen war, bat einer der Detektive, mich unter vier Augen sprechen zu dürfen. Er sagte, ich müsse sofort das Haus verlassen. „Mehr kann ich nicht sagen. Bitte verraten Sie niemandem, daß ich Sie hinter dem Rücken meines Chefs gewarnt habe." Er geleitete mich durch den Garten, und mein Gepäck wurde auf dem gleichen Wege herausgebracht. Ich wurde zu einem Bahnhof außerhalb von Nijmegen gefahren und in den Zug von Den Haag in die Schweiz gesetzt.

In der Villa Magnolia war ich verblüfft, als ich erfuhr, daß Dr. Brettauer soeben Müller zu Besuch gehabt hatte, der mit ihm über Möglichkeiten zur Rettung von politischen Gefangenen, die in Konzentrationslagern fürchterliche Qualen erlitten, gesprochen hatte. Dr. Brettauer war skeptisch, doch die Einzelheiten über die Foltermethoden hatten ihn zutiefst erregt, und ich war zornig darüber, daß der Mann schon da war und mir seine Zigarren aufdrängte. Es gelang mir, Pater Leiber in Milano zu treffen und ihm mitzuteilen, was ich erfahren hatte, so daß der Kardinal wenigstens auf die eventuellen Unternehmungen der Nazis vorbereitet würde.

Müller sprach wieder in Melide vor. Er brauchte 3000 Franken, um nach Wien zu fahren, wo er gewisse Mitglieder des Stahlhelm[1] treffen wollte, und um, wenn nötig, dort zu bleiben. Um ihn loszuwerden, überredete ich Dr. Brettauer, ihm das Geld zu geben ... Als ich im Diakonissenkrankenhaus in Zürich im Bett lag, mein Rücken und mein rechtes Bein in feuchten Umschlägen, hatte ich viel Zeit zum Nachdenken. Mein stärkstes Verdachtsmoment gegen Müller war, daß er vor mir in Melide angekommen war – per Flugzeug über Deutschland, wie ich mir vorstellte.

Am dritten Tag im Krankenhaus ging die Tür auf, und er kam ins Zimmer. Den Schwestern hatte er gesagt, er sei ein guter Freund von mir und werde erwartet. Er redete eine Menge. Als ich seinen Paß sehen wollte, wurde er von der Plötzlichkeit meines Verlangens überrumpelt und zeigte ihn mir automatisch. Ich sagte: „Das ist nicht der Paß, den Sie in Nijmegen hatten. Nur der Polizeipräsident von Berlin kann einen solchen Paß wie diesen ausstellen; das weiß ich aus meinen früheren Jahren. Ihre Reise nach Österreich ist nicht belegt, hier ist kein Stempel, der Ihre gestrige Einreise in die Schweiz beweisen würde." Er redete

daraufhin noch mehr und sagte, alte Freunde in der Gestapo hätten ihm diesen Paß verschafft, aber die Situation war jetzt eindeutig.
Außerhalb des Zimmers befand sich ein Balkon, der sich über die ganze Länge des Krankenhauses erstreckte und von dem ein paar Stufen in den rückwärtigen Garten hinunterführten. Das Gartentor zur Straße hinter dem Krankenhaus hin stand offen. Müller sagte, er wolle den Aschenbecher leeren, und blieb mindestens fünf Minuten draußen auf dem Balkon. Ich war so stark bandagiert, daß ich nicht aufstehen konnte, und ein Telefongespräch hätte ihn aufmerksam gemacht. Deshalb legte ich den Telefonhörer auf den Tisch, damit das flackernde Lämpchen am Kontrollbrett schließlich Aufmerksamkeit erregen würde. Fast im gleichen Augenblick klopfte es, und die Oberschwester kam herein mit zwei Männern, die nach Müller fragten. Sie gehörten der Züricher Polizei an und hatten das Krankenhaus nach ihm durchsucht. Ich sagte: „Sie kommen gerade zur richtigen Zeit. Er steht draußen auf dem Balkon." Sie berichteten, sie hätten draußen einen weiteren Gestapoagenten verhaftet. Als sie Müller hereinriefen, begann er heftig zu zittern und bat, mit mir allein sprechen zu dürfen. Obwohl das den Detektiven nicht recht war, bestand ich darauf. Der Grund dafür war natürlich, daß ich jede Gelegenheit wahrnehmen wollte, meine Freunde zu schützen. Ich dachte, in der Überraschung darüber, daß er verhaftet wurde, würde er mir vielleicht einige wahre Informationen erteilen. Die Detektive ließen ihn nur einen Augenblick mit mir allein. Er fiel auf die Knie, weinte und bat um Hilfe; er sagte, er werde ohne jeden Zweifel erschossen, wenn er nach allem der Gestapo in die Hände fiele. Ich sagte nur, er solle mit den Detektiven mitgehen, und es sei vielleicht möglich, später etwas für ihn zu tun.
Der Chefdetektiv kam bald darauf zurück und berichtete mir, sie hätten beobachtet, wie Müller am Züricher Hauptbahnhof von Deutschland her [gleichzeitig] mit einem anderen Mann angekommen sei. Die beiden hatten durch ihre soldatische Haltung Aufmerksamkeit erregt. Die meisten deutschen Agenten waren ehemalige Unteroffiziere und als solche leicht erkennbar. Die Detektive hatten sie im Restaurant beobachtet, wo der eine sofort aufstand, als der andere seinen Tisch verließ. Sie hatten sich an der Toilettentür getroffen, wo der eine dem anderen einen Zettel zuschob. Die Detektive, die nun beiden nachgingen, hatten gesehen, wie Müller vom Balkon aus Zeichen gab. Sie hatten den im Auto wartenden Mann zuerst verhaftet und dann Müller als zweiten. Bei der ersten Befragung wies sich der Mann von draußen als Chef der

Gestapo in Westfalen mit Sitz in Dortmund aus. Die Detektive erzählten mir, einer seiner ersten Schritte sei gewesen, an sie als Kollegen zu appellieren und sie zu fragen, ob man beim Verhör geprügelt werde. Sie hatten entgegnet: „O nein! Wir finden alles ohne so etwas heraus. Dies hier ist die freie Schweiz!" . . .

Drei Tage lang konnte ich keine Telefonverbindung mit Nijmegen bekommen. Wiederholt erklärte man mir, die Leitungen seien von Schneestürmen blockiert. Wenn die Telefonleitungen nach Holland durch Deutschland verliefen, ließ sich das natürlich erklären, und jedes Gespräch konnte abgehört werden. Ich sagte dies den Detektiven, die sich danach erkundigten. Niemand, nicht einmal im Ministerium in Bern, hatte sich diese Frage überlegt. Schließlich fand man heraus, daß alle Leitungen nach Holland über Stuttgart liefen. Ich sprach deshalb vorsichtig mit Dr. Brettauer am Telefon, der seinen Bruder in Paris anrufen konnte. Dieser konnte Cornelissen in Nijmegen telefonisch erreichen und ihn bitten, sofort nach Zürich zu kommen.

Ich gab gerade den Detektiven die Einzelheiten der früheren Episoden zu Protokoll, als Cornelissen ankam. Er war nach Paris und von da nach Zürich geflogen. Wir tauschten alle unsere Eindrücke aus. Ich sprach von meiner Angst um Letterhaus und meine Schwester, falls die beiden Männer in der Schweiz abgeurteilt werden sollten, obgleich ich noch nicht recht wußte, was man mit ihnen anfangen sollte. Der westfälische Gestapochef war bereits weich. Ich veranlaßte die Detektive, ihm Müllers Geschichte von der Verfolgung durch die Gestapo zu erzählen und Müllers detaillierte Mitteilungen über die Luftabwehr und die Vorbereitungen für die Invasion in Holland zu wiederholen. Er wurde wütend und sagte: „Wenn dieser Mann nach Deutschland zurückkehrt, ziehe ich ihn aus dem Verkehr!" Er verneinte die Frage, ob außer Müller und ihm sonst noch jemand an dem Entführungsversuch beteiligt gewesen sei. Obwohl sich zwei ähnliche Fälle in Zürich ereignet hatten, sagte er, Müller habe ihn mit Geschichten über meine Pläne in die Falle gelockt.

Der Ischias machte es mir sehr schwer, mich auf die Einzelheiten der beiden Untersuchungen zu konzentrieren . . . Der Chef der Kantonspolizei und zwei führende Mitglieder der Kantonsregierung besuchten mich. Sie alle betrachteten den Bericht der Detektive skeptisch. Ich sagte, der Fall des westfälischen Gestapochefs sei eindeutig kriminell, während Müllers Fall zweifelhaft sei. Mein Rat ging dahin, Müller freizulassen und zu beobachten, wo er hingehen würde. Ich dachte nämlich, Müllers Kollegen würden es kaum wagen, gegen meine Schwester und meine Freunde vorzugehen, wenn Müller auf freien Fuß gesetzt würde, während der Gestapochef noch in schweizerischer Untersuchungshaft bliebe. Ich sagte zu Cornelissen, Müller werde zweifellos sein altes Spiel in Holland wieder aufnehmen . . .

Die Gestapo in Lörrach fragte über Kurzwelle bei allen Polizeistationen nach dem vermißten westfälischen Chef. Die Züricher Detektive hatten einige Mühe, die Polizei in Basel daran zu hindern, daß sie die Anfrage beantwortete. Ich hatte darum gebeten, die Verhaftung geheimzuhalten und nur das Ministerium in Bern zu verständigen, und ich hatte zu einem der Detektive gesagt – wobei ich ihn bat, nicht darüber zu sprechen –, wenn Müller nach Holland zurückkehre, sei es vielleicht möglich, eine ganze Bande zu schnappen und ihre Methoden gegen deutsche politische Flüchtlinge aufzudecken. Die Züricher Detektive waren bemerkenswert. Sie begriffen die Lage viel besser als ihre Vorgesetzten, und ihr Bemühen, mich zu schützen, war rührend.

. . . Als ich nach einer sehr schmerzhaften Reise in London ankam, legte ich mich bei den Andersons gleich zu Bett. Zwei Stunden später kamen Cornelissen und der Polizeipräsident von Nijmegen und baten um eine Unterredung. Ian Anderson, dem ich alles in Kürze erzählt hatte, meinte, ich dürfe niemanden empfangen, und ich mußte Cornelissens Sympathie und Einsatzbereitschaft ins Feld führen. Der Polizeipräsident legte eine dicke Akte mit einem langen, von Müller geschriebenen Geständnis vor. In den zwei Tagen, die Cornelissen bei mir in Zürich verbracht hatte, hatte er meine Notizen und die der Detektive mit den seinen verglichen und war bei der Entdeckung neuer Anhaltspunkte sehr hilfreich gewesen. Die Detektive hatten ihm auf Grund ihrer langen Erfahrung gesagt, Müller könne man leicht gefügig machen, wenn man ihm einige Tage lang keine Zigaretten und keinen Branntwein gebe und ihm dann so viel anbiete, wie er wolle. In Nijmegen führte diese Methode innerhalb von vier Tagen zum Erfolg: Müller legte endlose Geständnisse ab. Je mehr Zigaretten und Branntwein man ihm versprach, um so eifriger schrieb er.

Der Polizeipräsident erklärte, der Generalstaatsanwalt habe ihn gebeten, mir einige Fragen zu stellen. Seine Fragen waren bedeutungslos mit Ausnahme von einer – ob ich mit Rundstedt Verbindung gehabt und beabsichtigt hätte, in Holland den Vertreter irgendeines deutschen Generals zu treffen. Ich lachte und sagte: „Die Wehrmacht, die mich aus dem Amt warf, wird wohl kaum mit mir in Verbindung stehen wollen! Das ist sicher eine Erfindung von Müller; er brachte eine vorgetäuschte Empfehlung von Rundstedt." Ich beobachtete den Polizeipräsidenten, dessen Züge große Enttäuschung ausdrückten, als er sagte: „Ich freue mich sehr, daß Sie über die ganze Sache lachen und jeden Kontakt zur deutschen Wehrmacht so leicht ableugnen können." Während ich die darauffolgenden Fragen auf die gleiche Weise beantwortete, festigte sich in mir die Überzeugung, daß der Polizeipräsident mit den Nazis kollaborierte. Ich bat Cornelissen, später noch einmal vorbeizukommen, denn sie mußten bei der niederländischen Gesandtschaft vorsprechen . . . Als Cornelissen von der Gesandtschaft aus in die Andersonsche Wohnung zurückkehrte, war uns beiden klar, daß der Polizeipräsident eine zentrale Rolle in der Affäre spielte. Müller erklärte in seinen Geständnissen, die Cornelissen mir vorlas, um mein Vertrauen zu gewinnen, seien er und sein Kamerad auf die gleiche Weise wie ich nach Holland gekommen. Wie sie es erfahren konnten, außer von dem Mann, der alles arrangiert hatte, war ein Rätsel. Tre war auf die gleiche Weise entkommen, aber ich wußte, daß er nie darüber sprach. Außer [Hermann Muckermann], der uns beide an die Grenze fuhr, wußten nicht einmal die Leute, die mir geholfen hatten, wie Tre entkommen war. Die einzige weitere Person, die Bescheid wußte, war unser gemeinsamer Freund Major Church. Später erfuhr ich, daß er alles einmal britischen Journalisten spätabends in der Berliner „Taverne" erzählt hatte, ohne zu bedenken, daß an jedem Tisch Spitzel saßen und daß Mikrophone in die Wände eingebaut waren.

Zwei Tage nachdem Müller in Zürich auf freien Fuß gesetzt worden war, tauchte er in Holland auf, wie wir beide, Cornelissen und ich, erwartet hatten. Später wurde festgestellt, daß er durch Österreich und Deutschland gereist war und von Deutschland aus die holländische Grenze passiert hatte, obgleich die holländischen Behörden Befehl hatten, ihn zu verhaften. Cornelissen hatte ihn sehr freundlich empfangen, ihm Cognac und Zigaretten angeboten und sich seine neue Geschichte angehört. Dann entschuldigte er sich kurz und rief aus einem anderen Zimmer die Detektive an, nicht die Polizei. Cornelissen umgab Müller mit großer Behaglichkeit, und als die Detektive kamen, um ihn abzuführen, war er zu betrunken, um Widerstand zu leisten.

[Nachdem Cornelissen von London zurückgekehrt war,] kam einer der Detektive zu ihm und sagte, es sei seine Beamtenpflicht, im nationalen Interesse zu sagen, was er wußte, und bat Cornelissen um Unterstützung. Die Detektive hatten um unsere Sicherheit gefürchtet, und sie hatten mich ja auch tatsächlich vor dem Wagen, der vor dem Haus wartete, gewarnt. Der Polizeipräsident hatte die Detektive und Mitglieder seines Stabes gezwungen, ihm Darlehen zu geben. Außer einer Frau in Nijmegen hatte er eine Mätresse in Paris, mit der er nach Monte Carlo fuhr. Er hatte Spielschulden in Höhe von 160 000 Gulden. Nachdem ich in Holland war, hatte er plötzlich alles, was er geliehen hatte, zurückbezahlt. Cornelissen begab sich sofort zum Generalstaatsanwalt in Den Haag und berichtete ihm, die Schulden des Polizeipräsidenten seien zurückgezahlt worden mit Geld, das er von den Nazis für seine Hilfe bei meiner Entführung genommen habe. Nachdem Cornelissen im Laufe eines langen Gesprächs gedroht hatte, er werde einen Skandal verursachen, gab der Generalstaatsanwalt Befehl, den Polizeipräsidenten zu verhaften. Nach wenigen Tagen im Gefängnis gestand er alles ... Müller leugnete nicht, daß er jede Nacht über die deutsche Grenze gegangen war, um Instruktionen in Empfang zu nehmen. In allen Einzelheiten beschrieb er ein Treffen in Köln am Gründonnerstag, bei dem seinem Bericht zufolge Himmler, Heydrich[2], Major [Walter] Buch und die höchsten Gestapobeamten von Westdeutschland anwesend waren. Er und sein Kollege waren nach Nijmegen geschickt worden, weil man vermutete, ich würde mich dort mit einem Vertreter der Wehrmacht treffen. Die ersten Zigarren, die er mir anbot, waren nicht präpariert gewesen, aber die späteren waren vergiftet. Die Entführung wurde vorbereitet, nachdem er merkte, daß ich die Zigarren nicht rauchte. Eine SS-Hundertschaft stand an der Grenze in Bereitschaft, vier Kilometer von Cornelissens Haus entfernt. An dem Morgen, an dem ich Nijmegen verließ, wollte Müller mich am Fenster den Männern draußen zeigen.

Müller behauptete, er stehe unter dem Befehl eines Offiziers der Heeresabwehr mit Hauptquartier in Luxemburg. Er sagte, er sei über Luxemburg nach Melide gereist und habe seinen Sonderpaß von diesem Offizier erhalten. Das war offensichtlich unwahr, denn dafür war die Zeit zu kurz. Immer mehr kam ich zu der Annahme, daß er in Deutschland seine Geschichte, er bekomme von Dr. Brettauer Geld, um mit Leuten in Wien Kontakt aufzunehmen, groß aufgebauscht und damit möglicherweise die Aufmerksamkeit führender Gestapomitglieder auf sich gelenkt hatte. Das Protokoll von seiner Verhaftung in Frankreich fand sich in Den Haag; der Polizeipräsident hatte gelogen, als er sagte, es sei kein Vermerk vorhanden ... Nach der Verhaftung des Polizeipräsidenten[3] und während der [westfälische] Gestapochef noch in Zürich festgehalten wurde, nahm einer der Detektive [von Nijmegen] einen Anruf

vom Gestapobüro in Dortmund entgegen und gab vor, der Polizeipräsident zu sein. Er schrieb alles mit, was gesprochen wurde. Anfangs wurde die Untersuchung vom holländischen Justizminister stark behindert. Poels hatte Kabinettsmitglieder und Mitglieder seiner Partei mehrmals gewarnt und gesagt, dieser Mann sei unzuverlässig . . . Als ich nach Nijmegen zurückkehrte, fragten die Detektive – und ich merkte, daß sie Anweisung erhalten hatten, mich zu fragen –, ob ich auf der Verfolgung von Müllers Fall bestehe; wenn ja, müsse ich in Holland und in der Schweiz als Zeuge auftreten . . . Ich sagte ihnen, mir scheine, Müller sei jedenfalls ein Werkzeug gewesen, und ein armseliges noch dazu; in seinen Geständnissen habe er sich von einer kriminellen Phantasie mitreißen lassen, und wenn ihm jetzt gestattet werde, nach Deutschland zurückzukehren, werde er nicht mehr verwendungsfähig sein.
Die Züricher Verhandlung im Prozeß des westfälischen Gestapochefs wurde auf September angesetzt, und ich beschloß, sofort in die Vereinigten Staaten zu reisen . . . Die holländischen Behörden schoben Müller nach Belgien ab, von wo aus er nach Deutschland zurückkehrte . . . Die Holländer, die Schweizer und die Gestapo hatten ein gemeinsames Interesse daran, den Fall nicht publik werden zu lassen . . .

(1) Der Stahlhelm war 1933 in der SA aufgegangen. (2) Reinhard Heydrich, SS-Gruppenführer, Leiter des Reichssicherheitshauptamts. (3) Zum Polizeipräsident von Nijmegen siehe Wolfgang Gaus zu Putlitz: Unterwegs nach Deutschland. Berlin 1957.

V

März 1938, Memorandum über Wirtschaftsprobleme für König Leopold (siehe oben S. 181)

Die Versuche, zu einer Lösung der dringenden internationalen Wirtschaftsprobleme zu kommen, soweit wie sie seit 1927 gemacht worden sind, haben durchweg in ihrer praktischen Verwirklichungsmöglichkeit daran gelitten, daß man versucht hat, einen unbedingt notwendigen allgemeinen Plan sofort in vollem Umfange zur Verwirklichung zu bringen. Diese Lösung ist heute unpraktischer denn je; sie endet entweder in der Aufstapelung wertvollsten Materials oder in allgemeinen Resolutionen, die die praktische Inangriffnahme der Probleme verhindern.

Die erste Phase solcher Verhandlungen und Vorbereitungen zwischen 1927 und 1930 ist eine rein theoretische geblieben. Der von der deutschen Regierung im Winter 1930 gemachte Versuch, den Präsidenten Hoover für die Einberufung einer Konferenz nach Washington im März 1931 zu gewinnen, an der nur die Premierminister der wichtigsten Staaten teilnehmen sollten, ist ebenfalls gescheitert . . .

Die Tendenz der deutschen Regierung bei ihrem Dringen auf Einberufung einer solchen Konferenz ging dahin, Lösungen der Wirtschaftsfragen zu finden, bevor die Reparationskrise akut wurde. Als Termin für das Akutwerden der Reparationsfrage war Präsident Hoover gegenüber Ende Mai 1931 angegeben. Ein weiterer Grund, weshalb die deutsche Regierung drängte, war die Tatsache, daß bereits zu Beginn des Herbstes 1929 die Verhandlungen über eine deutsch-österreichische Zollunion begonnen hatten, die zu einem Protokoll, das von Bundeskanzler Schober und Reichskanzler Hermann Müller im Februar 1930 unterzeichnet worden war, führten. Die neue Regierung lehnte es ab, die Verhandlungen formell zu einem Abschluß zu bringen, da ihr daran lag, die Tschechoslowakei von vornherein in einen solchen Vertrag mit hineinzuziehen. Kurz vor den Reichstagswahlen 1930 kam es zu einer ersten Fühlungnahme mit Herrn Beneš . . .

Im April 1932 wurden in Genf in mehrmaligen Besprechungen zwischen dem deutschen Kanzler und Herrn Beneš die Fragen wieder aufgenommen und dabei ein Modus diskutiert, der bewußt darauf verzichtete, allgemeine Lösungen auf einmal zu verwirklichen. Die Vorschläge der deutschen Regierung waren kurz folgende: Deutschland, die Tschechoslowakei und Österreich senken ihre Zollsätze gegenseitig im ersten Jahre um 15 Prozent, in den nächsten weiteren drei Jahren um je zehn Prozent; für die ersten fünf Jahre werden für den Austausch landwirtschaftlicher und forstwirtschaftlicher Produkte, unter gleichzeitiger Herabsetzung der Einfuhrzölle wie bei allen anderen Gütern, Quoten festgesetzt, deren effektive Wirksamkeit Jahr für Jahr vermindert wird. Die drei Länder waren sich bewußt des Verstoßes gegen die Meistbegünstigungsklausel. Deshalb wurde festgelegt, daß jedem Lande, das bereit wäre, dieser Gruppe beizutreten, die gleichen Vergünstigungen gewährt werden sollten. Zwischen der ersten und zweiten Verhandlung hatte der deutsche Kanzler eine längere Besprechung mit Sir John Simon in Gegenwart von Sir Walter Layton. Beide nahmen diesen Plan enthusiastisch auf. Der Grund, weshalb England sofort ins Bild gesetzt wurde, lag in der Furcht eines Zollangleichs des britischen Weltreiches und damit der Schaffung einer Wirtschaftseinheit, die völlig den europäischen Interessen entgegenlaufen mußte und durch Schaffung neuer vested interests die Lösung der wirtschaftlichen Weltprobleme auf viele Jahre verschieben mußte . . .

Das Ergebnis dieser Fühlungnahme und Verhandlungen waren die Stresa-Resolutionen[1]. In den Stresa-Besprechungen wurde zum mindesten eines erreicht: daß die Erkenntnis wuchs über die Unmöglichkeit, zu weittragenden praktischen Lösungen zu kommen, wenn man nicht für eine Zeit die Meistbegünstigungsklausel außer Kraft setzte. In der letzten Besprechung vor dem Rücktritt des deutschen Kanzlers wurde den deutschen Unterhändlern für Lausanne[2] die Instruktion gegeben, unter allen Umständen dafür zu kämpfen, daß man sich in Lausanne oder einer darauf folgenden Konferenz einigen möchte, Ländern, die zu einer Zollangleichung im Sinne einer Herabsetzung ihrer Zolltarife kommen wollten, zum Zwecke der Erleichterung ihrer Verhandlungen eine Frist von zwölf Monaten zu geben, während der keine Konsequenzen aus der Nichtbeachtung der Meistbegünstigungsklausel gezogen werden sollten von seiten der übrigen Länder – unter der Voraussetzung, daß bei tatsächlichem Zustandekommen einer Vereinbarung zwischen den Ländern, die den Kern einer großen Gruppe bilden sollten, alle übrigen Mächte automatisch dieser Gruppe mit gleichen Rechten und Pflichten sich anschließen könnten.

Diese historische Betrachtung soll zeigen, daß der damals geplante Weg bei inzwischen weiter gewachsenem Verständnis für die Hemmnisse, die die Meistbegünstigungsklausel vorübergehend für alle größeren und umfassenderen Vereinbarungen erzeugt, auch heute noch sicherer ist als eine Frontal-Lösung der Weltwirtschaftsprobleme. Die Lösung dieser Probleme, die Herr van Zeeland in einer Weise in Angriff genommen hat, für die ihm eines Tages die ganze Welt danken wird, und deren politische Hintergründe natürlich nur erraten werden können, ist an sich heute erheblich schwerer, als sie im Frühjahr und Sommer 1932 war. Die Schaffung neuer gewaltiger vested interests, die Autarkie-Bestrebungen, weitere Abwertungen, größere Unsicherheit in Währungsproblemen und der „Barter"-Handel haben zwar der Welt die Augen geöffnet für die drohenden Gefahren, aber eine schnelle und entschlossene Umkehr erheblich erschwert. Das erste Ziel müßte sein, eine Vereinbarung zu erzielen über ein vorübergehendes Ruhenlassen der Meistbegünstigungsklausel in der vorher erwähnten Methode. Das zweite Grundprinzip scheint von Herrn van Zeeland nach Pressenachrichten sehr klar erkannt und herausgearbeitet zu sein. Es liegt in der Voranstellung der Wirtschaftsprobleme und der Adjustierung der Produktionsbedingungen der einzelnen Länder aneinander, bevor internationale Währungsabmachungen erfolgen können. Es ist eine sehr klare und entscheidende Erkenntnis.

So sehr diese Überlegung im Prinzip richtig ist, so kann sie doch nicht zu einem dauernden praktischen Ergebnis führen, wenn man nicht vorher in ungefähren Umrissen das Maximum der voraussichtlichen und unvermeidlichen Währungsabwertungen kennt. Man könnte sich vorstellen, daß Herr van Zeeland in seiner historischen Aufgabe wie ein Generalstabschef handeln wird, der seine Offensivepläne aufbaut auf geographisch-militärischen Überlegungen und auf der Stärke der ihm zur Verfügung stehenden Truppen, dabei aber stets die Grenzen seiner Möglichkeiten im Auge hat, die in seinen wirtschaftlichen potentiels de guerre liegen. Die Grenzen praktischer internationaler Wirtschaftslösungen und ihrer Vorbereitungen liegen letzten Endes doch in den voraussichtlichen endgültigen Fixierungen der Währungen der einzelnen Länder[3].

Es spielt dabei keine Rolle, ob die Parität zwischen $ und £ 4,86 oder 4,60 ist. Entscheidend ist nur die klare Einsicht und Erkenntnis, wie weit die Länder abwerten müssen, die sich bereits völlig im vorgeschrittenen Stadium einer Kriegswirtschaft befinden. Das ist eine sehr schwierige Frage; von den Regierungen solcher Länder wird man keine klare und sichere Antwort bekommen. Dafür gibt es zwei Gründe: Wenn in solchen Ländern sich wirklich Persönlichkeiten in verantwortlicher

Stellung befänden, die in der Lage wären, eine klare Antwort auf eine diesbezügliche Frage zu geben, so würden diese Herren die Karten aufdecken müssen und damit ihre Verhandlungsposition von vornherein erheblich schwächen. Der zweite Grund liegt darin, daß die leitenden Persönlichkeiten in solchen Ländern beispielsweise sagen könnten, daß eine Abwertung ihrer Währung im gleichen Betrage, wie sie bei £ und $ erfolgt ist, genügen würde. Dahinter könnte die Überlegung stecken, daß man auf einer solchen Basis abschließen soll, um eine Atempause zu bekommen und dann eine nachträgliche Abwertung, die alle Konkurrenzbedingungen auf dem Weltmarkt wieder erschüttern müßte, nach zwei oder drei Jahren vorzunehmen.

Deshalb muß der Generalstabschef für den wirtschaftlichen Weltfriedensplan das potentiel monétaire aller Länder schweigend in sein Kalkül einstellen. Diese werden je nachdem Verhandlungen über die rein wirtschaftlichen Probleme in diesem oder im nächsten Jahre beginnen. Er kann selbstverständlich, beispielsweise durch Verhandlungen mit England oder den Vereinigten Staaten, sich Garantien schaffen durch Domizilierung der Goldreserven, die einem Lande zur Stützung einer neuen abgewerteten Währung gegeben werden müssen, an einem Orte außerhalb dieses Landes, so wie es die Vereinigten Saaten mit China gemacht haben und im Begriffe stehen, es mit Brasilien zu tun. Aber das ist nur eine Notmaßnahme von etwas künstlichem Charakter. Wenn die Abwertung der Währung nicht in ausreichendem Maße erfolgt, so werden die daraus entstehenden Schwierigkeiten solche vorher erwähnten Sicherheits-Dämme eines Tages doch überfluten und wegschwemmen.

Es muß möglich sein für die Persönlichkeit, die den Willen und die Kraft hat, die ihr gestellte große Aufgabe zu meistern, sicher und klar die untersten Grenzen des Optimums der Währungsentwertung für jeden einzelnen Zeitabschnitt zu erkennen. Da dieses die wichtigste Voraussetzung für eine wirkliche Lösung ist, ist die Form, in der nach dem Wunsche des Königs der Belgier die Arbeit in Angriff genommen werden soll, die einzig mögliche. Organisationen des Völkerbundes sind dazu nicht in der Lage. Die Natur und der Charakter solcher Organisationen schließen erfolgreiche Lösungen aus, genau wie die Arbeit eines Kriegskollegiums an Stelle eines einzigen Generalstabschefs das wirkliche Manövrieren unmöglich macht. Es liegen in dem Vorhandensein der beschäftigungslosen Bürokratie des Völkerbundes und anderer Institutionen wie der internationalen Handelskammer große Gefahren für das Gelingen der Ideen des Königs der Belgier und des belgischen Premierministers. Da es gewünscht wird, sollen einige Gedanken über diesen Punkt gleich hier eingefügt werden. Die Erfahrung von vielen Jahren zeigt, daß diese Bürokratien unwillkürlich ihre Existenz behaupten wollen, ohne Rücksicht auf das Gelingen notwendiger und weittragender Lösungen . . .

Einen Tag werden die Erfolgsaussichten der Mission beboomt, zwei Tage später diskutiert man skeptisch die Möglichkeiten eines Erfolges und schiebt die Schwierigkeiten vor allem des Nebeneinanderarbeitens in den Vordergrund. Wenn dieses einige Wochen und Monate weitergeht, so wird der Kredit der Mission van Zeeland erheblich gesunken sein. Das könnte letzten Endes natürlich auch den Wünschen einzelner Regierungen entsprechen, die äußerlich der Mission wohlwollend gegenüberstehen, in Wirklichkeit aber starke Neigungen haben, zunächst für sich allein zu Sonderabkommen, beispielsweise mit den Vereinigten Staaten, zu gelangen. So möchte es wichtig erscheinen, daß Herr van Zeeland täglich sowohl eine gute pressetechnische Bearbeitung der öffentlichen Meinung in der Welt veranlaßt, wie daß er solche Sonderbestrebungen sorgfältig beobachtet.

Ganz werden sich diese Sonderbestrebungen nicht ausschalten lassen. Je realistischer man sich darauf einstellt, desto besser. Wenn Herr van Zeeland in einem weiteren Stadium seiner Arbeit etwa durchblicken läßt, daß er seine Aufgabe nicht darin sieht, solche Sonderverhandlungen unmöglich zu machen, sondern eher nach Aufklärung des Terrains sich zunächst darauf beschränkt, zu verhindern, daß Sonderregelungen und Sonderverhandlungen den Rahmen von Gesamtlösungen sprengen, so würde dieses schon sehr vorteilhaft sein . . .

Es ist natürlich schwer, aus der Presse zu erkennen, welche mündlichen Zusicherungen Herr van Zeeland erhalten hat. Sie könnten prinzipiell sehr weitgehend sein. Sie würden in diesem Falle einen sicheren Erfolg seiner Mission verbürgen, wenn sich wirklich in wenigen Monaten praktische Ergebnisse in der Richtung einer Generallösung erzielen lassen könnten; da das aber nach menschlicher Voraussicht und von außen her beurteilt wohl außerhalb des Bereiches der Wahrscheinlichkeit liegt, so wäre eine bewußte, allmählich in der Öffentlichkeit [erkannte] Umreißung der letzten Absichten des Herrn van Zeeland durch ihn selbst der sicherste Weg, um eine günstige Atmosphäre zu schaffen und zu erhalten, die gleichzeitig Hoffnungen nicht zerstört, aber auch keine Illusionen erweckt.

Noch einige Bemerkungen zu der praktischen Fortführung der Verhandlungen. Die eingangs gemachten historischen Betrachtungen lassen es als unwahrscheinlich erscheinen, daß die Mission des Herrn van Zeeland Erfolge dauerhafter Art erzielen kann, wenn man sich nicht damit abfindet, daß in der ersten Phase Vereinbarungen zwischen verschiedenen Ländern im Sinne von Gruppenbildung erfolgen müssen. Man hat in der Meistbegünstigungsklausel eine Möglichkeit, zu verhindern, daß solche Gruppenbildungen zu permanenten Gebilden werden, die schließlich durch die naturgemäße Heraufbildung eines Gruppenegoismus allgemeine Pläne zerstören würden. Wenn Herr van Zeeland erzielen könnte, daß die Meistbegünstigungsklausel außer Kraft gesetzt wird für eine begrenzte Zeit zur Schaffung vorübergehender Gruppenlösungen, so würde das vielleicht allein schon ein außerordentlich hohes historisches Verdienst sein.

Eine zweite Bemerkung: Es wäre besser, Herr van Zeeland würde in der oben erwähnten Frage der Grenzen einer optimalen Währungsentwertung der einzelnen Länder in keiner Weise den Angaben der Regierungen dieser Länder Glauben schenken, sondern sich auf sein eigenes Studium und auf die eigene, einzigartige Erfahrung dabei ausschließlich verlassen, die wohl kaum jemandem wie ihm von den europäischen Staatsmännern zu Verfügung stehen würde und deren Auswertung ihm möglich ist auf Grund der ihm übertragenen Mission und der einzigartigen Stellung, die Belgien und sein König im politischen Gefüge Europas hat.

Drittens: Wichtig wäre, sich ein Bild vorausschauend über die Etatlage aller in Betracht kommenden Länder in Papierwährung und in Gold zu machen und sich zu überlegen, wie die Budgets am Ende der Aufrüstungsperiode im Beharrungszustand aussehen würden. Es kann nicht geleugnet werden, daß sich dabei geradezu erschreckende Ergebnisse zeigen werden, aber dort wird der feste Punkt liegen, der immer zwingen muß, in letzten Hoffnungen und Plänen und in allen Erkenntnissen realistisch zu bleiben, auch wenn der Ausblick vielleicht so düster sein würde, daß er für einen Augenblick mutlos machen könnte. Wenn Herr van Zeeland und seine Mitarbeiter sich die Mühe machen würden, sich ein Bild der Budgetlage der wichtigsten Länder in diesem Sinne vor Beginn ihrer praktischen Verhandlungen zu machen, so würden sie unter vorsichtiger Erwähnung ihrer Schätzungen und Erkenntnisse bei solchen Verhandlungen jedem Bluff rechtzeitig begegnen können, ebenso wie dem zur Zeit generell dominierenden illusionistischen Optimismus, der wie immer das Grab fruchtbarer Erkenntnise und erfolgreichen Verhandelns ist.

(1) Ein internationales Komitee für wirtschaftliche Probleme Mittel- und Osteuropas, das im September 1932 in Stresa zusammentrat, empfahl stufenweisen Abbau der Import- und Exportverbote, weniger strenge Devisenkontrolle und gemeinsame Stützung der Getreidepreise. (2) Internationale Reparationenkonferenz in Lausanne vom 16. Juni bis 9. Juli 1932. (3) Van Zeelands ursprüngliche „Mission" bestand darin, der britischen, französischen und amerikanischen Regierung Mittel zur Verwirklichung ihrer am 26. September 1936 bei der Abwertung des Franc erklärten Absicht, „stabilere Wirtschaftsbeziehungen zu fördern", vorzuschlagen.

VI

** 9. August 1938, London, Memorandum über das tschechoslowakische Problem für Lord Runciman (siehe oben S. 204)*

1. Nirgendwo haben die wirtschaftlichen und militärischen Vorbereitungen den Punkt erreicht, an dem irgendeine Seite gerechtfertigterweise einen entscheidenden Sieg in einem möglichen allgemeinen europäischen Krieg erwarten könnte.
2. Aus diesem Grund fürchten führende deutsche Generalstäbler einen allgemeinen europäischen Krieg, der sich an einem Konflikt wegen der Tschechoslowakei entzünden könnte.
3. Andererseits stehen die Nazi-Extremisten auf dem Standpunkt, die Tschechoslowakei müsse vor dem nächsten Sommer als militärischer und strategischer Faktor verschwinden, da sonst die Chance, sie auszuscheiden, und damit auch die Möglichkeit weiterer politischer Expansion verstrichen sei. Sie glauben, die Befestigungsanlagen an der Westfront seien binnen vier Wochen so stark, daß eine französische Offensive scheitern müsse. Somit wären die Franzosen gezwungen, sich praktisch auf den Luftkrieg zu beschränken, was den Nazis eine gute Chance geben würde, selbst wenn England seine Streitkräfte mit den französischen vereinigte. Diese Möglichkeit würde man sich entgehen lassen, wenn man den Schlag gegen die Tschechoslowakei bis nächstes Frühjahr oder nächsten Sommer aufschieben würde. Die Tatsache, daß eine solche Chance nicht entscheidend ist und daß im zweiten Stadium des Krieges die anderen Mächte die größeren Chancen hätten, berücksichtigen sie natürlich nicht.
4. Dies wird das Hauptargument sein, das der Generalstab vorbringt, und zweifellos wird es Hitler immer noch etwas beeindrucken. Andererseits ist er beherrscht vom Groll wegen seiner diplomatischen Niederlage vom 21. Mai. Man kann annehmen, daß in seinem Gemüt doch noch ein Gegengewicht gegen dieses Gefühl vorhanden ist, nämlich die Überlegung, daß seine diplomatische Position schwächer ist als je zuvor. Er könnte aber genausogut der Meinung sein, die Wahrscheinlichkeit diplomatischer Isolation werde im nächsten halben Jahr zweifellos zunehmen.
5. Seiner Mentalität nach zu urteilen, kann man voraussetzen, daß er in seinem endgültigen Entschluß noch schwankt. Die Mobilmachung und alle anderen, bis jetzt ergriffenen Maßnahmen kann man als eine Art

Bluff betrachten, der allerdings schon so weit gegangen ist, daß es dieses Mal schwierig für ihn wäre, diese Maßnahmen rückgängig zu machen, ohne einen aufsehenerregenden Erfolg vorweisen zu können.

6. Es besteht kein Zweifel daran, daß die Geheime Staatspolizei über die Unruhe und die Nervenanspannung in allen Schichten der deutschen Bevölkerung genau informiert ist. Wie weit Hitler selbst über die wahren Gefühle des deutschen Volkes unterrichtet wird, kann man nicht wissen. Die Erfahrung vergangener Jahre hat gezeigt, daß Himmler häufig solche Informationen von Hitler fernhält und sie ihm dann plötzlich bekanntgibt, um ihn auf den Weg zu treiben, den er seinem Wunsch entsprechend gehen soll. Ein sehr entscheidender Faktor der ganzen Entwicklung wird also unbekannt bleiben.

7. Die jetzige Mobilmachung kann nicht mehr lange so weitergehen, höchstens noch drei Monate. Die Auswirkungen auf das wirtschaftliche und finanzielle Leben des Landes wären zu umwälzend. Wenn ein früher Winter kommt, sind die militärischen Chancen für eine Invasion in der Tschechoslowakei im November nicht mehr gut. Aber diese Überlegung ist seit dem Einmarsch in Österreich weniger wichtig.

8. Berücksichtigt man alle diese Gedankengänge, so kann man hinsichtlich des Kurses, den Hitler möglicherweise steuern wird, folgende Schlüsse ziehen:

a) Er wird die militärischen Vorbereitungen in immer größerem Umfang weitertreiben, aber ein offenes militärisches Vorgehen vermeiden, solange es möglich ist, ohne sein Prestige in Deutschland zu gefährden.

b) Er wird die sudetendeutschen Nazis zwingen, verteilte Rollen zu spielen. Das bewerkstelligte er hervorragend, als er darum kämpfte, die deutschen Parteien zu zerstören. Immer wenn Lord Runciman die tschechische Regierung überredet hat, den Sudetendeutschen weitere Konzessionen zu machen, wird eine Gruppe von ihnen ihre höchste Unzufriedenheit zum Ausdruck bringen. Die Angriffe in der Nazipresse werden sofort wieder einsetzen, und neue militärische Drohungen werden ausgestoßen.

c) Hitler hofft vielleicht, er werde bis Mitte Oktober auf diese Weise das ganze deutsche Gebiet der Tschechoslowakei so durchorganisiert haben, daß im Falle eines offenen militärischen Konflikts die Tschechen genug damit zu tun hätten, Aufstände im Norden zu unterdrücken, und deshalb nicht mehr genug Truppen an der alten österreichischen Grenze einsetzen könnten.

d) Gleichzeitig wird Hitler versuchen, die Unterhandlungen so weit voranzutreiben, daß es ihm möglich wird, in den deutschen Teilen der Tschechoslowakei eine Volksabstimmung zu veranstalten. Die wirtschaftliche Unsicherheit in der Tschechoslowakei wird ständig zunehmen, und die Menschen werden vielleicht zu der Überzeugung kommen – wie es in Deutschland 1932/33 geschah –, daß sie sich selbst wirtschaftlich ruinieren, wenn sie Hitler Widerstand leisten.
e) Man darf nicht übersehen, daß die Tschechoslowakei nach dem „Anschluß" [Österreichs] der wirtschaftlichen Einkreisung durch Deutschland nicht lange standhalten wird, besonders falls es unmöglich ist, Ungarn von Deutschland wirtschaftlich unabhängig zu machen. Die Tschechoslowakei wird gezwungen sein, zu einer Zollunion oder einer sehr engen Handelsverständigung [mit Deutschland] zu kommen.
f) Hitler kann die Position der Tschechoslowakei in der Weltmeinung weiterhin schwächen, wenn er die Auflösung des tschechisch-russischen Pakts und vielleicht auch der [tschechischen] Militärbündnisse mit Frankreich verlangt. Gleichzeitig würde er ein großes Angebot für einen Luftpakt mit England und Frankreich machen. Vielleicht wird er das öffentlich bei einer seiner Reden in Nürnberg tun.
Wenn man einen europäischen Krieg wegen des tschechoslowakischen Problems vermeiden will, muß man sämtliche aufgeführten Punkte bedenken und sich darüber klar sein, daß die Tschechoslowakei in ihrem jetzigen Zustand nicht gerettet werden kann, außer mit einem langen, verheerenden Krieg. Wirtschaftlich wird sie früher oder später zwangsläufig in den deutschen Machtbereich geraten. Bei jedem Vermittlungs- oder Schlichtungsversuch von Lord Runciman wäre es klug, diesen letzteren Faktor vor Augen zu haben.

Lord Runcimans Mission

I. Lord Runcimans Hauptaufgabe sollte es sein, die Unterhandlungen fortzusetzen und dem radikalen Flügel der Nazipartei die Gewaltanwendung zu erschweren. Abgesehen von den Gerüchten und Informationen über die Vorbereitungen für einen „Coup" im August, die man mehr oder weniger als Bluff betrachten kann, werden in der tschechoslowakischen Krise zwei äußerst kritische Perioden kommen, nämlich Ende September und Oktober und dann wieder Ende März und April. In der dazwischenliegenden Zeit eignet sich Böhmen aus klimatischen Gründen nicht sehr gut für ein militärisches Vorgehen.
II. Lord Runciman sollte sich keine Illusionen machen hinsichtlich

einer dauerhaften, auf friedlichem Wege zustande kommenden Lösung der sudetendeutschen Frage, solange die Tschechoslowakei noch kein Satellitenstaat ist und nicht auch in ihrer Außenpolitik von Nazideutschland abhängt. Dies sollte keinen zu großen Pessimismus für die Gegenwart und die nahe Zukunft hervorrufen. Wahrscheinlich werden gegenwärtig in Berlin Unterredungen geführt zwischen den Befürwortern eines raschen, radikalen Gewaltstreichs und anderen, die die Ansicht vertreten, ein weitreichender Kompromiß zwischen den Vorschlägen der Prager Regierung und den Forderungen der Sudetendeutschen werde es ermöglichen, im Verlauf von zwei Jahren die Autorität und Stabilität der Zentralregierung in Prag wirksam zu untergraben. [Die letzteren] sind überzeugt, es werde möglich sein, einen fortdauernden Zustand der Unruhe in der Tschechoslowakei zu schaffen, sobald es den Sudetendeutschen und anderen Minderheiten gelingt, weitgehende Autonomie zu erringen. Sie sind ganz sicher, daß sie sämtliche Ziele der Radikalen ohne kriegsähnliches Experiment erreichen können, nur durch ständige Spannung und wirksamen wirtschaftlichen Druck von außen, eine Waffe, die sehr wirkungsvoll eingesetzt werden kann seit dem „Anschluß“ und noch mehr nach einer engeren Verständigung mit Polen und Ungarn. Sie glauben, da in früheren Jahren die Möglichkeiten für eine enge wirtschaftliche Zusammenarbeit in Mitteleuropa nicht wahrgenommen worden seien, werde die Tschechoslowakei zwangsläufig in den deutschen Einflußbereich kommen, womit sie ganz recht haben.

III. Man kann mit großer Wahrscheinlichkeit annehmen, daß dies selbst heute noch auch die Argumente führender Mitglieder des deutschen Generalstabs sind. Das bedeutet nicht, daß der Einfluß des Generalstabs in der gegenwärtigen Situation entscheidend wäre, aber er kann durch Lord Runcimans Taktik gestärkt werden. Wenn er sich nicht gerade in einem Erregungszustand befindet, wird der Führer selbst zögern, einen militärischen Schlag gegen die Tschechoslowakei anzuordnen. In einem Jahr wird er noch zögernder sein, denn bis dahin wird die Rüstung der Westmächte große Fortschritte gemacht haben.

IV. Lord Runciman sollte daher bei allen Verhandlungen einen Kurs einschlagen, der die Argumente des Generalstabs und der gemäßigten Nazis unangetastet läßt. Aber er muß jeden Zug vermeiden, der die Position der tschechoslowakischen Regierung in der Richtung schwächt, daß die Radikalen glauben können, die Tschechoslowakei besitze kein echtes Widerstandsvermögen, wenigstens psychologisch nicht. Deshalb wäre es angebracht, wenn Lord Runciman die Zeit bis Ende September zu einer sehr sorgfältigen Untersuchung des Problems benützte. Vor allem sollte er weite Reisen durch das Land unternehmen und mit den örtlichen Führern aller Parteifarben sprechen, wobei die Notwendigkeit einer gründlichen Erforschung des ganzen Problems vor allem unter wirtschaftlichen Gesichtspunkten betont werden sollte. Auf diese Weise wird er seine Autorität in allen Teilen des Landes und insbesondere bei den Geschäftsleuten steigern. Diese Methode sollte ihm die Zeit verschaffen, seine Verhandlungen fortzusetzen, ohne das erste kritische Stadium zu erreichen, bis der Reichsparteitag in Nürnberg zu Ende ist. Dieser Punkt ist sehr wichtig. Nach dem Parteitag in Nürnberg werden die Manöver beginnen. Vielleicht werden während der Heeresmanöver starke Drohungen ausgestoßen, wenn keine rasche Lösung erzielt ist, die die Forderungen der Nazis befriedigt. In diesem Augenblick sollte Lord Runciman auf beide Seiten starken Druck ausüben, um einen vernünftigen Kompromiß zu erreichen. Wenn dies mißlingt, sollte die britische Regierung an beide Regierungen [die deutsche und die tschechische] herantreten, mit dem Vorschlag, Lord Runciman zum Schiedsrichter zwischen den Deutschen in der Tschechoslowakei und den Tschechen zu bestimmen, unter der Bedingung, daß sich beide im voraus bereit erklären, seine Entscheidungen anzunehmen. Damit hätte er wiederum zwei oder drei Monate Spielraum. Im März sollte er seine Untersuchungsergebnisse veröffentlichen[1].

V. Diese Ergebnisse könnten dem Karlsbader Programm der Sudetendeutschen sehr weit entgegenkommen. Aber die Hauptsache ist, daß sie stufenweise im Verlauf eines Zeitraums von – sagen wir – fünf Jahren durchgeführt werden. Das würde Hitler keine Möglichkeit geben, Gewalt anzuwenden, und seinen Freunden keine Gelegenheit, von innen her einen Putsch in der Tschechoslowakei zu inszenieren. Es würde die Position der „Gemäßigten" stärken. Sollten sich die Nazis jedoch trotzdem zu einer Gewaltlösung entschließen, so würde es die Weltmeinung gegen sie aufbringen. Selbstverständlich müßten die verschiedenen Stadien sehr sorgfältig ausgearbeitet werden. Das kann nur in enger Zusammenarbeit mit Fachleuten im Lande selbst geschehen. Sie sollten nicht vor der zweiten Hälfte März bekanntgemacht werden, und der ganze Gedanke muß vor der kritischen Zeit im September geheimgehalten werden.

Sehr wichtig ist im Blick auf das „Kurialsystem"[2] und die Frage, ob man Henlein das Opfer bringe, daß die verschiedenen Parlamentswahlen in der Tschechoslowakei auf der Grundlage des allgemeinen Wahlrechts erst nach fünf Jahren stattfinden sollten. In dieser Zeit sollte ein modifiziertes System von nationalen „Kurien“ für einen langsamen, vorsichtigen Übergang versuchsweise angewandt werden. Auf diese Weise könnte es möglich sein, in verhältnismäßig kurzer Zeit und ohne eine gewaltsame Zerstörung der Tschechoslowakei das vorgebrachte Verlangen der Deutschen in der Tschechoslowakei nach Freiheit und Sicherheit innerhalb dieses Staates zu befriedigen. Sehr wahrscheinlich würden die Deutschen und die Tschechen aus den Debatten der „Kurialparlamente“ in den nächsten fünf Jahren erkennen, wie groß die mit jeder denkbaren Lösung verbundenen wirtschaftlichen Schwierigkeiten auf alle Fälle sind. Das könnte einen sehr ernüchternden Einfluß auf beide Seiten ausüben und dazu beitragen, Europa in Frieden durch die Zeit zu bringen, in der die Gefahr eines kriegsähnlichen Abenteuers ihren Höhepunkt erreicht.

(1) Wie wenig solche Berechnungen mit Runcimans Bemühen, Hitler zuvorzukommen, übereinstimmen, ergibt sich aus den Depeschen in *Documents on British Foreign Policy*, 3rd Series, Bd. II, London 1949. Wenn H. B. von der Entscheidung des britischen Kabinetts im März 1938 gegen jede Möglichkeit, die Tschechoslowakei erfolgreich zu unterstützen, hätte Kenntnis bekommen können – hätte er dann wohl diesen Versuch unternommen? (vgl. Colvin, *Chamberlain Cabinet*, S. 103–115). (2) Das „kuriale“ oder kantonale System bedeutete einen föderalistischen Umbau des unitaren tschechischen Staates.

VII

** 29. Januar 1939, Harvard, Memorandum für George Messersmith (siehe oben S. 256)*

I. Als Sir John Simon und Mr. [Anthony] Eden im April 1935 vor der Konferenz von Stresa Berlin besuchten, sprach man über die Kleine Entente und ihre militärischen Beziehungen zu Frankreich sowie insbesondere über die Lage der Tschechoslowakei. Auf deutscher Seite wurde vorgebracht, solange Frankreich an seinen Militärbündnissen in Südost- und Osteuropa festhalte, bestehe keine Aussicht auf die allgemeine europäische Befriedung, für die die zwei Engländer plädierten. Deren Antwort war ausweichend. Man sagt, Mr. Eden habe nachdrücklich bemerkt, die militärische Vorherrschaft Frankreichs, die auf seinem Bündnis mit der Kleinen Entente und Polen begründet sei, werde ohnehin zwangsläufig zusammenbrechen, und die englische Regierung werde in dieser Hinsicht nichts unternehmen, um Frankreichs derzeitige Position zu wahren. Diese Frage sei also kein Hindernis für eine allgemeine Verständigung zwischen England und Deutschland.

Die Deutung, die diesen Bemerkungen und der ganzen Unterredung widerfuhr, und zwar nicht nur von den Parteiführern, sondern auch vom Vertreter des Auswärtigen Amtes [Neurath], bestand darin, daß Deutschland die militärischen Verbündeten Frankreichs in Südost- und Osteuropa bedrängen könne, ohne seine Beziehungen zu England zu gefährden. Zu Recht oder zu Unrecht kamen die gleichen Leute zu dem Schluß, der englischen Regierung sei eine solche Entwicklung sogar erwünscht. Von da an wurde die Politik betrieben, die Überwältigung der Tschechoslowakei vorzubereiten und Mussolini zu überzeugen, daß Südosteuropa in eine italienische und eine deutsche Einflußsphäre geteilt werden sollte.

II. Drei Wochen ehe Addis Abeba in die Hände der Italiener fiel[1], wurden dieser Eindruck und diese Politik bestätigt. Zwei Engländer, die angeblich der britischen Regierung sehr nahe standen, kamen nach Berlin und sprachen mit führenden Nazis. Gegenstand der Unterredung waren Österreich und die Tschechoslowakei. Einer der Herren bemerkte, wenn die Nazis in Österreich einmarschieren wollten, so sei jetzt die richtige Zeit dafür, da die Italiener bewegungsunfähig seien und England in seinem Konflikt mit Italien gewiß kein Interesse zeigen würde, sich in die Annexion Österreichs durch Deutschland einzumischen.

III. Im Juli 1937 wurde in Berlin bekannt, daß [Premierminister] Chamberlain beabsichtigte, sich mit Mussolini und Italien zu einigen. Er sei bereit, die Eroberung Äthiopiens anzuerkennen und Franco zum Sieg zu verhelfen, unter der Bedingung, daß dieser die Monarchie für Don Juan wieder einführe, dessen Pflicht es dann sei, die zwei entgegengesetzten Parteien in Spanien miteinander auszusöhnen. Im Blick auf Deutschland sei Mr. Chamberlain willens, die Naziziele in Österreich und der Tschechoslowakei anzunehmen, falls und sobald er ein Abkommen über die Beschränkung der Rüstung, vor allem der Luftflotte, erreiche. In der letzten Juliwoche wurden Mr. Chamberlains Pläne von einem Herrn in einer sehr bedeutenden Position im Kabinett bestätigt[2]. Als Mr. Chamberlain seinen Brief an Mussolini schrieb, in dem er ihn um Verhandlungen ersuchte, kam es zu einer starken Reaktion der öffentlichen Meinung in England. Daher beschloß man, die Unterhandlungen mit Italien vorläufig zu unterlassen und zuerst mit Deutschland zu unterhandeln. Zu diesem Zweck wurde Lord Halifax im Spätherbst 1937 nach Berlin entsandt. Der deutsche Dolmetscher, der bei der Unterredung zwischen Lord Halifax und Hitler anwesend war, machte ein Protokoll. Die österreichische und tschechoslowakische Frage wurde gestellt. Lord Halifax' Antwort war höflich und ausweichend und legte, wie er meinte, die britische Regierung nicht auf einen bestimmten Kurs fest. Das Protokoll des deutschen Dolmetschers vermittelte den Eindruck, daß Lord Halifax sich im Namen seiner Regierung verbürgt hatte, Hitlers Zielen in Österreich und der Tschechoslowakei nichts in den Weg zu legen. Vor seiner Abreise erhob Lord Halifax Einspruch gegen den Wortlaut dieses Protokolls. Diese Tatsache wurde den deutschen Generälen bekannt.

IV. Ende November 1937 [tatsächlich 5. November] teilte Hitler den Wehrmachtsführern mit, um seine Ziele in Österreich und der Tschechoslowakei zu verwirklichen, sei es notwendig, in den kommenden acht Monaten zuzuschlagen, und man solle alles vorbereiten. Sämtliche führenden Offiziere widersetzten sich heftig, denn sie glaubten, Frankreich und England würden sie nicht in Österreich und in die Tschechoslowakei einmarschieren lassen, ohne einzugreifen. Sie sagten Hitler, sie seien für einen großen Krieg in Europa nicht vorbereitet, und dieser werde mit einer Katastrophe enden. Hitler entgegnete, er habe zuverlässige Informationen, daß weder Frankreich noch England seine Ziele in diesen beiden Ländern behindern würden. Als er merkte, daß die Generäle skeptisch blieben – weitgehend wegen Lord Halifax' Einspruch

gegen das Protokoll –, arrangierte er mit Himmler die Säuberung im Heer, die Anfang Februar stattfand. Viele Naziführer waren ebenfalls skeptisch im Blick auf die Annexion Österreichs und den Druck auf die Tschechoslowakei und die Möglichkeit, eine Säuberung unter den Generälen durchzuführen. Ende Januar gab es vierzehn Tage, in denen sich sogar Goebbels, Göring und die SA-Führer bemühten, sich mit den Generälen gut zu stellen, denn sie glaubten, diese würden Widerstand leisten und das Regime stürzen. Mit Methoden, die im Frühjahr weithin bekannt wurden, gelang es Hitler, sich die beiden wichtigsten Gegner seiner Politik unter den Generälen vom Hals zu schaffen.
Himmlers erster Versuch, die Wege für ein Ultimatum an die österreichische Regierung durch ein Attentat auf Herrn von Papen zu ebnen, schlug fehl, als Herr von Papen Bundeskanzler Schuschnigg von dem Anschlag unterrichtete. Die Geschichte kam Mussolini zu Ohren, der sich bemühte, Mr. Chamberlain durch Geheimboten die Notwendigkeit, die englisch-italienischen Unterhandlungen zu beschleunigen, dringlich vor Augen zu führen, wobei er keinen Zweifel daran ließ, daß, wenn diese nicht sofort zu einem erfolgreichen Abschluß gebracht würden, die Nazis versuchen würden, die Macht in Österreich zu übernehmen, und daß Italien vor dem Zustandekommen einer englisch-italienischen Vereinbarung keine Möglichkeit habe, sich diesem Zug zu widersetzen.
Das britische Kabinett war nicht in der Lage, zu einem Entschluß über Signor Mussolinis dringliche Appelle zu kommen, was natürlich zwangsläufig Hitlers Annahme untermauerte, die britische Regierung sei dafür, daß er Bundeskanzler Schuschniggs Regime stürzte. Mit diesem Argument gelang es ihm, den Widerstand jener deutschen Heeresführer zu überwinden, die immer noch Einwände gegen seine Pläne erhoben und die nur unter der Bedingung nachgaben, daß die Wehrmacht in Österreich nicht einmarschieren solle, wenn der Bluff auffliege. Der britische Geheimdienst und die italienische Regierung erfuhren in Einzelheiten von den Truppenaufmärschen an der österreichischen Grenze. Im letzten Augenblick schickte Mussolini Mr. Chamberlain eine Botschaft, wenn ein Abkommen zwischen Italien und England nicht binnen vier Tagen zustande komme, sei er nicht mehr an einem solchen Abkommen interessiert. Erst dann kam Mr. Chamberlain zu dem Ergebnis, daß er ein Abkommen mit Mussolini sofort erreichen müsse. Das wurde den Nazis hinterbracht, und Hitler gab Befehl, die Pläne gegen Österreich zu beschleunigen, so daß Mussolini keine Zeit blieb, vor der Besetzung

Österreichs zu einem Abkommen mit Mr. Chamberlain zu gelangen. So überlistete Hitler sowohl die britische als auch die italienische Regierung, was nur möglich war, weil die britische Regierung keinen Entschluß fassen konnte.

V. Die Besetzung Österreichs machte einen sehr ungünstigen Eindruck auf das englische Volk, aber die Haltung der führenden Kabinettsmitglieder war anders. Sie erkannten, daß Hitler seinen Plan gegen die Tschechoslowakei – über den der britische Geheimdienst genauestens informiert war – nun ausführen würde, und hatten nur noch den einen Gedanken, Hitler daran zu hindern, daß er eine Situation schuf, die Frankreich zum Eingreifen zwingen würde, und zwar so, daß England womöglich in den Krieg hineingezogen würde. Mr. Chamberlain erhielt den Rat, er solle sofort einen konstruktiven Vorschlag zum deutsch-tschechoslowakischen Problem unterbreiten und klarmachen, daß England bereit sei, die Wege für eine solche Lösung zu ebnen, aber nur, wenn Hitler einer Vereinbarung über die Rüstungsbeschränkung zustimme. Diese Ratschläge wurden nicht beachtet. Das führte Hitler wiederum zu der Folgerung, daß die britische Regierung nichts dagegen habe, wenn er in die Tschechoslowakei einmarschiere, aber so, daß Frankreich nicht legal zum Eingreifen gezwungen würde.

VI. So entstand der Gedanke, die Truppen rund um die tschechoslowakischen Grenzen aufmarschieren, aber die Grenze nicht überschreiten zu lassen. Man konnte damit stets beteuern, die Wehrmacht greife die Tschechoslowakei in keiner Weise an. Statt dessen sollte die SS den Schlag führen; sie sollte mit Hilfe der sudetendeutschen Nazis die Tschechoslowakei unterwandern, um die vorgeschobenen tschechoslowakischen Festungen im Überraschungsangriff zu besetzen.

VII. Der britischen und der französischen Regierung wurde dieser Plan in übertriebener Form zur Kenntnis gebracht. Die britische Regierung erkannte, daß selbst ein Manöver Frankreich in eine Lage bringen konnte, in der ein militärisches Vorgehen oder mindestens eine stärkere Truppenkonzentration an der deutschen Grenze kaum zu vermeiden war. Diese Überlegung führte zu der gemeinsamen Warnung von England und Frankreich am 21. Mai. Die Folge war, daß die Wehrmacht Hitler überzeugen konnte, daß der Plan nicht mehr ausführbar sei, da die Franzosen zweifellos in der Lage seien, die sehr schwachen Befestigungen in Westdeutschland zu überwinden und das Industriegebiet zu bedrohen, während der größte Teil des deutschen Heeres vielleicht mit tschechoslowakischen Truppen im Handgemenge liege, das mit einer

Niederlage Deutschlands enden würde. Man beschloß, sofort neue, stärkere Befestigungen an der deutschen Westgrenze zu bauen und jeden weiteren Zug in Richtung Tschechoslowakei zu verschieben, bis diese neuen Befestigungslinien einigermaßen zuverlässig wären.

VIII. Anläßlich des Besuchs des englischen Königs in Paris[3] wurde klar, daß einige Mitglieder des französischen Kabinetts eine Politik wie die des britischen Kabinetts entschieden begünstigten, also die Politik, die Tschechoslowakei auf eine Weise zu opfern, die in Frankreich keine legalistischen Empfindlichkeiten aufrührte. Diese Haltung wurde weitgehend beeinflußt von M. Flandins Bericht im Februar 1938 über sein Gespräch mit Hitler. Als M. Flandin, der am Anfang des Jahrzehnts der Deutschland gegenüber unerbittlichste Politiker gewesen war, von Hitler bedroht und eingeschüchtert wurde, fiel er um. Er gab seine frischen Eindrücke an die anderen französischen Kabinettsmitglieder weiter.

Hitlers Drohung Flandin gegenüber schloß die Enteignung von französischem Investitionskapital in der deutschen Schwerindustrie ein. Dies machte zweifellos einen tiefen Eindruck, zumindest auf ein französisches Kabinettsmitglied. Hitler ließ auch die Bemerkung fallen, es sei ihm ein leichtes, die Rüstungsfabriken in Brno, Pilsen, Olomouc und Vitkovice zu zerstören. Das Kapital dieser Firmen gehörte größtenteils französischen Geldgebern und in geringem Maß der britischen Gesellschaft Vickers. Dazuhin hatten diese Firmen die Rüstungsindustrie, die in Rumänien in den letzten Jahren aufgebaut wurde, finanziert.

Diese Drohung in Hitlers Hand hatte enormen Einfluß auf die Grenzen, die nach dem Münchner Abkommen zwischen der Tschechoslowakei und Deutschland festgelegt wurden. In Godesberg hatte Hitler eine Volksabstimmung in der Gegend um Olomouc, Brno und Vitkovice verlangt. Bei der Botschafterkonferenz in Berlin war es einfach, einen Kompromiß zu erzielen, mit dem Hitler auf die Volksabstimmung in diesen Gebieten verzichtete, während die Grenze nordöstlich von Prag weiter nach Süden verschoben wurde, als er bei der Zusammenkunft in Godesberg gefordert hatte. Das versetzte die deutsche Artillerie in die Lage, die Poldiwerke bei Prag zu zerstören, ohne die Grenze zu überschreiten. So sind [diese] Firmen mit französischem und britischem Kapital innerhalb der Grenzen der Tschechoslowakei geblieben, gleichzeitig aber auch in das Schußfeld der deutschen mittleren Artillerie geraten. Die Skodawerke in Pilsen, die mehr oder weniger von Schneider/Creusot beherrscht werden, arbeiten bereits für die deutsche Rüstung.

Inzwischen sind die britischen und französischen Beteiligungen an den Skodawerken der tschechoslowakischen Regierung verkauft worden[4]. Es sind Unterhandlungen im Gang für eine Kapitalinvestition in den Skodawerken – oder sogar für einen Erwerb – durch Krupp. Es wäre interessant, zu erfahren, ob ein Teil des britischen Kredits, der der Tschechoslowakei nach dem Münchner Abkommen gewährt wurde[5], zum Ausgleich für die früheren britischen und französischen Beteiligungen an den Skodawerken verwendet wurde. Gleich interessant wäre, zu erfahren, ob ein Teil des Kredits zum Ausgleich für französische Beteiligungen an kleineren Firmen in den heute zu Deutschland gehörenden Gebieten der Tschechoslowakei verwendet werden wird.

IX. Prominente Deutsche, die in enger Fühlung mit dem Generalstab stehen, besuchten London seit März 1938 mehrmals und betonten die Möglichkeit einer Verständigung mit den Gemäßigten unter den Nazis und in der Wehrmacht. Sie wurden von britischen Kabinettsmitgliedern und anderen Politikern freundlich, aber skeptisch empfangen. Ihre Empfehlungen wurden jedoch aufgewogen von den Ratschlägen, die prominente Engländer, ja sogar Mitglieder des Außenministeriums, den Nazis erteilten. So wurde im Juli in Berlin bekannt, daß Mr. Chamberlain noch schwankte, daß aber einige pronazistische Mitglieder des Kabinetts und des Außenministeriums überzeugt waren, sie könnten ihn dazu zwingen, daß er die Wege zumindest für die Autonomie der Sudetendeutschen ebnete. Es gab eine Zeit, in der im Kabinett keiner wußte, was er tun sollte. Der Gedanke, Lord Runciman in die Tschechoslowakei zu entsenden, damit er irgendeine Lösung finde, die Frankreich von seinen vertraglichen Verpflichtungen gegenüber der Tschechoslowakei entbinden würde, wurde auf Vorschlag einer einflußreichen, in London lebenden deutschen Dame aufgegriffen[6]. Ganz offen setzten die Nazis den 21. September als den Termin fest, an dem eine kriegsartige Mobilmachung gegen die Tschechoslowakei beginnen sollte. Alle Deutschen, die in England ankamen, hatten in ihrem Paß einen besonderen Militärstempel, der sie verpflichtete, bis zu diesem Tag nach Deutschland zurückzukehren. Das Ziel war, der englischen Regierung zu zeigen, daß Hitler von diesem Zeitpunkt an zu jedem Risiko bereit sei, wenn er nicht alles auf dem Verhandlungswege erhielte. Etwa um die gleiche Zeit erging die Anweisung, Rohstoffe im Ausland für eine Kriegsreserve aufzukaufen, und diese Warenkäufe wurden weitgehend von den Banken in der City finanziert.

X. Ehe Lord Runciman [aus England] wegfuhr, wurde dem Premierminister ein Memorandum übergeben, das die Auffassungen von sehr einflußreichen und patriotischen Menschen in Deutschland enthielt. Es zeigte eine Möglichkeit auf, Hitlers Forderungen nach vollständiger Autonomie zu erfüllen, ohne weitere Komplikationen zu riskieren, und ihn gleichzeitig zu zwingen, daß er mit der britischen Regierung über eine Verlangsamung der Rüstung verhandelte. Eine Woche später wurde der Text dieses Memorandums in der Budapester Zeitung *Hirlap* und in anderen ausländischen Blättern, auf die die Nazis einen gewissen Einfluß hatten, veröffentlicht. Er muß den Zeitungen in die Hände gespielt worden sein von Engländern, die eine Lösung verhindern wollten, die alle damaligen Ansprüche Hitlers befriedigt und wahrscheinlich eine offene Krise und eine Zunahme von Hitlers Prestige in Deutschland verhindert hätte.

XI. Danach kamen wiederum Leute aus Deutschland [nach England] und gaben zu bedenken, die Situation sei jetzt so weit fortgeschritten, daß Hitler wahrscheinlich nicht mehr zurückkönne und gezwungen sein werde, seine Ansprüche so geltend zu machen, daß sein ganzes Ansehen auf dem Spiel stünde, falls er sie nicht voll und ganz durchsetzte. Diese Warnung verursachte das Gegenteil der erhofften Wirkung. Die Herren waren der Ansicht gewesen, ein offenes Angebot der Westmächte, Hitlers ursprüngliche Ansprüche zu befriedigen, hätte fast alle Deutschen mehr als zufriedengestellt; es würde sich eine vereinigte Front gegen jeden weiteren Schritt, der zum Krieg führen könnte, bilden. Statt dessen faßte in gewissen Londoner Kreisen der Gedanke Fuß, Hitler sei vermutlich in Schwierigkeiten und könne die Macht verlieren; diese Kreise befürchteten, er werde von einer kommunistischen Regierung abgelöst. Gleichzeitig wurde man sich plötzlich bewußt, daß die englische Fliegerabwehr nicht in der Lage war, ungeheure Verluste unter der Zivilbevölkerung Londons zu verhindern. Naziagenten verbreiteten das Gerücht, 2000 veraltete deutsche Flugzeuge würden zu einem 24stündigen Angriff auf London eingesetzt, ohne Rücksicht auf den Untergang dieser Luftflotte. Die Nazis gaben auch zu verstehen, sie seien nicht bereit, mit einem britischen Vertreter zu verhandeln, der gegen das Naziregime eingestellt sei oder Nazigegner mitbringe. In voller Kenntnis der Meinungen und Stimmungen der führenden Mitglieder des französischen und des britischen Kabinetts beschlossen die Nazis, den Bluff durchzuführen, als sie merkten, welchen Einfluß ihre Taktik bereits hatte. Die gleichen Leute, die versucht hatten, die britische Regierung zu warnen und eine Lösung vorzubereiten, die die größten nationalen Ambitionen Deutschlands befriedigt und zugleich den Krieg und eine Steigerung von Hitlers persönlicher Macht verhindert hätte, entschlossen sich jetzt, ihren britischen Freunden zu sagen, es sei zu spät, und sie täten besser daran, irgendein Abkommen zu schließen, das den unmittelbar drohenden Krieg wirksam verhindern könnte[7]. Für dieses Vorgehen entschieden sie sich, obwohl sie wußten, daß das deutsche Volk den Krieg nicht unterstützt hätte. Die Reaktion auf ihre konstruktiven Vorschläge war so deprimierend gewesen, daß sie sich zu der Erkenntnis durchrangen, die einzige patriotische Möglichkeit, die ihnen noch offenstand, bestehe darin, daß sie sich weiterer Vermittlungsversuche enthielten und Hitler seinen Willen ließen.

(1) 5. Mai 1936. (2) Ein persönlicher Brief, den Chamberlain am 27. Juli 1937 an Mussolini schrieb, wurde bald bekannt. (3) 19. bis 21. Juli 1938. (4) Von diesen Transaktionen behandelte die Presse am ausführlichsten den Verkauf der Petschek-Braunkohlengruben an die Zivnobank, bei denen britisches Kapital im Spiel war, und die (allerdings nicht angenommenen) deutschen Angebote vom Sommer 1938 und Februar 1939, den Vitkovice-Konzern zu kaufen. (5) Ein Kredit in Höhe von 10 Millionen Pfund bei der Bank of England, von dem nur ein Drittel in Anspruch genommen wurde, ehe Prag im März 1939 besetzt wurde. (6) Stefanie Hohenlohe-Richter. (7) Die englischen Stabschefs äußerten am 27. September die Ansicht, daß „das Schwergewicht des Vorteils" militärisch den Aufschub des Krieges ratsam erscheinen lasse (vgl. u. a. Michael Howard, *The Continental Commitment*, London 1972, S. 166).

VIII

* *Februar 1940, Lowell House, Kommentare, an John Wheeler-Bennett adressiert, zu einem Memorandum der Chatham-House-Gruppe, The Peace Settlement (Die Friedensregelung), vom 27. November 1939 (siehe oben S. 307)*

Das Schriftstück zeugt von einem großen Fortschritt in Richtung auf eine Klärung und einen schärfer umrissenen Plan, aber es ist immer noch zu sehr ein Kompromiß zwischen auseinanderstrebenden Auffassungen . . . Eine klarere Definition wäre vielleicht möglich, wenn man einer realistischeren Sicht der Geschichte der letzten 25 Jahre zum Durchbruch verhelfen könnte . . . Man vergißt, daß Deutschland bis 1934 nicht die vollen Rechte der Souveränität besaß. Es konnte keine Form der Währungslenkung einführen oder vom Goldstandard abweichen, wie es England im Jahr 1931 tat; es konnte auch keine Kreditexpansion nach amerikanischem Vorbild in die Wege leiten. Eine angemessene Polizei- oder Militärmacht wurde ihm nicht gestattet; es durfte während der kommunistischen Herrschaft 1920 keine Soldaten ins Ruhrgebiet schicken; es war ihm verboten, bei einem Generalstreik eine Miliz einzuberufen, wie es der Gouverneur jedes Staates in den Vereinigten Staaten macht, wenn er es für nötig hält; es durfte auch keine Zivilisten zur Unterstützung der Polizei heranziehen, wie es in England 1926 geschah. Bis 1925 genoß es keine volle Freiheit im Blick auf Handelsverträge. Es durfte seine offenen Grenzen nicht befestigen. Bis August 1930 war es ihm nicht gestattet, Verbrauchssteuern, gewisse andere Steuern und Eisenbahntarife zu verändern ohne Genehmigung des Reparationskommissars. Es war ihm lediglich erlaubt, seine öffentlichen Einkünfte zu steigern, um Reparationen zu zahlen, . . . und – als einziges Land unter den europäischen Mächten – sein Finanzsystem nach den klassischen Richtlinien von Ricardo und seinen Nachfolgern auszurichten . . . Das Kapitel [„Methoden zur Gewährleistung eines kooperativen Friedens“] zeigt den größten Fortschritt im Denken. Die Übernahme des Gedankens regionaler Verträge ist mehr, als ich erwartet hatte. Seit ich Anfang 1932 darüber nachzudenken begann, war ich stets überzeugt, daß diese Lösung die Reibungen zwischen England und Deutschland für immer aufheben könnte. Ich kann für England noch keinen Vorteil aus einem Regionalpakt für den Nahen Osten sehen, wenn Ägypten vom europäischen Pakt ausgeschlossen ist. Es muß jedoch eine Überschneidung der verschiedenen Gebiete bestehen. Warum nimmt man nicht Indien in den fernöstlichen Pakt auf und richtet es nach Osten aus, damit es Japan oder – was in 25 Jahren vielleicht noch wichtiger ist – die unbegrenzte Expansionsmacht der Chinesen in Schach hält?

Als ich im Juli den Gedanken ausarbeitete, meinte ich, England (unter England verstehe ich natürlich das britische Weltreich) müsse Mitglied sein: a) der europäischen Gruppe, b) der amerikanischen Gruppe, c) der fernöstlichen Gruppe, d) der mittel- und südafrikanischen Gruppe. Frankreich wäre Mitglied: a) der europäischen Gruppe, b) der fernöstlichen Gruppe. Deutschland wäre nur Mitglied der europäischen Gruppe mit einem gewissen Anteil an einem neuen System von Kolonialmandaten, wie es in dem Schriftstück vorgetragen wird. Holland und Belgien wären selbstverständlich Mitglieder der europäischen Gruppen und wie Italien auch der afrikanischen Gruppe, falls diese zustande kommt.

Ich gehe hierauf so ausführlich ein, weil ich die Konsequenzen für die Abrüstung aufzeigen möchte, die in dem Schriftstück sehr zu Recht als das Hauptproblem bezeichnet wird, das gelöst werden muß. Am einfachsten liegen die Probleme der Verteidigung des amerikanischen Kontinents. Kanada wird sich am Schutz des Kontinents beteiligen, aber sollte es nicht auch zusammen mit den USA und anderen Mitgliedern der fernöstlichen Gruppe an der Wahrung der Interessen im Fernen Osten teilhaben? Vielleicht gemeinsam mit Indien, Australien und Neuseeland, so daß die finanzielle Last, die bis vor einem Jahr auf dem Mutterland lag, auf mehrere verteilt würde? ... Auf diese Weise könnte man die Schwierigkeiten der Festsetzung eines Verhältnisses für die Abrüstung in Europa vermeiden, die für die britische Delegation nach der Konferenz von Bessinge[1] im April 1932 so wichtig waren. Das Verhältnis von schweren Angriffswaffen unter den europäischen Ländern könnte verhältnismäßig einfach festgelegt werden; das gleiche gilt für das Verhältnis der Seestreitkräfte. Unglücklicherweise wäre die Position Frankreichs von Deutschland und Italien aus gesehen sehr viel schwieriger, denn Frankreich könnte stets Truppen und Flugzeuge von Nordafrika an seine Ostgrenzen werfen, und zwar fast so rasch, wie Deutschland sie aus Schlesien und Ostpreußen heranziehen könnte.

Auf einen anderen Punkt komme ich nur zu sprechen, um diese Probleme konkreter anzugehen. Es wird vorausgesetzt, daß Rußland eine Gruppe für sich bleibt. Angenommen, die europäische Gruppe habe Grund, aggressive Tendenzen von seiten Rußlands zu befürchten – glaubt wohl irgend jemand im Ernst, ... daß Polen imstande wäre,

Europa so lange zu verteidigen, bis die Streitkräfte der europäischen Gruppe mobilgemacht und an die Memel und die Weichsel befördert sind? Wären nicht wie gewöhnlich wieder Schlesien, Ostpreußen und Sachsen die entscheidenden Schlachtfelder? Würde es dann nicht jedem Generalstabsoffizier mit durchschnittlicher Phantasie einleuchten, daß Flughäfen und andere Stützpunkte zu Friedenszeiten in Ostdeutschland gebaut werden müßten, und zwar von einem deutschen Heeresstab, selbstverständlich in Zusammenarbeit mit anderen Generalstäben, und so, daß die Deutschen nicht insgeheim die Russen als Befreier erhofften? . . .

Ich könnte noch Dutzende von skeptischen Fragen dieser Art stellen . . . Ich glaube, ich habe auf eine genügende Anzahl hingewiesen, um klarzumachen, daß eine zu einfache, formalistische Lösung, wie sie in dem Schriftstück vorgeschlagen wird, nicht möglich ist. Die Idee ist gut und kann verwirklicht werden, aber auf kompliziertere Weise. Ich schrieb Ihnen schon von der Notwendigkeit, in Europa zu Gliederungen und Verzahnungen zu kommen, die eine größere Garantie für Stabiliät gewähren. Angefangen mit dem Problem Rußland ist alles einfacher, wenn Gliederungen bestehen. Die ideale Lösung, die ich bei Lord Layton vortrug, nämlich eine Föderation zwischen Polen und den Baltenländern, ist in absehbarer Zeit nicht mehr möglich. Aber eine andere ist vielleicht denkbar: Polen, Rumänien, Ungarn und die Slowakei. Überlassen Sie dieser Gruppe den Schutz der Ostgrenze Europas vom Narew zum Schwarzen Meer und Deutschland, vom Narew zur Memel . . . Die strategischen Interessen der Föderation und Deutschlands wären identisch, besonders wenn zwischen ihnen verzahnte Grenzen liegen. Ist man einmal so weit gediehen, so kann man ihre strategischen Bedürfnisse genau berechnen und ihnen die militärischen Mittel, die sie für diesen Zweck brauchen, zur Verfügung stellen.

In diesem Fall muß Frankreich Sondergarantien erhalten. Wenn Frankreich die Vogesen als seine *militärische* Grenze setzt und keine Befestigungen zwischen den Vogesen, dem Schwarzwald, dem Taunus und der Grenze zwischen Westfalen und dem Rheinland gestattet sind, während Belgien und Holland ihre jetzigen Grenzbefestigungen behalten, hat man einen weiteren festen Faktor für die Berechnung des Höchstmaßes an Streitkräften, das man in Zukunft braucht . . . Hat man einmal solche strategischen Untergruppen gebildet – ohne die wirtschaftliche Verzahnung aus dem Auge zu verlieren – . . . so kann man die militärischen Bedürfnisse jeder Untergruppe im einzelnen festlegen. Eine grundlegende Voraussetzung bei allen diesen Überlegungen verdanke ich ausschließlich Groeners Sicht: kein stehendes Heer, sondern nur Kader und Bürgerwehr, nach schweizerischem Vorbild. Das allein schafft Sicherheit, weil es keinen Offensivkrieg zuläßt.

Dies führt – wie ich in Bessinge erläuterte – automatisch zu einer vernünftigen Definition der „schweren Angriffswaffen". Die „Brasshats"[2], auch zivilistische, verstanden es nachher nicht, weil sie nicht den ganzen Plan kannten. Wir waren bereit, uns mit einer Art europäischer Bomberreserve unter vereinigtem Kommando einverstanden zu erklären, falls es jedem Land gestattet würde, seine eigenen Jagdflugzeuge zu entwickeln. Wir waren sogar bereit, einem permanenten Stab für die Reserve zuzustimmen, aber ich opponierte eisern dagegen, die Bomber und den Stab nach Genf zu verlegen. Bei dem einen vorfühlenden Gespräch, das ich mit Tardieu über diese Angelegenheit führte, erwähnte ich diesen Punkt nicht, weil ich sicher war, daß die Briten ihn aufgreifen würden. Die Frage einer Panzerreserve ist schwieriger zu lösen, aber die der schweren Artillerie ist viel einfacher, sobald einmal der ganze Plan angenommen ist.

Wir waren außerdem bereit, in eine Beschränkung der Budgetausgaben einzuwilligen. Groener hatte ausgerechnet, daß wir, sobald wir mit den Briten zu einer Marineabsprache kämen, den Bau von Panzerkreuzern aufgeben und 18000-Tonnen-Kreuzer bauen könnten, die viel billiger sind. Wir verlangten keine U-Boote, nicht nur aus Gründen der Außenpolitik, sondern auch, weil wir damals auf eine ständige Zusammenarbeit mit Großbritannien und eine rein defensive Kriegführung hofften. Eine detaillierte Lösung des Marineverhältnisses ist möglich; [sie ist] weniger schwierig als jedes Heeresverhältnis.

Ist das nicht realistischer als totale Abrüstung oder permanente Kontrolle, die stets eine Farce bleiben wird? ... Die Atmosphäre nach diesem Krieg wird, falls er mit einem vernünftigen Frieden beendet wird, in vieler Beziehung ganz anders sein als die nach dem letzten Krieg. Zum einen werden alle Nationen die Nutzlosigkeit der modernen technischen Rüstung erkannt haben. ... Die Vorstellung, man könne das Arbeitslosenproblem durch übersteigerte Rüstung lösen, wird als eine der gefährlichsten Illusionen der Menschheit entlarvt werden ... Europa wird nach diesem Krieg amerikanisches Kapital brauchen ... Ich besprach dieses Problem mit dem neuen Präsidenten der B. I. Z.[3] [T. H. McKittrick] im Zusammenhang mit der Wiederaufrüstung. Wenn amerikanisches Kapital Europa langfristig geliehen wird unter

Aufsicht oder sogar Leitung der B. I. Z. und wenn zur gleichen Zeit der US-Kongreß ein Gesetz erläßt, mit dem jeder Kapitalexport nach Europa verboten wird, der direkt oder indirekt den Rüstungsindustrien zugute kommen könnte, ist das Problem gelöst. Selbstverständlich muß eine Ersatztätigkeit für die europäische Schwerindustrie gefunden werden; auch dies ist mit Hilfe des amerikanischen Kapitals unter Aufsicht der B. I. Z. möglich ... Es gibt noch weitere denkbare Sicherungen, zum Beispiel den Vorschlag von Harold Nicolson[4]. Warum sollte man nicht einen Friedensvertrag schließen, der in Teilen sofort in Kraft tritt, während andere Teile erst nach fünf oder zehn Jahren gültig werden, und zwar nur, wenn die Vorbehalte des ersten Vertragsteils sich nicht verwirklicht haben?

(1) Siehe oben S. 262. (2) „Brasshats" war ein englischer Ausdruck des Ersten Weltkriegs für hohe Militärs. Im Zweiten Weltkrieg wurde er „the Brass" abgekürzt. (3) Bank für internationalen Zahlungsausgleich in Basel, 1929 infolge des Young-Plans gegründet. (4) Wie Adam von Trott befürwortete Nicolson eine sehr breit angelegte, gemeinsame Entwicklungshilfe der industrialisierten Länder für China (vgl. Harold Nicolson, *Diaries and Letters 1930–1939*, London 1966, S. 302).

IX

29. Januar 1942, Lowell House, H. B. an Edward Carter (siehe oben S. 391)

... Was Trott betrifft, so kann ich nur meine feste Überzeugung aussprechen, daß er hundertprozentig gegen Hitler und gegen die Nazis ist. Natürlich kannte ich ihn früher nicht, aber ich kannte seinen Vater[1], für den ich die größte Wertschätzung hegte. Als ich von Ihnen erfuhr, daß Trott mich sprechen wolle, bat ich, wie Sie sich erinnern werden, er möge mir zuerst schreiben. Die Personen, die er, um sich einzuführen, als seine besten Freunde anführte, sind mir alle sehr wohl bekannt, und ich weiß von ihnen, daß sie sich stets dem Naziregime widersetzten und mehrmals unter großer Lebensgefahr versuchten, es zu stürzen. Als ich noch in Deutschland war, mußte einer von ihnen aus diesem Grunde das Land zeitweilig verlassen. Sie alle gehörten jener Gruppe überzeugter Protestanten an, die auch politisch progressiv waren und die die Nazis vom Anfang ihres zweiten Aufstiegs [1928] an mutig bekämpften. Solange ich noch versteckt in Deutschland lebte, traf ich häufig einen von Trotts besten Freunden. Er war einer jener ganz wenigen, die es wagten, mich aufzusuchen, obwohl bekannt war, daß ich unablässig von der Gestapo verfolgt wurde. Der gleiche Herr besuchte mich jedes Jahr in London, nachdem er meine Adresse von seinen englischen Verwandten erfahren hatte.

Wie Sie wissen, fürchtete ich sehr, Trott könne mit mir gesehen werden. Er wird von der Gestapo überwacht, und die Deutschen, die im Ausland mit mir zusammen gesehen wurden, ja sogar Bürger aus besetzten Ländern, die meine Freunde waren, erlitten ein sehr trauriges Schicksal. Ich war daher sehr erleichtert, als ich schließlich von Ihnen erfuhr, daß Trott wieder in Deutschland sei und nicht von der Gestapo belästigt worden war. Sie wissen, daß ich zwar den Mut von Trott und seinen Freunden bewunderte, die versuchten, eine starke Gruppe zu bilden, um Hitler zu stürzen, daß ich aber den Ausgang skeptisch beurteilte. Als ich in den amerikanischen Zeitungen eine Woche nach dem Beginn des Frankreichfeldzuges las, drei der wichtigsten Förderer der Gruppe seien in Positionen berufen worden, in denen sie keinen Einfluß mehr hatten, wußte ich genug, um zu erkennen, daß Hitler und die Gestapo die ganze Gruppe wieder überlistet hatten, wie es fast jedes zweite Jahr geschah, seit das Regime an der Macht ist. Diese betrübliche Erfahrung hindert mich nicht daran, meiner Überzeugung Ausdruck zu geben, daß es Menschen wie Trott und nicht die Volksmassen sein werden, die Hitler und die Nazis stürzen werden, falls dies in Deutschland jemals gelingt. In dieser Beziehung hat sich die Lage seit dem Ende des letzten Krieges vollkommen geändert . . .

(1) August von Trott, preußischer Kultusminister 1909–1917.

X

** 20. April 1943, Littauer Center, Antworten auf einen Fragebogen von Dorothy Thompson[1], Nachkriegsverhältnisse in Deutschland betreffend*

Ich glaube nicht, daß die nazistischen Grundsätze und Methoden so tief in den deutschen Kindern verwurzelt sind, daß man sie als unansprechbar für andere Ansichten, die wohl an die Stelle der nazistischen Ideologie treten werden, betrachten müßte. Dies gilt vor allem für die Generation, die jetzt unter den Waffen steht und im Naziregime aufgewachsen ist . . . In der ganzen Geschichte war die Jugend in Deutschland kritischer als in jedem anderen europäischen Land, ausgenommen Frankreich. Das war eine der Hauptschwierigkeiten der deutschen politischen Geschichte. Die Jugend, besonders in Deutschland, will die radikale, bedingungslose Wahrheit und ist fanatisch in ihrer Verurteilung jeder Diskrepanz zwischen Leben und Lehren der älteren Generation . . . Keine Jugend, hauptsächlich die deutsche nicht, will von einem parteiischen Standpunkt aus unterrichtet werden . . . In keinem anderen Land habe ich so großes Geschick beobachtet, wie es deutsche Schüler entfalten, wenn sie Lehrer, denen sie mißtrauen, ins Kreuzverhör nehmen . . . Kein Historiker von Ruf hat je geleugnet, daß Deutschland (ausgenommen die Teile, die direkt oder indirekt unter der Herrschaft der Habsburger standen) das erste Land war, in dem Toleranz in religiösen Dingen geübt wurde . . . Deutschland brauchte keine „Magna Charta", weil die Macht der Krone nie so absolut war wie in England. Tausend Jahre lang, bis das alte Reich infolge der Französischen Revolution unterging, wurde der Verfassungsgrundsatz, daß die Krone nicht erblich ist und daß der Kaiser gewählt werden muß, zuerst vom Volk, später von den Fürsten, niemals bestritten . . .

Preußen, Österreich und mehrere deutsche Kleinstaaten haben ihre Gesetze schon vor dem Code Napoléon kodifiziert. In Preußen wurden die Grundsätze der Toleranz und der Gleichheit vor dem Gesetz in ihrem modernen Sinne von Friedrich dem Großen aufgestellt. Sie hatten beträchtlichen Einfluß auf das französische Denken in der Zeit vor der Revolution . . . Die Justiz war in Deutschland sehr billig; jedermann konnte für einen Taler seine Rechte gegen einen Erlaß oder Befehl einer öffentlichen Behörde geltend machen. Dieses System hat nur eine Parallele, und zwar in der Auslegung der Machtbefugnisse des französischen Conseil d'Etat, wie sie nach 1875 galt . . . Es wäre gut, wenn man nach

dem Krieg Kommissionen aufstellte, die in allen Ländern untersuchten, welche Leute tatsächlich für welche Greuel verantwortlich waren, ohne Unterschied der Nation. Dann könnte vielleicht einige Sicherheit für Recht und menschliche Prinzipien in Europa wiederkehren . . .
Die Frage des Pangermanismus ist sehr kompliziert . . . Man kann sagen, daß alle Pan-Deutschen, -Slawen, -Tschechen und -Polen fast immer Mütter oder Großmütter des entgegengesetzten Volkstums haben . . . Vor dem letzten Krieg spielte das Alldeutschtum als Politik keine Rolle. Nach dem Krieg wollten die Leute in Österreich wie in Deutschland die Vereinigung. Vielleicht gibt es gegenwärtig viele Deutsche, die beabsichtigen, das zu halten, was sie errungen haben, aber es kann kein prozentual großer Volksteil sein, der mehr will als die Grenzen von 1914 plus Österreich und einige der rein deutschen Teile von Böhmen . . .
. . . Sie können sich vorstellen, welch starke Reaktion gegen die Korruption der Parteiführer an der Spitze und im ganzen Land eintreten wird. Schon die Entlarvung dieser Korruption wird genügen, um den Nazigedanken auf viele Generationen hinaus verhaßt zu machen . . .
In Deutschland wird genug Spannkraft vorhanden sein, um kurz nach dem Krieg eine politische Lösung zu finden, aber es ist zweifelhaft, ob die Leute die alten Parteien wieder aufleben lassen wollen . . . Das Parteiensystem der Weimarer Republik war überholt. Die Führung im Nachkriegsdeutschland kann nur von Menschen übernommen werden, die jetzt in verantwortungsvollen Verwaltungspositionen stehen, ohne Nazis zu sein. Sie sind in ihren Städten und Gebieten gut bekannt; manche sind im ganzen Land bekannt. Sie stehen in Fühlung mit den Untergrundgruppen der alten Parteien . . . Ich bezweifle, daß sich das deutsche Volk die Führung irgendeines Emigranten gefallen lassen wird. Die Verwaltung Deutschlands durch die Vereinten Nationen würde, falls sich ihre Funktion auf die normalen, im internationalen Recht verankerten Besatzungspflichten beschränkte, bei der Wiederherstellung der Ordnung entsprechende Unterstützung finden. Die Verwaltung Deutschlands als Kolonie würde auf stummen Widerstand stoßen . . .
Die Weimarer Republik war eine Art Mandat oder Kolonialregierung. Sie hatte keine Souveränität hinsichtlich ihrer Truppen, ihrer Polizei und ihrer Finanzen. Oft bestand die Funktion deutscher Kanzler und Außenminister lediglich darin, daß sie unter den Mächten, die Deutschland beherrschten, irgendeinen Kompromiß zustande brachten . . . Die Deutschen werden die Ansicht, daß sie sich mit den Ungerechtigkeiten

des Nationalsozialismus aus der Gemeinschaft der Völker ausgeschlossen haben, kaum begreifen . . . Selbstverständlich lag ein aktiver Widerstand gegen Hitler unter der Herrschaft der Gestapo völlig außerhalb des Bereichs des Möglichen. Die Menschen im Ausland haben keine Vorstellung von der Perfektion dieser Herrschaft. Es ist schwer zu verstehen, daß die gleichen Leute, die den Deutschen das Nichtzustandekommen einer Gegenrevolution zum Vorwurf machen, keinen Anstoß an deren Fehlen in Rußland unter einem noch blutrünstigeren Regime nehmen . . .

Was die Zerstückelung des Reichs betrifft, so besteht – außer in einem kleinen Teil Bayerns – kein Unterschied zwischen Katholiken und Protestanten. Das Gerede von rheinischem „Separatismus" nach dem letzten Krieg war Unsinn. Die Katholiken im Rheinland wollten lediglich wie Württemberg oder Thüringen oder Hamburg oder Bremen einen Staat innerhalb des Reiches bilden, statt ein Teil Preußens zu sein. Es war Separatismus von Preußen, nicht von Deutschland . . .

Meiner Meinung nach wäre der Einschub einer „Abkühlperiode" zwischen den Waffenstillstand und den Abschluß des Friedensvertrags für die künftige Stabilität Europas sehr nützlich. Die Probleme, die nach diesem Krieg zur Lösung anstehen, werden so kompliziert und so umfangreich sein, daß es vollkommen unmöglich sein wird, auf der Grundlage vorher aufgestellter Pläne sofort die zukünftige politische Konstellation Europas zu bestimmen und offene wirtschaftliche Fragen zu klären . . . Bewußt oder unbewußt wird das Denken aller Menschen in allen Ländern am Ende eines Krieges von der Propaganda und von sehr willkürlichen geschichtlichen Auffassungen beherrscht. Ein Friedensvertrag, der vor diesem Hintergrund abgeschlossen wird, bereitet zwangsläufig künftige Wirren vor, die nicht unbedingt in einem Krieg gipfeln müssen, aber vielleicht zwei Generationen lang zu einer Reihe von Revolutionen führen können . . .

. . . Wenn ein dauerhafter Friede eintreten soll, ist die erste Unterhandlungsvoraussetzung, daß die Alliierten keine vorherigen Vereinbarungen unter sich treffen, außer über Dinge wie Besatzungsmodalitäten, Lebensmittelhilfe für Europa, Währungsstabilisierung. Das würde mit der herkömmlichen diplomatischen Praxis übereinstimmen . . .

Zusammenfassend ist zu sagen: Nur durch Beschränkung gewisser Souveränitätsrechte (über Wechselkurs, Handelsbarrieren, Produktion schwerer Angriffswaffen usw.) aller europäischer Nationen kann ein Gefühl der Sicherheit und Vertrauen zu einem kooperativen Bund der

Nationen entstehen, nicht durch vollständige Abschaffung unabhängiger Souveränität. Die Betrachtung des Wachstums des föderativen Bundes unabhängiger Staaten in Deutschland von 1815 bis 1870 hilft zum Verständnis des Problems. Außerdem ist es ratsam, den föderalistischen Plänen von Erzherzog Franz Ferdinand, der in Sarajewo ermordet wurde, einige Aufmerksamkeit zu schenken. Alles, was Bestand haben soll, muß natürlich wachsen. Das gewaltsame Aufsetzen eines fertigen Überbaus endet zwangsläufig mit einem vollständigen Mißerfolg und Chaos. Das ist die Quintessenz der Erfahrung aus der Zeit zwischen den Kriegen. Die Nazi-Ideologie entstand aus den Friedensverträgen und dem Bund [Völkerbund], das heißt aus dem Glauben, man könne sämliche Probleme mit Gewalt und mit Organisation lösen, unabhängig von der geschichtlichen Tradition, von den wirtschaftlichen Tatbeständen und von den Leiden und Erfahrungen eines Zeitraums von annähernd 1100 Jahren.

(1) Vielgelesene Journalistin bei der *New York Herald Tribune*.

XI

* *Oktober 1944, Lowell House, Memoranden für DeWitt C. Poole, Office of Strategic Services (siehe oben S. 423)*

Memorandum I: Mögliche Gruppierungen politischer Kräfte nach dem Untergang der Nazis

Eine zwölfjährige Unterdrückung jedes freien politischen Denkens und Redens und der Tod einer großen Anzahl der örtlichen Führer der alten Parlamentsparteien werden der Wiedergeburt der parlamentarischen Demokratie in Deutschland besondere Schwierigkeiten bereiten. Die Evakuierung von Millionen Menschen aus zerbombten Gebieten, der Abzug der Arbeiter von ihren früheren Arbeitsplätzen, das Verschrotten oder die Übertragung aller Maschinen, die keinem unmittelbaren Kriegszweck dienen, und das Fehlen einer großen Zahl von Bauern und Facharbeitern, die sich in Gefangenschaft im Ausland befinden, werden die Wiederaufnahme der Grundproduktion verzögern, ohne die eine politische Atmosphäre, die das Wiederaufleben alter politischer Traditionen fördern würde, nicht entstehen kann. Dazuhin wird es unmöglich sein, sofort nach Einstellung der Feindseligkeiten den Millionen, die aus bombenbedrohten Gegenden evakuiert wurden, an ihren Heimatorten wieder Wohnungen zu verschaffen. Aus allen diesen Gründen wird es unter Umständen sogar nicht einmal technisch möglich sein, in einem Zeitraum von vielleicht drei Jahren Wahlen zu einer verfassunggebenden Nationalversammlung abzuhalten, die eine emotionslose, besonnene öffentliche Meinung widerspiegeln würden. Dies schließt eine vorläufige beratende Versammlung, wie sie später beschrieben wird, nicht aus. Das politische Denken und Handeln muß auf den untersten Stufen – Dörfer, Städte, Kreise – neu entwickelt werden. Falls die militärischen Verhältnisse die Besetzung Deutschlands in mehr oder weniger ausgedehnten Stadien erfordern, werden diese örtlichen Einheiten auch den Alliierten bei ihrer äußerst schwierigen Aufgabe des gesellschaftlichen und wirtschaftlichen Wiederaufbaus die beste verwaltungsmäßige Unterstützung bieten.

Zugleich werden viele Zweige der Zentralverwaltung in Berlin unter Aufsicht einer interalliierten Kommission neu belebt werden müssen, wenn ein wirtschaftliches und finanzielles Chaos vermieden werden soll. Unmittelbar nach dem Zusammenbruch des Naziregimes werden diese Zentralverwaltungseinheiten wahrscheinlich keine Exekutivgewalt im

Lande haben, außer derjenigen, die sie von der Unterstützung einer alliierten Kommission und der Macht der alliierten Waffen ableiten . . . Es ist unmöglich, heute schon vorherzusagen, wie bald Wahlen, die politische Mäßigung gewährleisten, zu einer Nationalversammlung abgehalten werden können. Diese sollte in jedem Fall provisorischen Charakter haben und eine Revision ihrer Beschlüsse durch eine endgültige, verfassunggebende Versammlung fünf Jahre später vorsehen. Bei der Festlegung des Datums sollte man das große Risiko nicht übersehen, das darin besteht, daß im Falle einer zu langen Verzögerung der Wahlen eine extremistische Gruppe mit Unterstützung einer der alliierten Mächte eine organisierte Agitation betreiben könnte ohne das Gegengewicht einer gewählten Versammlung. Dadurch könnten Verhältnisse entstehen, die nicht im bleibenden Interesse der europäischen Stabilität liegen.

Ein konkreter Faktor wird den Zeitpunkt der Wahlen in Deutschland – der örtlichen und regionalen ebenso wie der nationalen – weitgehend beeinflussen. Eine normale politische Atmosphäre für Wahlen kann nicht entstehen, wenn man nicht die größten Anstrengungen macht, die evakuierte Bevölkerung in ihre Heimatorte zurückzuführen und Notunterkünfte zu errichten in den Städten, die ganz oder teilweise von Bomben zerstört wurden. Der Europäer und insbesondere der Deutsche ist politisch konservativer in seiner vertrauten Umgebung und in engem Kontakt mit seinen Verwandten und Freunden . . . Die Gefahren, die die jetzige Situation birgt, werden noch erheblich gesteigert durch die Evakuierung der deutschsprechenden Bevölkerung von Bessarabien, Südtirol, den Baltenländern und kürzlich von Rumänien und Ungarn nach Deutschland. Diese Evakuierten haben wahrscheinlich die Zahl der Obdachlosen in Deutschland heute um über eine Million vergrößert . . .

Die große Masse der Mitglieder der früheren Parteien ist über die Ereignisse des Jahres 1933 immer noch nicht informiert . . . Bis zum Kriegsausbruch hatten Mitglieder der früheren Parlamentsparteien Grund zu der Annahme, die Außen- und Finanzpolitik ihrer alten Parteien sei ungerechtfertigt gewesen. Dies ist ein Grund dafür, daß die ersten Jahre nach dem Untergang der Nazis für die Wiederherstellung demokratischer Ideale äußerst kritisch sein werden. Die jüngere Generation hat die älteren Parteien vergessen. Außerdem hatte sie das ausgeklügelte Parteisystem der Weimarer Republik schon nicht mehr angesprochen, ehe Hitler an die Macht kam . . .

Die Weimarer Verfassung selbst, die zur Hälfte aus rein rhetorischen Erklärungen bestand, begünstigte ein utopisches Denken. Sie war dazuhin überladen mit demokratischen Verfahrenssicherungen, die man aus ausländischen Verfassungen zusammengesammelt hatte und die vielleicht im Kaiserreich ihren Wert besessen hätten, aber für die parlamentarische Regierung nur hinderlich waren. Die Abschnitte der Weimarer Verfassung, die der Belastung kritischer Zeiten standhielten, waren diejenigen, die man fast wörtlich aus der Bismarckschen Verfassung übernommen hatte ... Die parlamentarische Praxis wurde nach der französischen Verfassung ausgerichtet, die Wahl des Präsidenten und die Institution des Staatsgerichtshofs nach der Verfassung der Vereinigten Staaten, die Anwendung von Volksabstimmungen nach der schweizerischen Verfassung, und zusätzliche Kontrollen der Regierungsmacht, die anderswo unbekannt waren, machten die Position jedes Kabinetts schwach und unsicher.
Dies erkannte man gegen Ende des Jahres 1919, und die preußische verfassunggebende Versammlung, die ein halbes Jahr später zusammentrat, vermied die Fehler der Weimarer Versammlung. Die preußische Verfassung sorgte für eine stabile Mehrheit im Staat bis 1932. (Die größere Stabilität der parlamentarischen Mehrheiten in den Ländern beruhte natürlich teilweise auf der Tatsache, daß die Reichsregierung allein verantwortlich war für die Ausführung nicht praktikabler Friedensbedingungen.) Mit geringer Übertreibung kann man sagen, daß im Reich eine dreifache Souveränität herrschte: die des Volkes, die des Reichstags und die des Präsidenten. Dem Kabinett fiel die schwierige Aufgabe zu, Streitigkeiten zwischen diesen dreien zu schlichten. Unter den mißlichen allgemeinen Verhältnissen mußte diese Situation zwangsläufig mit einer Diktatur entweder des Präsidenten oder eines Führers enden, der seine Position teilweise mit Wahlergebnissen und teilweise mit Gewalt untermauerte ...
Bei der genauen Überlegung der Methoden, die die Alliierten anwenden sollten, um das politische Leben in Deutschland wiederherzustellen, hängt alles davon ab, ob das Land Schritt für Schritt besetzt wird oder ob ein durchschlagender militärischer Sieg die Besatzungsmächte in die Lage versetzt, sofort eine gemeinsame Kommission in Berlin einzusetzen. In diesem letzteren Fall wäre es selbstverständlich möglich, die Weimarer Verfassung trotz ihrer Schwächen beizubehalten. Man müßte nur sämtliche Nazi-Erlasse, die die Verfassung änderten, formell aufheben. Umwandlungen, die in den letzten zwölf Jahren im Verwaltungs-

apparat nach solchen Erlassen vorgenommen wurden, müßten vorläufig bestehenbleiben. Die Verfassungsreform sollte das Werk einer Nationalversammlung sein, die erst zusammentreten kann, wenn das politische Leben von unten her wieder aufgebaut ist.

Die Säuberung vom Sommer 1944, die auf die Beseitigung so vieler Menschen mit ausgeprägten politischen Ansichten im Herbst und Winter 1943 folgte, macht diese Aufgabe natürlich äußerst schwierig. Die Zahl der Überlebenden, die politische Erfahrung aus der Zeit vor den Nazis haben, muß festgestellt werden, ehe man überhaupt eine gültige Meinung darüber bilden kann. Frühere politische Führer, die die Not der vergangenen zwölf Jahre der Revolution, Unterdrückung und Bedrängnis nicht mitgetragen haben, werden für das Volk kaum annehmbar sein, und jeder Versuch, Emigrantenführer in die deutsche Politik einzusetzen, könnte den Besatzungsbehörden unnötige Schwierigkeiten bereiten. Das Entstehen politischer Parteien muß ein langsamer Vorgang sein, begründet auf der Übernahme der praktischen Aufgaben des Wiederaufbaus in Zusammenarbeit mit den Besatzungsbehörden.

Wenn die Evakuierten aus den zerbombten Gebieten an ihre Heimatorte zurückkehren, werden die freundschaftlichen Beziehungen, die sich gerade unter dem Druck der Verfolgung von seiten der Nazis bei unscheinbaren Mitgliedern der früheren Parteien herausgebildet haben, einen sehr wichtigen Konsolidierungsfaktor darstellen. In den dreißiger Jahren hielten frühere Sozialisten, Mitglieder der gemäßigten Parteien und evangelische und katholische Geistliche in allen Teilen Deutschlands, ja sogar im weitgehend protestantischen Osten, geheime Warnsysteme zum Schutz vor Übergriffen der Nazipartei oder der Gestapo in Gang. Obwohl diese enge Verständigung heute wahrscheinlich nur bei Menschen eines gewissen Alters zu finden ist, stellt sie doch den Kern dar, um den herum ein neues politisches Leben aufwachsen muß.

Diese Gruppen sowie die Gemeindeverwaltungsbeamten werden den Besatzungsbehörden für die wichtigsten Aufgaben des Wiederaufbaus und der Verwaltung automatisch zur Verfügung stehen. Der Zusammenbruch einer überorganisierten, totalitären Verwaltung legt dem bloßen Überleben der Menschen viel größere Schwierigkeiten in den Weg, als sonst der Fall wäre. Nach den Erfahrungen des Jahres 1919 zu schließen, wird das deutsche Volk für die praktische Überwindung dieser Schwierigkeiten und ganz unabhängig von einer möglichen politischen Auswahl Männer bestimmen, denen es wegen ihrer Tüchtigkeit und Unparteilichkeit stets vertraut hat und die ein echtes verwaltungs-

mäßiges – und daher stabiles politisches – Urteilsvermögen besitzen ...
Es wäre für die Zukunft Deutschlands und Europas besser, wenn man politische Schlagwörter eine Zeitlang vergessen und die ganze Kraft für die wesentliche Aufgabe einsetzen würde, die Gefahr des Verhungerns zu bannen und die Produktion allmählich wieder aufzunehmen ...
Seit 1936 wurden die zweijährigen, gesetzlich vorgeschriebenen Betriebsratswahlen von den Nazis immer wieder verschoben, denn bei den Wahlen von 1936 wählten 80 Prozent der Arbeiter im Ruhrgebiet gegen die Nazisten. Die Ergebnisse dieser Wahlen konnten nicht ungültig gemacht werden, aber häufig wurde den gewählten Betriebsräten ein nazistischer Vorsitzender aufgezwungen. In Süd- und Westdeutschland werden die Betriebsratsmitglieder aus den alten Gewerkschaften, die an ihren früheren Arbeitsplätzen geblieben sind, ihr einstiges gutes politisches Verständnis sicher nicht verloren haben. Es wird wichtig sein, daß die Besatzungsbehörden mit Hilfe der Gemeindeverwaltungsbeamten und der evangelischen und katholischen Geistlichen die Betriebsratsmitglieder, die 1936 gewählt wurden, ausfindig machen. Auch hier wieder sind deutsche Emigranten in amerikanischer Uniform kein befriedigender Nachrichtenkanal ...
Das Endergebnis dieser Überlegungen besagt, daß das demokratische politische Leben hauptsächlich auf den beiden Gewerkschaftsgruppen, der bäuerlichen Bevölkerung und den katholischen und evangelischen Gläubigen wiederaufgebaut werden muß. Vielleicht wird es zu einem Zeitpunkt, den man unter den jetzigen Verhältnissen noch nicht bestimmen kann, ratsam sein, aus deutschen Emigranten, die Bürger der Vereinigten Staaten, neutraler Länder oder britische Staatsbürger geworden sind, einen kleinen Ausschuß zu bilden, der die alliierten Besatzungsbehörden inoffiziell über den Charakter bestimmter Gruppen oder Einzelpersonen informiert.
In den Vereinigten Staaten, Großbritannien, der Schweiz und Schweden lebt ein halbes Dutzend Emigranten, deren Namen ihren früheren Verbündeten in Deutschland noch im Gedächtnis ist, die wegen ihrer Leiden geachtet werden und deren politisches Urteil in der Vergangenheit stets gemäßigt war. Um für diesen Ausschuß geeignet zu sein, müssen sie mit den früheren demokratischen Parteien verbunden gewesen sein, einige parlamentarische Erfahrung besitzen, im Leben der Provinzen außerhalb Berlins fest verwurzelt sein, sowohl den Verwaltungsapparat als auch die Parteipolitik genau kennen und im Exil ihren Abscheu vor Extremen bewahrt haben ...

Jeder Versuch der Ausschußmitglieder, ihre Position im Interesse einer bestimmten Partei oder Organisation auszunützen, würde selbstverständlich den Erfolg des Ausschusses vereiteln. Seine Stellung sollte inoffiziell bleiben und nicht publik gemacht werden. Die Ausschußmitglieder sollten sich ganz darüber im klaren sein, daß sie nie wieder politische Führer in Deutschland werden können und daß ihre wichtigste Funktion darin besteht, daß sie die Verbindung herstellen zwischen den Besatzungsbehörden und ihren alten Freunden, die die Stimmung der Bevölkerung in den Provinzen genauestens kennen . . .
Beim derzeitigen Stand der militärischen Operationen und solange die künftigen Territorialgrenzen Deutschlands unbekannt sind, ist es schwierig, das Dilemma der deutschen Politik in der unmittelbar auf den Nationalsozialismus folgenden Zeit präzise darzustellen. Einerseits muß das politische Leben langsam auf den untersten Einheiten aufgebaut werden, andererseits muß so bald wie möglich eine beratende Nationalversammlung in Berlin gebildet werden. Langfristige Überlegungen hinsichtlich der politischen Stabilität fördern zweifellos das langsame Wachstum des politischen Lebens auf örtlicher und regionaler Ebene, aber das wirtschaftliche und gesellschaftliche Chaos und die internationalen politischen Komplikationen können zumindest eine beratende nationale Körperschaft erfordern.
Um ein politisches Chaos in Deutschland, das in anderen Teilen Europas ebenfalls zum Chaos führen wurde, zu verhindern, erscheint es dringend notwendig, daß, sobald die Besatzungsbehörden die örtliche Verwaltung in die Hand bekommen und beratende Gemeinde- und Bezirksräte gebildet haben, diese Körperschaften unter ihren Mitgliedern Vertreter zu einer beratenden Nationalversammlung wählen. Wenn es dann möglich wird, allgemeine Wahlen abzuhalten, folgt auf diese beratende Nationalversammlung eine erste verfassunggebende Nationalversammlung. Auf diese Weise könnte man Zeit gewinnen für die Konsolidierung politischer Gruppen und das Entstehen neuer Gruppen, ehe man allgemeine Wahlen abhält . . .

Memorandum II: Der Wiederaufbau der Verwaltungseinrichtungen

. . . Falls sich die militärische Besetzung Deutschlands Schritt für Schritt vollzieht, wird es Aufgabe der Besatzungsbehörden sein, die Verwaltungsorganisation der Gemeinden und Kreise sowie der größeren Einheiten der Bezirke und Provinzen so bald wie möglich in Gang zu setzen, stets im Blick auf den späteren Aufbau der notwendigen Zentralor-

ganisation in Verbindung mit der interalliierten Kommission in Berlin. Die Verwaltung in den einzelnen Städten und Kreisen der nacheinander besetzten Gebiete sollte gleichzeitig den alten demokratischen Parteien die Möglichkeit verschaffen, sich zu organisieren und an beratender Stelle mit den Besatzungsbehörden zusammenzuarbeiten. Die darauffolgende Überlegung hinsichtlich des Wiederaufbaus zuerst der Regionalverwaltung und dann der Zentralverwaltung muß in diesem Geiste verstanden werden, denn sonst wird das Bewußtsein demokratischer Verantwortung nicht wieder aufleben.
Methode und Reichweite der Verwaltung in den Städten und Kreisen haben sich unter dem Naziregime nicht stark verändert; nur die freie Überwachung der Verwaltung durch die Bürger wurde abgeschafft ... Die Ernennung von Mitgliedern der Nationalsozialistischen Partei zu Bürgermeistern und Oberbürgermeistern hat keinen wesentlichen Aspekt der Stadtverwaltung beeinträchtigt. Nazibürgermeister, die den Versuch unternahmen, die regelmäßige Verwaltung umzustürzen, stießen fast alle auf unüberwindliche technische Schwierigkeiten, ganz zu schweigen von der Reaktion gegen ihre persönliche Korruption ... Die chaotischen Folgen der Einmischung nicht ausgebildeter Nazis in den Verwaltungsapparat zwangen die Nazipartei schon 1936, die früheren Bürgermeister vieler Städte zurückzuholen und die Bedingung, sie müßten wenigstens nominell Parteigenossen sein, wieder aufzuheben ... Gewisse Verwaltungsbeamte wurden auf Grund ihres Nazifanatismus bei Beförderungen ihren Kollegen vorgezogen; andere Verwaltungsbeamte werden nicht versäumen, sie deswegen zu denunzieren ...
Der Stadtsekretär, der dem Zentralbüro der Stadtverwaltung vorsteht, hat genaue Kenntnis sowohl des Personals als auch der Verwaltungsroutine und könnte für die Besatzungsbehörden sehr hilfreich sein. Sobald die evakuierte Bevölkerung zerbombter Gebiete zurückgeführt worden ist, könnte er zusammen mit anderen alten Verwaltungsbeamten eine Liste von Vertretern aller Schichten, insbesondere von früheren örtlichen Gewerkschaftsführern, aufstellen, die zeitweilig als beratender Stadtrat fungieren könnten. Vom Kern solcher beratender Körperschaften ausgehend können sich neue politische Parteien entwickeln, die die Grundlage für spätere Wahlen zu einer Nationalversammlung und lokalen Körperschaften bilden ...
Man kann annehmen, daß sich Mitglieder der Regierungsbezirksverwaltungen und der Provinz- und Landesverwaltung mit fortschreitender Besetzung ins Landesinnere zurückziehen. Nach der Besetzung ganz

Deutschlands muß man sie zwingen, an ihre Posten zurückzukehren. Dies hat große verwaltungsmäßige und politische Bedeutung für den reibungslosen Ablauf der Aufgabe der Besatzungsbehörden . . . Die Bedeutung der Regierungsbezirksverwaltung liegt darin, daß ihre Mitglieder eine umfassende Gesamtkenntnis von den Problemen des Bezirks haben. Es ist ihnen weitgehend gelungen, ihre Reihen von fanatischen Nazis freizuhalten. Sie haben große Erfahrung darin, die allgemeinen Bestimmungen der Gesetzgebung an die besonderen Bedingungen in ihren Bezirken anzupassen. Die Regierungsbezirksverwaltung hat für den politischen Regenerierungsprozeß und für die Bildung politischer Parteien zur Vorbereitung einer verfassunggebenden Versammlung nur geringe Bedeutung. Die Bezirksausschüsse werden vielleicht eine wichtige Rolle spielen bei der Regelung von Schadensersatzansprüchen und von Streitigkeiten wegen zerbombten Eigentums. Politisch gesehen wird wohl die Verwaltung der Länder und der preußischen Provinzen weitaus wichtiger sein . . .
In den preußischen Provinzen war die Exekutive geteilt: Den Selbstregierungsinstitutionen stand der Landeshauptmann vor, mit der allgemeinen Verwaltungsaufsicht war der Oberpräsident betraut. Viele dieser während der Weimarer Republik ernannten Beamten wurden von Herrn von Papen und die übrigen von den Nazis abgesetzt. Bis zum Sommer 1932 gab es noch Männer von großer Verwaltungserfahrung und erprobter Mäßigung. Man sollte festzustellen versuchen, wie viele von ihnen das Blutbad überlebt haben, und sie in ihr früheres Amt einsetzen. Beratende Ausschüsse von Vertretern der Stadt- und Kreisverwaltungen sollten ihren Ämtern angegliedert werden . . .
Die Landes-Finanzverwaltung hat keine Verbindung mit den kleineren Verwaltungseinheiten, abgesehen davon, daß es in jedem Kreis – in den Städten und auf dem Land – eine Steuereinzugsstelle gibt . . . Das Steuereinzugswesen sollte zum frühestmöglichen Zeitpunkt der Besetzung wieder in Gang gesetzt werden, und die Steuern sollten so streng wie früher erhoben werden. Es ist unerläßlich, daß man das Personal der Finanzämter beibehält oder, falls es evakuiert ist, an seine normalen Posten zurückholt . . . Die Finanzämter haben auch detaillierte Veranlagungsunterlagen, die für die Klärung von Eigentumsrechten in zerbombten Gebieten sehr wichtig sein werden. Die Bedeutung, die die sofortige Steuereintreibung – soweit wie möglich durch das alte Personal – für die Verhinderung eines vollständigen Zusammenbruchs der Währung hat, kann nicht stark genug betont werden . . .

Die Angestellten der Reichsbahnverwaltung sollten überall veranlaßt werden, an ihre vorherigen Posten zurückzukehren, unter Aufsicht von alliierten Experten. Die regionale Dezentralisierung der Reichsbahnverwaltung sollte beibehalten werden. Die alliierte Militärkommission sollte die Mitglieder der zentralen Reichsbahnverwaltung in Berlin zwingen, ihre Arbeit fortzusetzen. Das Personal der Reichsbahnverwaltung wurde nicht in irgendwie bedeutendem Ausmaß nazifiziert. Der jetzige Verkehrsminister und Leiter der Reichsbahnverwaltung [Dorpmüller] hat dem Druck der Nazis zur Beförderung prominenter Parteigenossen mit großem Geschick Widerstand geleistet . . .
Nur die Arbeitsämter werden die Akten von über 20 Millionen Angestellten haben, von denen viele in entfernte Teile des Landes verzogen sind. Die Akten werden für die Rückkehr der Leute in ihre normalen Wohnorte von größter Bedeutung sein. Vor allem die örtlichen Stellen der Arbeitsverwaltung müssen genau überprüft werden, denn nach 1933 gerieten sie in den Machtbereich der Nationalsozialistischen Partei. Viele einstige Kommunisten fanden ebenfalls unter dem Deckmantel des Übertritts zur Nazipartei in dieser Verwaltung Arbeitsplätze. Die Sozialversicherung wurde nicht nazifiziert; ihr Personal . . . wird sehr wertvoll sein.
Es ist lebenswichtig, während der Übergangszeit die nazistische Organisation der Land- und Forstwirtschaftsproduktion beizubehalten oder mit dem Vorrücken der Besatzungstruppen wieder in Schwung zu bringen. Sonst könnten in der Nahrungsmittelerzeugung und -verteilung katastrophale Schwierigkeiten entstehen. Die Landwirtschaftsverwaltung, die die Nazis 1933 aufbauten, war eine Vereinigung vieler langjähriger freiwilliger Organisationen. Es ist unmöglich, sofort nach Einstellung der Feindseligkeiten diese Organisation erfolgreich zu entflechten, und man sollte bedenken, daß sie elf Jahre lang in Tätigkeit war . . . Die Bauern selbst werden an den meisten Orten die ausgesprochenen Naziführer aus ihren Organisationen ausstoßen und, wenn nötig, neue Führer wählen, die für die Lieferung von Korn und Lebensmitteln zu den während des Naziregimes festgesetzten Preisen verantwortlich gemacht werden müssen. Das jetzige Verhältnis zwischen landwirtschaftlichen und industriellen Preisen, das mit leichten Abänderungen das gleiche Verhältnis ist, das sich herausbildete, ehe die Nazis an die Macht kamen, sollte unter allen Umständen während der Übergangszeit beibehalten werden . . .
Die Stadt- und Kreisbehörden sollten verantwortlich gemacht werden

für die ins einzelne gehende Ausführung der Preiskontrolle für nichtlandwirtschaftliche Güter auf der Grundlage der Preisverhältnisse von 1932 und nachfolgender Modifikationen. Sobald wie möglich müssen die interalliierten Behörden eine zentrale Preis- und Währungsüberwachung in enger Verbindung mit der Reichsbank und dem herrschenden Preisüberwachungssystem einführen. Mit Ausnahme des Präsidenten [W. Funk] sind die jetzigen Direktoren der Reichsbank keine Nazis . . .
Nachdem General Eisenhower die normalen Funktionen der Verwaltungsgerichtshöfe aufhob[1], wird die Zukunft der Rechtsprechung in Deutschland sehr schwierig sein . . . Tatsächlich zeugt die Einrichtung besonderer Parteigerichte wie des Volksgerichtshofs vom Widerstand der normalen Gerichte gegen den Druck der Nazis . . . Die beste Möglichkeit, Richter zu wählen, die nach den Grundsätzen von Recht und Gleichheit handeln, bestünde darin, den Empfehlungen regionaler und zentraler Kommissionen von älteren Richtern zu folgen, deren Ansichten sich nie geändert haben. Solche Richter könnten leicht namentlich bezeichnet werden, sobald dies ihr Leben nicht mehr in Gefahr bringt. Die direkte Ernennung von Richtern durch die Besatzungsbehörden auf der Grundlage von Listen, die von Emigranten aufgestellt wurden, die jahrelang außerhalb des Landes gelebt haben, wäre ein weiterer Schlag gegen die Achtung vor dem Gesetz, wie sie unter der deutschen Bevölkerung in der Zeit vor dem Nationalsozialismus herrschte.
Das schwierigste Problem in Deutschland wird der Wiederaufbau einer zuverlässigen Polizei sein. Bis zum Sommer 1932 unterstand die Polizei einschließlich des sehr kleinen Geheimdienstes den Ländern. Die Zentralregierung hatte überhaupt keinen Einfluß auf ihre Zusammensetzung und Organisation . . . Die Verfolgung politischer Vergehen durch die Zentralregierung war praktisch unmöglich, obgleich der Staatsgerichtshof in Leipzig und der Generalstaatsanwalt des Reichs das formelle Recht hatten, gegen aufrührerische Umtriebe zu ermitteln und Verdächtige zu verhören . . . Aus allen diesen Gründen waren, schon ehe die Nazis an die Macht kamen, finanzielle und rechtliche Vorbereitungen für die Zentralisierung der Polizei und des Gerichtswesens in Norddeutschland getroffen worden, während die drei süddeutschen Staaten ihre frühere Autorität behielten. Nach dem Krieg wird die Zentralisierung dieser Funktionen, wenigstens bis zu einem gewissen Grad, ein wichtiger Faktor der Konsolidierung sein. Sie wird auch eine wesentliche Voraussetzung für die Festnahme von Naziverbrechern und in Zukunft für die Verhütung von Gewalttaten der Linken und Rechten

sein. 1919 und später erwies es sich, daß man in europäischen Ländern dem Aufwieglertum nicht ohne eine zentralisierte Polizeiverwaltung begegnen kann ... Die Trennung der alten republikanischen Polizei von der inzwischen eingesetzten Polizei wird wohl einige Zeit beanspruchen, und vielleicht ist es empfehlenswert, am Anfang die Polizei intakt zu halten. Die Besatzungsbehörden sollten die früheren Polizeipräsidenten der größeren Städte ausfindig machen. Sie alle wurden entweder von der Regierung Papen oder von den Nazis entlassen ... Die Besetzung höherer Polizeiposten wird äußerst schwierig sein ...
Eine der wichtigsten Garantien für eine stabile politische Entwicklung in Deutschland wird die ordnungsgemäße Demobilisierung des deutschen Heeres sein ... Es kann kein Zweifel daran sein, daß die überlebenden Offiziere aus der Groener-Schule gegen die SS eingestellt sind und die jüngste Säuberung verurteilen. Diese Offiziere werden die Verbrechen, die von der Nazipartei, der Gestapo und der SS begangen wurden, besser kennen als irgend jemand sonst, und sie werden auf Bestrafung der Täter dringen. Wenn man die Überlebenden unter ihnen entsprechend den seit langer Zeit bestehenden Traditionen siegreicher und besiegter Heere ehrenvoll behandelt, werden sie und die älteren höheren Verwaltungsbeamten für die Alliierten bei der Aufrechterhaltung der Ordnung in Deutschland höchst wertvoll sein. In der späteren Phase des Wiederauflebens einer freien politischen Tätigkeit in Deutschland werden sie weniger Bedeutung haben, da sie in der Zeit der Weimarer Republik mit sehr wenigen Ausnahmen keine Gelegenheit hatten, politische Erfahrung zu erwerben, was einer der Faktoren war, die den Aufstieg der Nazis zur Macht begünstigten ...
... Nazivertreter in den Direktorien [von Elektrizitätsgesellschaften] sollten durch Vertreter abgelöst werden, die von den beratenden Ortsräten gewählt werden, sobald diese von den Besatzungsbehörden eingesetzt worden sind. Das technische Personal sollte soweit wie möglich an den derzeitigen Posten bleiben ... [Die Kohlensyndikate] sollten sofort neu organisiert werden; ihre Mitglieder könnten in der Übergangszeit von den beratenden Stadt- und Kreisräten ernannt werden. Von grundlegender Bedeutung für die Eisenbahnen und die Elektrizitäts- und Gasversorgung und somit von Interesse für die Besatzungsbehörden ist es, daß die Kohlenförderung nicht unterbrochen wird, und sobald Deutschland ganz besetzt ist, sollte eine interalliierte Körperschaft einen Kohlenkommissar für das Reich anstelle des Nazikommissars ernennen.
... Der Ausdruck „Kartell" wird [in den Vereinigten Staaten] sogar in

Veröffentlichungen des Justizministeriums auf Zusammenschlüsse angewandt, die man in Deutschland als „Konzern" bezeichnet wie die IG-Farben und den Stahlkonzern. In Deutschland sind Kartelle – es gab über 2000 – Regional- oder Handelsverbände kleiner und mittlerer Firmen zum Schutz vor einer Übernahme durch große Konzerne ... Die einstigen Kartelle sollten wieder in ihren alten Status eingesetzt werden, in dem sie für die Wirtschaft des Landes sehr nützlich waren. Es gibt noch einen besonderen Grund für die Wiedereinführung der Kartelle aus der Zeit vor dem Nationalsozialismus: Die meisten der ihnen angehörenden Hersteller verwendeten importierte Rohstoffe; sobald solche Rohstoffe wieder verfügbar sind, werden sie im Verhältnis zur Vorkriegskapazität der verschiedenen Betriebe über die Kartelle zugeteilt werden müssen ...

Eine der größten Schwierigkeiten, die bei der schrittweisen Besetzung Deutschlands zu überwinden ist, wird die Geldknappheit in den Kampfgebieten und besetzten Zonen sein ... Seit 1931 war die deutsche Währung in Wirklichkeit eine Indexwährung. Das ganze künstliche Gebäude wird einstürzen und ein Geld- und Preischaos erfolgen, wenn die bestehenden Preisverhältnisse nicht strikt beibehalten werden. Die Gefahr eines Preischaos ist in jedem Fall sehr groß wegen des aufgestauten Bedarfs an Verbrauchsgütern und des noch größeren Bedarfs an Baustoffen und Maschinen in zerstörten Gebieten ...

Viele [höhere und mittlere Verwaltungsbeamte] haben nicht einmal nominell die Parteimitgliedschaft in der Nazipartei erworben, aber alle gehörten dem nazistischen Beamtenbund an. Wenn normale Verhältnisse herbeigeführt werden sollen, ist es unbedingt nötig, daß diese Männer an ihren Posten bleiben. Sie können den Besatzungsbehörden unschätzbare Dienste leisten, wenn sie den Eindruck erhalten, daß eine loyale Zusammenarbeit das deutsche Volk vor dem vollständigen Chaos retten wird. Sie werden auch für ein späteres parlamentarisches Regime von größter Bedeutung sein, denn sie – nicht die jüngere Generation – haben eine strenge parlamentarische Überwachung erlebt und kennen die parlamentarische Geschäftsroutine ...

Es wird kaum möglich sein, sofort eine neue verwaltungsmäßige Dezentralisierung mit Aussicht auf dauerhaften Erfolg durchzuführen. Man kann auch nicht die Beziehungen wiederherstellen, die am Ende der Weimarer Zeit zwischen den Ländern und der Zentralregierung herrschten ... Ein Entwurf für die Aufteilung Preußens in kleinere Staaten auf der Grundlage des Berichts der Länderkonferenz von 1930 wurde von der Regierung in jenem Jahr ausgearbeitet, und die finanziellen Grundlagen für die neue Anordnung wurden mit der Ersten und der Vierten Großen Notverordnung vom Dezember 1930 und 1931 geschaffen ... Jede künftige Neuverteilung des preußischen Territoriums sollte sich auf diese Vorschläge gründen, die in allen Einzelheiten sorgfältig erwogen wurden ...

Das erste dringliche Problem wird darin bestehen, daß man die interalliierte Kommission für den Wiederaufbau Deutschlands mit dem vorhandenen Verwaltungsapparat in Verbindung bringt. Die einzige jetzt denkbare Lösung scheint zu sein, daß die Reichsministerien in Berlin beibehalten werden. Die erklärten Nazis unter den Verwaltungsbeamten werden ihre Posten verlassen haben, ehe die Alliierten nach Berlin kommen. Die alliierte Kommission sollte dann die dienstälteren Beamten in den Ministerien mit der Verwaltungsarbeit unter alliierter Aufsicht betrauen ... Es besteht keine Gefahr, daß dienstältere Beamte der Reichsministerien die Anweisungen nicht loyal und korrekt ausführen. Die Unzufriedenheit der älteren Beamten gegenüber dem Naziregime und der Einmischung von Nazibeamten in die Verwaltung war schon vor dem Krieg so groß, daß man die Vergeltung getrost ihnen überlassen kann ... Die älteren hohen Beamten werden auch die Personen sein, die am besten geeignet sind, die Beamtenschaft als Ganzes von Nazi-Elementen zu säubern ...

Vielleicht ist es unnötig, die Besatzungsbehörden warnend darauf aufmerksam zu machen, daß viele Nazibonzen ihren Einfluß in der Nazipartei der Tatsache verdankten, daß sie professionelle Spitzel waren und daß sie versuchen werden, durch Denunzieren anderer ihre Posten unter der Besatzungsmacht zu halten. Diese Gefahr ist um so größer, als eines der übelsten politischen Merkmale des Deutschen eine Neigung ist, Denunziationen zu beachten, eine Haltung, die nicht unnatürlich ist nach der fast ununterbrochenen Erschütterung und Demütigung, die das Land in der letzten Generation erlitten hat. Eine große Zahl von Denunziationen werden tatsächlich gerechtfertigt sein. Die Fälle von Mord, Verleumdung und Raub an deutschen Staatsbürgern durch Nazis in den vergangenen zwölf Jahren werden in so großer Fülle vorliegen, daß man, sobald die deutschen Gerichtshöfe ihre Tätigkeit wieder aufgenommen haben, gezwungen sein wird, sie mit einem summarischen Verfahren zu verhandeln. Ihre Verhandlung vor alliierten Gerichtshöfen würde selbstverständlich eine Reaktion hervorrufen, die der gewünschten Wirkung gerade entgegengesetzt ist ...

Zusammenfassend sei wiederholt, daß der Wiederaufbau der Verwaltung und die Neubelebung der repräsentativen Demokratie Hand in Hand gehen müssen. Auf jeder Stufe der örtlichen und Länder-(oder provinziellen)Verwaltung sollte der unter alliierter Aufsicht stehende Verwaltungsdienst von einem Rat aus Vertretern der Bürgerschaft beraten werden. Die Gruppen, aus denen Vertreter zu diesen beratenden Gremien gewählt werden können, wurden in Memorandum I sowie im Vorstehenden aufgeführt. Sobald wie möglich sollte ein zentrales, repräsentatives beratendes Gremium für die Zentralverwaltung in Berlin geschaffen werden.

Aus allen diesen beratenden Gremien wird sich sehr bald eine politische Gruppierung entwickeln, entweder in Form gemäßigter Blöcke oder in Form einiger weniger größerer Parteien. Sobald die Besatzungsbehörden glauben, daß diese politischen Blöcke oder möglichweise zwei bis drei große Parteien imstande sind, eine Wahl erfolgreich durchzuführen, sollten sie die Wahl einer verfassunggebenden Nationalversammlung gestatten. Diese Versammlung sollte eine provisorische Verfassung ausarbeiten, in der vorgesehen ist, nach fünf Jahren eine zweite verfassunggebende Versammlung zu wählen, die die Verfassung revidiert und den endgültigen Wortlaut festlegt. Man sollte alles unternehmen, um jeder Unterbrechung dieser politischen Entwicklung vorzubeugen, damit eine gewählte Nationalversammlung so bald wie möglich verwirklicht werden kann.

[Zwei weitere Memoranden über Währungs- und Kreditprobleme und über die Bedeutung der Verwaltungsgerichtsbarkeit in Deutschland werden hier nicht abgedruckt.]

(1) Die amerikanischen Militärgerichte wurden im Herbst 1946 nach und nach von der ordentlichen deutschen Gerichtsbarkeit und im Herbst 1947 auch von deutschen Verwaltungsgerichten abgelöst.

XII

** September 1945, Littauer Center, Background-Interview mit zwei Offizieren des U. S. Judge Advocate General's Office zur Vorbereitung der Beweisführung für die Anklagebehörde im Hauptkriegsverbrecherprozeß*[1]

H. B.: Ich sympathisiere keineswegs mit dem Nürnberger Prozeß[2].
Anklage: Wir möchten hören, wie die Nazis an die Macht kamen.
H. B.: Sie müssen wissen, daß es uns der Versailler Vertrag unmöglich machte, der gleichzeitigen Bedrohung von seiten der Nazis und der Kommunisten Herr zu werden, da die Mannschaftsstärke von Heer und Polizei begrenzt war und es uns an Munition fehlte. Unser Verteidigungsbudget wurde 1929 reduziert, und die Einschränkung wurde in den folgenden Jahren beibehalten; dies war einer der Punkte, auf denen die SPD beharrte. Die Kommunisten und die Nazis arbeiteten zusammen bei Streiks und bei der Störung von Reichstagssitzungen. Die kommunistischen Instruktionen aus Moskau lauteten, Deutschland ständig in einem Zustand politischer Gärung zu halten. Wenn Regierungsmitglieder mit russischen Abgesandten sprachen und sie fragten, was sie eigentlich vorhätten und wie sie das Entgegenkommen im Blick auf internationale Freundschaft und internationalen Handel mit ihren Versuchen, jede friedliche Entwicklung im Innern zu hindern, vereinbaren könnten, war die Antwort Stalins, die er auch Roosevelt und Churchill geben könnte: „Warum erschießen Sie Ihre Kommunistenführer nicht?"
Anklage: Was ist zu [Hjalmar] Schachts Beitrag zu sagen? Wie einflußreich war er Ihrer Meinung nach bei Hitlers Aufstieg zur Macht?
H. B.: Schacht ist der geborene Intrigant. Für ihn war Hitler nur ein Mittel zum Zweck seiner eigenen Rückkehr zur Reichsbank. Er glaubte, wenn er Hitler an die Macht bringe, könne er ihn beherrschen. Später intrigierte er im Ausland gegen Hitler, und ich fragte mich stets, wieviel Himmler davon wußte. Keiner von diesen Männern – Schacht, Papen, Schleicher – wollte, daß Hitler ständig an der Macht bliebe!
Anklage: War Papen Ihr Freund?
H. B.: O nein. Papen war sozusagen nur Verzierung. Man glaubte, mit seinen französischen Beziehungen könne er bei der Abrüstungskonferenz Erfolg haben.
Anklage: Und [Wolf von] Helldorff[3]?
H. B.: Er hätte für jeden gearbeitet. Goebbels hat mir einmal das Leben

gerettet[4]. Er ließ meinen Sekretär wissen, ich solle meinen Weg nicht durch die gewohnten Straßen nehmen. Ein sehr merkwürdiges Verhalten. Himmler wollte mich immer fangen. Schade, daß Sie einen Mann nicht haben, den auch ich für einen Kriegsverbrecher halte: Roland Freisler[5].

Anklage: Wir wissen natürlich nichts über Kriegsverbrecher in der russisch besetzten Zone.

H. B.: Ich muß Ihnen berichten, was ich für sehr wichtig halte. Ich hätte Nazis in Länderregierungen aufgenommen. Ich hätte mich nicht davor gefürchtet, sie in der Reichsregierung zu haben, *ohne neue Wahlen*, nachdem der Reichstag 1930 auf vier Jahre gewählt worden war. Ich sagte zu Hindenburg: „Machen Sie das Experiment jetzt, wenn Sie wollen. Ich werde es nicht machen, aber ich kenne Leute, die es machen werden."

Ich nehme an, daß Schacht und andere erwarteten, die Nazis wären erledigt, wenn sie ein Vierteljahr im Amt gewesen wären. Schacht als Reichsbankpräsident hätte der Naziregierung sagen können: „Ich kann Ihnen nicht helfen." Dann kamen internationale Kräfte zum Zug. Im Spiel der europäischen Politik wollte Stalin nicht, daß Hitler ginge, und die Briten wollten nicht, daß Hitler ginge, weil jeder hoffte, ihn gegen den anderen einsetzen zu können.

Anklage: Unser Ziel ist, das ganze deutsche Volk zu erziehen. Viele sind noch Nazis. Wir möchten ihnen die ganze Geschichte vor Augen führen.

H. B.: Menschen, die von Ausländern erschossen werden, werden zu Märtyrern.

Anklage: Wir wollen den Aggressionskrieg zum Verbrechen stempeln.

H. B.: Dann wenden Sie sich an Stalin. Sie können kein internationales Recht aufstellen und es gleichzeitig brechen. Ich glaube nicht, daß das Gerichtsverfahren gerecht sein kann. Fakten, die die Briten nicht veröffentlichen möchten, können nicht veröffentlicht werden. Fakten, die die Franzosen nicht veröffentlichen möchten, können ebenfalls nicht veröffentlicht werden usw. Wie könnte man zum Beispiel Schacht erschießen?

Anklage: Kannten Sie Schachts Freund Otto Jeidels hier in diesem Lande? Er hat jetzt eine Stelle für $ 100000 bei der Bank of America. Wie kam er fort, nachdem er so lange in Deutschland geblieben war?

H. B.: Er war Schweizer Staatsbürger, deshalb konnten ihm die Nazis nichts tun. Ich bin sicher, daß Schacht nicht verantwortlich ist für die sogenannte Kriegswirtschaft, denn diese war unvermeidlich, wenn keine

Anleihe für Deutschland gewährt wurde. 1932 in Genf plädierte ich dringend für eine Anleihe nach der Streichung der Reparationen, denn wir hätten die Außenhandelsbeschränkungen aufheben können, sobald wir unsere Goldreserve aufgebaut gehabt hätten. Das war der Hauptpunkt. Ich glaube kaum, daß Jeidels eine entscheidende Rolle beim Stillstandsabkommen [mit ausländischen Gläubigern] spielte, das jährlich erneuert und getilgt wurde. Was ich für einen Fehler hielt, war Mr. [Thomas] Lamonts[6] Einwilligung in Zahlungsversprechungen statt Zinsen für die Dawes- und Young-Anleihen. Natürlich wollten die ausländischen Bankiers soviel wie möglich von ihren Investitionen retten.
Anklage: Was können Sie uns über [Konstantin von] Neurath sagen?
H. B.: Er war mehr oder weniger Berufsbeamter, für eine gemäßigte Außenpolitik, glaube ich. Er war Hindenburgs besonderer Schützling. Diese Leute verachteten die Nazis. Natürlich dachten sie alle, sie könnten die Nazis lenken. Nachdem sie ein Amt übernommen hatten, war es schwierig für sie, sich hindurchzuwinden, ohne von Himmler geschnappt zu werden. Man zettelte Verschwörungen an, um sie zu fangen. Vielleicht erinnern Sie sich, daß Neurath einem sogenannten Beirat für Außenpolitik beitrat und daß Ribbentrop sein Nachfolger wurde.
Anklage: Kannten Sie [Hermann] Schmitz von IG-Farben?
H. B.: Er pfuschte in der Politik unter dem Einfluß seines Neffen [Max Ilgner].
Anklage: Der Neffe war doch Nazi, nicht wahr?
H. B.: Er war alles mögliche. Er wollte eine große Rolle spielen. 1934 oder 1935 – ich erinnere mich nicht genau – mußte er schließlich flüchten und kam auf die schwarze Liste. Ich glaube, Schmitz war für die Abrüstung. All seine Vorschläge zielten in die Richtung des Freihandels und liefen jeder nationalen Kriegswirtschaft zuwider.
Ich glaube, bis 1938 hätte Göring die Regierung stürzen können. Die Nazis konnten wegen der Zwiespältigkeit der britischen Politik nicht mit einer klaren Situation konfrontiert werden. Wäre die britische Politik eindeutig gewesen – aber sie waren nicht bereit, irgend etwas zu riskieren. Es war lediglich mangelndes Vorstellungsvermögen. Sie hätten die Nazis bis 1939 jederzeit loswerden können.
Anklage: Kennen Sie Industrielle, die die Nazis vielleicht moralisch unterstützten?
H. B.: Alle Großindustriellen waren äußerst skeptisch. Ob sie für mich waren oder nicht, hat nichts mit der Frage zu tun, ob sie für Hitler waren. Es wäre nicht schwierig gewesen, die Nazis zu beseitigen, wenn

die Fremdmächte es gewünscht hätten. Es ist verhängnisvoll, daß die Regierungen der Welt in den vergangenen zwölf Jahren nie die politischen Auswirkungen ihrer wirtschaftlichen Maßnahmen in Betracht zogen. Die Kupferleute zum Beispiel waren nur zu sehr darauf aus, Kupfer zu verkaufen. Wenn die Warenpreise nicht so niedrig gewesen wären, hätte es keine sechs- bis neunmonatigen Kredite ohne Nebenbürgschaft gegeben. Alle beeilten sich, an Deutschland zu verkaufen, das 1939 noch ziemlich knapp dran war.
Anklage: Was würden Sie jetzt mit Deutschland tun?
H. B.: Der letzten Nummer von *The Economist* zufolge sind zwölf Millionen Menschen am Verhungern. Jetzt sehen die Staatsmänner, was sie tun. Sie sollten lieber sagen: „Wir bringen soundso viele Millionen um.“ Nach den Amerikanern, die ich kenne, zu urteilen, tun sie es, ohne es zu merken. Sie und die Briten hätten während des Krieges einen Pakt mit den alten Generälen schließen und den Krieg beenden sollen.
Anklage: Würden Sie jetzt die Monarchie wiederherstellen?
H. B.: Sie können die Monarchie jetzt nicht wiederherstellen. Früher wäre es durch Volksabstimmung möglich gewesen.
Anklage: Kannten Sie Martin Bormann? Oder [Arthur] Seyß-Inquart? Bemerkenswert, daß solche Leute die Regierung beherrschen konnten.
H. B.: War es nicht ebenso bei der Französischen Revolution?
Anklage: Möchten Sie, daß Kriegsverbrecher und Leute wie [Julius] Streicher unbehelligt davonkommen?
H. B.: Ich hielte es für richtiger, wenn Streicher von einem deutschen Gerichtshof abgeurteilt würde.
Anklage: Glauben Sie, daß die Deutschen Göring oder Heß oder Ribbentrop den Prozeß machen würden?
H. B.: [Ernst von] Weizsäcker könnte jetzt ungehindert gegen Ribbentrop aussagen. [Robert] Ley würde von einem deutschen Gericht sicher zum Tode verurteilt, Ribbentrop sehr wahrscheinlich. Ich verstehe nicht, warum man [Gustav] Krupp verhaftet hat, der zwar kein Genie, aber ein sehr anständiger Mann war.
Anklage: Schacht könnte leicht davonkommen.
H. B.: Deswegen nicht, weil er den gesamten Handel der Balkanbanken auf seine eigene Bank in Berlin übertrug, als er Administrator auf dem Balkan war. In diesem Fall wäre es besser, das Nazigesetz anzuwenden.
Anklage: Glauben Sie, ein deutsches Gericht würde Streicher für schuldig erklären?
H. B.: Wissen Sie, er wurde schon achtmal verurteilt, ehe die Nazis an

die Macht kamen. Letzte Woche sah ich, daß die sozialistische Emigrantenzeitung in New York, die ursprünglich diese Prozesse befürwortete, jetzt befürchtet, das Verfahren könnte die Verurteilten zu Märtyrern machen. Es hätte genügt, wenn man die Steuerhinterziehungen der führenden Nazis bekanntgemacht hätte. Streicher kann man natürlich kaum zum Märtyrer stempeln, aber sogar bei Ribbentrop wäre es möglich.

Alle Regierungen waren erleichtert, als die Nazis aufrüsteten. Es war weniger die deutsche als die französische Schwerindustrie, die die Wiederaufrüstung wollte. Ich muß zugunsten der britischen Schwerindustrie sagen, daß sie am meisten zögerte, mit der Aufrüstung zu beginnen. François-Poncet, der 1931 Botschafter wurde, verbreitete in Berlin das Gerücht, ein Wiederaufrüstungsabkommen mit Frankreich könne zustande kommen. Die allgemeine Stimmung in Europa war 1937 noch pazifistisch. Ich vermute, wenn dieses Land früher aufgerüstet und eine deutliche Drohung ausgesprochen hätte, statt den kleineren Nationen vage Versprechungen zu geben, hätte sich die Situation ganz anders dargestellt. Das Unglück war, daß ein Mann wie Ribbentrop die Tatsache, daß die Vereinigten Staaten und Kanada nicht vorbereitet waren, als Argument verwenden konnte. Mir liegt nichts daran, die Mißgriffe der britischen Politik öffentlich zu besprechen, vor allem jetzt [im Blick auf] die Verhältnisse in der russisch besetzten Zone.

Anklage: Ich glaube, die Russen haben in ihrem eigenen Lande zu viel zu verbessern, als daß sie sich in den nächsten 20 Jahren um uns kümmern könnten.

H. B.: In einem totalitären Staat ist es gleichgültig, wenn Menschen sterben. Die Deutschen konnten sich nicht vorstellen, wie ein totalitäres Regime sein würde. Sie haben keine Ahnung davon, wenn Sie es nicht erlebt haben.

(1) Auszüge aus meinen stenographischen Notizen des zweistündigen Interviews. Die Fragen berührten eine Vielfalt von Themen und standen kaum in erkennbarem Zusammenhang. Die hier ausgewählten, für das ganze Interview bezeichnenden Antworten sind von allgemeinem Interesse. (2) Das internationale Militärgericht für die Aburteilung von Verbrechen der Achsenmächte gegen den Frieden, von Kriegsverbrechen und Verbrechen gegen die Menschlichkeit wurde auf Grund einer Vereinbarung der amerikanischen, russischen, britischen und französischen Regierungen vom August 1945 eingesetzt. Die Definition der Verbrechen gegen den Frieden gründete sich auf die Vorschläge des sowjetischen Professors A. N. Trainin von 1944. Auf dringenden Wunsch des amerikanischen Richters Robert Jackson wurde jegliche Bezugnahme auf die Politik der Sieger definitionsgemäß ausgeschlossen. Unter den angelsächsischen Rechtsanwälten kam es zu

einigen Überlegungen, ob es gerecht sei, die neu definierten „Verbrechen gegen den Frieden" abzuurteilen, aber die Kritik hielt sich in Grenzen. Für Stimson war jedes vorgesehene gerichtliche Verfahren eine willkommene Verbesserung gegenüber dem Gerede, man solle „alle Schuldigen erschießen". Nur sehr wenige, wie Senator Robert Taft, griffen im Jahr 1946 die Ungerechtigkeit an, die selbst im Fall von offenkundigen Kriegsverbrechen jedem Prozeß „der Besiegten von seiten der Sieger" anhaftet, während Baron Hankey in England einen erfolglosen Feldzug zur Verteidigung des früheren japanischen Botschafters Mamoru Shigemitsu führte (vgl. John F. Kennedy, *Profiles in Courage*, New York 1955, S. 216–224; Hankey, *Politics, Trials and Errors*, Chicago 1950). (3) Polizeipräsident von Berlin 1935–1944. (4) Zwischen der ersten und der zweiten Präsidentenwahl, März/April 1932, wollte Goebbels sich empfehlen. (5) Schon im Februar 1945 bei einem Bombenangriff umgekommen. (6) Thomas W. Lamont, Direktor bei J. P. Morgan Co., Mitglied des Young-Komitees 1929.

Literaturhinweise

Wie im Vorwort bereits erwähnt, wird im folgenden eine Reihe von übersetzten Titeln angegeben, die der Herausgeberin nur in der englischen oder amerikanischen Originalausgabe zugänglich waren.

Alperovitz, Gar: Atomare Diplomatie. München 1966.

Armstrong, Anne: Bedingungslose Kapitulation. München, Wien 1965.

Blum, John: Deutschland – ein Ackerland? Morgenthau und die amerikanische Kriegspolitik 1941–1945. Düsseldorf 1968.

Carrel, Alexis: Der Mensch, das unbekannte Wesen. Stuttgart 1936.

Churchill, Winston S.: Große Zeitgenossen. Frankfurt 1959.

Deutsch, Harold C.: Verschwörung gegen den Krieg. München 1969.

Dodd, William E.: Diplomat auf heißem Boden. Tagebuch des USA-Botschafters William Edward Dodd in Berlin. Berlin 1962.

Drummond, Roscoe/Coblentz, Gaston: Duell am Abgrund. John Foster Dulles und die amerikanische Außenpolitik 1953–1959. Köln, Berlin 1961.

Dulles, Allen: Unternehmen „Sunrise". Die geheime Geschichte des Kriegsendes in Italien. Düsseldorf 1967.

Dulles, Allen: Verschwörung in Deutschland. Zürich 1948.

Dulles, John Foster: Krieg oder Frieden. Wien, Stuttgart 1950.

Hamilton, James D.: Geheimflug nach England. Der „Friedensbote" Rudolf Heß und seine Hintermänner. Düsseldorf 1973.

Hoare, Sir Samuel: Neun bewegte Jahre. Englands Weg nach München. Düsseldorf 1955.

Huxley, Aldous: Die graue Eminenz. Ein Leben zwischen Religion und Politik. München 1962.

Jaksch, Wenzel: Europas Weg nach Potsdam. Stuttgart 1958.

Kennan, George: Memoiren eines Diplomaten. Stuttgart 1968.

Kennedy, John F.: Zivilcourage. Wien, Stuttgart, Zürich 1960.

Liddell Hart, Basil Henry: Lebenserinnerungen. Düsseldorf 1966.

Lindbergh, Charles: Kriegstagebuch 1938–1945. Wien, München 1970.

Lippmann, Walter: Die Gesellschaft freier Menschen. Bern 1945.

Lippmann, Walter: Die öffentliche Meinung. München 1964.

Lloyd George, David: Die Wahrheit über Reparationen und Kriegsschulden. Berlin 1932.

Lochner, Louis: Stets das Unerwartete. Erinnerungen aus Deutschland 1921–1953. Darmstadt 1955.

Lutz, Hermann: „Verbrecher-Volk" im Herzen Europas? Tübingen 1959.

Moran, Lord Charles: Churchill. Der Kampf ums Überleben (1940–65). Aus dem Tagebuch seines Leibarztes Lord Moran. München, Zürich 1967.

Murphy, Robert: Diplomat unter Kriegern. Berlin 1965.

Nicolson, Harold: Friedensmacher 1919. Berlin 1933.

Nicolson, Harold: George V. München 1954.

Nicolson, Harold: Tagebücher und Briefe. Frankfurt 1969.

Schellenberg, Walter: Memoiren. (Hrsg. von Gita Petersen.) Köln 1956.

Schweitzer, Arthur: Die Nazifizierung des Mittelstandes. Stuttgart 1970.

Sherwood, Robert: Roosevelt und Hopkins. Hamburg 1950.

Strong, Sir Kenneth: Die Geheimnisträger. Männer im Nachrichtendienst. Wien, Hamburg 1971.
Sykes, Christopher: Adam von Trott. Düsseldorf, Köln 1969.
Welles, Sumner: Jetzt oder nie! 1944. Stockholm 1944.
Wheeler-Bennett, John: Der hölzerne Titan. Paul von Hindenburg. Tübingen 1969.
Wheeler-Bennett, John: Die Nemesis der Macht. Düsseldorf 1954.

Register

Sofern im Register Seitenzahlen durch Kursivschrift hervorgehoben sind, bedeutet dies, daß der vor der Zahl genannte Name Empfänger oder Schreiber des betreffenden Briefes ist.